投行之路

The Road to
Investment
Banking

游戏规则

离月上雪 著

人民文学出版社

图书在版编目（CIP）数据

投行之路. 游戏规则 / 离月上雪著. —北京：人民文学
出版社，2022
ISBN 978-7-02-015942-0

Ⅰ. ①投… Ⅱ. ①离… Ⅲ. ①长篇小说—中国—当代 Ⅳ. ①I247.5

中国版本图书馆 CIP 数据核字（2021）第 207192 号

责任编辑　付如初
装帧设计　陶　雷
责任校对　杨益民
责任印制　任　祎

出版发行　人民文学出版社
社　　址　北京市朝内大街 166 号
邮政编码　100705

印　　刷　三河市鑫金马印装有限公司
经　　销　全国新华书店等

字　　数　427 千字
开　　本　680 毫米×1000 毫米　1/16
印　　张　29　插页 2
印　　数　1—7000
版　　次　2022 年 1 月北京第 1 版
印　　次　2022 年 1 月第 1 次印刷

书　　号　978-7-02-015942-0
定　　价　60.00 元

如有印装质量问题，请与本社图书销售中心调换。电话:010-65233595

目　录

第四卷　利弊权衡

第三卷　游戏规则

156 初识互联网

地点：青阳汇横区高新技术产业园
公司：青阳文景科技有限公司
事件：文景科技新三板挂牌中介协调会

"我们公司是企业移动营销信息服务提供商，主要从事企业级移动化应用平台的设计、开发、推广和基于此平台衍生出的增值服务，以及为企业提供移动互联网营销方案和软件定制开发服务。"技术总监曾开熙满嘴专业术语。

会议室中所有资本中介面面相觑，表示根本没听懂。在场的资本中介包括：明和证券、城德律师事务所、海星会计师事务所。

曹平生本想蹦出一句"说人话"，但还是笑脸盈盈地朝文景科技董事长路瑶道："路总，你们这企业级移动营销，具体是指什么业务？指的单单是流量么？"说着瞟了一眼胡延德，责怪他之前也没跟自己解释清楚。

路瑶是一位四十来岁的女人，头发顺亮、棕黄、齐肩，体态富贵，五官相当标致，是拥有一半乌克兰血统的混血美女。这美女的经历相当传奇。

她是华清大学本科，英国牛津大学硕士，曾在某大型运营商做了十几年，晋升为中高层后义无反顾地抛开体制，自主创业。2012 年，路瑶带着她的团队，创立了青阳文景科技有限公司，公司实缴注册资本 100 万，2015 年增加到 3200 万。

听胡延德说，路瑶最喜欢极限运动，经常心血来潮就飞到日本爬一次

1

雪山,飞到迪拜跳一次伞,飞到马来西亚潜一次水。公司团建,她让全体员工搞野外求生探险,弄得本身就极度缺乏锻炼的技术小伙个个伤筋劳骨,回来上班时几乎瘫痪。

一个女人年过四十,还有勇气抛开稳定且高薪的体面工作,下海创业,胆量令王暮雪无比钦佩,但她从路瑶脸上看不到半点坎坷的风霜。路瑶的皮肤与白种人无异,细腻光滑,淡妆,就连她的耳环、项链、手链、指甲都精致而独特,颜色搭配更是和谐,毫无通常企业女老板的素面朝天之感。若一定要说大城市的生存压力体现在哪里,估计就体现在她的体重上。毕竟人也是动物的一种,当动物面临生存压力时,机体会自动储存脂肪以达到防御的目的。

“我们企业产品和服务分为企业级移动营销信息服务和软件定制开发服务两大类。其中您提到的企业级移动营销,就是一种营销活动,只不过这种营销活动,针对的是企业客户,不是个人客户,我们公司原本的模式是 B2B 的,但现在已经逐步转变为 B2B2C 了……”

B2B 是 Business-to-Business 的缩写,指企业与企业之间通过互联网进行数据信息的交换、传递以及开展交易活动的商业模式。这种商业模式的交易双方一定都是企业,都是公司,绝不包含个人。

而 B2C 是 Business-to-Consumer 的缩写,指企业直接面向个人消费者销售产品和服务的商业零售模式。

董事长路瑶此时所指的 B2B2C,自然就是企业与企业之间达成买卖交易之后,再将产品或者服务转卖给个人的交易模式。

解释到这里,曹平生对这家移动互联网公司究竟是做什么的还是没弄清楚,是他的心情影响了理解力。

其一,自从听了蒋一帆的话录用柴胡,让他从一个实习生变成试用期员工(应届毕业生均需试用六个月才能正式入职),上证指数就在一个月内,从 5178.19 点跌至 4277.22 点,30 天内蒸发了 17.3%;

其二,胡延德拉来的这个项目,体量根本达不到 IPO 的要求,最多只能上新三板,作为初创型公司来慢慢培育;而新三板的收费连 IPO 的十分之一都比不过,曹平生一想起合同上 120 万的收费数字,就直皱眉头;

其三,互联网公司造假成本最低,就因我们根本看不到互联网公司的存货,该类公司的产品和服务是怎么卖出去的,卖了多少,卖给了谁,谁真的在用,用的频率究竟是高还是低,我们都无法直观看到。

网上各种用户交易数据、用户偏好统计有多少是真的,曹平生并不了解,但他很清楚某公众平台里部分明星的粉丝数绝对充了水。

在一个投行从业者看来,该平台2015年第二季度官方报告中月活跃用户数为2.12亿,但某明星的粉丝就达到了8000万,但该明星还没有任何能拿得出手的影视作品或者音乐作品。

因为关注女儿的学习,想了解女儿的世界,曹平生几年前偷偷注册了该平台的账户,现在还可以在后台收到各种广告,其中一篇广告内容如下:

初级粉丝:一般不掉,5元1000个,40元1万个;

顶级真人粉丝:5元200个,24元2000个,110元1万个;

精品真人粉丝:5元200个,49元2000个,220元1万个;

【推荐真人粉综合套餐】

套餐1【五百顶级+一千精品】26元

套餐2【两千顶级+三千精品】100元

……

套餐6【4万顶级+6万精品】1400元

套餐7【10万顶级+10万精品】2500元

当时曹平生账户中只有23个粉丝,他花了40元人民币,瞬间获得了1万粉丝……这样的充值体验,让他一个中年人既畅快又空虚。

曹平生畅快的是金钱可以买来名誉和行业地位。以自己的经济水平,花4000元买100万粉丝非常容易,而原本默默无闻的一个投行人,若能在公众平台拥有100万粉丝,那么自己今后无论是演讲、拉业务还是出书,都可以把这个数据作为个人品牌宣传的工具,使得自己的投行职业生涯更加顺风顺水。

而令曹平生空虚的是,以往的资本流向实力,而今的资本流向数据。互联网时代,所有人都需要在虚拟世界中有一个自己的标签,而我们的成绩都反映在无所不包的各项数据里。当数据变成主导一切、决定一切的力量时,资本就会自动去寻找它、贴近它,并且牢牢占有它。

这些失真的数据让曹平生觉得可笑之极,但却有越来越多的高等院校开设大数据分析专业,并顺利招收到了越来越多的优秀学生。曹平生认为这是一个时代的悲哀,这些莘莘学子所用来分析的基础数据,有多少能保证是真实的?

可以说,曹平生对女性求职者有多大偏见,就对互联网行业有多大偏见,正如价值投资者巴菲特也曾在公开场合表明,对科技股他持相当谨慎的态度,其名下的伯克希尔·哈撒韦公司也很少持有互联网公司的股票。

此时,技术总监说:"曹总,这个概念其实很好理解,我们公司是做流量经营的,你们手机里用的流量,就是我们的交易媒介。"

"不是产品么?而是交易媒介?"王萌萌突然来了这么一句。

听她一说话,柴胡就相当崩溃,因为这个新三板项目他不得不再次与王萌萌合作,因为胡延德认为这个留着短发的女律师严谨、干练且标准高,法氏集团的法律工作,胡延德作为保代几乎没怎么操过心,于是他极力促成了明和证券与城德律师事务所的第二次合作。

没想到振奋人心的破格录取消息、下一个项目终于不用再出差的消息之后,是和木偶律师的再一次遭遇。

难道是入职和不用出差这两个好消息,已经用尽了柴胡今年所有的运气?更令他郁闷的是,作为主要项目组成员,对这家企业究竟是做什么的,他一头雾水,看来这个项目又要搭进半条命了……

157 消失的存货

"曹总,我们公司目前主要在开发一款移动办公软件,类似于 OA 系统。"美女董事长路瑶笑道。

OA,是 Office Automation 的简称,即办公自动化。OA 系统利用现代化设备和信息化技术,代替办公人员传统的部分手动或重复性业务活动,可以高效处理办公事务,达到提高生产率、辅助决策的目的,最大限度地提高工作效率和质量、改善工作环境。

曹平生听后眉头并未舒展开来,而是继续问道:"现在这种移动办公系统很多企业都有,我们明和证券也有自己的移动 OA,每天大伙儿都在手机上打卡签到,审批流程,发邮件,很方便,不过……"曹平生说着抿了口面前的绿茶,"市场上免费的 OA 软件不少,你们开发这个,能赚钱么?"

"这只是我们搭建的一个平台,真正赚钱的业务,是平台里的内容。"

"哦?比如什么内容?是移动签到?工作日程?工作流程?还是周报月报?"曹平生此时已经打开了手机里明和证券自己的 OA 系统,笑着读了起来。

"曹总您说的这是功能模块。"路瑶道,"这些当然可以赚钱,因为这些都是镶嵌在平台里面的。我们这个移动办公系统会以软件的形式卖给那些中小微型企业,这类企业往往没有独立的研发团队来开发自己的办公系统,所以他们会找到我们,提出希望使用我们这款 OA 软件的意图。您看到市场上免费的那些软件,都只是开放了部分功能。"

"那具体怎么卖?"曹平生道。

"比如一家企业报给我们他们的总员工数,打个比方,100 个人的公司,每个员工都要使用我们的 OA 系统,那我们就按人头算,软件一年的使用权限是每人 100 元。"

"嗯……现在已经卖出去多少了?"曹平生说着又喝了一口茶。

"大概四五百万吧,还在起步阶段。"路瑶道。

"我补充下……"胡延德此时突然大声插话道,"曹总,他们家原来就想做这样的平台,但公司刚起步那几年,尤其是 2012 年和 2013 年,需要养团队,所以公司分了两拨人,一拨专心做这个 OA 平台,另一拨就接很多外单。这种单都是某个定制化软件,不一定是 OA 软件,总之类型各式各样。"

"那是不是我想要一款 App,随便一款,你们的团队都可以做出来?"曹平生道。

"除了游戏,其他功能性的 App 我们基本都能做,PC 端的也能做,不过您需要把要求说清楚,我们会跟您做几轮深入沟通,然后先做一个雏形,在雏形的基础上根据您试用后的要求修改。"技术总监曾开熙郑重而沉稳。

曹平生的手指轮流轻轻敲击着桌面,若有所思的样子。

"曹总,其实他们家目前最赚钱的业务都不是这些,而是流量红包。"胡延德让大家刚听懂一点儿,又堕入云里雾里。流量是做出来的么?流量不应该是三大运营商的产品么?而且流量红包是什么概念?难道是用流量发红包?最关键的是,流量根本看不见,也摸不着,这等虚物如果变成了存货,那么会计师每年年底的存货盘点,要怎么盘?

所谓存货盘点,就是去仓库数存货,看看企业究竟有多少存货堆积在仓库。

一般而言,一家公司的进销存管理系统中的账存数有时会与实存数不相符,这是因为员工录入到进销存管理软件中的数据都是依靠手工录入,有的甚至是先抄在纸上,回到电脑前,再将纸上的数据录入管理软件中,所以数据难免会有错漏。而存货盘点就是修正管理软件中的账存数,使其与实存数相符。

通常公司自己会每个月盘点一次存货,避免因为长期不修正,而导致账存数与实存数相差越来越大的问题。而若一家公司准备上市,会计师每半年和每年年底,都会亲自对企业的库存进行盘点,投资银行也会抽重点的仓库进行监督盘查,简称监盘。

普通的工业企业存货都放在仓库,我们只要进入仓库一个一个数即可;农林业企业的存货就很有趣了,有一头一头的猪,有山上一片一片的树林,有地下一棵一棵的人参……

这时,会计师和投行民工就要上山下乡,顶着日晒雨淋盘点存货,盘的过程中要是死了头猪,或者母鸡多下了几个蛋,还得修改存货盘点表……至于地下看不见的人参,只能根据地上的能看得见的情况大致估计。

农林业公司很多因为存货难盘点,所以一直不是资本中介的宠儿。

很多卖红薯,种大米,或者卖调料的公司,来找投资银行咨询上市,投行领导都会连连摇头,就因工作量大,存货难盘点,外加农村都不爱转账,批发购买原材料大多都是现金交易,资金往来没有银行流水,卖了多少买了多少基本说不清,总而言之就是不太靠谱。

不过农林业企业再怎么不靠谱,都比不上面前这家互联网公司。

流量,当这个词被首次提及时,会议室中的会计师就面露难色。因为流量这东西根本没法数,没法核实,更没法估计,总不能企业告诉你他们卖了多少个 G,你就真相信他们卖了多少个吧。

按传统的核查方式,所有的资本中介得自己找证据,得自己数,而面对互联网企业,柴胡和王暮雪所熟悉的那套尽职调查手段,在存货这个点上,失效了。

一个上午的时光,就在企业高管云里雾里的业务介绍中过去了。

文景科技所在的大厦有 13 层,均为科技公司。在下楼吃饭的电梯中,王暮雪站在董事长路瑶身边,路瑶的手机响了,她对着电话很自然地说起了家乡话,口音是无辣不欢的天府之国的。

电梯中有人议论道:"没想到我们英语差成这样,人家老外都会说方言了……"

王暮雪闻言不禁抿嘴笑了起来,她的笑容被同样觉得好笑的路瑶看到了,两个人对视了一眼。女老板的眼中看不出一丝敌意,那种同是美女,自己已是半老的嫉妒的敌意。

王暮雪看到的只有欣赏,路瑶对她的莫名欣赏。

"曹总,以后就是这位小美女负责我们项目么?"路瑶笑道。

此时电梯门已经打开,曹平生边往外走边道:"是胡保代负责你们项目。这姑娘您要是不喜欢,给您全配帅小伙!"

"可别。"路瑶脱口而出,"现在的小伙子,大多都没小姑娘能吃苦,我就要这姑娘。"

中午饭桌上,没等大家问,路瑶就笑说:"我真不是什么混血,就是中国人,他们都说我长得像那个女明星,迪丽热巴。"路瑶笑着看了看胡延德,不禁称赞了一番,"曹总,你们胡保代真的很尽责。其实我们这次是招标的,所有券商中,就胡保代在招标结束的当天晚上给了我上市方案,比其他券商都快。"

"应该的路总。"胡延德举起了酒杯。

"就冲您这反应速度,我就相信我们公司一定能上!"路瑶也举起了酒杯,一饮而尽。

放下酒杯后,路瑶笑着打趣道:"您是不知道啊胡保代,就您做那

PPT，我给别家券商一看，人家哀怨地跟我说，这种 PPT 他们公司一大把。"

"都有模板。但我的方案是针对你们公司具体设计的。"胡延德赶忙澄清。

"哈哈哈，当然当然，所以这次我选的不是明和证券，选的是胡延德您这个人，您可别让我失望啊！"

"一定一定。"

柴胡一边吃着夫妻肺片，一边听着胡延德和路瑶两个人你一言我一语。可能是受曹平生态度的影响，柴胡自己对这家公司都没有十足的信心。

果不其然，愉快的气氛也就仅仅保持到午饭，因为胡延德吃完饭回到企业现场，发现了一个严重的问题，内心的野兽瞬间蹿了出来。

"路总您是跟我开玩笑么？财务部就三个人？！"由于胡延德嗓门太大，吓到了三十多个程序员，他们都瞬间停止了敲击键盘的动作。

"怎么？有问题么？"路瑶一副讶异的眼神。

在财务部门口进进出出好几次，反复确认，惊出一身冷汗的胡延德，摸了摸脑袋，重复道："三个人！三个人怎么搞？一个出纳一个会计一个还在休产假……人家企业上市财务部都二三十个人的！招人！立马招人！"

"招就招嘛，胡保代不要激动。"路瑶道。

惊魂未定的胡延德在原地转了一圈，而后问道："财务总监是谁？"

路瑶闻言笑得有些不好意思，于是胡延德睁大了眼珠子："路总，您别告诉我您这公司从来没有财务总监……"

路瑶走向自己办公室，给胡延德留下如风般的句子："您招一个不就行了……"

158 论人工智能

王暮雪背着包，搭着已经全部变成二维码支付的公交车，从青阳市汇横区高新技术产业园返回金融中心。伴着微红的夕阳,看着窗外摇摇晃晃的街景,王暮雪的脑中,不禁浮现出文景科技装修时尚的会议室,敞开式的程序员办公区,还有董事长路瑶那类似迪丽热巴的脸。

短短三年时间,文景科技运营就敢拿出两年一期的数据申请新三板挂牌,这企业一开始得有多规范、多干净呀?

或者,董事长路瑶在创立这家公司之初,就是奔着资本市场来的?更令她好奇的是,除了技术总监曾开熙外,其余高管均为女性。

企业商务总监江映、副总经理毕晓裴以及董事长路瑶全是在四十岁上下的女子。三个中年妇女领着三十多个年轻小伙一起奔跑,这互联网公司最有辨识度。

产业园区几乎没有树木,在青阳的七月,若是出去散步就是活生生的烤人肉,于是他们想出了一个绝佳的散步方式——爬楼梯。这种散步方式并非一直往上爬,而是先从一楼的北边爬上二楼,平步从北走到南,再从二楼的南边爬上三楼,如此反复,一直爬到十三层后再乘坐电梯下去重新爬一次。

保代胡延德因为一时间接受不了财务部只有三个人的打击,也决定加入"午休爬楼自虐队"。

"你们看,每一次革命,就淘汰一批企业。"散步途中,胡延德展开了传销式的说教模式,"六十年代,全世界最大的公司基本上就两类,汽车和能源,对吧?"

柴胡连连点头附和:"对对!"

"那时候全球知名企业,不是做汽车的就是做石油的,或者做电力能源的。在那个年代,投资这两类公司,就是投资了未来。"王暮雪注意到胡保代走路的样子真的很像一只肥肥的北极熊,尤其是吃饱了之后,更像……

"你们记不记得那时候美国 64% 的人是农民。日本 90% 的人也是农民。当时大部分人对工作的定义,就是好好种地当农民;而现在,美国的农民占比仅为 2%,为什么?"胡延德说着又看向了柴胡。

柴胡眼珠子转了转,机敏地答道:"因为工业革命!"

"没错!"胡延德大声赞赏道,"因为工业革命!工业代替了农业,人们对工作的定义就变了，很多人就想着要进工厂、当工人，而且这种改变是持续的。继工业革命后的下一步，就是信息革命。"

胡延德说到这里，王暮雪就已经大致猜到他的意图了。

果不其然，胡延德继续道："你们知道流量这个概念，是什么时候开始有的么？"

见王暮雪和柴胡都摇了摇头，胡延德非常满意地自问自答道："是从1995年开始的。从那时到现在，网络流量大致增加了100万倍。你们可以去研究下最近23年全球互联网公司的市值，研究之后你们会发现，网络流量的增长曲线和网络公司的市值增长曲线，高度重合，近乎同比例暴增，这说明了什么？"

说明了什么？自然说明文景科技很有前途，这家公司在新三板挂牌绝对没问题，项目组全体成员都要好好做，不要有任何迟疑、任何猜忌或者任何胆怯的想法，硬着头皮做就对了！

王暮雪虽然这么想，但绝不能把领导的潜台词说出来，于是退了一步道："说明互联网公司是很有前途的！"

"那是！咳……"胡延德因为爬楼梯有点喘，走到平路上赶紧顺了顺气，继续道，"网络的流量和网络公司的市值完全成正比暴增，足以证明，互联网是最大的投资趋势和发展方向。你们看现在，全球市值最大的十家公司，有七家已经变成了互联网公司，什么微软、亚马逊、苹果、谷歌、脸书、阿里巴巴和腾讯，不全是网络公司么？"

"对对，胡保代，您说得对！"柴胡赶忙虔诚附和，语气中虽然夹杂着些许拍马屁的成分，但更多的是真心认同。

确实，当年主营汽车和能源的公司，在不知不觉中，已经退出了当代巅峰舞台。

"所以你们看，六十年代，投资汽车和能源就行了，而现在，投资互联网就行了。投资复杂么？赚钱复杂么？一点都不复杂！有的时候我们想得太复杂，反而赚不到钱。"

胡延德说到这里，被身后一个声音打断了："现在才投资互联网，会不会有点晚了？"

三个人都回头看，只见一个穿着T恤、牛仔裤的青年男人站在三人刚刚路过的一家公司门口,这家公司前台处摆着不少蓝色的机器人,与人同高,手里都端着一个平板电脑。

"现在不应该投资未来 30 年大火的行业么? 30 年后,世界市值排名前十的公司,绝对都是 AI 公司。"青年男人语气平静地笑道。

AI(Artificial Intelligence),人工智能,其定义可分为两部分:"人工"和"智能"。"人工"是人力所能制造的;而"智能"是赋予计算机意识、自我、思维等技术,即将计算机"拟人化"。一家公司制造出的计算机越贴近真实人类,技术就越是高超。

当然,该计算机还要具备所有计算机都能做到的事情。

王暮雪此时才注意到年轻男人所在的公司墙上,印有一行字:"未来,是 AI 的未来,是人工智能的未来。"

"AI 才是我们人类历史上最大的革命。"年轻男子继续道,"它将比过去的农业革命、工业革命以及信息革命来得更大更广泛。您刚才提及的那些大公司,如今也都在不断朝 AI 发展。"

"小伙子,说话不要太绝对。"胡延德的脸有些僵。

"不信? 不信你们可以去了解一下人工智能的智商增长速度。再过30 年,任何一台虚拟机器人都比现在的人工智能聪明 100 万倍,而我们人类还是人类,我们的智商不可能在 30 年的时间里增长 100 万倍。也就是说,电脑会超过人脑,AI 智慧会超过全人类的智慧。"

青年男人这句带有恐吓成分的论调,让柴胡哑了,胡延德却不认可:"你的人工智能,难道不需要流量么! 你 AI 越发达,就越需要流量! 时时处处都需要!"

故事的最后,胡延德自然拽着众人走了,留下了愣在原地、满脸莫名其妙的青年男人。不过,下午办公时,王暮雪偷跑下来,加了这个男人微信,原来他就是这家 AI 公司的创始人,告诉了王暮雪很多很多新理念。

"机器人并不一定长得像个'机器人',有时候一个冰箱,一个盒子,也是'机器人',它们是给我们人类提供全方位服务的。"

"未来你去麦当劳,里面不会有人,都是机器人点餐。它们有你个人行为和偏好的所有历史数据,你一走进去,它们就知道你喜欢中包薯条,不要番茄酱,最爱奥尔良鸡腿堡。如果你进入时正在大量出汗,它们会猜测你可能需要冰可乐或者冰橙汁……"

"AI 并不是单个的个体,它是一个结合大数据的万物互联的整体系统。"

"未来不只是你和物品的沟通。物品和物品间也会相互沟通。以后你的音响很可能跟你的电视机吵架,所以 2040 年之后,机器人的数量将超过全球人口数量。生活中处处都是机器人,包括煮菜、出租车司机、银行柜台,全都由机器人代劳……"

这个男人还用手机给王暮雪展示了一幅图。图里显示着正常的人类智商(IQ),平均数在 100 左右,罕见的天才爱因斯坦智商 190,达·芬奇智商 205,而 30 年之后的 AI 智商,是 10000。

"所以未来 30 年,人类还能比人工智能强的地方在哪里?"王暮雪死死盯着那张图。

"我想,应该是情感与创造。"青年男人回答道。

情感……创造……哪种工作可以同时兼具创造和情感呢?未来的自己,或者未来自己的孩子,应该掌握哪种技能,才不会被人工智能抢走工作呢?

想到这里,王暮雪不经意看到车窗外一个熟悉的身影,身材高大,黑色紧身衣下的流线型肌肉煞是养眼,鱼七?他在这里干什么?还躲在公交站台后,看吃薯片的小男孩?

今日与鱼七预约了晚上八点的格斗课,王暮雪一个箭步,闪下了车。

159 就要当英雄

"你在干吗呢!"王暮雪蹦到鱼七身边,用胳膊肘撞了一下他的手臂。

鱼七赶忙做了一个嘘的手势,又盯回那个小男孩。

小男孩大致四五岁,齐刘海,穿着双背带蓝色牛仔裤,两只肉嘟嘟的小腿来回晃动。此时,一个身着黄色宽松 T 恤,背着双肩卡通包的大胡子男人,走到了小男孩跟前,蹲下来笑道:"薯片好不好吃啊?"

小男孩盯着那男人没说话,也没有停下吃薯片。男人于是从卡通包里拿出了一个喜羊羊玩偶,在小男孩面前摇了摇道:"喜欢这个吗? 给你买的哦!"

见小男孩摇了摇头,男人又从卡通包里掏出一个灰太狼玩偶:"还买了这个给你哦! 开心一下嘛!"

小男孩终于伸出了手,将灰太狼接了过去。

王暮雪眉头皱了起来,这不就是一个爸爸哄儿子的画面么,有什么可看的……

"还有十分钟八点,我们上去吧。"王暮雪指了指不远处的健身房。

"再等一下。"鱼七还是很小声。

鱼七话音刚落,那大胡子男人就开了口,这回他声音明显比之前的小了许多,王暮雪隐约能听见的几个词是"叔叔""多""玩具""走",说完他就拉着小男孩大步离开。

王暮雪刚想说什么,鱼七已经冲了上去,一把拽回小男孩,并朝那个男的大声道:"你拉我弟弟去哪里?"

大胡子男人见状,撒腿就跑,不过五步就被鱼七非常娴熟地扣在了地上。

"报警!"鱼七朝王暮雪大声道。

王暮雪刚掏出手机,鱼七又补充道:"看好孩子!"

有路人掏出手机拍照,原来在公交站等车的人也窃窃私语起来。

王暮雪虽然有些慌乱,但还算反应快,一把拉住孩子,另一只手迅速拨打了那个她从来都没拨过的号码:110。

随着围观、拍照、拍视频的人越来越多,鱼七索性直接坐到了大胡子男人身上,大声质问:

"说! 一共拐卖了几个?""你下线在哪里?""还有多少同伙?"

每问一句,鱼七的手就不自觉地将大胡子男人的手扣得更紧。

一言不发的男人并不老实,总在试图逃脱,而且鱼七大腿内侧的肌肉都可以感到他口袋里有坚硬的金属制品,不出意料,应该是刀。

下班高峰期车流较大,警车五分钟了依然未出现,瞅见鱼七逐渐显得有些吃力,大胡子男人还在不停挣扎,王暮雪本能地想过去帮鱼七,但才靠近两步便听鱼七命令道:"别过来! 有刀!"

听见"有刀"二字的吃瓜群众,也连连后退几步。王暮雪瞧见这些拍照录视频的人中,有几个还是身强力壮的大老爷们,于是直接指着其中几个大吼道:"都别拍了!你!按住他的腿!你!按住另一只腿!你们两个,头和肩!我已经报警了,警察马上来,到时你们都是英雄!快!"

大家一听能当"英雄",都来了勇气,把朋友圈素材也放到一边了,反正人多力量大,稳赢,于是撸起袖子就上去"压人"。众人齐力,鱼七轻松了不少。

警车终于到了,大胡子男人被押上警车,小男孩也被安置在警车里。鱼七跟警察简单说了些什么,然后走过来对王暮雪道:"走,我们上去吧。"

见他脸上、额头上都是汗,嘴唇也有些发白,王暮雪试探性地说:"你……今晚还打得动么?"

鱼七笑了,示意王暮雪跟他走:"跟你打,绰绰有余。"

王暮雪一听又是"绰绰有余",一咬牙,直接给了鱼七后背重重一拳,怎料鱼七这回完全没防备,一个趔趄朝前摔在地上,胳膊肘当场见血。

王暮雪傻了,赶忙跑过去扶起鱼七,边扶边抱怨道:"你怎么变得这么不耐打啊!"看到血迹,她才又自责,"你也太细皮嫩肉了!这都能出血!"

鱼七将手肘翻过来看了看,无奈道:"我抓罪犯都没伤,居然被你打伤了……"

"那个……先起来。"王暮雪红着脸,硬拖着鱼七起来,不料他刚站稳,手就抚着额头不动了。

"怎么了?"王暮雪问完就明白了,他肯定是血糖跟不上,看不见了,所以才需要缓一缓。想到这里王暮雪更为小心地扶着鱼七,声音也小了许多,"都是我的错,今天不打了,课时你照常减就好,我请你吃饭。"

话音未落,就听有人叫自己,王暮雪扭头一看,蒋一帆来了。

"这是……?"蒋一帆满脸疑惑。眼前的鱼七在蒋一帆看来身高足、身材好,就连气质都很独特,总之不像金融圈的人。

鱼七此时也看清了眼前人——白衬衣,黑西裤,斯文,戴眼镜,五官端正,书生气。

"你同事啊?"没等王暮雪开口,鱼七直接问道。

"对对,我同事蒋一帆,赶紧去包扎一下。"王暮雪顾不得给两个人介绍,拉着鱼七就想往附近的医院走。或许她潜意识里也不想他们认识。

"没事,小伤,不用去医院,健身房有消毒和包扎的。"鱼七说着将王暮雪的方向调整回健身房,边走边朝身后呆愣的蒋一帆道,"我是她的格斗教练,鱼七。"

"被我打伤的!"王暮雪大声补了一句,并朝蒋一帆吐了吐舌头。

蒋一帆完全呆愣在原地,还没来得及有什么反应,就听见极其恐怖的阎王爷的声音:"王暮雪,你在干吗?"

曹平生不知何时出现在这车水马龙里,双手背在身后,挺着大肚子,好像看这场戏已经看了很久似的,目光极其严厉。

"曹总……"

"王暮雪,你很闲啊,正常上班的时候偷跑去吃饭,应该加班的时候还能抽空打人!你收拾完来我办公室一趟。"曹平生说完,黑着脸径直朝明和大厦走去。

鱼七见状,凑近王暮雪耳边小声道:"这么怕他啊?"

王暮雪知道腥风血雨即将来临,但还是硬着头皮拉鱼七朝健身房跑。鱼七边跑边问:"他就是你们领导,曹平生对吧?"

"你别说话,弄好你的伤口!"王暮雪气汹汹的,说好的饭也泡汤了。

处理完鱼七的伤口,她赶快赶到曹平生的办公室。刚一推开门,就闻到了意料之中的呛人二手烟,直挺挺站在里面的蒋一帆和柴胡也让她感到了阵阵寒意。两个人的样子都相当忐忑,目光与王暮雪相撞的瞬间,她仿佛看到了两个字:末日。

"王暮雪,文景科技这个新三板项目,从现在开始你一个人做!"曹平生说着,将手举起来,用指缝中夹着的烟头先后指了指蒋一帆和柴胡,"你们两个,全都不许帮她!被我发现帮她,你们一个人三个IPO!就这样!散会!"

160 领导的微变

"3个IPO?那要看怎么做!"听了王暮雪被批评的消息,胡延德笑道,"如果仅是打打电话,我一个人5个IPO都没问题!"

王暮雪一脸僵笑,心想曹平生的意思肯定是实打实地在现场干3个IPO,怎么可能只是打打电话……

"怎么可能1个人3个IPO,3个人1个IPO都够呛!有时候曹总说话,你们听听就行,不是来真的。"见王暮雪压力大,胡延德安慰她道,"更何况,就算来真的,不还有我么!我搞财务,你搞业务和法律。"

王暮雪闻言有些吃惊,胡延德可是近一年来连底稿都没怎么碰过的人,难道真的愿意为了拯救自己,下地干活?

见王暮雪这副神态,胡延德轻咳一声,补充道:"听说部门里又来了一个女实习生,英国毕业的,硕士,回头我想办法把她挖来给你用。"

王暮雪瞪大眼睛,她从未想过自己也可以有下属,虽然已经正式入职,但她对自我的认知还停留在"我是实习生"的阶段。

也不知这位新来的女实习生是怎样的人……

说着话,他们已经来到了一家装修时尚的湘菜馆门前。汇横区高新技术产业园周边较为荒凉,大多是百姓自主经营的那种无法开发票的快餐店。眼前这家湘菜馆,算是附近唯一一家能够上台面的地方,所以自然就成了路瑶宴请各中介项目组成员吃饭的唯一去处。

湘菜馆菜品制作精细,用料口味多变,油重色浓,价格也比较实惠。王暮雪个人最喜欢的是辣椒炒肉、剁椒鱼头和组庵豆腐。她注意到董事长路瑶最爱点的是东安鸡、腊味合蒸、外婆菜和酸辣牛肉粉。

没想到的,作为一家企业的董事长,路瑶能够天天抽空与项目组成员一起吃饭,商务部江映和副总经理毕晓裴也总是作陪。

江映四十出头,永远一个发型,将过肩长发直接扎在脖子后,东北样貌,素面朝天。副总经理毕晓裴是江南长相,五官小巧,穿着也比较讲究,一套高贵大气的商务套装,一头长直发整齐地披在肩上,说话的声音稍微有些沙哑。

董事长路瑶性格特别活泼,通常都是她与胡延德在调动整桌气氛。胡延德本想抓住吃饭的机会,了解文景科技的业务,但每次主题都在开局不到五分钟内,被路瑶彻底带跑偏。比如路瑶会突然问王暮雪:"小美女,你们90后现在单身的原因是什么?"

王暮雪笑了："大概是圈子小、工作忙、对爱情的幻想过于完美。"

路瑶听后筷子敲了一下碗，直接朝胡延德道："您看胡保代，这位小美女概括得真是好！有实力！"说着她又转向王暮雪，"姑娘你记住，女人，有实力，才是真漂亮。"

"暮雪是有实力的。"胡延德道，"不过她们这一代都看韩剧长大，韩剧里那些男主角无所不能，连命都可以活四百多年。"

王暮雪没理会胡延德，而是如实补充道："其实我身边的大部分单身朋友，嘴上说着想单身，但心里都还是渴望能够在 30 岁前结婚的。"

"哦？为什么？"路瑶饶有兴趣起来。

"因为如果不结婚，耳根子就不清净，很妨碍我们专注本业与自我提升。"王暮雪说着抿了一口茶。

"对！"一直沉默的江映突然道，"我昨天还看一篇报道，说你们 90 后主要的压力来源有三个：脱单压力、经济压力与自我提升压力。"

王暮雪想了想，笑了："好像还真是，我现在经济压力和自我提升压力特别大，再过几年，估计脱单压力就排第一了。"

"脱不了也不怕，一个人挺好的。自己赚的钱自己花，想干吗干吗，不用替别人操心。多一个人其实很麻烦，这个世界这么好玩，自己都玩不够。"路瑶这么说毫不奇怪，因为她四十多岁、未婚、没有孩子、对极限运动着迷。

想不到木偶王萌萌也对这个话题感兴趣："我周围有些追星的朋友，追星很忙，偶像太优秀，眼里看不到别人。"

"哦？王律师也是 90 后？"路瑶问道。

"我 91 的。"王萌萌不回避自己的年龄，"周围人大多单身，其实还有一个原因。"

"什么原因？"胡延德也好奇起来。

"手机太好玩。"

此话一出，全场都乐了。路瑶突然将话题一转道："胡保代，还是你们搞投行的容易，吃的是永恒饭。这个行业不景气就换另一个行业做上市，不像我们，只能在一个行业里硬扛。互联网竞争异常激烈，这个月才注册，下个月就倒闭的公司一抓一大把。我们公司门牌号是 1301，你们还记不记得……"路瑶说着看了看江映和毕晓裴,"咱公司搬进来的半年内,1302、1305和1307的互联网公司全没影了。"

胡延德用公筷给路瑶夹了一大块她最爱的东安鸡,然后不紧不慢道:"路总您说得没错,相比于你们,我们干投行的是很容易,体态容易老、容易秃、容易胖;心态容易伤、容易迷茫、容易信佛、容易崩溃;行踪容易失联,项目还特别容易打水漂……"此话一出,全场一阵爆笑。

"咋没看出胡保代您这么幽默呢?"路瑶笑弯了眼角。

胡延德摸摸吃撑了的肚子,乐呵呵道:"没办法,生活太苦了,只能苦中作乐。我昨天还看了本书,告诉我们有时既然崩溃无用,伤感无用,那就干脆把沮丧和脾气藏起来,展现出微笑、平和以及冷静。"

王暮雪注意到,胡延德话音落下后,路瑶看他的眼神都起了微妙的变化,好似少了几分商业客套,多了几分由衷的欣赏。看来在与企业高层交谈的过程中,自己还需要不断学习。很多时候,并非只有讨论专业知识,才能让客户对自己的印象提升。交谈中展露的每一个微笑,对观点的每一次表态,以及说出的每一句收不回的话,都需要格外注意,因为这是个人品牌的积累。

王暮雪发现,胡延德似乎有变化,至少这几日饭桌上的气氛,一次都没有因他而僵化过。

胡延德吃完饭便离开了,王暮雪独自回到办公室,看到桌面上只有一台电脑的办公环境,不免有些悲凉。办公室并不宽敞,桌子也十分狭小,若两个人面对面坐着办公,各自的电脑必然会碰到一起。

青阳寸土寸金,就连这间办公室的使用权,还是副总经理毕晓裴特意打包走自己的东西,让出来的。难道这间办公室,这个新战场,以后真的只剩下自己了么?王暮雪不知自己对柴胡这个同生共死的战友,究竟有着怎样的感觉。她好像不太喜欢柴胡,但她又不讨厌他。她与柴胡一起工作相当默契,从未因为工作而有过任何争执。

毫无疑问,柴胡是一位理想型队友,至少他绝对不会在工作中坑其他队友。而且,柴胡特别注重实践,蒋一帆所说的那些记忆和思考方法,每天坚持练习将近一年的,只有柴胡。

在王暮雪看来,柴胡并不完美,至少她认为柴胡活得没有自己纯粹,但这个并不纯粹的人不跟她并肩战斗了,让人心里空落落的。

"在干吗呢?"王暮雪忍不住给柴胡发了条微信。

柴胡秒回:在给阎王爷写公众号呢!

王暮雪愣了:啥? 公众号?

柴胡知道王暮雪理解不了,于是直接补充道:阎王爷说我不能帮你,但目前也没其他项目缺人,于是让我把部门从创立至今做的所有案例,还有聚焦的行业写成分析报告,发到公众号上。

王暮雪:……这些案例会有人看吗? 要不大哥你还是远程默默帮我吧。文景这个项目太陌生了,我一个人搞不定。

柴胡:我可以帮你一周,下周你得靠自己了。

王暮雪:为啥?

柴胡:快八月了,你不要忘了咱们在会里排队的三个IPO项目,都要有人更新半年报。阎王爷说我是扫把星,惩罚我一个人干完,我下周真的是1个人3个IPO了……

王暮雪:你什么时候成扫把星了?

柴胡:因为自从部门破格录取了我,上证指数就从5000多点跌到了4000多点,而且现在还在跌,我今天看了下,都快到3000点了……

王暮雪不禁按着肚子笑,回复时手都有点抽了:哈……哈哈……好了好了扫把星,不用你帮了!

关掉对话框,王暮雪重新打开桌上凌乱的宣传资料,心想好在该项目尚处于前期阶段,自己还能应付。未来怎么样也只能走一步算一步了。

投资银行的尽职调查可以分为三个阶段:前期、中期和后期。假设上市公司是一个人,尽调前期是看病阶段,全身体检,细致周全,必须彻查出此人的所有问题;中期是治病阶段,投行人必须将前期查出的病症一一治好,治得好才能上市,治不好只能洒泪放弃;后期是健身阶段,即给这个人减脂塑形、洗脸穿衣以及涂抹防晒霜,达到完美外形。

一般而言,前期时间要求不是特别紧,问题要慢慢查,病要慢慢看,太急容易看漏;中期对于时间要求会有所提升,而后期完全是争分夺秒的大决战。

过往王暮雪参与的晨光科技、东光高电以及法氏集团上市所处阶段,均为项目后期,即决战阶段,这个阶段的好处是人已没病,就等健身塑形洗干净上市;而不好的地方在于工作强度大、时间赶,需要在短时间内高效无差错完成工作。

只参与过三次决战阶段的王暮雪,这时突然被单枪匹马派来给一家互联网公司看病,而且承诺帮她搞财务的胡延德,一溜烟就没了影儿。世上没有救世主,王暮雪心里的哀叹还没完成,鱼七的微信就进来了。

161 真没怀疑你

两个人坐在一家装修简陋、灯光偏暗的农家私营小店中,灰蓝色的电风扇,外框沾着厚厚的灰尘,就连有些脱落的墙壁都爬满了炉锈。

面对狼吞虎咽的鱼七,王暮雪身子坐得笔直,双手插在胸前道:"记性真好,还记得我欠你一顿饭,而且不惜跋涉一个小时过来吃。"

鱼七腮帮子鼓鼓道:"我连餐馆都没挑。"

"嫌便宜了?!"王暮雪突然凑近鱼七,眯起眼睛。

鱼七对上了王暮雪的眼神,声音十分无辜道:"对啊!"

趁王暮雪还没来得及发飙,鱼七补充道:"你废了我一只手,害得我现在只能用左手吃饭,难道一碗牛肉面不便宜么?"

"哪里只有一碗牛肉面了?! 不是还有卤蛋、鸭翅、花生和葱花嘛!还有这瓶可乐!"王暮雪说着把鱼七面前的可乐拿起来又重重放下,"这些难道不是钱么……"

鱼七抽了一张纸巾,将嘴擦干净,在这个过程中他一直试图止住笑意。

"笑什么笑! 你本来就是左撇子,这对你有什么影响? 别以为本姑娘看不出来,你挥拳次数左手远多于右手。"王暮雪放大了音量。

"如果你爸知道堂堂阳鼎科技董事长的女儿,在青阳过成这样,会作何感想?"

王暮雪听后一拍桌子:"那还不是因为买了你 64 节私教课! 让我一夜回到解放前!"

"你不是已经报了三个 IPO 么？奖金应该很多才对。"鱼七不以为意。

"那只是报上去了，又没上会，更没上市发行，哪儿来的奖金。我现在每个月就……"

"1492 元。"鱼七笑着打断道，"我知道，你上次说过了。"

王暮雪闻言噘起了嘴："不是了！本姑娘现在是 4992 元了，我入职了，到手工资涨了 3500。"

"怎么听上去你工资比我都低，税前多少？"

"6666.67 元。"王暮雪依旧板着脸。

鱼七闻言差点呛到，他将可乐咽下后，道："你们公司这工资数可真吉利，是不是你转正后，工资就是 8888.89 元了？"

"没准儿还真是。"王暮雪用筷子夹起一个卤鸭翅，边吃边叹气，"哎……即便那样，我也依然很穷。"

"没事，你现在不是又准备报一个 IPO 么？等你这些项目都出来了，你就是大款了！"鱼七说着又喝了一口可乐。

"现在这个不能称作 IPO。IPO 一般在主板和创业板公开发行，现在这个只能被称作新三板挂牌，收费很低的。"

"原来是新三板。三板这两年很火，我看挂牌企业几千家了。我们无忧快印这半年制作员都忙疯了，大部分全在做新三板的申报材料。"

王暮雪听到这里，突然好奇道："对了，你在无忧就是做打印复印的工作么？"

鱼七咧嘴笑了："我是做打印复印的没错，但你这句话别让我们领导听到。"

"为什么？"

"因为我们领导最讨厌别人说无忧快印就是一家打印复印公司。"

王暮雪尬笑道："难道不是么？"

"当然不是！"鱼七一本正经，"我们现在开拓了很多新业务。你们用的信息检索平台就是我们无忧开发的，在检索平台上，你可以很容易根据关键词找到案例，而且我们还设立了募投可研事业部、信息披露事业部、上市咨询事业部，团队目前还在开发针对投资银行的管理系统……"

"所以呢?"王暮雪歪着脑袋。

"所以我们无忧快印已经不是一家单纯的打印复印公司了,我们正逐步转型成一家技术和咨询公司,今后能够给予你们投行的服务越来越全面,越来越智能,不再仅有原先你知道的那些边缘化业务。"

"那你的同事都是什么专业的?我看他们办公软件都用到大神级别了,很多操作连我都不会。"王暮雪也有些相信鱼七说的并非夸张。

"大多都是计算机专业。"鱼七回答,"以前招人多是本科或者大专,现在因为服务升级了,硕士博士都招了,连你们投行保代都招。"

"那你们每年有奖金么?"

"有,根据每个项目的打印量算的。"

"提成比例是多少?"王暮雪眼神中带着试探。

"我刚进公司的时候是3个点,今年年底还是不是这个数就不清楚了。"鱼七注意到王暮雪的筷子一直笔直地立在碗中,吃剩的鸭翅骨头也没往外扔,于是鱼七嘴角微微上翘,意味深长道,"现在相信我确实是在无忧工作了吧?"

王暮雪两眼瞬间瞪大:"我……我什么时候说你不是了?我可没这么想过。"

"最好没有。"鱼七将瓶中剩下的可乐一口气灌入腹中,而后起身道,"我们走吧。"

王暮雪愣了一下,赶忙追出去,扯着鱼七道:"真没怀疑你!而且明明是你先开始查我的!"

鱼七停住了脚步:"我什么时候查你了?!"

王暮雪见话题成功转移,赶紧反咬对方道:"你不查我你怎么知道我爸是谁?"

怎料鱼七一脸平静:"小姑娘,圈子就这么大,你爸是谁全天下都知道好么?"

"我……"王暮雪有些词穷。入职的时候,公司要求将父母的姓名和单位全写出来,投行圈跟无忧快印关系又这么密切,基本属于一个圈,八卦信息被大嘴巴的人共享出去也并不奇怪。

"那你怎么知道我报了3个IPO,你就是查过我!"王暮雪不依不饶。

"发誓没有。"鱼七耸肩否认,"我之所以知道,是我捡到你们法氏集团申报材料中的那个承诺书,去公司前台问是哪个券商的项目,他们帮我搜出来的。3个 IPO 都是你来的无忧,留的都是你王暮雪的名字和电话,电脑一搜就全出来了。我碰巧看到,IPO 表格处有 3 排,自然就是 3 个啊……"

看着鱼七一本正经的样子,王暮雪皱着眉头嘟着嘴:"你还真无辜啊!"

"姐姐,我本来就很无辜啊……你不要想多了。我对于打不过我的女生,都没什么兴趣。"

此话一出,王暮雪立刻眼冒金星,还好鱼七这回闪得快,要不估计肯定得挨这姑娘致命一击。两人你追我闪了几分钟才最终消停下来。

在与王暮雪回文景科技的路上,鱼七一直提着心,这个小姑娘不太容易对付,心思极其敏锐,防范心超于常人,而且几节课下来,她格斗术实战能力进步飞速,自己万不可掉以轻心。

而此时的王暮雪想的是,身边这个叫鱼七的男人绝非等闲之辈。其他不论,就论当时他能够察觉出吃薯片的小孩已经被人盯上,非常肯定大胡子男人就是拐卖儿童的罪犯,就很不一般;尤其他制服那男人的方式,整套动作一气呵成,如果不是经常练习,怎么可能如此娴熟?

王暮雪刚想开口问鱼七哪学的功夫,鱼七却先开了口:"你们搞投资银行的,财务都很厉害吧?"

162 评估的密码

王暮雪白了他一眼,骄傲道:"不厉害。不过跟你比,绰绰有余。"

鱼七皮笑肉不笑道:"那教教我呗? 比如从财务指标上,怎么判断一家企业是否值得投资?"

"你想知道这些干吗?"王暮雪警惕起来。

鱼七摸了摸后脑勺,不好意思道:"好奇啊! 以后有钱了理理财,你们投资银行前期规范企业规范得这么辛苦,应该知道从哪些指标可以看出一家企业是否具有投资价值吧？"

"可我对于财务比不过我的男人，也没什么兴趣。"王暮雪下巴一抬，径直大步往前走。

"别啊女侠！"鱼七上前直接拉住了王暮雪的手。

王暮雪被这突然间的肢体接触弄得心跳加速，而就在时间本应定格的瞬间，她手机响了，来电提示：蒋一帆。

她这才反应过来，立刻甩开了鱼七的手，接起电话。为了化解眼前的尴尬，她将音量提高道："喂，一帆哥？"

"下班了么？"

"没呢，等下还要回去再看看材料。"王暮雪如实回答，心跳依旧有些快。

"现在八点了，高新技术产业园离你家挺远的，太晚回去不安全吧？"

"企业给我在旁边订了酒店，上下班走路十分钟，很方便。我行李都带过来了。"因为路灯昏暗，她看不清楚鱼七的表情。

"你那边有什么资料需要我帮你弄的么？"

听到大神抛出了橄榄枝，王暮雪内心一阵激动，她好想跟蒋一帆说："一帆哥我其实根本没搞懂这家企业是做什么的，业务模式很乱，经销商都是奇奇怪怪的公司，这家企业连财务总监都没有……"

但在鱼七面前，她不能这样说，毕竟体力上比不过，脑力上再暴露弱点，就彻底无地自容了。于是王暮雪平静道："我明天整理一下，看看如果有需要，再跟你说。"

"好的，那你明天微信发我就行。"

"嗯嗯，好的啊！"

蒋一帆也不知道还能说什么，于是跟她重复了一句"早点回酒店"便挂了电话。

"原来蒋一帆是你男朋友啊？"鱼七打趣道。

"要你管！本姑娘对你没兴趣！"王暮雪说着就朝前走去，不料手再次被鱼七一把拉住了："可是我对你有兴趣。"

王暮雪一听是如此轻浮的话，立刻想甩开鱼七："你不是对打不过你的女生没兴趣么！"

"可我对美女感兴趣啊!"鱼七露出了邪邪的笑容,"尤其对可以跟我讲投资诀窍的美女感兴趣。"

"有病吧你!"王暮雪拼尽全力想甩开,但反而她的两只手都被鱼七死死扣住了。

借着远处的路灯微光,王暮雪瞅见鱼七手肘的包扎纱布被勒得很紧,她担心他的伤口再次裂开,就不动了。

高新技术产业园只要过了八点,路上几乎没行人,就连路灯一两百米才一个,有些还是坏的,周围的气氛幽暗阴森,王暮雪心想,若鱼七真要对自己干什么,还真有可能没法逃脱,于是赶紧清了清嗓子道:"是不是我跟你讲你就放手?"

"对。"鱼七干脆一句。

"我讲,你放开!"王暮雪命令道。

见鱼七立即放了手,王暮雪内心骂了他无数次神经病后,才开始一本正经地讲起来。

那晚王暮雪与鱼七在文景科技的办公楼下转了一圈又一圈,两个人都没发现时间会过得如此之快。当王暮雪全部讲完之时,已经接近晚上十点。

鱼七坚持要送王暮雪回酒店,并说为了答谢她,改日请她吃三色鸡蛋饼。

三色鸡蛋饼中有三种口味,即香草、巧克力与抹茶,也有三种颜色,十分好看。

"你耽误我加班了,怎么办?"王暮雪埋怨道。

"我们健身房在这附近有分店,以后我过来,你就不用坐 1 个小时的车回金融中心上课了。还是一样,一周 3 节,每周给你省 6 小时。"鱼七说着转过身,给王暮雪留下一个挥手的背影。

通过今晚,鱼七知道这个姑娘的肚子里是有墨水的。王暮雪说:"其实我不懂什么是投资,也从未去二级市场上买过股票,但我知道一家公司的财务报表,或多或少可以反映出这家公司目前的业务是否健康。"

王暮雪归纳出的方法,她自己称其为:企业评估密码。

评估密码 1:毛利率越高的企业,越有核心竞争力。只有毛利率高的企业才可能拥有高的净利润,才可能对自己的产品和服务进行自由定价,才可能具有持续竞争优势。

但必须注意,市场上能够创造高额利润的企业很多,我们应该关注其创造利润的方式。若这家企业获取利润依赖的是研发投入、是技术创新,则说明该企业利润增长的原动能是健康的、持久的。

评估密码2:关注企业费用支出。在公司运营过程中,我们必须关注销售费用和管理费用。一般而言,销售费用和管理费用占毛利比例越低的公司,投资回报率就越高。

评估密码3:利息支出越少的公司,经营状况越好。与同行业其他公司相比,利息支出占营业收入比例越低的公司,往往具有更强的持续竞争优势。因为利息支出反映了一家企业的融资成本。一般信誉越好、实力越强的公司,融资成本也会越低,正因大家都相信它,才会愿意以低利率借钱给它。

评估密码4:计算经营指标时必须排除非经常性损益。在考察企业的经营状况时,一定要排除非经常性项目这些偶然性事件的收益或损失,然后再来计算各种经营指标。

毕竟,这样的非经常性损益不可能每年都发生。

评估密码5:时刻牢记——现金为王。如果池塘里没有鱼,你一辈子钓不到鱼;如果一家企业根本不产生自由现金流,我们怎么能奢求从中获利呢?

所以一家企业的自由现金流是否良好,往往比其成长性更重要。如果一个企业能够不依靠外在资金投入和外债支援,仅依托自有运营过程产生的自由现金流,就可维持现有的发展水平,那么这家企业就是一个值得投资的好企业。

对公司而言,通常有三种途径来获取自由现金:A、发行债券或股票;B、出售部分业务或资产;C、一直保持运营收益现金流入大于运营成本现金流出。

评估密码6:谨慎对待负债率高于同行业的公司。债务比例高于同行业,往往意味着风险也高于同行业。一家企业负债经营,犹如绽放的玫瑰中带着刺,刺越多,扎到我们的概率就越大,评估这类企业需要高度谨慎。毕竟,高负债意味着高成本,一个不懂得节约成本的企业,如何能够产出物美价廉的商品,为股东赚取丰厚的回报?

所以遇到这样的企业,必须谨慎、谨慎、再谨慎。

【注:参考指标为同行业公司,不同行业的公司财务指标不具有可比性。】

163 唯一的救兵

王暮雪打开手机里已经下载好的 App,朝文景科技的技术总监曾开熙道:"你们这个 OA 办公软件,红色的流量红包入口,我点进去就看到了三大运营商。刚才我自己试着买了点,发现可以转发,送出去。"

柴胡的手机显示:您的微信好友王暮雪赠送您 50M/4G 流量。柴胡挠了挠脑袋,默默点开红包,2 秒后手机短信弹出界面:50M 流量已充值成功。

本来中午有些困意的柴胡,骤然精神抖擞,立刻给王暮雪回复道:再多来几个啊妹子!

王暮雪自然没时间理柴胡,而是朝技术总监曾开熙道:"为什么你们 OA 系统要开设这个流量红包的模块? OA 不是管理员工,管理工作流程用的么? 而且平常我们买流量,不是都直接跟运营商买么? 你们这个流量红包业务,有什么独特的优势吗?"

曾开熙三十八岁,板寸头,习惯穿土黄色的夹克,皮肤也偏黄。王暮雪对他的唯一印象就是:讲话特别正经,从来不笑。

"是这样的……"曾开熙道,"因为我们这个 OA 办公软件,员工打卡签到并不是点一个按键就可以,OA 里有自动定位功能,员工每日上班打卡需要实际来公司,然后拍视频,上传后才算签到。"

王暮雪睁大了眼睛:"……视频签到? 还有定位功能?"

曾开熙相当平静:"嗯,因为每日拍摄视频需要一定的流量,所以我们原先开设这个业务,是给购买我们这款软件的企业一些流量优惠的,企业将流量以红包的方式赠送给员工。您可以比较下价格,从我们这买流量,比直接跟运营商买要便宜。"

王暮雪闻言,看了看敞开空间里的那些辛勤劳作的程序员,问道:"他们每天上班都得这样么?到公司拍视频打卡?"

"对。"曾开熙回答,"这个定位功能是上班时间必须打开的,包括在外面跑单的业务员,我们也时时都知道他们的位置。"

王暮雪表面还算平静,心里却已经开始疯狂吐槽:好不人性化的App!居然时时刻刻监控员工的位置,而且如果明和证券也买了他们家这款 OA 办公软件,那岂不是自己每天都要准时到项目现场,然后拍摄一段视频,上传打卡……

这不会很傻么?搞不懂状况的隔壁公司的员工,会不会以为自己特别自恋,每天上班都要自拍……

"我们这个流量全国通用,支持 2G/3G/4G 的手机用户,支付方式快捷简便,微信或支付宝都可以。购买后流量充值也是立刻生效的。"

听曾开熙介绍到这,王暮雪提出了一个疑问:"为什么从你们这儿买流量,比直接从运营商买还要便宜?运营商不是流量的源头么?向运营商直接买不应该是最便宜的么?"

"你们个人向运营商买,这对运营商来说属于零售,属于个人业务。你们个人买得不多,所以不便宜。我们这个是运营商针对企业的套餐,一次性买的量大,单价上自然就有了优势。"

王暮雪好似明白了什么,进而问道:"所以你们文景科技,向运营商购买整批流量的行为,就是企业对企业,B2B,而我们个人再从你们平台买流量,对你们企业而言就是 B2C,连起来就是你们第一次中介协调会上提到的 B2B2C 模式……"

"没错。"曾开熙此时终于露出了一个浅浅的微笑。

王暮雪脑中此时的回路是:运营商—文景科技—个人,对应的业务模式为:B2B2C(Business to Business to Consumer)。她此时灵光一现道:"那我以后如果流量不够用,再也不给手机号充话费或者在运营商的 App 上购买流量包了,直接在你们这个 OA 里买不就好了!"

"当然可以啊!"曾开熙笑得更灿烂了,"这也是我们宣传这款移动OA办公系统的方式。你在我们这儿买多了,说不定偶尔也会东点一下,西点一下,对其他功能感兴趣,进而觉得我们这款办公软件好用。"

王暮雪连应了两声,表示十分同意,但心里想的却是:开什么玩笑?我可不要定时定点在公司门口自拍录视频,连上厕所都要被曹平生监视……

"王暮雪!又买热狗了?!"

"王暮雪!你很闲啊!又打人了?!"

曹平生看到定位后那张恐怖的脸,脑补一下都不寒而栗。

"暮雪!看看谁来了!"胡延德的大嗓门此时从门外传了进来。自从曹平生将文景科技新三板扔给王暮雪一人,保代胡延德便展现出了前所未有的积极态度,每天都来企业现场"帮忙"!具体表现形式为:中午12点起床,在家吃完饭打车1小时来企业现场"视察工作"。

此时胡延德身后跟着两个王暮雪素未谋面的女人。其中一位将黑长发整齐地束在脑后,身着白色连衣裙,戴着一副眼镜,长相秀气甜美,身材有些肉肉的,手中提着一个粉红色的袋子,里面装着手提电脑。

王暮雪不用猜也知道,她应该就是胡延德之前向自己提及的,部门里那个刚来不久的英国毕业生。

"暮雪姐姐好!我叫杨秋平!"甜美女生朝王暮雪很有礼貌地打了招呼。

看到项目现场唯一的救兵,王暮雪神色自然亮了许多,忙笑着回应道:"你好你好!"

跟着杨秋平一同进来的,是一位身材稍矮,短发,皮肤偏黑,穿着黑色套装的朴素女人,三十岁上下。

王暮雪注意到,她的套装配的不是裙子,而是西裤。

胡延德朝曾开熙道:"曾总,这就是我替你们新招的财务总监,陈雯,原锐恒会计师事务所的高级经理,有5年事务所经验。"

"你好你好!"曾开熙赶忙上前与陈雯握手,"财务你是专家,我一窍不通,以后公司就靠你了。"

王暮雪一听是新来的财务总监,心里一阵激动,就好似需要解救的难民,看到了祖国的海军战舰一样。财务总监这个角色对投资银行来说,太重要了。

一个没有财务总监的公司,等同于没有司机的汽车,在上市这条路上,就算车再好油再多,都无法开动。

"陈经理您好!"王暮雪主动朝陈雯伸出了手。

胡延德从外面搬了两张椅子,招呼大家在狭小的办公室坐了下来。

164 新潮恋爱观

胡延德开门见山朝陈雯道:"陈经理,他们公司预付账款特别大,还都压在一些注册资本10万或者20万的公司上,而且这些公司都成立没多久,您怎么看?"

一坐下来就直接谈业务,陈雯明显不太适应,有些尴尬道:"我得去看看具体情况,才能给出意见。"

胡延德摸了摸下巴:"他们家没存货,倒腾的都是软件啊,流量啊,您怎么看?"

陈雯更尴尬了:"胡保代,我才刚来,今天是第一天,我得先了解下公司业务。"

"他们家主要是预付模式,但我看账上又有很多应收账款,您怎么看?"

陈雯无奈地重复道:"胡保代,我说了,我才刚来,我得了解情况后才能告诉您。"

胡延德仿佛没听到陈雯的诉求,而是继续道:"他们家80%都是经销模式,陈经理您怎么看? 您觉得这样的情况还能过会吗? 终端核查打算怎么搞? 销售真实性怎么论证?"

陈雯只得一言不发,等他自己停下来。

"胡保代特别省,为企业省,所以只能委屈你跟我住一间了。"终于到了下班时间,王暮雪打开酒店房门,朝拖着行李的杨秋平道。

"没事没事,我就喜欢跟姐姐住一间!"

听到这句话,王暮雪起了一身鸡皮疙瘩。此时柴胡的微信也来了:暮雪暮雪！杨秋平是不是去文景了?!

王暮雪:对,在我项目上。

柴胡:帮我个忙！适当的时候,侧面问问她有没有男朋友。记住！是适当的时候、侧面！不要太过刻意,更不要说是我问的。

王暮雪发了一个 OK 的手势后,关上手机直接朝杨秋平就是一句:"柴胡让我问你有没有男朋友。"

杨秋平刚放好行李,愣了一下:"柴胡是谁?"

王暮雪有些吃惊,问道:"没见过? 你没去过明和大厦么?"

"就去过一次,面试而已。"

原来柴胡对这种肉肉的、甜美可爱型的女生有感,一见钟情了,于是她笑着拿起烧水壶进了洗手间,一边接水一边道:"你现在是单身吗?"

杨秋平靠在洗手间门口:"以前交过一个,分了。现在暂时不想谈。"

王暮雪回身将烧水壶放到底座上,按下按钮后随意问道:"为什么分手?"

"我说出来姐姐可能会笑。"

"我保证不笑。"王暮雪一屁股坐在床尾,饶有兴致地看着杨秋平。

"因为他打呼噜……"

"啊?"

"还有就是……我的爱恨总在一瞬间。我会因为他打篮球擦汗的样子而喜欢他,也会因为他鞋子很脏很臭而讨厌他;我会因为他照顾流浪猫而喜欢他,也会因为他不肯给乞丐几毛钱而讨厌他,而且……"

"而且什么?"王暮雪手撑在身后,神情松弛。

"而且我前男友经济状况不好,压死我们恋爱关系的最后一根稻草,其实是因为他缺钱,私下转卖了我买好的五月天演唱会的票。"

王暮雪闻言一脸黑线……什么? 转卖?!

"姐姐你说过分么！他不出钱买票就算了,我买了两张,却被他私下转卖。他说演唱会就是骗我们这种小姑娘的,这样的男人不分手干吗?"

王暮雪此时倒很想笑,但她答应过不能笑,只能忍着。

这样的故事,配在这样一副年轻的脸上,倒也十分合适。

"我现在决定追星了,姐姐。"见王暮雪说话算话,杨秋平与她更亲近了几分,坐到了王暮雪身边,直言不讳道,"我追王俊凯和易烊千玺。"

"那多不实际啊。"王暮雪笑道。

"姐姐,追星就是你明白自己和他不可能,甚至看到他在电视剧里耍酷谈恋爱都会感到开心幸福。但如果是男朋友,他若敢多看别的女生一眼,我还不分分钟捶爆他的头!"

听到这里王暮雪终于扑哧一声笑了出来。水开了,她很自然地起身打开包,肯尼亚进口的咖啡居然喝完了!

对咖啡王暮雪有着执念,她一定要纯正的原产地咖啡豆,于是她只能大晚上搭一个小时的车回到明和证券,因为她记得吴双旁边的那个位置,还有两袋父亲寄过来的咖啡豆。

王暮雪进入明和大厦 28 层办公室的时间,是晚上 11:40。电梯门一开,她就看到了背着书包在门外等电梯的柴胡。王暮雪刚想叫,便见柴胡做了一个"嘘"的手势,朝里面指了指。

蒋一帆正趴在桌子上睡觉。

柴胡将王暮雪拉到楼梯间,告诉她最近蒋一帆被曹平生折磨得很惨,让他一个人搞一个可转债,每两个小时就追着他问一次进度,没有完成就骂,骂得整层楼都能听到。

"而且暮雪,一帆哥家里好像出事了,我有时路过,看到他电脑屏幕里是什么钢铁集团重组的内容。而且那个可转债一个人搞本来就很累,曹总还要压他的时间。我估计曹总这么做,就是不想让一帆哥能抽出空帮你,他这两三天都睡在公司……"

"你先回去。"王暮雪朝柴胡甩下这句后,径直走向了蒋一帆。耳边又听到了蒋一帆那夜电话里对她说:"你那边有什么资料需要我帮你弄的么?"

还是穿着那件白衬衣,脸埋在手臂里,桌子旁边放着眼镜。

桌面上是一些打印出来的新闻,与钢铁行业有关:

"严厉制止钢铁行业违法违规,盲目投资,以及低水平扩大产能。"

"钢铁行业自身问题,涉及我国经济发展中如何保持合理投资结构,是影响国民经济发展的重大问题。"

"企业仍以各种名义未批先建。"

"每次国家对钢铁行业的调控,都会迎来行业新一轮的'狂欢'。"

"2014年,我国粗钢产量8.23亿吨,约占全球产量的一半。"

"通常产能利用率在75%以下,即可称之为产能过剩,2014年我国钢铁产能利用率只有70.69%。"

"那些严重亏损、资不抵债的国企为什么不倒闭?"

"部分地条钢企业已改头换面,甚至连企业名称都不含钢铁两字,使得稽查任务困难重重。"

"不转型等死,转不好找死,如今钢企就处在这样尴尬的局面中。"

165 墙倒众人推

"妈,其实我们可以改变产品种类。"蒋一帆带着有些疲惫的面容,在街心公园与母亲何苇平打电话。

"咱们集团钢铁产品中的粗钢、铸铁管、不锈型材、螺纹钢以及普特钢因为产能过剩,应该立刻减产,但国内附加值较高的镀层板、冷轧薄板带、中厚特带钢、合金板和电工钢板则需从日本和德国进口。我看了一下,去年我国进口钢材达到了1400万吨,这个缺口不小。"

"帆仔,这个我跟你爸怎么会不知道,可哪有那么容易。"何苇平唉声叹气,"我们其实自己早都可以生产进口钢材了,只不过,生产出来的没人家德国和日本的好,缺乏稳定性,竞争力较弱,下游不买账。"

"那如果现在从国外直接进口先进的炼钢设备呢?"蒋一帆问道。

"买了也用不好啊!"

"挖技术人员过来不可以么? 高薪挖,或者直接把一些还有两三年到期的专利技术一并买过来?"蒋一帆锲而不舍。

"不是妈不想,实在是转型……"

"我知道很难!"没等何苇平说完,蒋一帆直接打断道,"如果容易,其他公司也全都能做。爸爸以前不是经常说,必须要做别人做不到的事,才是新城集团么! 我们不能再找借口了妈,中低端市场太拥挤,混战当中谁都不好受,必须要往上走,打掉牙齿和血吞都要往上走!"

何苇平沉默了好一会儿，试探性地问道："妈之前让你了解的重组标的的事情……"

"没有合适的。"蒋一帆直接道，"的确有公司说可以考虑拿出自己的股权跟我们换，但我研究了下，对方公司目前没有任何优良的资产可以注入进来。整个行业目前都不景气，能够保持盈利的钢企寥寥无几。"

"哎，你爸也是这么说。我也了解，但帆仔，其他行业的公司呢？那些投资机构呢？不是很多投资机构想分散投资，什么行业都投的么？"

"什么行业都投现在也绝对不会投钢铁了。"蒋一帆说着，直接躺在了一块大石头上，闭着眼睛，回避着正午的刺眼阳光，"妈，那些投资机构，都只看钱。他们如果进来，一定是要对赌的。我目前搜到的跨行融资案例，几乎全是对赌，咱家现在这个情况，哪里赌得起？何况市场上已经没人相信钢铁行业能赚钱了，他们都在投影视业、物联网、医疗器械、芯片，或者投人工智能……"

见电话那头彻底沉默了，蒋一帆才意识到可能自己说的这些话，打碎了妈妈最后的一点幻想。但逆境之中，安抚与慰藉是徒劳的，为了让一个人突破极限地咬牙奔跑，其身后往往需要的不是欢呼与掌声，而是一条能够抽出血痕的皮鞭。

"妈，我在投行这些年，学到了很多。其实困难的不只有钢铁行业，各行各业都有自己的困难，有的别人看得到，有的别人看不到。"

可能是觉得脸颊被阳光晒得太烫，蒋一帆将一只手臂垫在左耳上，侧过身子继续道："转型很痛苦，也有很多失败的，这些日子我都仔细研究了一遍。很多钢企都在进行产品升级，它们原来仅能生产螺纹钢和线材等建筑用钢，现在可以生产出优质的工业用钢，汽车钢以及轴承钢等特种钢材。"

"但是帆仔你知道么，这些企业靠融资买了最先进的设备，但是技术水平和管理水平短时间内都跟不上，生产出来的钢材质量还是不稳定。"

"我懂，一流的设备、二流的产品、三流的价格。"蒋一帆说着苦笑了起来。

"对，质量不行，价格上不去，同质产品遍地都是，这是目前我国钢企面临的最大转型难题。但咱家情况更糟，我们没有钱，帆仔，银行不相信我们了……"

可能是与丈夫无法和谐沟通,儿子成了何苇平唯一可以掏心倾诉的对象,说到这里她哽咽起来:"帆仔,墙倒众人推,他们在疯狂抽水。以前跟我们长期合作的几家银行就跟约好了一样,不停上门讨债,妈妈为了维持信誉,这几个月偿还了所有借款,零逾期,但集团资金已经枯竭了……"

"短期债券呢?"蒋一帆问道。

"能卖的流动性货币工具全卖了,哪里还有力气留着……帆仔,没有钱,怎么可能升级,怎么可能转型? 连工人都养不活……"

听见妈妈已经抽泣起来,蒋一帆心软了,连连朝母亲道:"妈您别急,一定有办法的,别急……我来想办法。"

"你一个月工资就一万多,你能有什么办法! 你爸又不肯减产,死磕! 还说磕到最后才是大赢家!"何苇平愤愤道。突然,她想起了一件事,于是哽咽也没了,也不抱怨了,语气中充满了期待,"帆仔,你跟王暮雪在一起了么?"

蒋一帆皱起眉来:"妈您干吗突然问这个?"

"上次过年的时候,你不是说,今年六月她入职么? 结果呢? 入了么?"

"入了。"蒋一帆起身开始往明和大厦走。

"还没在一起?"何苇平不傻,一听儿子态度不积极,就明白肯定还没戏。

"妈,您就别操心我了,先操心操心家里的事情吧。"

"妈这不就在操心家里的事情么?!"

此话一出,蒋一帆就明白了:"我不会开这个口的。"

"开个口怎么了? 阳鼎科技账面上趴着这么多现金,我上次看好像好几亿呢,这全存银行多可惜……"

"妈!"蒋一帆突然提高了音量道,"谁都可以,就她不行。"

何苇平一听儿子这话,立刻变了脸:"怎么就她不行了? 就算没在一起,同事之间拆借拆借怎么了? 我们就周转一下,又不是不还……"

"她爸不是您MBA同学么? 您直接跟同学借不就好了?"

实际上,新城集团的资金困境,资深财务总监何苇平早在去年(2014年)中期就预测出来了。那个时候,王暮雪还没有回国。

之所以鼓动儿子追求王暮雪,何苇平是羡慕阳鼎科技那好得出奇的现金流,希望可以借助儿子的婚姻,缓解新城集团的压力。新城集团之于何苇平,不仅是一家公司,更是她跟丈夫蒋首义的婚姻能够继续维系下去的理由。

如果不是她何苇平掌握着新城集团的财政大权,如果不是她的手上拥有新城集团的部分股权,在董事会和股东会都有一定的话语权,就算蒋一帆拿了世界第一,她的婚姻可能也早就瓦解了。

166 新手送攻略

蒋一帆一路心情低落。家里的困境他没寻得方法,母亲的恳求他无法成全,就连答应给他发文景科技材料的王暮雪,也一直没有联系他。好像已经是第三天了,整整三天,王暮雪都没有联系过他。

蒋一帆以前很喜欢一句话:一朵花的凋零荒芜不了整个春天,一次挫折也荒废不了整个人生。人活一世,是从稚嫩走向成熟,从懵懂走向睿智的过程,因为生命,就是一场修行。

可是蒋一帆此时觉得自己面前所有的鲜花都凋零了,他不知道自己做错了什么。他对待一切都是那么小心,那么用心,无论是上天赐予的坦顺人生,还是父母濒临破裂的婚姻,抑或是与自己心爱女孩的爱情,他蒋一帆都尽力去呵护。

她有梦想,那他就尽全力去成就;她希望专注,那他就克制自己所有的悸动;她想要飞翔,他甚至不介意做撑起她翅膀的疾风,哪怕这股疾风没有自己的样子,她永远看不到,也不会去珍惜。

但如今的现实是,这只心爱的鸟儿,似乎不愿在他构筑的风里展翅了。

是因为那个人么?蒋一帆脑海中浮现出那夜王暮雪身边那个高大俊

朗的格斗教练，那个王暮雪用双手挽着的男人。

此时蒋一帆的手机响了，是一个不认识的号码："先生，您有一个快递，我在电梯口了。"快递员的声音从电话中传来。

快递？自己最近都没时间在网上买东西啊……

带着一脸的困惑，蒋一帆打开一看，发现是一个木制暖水杯，棕红色，样式大气，杯壁上错开刻着三行字：

> 不幸，是天才的晋升阶梯，信徒的洗礼之水，弱者的无底深渊——巴尔扎克。

"可以啊一帆哥，怎么不帮我买一个？"柴胡不知从哪儿冒了出来，看着暖水杯羡慕道。

"这不是你买的么？"除了柴胡，还有谁知道自己这种经常出差的工作，办公室连专属杯子都没有呢。

柴胡一脸汗颜道："在没有凑够你借我的十万块之前，我哪里敢随便花钱买东西。"说着，他从吴双桌上又抽了一个一次性水杯，打趣道，"我呀，觉得用这个很好，不用洗！"

此时吴双正好从洗手间回来，蒋一帆忙问道："吴双姐，这个杯子是你买的么？"

吴双瞟了一眼，直摇头。

"有人暗恋你啊一帆哥！"柴胡立马八卦起来。

吴双不以为意地笑道："一帆这么优秀，有人暗恋也不奇怪。"

蒋一帆把杯子转过来又转过去研究了许久，也没看出个所以然，管他呢，用起来再说。

下午4:30，蒋一帆的邮箱图标出现了两封来自同一个发件人的邮件。

第一封邮件标题：趴着睡觉的六大危害

内容概要如下：

趴着睡觉易引发多重危害，具体为：1）加重疲惫；2）易患颈椎病；3）诱发胃炎；4）手臂麻木酸疼；5）伤精损精；6）频繁遗精。

看到第5和第6大危害时，蒋一帆倒吸一口气，因为邮件中详细阐述了趴着睡觉是如何对男性精子质量和内分泌系统造成影响的。发件人是一个不认识的陌生邮箱。

第二封邮件标题:钢铁行业重组案例与研报汇编

邮件附有80多个PDF附件,一看就是从金融软件中批量下载的。

附件中不仅有钢企重组案例,更有2012年至2015年的几乎所有深度行业研究报告。

"美女,在干吗?"胡延德这么一喊,吓得王暮雪下意识关上了邮箱界面。

"我们这是移动互联网,不是什么民营钢铁企业吧?"胡延德一脸严肃。

"没有胡总,我只是……学习下重组,顺便帮朋友。"

"朋友?"胡延德大眼珠子转了一转,立刻恍然大悟,"蒋一帆?"

"啊……没有没有,不是不是……"王暮雪满脸心虚。

胡延德瞬间露出了一个洞悉一切的笑容,心想这俩兔崽子,终于被我给逮到了!

"我知道钢铁行业现在不好过,他家多少受到些影响。之前曹总还允许他回家一个月,不过你发那些重组案例跟研究报告给他有什么用,他自己不会找么?"

"啊? 没用么?"王暮雪一脸惊愕。

胡延德笑弯了眼角:"人家是蒋一帆,你这些东西,他估计早几个月就研究透了,用得着你在这耗费这么多时间,非常不专业地重新筛选一遍么……"

此时从财务部拿资料的杨秋平捧着一大沓文件推门进来了,王暮雪心里疯狂乞求胡延德不要再往下说,但他却自顾自继续道:"我最近为了跟我儿子有共同话题,也开始玩网游了。你知道你今天这个帮忙行为有点像什么? 就像段位才练到两三级的新手英雄,给十级世界冠军写通关攻略,告诉人家应该什么时候出什么装备,什么时候用什么技能,什么时候应该拿BUFF,应该拿主宰……总之十分搞笑。"

晚上 7:30,逃脱了胡延德开玩笑式的挖苦,王暮雪和杨秋平决定饭后散步消食,而加速消化的目的,是为了晚上加班。

产业园由四栋写字楼组成,下班时间可看见清一色的程序员,面无表情地从办公楼正门拥出。

每晚 5:00 至 7:30,空荡的街上便会出现老大爷与老阿姨,戴着白口罩,推着自带电灯的推车,卖煎饼果子、臭豆腐、炸饺子、车仔面。

"老板,来一盒炸饺子,韭菜馅的。"王暮雪直接打开手机开始扫码。

杨秋平一脸讶异:"姐姐,咱们不是才吃过饭么?"

"我吃饭的胃跟吃饺子的胃,是两个胃。"王暮雪闻着香脆的油炸味,平静道。

"啊?可是姐姐,你不怕发胖么?"

"胖点好,能扛压力。"王暮雪扫眼确认了一下饺子数,拿起竹签,直接插了一个饺子塞进嘴里,是久违的韭菜香!不过这时她突然觉得自己有些可笑,什么时候自己买街边的食物,吃之前都需要数数了?

"你要么?"王暮雪说着将盒子递给杨秋平。

杨秋平连连摇头,像看见炸药似的:"千万不要诱惑我。"

王暮雪继续往嘴里塞饺子,一路朝前走。

"姐姐你身材保持得真好,吃得那么多腿还是又细又长。"杨秋平边走边乖巧地称赞道。

王暮雪笑笑没说话,心想我不吃?我不吃等下怎么干架?怎么干赢?

今晚 10:00 是王暮雪的搏击课时间,安排在这个点儿不至于让鱼七太赶,也不太影响他赶最后一班公车回去。

"姐姐,你是不是喜欢蒋一帆啊?"

杨秋平突然毫无征兆地来了这么一句,王暮雪差点把嘴里的饺子给吐出来。

"才没有!"王暮雪鼓着腮帮子反驳。

"没事啊姐姐,我不会说出去的,而且我也就在公司见过蒋一帆一次,跟他不熟。"杨秋平笑道。

"我都说了没有!"王暮雪咽下饺子,朝杨秋平质问道,"你新三板的内容都了解清楚了么?给我说说。"

"呃……"杨秋平一脸尴尬,知道惹祸上身了。她问过王暮雪,什么是新三板,什么样的企业能够上新三板,在新三板挂牌工作的过程中,有哪些是实质性障碍。

但王暮雪的回答却是:"你可以自己研究一下,把刚才提出的问题记下来,三四天后,你跟我讲讲。"

杨秋平不傻,她知道王暮雪想说的是:"这种问题还用问么?自己不会查么?能问度娘的为什么还来问我?你一个硕士毕业生,自学能力在哪里?"

于是这几天杨秋平没敢闲着,白天工作,晚上9:00之后就开始做新三板的课题研究。此时她将思绪快速整理了一下,朝王暮雪道:"如果一家企业想上新三板,不可以是什么业务都没有的空壳公司,成立必须满两年。"

"嗯,实际操作中是稳定运行满两年,不是成立了就行。"王暮雪纠正道。

"哦哦哦,对……"杨秋平笑得有些尴尬。

"那你说说,哪些行业不能上新三板?"王暮雪为了浇灭这个妹子的八卦火苗,继续追问。

"啊?貌似法规里说,什么行业都可以啊……"杨秋平一脸疑惑。

王暮雪启发道:"你难道没发现,目前挂上去的几千家企业,有些行业根本看不到么?"

"什么行业?"

"很多。比如互联网彩票销售行业,比如P2P行业,你都看不到。当然,还有很多跟P2P一样性质的众筹类公司。"

P2P(peer-to-peer),即个人对个人,又称点对点网络借款,是一种将小额资金聚集起来借贷给有资金需求人群的民间小额借贷模式。

"为什么这些企业不让上?"杨秋平还真没研究过。

"互联网彩票销售是因为销售资质的问题,很多公司都在无资质经营;P2P 是因为其资金来源我们看不清楚;说是个人借款,但这些个人的钱从哪里来,干不干净,是不是洗黑钱的,我们没法核查;还有 P2P 公司的资金去向也不明确,很多公司明面上是借款平台,实际上就是个炒房团,非法集资,只不过这些非法集资团伙,有了个冠冕堂皇的网页或者 App 罢了。"

"啊?那怎么办,我还有 5 万块在里面……"杨秋平一脸忐忑。

王暮雪将空饺子盒扔进垃圾桶,不慌不忙道:"也不是所有的 P2P 平台都是骗人的,也有良心企业家,为了促进民间闲置资金的流动,建立一个利民的融资平台。你要评判下自己投资的平台究竟靠不靠谱,那些放出来的标是不是真的。如果是真标的,你债权底层资产是什么,投之前你要深挖下去。"

杨秋平听后十分汗颜,她就是看到平台上那又大又红的高收益数字,以及不错的股东资质,便直接扔了五万现金,这些钱去了哪里,底层资产是什么,杨秋平一无所知……

虽然年龄只差一岁,但知识储备与思考问题的深度,两个人好似差了很远,是王暮雪本就优秀如此,还是在投资银行锻炼出来的呢,杨秋平还不得而知。

王暮雪说:"虽然新三板不要求挂牌企业一定得盈利,亏钱都可以上,但我们要特别注意那些纳税报表经常显示亏损的公司。很多企业为了避免交税,报税时会把利润做小,甚至做亏,明明赚了钱,却骗人说没赚钱,这是典型的偷税漏税。我们要知道,虚增利润,与隐藏利润,都违反了真实性原则。"

168 互联网上市

"新三板公司的业务必须明确,产品、服务、用途以及商业模式必须说得清楚。

"新三板公司可以同时经营一种或多种业务,但每种业务的投入和产出，必须与商业合同、收入和成本费用等相匹配。

"新三板公司与上主板、创业板的公司不同，报告期内允许实际控制人变更，但我们投资银行必须详细说明，实际控制人变更后是否影响公司的持续经营能力。

"虽然新三板的审核要求比 IPO 松，但规范性太差的企业，也一样会不过审，一样会被淘汰。"

"姐姐，什么是规范性差？"杨秋平刚毕业，问的都是小白问题也不足为奇。

"一家公司规范性差有很多具体表现，比如控股股东、实际控制人存在股权代持，存在重大诉讼、资产权属不清晰；公司在环保、质量、安全、土地方面存在违规事项；关联方存在资金占用、关联交易明显不合理或者存在明显隐藏关联方等情况。"

"那姐姐，是不是因为这些问题，主板跟创业板会管得更严，所以我们国家的互联网公司，大多都不上 A 股？"

提起千里迢迢赴美上市的互联网公司，名字总是一长串：阿里巴巴、搜房网、易车网、58 同城、汽车之家、宜人贷、搜狗、拍拍贷以及百度等。杨秋平问的是极端现实的问题，国内互联网公司为何大多不在 A 股上市？为什么明明都是中国企业，却如此喜欢国外的股市呢？一样是融资，为何不能留在国内，让我们中国股民多一些选择呢？

要回答这个问题，我们得研究下互联网公司有什么独特之处。

互联网企业在发展初期，若有核心竞争优势，一般都体现出极具诱惑力的高成长性，但这些企业也普遍存在一个问题：求贷款。很多互联网公司首先找到银行，然后会听银行为难地说："呃……你们除了服务器，还有什么别的抵押物么？没有的话，贷不出来啊！"

由于银行一般不会给没有实体资产抵押的互联网公司进行大规模贷款，这些公司只能去找风险投资机构。比如大家最熟悉的阿里巴巴（以下简称"阿里"），创立于 1998 年，那时我国境内几乎不存在风险投资机构，整个一级市场的风投机制空白一片。而极度烧钱的互联网公司早期在国内融资难度非常大，于是阿里只能到海外需求帮助。外国发展了上百年的金融体系，成熟健全，独具慧眼的投资家在风险投资领域更是既胆大又专业,于是阿里在成立仅仅一年后(即 1999 年),就获得了高盛和富达财团的 500 万美元融资。这笔钱到账的一年后,阿里又获得了日本软银领投 2500 万美元融资。2004 年,日本这家投资机构再次投资 8200 万美元,继续支持阿里;到了 2005 年,雅虎决定给阿里融资 10 亿美元。

从 1998 年到 2005 年,短短 7 年间,阿里的融资额从 500 万美元增长到 10 亿美元,这是同段时间内中国境内的任何一家风险投资机构都不敢尝试的。这样融资的后果就是,当今中国交易额第一的互联网交易平台阿里巴巴,活生生被逼成了一个外资企业!

既然是外国人掌控的孩子,A 股是不喜欢的,因为赚得再多都进了外国人的荷包里。从政策法规上看,A 股虽然允许外资企业上市,但实际在外汇管制下,外资企业能在中国上市只是个例。

当然,除了融资来源外,公司注册地也是问题。

A 股要求上市公司必须在中国境内注册,然而很多互联网巨头公司都是在海外注册的。大家或许不知道,这些公司最喜欢的注册地叫作:开曼群岛。因为开曼群岛是避税天堂,它是英国在加勒比海的一块海外属地,是世界第四大离岸金融中心。由于开曼政策稳定,无外汇管制,不收直接税,所以外国大公司纷纷到那个小岛上注册。

这个小岛还有一个神奇的保护政策:凡在这个岛上注册的公司,岛外的国家根本查不到该公司的股东是谁。

这相当有意思,可以规避投资银行的所有股东穿透性核查,连代持协议都省去了。股东想是谁就是谁,我告诉你是谁就是谁,反正你也查不到。

如此一来,中国的投资银行在进场之时,能接受么? 中国的律师事务所能接受么? 中国的会计师事务所能接受么? 资本监管委员会能接受么? A 股的监管政策能接受么?

当然不能。

所以这些在海外注册的互联网公司,想要回 A 股融资的愿望,直接破灭了。

"所以姐姐,就是外资还是中资,以及注册地是不是在国内这个原因么?"杨秋平有打破砂锅之势。

"当然不全是,还有审核制度。我国实行的是核准制,排队最快都要大半年。上市前我们还要对企业进行重组改制。你看目前排着队的企业都快700家了,互联网公司等不起,对于它们而言,效率就是生命。"

"那美国一般是多久呢?"

"美国实行的是注册制,一般申请文件制作需要1—2个月,文件审核时间为3—4个月,审核通过后25天就可以上市发行,整个周期一般半年左右就可以搞定。当然了,除了这个,还有A股的盈利要求,互联网公司很难达到。"

"我背了法规,这个我知道!"杨秋平突然有些激动,"A股上市净利润要求至少3000万元。"

"所以啊,达不到,你看看去哪儿网,2012年净利润亏损9110万人民币,2013年上市;推特2012年净利润亏损7940万美元,2013年上市;他们都在美国上,是因为那边的市场愿意买账。上市本身就是一种融资行为,对于互联网公司而言,如果开始盈利,甚至净利润已经达到3000万元,就属于成熟阶段了,根本不需要上市融资。"

两个人就这么聊到了公司门口,王暮雪远远就看见一个人靠墙站着。

"一帆哥,你……你怎么来了?"王暮雪万分惊奇。

169 点亮了世界

蒋一帆将地上的黑色双肩包提起来,朝王暮雪和杨秋平微微一笑。杨秋平的目光立刻落在了包上,哥特新款纯手工制作尼罗鳄鱼皮男包!将近四万啊!

"我到附近送个文件,顺便过来看看。"蒋一帆走近王暮雪,语气有些羞涩。

王暮雪内心七上八下,眼神有些躲闪,蒋一帆见状更加确信自己的推测了。

"不幸,是天才的晋升阶梯,信徒的洗礼之水,弱者的无底深渊。"

纵观整个部门,这种励志名言最符合谁的气质呢? 当然是投行朋友圈的励志女神——王暮雪。

至于那两封邮件,蒋一帆推断不会是男生发的。男生若想对兄弟好,会选择直接说、直接帮,就算找材料也会发微信或者邮件发送后亲自告知,绝不会采用匿名的形式。那么,知道他需要水杯,知道他家遇到困难的女性朋友,不是吴双,就是王暮雪了。

"对啊,暮雪回来过,那夜挺晚了,大概十一点多吧,她看到你了,你被曹总虐待的事情,我也跟她说了。"柴胡禁不住问,更何况他一直盼着两个人成双入对呢。

"这位同事,你用完监控了么?"15楼的公司保安一脸无语地盯着不停回放监控的蒋一帆,"这姑娘没偷你东西。人家就是拿你桌子上的文件看了看,什么都没带走,最后还用水杯帮你把文件压好了。"

"嗯嗯,我知道,谢谢你!"蒋一帆好像已经很久没这么开心了,因为王暮雪不仅仅是动了他的文件,还坐在他旁边的椅子上,定定地看着他足足一分钟。

小学死党:"别废话,女生告白都喜欢搞暗示,你挑破就在一起了。"

初中同桌:"肯定是喜欢啊兄弟! 你脑子迟钝啊! 不喜欢送你杯子? 一杯子等于一辈子,懂? 人家这不是告白,是直接跟你求婚!"

高中竞赛队友:"我认为有戏。看你一分钟,一分钟专注一样东西,对谁都是种奢侈。那个姑娘舍得对你奢侈,自己想想吧。"

大学室友:"咋这么磨叽! 怪不得到现在一个女朋友都没谈过,难道你还要女生主动啊,赶紧上!"

大学心理学选修课老师:"一般情况下,如果一个女孩只把男孩当朋友,那么她在对他好的时候会光明正大,会认为这是很自然、根本无需掩藏的事情。而你说的这个女孩在对朋友好的时候,采用的是匿名送礼、匿名发邮件的方式,说明她对这个男孩的感情,很大可能不是一般朋友。"

蒋一帆总算用尽了自己的智囊团,直接下楼叫车就往科技产业园飞奔。没有买礼物,没有组织好任何语言,他只是很想很想立刻、马上见到王暮雪而已。

为年轻的疯狂找一个合理的理由,太可笑。

一路上蒋一帆无数次想给她发微信，但他又希望能给她一个惊喜；他想跟她说谢谢，但他又想在见到她时，直接给她一个大大的拥抱。

天色逐渐变暗，可蒋一帆觉得自己的世界依旧是那么明亮。他摇下车窗，微笑着认真看向一路经过的商店与行人，看着过往的他从未有时间细细欣赏的事物。路过的馄饨店很香；服装店透明玻璃后，模特身上的裙子很仙；追着妈妈要抱抱的小男孩很可爱；就连坐在街边摆摊的修鞋大叔，蒋一帆都能从他身上看到一种忧郁、沉稳与专注的气质。

"暮雪姐姐，我下楼去买酸奶，顺便给你带百香果口味哈。"电灯泡杨秋平非常识趣地自我熄灭。

两个人就这么相互望着站了好久，最后还是蒋一帆打破了沉默："暮雪，谢谢你。"

"啊?! 谢……谢我什么?"王暮雪赶忙装傻。

"东西我收到了，我知道是你。"

"不是我啊! 不是!"

蒋一帆闻言笑了："如果不是你，你不应该先问是什么东西么?"

见王暮雪又羞涩又慌乱，蒋一帆顺势上前一步道："杯子我很喜欢，邮件我也认真看了，我……"

见蒋一帆都快贴上自己了，王暮雪忙闪了开："那个……我们要不进去说吧……"她边说边快步往文景科技公司正门内走，但就在这时，一个声音从远处大声叫她："小雪!"鱼七提着一个食品袋朝这边笑着走来。

王暮雪眼神一亮，趁他还没走近，直接越过蒋一帆朝鱼七冲去，一个急刹后她朝鱼七小声说了八个字："马上上课马上上课!"

鱼七听得一头雾水，只见王暮雪回头朝蒋一帆提声道："一帆哥我今晚约了搏击课，得走了! 这边没有你想的那么忙，我回头再跟你说啊!"说完她转过身用眼神示意鱼七赶紧走。

"暮雪!"蒋一帆叫住想拼命逃离现场的王暮雪，但他的手机不合时宜地响了起来。

王暮雪立刻机敏地喊道："一帆哥你先忙，我真的要迟到了! 下次回明和再约你和柴胡吃饭!"说着她拽着鱼七就跑了。

蒋一帆只得接通了电话。

"您是明和证券的蒋一帆蒋经理么?"对方很有礼貌。

"是的,您是……?"

"您好,我是王潮,金权投资集团的投资总监,现在是您负责凯杰科技公司的可转债项目么?"

可转换债券(简称"可转债")是债券持有人可按照发行时约定的价格,将债券转换成公司的普通股票的债券,属于投资银行业务之一。可转换债券在转换成股票之前是纯粹的债券,但转换成股票之后,原债券持有人就由债权人变成了公司的股东,可参与企业的经营决策和红利分配,这也在一定程度上影响公司的股本结构。

很多很多年以后,每当蒋一帆仰头望着窗外阴沉的天空,都后悔他此时接了这通电话,认识了这个叫王潮的人。

如果一切可以重来……

只可惜,这个世界从来没有如果。

170 缘分天注定

"喂!健身房不在这个方向!"鱼七很不情愿地跟着王暮雪跑。

"就是不能让他找到健身房在哪里!"王暮雪寻了处隐秘之地,拽着鱼七躲了进去。

鱼七四下一看,是在开放式公园的一角,几棵大树挡着,而王暮雪更是滑稽地蹲在了一处大石头下,探头探脑的。

鱼七忍着笑,将手里的食品袋朝王暮雪一递:"给你买的三色鸡蛋饼。"

王暮雪接过袋子,光线很暗,她看不清鸡蛋饼的颜色,咬了一口惊讶道:"巧克力味的?!"

"嗯,还有香草和抹茶,你转着吃就知道了。"鱼七顺势坐在草地上,反手就拍死了手臂上一个蚊子。

"还有两个小时才上课,你拉我过来喂蚊子。"鱼七一脸不悦。

"谁让你提前到我公司来的!"王暮雪嘟囔一句。

"因为这鸡蛋饼只有金融区有卖,我怕放太久了不好吃。看我多体贴,你如果不喜欢你现在男朋友的话,就做我女朋友吧。"

王暮雪一口饼差点没喷出来,鱼七盘起腿,双手叉在胸前,傲然道:"怎么? 我可是很受欢迎的,一堆女人排队。不信的话,下次我把她们约出来,排一次给你看。"

见王暮雪边抽笑边捶地,鱼七话锋一转道:"怎么感觉你看了你同事都跟老鼠见了猫一样,上次你领导曹平生也是,这次那个叫蒋一帆的也是。你是不是因为工作能力低下,在部门被排挤啊……"

王暮雪闻言瞬间收住笑容,甩开吃到一半的鸡蛋饼,直接弹跳而起骑到鱼七脖子上,同时双臂掐着他的脖子怒斥道:"说我什么都可以,就是不能说我工作能力低下!"

本来王暮雪认为鱼七一定会挣扎求饶,怎料他在王暮雪的惊叫声中直接站了起来,这种感觉让王暮雪瞬间回到了小时候,骑父亲大马的感觉。

这时一旁路过的情侣愣住了,女生抓着男生手臂跳嚷道:"我也要我也要!"

男生冷笑一声:"那你再减减肥。"

女生反手就往男生手臂上用力一拍:"你怎么不说你应该多练练啊!"

"放我下来! 不放我向健身房投诉你!"王暮雪发现她的双手被鱼七抓得死死的,无法动弹,硬是折腾下去又怕自己摔个狗吃屎,于是只好不停朝鱼七发布威胁式命令。

"真重!"鱼七面无表情地边走边抱怨。

"再说一次! 放我下来!"王暮雪双手依旧在挣扎,可惜,完全无用。

"放弃吧,我今天可是吃饱了,而且是你自己跳上来的,我没求你。"

"信不信我叫你非礼!"王暮雪呵斥道。

"叫啊,最好叫大声点,把你那个同事蒋一帆引来。"

"你……"王暮雪一时词穷,鱼七却继续道:"然后我就告诉他,你非常非常喜欢他,你爱他已经失去了自己。"

"闭嘴！"听见王暮雪这句话，鱼七笑了。王暮雪手机的短信提示音响了。

"好了好了，不跟你玩了。"鱼七说着，抓着王暮雪的双手直接改成抓着她的小腿，而后就把王暮雪跟举娃娃一样地举了起来，确切地说，是抛了起来，从空中落下的王暮雪，直接一个公主抱落在了鱼七的双手手臂上，而后一脸懵B的她被鱼七稳妥地放了下来。整个过程一气呵成，让王暮雪开了眼界：原来下大马还可以如此炫酷，之前爸爸都是慢慢蹲下来，再侧身，再挪，别提多土了。

"你不看手机么？"鱼七提醒她。

"啊?!"王暮雪这才回过了神，心想短信有什么好看的，肯定是垃圾短信，但为了化解眼前的尴尬，她很乖地掏出手机解锁屏幕："啊！我的……我的奖金……"王暮雪难以置信道。

"奖金？你不是说你IPO没出来，没奖金么？"

王暮雪此时已经跳起来了："我的资产证券化承揽的奖金！鱼七！！我发奖金了！天啊！你看！"说着将手机直接递到鱼七面前。鱼七定睛一看，短信全文如下：

您的账户4583于07月29日20:02收到入账工资321456.32。

王暮雪手指一直来回擦着屏幕，好似在确认这个数字是真的，确认她自己没有多数一位数。

"32万你直接给我看，不怕我这种穷人劫财又劫色么？"

王暮雪好似没听到鱼七的话，只有她自己才能感到眼眶的微微发热——她从来就没有想过自己有一天可以一次性赚这么多钱。

鱼七定定地看着王暮雪，直到她自己定好神，猛捶了一下鱼七的胸膛道："兄弟！哥改天请你吃大餐！哥现在有钱了！"

"可我现在已经对你起杀心了。"鱼七道。

"哈哈，不会的，你是好人。"王暮雪笑容很灿烂。

听了这句话，鱼七顿了顿才道："小雪你记住，我不是好人。不过你除了请我吃大餐，还可以顺便再买我640节课。"

"开什么玩笑！"王暮雪狠瞪了鱼七一眼，"640节课，就算我1周3

节,也要上 4 年……"

"4 年有什么不好?除了以色列格斗术,我还可以教你长拳、散打、擒拿、摔跤、巴西柔术……"

"我想买辆车。"王暮雪突然道,"我想用我的奖金给我爷爷买辆车。我爷爷今年 64 岁,但还是很喜欢开车。他退休后最喜欢做的事情就是带着我奶奶自驾游。不过他们那辈人都特别省,爷爷总是觉得买新车浪费,所以一直开我爸的旧车,上次他在外环开,连排气管都掉下来了……"

"你爷爷的新车不应该由你爸爸来买么?"鱼七道。

"你不懂,我爸每次说要买,爷爷都坚决不让。这次我打算先斩后奏,直接下单,这样他老人家不开新的也不行了。"

看着这个眼神里发着光的小姑娘,有那么一刻,他心软了,因为,她是好人。

"你这么有钱,做我女朋友吧小雪,你包养我。"鱼七甩了下头,把心软的念头打消了。

"你有点出息可以吗!而且你别老是'小雪''小雪'的叫!"王暮雪皱眉一句,"'小雪'是你叫的么?这是我小名,我爸妈才能这么叫!"

"觉得亏了?那你也可以叫我小名啊!"鱼七露出了邪邪的笑容。

"你小名叫啥?小鱼?小七?小七七?"

"小可。"鱼七直接一句。

如他所料,王暮雪听后呆住了。"我的小名叫小可。"鱼七重复道,"你以后都可以这么叫,当着别人面也可以。这个名字原来只有我妈可以叫,现在我长大了,连我妈都不能这么叫了,所以这个权力如今全地球只有你有。"

"小可……"王暮雪默默自喃道。

"我的生日是 1 月 15 日,摩羯座,身高一米八六,属龙,生辰八字是……"

"你也是 1 月 15 日?"王暮雪突然抓紧了鱼七胸口的衣服,因为她的爱犬小可的生日,正好也是 1 月 15 日。

"对啊……"鱼七道。

桂市米粉店,法氏集团承诺书,健身房偶遇,小可,1 月 15 日……王暮雪认为,眼前这个男人与她的缘分,是上天注定。

171 直销与经销

"路总,你们怎么又注册了一家子公司?"胡延德的大嗓门从董事长办公室传来。刚想去饮水机取水的杨秋平,闻声停住了脚步。

董事长办公室的门是象牙白色,拱形设计,大气美观,门板虽加厚了,但对胡延德的声音,明显招架不住。

"报告期内公司架构能不能稳定点,别再变了?!"

听见胡延德这句话,董事长路瑶一脸无奈:"胡保代,咱们也是不得已。人家运营商对流量业务有属地原则,一个公司只能承接两个地级市业务,若想继续与第三个地级市合作,就得在当地新设立公司。我们文景现在正在拓宽市场,业务属于快速扩张阶段,不可能只做华南区的。"

"不能跟当地的公司合作么? 让它们帮您承接流量业务,你们适当分点利不就好了? 您看您现在这里注册个子公司,那里注册个子公司,要找地方租办公室,还要配人去管,多麻烦,成本增加多大!"

"我们也不想。"路瑶说着把白色皮椅向后一蹬,继续道,"不是您要求必须降低经销比例的么? 我们每多找一家当地公司,它们不就成了经销商么,那胡保代您一再强调的经销比例不就又降不下来了么?"

直销,指我们将产品直接卖给终端消费者。经销,指我们的产品在卖给终端消费者前,还有 A、B、C、D、E、F、G 等公司夹在中间,层层转卖,层层分成。

我们之所以愿意让 A、B、C、D、E、F、G 等公司分走蛋糕,不过是因为这些经销商有我们没有的资源,打通了我们很难打通的渠道,或者它们有我们所不能拥有的其他优势。

比如老干妈这家公司,若它希望将自己品牌的酱料销往全球各地,就不能不依托于各个国家的大型超市与县城小店这样的经销商,因为老干妈不可能不惜成本地,在几千个城镇中开设直营店;就算开设了,也不一定比这些超市和小店拥有更加稳定的当地客流量。

在一家公司的 IPO 进程中,所有资本中介,以及国家监管层都最怕听到两个字:经销。为什么? 因为相比于直接销售,经销模式下财务造假变得相对容易,投资银行的核查难度也随着经销层数的增多而加大。

比如一家辣椒酱公司的老板,有上市计划,望着资本市场根据净利润而确定的估值和融资额,他有没有想把公司利润充大的动机呢?

当然有。

利润率稳定的条件下,要做大利润自然就要做大收入,因为利润等于收入减去成本,做大收入的前提是有客户愿意买公司更多的辣椒酱。如果这家公司是直销模式,客户均为终端消费者,如留学生、家庭主妇以及退休老人等,那造假成本会很高。假设辣椒酱的净利率为 10%,想要做大 1000 万的净利润,收入必须增加 1 个亿;若每瓶辣椒酱的价格是 10 元,他需要让 1000 万人帮他一起造假,逼着这些人多买一瓶原本他们并不马上需要的辣椒酱。

真这么操作,对老板而言,无论是电话成本、人脉成本、时间成本、保密成本都非常高,因为他得确保自己给予这些人的好处费大于这些人将内幕信息曝光,从媒体那里得来的好处费。

退一步讲,即便他给足了好处费,这帮人也不一定会永远封口。人越多,时间越长,事情败露的风险就越大。

因此,直销模式下,财务造假成本高。

但若这家辣椒酱公司是经销模式,现在我们引入全国大型连锁超市 A、B、C、D 的 4 位采购负责人,老板可以私下分别对他们说:"兄弟,快年底了,今年业绩增长性不行,帮个忙,多买点,买 2500 万。"

"一次性买这么多,我们超市一时间也卖不出去啊!"

"我这辣椒酱保质期两年,你们可以今年年底先买,先给钱,明年后年慢慢卖。反正有 24 个月可以卖,来来,这是 10 万好处费。"

这 4 位采购员衡量了下超市一年的需求量,一次性买完也不是不可以,慢慢卖也不是不可以,还有 10 万外快可以赚,要不就干?

这时老板趁热打铁道:"一次性买,给你们 95 折,这样你们对公司也有交代。"

采购员们一听全乐了,爽快一句:"好!"

于是这公司,就在一年的时间里卖了两年的货,在上市前夕的最后一年,完美地充大了 1000 万利润,每个大型连锁超市负责充水 250 万利润即可。对辣椒酱老板而言,管住 4 个人的嘴巴,比管住 1000 万人的嘴巴,容易太多。

市场上此类财务造假,还不是最恶劣的。毕竟这些辣椒酱还是卖给了真正的超市,即便超市自身消化慢,商品压在超市仓库一两年,但这些超市最终也会不断卖出辣椒酱,而终端消费者大多也品尝到了这些辣椒酱。

真正恶劣的财务造假行为,从头到尾都是假的。所谓的交易对手方,均是老板自己虚构的。

虚构超市当然不容易,毕竟超市看得见摸得着,但虚构一个转卖给超市的经销公司就容易多了。

我们思考一下,如果大型连锁超市不愿意配合老板造假怎么办? 一般品牌大,做得响的公司,规范性较好,各项业务的审批流程也较为完整,采购负责人通常没权力直接决定超出当年预算的采购量。如此一来,他串通大型超市联合造假的想法就破灭了。他此时会怎么办呢?

他不会放弃,因为他完全可以用一些农村人的身份证注册公司,那些农民第一跟他没有关联关系,第二身份证也不会有人去专门查,不少农民还为自己的身份证可以用来赚外快而感到开心。

这些注册下来的公司声称是经销商,声称自己有独立的下游渠道,但基本都是空壳公司,唯一的用途即是负责购买辣椒酱,给他的公司充收入。

172 造假的天堂

如果造假造得走心些,老板还真会把几千箱辣椒酱运送到这些空壳公司租来的临时仓库,出库单,空壳公司的入库单都是真实的。如果造假造得随意些,他可以连辣椒酱都不运,直接伪造出库单、入库单、运输票据以及签收单。投资银行和会计师事务所看到的所有发货记录全是假的,就如同你看到某电商爆款产品，一个产品一个月销售量达到几万，直接上了销量第一，很可能都是伪造出来的。

那么大家一定好奇，这些空壳公司既然是老板自己伪造的，或者是他朋友的公司，买辣椒酱的钱从哪里来呢？毕竟公司账面上如果多增1000万净利润，对应的收入得达到一个亿，有谁愿意拿出一个亿帮他造假呢？

答案很明显，谁都不愿意，除了他自己。

那么如果他自己的钱没有一个亿怎么办？很简单，让资金从辣椒酱公司本身流出去，再流回来。

他可以虚构一个广告宣传费500万——其实他根本没找任何广告商做广告，虚构合同，买萝卜章一盖，500万就从公司流出去了。然后再虚构一个采购合同，买辣椒酱原材料500万——其实根本没有原材料进来，这样500万就又从公司流出去了。这两笔流出去的成本费用支出总共1000万。单次不能流太多，流太多投资银行的项目组人员和会计师会很容易查出异样。

大家又会问，1000万也不够啊，不是要一个亿么？是的，1000万是不够，但如果我们把这1000万流转10次，在1年的12个月中挑10个月出来，每月流转一次，钱出去再进来，进来再出去，其间的所有物流单据全是假的，但银行流水是真的，是不是收到的钱加总就一个亿了？

上述过程就是造假资金流的形成过程，资金流向归纳总结如下：

公司—伪造供应商A或串通骗人广告商A—伪造经销客户B或串通客户B—公司。

配合造假的公司可以纯伪造，也可以是找现有公司恶意串通，如果老板人脉够广，钱给得够多，还很可能找到行业上有影响力的大公司配合造假。往往这些大公司与他们都有正常的业务往来，比如刚才提及的4家连锁超市，老板让人家采购总监一次性多买两年的货或许办不到，但在公司上市前，多买三个月的货，还是可行的。如果每个经销超市都多买三个月的货，将造假对象稍微分散些，总收入不就做出来了么?！

综上所述，经销体系，就是需要加倍防范的造假集散地，是各大资本中介和资本监管委员会需要重点核查以及充分怀疑的商业体系。凡是销售环节、采购环节涉及经销的公司，投资银行一般都需要对其进行穿透走访。根据重要性按比例一直走到终端用户,查经销商的仓库有没有积压货物、查市场的真实需求、查公司成本费用的合理性、查经销公司成立年限和本身业务属性、查该经销商购买此类产品的逻辑性……总之无所不查,工作量巨大。

"路总,经销比例是要降,而且必须得降!"胡延德斩钉截铁,"您那些经销商,一个两个,全都只有 10 万注册资本,好多还是去年刚成立的,一看就是壳,这怎么靠谱!"

"胡保代,我们是互联网公司,不是传统的工业企业。我们不需要这么多实体资产摆在那里,而且互联网公司普遍都年轻,您看问题不能这么看!"路瑶眉头拧成了一团。

"不是我这么看路总,我怎么看没关系,关键是这个项目报上去,股转系统的审查员怎么看!"

新三板,又称全国中小企业股份转让系统,简称股转系统。

"互联网公司没那么多条条框框,到时我跟他们去解释!"路瑶有些不耐烦。

"他们不会跟企业沟通,他们只会跟我们券商沟通,我们都解释不清楚的东西,他们又怎么会相信?"

路瑶此时坐不住了,直接起身朝胡延德道:"有什么解释不清楚?!一条一条的都很清楚!我们现在的经销商都是本身跟运营商合作得比较好的,人家有资源,甭管什么资源人家就是能从运营商那里拿到低价。胡保代您不搞流量您不清楚,这个行业,必须要关系,要资源,我们不能说我们在全国都有资源优势……"

路瑶的这句话,音量大到连在隔壁的隔壁办公的王暮雪都听到了。

胡延德也急了:"路总,怎么跟您讲话这么累!我现在要说的不是这个问题!"

"那您到底要说什么问题?"路瑶已极不耐烦。

"我要说的就是,不要开那么多子公司!然后你们全国各地,有经销商不是不行,但要筛选,慎重筛选!要挑资质好的,成立年限长的,体量大的,稳定的,信誉好的,经得起核查的,您懂我意思么?!"

"胡保代,我刚才已经说了,这个行业不是我想挑谁就挑谁,很多经销商都是当地运营商指定的。比如魔都,魔都的运营商就指定要 A 公司跟我合作,但是 A 公司的注册资本就是 10 万,我怎么办?生意不做了么?放弃魔都市场了么?"

胡延德闻言眼睛瞪得老大,一脸质疑:"我就不信魔都的运营商就只有 A 公司可以合作,其他大的公司都不能合作!"

"胡保代!这些渠道公司,还就真是走走通道业务,过个口卖流量的,一买一卖完事,需要这么大的注册资本么?而且现在公司注册资本都不要求实缴了,如果我愿意,我可以把文景注册资本改成 1 个亿,明天就改!然后在公司章程里写明,分 20 年缴清,最后缴不缴谁知道呢?政策变化这么快,到时说不定连注册资本这个概念都没了!"

胡延德满脸愤慨:"要挂牌,注册资本必须要足额缴纳,否则别挂了!"

173 当好企业家

说实话,今日是实习生杨秋平第一次见识到胡延德发飙,也是王暮雪第一次感觉到董事长路瑶被惹毛。在文景科技,董事长路瑶是老佛爷,上上下下全得依照其脸色行事,但她的态度大多数时候都和蔼可亲、平易近人的,至少在各大资本中介面前是这样的。

她的朋友圈,跟其穿衣品味一样,风雅独特。她喜欢日本作家东野圭吾的推理小说,说东野圭吾的那句话是洞悉一切的真理:这个世界上最难以直视的,一是太阳,二是人心。

王暮雪之前做过的三个 IPO 项目,无论是晨光科技、东光高电还是法氏集团,董事长级别的人物也就在饭局上出现过一两次。但路瑶不一样,她就算再忙,一周也会抽个两三天与王暮雪一行层级并不高的人吃饭。

混熟了,王暮雪有时也会打趣她:"路总,您如果忙的话,中午不用特意陪我们,我们自己随便就好。"

但路瑶却总是笑道:"我很'闲',也需要闲一些。我只需要做三件事:筹资、用人、喝茶。我现在就在跟你们喝茶。"

路瑶说的并非没道理。如今大多数公司,尤其是互联网公司,倒闭关门的直接原因就是资金流断裂。

优质的产品生产到一半,发现没钱了;极具成长性的商业模式挖掘到一半,发现没钱了;公司陷入其他暂时性困境,发现没钱了。所以,融资能力是衡量企业一把手的重要指标。

融资不单是指筹备企业成立之初的启动资金,还包括企业发展所需的备用资金,如应对紧急事件的备用金,到期账款的准备金,以及战略转型所需要的资金等。

当今供企业家选择的融资渠道各种各样,包括但不限于个人举债、银行贷款、私募基金、风险资本、发行股票债券、吸纳新的战略投资者等等。

作为企业家,能够打入资源平台、打入上流社会、打入资本圈很重要。

一个卓越的企业家,应该同时也是成熟老练的资本玩家。

路瑶提及的第二个概念,是用人。其实用人是一个宽泛说法,若将其具体化,应该包括九个方面,即识人、知人、选人、组人、育人、用人、励人、留人以及放人。

首先,企业家必须通过各种渠道认识人才(比如猎头公司),了解他们的长短优劣,将其放到适合的岗位、组建团队,让其优势互补,从而发挥1+1大于2的效应。

其次,企业家应该重点培养员工的技能以及道德观念,激发人才的潜能。有时为了达到特定的目的,我们不仅要用人所长,偶尔也要用人所短。

"路总,用人所短会不会太冒险了?"王暮雪有些不解,"有句古话不是说,'用人所长,则天下无不可用之人;用人所短,则天下无可用之人'么。"

"是这么说没错,但作为企业家,我会希望将一些中高层员工培养成'完人'。这些人之所以可以爬到中高层,身上的长板一般多于短板,我希望他们独当一面,所以我会逼着他们用短板打天下。人都是逼出来的,逼个几次,板子自然就长了。"

王暮雪恍然大悟:"所以路总,在这个过程中,您是原谅所有失败的对吧？"

"当然，这天底下所有的罪恶都不应被宽恕，但所有的失败都应当得到原谅。"

一个容错率低的公司，留不住人才；而一个优秀的企业家，必须有本事留人。

"一流的企业靠文化留人，二流的企业靠人留人，三流的企业靠钱留人。"也不知为何，听到路瑶这句话，王暮雪想起了曹平生，他好像三条都不是，他是靠坏脾气留人。

"小美女在笑什么？"路瑶看出了王暮雪的心思。

"啊？没有没有。"王暮雪赶忙回神，"那最后一条'放人'呢？路总，'放人'应该怎么理解？"

"在企业发展初期，不适合公司发展的我会立刻放走；等公司到了成熟期，适合公司发展的人我也会放走。"

"为什么？放走适合的人才难道不是一种损失么？"

路瑶不慌不忙地回答道："因为这些人有的会去我们同行业的上下游公司，对于我们自身的发展是一种辅助；而即便他们跳到了竞争对手那里，对我的公司也是一种鞭策和督促，更强的竞争压力才会使我变得更强。"

见王暮雪没说话，路瑶笑道："小美女，当你变得越来越强，你就会发现优秀的队友很容易找，势均力敌的竞争对手很难找。找不到的话，你会感觉孤独，前所未有的孤独。"

王暮雪希望自己有一天，可以达到路瑶这样的思想境界与认知高度。

此时，王暮雪知道路总和胡保代的僵局不是自己所能掌控的，杨秋平更不能，她把她拉到办公桌前。

"暮雪姐姐，经销真的有这么严重么？"

"经销核查难度大，销售的真实性不好论证，所以胡保代说得没错，比例要控制，而且交易对方要慎重筛选。"王暮雪道。

"好吧。"杨秋平点点头，"中午的时候我看到楼下有卖车广告，你不是要给你爷爷买车么？"

"走!"王暮雪正好下班,立刻起身逃离争吵现场。

174 僵尸粉过多

"先生女士,走过路过千万不要错过,五折购车,仅剩本月!"年轻的促销员还没下班,看到王暮雪和杨秋平直直走向他,便直接小跑上前道,"二位女士有没有兴趣了解下我们的活动? 五折!"

夕阳下,小伙子的额头上满是汗珠,衣领也全湿了:"女士,这是我们4S店三周年的活动,三成首付就可以购车。若您一次性交够五成,车子直接过户。这个月最后几个名额了,您要不要考虑?"

"打五折?"王暮雪有些惊愕。

"对! 60万的车现在只要30万。您若一次性交足30万,车子直接过户。"小伙子重复道。

杨秋平无比期望自己此时也可以有30万,然后撬动一倍杠杆买好车。

"我就了解下,没有要买。"王暮雪拿着宣传单就往回走。

小伙岂肯罢休:"女士了解一下嘛,什么车型都有,机不可失啊! 三年就一次。"

"不好意思,我现在没什么兴趣,再见再见!"王暮雪说着加快了脚步。

"女士要不这样,这是我的名片,上面有我的微信二维码,可以加我微信关注下最近在售的车型,不买也没关系。"

"好好……"王暮雪敷衍着接过了名片,拉着杨秋平就往产业园大门外走。

被拖着走了几十步,杨秋平也完全没搞清楚状况,她朝王暮雪小声问道:"姐姐,这么便宜,怎么不考虑啊?"

"考虑啊! 但是这么便宜的事情要多个心眼,而且不能表现出我很想要,这样子价格说不定还能再降降。"王暮雪将宣传单折起,与名片一同放入口袋,而后伸手一搭杨秋平的肩道,"走! 咱们今晚去吃酸菜鱼!"

话音刚落,手机响了。是文景科技的商务总监江映:"我现在有时间了,咱们可以现在聊么?"

"哦! 好的好的! 您稍等我五分钟!"王暮雪挂了电话就往回跑。

文景科技的商务总监江映是一个脾气很好的女人,从王暮雪进场文景科技以来,从未见她对任何人生过气。只是她每天都很忙,王暮雪先前约了她四次,都临时改期;一改再改之后,王暮雪也不对访谈的按时性抱多大期望了,以至于本来今天下午4:30的访谈,王暮雪直接默认又要"改日再聊"。

"我们这款OA办公软件不仅能做流程管理,打卡签到,日志周报,还能对员工建立的文档进行管理,还有每个研发团队在手的项目,我们也能做进度管理,每个project都有跟踪功能。"

杨秋平一边用电脑记录江映说的话,一边感受着饥肠辘辘的窘境。下班以后还要空腹做访谈,真的好饿……

王暮雪认真道:"所以江总,咱们这款办公App的特点,是否可以归纳为:能够让企业确切知道员工的工作细节,进一步提高工作执行过程的标准化程度、准确程度以及采集信息的真实程度?"

江映露出了笑容:"对,你归纳得很对。我们外勤工作人员都要视频签到,提升了员工状态的真实性,也就是你说的,信息采集的真实性。"

"现在咱们这个移动办公App确实可以突破管理上时间和空间的限制,随时随地办公,极大节约了管理成本。"王暮雪一边非常官方地夸着,内心一边吐槽,原来不仅是朝九晚五做后台的,连外出拜访客户的员工都要视频签到,太可怕了……

"那这款App办公系统,目前在用的人群主要是哪些呢?"杨秋平像是读出了王暮雪的吐槽。

"主要是国内一些中小企业,就是自己没有能力开发OA办公软件的公司,还有就是一些大型企业的分支机构也有跟我们合作。"

"用户有年龄层么?"

"大概都是20—50岁的商务职场人士。"江映非常耐心。

"江总,我很好奇,咱们企业是通过什么方式来宣传这款OA办公软件的? 是通过一家一家企业的拜访么?"王暮雪道。

江映笑了:"这种方式效率太低了,互联网公司一般不这么做。现在手机上都有应用平台,可以在平台上推广,比如百度推广、微信推广、微博推广,还有各类展会营销、会议营销等方式都可以。"

"明白了……"王暮雪脑中闪现出一个比较敏感的话题,于是她试探性地问道,"江总,截至去年年底,咱们这款软件的个人用户总数大概多少?"

听到王暮雪这句话,江映立刻打开了电脑:"截至去年 12 月 31 日的总用户是 1568 万,今年,确切地说是今天,已经突破了 2000 万。"

"那你们对于用户数的界定标准是什么?是注册了就算用户,还是说长期使用你们服务的才算?"

"我们对于用户是有分类的,有注册用户数,也有活跃用户数。"王暮雪立马追问道:"那咱们公司对于活跃用户是怎么界定的?"

"每周使用大于等于 1 次的,算活跃用户。"

"您刚才说的 2000 万,指的是活跃用户数还是注册用户数?"王暮雪其实想问的是:"你们企业的僵尸粉究竟有多少?"

"我查一下。"江映说着再看电脑,"截至今日,活跃用户数是 867 万。"

867 万之于 2000 万,也就是说文景科技这款移动办公 OA 软件,有 43.35% 是真人粉,其他大部分都是僵尸粉。

访谈结束已是晚上 10:40,王暮雪一看手机,随即捂住了嘴巴:"完了,我的搏击课……"

175 选择的真谛

"姐姐,你的搏击课教练我上次碰巧看到了,就是一帆哥来的那天。"

"啊?你在哪里看到的?"王暮雪有些吃惊。

"楼下,买酸奶回来你们正好出去。好帅啊!"

"帅个鬼……"王暮雪边吐槽边赶紧收拾东西,很奇怪,迟到了 40 分钟,鱼七竟然没微信弹自己。

"他的身形、长相在我们高中都可以当校草了。"杨秋平笑得很甜。

王暮雪扣上包包："怎么？你有兴趣？"

见杨秋平脸上竟然有些羞涩，王暮雪在快速冲出门的同时甩下了一句："可惜他有主了！"

王暮雪远远就看到鱼七坐在一个沙包上。他今天穿着一身灰色 T 恤，全黑运动裤，正低头看手机。

"喂！怎么我发信息你不回啊?!"王暮雪冲到鱼七身边，推了他一把。

鱼七抬起头："我不叫'喂'，叫我小可。"

"我拒绝！"王暮雪铿锵一句，"小可是我养的狗！你不可以跟它一样名字。"

手放在裤兜里的鱼七突然弯下腰，眯起眼睛道："看来我在小雪心里的地位还是比较高的。"

"我都说了不要叫我'小雪'！"王暮雪眼珠子瞪得鼓鼓的。

"你迟到了。"鱼七直起了身子，"健身房 11 点关门，还有 15 分钟，今天课上不了了。"

"谁叫你不打电话提醒我！"王暮雪尽管很是理亏，但她依然嘴硬。

鱼七拿起包："你不来肯定还在忙，我打电话你也过不来。"

一想到鱼七来回给自己上课需要两个多小时，王暮雪心软了，于是追上去道："好嘛，算我不对，要不我请你吃夜宵？"

"这是产业园区，晚上哪有什么夜宵……"鱼七说完突然蹲了下来，右手挡住王暮雪正想迈出的腿，鱼七……居然在帮自己系鞋带?！

王暮雪内心瞬间翻腾了起来，全身都被麻住了，尤其是鞋带松了的那只脚，麻到没了知觉。

鱼七站起身，瞅见王暮雪的样子，笑了："小雪喜欢我啊?"

王暮雪不说话，鱼七拉起王暮雪的手就往门外走："我也喜欢你。"

"胡说什么！"被鱼七拽在身后的王暮雪一边极力稳住心跳，一边用另一只手疯狂扇着脸上的热气。当鱼七回头看她时她赶紧停了下来，手有点僵硬地摸着自己的耳朵。

鱼七见状灿烂一笑："我送你回酒店。"说着他按下了电梯按钮，但依旧拉着王暮雪的手没有松开。

王暮雪赶紧岔开话题:"那个……我不是要给爷爷买车么,60万左右的车你有没有推荐的?"

"你还真要买啊?那我的640节私教课不就没戏了?"见王暮雪直到现在都没有将自己的手甩开,鱼七赶忙接话道,"60万左右的车型还是挺多的,不过不同品牌性能有差别,就看你偏好哪种了。"

"我偏好好看的……"

电梯到了,他拉着王暮雪走了进去:"捷豹XF,46—69万吧,车身比较轻,操控也比较灵敏,尺寸达到中大型轿车的范畴。外形你应该喜欢,圆滑流畅的轿跑轮廓,有点像运动商务车。最主要的是,给你爷爷开的,这款车具备按摩及通风加热功能,座椅也是记忆座椅,有电动腰托调节。"

"果然买车还是要问男生啊!"王暮雪很开心,"那还有没有其他的车型推荐啊?"

"还有就是我个人比较喜欢的路虎揽胜极光,38—57万吧,外观很拉风,2.0T涡轮增压发动机,最大功率为177kW,峰值扭矩为340Nm,匹配9速自动变速器,雾灯区面积大,有信息娱乐系统和中控显示屏。另外,在高配车型上也提供前排按摩座椅。"

"这个给我爷爷开会不会太大了?!"王暮雪低头看着手机中搜出的路虎揽胜极光。接着她又对着手机说:"捷豹XF图片。"手机屏幕立刻显示出捷豹XF的图片,王暮雪眼前一亮:"圆的!好圆好漂亮啊!这个我喜欢!流线型的!哈哈哈!"

两个人出了电梯后,王暮雪突然兴奋地朝鱼七道:"这个这个!这个也好看!"

"这款是保时捷Macan,高配的话,价格超过100万。"

"啊?!"王暮雪吃惊道,"可这款车明明跟捷豹XF没什么区别啊!"

鱼七满脸黑线:"小雪,选车不能只看外观,你图片中这款Macan Turbo是3.6T,双涡轮增压引擎,最大功率为323kW,峰值扭矩或达到550Nm,加速到100km/h仅需4.3秒。"

王暮雪听得下巴都快掉下来了:"大哥你怎么这么懂车?你以前该不会还做过走私车的生意吧?"

鱼七一脸嫌弃的样子。

"哎呀,好难选啊!"王暮雪原地跳了两下,连她自己都没意识到,她有些举动开始特别像小女孩了。

在回酒店的路上,王暮雪一路都在看汽车的颜值,完全不去关注车的各种配置和数值,最后他实在忍不住,说了一句:"小雪,既然都喜欢,又打定主意买给爷爷,选哪个都差不多。没有一种选择比另一种选择更好。"

"你这什么歪理论!"王暮雪目光仍盯着手机,当然,手也仍旧没有甩开。

"这是真理,不是歪理论。"鱼七一本正经,"比如你是一名火车司机,前方有两条轨道,其中一条轨道上绑着三个小孩,而另一条轨道上只绑了一个小孩,只能二选一,选择权在你手里,你会怎么选?"

王暮雪朝鱼七翻了一个白眼:"怎么有这么不符合逻辑的选择题?我会直接选择把火车停下来。"

"我说了,你的面前只有一个按钮,这个按钮只能用于改变火车的方向,其他任何事情你都做不了。在这种情况下,你是选择撞死第一条轨道上的三个小孩,还是选择撞死第二条轨道上的一个小孩?"

176 就是看穿你

"那就选第二条轨道吧,死的人少点。"王暮雪无奈道。

"那如果就在你按下按钮的前一刻,你得知第一条轨道上的三个孩子是普通人,而你即将要撞死的那个孩子,是童年时代的爱因斯坦呢?"

见王暮雪表情呆住了,鱼七于是神色平静道:"这就是人生中艰难选择的真相,没有一个选择比另一个选择更好。"

不得不说,鱼七这句话勾起了王暮雪对一系列事情的评判。

是减完肥才能穿短裙更好,还是想吃啥吃啥活得开心更好?

选老公是选"惊艳了时光"的更好,还是选"温柔了岁月"的更好?

是追求梦想不计后果更好,还是平庸一生对爱人孩子负责更好?

似乎每个选择都有它正确的理由，而实际上没有一个选择是错的，也没有一个选择比另一个更好。

"不对，大哥！还是有区别的！"王暮雪突然回过神，"你不要给我洗脑。就你刚才那个问题，我觉得我还是能选出来，根据对人类的贡献程度，我会选择救爱因斯坦，放弃那三个普通孩子。"

"看来选择还不够艰难。"鱼七淡淡一笑，"那题目如果改成这样，火车本就朝着爱因斯坦行驶，你如果什么都不做，就是被动看着爱因斯坦死去，但是你不会被判刑；而此时另外一条轨道上绑着十个孩子，你不知道他们将来是不是普通人，可能都是伟人，也可能都是罪犯，你如果按下按钮改变轨道，那么就是你主动为之，是故意杀人，你会被判处死刑，这时候你怎么选？"

"你……"王暮雪心里很气，但她又不得不为鱼七将天平两边的砝码都调整得更平、更难选而佩服他。

"是你你怎么选？"王暮雪反问鱼七。

"我选不出来。因为我觉得这道题中，没有一个选择，比另一个选择更好。我一直认为人生不是完美剧本，有时放弃了一条自己认为是错误的路，结果经历的痛苦比预想中更痛苦，而获得的快乐也并非期望中的那种快乐。"

"我看出来了大哥，你就是魔教教主。"王暮雪吐槽他。

"我只是想告诉你小雪，每当你觉得很难选的时候，随便选一个就行，不用太纠结，不用怕选错，因为既然没有一个选择比另一个选择更好，你选哪个，最终都不会太差。"

"那我现在想选5折购车！"王暮雪说着从口袋中掏出了名片和宣传册，递给鱼七。

鱼七接过名片看了一眼："你加过了么？"说着他掏出自己的手机扫了下名片上的二维码。

王暮雪有些迟疑："我还没加。我以为你一定会跟我说，这种便宜事情肯定不靠谱呢！"

"不加怎么知道靠不靠谱。"

对方名字叫小叶，这个叫小叶的人连好友验证通过都没设置，就被鱼七加成了好友。

目送王暮雪上楼后,鱼七默默地往公交站走。对现在的鱼七而言,没有一种选择比另一种选择更好。既然她没有放开自己的手,那么就朝着选定的路,坚定不移地走下去吧。

上次只是随意问了她投资与评估企业的窍门,这么问完全符合一个需要理财的工薪阶层人设,不会引起她的疑心,而现在,这个小姑娘原先对自己竖起的耳朵,似乎已经垂下了。

"姐姐!"杨秋平猛地拉开了门,吓了正想刷门卡的王暮雪一大跳,"原来姐姐的男朋友就是那个格斗教练啊!! 怪不得你上课上得这么勤快!"

"瞎说什么!"王暮雪赶忙找缝想钻进房间,不料被杨秋平左挡右挡:"姐姐你先承认!"

"我不承认!"

"我都看到了。我刚才在阳台上晒衣服,你俩牵手回来的。"

王暮雪瞥了杨秋平一眼,嘴角露出一丝黠笑:"牵手的就一定是男女朋友了? 你太单纯了!"

杨秋平愣了两秒才赶紧关上门,朝已经横趴在床上看手机的王暮雪道:"姐姐你尺度太大了吧,不喜欢都能牵手……"

"我只是甩不开而已,他武功太强。总之他不是我男朋友!"

王暮雪不想跟杨秋平多废话,她已经迫不及待地开始研究卖车小叶的朋友圈了。他本月发布的状态中,有不少真人图片。

有一位中年大叔笑盈盈地拿着车钥匙走向新车,配文:恭喜我兄弟喜提爱车! 有一个办公室照片,里面一个西装革履的男人正坐在桌子前签字,配文:今天已经有 9 位老板签约了,谁有兴趣当第 10 个? 有红包,很大的那种!

小叶的朋友圈都是客户付款提车,笑容满面的实景照片。

于是王暮雪朝小叶的对话框弹了一个微笑。

小叶:老板考虑买哪个车型?

王暮雪:你们有捷豹 XF 么?

小叶：有，您要哪种配置？

王暮雪：顶配。

小叶：我查查库存……

（一分钟后）

小叶：有的老板，我们这个月活动很合适，只需要首付三成，五成过户。

王暮雪：我知道，我今天下午见过你，你说过了。我想问你朋友圈照片有一张是你们办公室么？

小叶：对的，是我们4S店的办公室，我们全国连锁的，刚刚卖了第九台车了，第十个有红包，我们附送两年洗车卡和3次车辆护理服务。

王暮雪心动了：方便把你们店中我那款车型发给我么？

小叶：没问题，不过今天太晚了，我明天一大早就去店里拍给您可以么？

王暮雪：好的好的，没问题！

王暮雪放下手机去洗澡刷牙，再次出来时她收到了鱼七的微信：小雪，早点睡，别加班了。如果真要买车，付钱的那天我陪你去。

杨秋平白白的牙齿映在了王暮雪的手机屏幕上，王暮雪吓得一缩，手机直接背到身后："你干吗！"

杨秋平笑着跳上了自己的床。

"我都说了他不是我男朋友！"王暮雪赶忙解释。

"姐姐，我觉得你的条件和生活圈，更适合一帆哥，而不是那个格斗教练。"

王暮雪的目光锐利起来："他才不是什么格斗教练，他是警察。"

"啊？警察？"杨秋平睁大了眼睛。

"对，特警！"

177 逆袭的屌丝

"68个粉丝！你小子特么搞了两个月就68个粉丝！"曹平生的声音

一如既往地响彻整个28层。

柴胡头埋在电脑前一声不吭。"把这些粉丝打开我看！都是谁?!"曹平生站在他身后，又怒喝一句。

柴胡手颤抖地按着鼠标，当粉丝详情页出现在曹平生眼前时，柴胡的后脑勺重重吃了一耳光。

"你大爷！都是我们部门的人！你大爷!"曹平生边骂边啪啪扇着柴胡的后脑勺。

"曹总别打了，再打就打笨了。"一旁的吴双赶忙劝阻。

"他还不够笨吗?! 写了两个月公众号，每天五篇文章，结果就68个粉丝，我们部门就特么的占了50多个！还不够笨么!"曹平生说着将柴胡的椅子猛地转了过来，"把头给老子抬起来!"

柴胡两只手掌立刻贴着自己的脸，脑门对着曹平生不敢抬头。

"抬起来!"曹平生重复道。

"曹总我错了……"柴胡不得不抬起头，可怜巴巴地望着曹平生，双手仍旧死死护着自己的脸。

"还知道要脸啊?! 68个粉丝你还有脸啊?! 老子说什么来着，国内的硕士都特么的混日子！你毕业论文怎么写的？你怎么可以毕业？就你这写作水平还好意思写招股书啊!"

曹平生一边打开手机扫柴胡发的公众号文章，一边骂："这些都是什么玩意儿，学术论文?! 现在的人什么时候看公众号你调查过没有?! 都是吃饭、等电梯、上厕所和排队的时候扫两眼，你一篇文章动不动就几千字，谁看啊!"

看他这火气，柴胡真担心他把手机砸了："重要的话加粗！加粗都特么不懂！一点重点都没有……"

柴胡犹如吃了狗屎一般难受，心想自己学的是金融，干的是投行，又不是作家，更不是新闻专业人士。本来做这个公众号就不是正经事，能坚持每天五篇就不错了……

"我看你表情很不服啊!"一切都逃不过曹平生犀利的眼睛。

柴胡满脸委屈："曹总，我最近一个人负责三个IPO项目半年报的更新，精力实在有限。"

"你25岁就精力有限,28岁是不是可以直接退休了?"曹平生生气的时候一贯六亲不认、油盐不进。

柴胡正想再说什么,只见曹平生身后的吴双绷紧嘴唇连连摇头,于是只好作罢。

"你说你都在搞IPO,补半年报是吧?那你告诉我,法氏集团外协规模多大?"

"今年是845万。"柴胡想也没想就回答道。

外协,指一家企业将产品的一些生产环节,让其他企业帮忙生产的做法。一定意义上,外协避免了企业因生产链过长而造成的自我难以调控的局面。比如有的产品部件所需技术性强,企业本身的技术达不到,通过外协就节约了成本和时间;另外,有的企业规模有限,固定的员工无法满足此项生产任务,此时交由外部其他相关企业代为生产和加工,既提高了生产效率,又实现了利润收入的双丰收。

"去年呢?前年呢?"曹平生追问道。

"去年是748万,前年是699万,前五大外协厂商的名字没有变化,非常稳定,顺序也没变。"柴胡对这个问题很自信。

这样的回答明显出乎曹平生意料,于是他回头朝吴双道:"把他做过的项目,那个什么晨光科技、法氏集团,还有魔都那个东光高电,资料都给我打印出来!"

"法氏集团,公司治理方面制定了什么文件?"曹平生跷着二郎腿,还在盘问柴胡,大有不把他问倒誓不罢休的架势。

"制定了《公司章程》《股东大会议事规则》《董事会议事规则》《监事会议事规则》与《独立董事工作制度》。"

"财务管理方面呢?"

"制定了《货币资金管理规定》《财务收支审批规定》《固定资产申请制度》以及《印章管理规定》。"

曹平生皱起了眉头:"那日常经营方面呢?"

"制定了《安全生产管理制度》《采购管理制度》《销售管理制度》《供应商管理制度》;信息披露方面,制定了《信息披露管理制度》;内控监督方面,制定了《内部审计制度》以及《审计管理程序》。"不等曹平生接下去问，柴胡直接全部背完了。

周围能听到这些答案的同事都傻了，心想柴胡怎么可能背得下这种所有投行人都不会去背的东西？

曹平生的脸上却没什么特别表情，他故作悠闲地翻着手中的资料："你跟我说说，法氏集团的业绩，有没有季节波动性？"

见曹平生转变了提问策略，柴胡也将自己早已得出的结论和盘托出："没有明显的季节性或者周期性。医药包装行业的季节性都不明显，他们公司今年上半年参加国内外的不少展会，工厂必须要抽空生产展会样品，所以第一季度正常业务收入会少些。"

"你说没季节性，怎么我看这三年都是第一季度收入小，第三季度收入大？"曹平生目光如刀。

"因为全球展会多在第一季度举办，但往后时间也有可能改。而第三季度收入大其实也不是正常规律，而是单个订单较大造成的，比如法氏2014年确认了辰星药业金额为3200万的订单，2013年第三季度也是碰巧遇到了天园药业和经云力生供的3800万的订单，这些订单在第三季度被完成具有偶发性，不是每年都一定会有。而且不是每年的大额订单，都一定能在第三季度完成。"

"你把法氏集团第一到第四季度收入、相应占比和变动比率通通背出来！"

听见曹平生这样无厘头的要求，周围看戏的同事觉得，今日事件必须是以柴胡被狂骂而告终，但坐在曹平生对面的柴胡，居然劈里啪啦地按顺序全背了出来，且每个数都精确到了小数点后两位。

178 剧本被篡改

从去年被蒋一帆开导以来，柴胡可是坚持每天15分钟记忆力训练，一直到现在。训练记忆能力已经成了柴胡的习惯，每天不背就不爽。有时周末稍微闲一些，他还会加长训练时间。

而柴胡的记忆素材，自然就是他经手过的这三个IPO项目。因为他明白,要锻炼记忆力,素材必须怎么枯燥怎么来,怎么生僻怎么来。所以,不仅曹平生问不住他,而且他基本已经培养出了强大的瞬间记忆能力,找到了适合自己的永久记忆方法。过目不忘这个目标对他而言,已经很接近了。柴胡坚信,自己哪怕到了八十岁,都还是能记得那串制度,还能记得自己经手过的所有项目里的所有内容。

所以故事的最后,是曹平生吹胡子瞪眼地走了。当曹平生摔门进了自己的办公室后,在场的同事忍不住给柴胡鼓起了掌。在这些鼓掌的同事中,柴胡的眼神唯独落在了蒋一帆身上。他正准备去跟蒋一帆道声谢,但蒋一帆却起身进了曹平生的办公室,脸色有些阴郁,仿佛藏着心事。

晚上下班回家,柴胡哼着小曲儿,他的人生从来没有如此得意过、解气过、舒坦过……貌似以前所有的付出,如今都结成了满满的果实。柴胡甚至能想象出自己身后的羽翼正逐渐丰满的样子。就在这时,他远远望见王暮雪和一个陌生男人走在一起。

出于好奇,柴胡鬼鬼祟祟地跟了上去:奇怪,她不是应该在产业园么?怎么回到金融区了? 还逛4S店?

柴胡又一想,今天是周五,王暮雪回来市中心放松下也不是不行。柴胡本想直接上前打招呼,怎料这时那男人突然拉着王暮雪的手就往外走,柴胡下意识赶紧闪了出去,躲在角落,目送着二人一同牵手出来,而后越走越远。

眼前的画面让柴胡难以置信,因为那男人牵王暮雪的手牵得那么自然,而王暮雪也没有甩开的意思。不对啊! 打开方式不对! 暮雪不应该是跟一帆哥在一起的么? 她不是都送了水杯又发了邮件么? 况且自己这么久的心理暗示难道没起任何作用? 这不科学呀!

在柴胡的投行剧本中,蒋一帆是男配角,王暮雪是女主角,自己不喜欢王暮雪这一款,那么女主角就理所应当跟男配角在一起,这才是天理!如今怎么好好的,突然杀出一个路人甲?

都走到家门口了,柴胡仍有些懵B。他机械地掏出钥匙,刚插进去门就开了,柴胡心里咯噔一下,今天出门没锁门?

"小柴回来啦?"屋内赫然站着一个中年大叔。柴胡认识他,是房东廖姐的老公。

"那个……房租我交了啊。"柴胡眼神中满是疑惑。

"我知道。"中年大叔说着从口袋中掏出一沓钱,数了数后塞给柴胡,"这是你的押金,还有你这个月剩下的房租。房子明天开始不租了,你今晚必须得搬出去。"

"啊?!"柴胡手中的包掉在了地上,"为什么?"

房东有些不好意思道:"我卖了。本来以为挂价高不会有人买,但突然间买家就出现了,一点价都不讲,唯一的要求就是明天一定要住进来,所以不好意思了兄弟!"说完他直接开门去隔壁屋了。

不一会儿柴胡就听到了隔壁屋争执的声音,很显然,已经把几套房子全卖了,所以附近的邻居全都得搬走。

柴胡想了想,也直接加入了邻居家争执的队伍中,不为别的,就为他根本没有足够的时间找到住的地方。

"凭什么这么晚才通知啊? 我们又没时间找房子!"这是大家一致的反应。

被大家闹到最后,房东态度也硬了起来:"人家说是要把这里改装成密室逃脱的场所,施工队明天进场,你们要继续住,就等着施工队把你们床拆掉吧!"

"他们敢!"此时一个壮汉直接上前揪起房东的衣领,"来一个我打趴下一个。"

柴胡也走上前,用拳头警告式地捶了下房东的肩膀:"你别逼我! 逼我我什么事情都做得出来!"

这里是"农民楼",柴胡明白图便宜住在这里的人素质都不会太高。他也不想保持什么高素质了,这时候讲道理、谦逊礼让,连个落脚点都换不来。

房东连连道歉后灰溜溜地跑了,大家以为这事儿结束了,怎料半小时后,房东居然带着三十多人,操着家伙全来了……柴胡傻了,原来那个揪房东衣领的硬汉也傻了。报警吧,出租协议没写这么具体,也是纠缠不清。柴胡估计警察也管不了房东不讲理。于是两小时后,柴胡就拖着箱子与一大袋又沉又重的文件,变成了青阳街头的流浪汉。

快出小区大门的时候,一对情侣从身后叫住了他:"哥们儿,你是不是住4栋的？"

柴胡没好气，道："对。"

"别走哥们儿！"男人说，"房子是我们的！租给你的那对夫妻是二房东！房子是我爸的，我爸租给他们，然后他们背着我爸转租出去。我爸死了，现在房子是我的，我想收回房子是想把二房东赶走，不是把你们赶走，你们可以继续住！继续住！我可以原价租给你们！什么都不改变！"

柴胡愣了："所以他们把我们赶走，为的就是不让你赚钱？"

"对了！"男的非常激动，"他们就是想让我们麻烦。那夫妻俩想赖着不走，总之哥们儿你别走啊……"

柴胡思考再三，做了一个决定。

179 防范与诚实

"可以啊鱼七！小赵告诉我，你在青阳大街上帮他逮住拐卖儿童团伙的一个小头目，最后他们顺藤摸瓜，15人全给收了。"电话中，横平市公安局刑警队副队长尹飞称赞鱼七。

"这没啥。"鱼七将鸭舌帽的帽檐压低，密切注视着卖车小叶的行踪。

"明星到哪儿都是明星。你是准备跑青阳继续保持你的纪录么？"尹飞笑道。

"是保持咱们师傅的纪录。"

此时，小叶夹着一沓文件，走进了一家大型写字楼。鱼七赶紧跟进去，却并不挂断电话。

跟踪人时，电话，是一个很好的伪装。

"最近在青阳有收获没？"

"王暮雪现在是我女朋友。"鱼七边走边小声道。

电话那边安静了两秒，才传来惊喜的声音："可以啊！那姑娘我见过，一看就不好追。你用什么办法追上的？"

"没追。"鱼七已经进了写字楼，前台需要登记，于是他停住了脚步，眼见着小叶进了电梯。

庆幸的是,此时只有他一人进了电梯。

"我说什么来着?当初师傅眼光没错,比起干刑侦,你更适合干经侦。你现在是零基础打天下啊……她爸王建国、明和投行总裁吴凤国,还有她那个部门的领导……叫曹什么,还有就是……"尹飞的声音依旧在电话中回荡,鱼七听来有些断断续续,因为他的注意力全在电梯即将停在的楼层数字上。

14……看到这个数字后,鱼七迅速扫瞄着一楼大厅正中挂着的楼层指示牌,14层的公司是:青阳兴旺汽车租赁有限公司。

鱼七的眼神聚焦了。刚想有所行动时,肩膀突然被人猛拍了一下,回头一看,竟是王暮雪!

"你在这里干什么?"鱼七有些心慌,但外表还算镇静。

王暮雪咧嘴一笑:"周日,本小姐想干什么就干什么,你呢?你在这里干吗?"

"找朋友。"鱼七搪塞一句。

"那你朋友呢?"王暮雪质问道。

"就在我面前啊!"鱼七说着拉起王暮雪就往外走。

王暮雪这回竟用力甩开鱼七的手道:"少糊弄我!鬼鬼祟祟的,一定是在做见不得人的勾当!"

"彼此彼此。"鱼七说着重新拽起王暮雪的手,"跟踪我一天了渴不渴?请你喝奶茶!"

"我没那么好打发!"王暮雪依旧死命挣扎。

"少冰一分糖,给你加珍珠加布丁加奶霜加红豆加仙草!"

王暮雪一听,眼神有那么一秒充满了期待,鱼七趁势将她完全拽出大厦:"原来小雪这么喜欢我,一天没见就要跟踪我。"

"才不是!"王暮雪脖子都红了,"我是正巧路过……"

鱼七这时才发现手机屏幕显示:尹飞,通话时间8分23秒,并且时间依旧在增加。他下意识地将电话按掉,心想完了,刚才的对话全被师兄听见了……

"尹飞……这个名字怎么这么熟!"王暮雪说着就想抢鱼七的手机。

"干什么?!"鱼七将手机举得高高的。

鱼七知道王暮雪记性好，赶紧扰乱她记忆说："他是我老家的邻居，卖咸鱼的。今年他们家多晒了些咸鱼，问我要不要多拿点给我妈。"

"不是吧……"王暮雪满是不信。

"怎么不是？"鱼七说着将手机塞进口袋，一把将王暮雪扣在怀里就朝前走，"上次的三色鸡蛋饼你还想吃吗？给你买！"

"休想岔开话题。"王暮雪眯起眼睛，"我刚才都看到了。你在跟踪那个卖车的小叶，你是怀疑他们家车子有问题是吧？"

"我没跟踪他，你看错了。"

"还不承认！"王暮雪说着揪起了鱼七的耳朵。没想到鱼七忍着疼，掏出手机拨通了一个电话。

"喂？小叶？我们明天可以付款了，早上九点，店里等你。"

见王暮雪愣在原地，鱼七笑道："既然已经看好了，就不要犹豫，今天就买，直接五成全款提车，别搞三成按揭。"

"为什么?!"王暮雪满脸不解。

"明天是周一，九点跟我一起去店里。"

"大哥，你也知道明天是周一，我还要回产业园上班的。我已经整个周末没加班了！"

"你不是说你那个胡保代早上的微信步数都是0么，怕什么?!"

王暮雪笑了："你是在教我翘班啊?!"

"我是在成全你的孝心，难道你不想早点看到爷爷开心的样子么?"

"也是哦！"王暮雪的脸颊沐浴着阳光。她的手不自觉地抬起来，握着鱼七扣过来的手腕，另一只手也顺势揽着鱼七的腰，非常"黏人"地向前走着。

鱼七觉出哪里不对，这个"黏人"的小姑娘，似乎太容易搞定了，这跟她的聪明伶俐不相符。

"小雪，你知不知道你已经是我女朋友了？"鱼七想试探她的真实想法。

"当然不是。"王暮雪一口否认。

鱼七一下停住了脚步："不是？那咱们现在这样算什么?!"

"算是民女被绑架的一种姿势。"王暮雪吐了吐舌头，"打不过你，只能这样了。"

鱼七闻言放开了手,一脸严肃道:"王暮雪你听好,我喜欢你,我鱼七喜欢你,我不是跟你开玩笑。"

王暮雪听后"哼"了一声,双手又起腰,放大音量道:"我王暮雪又不是没被人喜欢过。你口口声声说喜欢我,但我一点也没感觉出来!"

"那我要怎么做你才能感觉出来?"

"诚实!"王暮雪双眸直视着鱼七,"对我诚实!"

180 租购的骗局

周一上午9:15,王暮雪和鱼七如约来到4S店。

"先生,我还是建议三折购车哦,因为这样占用的资金不会太多。"小叶一脸为他们着想的真诚。

"没事,我们有钱。"鱼七镇静自如,完全无视非常不镇静的王暮雪。

"你想知道的事情,明天就知道了。"这是鱼七昨天对王暮雪说的话。

"那小姐您看……"小叶转向王暮雪,面露难色。

虽然鱼七把三十多万奖金完全当成自己的财产来支配,可王暮雪为了摸清真相,也只能附和道:"就五成,全付,立刻过户。"

小叶想了想说:"好吧。"说着起身到后台工作区。足足十多分钟他才重新出来,手里拿着一个刷卡机,朝王暮雪和鱼七道:"我已经帮您二位申请全款付清,一次过户了。"

"不用刷卡机。"鱼七的口气不容商量,"你们有公司账户吧,我们直接转账。卡额度没有变更,一下子刷不了三十万。"

小叶顿了一下道:"有的,您稍等。"说着又回到了办公区,关上门。

此时鱼七打开手机,编了一条短信,只有两个字:马上。短信收信人:青阳小赵。

"这个小赵是谁啊?"王暮雪很好奇。

鱼七做了一个"嘘"的手势,因为此时小叶已经朝这边走过来了。他递给鱼七一张打印纸,上面是账户信息和银行卡卡号。

鱼七没有丝毫犹豫,将纸上的内容用手机拍下,纸递回给小叶,手机递给王暮雪,道:"付钱吧。"

　　王暮雪刚想转账,鱼七迅速收回了自己的手机,朝小叶道:"不对啊!"

　　"啊? 哪里不对了?"小叶一脸不解。

　　"我要的是公司账户,你给我的是个人账户。"

　　小叶弯着腰解释道:"是这样的先生,我们公司账户这两天清算,暂时用个人账户收款。"

　　"你身份证方便给我看一下么?"鱼七直勾勾地盯着小叶,"可以的话我拍一下,留个档。"

　　小叶笑了:"先生您是担心我是骗子么? 您想想,哪有骗子在市中心开4S店的。这是我的工牌……"小叶正想取下胸口的工牌,就听鱼七说:"不必了,就要身份证。"

　　见鱼七如此坚持,小叶不乐意了:"先生,身份证给您看看可以,但是拍照的话就不行了。万一您拿我身份证去做别的事情,我也控制不了啊……"

　　鱼七直勾勾盯着小叶一会儿,然后拉着王暮雪起身道:"走,车不买了。"

　　"别别!"小叶立刻上前阻拦,"给您看给您看! 稍等!"小叶说着就又回身进了办公室,出来时把身份证递给了鱼七。鱼七二话不说就拍了下来:"如果现在付款,车子今天能不能办手续?"

　　"是这样的先生,付款之后,我们还要给车子上牌,然后公司这边审批也需要一定的工作日……"

　　"没听说过这种流程,应该是买了就可以直接开走。"鱼七反驳道。

　　"当然,车子您当然可以今天开走,但就是登记上牌需要一些时间。"

　　"需要多久?"鱼七追问道。

　　"这个不好说,还要选车号啥的,现在都要排队。"小叶赔笑道,"其实您买之前我们还要给车子做一个全面清洗。"

　　"服务还挺全面的。"鱼七露出了笑容。

　　"那是,我们家的服务绝对是青阳第一的,您可以四处打听打听……"

就在小叶滔滔不绝之时,王暮雪隐约又听到了短信发送的声音,原来鱼七边交谈,还能边偷偷发短信!

"这样小叶,我们单个人的卡没这么多钱,你稍等我们二十分钟,我们两个人凑一下。二十分钟之内给你一次性付过去。"

"没问题!不着急!"小叶一边应着,一边给鱼七和王暮雪斟茶倒水。

大概过了十分钟,鱼七出去接了个电话,回来后笑容满面地看着王暮雪。

"你着魔了……干吗这样看我?"王暮雪道。

"本来我也不是很确定,但马上就能证明我的直觉很准了。"

警车不久就来了,小叶和店里所有人都被押上了警车。

一名警官走向鱼七,笑着拍了拍他的肩膀:"回来的话,说一声!"

王暮雪遇到的是汽车购租合同诈骗团伙。在青阳假借知名汽车贸易公司的名头,向第三方汽车租赁公司租来汽车,然后半价或者三成首付卖出去。一般他们跟上游租赁公司签订租赁合同,又跟下游客户签订购买合同,也就是阴阳合同。

所以他们只需要每月付给租车公司钱,然后这边不停地再吸收购车人的首付或者半价钱款,再想办法拖延时间。等到钱积累得足够多,他们就会跑路。

这大大出乎王暮雪的意料:"买家与租赁公司互相不认识,信息不对称……"

"嗯,一般租赁公司都是连续多个月没收到租金,才会采取拖车措施或者报案。这个团伙正是利用了时间差,你如果先付三成首付,后面还贷也要时间,可以给他们更多时间骗更多人。如果我们逼着他马上办手续,马上登记上牌,他的时间差就没了,你不见他刚才支支吾吾的么?"鱼七一副诸葛亮的样子。

"可是鱼七!你最开始怎么看出来的?"

"我没看出来,我只是感觉可能有问题,所以周日才跟着小叶,结果跟到了汽车租赁公司,验证了我的部分想法。"

"但是单单是他去租赁公司,也说明不了问题吧?"

"对,我让小赵查了那家租赁公司,他们这几个月频繁地给一个叫赵海清的人租车,数量庞大,而这个人,就是刚才小叶给我的银行账户收款人。"

王暮雪眼珠子都快瞪出来了。鱼七还给她加码,继续道:"小雪,小叶是惯犯,身份证是假的。我刚才发给警方验证过了。"

鱼七说着,起了身,在王暮雪面前蹲下,双手搭在她膝盖两侧的椅子上,认真道:"其实昨天晚上我朋友就查出来了,因为那个叫赵海清的人不仅在青阳作案,在全国各地都开设了分销点,发展上下线,层层赚差价。别的地方已经被人报过案了,只不过报案的人提供不出他的名字,也不认识租赁公司,就只说自己被骗,车在不知情的状况下被拖走了。"

见王暮雪一直不说话,鱼七继续道:"我朋友粗略估计了下,涉案金额高达几千万。小雪,我跟你说这么多,只是想跟你证明,我对你没有隐瞒。"

"那你实话告诉我,你是不是警察?"王暮雪认真看着鱼七。

鱼七一字一句地回答道:"是,曾经是。"

"那为什么现在不是了?"

"因为我爸死了,欠了钱,我的死工资不够还,所以从老家来了青阳,想多赚点。你不见我打两份工么?"

"就是这样?"王暮雪眉毛向上挑了挑。

"就是这样。"鱼七非常平静。

"那你为何不好好赚钱,要掺和这些破事?"

鱼七苦笑了下:"因为人这一辈子,除了赚钱,也应该为自己的信仰做些什么。我有一个师傅,他是带我入行的老领导,我希望自己活得像他。"

"你的师傅是谁呀?"

"你不认识的。"鱼七想直接跳过这个话题。

"说嘛!"王暮雪双手搭在鱼七肩上。

"他叫顾琼。他有一个口号叫作'命案必破,不破不休',他在岗的18年里,杀人案件侦破率连年保持在95%以上,其中有6年,他的辖区命案全破。小雪,他的行为就是我的信仰,如果在古代,我希望自己是一名侠客……"鱼七说到这里,感觉到一股炙热的气息朝他扑面而来,这是王暮雪生平第一次,思绪被身体控制,大脑被心灵控制,没有一分犹豫,不带一丝迟疑地,想主动亲吻眼前的男人。

181 新媒体时代

"我国的国土陆地面积为 963.4057 万平方公里,长城长度是 21196.18 千米,珠穆朗玛峰的高度是 8844.43 米,吐鲁番盆地海拔为 -154 米,长江的长度是 6397 公里,故宫的面积为 72 万平方米,中国汉字总数为 91251 个,中国历史上封建王朝共有 494 位皇帝……"

早上 7 点 10 分,柴胡坐在王立松办公室的折叠床上,背着这些他认为绝对不能记错一位数的信息。办公室的门突然被推开了。保洁阿姨显然没想到办公室有人,傻愣愣地看着穿着睡衣的柴胡:"你……昨天加班么?"

"对对!"柴胡就坡下驴,迅速站起身,"阿姨,我最近要更新三家公司的半年报,根本没时间回家。"

"好辛苦……"在明和大厦做了十几年保洁的阿姨,多少也是了解一些投行业务的,"那你好好休息。"阿姨关上房门,看了看时间,离八点半上班还有一个小时二十分钟,就让可怜的孩子再睡一会儿吧,反正王立松常年在外跑业务,一个月也就回来一两天。

柴胡知道自己住在公司迟早会被人察觉,但他也早就留意到,根本没人制止员工睡公司。毕竟投行民工深夜加班是常事,再加上柴胡睡的是折叠床,手上的活儿又足够多,睡公司于情于理都说得过去。

柴胡在公司体验了几天,发现凌晨一点后,天花板内时不时会有老鼠跑动的声音。有天晚上柴胡亲眼目睹一只灰毛老鼠踩空了,从天花板上的空调管道掉了下来,不偏不倚正好掉在王立松的水杯里……因为是王立松的杯子,所以柴胡默默地处理了淹死的老鼠,用开水烫了三次。

如果是胡延德的,估计柴胡只会默默处理老鼠,杯子嘛……就不烫了。

总体而言,除了老鼠吵一点、折叠床不是很舒服外,住公司没其他弊端。24 小时 Wi-Fi,冷气十足的中央空调,省去一个月将近三千的房租水电,每天起床就可以工作,累了可以直接睡觉,好不惬意！美中不足的就是:没洗澡的地方。但这唯一的问题,柴胡一天之内就想出了解决办法。

他花了一个多月的房租,办了附近健身房一年的年卡,除了私教课不能上,其他器械都可以用。如此一来,健身房澡堂一年的使用权,就归他了,而且还是带沐浴露、洗发露、润发乳与吹风机的洗澡房！在里面偷偷洗衣服也是可以的！

简直完美！

剩下来的一个多小时,柴胡除了洗脸刷牙,训练记忆力外,还把他今日的深度思考投行相关知识课题,转变为:如何才能获得大量公众号粉丝?

经过详细的研究,柴胡觉得要成为公众号大咖,是有窍门的。

人们之所以愿意在微信上阅读文章,第一因为方便,而第二,是因为一些公众号文章能够引发读者的强烈共鸣。

现在已经进入了新媒体写作时代,人们阅读信息的时间越来越碎片化,以至于很少人能抽出完整的周末,安安静静地,坐在窗前阅读类似《边城》《三国演义》或者《狼图腾》这样的书了。

随着生活节奏的加快,信息渠道的拓宽,市场也越来越缺乏耐心:电视台买剧本只看前三集,网文读者选择书籍只看前三章,电影上映能否获得加长排片只看前三天的票房。“三”这个数字扼杀了我国文化产业中的一批人,同时也捧起了新的一批人。“三”这个数字是这个时代的悲哀,也是这个时代的机遇。

这种机遇让一大批公众号写手迅速崛起,其中一些人还成为了年入千万的自媒体人。这些自媒体人有一些职业操守高尚,一直源源不断地给读者提供优质的内容。也有一些自媒体人,在公众号拥有上百万粉丝后,开始接无良广告,发表没有经过自己独立调查过的产品营销文章,或者干脆发一些对上市公司不利的研究报告,让相关公司公关部出钱,而后再删除文章。

讽刺的是,这些人既然敢站出来,为大众发声,又为何最终在金钱面前闭上嘴巴,退了回去?

尽管新媒体写作时代文章质量良莠不齐,但仍旧成功抢占了中国传统文学的大部分市场。

然而柴胡没有这么大的格局去考虑这些事情,他认为只要把写投行案例这一件事情做好,不但可以得到曹平生的赏识,还很有可能发家致富。现在摆在他眼前的问题是:想让自己的公众号获得大批粉丝,就一定要写出阅读量破几十万甚至上百万的"爆款文"。这种文章在几天之内会被大量转发,而文章下面的公众号入口,自然就会被很多读者点进去关注,公众号粉丝数也就增加了。

而想让人们传播你的文章,标题至关重要。

一些爆款文,仅仅凭借戳中千万人痛点的标题,就在没有被认真阅读的情况下,获得上百万的转发量。比如《你和头等舱的距离,差的不只是钱》《你的死工资、正在拖垮你》《年轻人,你凭什么不加班?》《单身真的更容易赚到钱》。这类标题柴胡总结出来有一个共同特点,都是标新立异、戳中大部分人的痛点、与普通思想观念形成强烈反差,满足读者的好奇心、窥探欲等心理需求。所以柴胡自己的标题,关于晨光科技的案例,就不能写成《我国智能装备制造业发展的趋势分析》,这样的文章既没人看,也不会有人转发。柴胡想着,标题要不改成《关于航母,你不知道的那些事儿》《军事大国,黑暗中的博弈》或者《太平盛世中的杀机,我来告诉你》……

正当柴胡绞尽脑汁时,门再次被推开了,这次进来的不是保洁阿姨,而是阎王曹平生。

182 是不是存货

"在干吗?"一大早曹平生就火药味十足。

"曹……曹总,我在研究怎么写好公众号……"柴胡声音本能地有些颤抖。

"别动鼠标。"曹平生说着直接走到柴胡电脑前，看到他的屏幕上确实显示着一篇文章，内容涉及公众号文章的命题诀窍，于是淡淡说了一句，"等下在会议室开文景科技项目讨论会，你收拾一下，一起参加。"

就在他收拾好东西走出去的时候，又看到了他最不想看到的人，王萌萌。柴胡避开她，径直走进会议室，文景科技的董事长路瑶、技术总监曾开熙、商务总监江映、副总经理毕晓裴以及胡延德、王暮雪都已经落座。还有一位柴胡先前没见过，王暮雪告诉他，这是新来的财务总监，陈雯。

"曹总，当今只要手机在外面，都需要流量，这是'硬通货'，所以……"路瑶试图向曹平生证明什么。

曹平生没听路瑶说完便打断道："所以你们也不能这个月一个业务，下个月另一个业务啊。之前我听说，你们也就是移动 OA 软件中有个流量红包业务，是吧？"曹平生说着看向胡延德。

胡延德点头确认后，曹平生继续道："那个流量红包随便送点就算了，现在你们又说把它独立出来是什么意思？"

"是这样的曹总……"此时商务总监江映开了口，"我们现在正在做针对流量业务的营销方案。这种方案主要是针对那些希望拉新客户，或者维护老客户的公司。做流量红包，线上通过积分兑换流量，就是比如您注册一个新的 App 会员，您只要绑定手机号，就可以免费获得 10M流量。"

此时副总经理毕晓裴接话道："还有积分兑换，比如曹总，您是某银行的客户，然后您每年因为在银行有固定的存款，银行会给您一定的积分，这些积分以往是换一些线下的商品，比如玩偶、碗筷、书什么的，但是如今线下配送太麻烦，而且可能这些东西您都不需要，这时候如果把礼品变成流量，那么您一定是需要的。"

曹平生眉心紧锁，一言不发。

董事长路瑶见状开了口："其实就是一种广告，我们做广告方案，比如对方客户在企业平台积累了多少积分，可以换多少流量，这件事情我们做，因为可以盘活很多个人客户的存量积分。曹总，我们现在都用心在选大公司合作，比如大型商业银行、保险公司。还有航空公司。咱们在场所有人的航空积分，多，可以换成里程；如果少，怕清零，可以兑换成流量，多好!"

　　王暮雪听到这里大致将企业的意思理清了,文景科技的业务形态在这个月发生了变化。变化前的流量业务,仅限于移动 OA 办公系统里的流量红包。变化后,企业将流量红包这个模块独立了出来,做成一种专门针对其他公司拉新客户,或者维护旧客户的流量赠送业务。赠送方案由文景科技编写,赠送内容就是流量;而文景的客户需要购买方案以及方案中所配套的流量。

　　"所以你们究竟是卖方案还是卖流量?"曹平生开了口。

　　"流量只是一种媒介,您可以将流量理解为钱,方案是我们做的。"商务总监江映道。

　　"不对,你们应该两个都卖!"曹平生眼里不揉沙子,"流量你们自己又不能生产,你们是从运营商那里低价买来的,然后你们再把这些流量,夹杂着方案一起卖给下游客户,所以流量对你们而言,是存货,不是钱,跟钱完全两个概念。"

　　路瑶闻言坐不住了:"曹总,流量看不见摸不着,怎么能说是存货呢?我也学过点儿会计,存货的性质是啥? 必须是以实物的形式存在的东西,流量是实物么? 不是……"

　　曹平生十年前虽然干到了会计师事务所的高级合伙人,但经手的公司,确实没有哪家是做流量的,所以在这个概念的认定上,路瑶拿传统的会计知识驳斥他,他一下子也没有想出妙招应对。

　　见气氛陷入了尴尬,一直沉默的财务总监陈雯说:"曹总,实际情况您可能不太了解,一般我们认定存货,都是原材料进来了,加工了,生成成品了,再将上述所有统一称为存货,但我们实际上只是钱付给了运营商,流量一直都在运营商那里,我们公司没有池子装这部分流量。当客户兑换成功,流量是实时对接的,从运营商那边直接就打到客户的手机上了,所以这部分流量没有时间在我们公司停留。"

　　曹平生自然明白资深会计师陈雯的意思,对文景科技来说,流量虽然买了,但是从来没进仓库,也没经过加工,出去的时候依然是原本的流量,且还是上游运营商直接对接下游个人用户,连进文景的时间都没有。但即便是这样,流量就不是存货了么?

"你们买了，流量就是你们的，跟流量放在谁那里没有关系。"曹平生显然不想进入他们的思考轨道。

胡延德接话道："对啊陈经理，咱们不管这个流量是原材料也好，在产品也好，产成品也好，库存商品也好，你们买了就都是你们的。我们假设它是个实物，你们买了以后它依然放在运营商的仓库，但年终你们进行存货盘点的时候，依然要盘这部分资产，因为这部分存货所有权已经转移给你们了。"

"我更正下胡保代。"陈雯笑道，"我们付给运营商钱，流量还不是我们的，只不过是我们打到运营商账上的预付款。真正消耗预付款的时候，就是终端用户进行手机充值，或者进行积分兑换的时候。"

众人一听都有点晕，难道终端用户只要不消费，源头的流量就不形成？

今日的整场会议，就在"流量是否属于存货"这一问题上争论不休，最后大家的结论暂时定为：因为流量不是实物资产，也从未在文景科技的系统中滞留，客户不消费，上游的流量所有权就不转移，故暂且不将其定义为存货。

互联网的业务形态更迭快，对现有法规和会计准则的更新速度也提出了更高的要求。作为投资银行，必须在具体问题的性质，以及现有的制度和政策的模糊地带中，做出自己独立的判断。

往往这种判断，容错率为零。

一场会议下来，柴胡觉得精疲力竭。他刚从洗手间出来，就见王萌萌径直走过来，面无表情道："你们曹总说，中午一起吃饭。"一脸为难的蒋一帆正被笑容满面的曹平生硬拉了来。

183 看中国速度

"目前除了银行、保险公司还有航空公司，需要你们这种流量营销方案的还有谁？"曹平生一边卷着北京烤鸭，一边跟路瑶探讨业务。

路瑶的眼神却一直在蒋一帆身上："曹总，你们这小伙子看上去一表人才啊!"仿佛没听见曹平生的问题。

"路总喜欢就拿去!"曹平生油腻腻地开玩笑。

"小伙子怎么称呼?"路瑶抿了口茶。

"我叫蒋一帆,很高兴认识路总。"蒋一帆语气有些拘谨。

"原来你就是蒋一帆!"路瑶说着瞥了一眼胡延德,"之前听胡保代提过你,说百度都能搜到。大才子啊,你有没有兴趣来做我们互联网公司的项目?"

蒋一帆有些为难地看了一眼曹平生,见曹平生只是笑,蒋一帆只好很礼貌地朝路瑶道:"如果路总需要,我肯定愿意。"

"我当然需要!"路瑶笑得很灿烂,转而看着曹平生,"曹总,希望你们派的人越多越好! 我们公司虽然小,目前只能上新三板,但是饭钱和住宿费我还是付得起!"说完,全场都乐了。

曹平生明白,这个女老板对项目现场的人手分配明显有了不满。

一般而言,所有的企业老板都希望券商能够多派人驻扎在项目现场,人越多,说明券商对该企业的项目越重视。

王暮雪一直悄悄吃,尽量不想显山露水。

"你们这个小美女我要重点表扬一下。"没想到路瑶还是把她给拎出来了,"她跟另一位小美女,经常加班到很晚。有时候走得比我都晚,门还都是她们锁的,有前途啊!"

曹平生余光瞥了一眼王暮雪,语气很是满意:"必须的! 他!"说着指了指蒋一帆,"还有他……"说着又指了指柴胡,"他们两个都一样能打。"

"那就这么说定了,这俩小伙儿我都要了。"路瑶赶忙趁热打铁。

"行,没问题!"曹平生一口答应。

王暮雪此时内心激动万分,蒋一帆跟柴胡如果都被派来现场,就意味着她再不用单打独斗了! 不过,目前她与蒋一帆的关系,似乎有那么一丝尴尬。这段时间蒋一帆没有主动联系她,她也没有主动联系蒋一帆,白天在公司见面时,王暮雪更是神色有些躲闪,直接进了会议室。

"哦! 忘记您刚才的问题了!"路瑶突然反应过来,自嘲道,"瞧我这脑子! 曹总啊,除了金融机构跟航空公司需要我们的业务外,现在各种App,尤其是手游,游戏公司,更需要! 现在的年轻人都爱玩手游。手游对流量的需求特别大。手游公司有不少客户账户中有很多游戏币、道具、皮肤、钻石等等,这些东西都可以兑换成流量。"

"是的曹总。"商务总监江映赶紧帮腔,"不仅是手游,比如一些社区超市的 App 为了发展社区的用户,新人注册后可以免费领流量,而后享受到 App 的生鲜配送服务,这些公司往往在线上线下都做活动。"

"所以你们的流量,其实是企业买下来,然后送给个人消费者的。消费者是没出钱的?"曹平生问道。

"对!"路瑶道,"都是那些需要做拉新活动,或者促销活动的公司找到我们,购买流量包,然后在活动中赠送给个人用户。"

见曹平生似乎在思索着什么,路瑶将手里的烤鸭卷塞进嘴里,细嚼慢咽道:"曹总,我们这个行业更新换代很快,因为国家也在飞速发展。您看了那个中国速度么?"

"哦? 什么中国速度?"

"您看! 您就忙着埋头搞 IPO!"路瑶撇嘴,"不了解动态都不知道咱们国家速度到底多牛,快到全世界都追不上了。8 小时拆除一座立交桥,9 小时改造一个高铁站,7 天建了一层楼,都把老外看傻了。他们说你们中国楼都建完了,我们还在打地基!"

"对对!"一旁的王暮雪深有感触,"路总您不知道,我在美国读书的时候,学校里一条公路平均要修大半年。其中有一条路更夸张,我大一的时候就开始修,修到我大三了还没修完,而那条路只有一千米。"

"小美女,说到路,你知道咱们国家 30 年前,也就是我小时候那会儿,一条高速公路都没有啊! 现在,我们高速公路里程数世界第一。很多国家看到我们的基建速度,纷纷把基建订单交给我们做。"

"这倒是。"曹平生笑了,"国家搞基建,不计成本,我家那个县根本没多少人,修过去也永远收不回本,但是国家还是搞,还是修。高速公路也是,高铁也是,亏本也做,这点我是很佩服的。"

"所以曹总,国家对基建的重视所带来的经济增长效益是摆在那里的,国家发展速度快,我们互联网速度就不可能慢。您别怪我一天一个业务形态,我们这是跟着国家走!"

"呵呵呵,行行,原来在这儿等着我呢……"

路瑶一本正经道："真的是这样，你们看一百年前，也就是 1913 年，咱们刚刚结束清朝统治，那个时候大街上最先进的交通工具是什么？"说到这里她故意停顿了下，目光将在座的所有人扫了一遍。

"人力车。"蒋一帆连忙救场。

"对！人力车！"路瑶的眼神亮了，"同年，千里之外的阿根廷首都，布宜诺斯艾利斯，一条地铁正式通车。它也是南半球第一个拥有地铁的城市，当时是木制车厢，这车厢是富强的象征。但是一百年之后的 2013 年，布宜诺斯艾利斯宣布，淘汰一百年前的木制地铁，而接替他们的新式地铁，来自于一百年前只能用人力车的国家，咱们中国！"

这番话听得在场所有人激情澎湃，仿佛每个个体现在所有的努力、压力、拼搏、忙碌、加班、熬夜都能找到一个合理的理由——上坡路。

为什么我们要变得强大？因为我们知道弱小有多可怕。

184 蒋一帆露才

路瑶话锋一转："最帮咱们国家挣钱的动物你们猜是什么？"

众人沉默了一会儿，又是蒋一帆救场："应该是熊猫。"

"对！"路瑶更加欣赏蒋一帆了，"就是熊猫！国宝啊！大熊猫是全世界都喜欢的熊，我们只租不卖。外国想租我们的国宝，一只一年大概是 100 万美元，租期一般是十年，到期得送回来，而且在国外生的熊猫宝宝也属于中国，小熊猫到了两岁还要归还我国，还要上熊猫险，保证熊猫的安全。国外不仅不嫌贵，还抢着租，现在还有十几个国家在排队。有国外媒体说熊猫是靠卖萌帮咱们国家赚航母！哈哈！"

众人又乐了，有路瑶在的饭局似乎永远不会没有气氛，她身上永远充满着无限的活力，透过她说话的神情、语调感染每一个人。

"我觉得作为企业家，爱国是最根本的，只有爱国才能开创出有利于百姓的事业。"路瑶越说越感慨。

路瑶突然转向曹平生："按年龄，您是我大哥。不过大哥，有句话我今天必须要说，我知道国内市场，不太待见我们互联网公司，觉得我们不怎么靠谱,都是虚的。这是一种偏见,一种误解。"

曹平生一听路瑶这话,赶忙拿起酒杯道:"路总这是哪里话,我们没有误解,有误解就不会接你们项目了……"

路瑶也顺势拿起酒杯,主动与曹平生碰了一下:"大哥这话我不爱听了,就得有误解!"说着她自己随意抿了一口,看着曹平生干了,她才咧开了嘴笑,"世界上所有伟大的事业、伟大的人,都是在误解中度过一生的,比如古代最伟大的帝王,秦始皇,其实就是被'误解'了。"

"哦? 这怎么说?"曹平生开口问道。

路瑶本想脱口解释,但她忍住了,目光又投向蒋一帆:"小伙子,你是聪明人,等你五六十岁,应该能成为一位智者。你了解秦始皇么?"

蒋一帆闻言,回答得有些谨慎:"不能说是了解,只能说阅读过一些相关史料,有个一知半解。"

"那你怎么评价秦始皇?"路瑶做出一副洗耳恭听的模样。

蒋一帆清楚路瑶希望他就这个话题说些什么,于是朝着路瑶希望的方向说:"人们都说秦始皇是暴君,但也有人考证说,他在位 37 年,从未妄杀一位将军、大臣;说他苛政,但他却允许犯人农忙时放假 40 天,还制定了世界上最早保护人犯权利的法律;说他坑儒,其实那是几百名江湖术士行骗在先;还说陈胜、吴广因为迟到而不能活命,然而有人经过考证,当时迟到仅仅只是罚款。"

"还有么?"路瑶的眼睛写满了期待。

"还有就是秦始皇统一六国,结束持续百年的战争,废分封、行郡县、书同文、车同轨、统一度量衡、兴修水利、修筑万里长城保护华夏,南征百越击退匈奴;他推行依法治国,但却与当时儒家提倡的以德治国的思想相悖,所以秦始皇在传承故事的文人心中,治国之方成了逆天而行,造福万民的伟大帝王也因此被曲解成了暴君。我说得不一定对哈,都是东看西看来的。"

全场被镇得鸦雀无声,还是路瑶打破了沉默:"曹总,这小伙子给我行不?"

"不是已经给你了么? 明天就让他去你们项目上。"

"不是那种给!"路瑶知道曹平生在装傻,于是直接转向蒋一帆,手臂搭在桌上，大拇指指着曹平生道："他给你多少钱一年，我，双倍。"

曹平生闻言露出了黄牙："路总，人家是新城集团的独子，还是二股东，不差钱。"

路瑶满脸吃惊，新城集团，那个巨无霸的钢铁龙头……

185　互联网公司

"除了手游公司、银行、保险公司还有航空公司，他们的这个流量营销业务还应用于很多大型超市。"王暮雪给蒋一帆和柴胡介绍项目情况。

"超市要流量来做什么呢？"柴胡一时没想明白。

"超市现在都有公众号了，而且很多线下的超市都发展成网上商超了，平常超市会员需要发展 VIP 客户，就需要搞一些开卡赠送活动，还有节假日、周年庆也会搞。"

"所以送的都是流量对么？"柴胡接着问。

"对。"王暮雪回答。

"必须是送。"蒋一帆道，"我看他们就这个业务跟运营商签署的合同，条款中明确了不可以转卖给个人。"

"一帆哥，这条款到底什么意思呀？"杨秋平朝蒋一帆凑了过去。

蒋一帆一直盯着自己的电脑屏幕，不慌不忙地解释道："我查了一下，原先运营商的流量只对个人销售，如今新分出一个板块，专门卖流量给企业，但是卖给企业的流量只能企业自己用，不能转卖给个人。他们做促销活动，客户完成了注册、每日签到，或者积分达到多少，就可以获得赠送的流量。目前这个赠送模式是没问题的，毕竟赠送不属于转卖。"

"那将来要密切关注他们是否偷偷转卖给个人咯？"王暮雪道。

"对，这块后续要关注下，现在规范不代表将来不会被诱惑。"

"好。"王暮雪迅速记下来。

"三年前的五大客户，单家销售额就一百多万。这公司真挺小的。"柴胡一边故作认真，一边用余光偷瞟杨秋平的白脸蛋。这个肉肉的姑娘圆圆的脸，宽宽的头，加上不时飘来的淡淡的香水味，柴胡怎么看怎么可爱。

"前十大客户要重点查。"蒋一帆表情十分严肃,"都是经销商,体量也不是特别大,也没什么名气,很多没听过。"

"但是一帆哥,这些客户对接的下游都是微信、支付宝、地方银行、信用宝等大型公司,应该不会有问题吧?"杨秋平显然对蒋一帆更关注。

"你们去实地走访了么?"蒋一帆终于转头看了杨秋平一眼。

"呃……还没有。"

"那就不能相信。走访的时候,得看到他们跟下游客户签署的合同,最好能看到银行转账凭证,证明他们确实与这些信用好的下游客户存在交易,而且要特别注意交易规模,不能说500万的单子最后只提供50万的合同或者50万的流水。"

"明白了。"杨秋平电脑键盘的敲击声清脆响起。

因为互联网公司业务变化太快,所以他们四人对文景科技所有高管又进行了重新访谈。

"对,我们公司有统计会员数量,去年7月会员数是15万,这个月已经650万了,一年翻了42倍。"商务总监江映道。

"我们公司的定制化开发软件类型很多,有企业经营管理软件和仓储物流管理软件,当然,还有你们一来就给你们介绍过的OA办公系统。"技术总监曾开熙总是很沉稳。

"哦,我们今年比去年单个客户销售额大幅增加,是因为同一个客户,对于定制化系统的要求增加了。项目难度也增加了。我们本身业务在不断扩张,研发团队的能力也锻炼出来了,比以前强了很多,所以公司今年合同谈判时,议价能力提升了,收费也就高了。"副总经理毕晓裴道。

"既然都是定制化开发系统,每个系统应该是对客户的具体要求做贴合性设计的。"蒋一帆很快进入角色,"可我们注意到公司今年定制化业务前五大客户中,有四家销售金额是一样的。试问定制化产品,怎么会出现不同客户相同售价的情况呢?"

"哦,那是因为我们定制化开发项目是按功能模块进行标准定价的,每个系统里面大致的功能模块是一样的,客户可以勾选需要哪些模块,模块要得多就贵,要得少就便宜,这几个客户的需求刚好都差不多,都选了办公软件中的常用模块,数量也一样,所以金额就碰巧一样了。"毕晓裴说到这里,想了想,而后补充道,"而且都是大客户,我们也不好说针对个别细小的差别设计,就多收费。他们之间可能也会存在信息互通,索性我们给的价格就一样了。"

"虽然我们公司目前的经营性现金流不太好,但这是互联网公司的特性,不影响公司的持续经营能力。"财务总监陈雯适应角色也很快。

柴胡闻言一脸黑线,不太好?是很不好吧……一家公司净利润也就三四百万,经营性现金流为负三千万,互联网公司真烧钱啊……

"我之所以说不影响持续经营能力,是有依据的。"陈雯继续道,"你们看到的数据是去年年底和今年前两个季度的,但公司下半年业务模式已经变了,所以未来的报表会出现逆转。"

听到"逆转"一词,财务部办公室中的四双耳朵都竖了起来。

拥有多年会计师事务所经验的陈雯,才来公司没多久,谈吐却已经像在互联网行业混了一二十年的老员工一样了。她对这家公司的了解与王暮雪第一天见到她时完全不同。

只听陈雯道:"首先,我们公司后续主推的就是流量经营业务,我们发现这部分市场需求很大,大家都反映流量不够用,而我们公司针对这块业务,目前的经营模式是客户预付,我们收到客户款项后才会进行充值,这种预付模式可以为我们提供更好的现金流;其次,我们拿到了上游运营商45—90天的信用期,你们从合同中也可以看到,这可以减少公司的资金压力;最后,公司现有的毛利率维持在50%左右,可以很大程度给公司提供留存资金支持。"

见蒋一帆低头不接话,陈雯知道眼前这个小伙子没那么好打发,上次一起吃饭,陈雯可是全程目睹了蒋一帆的知识面有多广。

186 就换你密码

想到这里,陈雯神态很自信:"即便不从公司未来的业务判断,就从目前的债务融资能力说,你们从报表也可以知道我们公司现在的资产负债率较低,从外部获得资金支持的渠道比较广,很多银行也乐意给我们贷款。何况我们还有青阳科创中心提供的贴息滚动授信额度1500万,我们这个行业政府是大力支持的。"

"嗯,这点您说得在理。"蒋一帆应着,但眉宇依旧没有舒展开来。

陈雯的嘴角微微勾起:"蒋经理,除了债务融资能力和新业务模式能带来的现金流,我们公司的股权融资能力,您从历次股权变更也是可以看到的,前年A轮价格是5.81元/股,今年年初进来的投资公司,股价已经是32元/股了,这是B轮,往后即便是公司遇到资金困难,我们再做次C轮,价格也不会低于32元/股。"

蒋一帆闻言好似突然想起了什么,忙道:"A轮以5.81元入股的是个自然人,一位女士。"

"对,她是老板的MBA同学,一家投资公司的投资总监。"陈雯回答。

"她手里的股权我看是用债权转来的。"蒋一帆道。

"嗯,不错。"

"那么请问债转股的背景是什么呢?"

"背景就是公司发展初期很缺钱,我们路总从银行没有办法贷到足额的资金,于是就找她同学借。这也很正常,因为路总这个同学本身也是搞投资的,但是我们公司那时才刚起步,她也不能说入股就入股,所以当时还是以借债的形式,相当于给初创型公司贷款。后面她也是很看好我们公司,才将债权转换成股权。"

"很看好我们公司"这几个字,陈雯特别加重了语气。

"好的,明白了。"蒋一帆的放松也让陈雯舒了口气。

一天下来,文景科技项目组已经把企业最近的业务问题访谈了一遍,除了蒋一帆,其余三人几乎处于哑巴模式。单打独斗两个月的王暮雪,再次找回了跟着大神走、脑子不用动,直接躺赢的感觉。

互联网行业确实更新很快,尤其是移动互联网,以至于投资银行进场好不容易梳理好的业务模式,结果吃饭跟高管一聊天,就全变了,很多工作得重来一遍。但不管重来几遍,也不管这个项目最终靠不靠谱,能不能获得股转系统的认可,合同已经签了,项目已经接了,就得想方设法将它报上去。

我国移动互联网起步于 2000 年左右,最开始的应用场景还只是一些付费下载平台,比如彩铃、电子邮件等。由于当时网络和终端基础硬件设施不够成熟,所以最初产业发展较为缓慢。随着空中网、3G 网络陆续上线,移动增值业务迅速发展,以沟通、娱乐、工具为主的移动互联网应用也不断丰富。

2014 年中国整体网民规模为 6.48 亿人,其中移动网民达到 5.6 亿人,增长率为 11.4%,移动网民增速远超过整体网民增速,中国整体网民的增长已经由 PC 网民增长完全转移到移动网民的增长。

截至 2014 年,我国智能手机保有量达到 7.8 亿台,同比增长 34.3%。因为移动网民、智能手机和 3G、4G 网络的快速发展,我国移动互联网行业高速增长。

"去年这个移动互联网市场规模为 2100 亿元,同比增长 115%,预计 2018 年,又是一个万亿级市场了。"柴胡感慨道。

杨秋平一边工作,一边注意蒋一帆与王暮雪的状态。整整一天下来,他们二人除了工作交流,眼神没有交集,甚至有次蒋一帆在说话,王暮雪却看着柴胡。晚上下班,大家一起外出吃饭,走到楼下,王暮雪却突然说不吃了,柴胡刚想追问,被蒋一帆用眼神制止了,于是众人就看着她一蹦一跳地跑没了影。

"一帆哥,我上次……"柴胡本想说出陌生男子与王暮雪牵手的事情,但想到蒋一帆这段时间心情不太好,还是不要雪上加霜了,于是就转向杨秋平,"你是只在我们公司实习,还是想入职?"

"我想入职。"杨秋平回答得非常肯定。

"哦,那你……"柴胡欲言又止。

杨秋平见他这样,想起王暮雪说柴胡在打听自己有没有男朋友,于是赶忙跟机关枪一样道:"我只想工作,好好工作,努力工作,快点入职。入职后继续好好工作,努力工作,勤奋工作,报效祖国!"

一旁的蒋一帆看着柴胡傻二愣的样子,终于露出了一个久违的笑容。

林荫小道旁,鱼七拿着王暮雪的手机,直接按下了 188818 解了锁。

在王暮雪惊愕的眼神中,他点开了【设置】,找到【隐私】,点击【定位服务】,找到【系统服务】,关掉【共享我的位置】,关掉【基于位置的 Apple Ads】,返回【隐私】,划到底部,关闭【共享 iPhone 分析-分析数据】与【iCloud 分析】,返回【设置】,找到【Safari 浏览器】,打开【阻止跨网站跟踪】与【欺骗性网站警告】。

"行了,这样你的手机就非常安全了,比上次还安全。"见王暮雪没伸手过来接,鱼七直接站起身,迅速操作了什么。

王暮雪好一会儿才反应过来,赶忙跳起来一把抢回手机:"你怎么知道我的解锁密码的?"

"你在我面前操作过很多次啊小财迷!"鱼七轻轻捏了捏王暮雪的脸蛋,188818,设这种密码是多想要发财啊……

"才不是!"王暮雪伸手绕着鱼七脖子就想勒他,不料鱼七直接顺手将她横抱了起来:"小财迷今晚想吃什么?"

王暮雪没挣扎,打开手机想查看鱼七刚才都操作了啥,但发现手机已经无法解锁了。

"我换了你的密码。"

"啊?"

"我生日。不许换回来!"

"真霸道啊! 你又不是总裁,这么霸道好意思吗?"王暮雪嘟囔着。

怎料鱼七直接朝王暮雪脸上亲了一口:"不霸道怎么制服你这匹野马!"

187 教练的秘密

"大姐啊,我总觉得你越活越不靠谱。"王暮雪的发小,知己,金牌死党——狐狸,两百多斤的狐狸坐在王暮雪对面,边吸着麻辣烫中的红薯粉边批评她。

"我已经平平坦坦地度过了青春期,不想再平平坦坦地度过青春了。"王暮雪道。

"关键是大姐,你已经不青春了,都奔三了,马上头发就白了肉也松弛了,还青春呢!"

狐狸来青阳参加培训,逼她做东。

"你不能有职业歧视!"王暮雪提声说道。

"不是我有没有职业歧视的问题,而是你爸跟我想的是不是一样的问题!你堂堂阳鼎科技的千金,能嫁一个健身教练么?"

王暮雪撇了撇嘴:"健身教练怎么了?健身教练毅力强、身材好、力气好、长得还好,既养眼又不容易猝死,简直是当老公的不二人选。"

狐狸白了王暮雪一眼:"说了那么多,还不就是看上人家帅……"

"才不是!"王暮雪赶忙驳斥,"他很聪明的。以前是刑侦警察,后面被分到了经侦部,缴获了两个亿的假钞呢!"

"这是他跟你吹的吧!"狐狸反正死活不同意王暮雪的选择。

王暮雪怒瞪着狐狸:"我也有别的警察朋友好么,人家都跟我证实了!"王暮雪的警察朋友,是在高铁站为她追回了包和电脑的尹飞——横平市公安局刑警队副队长。

常春藤高校毕业的王暮雪,对于细节的注意力还是较为敏锐的。鱼七的手机上曾出现尹飞的名字,且鱼七说顾琼是他的老领导,而顾琼曾在横平市任职十多年,所以同样在横平刑警队的尹飞,就不可能不认识鱼七。于是王暮雪主动联系尹飞,侧面了解鱼七在警队中的表现,归纳总结就是:武力值第一、头阵率第一、破案率第一,被队里称为"明星神探"。

"你呀,我太了解了。"狐狸给自己灌了一大口豆奶,"还记不记得你18岁那年,工商局一个大领导看上你了,硬要把自己的儿子介绍给你,结果你一个劲儿地问你爸,帅么?高么?有肌肉么?是碎发么?是双眼皮么?下巴长什么样?……"

"我……"王暮雪一时词穷,脸涨红起来,她当年确实跟狐狸说过。

"别否认了,你始终爱不上你前男友,不就是因为人家长得丑么。"看狐狸笑得如此放荡,王暮雪一拍筷子:"想不想活了!我现在要把你打趴下,分分钟的事儿!"

"趴了也没关系,我肉厚。"狐狸笑着拿出手机,边鼓捣边像个文人一样地说道,"这是一个容易让人急躁的世界,但你别随波逐流。内心强大,才能拥有不卑不亢的从容之姿。永远一副狠狠的样子,时间久了就会

'相由心生'。"

王暮雪见他太装,想站起来捶他脑袋,狐狸赶紧将手机递过来,示意王暮雪看一篇公众号文章。文章中列示了健身房私教的聊天记录。

在一个同城360多人的教练大群中,私教们居然偷拍各种女学员健身照,涉及的话题也非常重口味。

本以为王暮雪一定会非常吃惊,没想到她只是平静地递回手机:"鱼七才不是这样的人。"

狐狸冷笑一声:"他不是这样的人又亲你又抱你啊? 他跟你才认识多久啊? 一看就是个色狼!"

"是我主动亲的他!"王暮雪反驳着,"对了,你头像不是'不减二十斤不换头像'么,怎么自从变成这个头像,你的体重就从198飙成210了?"

狐狸嘴角微微上翘:"不要岔开话题,我是好心提醒你。虽然你从小就喜欢警察,但是膜拜警察跟嫁给警察完全是两回事,尤其他现在不仅不是警察,还进了这么不干不净的圈子,以后女学员多着呢,出轨几率太大了。"

王暮雪眉头一皱:"不要我给你说什么,你就放大、就夸张。我就说我有了新男朋友,你就一股脑想这么多,你怎么不为你自己考虑? 老大不小了还一次恋爱都没谈过!"

"我是男的我不怕!"狐狸不以为意,"我四十岁了都可以娶网红,着什么急,好东西要等!"

王暮雪扑哧一声笑了出来:"那你得有钱啊! 你得富可敌国啊! 你公司得上纳斯达克啊! 都说女人的青春很短,三十岁之后的女人就跟黄花菜一样没人要,殊不知男人的青春更短,只有二十二岁。二十二岁以前你们学习好会有人喜欢,篮球打得好会有人喜欢,长得帅会有人喜欢,然而一毕业,没有钱,就基本没什么人喜欢了。"

狐狸憋红了脸:"要宽容,OK? 大姐你没听过那句话么,越宽容越富有。"

王暮雪知道自己戳到狐狸痛处了,因为他作为一名计算机系的985毕业生,连续三年报考华清硕士都落榜了,最后不得不在父母的极力劝说下回老家谋生,做了一家大型商业银行的信息部职员。

188 狐狸与暮雪

　　狐狸大一时,梦想很伟大,是开发出中国自己的、能够抗衡苹果 IOS 的操作系统。但现实很无情,他如今每天的工作是给新入职的同事装 OA 软件,装打印机,给老员工修电脑。

　　每天狐狸必须接到电话就在几十层楼的大厦中游走,还要应邀去各个营业网点维护系统,总部和支行的同事他都认识,每天的微信步数稳步维持在 20000 以上,永远占据王暮雪朋友圈微信步数排行榜第一,但有意思的是,他就是不瘦。

　　"不想对你宽容,谁让你每次都不看好我男朋友。"王暮雪有点委屈。

　　狐狸将豆奶喝了个精光,擦了擦嘴道:"因为都不合适啊! 上次那个你不爱,这次这个一听就不靠谱!"

　　"各行各业都有不靠谱的,各行各业也都有精英,你要客观看问题,不能一棒子捶死。"

　　"你上次跟我说的那个蒋一帆就很靠谱,我查过了,天才啊! 你跟他,你爸绝对不会反对。"

　　"得了吧! 是我跟他过,又不是我爸跟他过。再说,他跟我爸的感觉也差不多,找他感觉像又找了一个老爸。"

　　"不一样,人家是年轻男子的身体。"

　　"滚!"王暮雪冷眼看着"嘿嘿"笑的狐狸。

　　"好了,我没说一定得找他。"狐狸用筷子敲了敲碗,"我是说得找蒋才子这种类型的,经济、思想、学历、圈子都别相差太大,不然你就算结了婚,今后婚姻也很难维持。"

　　"你怎么也跟老一辈人一样,讲什么门当户对。"王暮雪一脸鄙夷。

　　"我太了解你了。"狐狸的目光犀利起来,"你是不是觉得你现在男朋友很神秘,很想去挖他吗? 这种窥探欲会让你误认为你已经喜欢上他了,等他老底被你揭开,你自然就没兴趣了。"

　　王暮雪闻言好似突然想到了什么,身子往前探了探,压低声音道:

"你别说,我觉得他根本没离开警队,还是警察,只是在调查什么大案子,不好跟我明说,所以才会做两份这么奇怪的工作。"

"哦?"狐狸的眉毛向上挑了挑,"你觉得他依然有事瞒着你?"

"对!不过我没有证据,我只是有这种感觉。"王暮雪直回了身子,双手插在胸前,"不然他如果想来青阳赚钱,这么多工作不去选,为何偏偏选了无忧快印?无忧快印工资根本不高,但可以接触拟上市公司,或者上市公司融资活动的几乎所有申报文件。"王暮雪已经开启了自我推理模式。

"我觉得他应该是什么国家专案组的,到下面来查什么案子,所以骗我说家里欠债,要来青阳打工还债。"

"这个很好破啊。"狐狸道,"找你那些警察朋友确认不就好了?"

"我问过了,我朋友说确实是他父亲死了,欠了一大笔钱,所以他辞职来了青阳,希望多赚点钱还债。"

狐狸用拳头撑着脸,神色有些无奈:"那不就行了?人家没骗你。"

王暮雪急了,朝狐狸喷喷一声:"你傻啊!他朋友也可以跟他一起隐瞒、一起说谎,搞不好他们两个就是一个组的!或者这个专案组的工作下面地方警察得罪不起,都必须要保密。"

"如果人家要查案子,还是重大要案,为什么不一直专心致志地在无忧快印待着?为什么要花时间来健身房当私教,还能抽空跟你谈恋爱……"

"因为我漂亮啊!"

王暮雪说完这句,狐狸直接把麻辣烫的汤喷到了地上。

王暮雪不服:"我就是漂亮啊!我比你从小到大喜欢的那些女生都漂亮!他看一眼就喜欢上我一点都不奇怪!"

"咳咳……你跟我的女神们比,还是逊色多了。"

王暮雪眼睛微眯:"至少班里其他男生都不这么认为。"

"你还真以为以前班花是你人气天然高啊?!都是我背地里帮你拉的票!"

"那你怎么不帮你喜欢的妹子拉?"王暮雪反问道。

"我傻啊!把我喜欢的捧成班花,我的竞争对手不就更多了?!"

王暮雪突然一拍桌子："你就是不承认我更漂亮！"

狐狸一拍额头："要矜持！妹子！美人在骨不在皮，皮只是外表，骨才是灵魂！矜持的妹子骨韵十足，举手投足间的风情，能散发出迷人的芬……"他还没说完，小腿就被王暮雪猛踹了一下，疼得他像直接撞到了石头，直叫唤，"我看你这样除了那警察也没人敢要你了！"

王暮雪沉着脸，十分不悦："我告诉你，我确实让他暂时当我男朋友。谈谈恋爱罢了，你也知道，我王暮雪是那种即使谈了五年，都可以从头到尾不付出爱的女人。"

"就你今天的反应，我看这次难。"狐狸一直揉着小腿。

"你不觉得反侦查很刺激么？"王暮雪忽然笑中带刀，"我不是吃素的，更不是小白兔。既然对方打暗牌，那我就打明牌陪他玩。以前我爸跟我说，打牌就是要大、要正、要能说明问题、要能镇得住人，让人一说就竖起大拇指，这种牌就叫作王牌！"

"人家查人家的案子，你瞎掺和干什么……"狐狸的眉头皱成一团，"不是我不提醒你，你也老大不小了，能瞎玩的时间越来越少，赶紧找一个蒋一帆这样的结婚才是正道！再过几年你都成高龄产妇了……"

王暮雪当然知道狐狸是忠言逆耳，为她好。他不仅是催婚，更是让自己注意不要接近鱼七这样的人，但如今的王暮雪，对于神秘沼泽之下的世界，似乎更加向往。当然，王暮雪跟狐狸说的与她内心真正的想法，可能完全不是一回事；因为大多数女人，面对爱情的时候，自己都不知道自己在想些什么。

189 问题的要害

没过几天，文景科技项目现场，迎来了一位谁都得罪不起的人物：内核委员——黄景明。他从事非诉讼法律事务二十余年，原是全国第一律所——金铭律师事务所的高级合伙人，后来到了明和证券内核部，做起了当之无愧的内审大牛。

在投资银行，若想顺利完成一个项目，在内核会议前，委员都会亲自走访企业,视察情况,而到项目现场视察的这位内核委员,业内称为:预审员。在预审员入场调查的过程中,保代和企业高管一般都会全程陪同,因为预审员很大程度上可以掌控一个项目的生杀大权。

内核部其他委员、内核部上层领导以及公司其他领导对于一个项目的印象,往往都是从预审员的口中了解的,所以预审员对于一个项目质地的判断、推荐用词和最终表态,关乎整个项目能否顺利申报。现场准备工作如果没做足,委员在走访过程中对项目质地产生怀疑,那很可能整个项目连拿到内核反馈问题的机会都没有。

黄景明将近五十岁,有着很有识别度的鹰钩鼻、尖下巴,戴着无框眼镜,气质沉稳、严谨、低调,不苟言笑,一看就是个大律师。此时他正坐在王暮雪的对面,而办公室中除了实习生杨秋平之外,再无他人。

胡延德前两日左肾查出了三十多颗结石,大小不一,痛不欲生,已经被迫进医院做手术了。柴胡此时人在魔都,分身乏术,因为今日是东光高电半年报的最终披露时间。而蒋一帆莫名其妙就被曹平生叫走了,具体也没说去哪个项目……

总而言之,黄景明就在保代入院无暇顾及、项目组其他辅助成员全都抽不开身的时候,突然现身文景科技项目现场。

以前作为实习生,王暮雪是不被允许接近内核委员的,胡保代在投行新兵与内核委员之间,特别设立了一个无形的屏障,体现在以下几个方面:

1. 内核委员亲临项目现场视察时,实习生无权陪同;

2. 内核委员提出的反馈问题,交涉对象必须是保代本人,或者项目协办人,比如蒋一帆;

3. 实习生无权旁听内核会,关于项目其他任何涉及底稿的问题,实习生也无权与内核委员直接对接。

于是王暮雪对黄景明的认识程度,仅限于知道名字,见过长什么样。

可能是因为胡延德的小心翼翼,王暮雪此时非常害怕自己会在这种握刀的项目"刽子手"面前说错话。

见黄景明一来就埋头看材料,王暮雪倒了茶之后就立刻坐回椅子上一言不发。二十分钟后,黄景明才终于开口问道:"公司今年开展的这块新业务,也就是你这里写的,流量营销,我理解起来,本质上是一种广告,只不过这种广告是线上的,用于增加消费者黏性的。"

听见黄景明一语道破真谛,王暮雪精神立刻提了起来:"是的黄律师,他们通过帮助很多企业做活动,通过赠送流量的方式,维护老客户、拉拢新客户。这是一种营销广告没错,目的确实也是增加消费者黏性。"

"可是你有没有问过他们,为什么要这么做?"

王暮雪被黄景明这句话问得有些发蒙,她还真没细想过这个问题:"因为……因为市场目前对流量的需求很大。"王暮雪组织着语言,"我们其实称这种业务为'移动营销',也就是移动广告。这种广告主要通过线上的文字、图片、视频、链接、动画或者二维码等传播内容,达到增加企业产品销量的目的。黄律师,这块市场发展潜力巨大。"说着,赶忙翻出手机里一张增长趋势图,递给黄景明。

图中显示,2013年中国移动营销市场规模为155.2亿元,同比增长105%;而其后几年的平均增长率,包括预测平均增长率,均在70%左右。

"黄律师,现在移动网民年轻化,这种送流量的活动可以达到广告精准投放的效果,比大街上挂横幅、发传单的效果好多了,而且也增强了企业与用户的互动性。"

见眼前的小姑娘说得有鼻子有眼,头头是道,黄景明和蔼地笑了:"市场需求在这里没错,但我想知道的是,为什么运营商不自己做这块业务?咱们想想,文景科技本身没有流量,但运营商有。可以说,全国的流量只有运营商有,既然这块市场发展巨大,为什么运营商不直接自己承接这种业务,而是要通过文景科技呢?"

黄景明这个问题点中要害:这么大块肥肉,为何既拥有无尽的流量,又拥有所有个人终端充值手机号的运营商不自己独吞,跳过文景科技,与那些需要做活动的企业对接,然后拿着自己的流量直接给目标客户进行充值呢?

190 前方是迷雾

"这个解释起来很复杂。"技术总监曾开熙穿着厚厚的土黄色夹克,在黄景明面前站得跟个犯了错误的小学生似的,带着莫名歉意的微笑,"黄律师有没有见过自来水厂?"

"没亲眼去实地看过,但我听过。"黄景明笑道。

"咱们国家三大运营商,就可以类比为自来水厂。"曾开熙道,"自来水厂就是生产水的,而运营商就是生产流量的,需要自来水厂处理的水源,按道理是无穷尽的,不管是生活污水、河流源头的水,还是来自大海的水,技术允许的前提下,水源应该是无穷尽的,而流量按目前的人口算,也是无穷尽的。"

黄景明示意他可以坐下慢慢说,但他却摆了摆手继续道:"这个自来水厂给全国供水,每家每户的水如果我们追溯到源头,都是来自自来水厂的,对吧?但是我们每家每户不可能直接去自来水厂喝水,也不会亲自去厂子里挑水回来喝;我们喝水,是要通过管道的;反过来看,自来水厂将水卖给我们千家万户,也是需要管道的。这些管道错综复杂,有的供给大型商业区,有些供给小型居民楼,有些供给公园草地和人工湖……但是大家想想,自来水厂会亲自干这件事儿么?"

听见曾开熙这样提问,黄景明和王暮雪都明白了他要给出的原因,文景科技是其中一个管道,可以让运营商的流量卖得更多。

比如虽然我们每个人的手机卡都有固定的运营商手机套餐,而套餐中,本身就带了一定的流量,但如果我们注册一个新的 App 会员,就是为了获得额外的流量,或者我们想用掉所有 App 上面的闲置积分,将其兑换成流量,这种需求,运营商是没法直接知道的。商户搞促销活动、拉新活动或者积分活动赠送流量给客户,就是满足那些缺流量,或者就是喜欢获得额外流量,好更大限度地使用手机的群体,这些群体就是运营商没法直接发掘的特定客户。

此时只听曾开熙进一步解释道:"运营商体量太大了,他们一般只做简单稳定的,比如给我们定一次手机套餐,我们就使用一年两年的。运营商没精力去针对每个商户的特定活动,做特定的方案。而且,每次活动的具体应用场景都不一样,商户的具体要求不一样。"

"所以你们就是给各个商户的 App 做接口的对吧?上游对接运营商,下游对接客户,然后把管子搭好。"黄景明笑道。

"不是不是。至少不完全是。"这位平常一本正经的技术总监,此时竟然有些萌……

"我们还给客户做营销方案,比如他们这场促销活动应该怎么搞,流量应该怎么送,送多少,我们会针对不同的客户做不同的方案,比如航空公司,我们就会根据航空公司现有旅客的里程存量,来估计做多大力度的活动可以促进旅客的用户黏性,从而促进旅客再消费。"

"你们这个方案是以什么形式体现的?"黄景明继续道。

"PPT。"此时王暮雪开了口,"黄律师我这儿有几份他们的方案样本,之前发给过我,做得还挺详细的。"

支开了技术总监曾开熙,黄景明独自研究了下PPT,而后神情有些凝重道:"这个方案没什么技术含量,忽悠人的。"

"啊?"王暮雪一脸惊愕。

"不过,卖流量这件事儿,是真的。也就是说,他们确实可以从运营商那边拿到流量资源,然后再卖给这些商户。"

王暮雪和杨秋平面面相觑,不知该说些什么。

"你们项目组目前研究出来,他们这个细分行业,进入壁垒高么?是谁都可以做么?"

"挺高的。"王暮雪想也没想就回答,"首先,这种移动互联网领域,需要很多交叉复合型人才,对员工的技术水平要求很高。"

黄景明笑笑没说话,就解决个技术接口的问题,能需要多大的技术含量?如果这种接口很难做,为什么一堆刚注册的小公司都可以做?

王暮雪敏感到内核委员对自己的回答并不满意,于是继续道:"做这个流量业务,往往需要押很多预付款在运营商那里,因为就跟批发一样,一次性买越多,流量的单价也就越低,所以对于企业的资金实力要求比较高。没钱的公司,干不了这个。"

"这倒是。"黄景明点了点头,接着指着前五大供应商的名字朝王暮雪道,"这些公司,都是夹杂在文景科技和运营商之间的供应商,也就是说,多夹了一层,而且我推断还夹了不止一层,文景科技不直接找运营商买流量,而是还要通过这些没有听说过的公司买,你的推断是什么……"

"呃……这些有很多是在当地很有人脉的公司……"

"不，就从你刚才的解释来推断。"

"我刚才的解释……"王暮雪皱了皱眉，片刻后顿时眼睛一亮，"这些公司都很有钱！至少比文景科技有钱，所以他们能够付更大的预付款，一次性买更多的货，拿到更多的低价资源，然后……"

"然后它们的注册资本都只有 10 万，很多还没有实缴……"黄景明提醒道。

王暮雪呆住了，连文景科技都有 3000 万实缴注册资本，而这些本应该比文景科技还有钱的公司，反而没有钱往公司账户中缴纳任何资金，原因是什么呢？

这个项目似乎变得匪夷所思了起来。

191 男友的失踪

项目组很快开始对其中一家上游供应商展开访谈，接待他们的，是公司的副总经理。

公司整体面积不超过 200 平方米，几间简单的办公室，员工不超过十人。

"我们公司的注册资本……哦……这是股东的事儿，我是应聘的，真不清楚。"副经理一问三不知。

另一处供应商在一座老旧商务公寓办公，办公室类似酒店的房间。

"注册资本……这个东西没用吧，现在工商局都不要求注册资本了。"年轻的被访谈人二十多岁，是这个办公面积只有八十平米的科技公司的 CEO，这科技公司据说是做商务平台开发的。

"你们做平台开发，为什么会从运营商那儿买流量，然后再卖给文景科技呢？这似乎跟你们主营业务的关联性不大呀……"王暮雪问道。

"公司才刚起步，各方面都要开支。平台开发是持久战，初期都得亏钱。别说初期，做平台的公司中后期可能还是在亏钱。为了维持公司运转，我们必须要做些其他业务维持生计。"年轻的 CEO 倒是坦诚。

"所以这两千万就是运转资金？"王暮雪指着访谈提纲中，该科技公司与文景科技的交易额。

"对,赚点差价而已,我们利润很薄的。"对方笑道。

"你们从运营商那边买流量,如果用户消耗了,流量会过你们的系统么?买了多少卖了多少,你们后台应该有记录吧?"

"有,当然有,实时的,您要看么?"

"要。"

王暮雪看到电脑中的流量数据的确实时在变,对应的每个自然人的手机号中段被隐去了,只留下开头三位和末尾四位。

"这个系统我可以拍一下么?"

年轻的 CEO 想也没想就答道:"当然可以。"

于是王暮雪不仅拍下了系统,还录了一段并不算短的视频。

一行人就这样一家公司一家公司地走访,三天时间里辗转了六个城市,走访了九家供应商,一路看来,这些供应商似乎没有问题,它们不仅有与上游运营商正式签署的合同,也能拿出相应的转账凭证。有些公司注册资本小,不过是因为没有对这个指标特别在意。另外,还有些资金实力较强的大集团,专门设立了一些小型公司承接流量业务,所以自然没有什么名声,成立年限也较短,但不代表它们没有强大的股东提供相应的资金支持。

"所以其实是我们多虑了。"在返回青阳的高铁上,一位会计师朝王暮雪道。王暮雪不说话,一直盯着手机屏幕,紧皱着眉头。

作为男朋友,鱼七已经足足两天没联系她了。

鱼七在微信同王暮雪说的最后一句话是:"好,你回来那天我去车站接你。"但高铁站的出站口,鱼七并没有出现,电话打过去,关机。

这已经不是王暮雪第一次给鱼七打电话了,一个大活人,可能两天手机都关机么?王暮雪脑袋就算被捶了都能想到,鱼七出事了。

但关键是,他能出什么事呢?作为一名曾经的警察,现在的格斗教练,能出什么事呢?

"这两天他没来上班。"无忧快印的经理也不知他的行踪。王暮雪拖着行李箱,水都没喝一口,又搭着出租车到了金融区的健身房。

"鱼七啊,没看到。他因为只接私教,没有学员约课他一般不过来的。"健身房老板也不知道。

为何好端端一个人会突然消失呢？难道他真是国家专案组的,现在开什么紧急会议屏蔽了手机？即便是那样,他也应该完全有时间跟自己说啊……

不对,如果真是那样,他当然不能说实话。但他至少可以编一些借口,比如说手机坏了要去修,或者用别人的手机联系自己,称手机被人偷了,这两天不方便联系。虽然王暮雪自己都认为这样的理由很蠢,可至少证明他没事。

王暮雪拖着行李回了家,一屁股坐在沙发上,思绪烦乱,直到现在她才发现,她连鱼七住在哪里都不知道。只记得他说过:"我住你家附近,顺道可以一起回去。"

192 满地的血迹

陈冬妮出差归来,拖着疲惫的身子和沉重的行李箱进了屋,随着客厅的白炽灯啪的一声被打开,陈冬妮倒吸了一口凉气。

客厅的黄白色瓷砖上,是一长串已经干涸的血迹,血迹的尽头,是倒在电视机柜旁折叠床上的鱼七。

陈冬妮门都没顾得上关便直接冲到鱼七身边,看到他全脸煞白,双眼紧闭,干裂的嘴唇有些微微抽动,左臂上缠着几圈被血染红的纱布。

"鱼七!"陈冬妮大声叫着,用手掌一贴鱼七的额头,很烫。

"鱼七你醒醒!"连唤几声之后,鱼七的睫毛终于开始闪动,逐渐恢复了意识。

"怎么会这样?!"陈冬妮已经有些想哭了,如果今天自己没回来呢?她赶忙起身冲进厨房想给鱼七倒水喝,没想到居然一瓶水都没有;烧水壶中也空空如也。陈冬妮只好迅速拿烧水壶接好水,插上电,而后又小跑回鱼七身边:"撑一下! 我打120!"

鱼七有些着急:"不用……"

"你在发烧,又流了这么多血,怎么不用?!"

"几点……"

"晚上十一点半。"陈冬妮回答道,"你的手为什么会这样? 谁干的? 现在还在流血么?"陈冬妮说着用手碰了碰鱼七左臂上缠着的纱布,手指并未被沾湿,看来伤口已经不渗血了,陈冬妮这才长舒一口气。

"手机,冬妮……"

鱼七的手机在地上,但没电了,她赶忙将自己的手机递了过去。

鱼七看到陈冬妮的手机屏幕,眼神聚焦了,神色有些微惊。陈冬妮不知道鱼七想到了什么,自己的手机桌面就是一个篮球而已。

鱼七想打电话,但没有力气按下按键。陈冬妮看出了鱼七的想法:"你要打给谁我帮你。"

鱼七索性闭上眼睛,很缓慢地说了一串数字,但电话还没接通,就被对方按掉了。

"要再打么?"陈冬妮问鱼七。

鱼七眉心紧锁,开口道:"短信吧,我是……"

鱼七刚要说,那个号码居然主动拨回来了,陈冬妮赶忙接通了电话,并将电话直接放到鱼七耳边。可以听到是一个年轻女人的声音。她连续喂了两三声,鱼七也不说话,然后电话那头也沉默了。

片刻后,她试探性地问:"鱼七……是你么?"

鱼七还是不说话。

"混蛋是你么?"对方突然提高了音量,"死哪里去了! 微信你都不回的么?! 还关机! 还敢关两天! 你不是说来接我么?! 人呢! 不要以为你用个陌生手机号我就不知道是你! 混蛋! 你今晚必须给我个合理的解释!"

此话一出,陈冬妮听出来了,这是鱼七的女朋友。

鱼七……他有女朋友了么……

高中与鱼七同班的陈冬妮,其实在见他第一天就喜欢上了这个全班个子最高,五官最俊秀的男生。

陈冬妮以前的课本,不管是什么学科,前页和后页上,都摘抄着一些诗句。

比如唐代李商隐的"直道相思了无益,未妨惆怅是清狂";

比如宋代辛弃疾的"千金纵买相如赋,脉脉此情谁诉";

再比如元代高明的"我本将心向明月,奈何明月照沟渠";

还有"玲珑骰子安红豆,入骨相思知不知","多情只有春庭月,犹为离人照落花"等等。总归一句话:山有木兮木有枝,心悦君兮君不知。

陈冬妮知道自己配不上鱼七,因为高中时给鱼七暗送秋波的女生,都比她漂亮得多。所以陈冬妮每天下课与众多男生勾肩搭背去打球,为的就是争取晚自习前的一小时,都可以和鱼七在一起。三年后,陈冬妮成了全校女队篮球神射手,同时,也成了鱼七最好的兄弟。

有种爱情,是向往,但不抱希望。

大学时二人还经常在高中同学会中见面,有时也会电话聊天。毕业后鱼七进了警队,陈冬妮先是去会计师事务所锻炼,而后加入了资本监管委员会稽查总队,随着彼此的工作越来越忙,二人的交集也越来越少。就在陈冬妮的这份感情将要淡去之时,鱼七来了青阳,还住进了自己的公寓中。

她积极地动用自己所有的人脉为鱼七找工作,想办法让证券公司的 HR 面试鱼七。其实并不是鱼七不够优秀,只不过他的履历对金融领域不适用。

陈冬妮做这一切,但又不能表现得过于明显,对结果也不能表现得过于关心,甚至对于鱼七住进自己家里这份喜悦,也要小心掩藏好。

现在,陈冬妮更觉得自己的爱很像昙花,一旦盛开,便是凋零。

193 第四种可能

鱼七欲言又止,示意陈冬妮把电话挂了。

陈冬妮虽然有些不解,但手却很听话地按了挂断键。

"你接,就说……打错了。"鱼七的话音才落,陈冬妮的手机果然又响了。

"这样不好吧……"陈冬妮有些犹豫。

"没事,接。"鱼七道。

"喂?"电话那头一听是女声,沉默了一下才道,"刚才这个号码打了我电话。"

"那个……不好意思,刚才是我打错了。"陈冬妮撒谎还不够老练。

又是一阵沉默,哪怕只有几秒,对陈冬妮来说都是一种漫长的煎熬,最后对方淡淡说了一句"打扰了"便挂断了电话。

"你怎么不跟她说话?"

鱼七没睁开眼睛,缓缓一句:"不想被听出来……"高烧让鱼七有气无力。

"我们去医院好不好?"陈冬妮用恳求的语气说道。

见鱼七轻轻地摇了摇头,陈冬妮急了:"那……那我扶你起来,去我床上睡。"说着就想拉鱼七起来。

"不用……"鱼七摆手。

"折叠床不好睡的! 快!"陈冬妮说着就想硬拽鱼七起来,但她的力气又怎么可能拉得动一米八六的大男人呢。鱼七不配合,她尝试了几次只好作罢。

厨房的水烧好了。她跑进厨房,倒一碗开水,用保鲜膜包好,直接放入冰箱的冷冻层;再倒一杯,用一个空杯子捣,让水快速变凉。

原来,那个从来不曾属于她的梦,在最终破碎的时候,依然能让她如此清晰地感受到痛。

"哈哈哈,我都说了,不是所有的牵手,都能笑看东风!"王暮雪挂了电话就给狐狸打电话,狐狸却幸灾乐祸。

"抽什么筋?"王暮雪朝电话中质问一句,"现在是让你帮我分析,不是让你对我冷眼嘲笑的!"

狐狸轻咳两声,正经道:"你们没吵架,他却无端消失,有三种可能。第一,他手机丢了,然后他两天都没去买新的,这能推理出一个结果。"

"什么结果?"王暮雪问道。

"你这个女朋友的情绪,还没手机贵。"

"那绝不是这种可能!"王暮雪在狐狸的轻笑声中反驳,"他手机丢了,可以用别人的手机打给我,而且他知道我几号回来,知道是哪趟车,手机丢了也可以来接我,但是他没出现。"

"可能是你对他太不重要了,他忘了。"狐狸嘿嘿地笑。

"你能不能认真点!"王暮雪怒喝道。

"认真点嘛,就是第二种可能。"狐狸清了清嗓子,"他背着你找别的女人厮混,然后一玩高兴就……"

"程訚今!"王暮雪一拍沙发咆哮一句。

是的,狐狸的名字,跟一位历史名人的名字读音一模一样,程訚今。

王暮雪和程訚今初一时用的是QQ聊天,当时的QQ版本头像不能自定义,只能在一些固定的小动物中选择,什么小鸡小鸭小海豚,而其中有一个头像,就是一只红色狐狸,程訚今的QQ头像十几年来都是这只狐狸,所以王暮雪后来就只叫他"狐狸"。

"好了好了,你就别去管他,消失就消失,蒸发就蒸发,女人要学会成全自己。如果你不成全自己,你的呼吸是错的,说话是错的,一切都是错的。"

王暮雪闻言轻蔑地说:"你不是学计算机的么?怎么最近变得这么文艺青年了?"

"不文艺怎么读懂爱情?我是被磨炼过的,经验丰富,而今我看你就是被爱情冲昏头了。"

"我都说了我不爱他!"王暮雪皱起了眉。

"不爱他你现在这么激动?不爱他他是死是活应该都跟你没关系,根本挑不起你的情绪。"

"才不是!"王暮雪放大了音量,"我是不甘心,就是那种……怎么说呢……跟目标突然跟丢的那种烦躁,你能理解么?"

"当然不能。"狐狸吃了一口面。

王暮雪从电话中听到了声音,冷言道:"你能不能好好打电话!第三种可能呢?"

狐狸鼓着腮帮子,口齿不清地说道:"第三种就是去办案了。你不是说他可能是什么国家专案组的么?说不定突然间上面就下任务了,然后没时间告诉你。"

挂断狐狸电话后,王暮雪打开了手机通话记录,凝视着刚才打来的那串陌生号码。一般陌生号码不是广告营销,就是快递外卖,绝不会有接通以后不说话的,何况自己刚才还劈里啪啦地骂了一通,如果那个女生是真打错了,为什么不在自己第一次打过去的时候就说清楚呢?

王暮雪想不明白,鱼七就算有重大任务,难道连发个信息、打个电话的时间都没有么?他随便找个不靠谱的理由都比直接消失好得多,直接消失不是会让自己对他更起疑心,追问得更多么?根本不利于他隐藏身份啊……

此时,门铃突然响了。王暮雪心里一惊,都快凌晨一点了,怎么还会有人来?难道是……想到这里她直接从沙发上跳起来,蹦到门口,透过猫眼往外看。

门外站着两个男人,但都不是鱼七。

王暮雪不认识他们,他们也没穿物业的衣服……

"咚咚咚……"门直接被连敲三下,"王暮雪,开下门。"

一听直接喊自己名字,王暮雪更紧张了,壮着胆问道:"你们是谁?"

"警察!"

194 不应该认真

第二天,王暮雪身后一直有这两个警察的身影。走在王暮雪身边的杨秋平总忍不住回头看。

"你别再回头了。"王暮雪又说了一遍,"我知道你想问什么,我只能说我不知道。他们昨晚来我家说最近可能有人会对我造成人身伤害,所以所里特意派他们来保护我。"

"派出所?"杨秋平问道。

"对。"

"哇!"杨秋平眼睛都亮了,"有个警察做男朋友就是威风啊!"

整天跟王暮雪黏在一起的杨秋平,自然知道以前做刑警的鱼七是王暮雪的男朋友,而最近一段时间,每当她提起两人的关系,王暮雪不仅没有如以往那样否认,还主动告诉她详情。

有个警察做男朋友就是威风,王暮雪也想这么认为,可是她此时感受到的不是威风。

"鱼七?我们不认识鱼七!我们这几天的任务就是保护你。"两个亮过执法证和警牌的警察否认这事跟鱼七有关。

"你们要保护我几天?"

两人不说话。

王暮雪问了他们很多问题,包括为什么要保护,怎么会不认识鱼七,他们统统说不知道。

人身伤害?自己跟谁有仇,谁要对自己造成人身伤害呢?鱼七又究竟在哪里呢?王暮雪满脑子问号。

鱼七明白,失血过多顶多是低烧,自己这次高烧不退,还昏迷了两天,一定是细菌或者病毒感染所致,根源就是伤口没处理好。他让陈冬妮买来阿莫西林和甲硝唑,喝了口热水,重新重重躺回折叠床上。

陈冬妮此时拿来了碘伏,解开鱼七的绷带,跪在地上用棉签给他慢慢涂抹。伤口感染,需要用碘伏每天涂抹 2 至 3 次,口服阿莫西林加甲硝唑,每天 3 次,持续 7 天。这种操作她一个学会计的自然不懂,都是鱼七告诉她的。

"真的不用去医院么?"陈冬妮还是有些担心。

"不用。"鱼七很坚决。

见他呻吟了一下,陈冬妮才注意到是自己力度没拿捏好,只要涂抹力度稍微重一些,鱼七就会感觉很疼,只能说明伤口很深,至少已经深入真皮组织以下。而且这道伤口很长,触目惊心的长,一直从左肩膀到胳膊肘。

"现在能不能告诉我是谁干的?"从小到大,陈冬妮还是第一次见鱼七受这么严重的伤,她也想不出来谁有本事可以把一身功夫的鱼七伤成这样。

"仇家呗。"鱼七轻描淡写。

"哪个仇家啊?"陈冬妮问。

鱼七自嘲地笑了:"干警察的,仇家很多,你不认识。"

"那难道他们就这样无法无天了么?"陈冬妮忿忿不平。

"不会的。"鱼七微微侧起身子,把已经充好电的手机拿起来。

有两条小赵的未读信息,8个未接来电,N条未读微信。

小赵的手机短信:

第一条:还没抓到,再等等。

第二条:王暮雪今早来报警了。

鱼七迅速打开微信,点击王暮雪的头像,上面一长串找他的、骂他的信息他都没顾得上看,只看到最后一句话:"超过48小时了,你再不联系我,我报警了。"

"对了,你之前用我电话打给的那个小赵,是警察么? 听你口气对方应该是警察。"陈冬妮问。

"嗯,我警校的同学。"

"你为什么让他查中心区的监控?"

"因为可以抓到凶手。"鱼七边随意应着,边上拉王暮雪的微信留言:

哈哈你知道么,这些互联网公司的供应商,都在居民楼里……

好热啊在车上,跑了三个城市了。

人哪儿去了?

怎么关机?

你该不会去哪里鬼混吧?

还有一个小时我到站了,你不是说来接我的么?

超过48小时了,你再不联系我,我报警了。

鱼七没料到王暮雪真的会去报警,似乎她对自己的感情,比自己原先想的要认真。

"冬妮,我现在声音听上去正常么?"鱼七故意提高了些音量。

吃了两餐陈冬妮做的牛肉粥,鱼七恢复了些力气。

"还算正常。"陈冬妮不用猜也知道,鱼七是要给女朋友打电话了。

"好。"鱼七在与王暮雪的对话框中发了一个表情:【流氓兔抱抱】。

三秒钟后,他的手机就响了,来电提示:王暮雪。

鱼七定了定气,接起了电话:"喂,小雪……"

鱼七本以为,王暮雪一定会开启机关枪模式,把他骂得体无完肤,怎料电话那头沉默了很久，一句话也没说，最后直接挂断了。

鱼七又打过去，又被按掉。再打，再被按掉。第四次打过去时，电子提示音响起：您好，您呼叫的用户已关机。

195 竟然是鱼七

晚上九点，文景科技办公室依旧灯火通明。

"他们这个 OA 系统确实属于软件行业的一个分支。"更新完东光高电半年报，柴胡就赶回来了。

东光高电是柴胡负责的三家 IPO 项目中，预约披露时间最晚的，这也意味着他可以彻底脱离独自作战的苦海，全身心加入文景科技。

柴胡对此非常期待：

其一，来了产业园项目现场，可以住酒店，不需要睡公司，不需要躲着保洁阿姨，更不需要每夜忍耐老鼠的跑步声；

其二，项目上有可爱乖巧的杨秋平，有一日三餐可以随便吃、随便报销的生活条件，工作更有动力。

当然，可怜的柴胡依然要每日更新公众号，获取粉丝数。

经过他上次改标题不改内容的操作后，投行公众号粉丝数终于从 68 上升到 86，但留言板上新增了 9 条吐槽，指责公众号小编是标题党，其中一篇文章还因为标题和文章不符，被投诉了。

不过柴胡也不在意，万事开头难。现在曹平生似乎已经忘记了公众号的事情，正如他忘记了原先的命令——绝不允许自己和蒋一帆来帮王暮雪。

"我看到的最新政策是 2011 年颁布的《进一步鼓励软件产业和集成电路发展若干政策的通知》，这个文件中写明了国家会继续实行对软件产品的增值税优惠政策，而且，对符合条件的企业分别给予营业税和所得税优惠，这算是政策利好。"杨秋平慢慢进入状态了。

柴胡立即接话道："不错，不过这种 OA 软件，严格意义上说，属于一种平台。这种平台是企业移动信息化平台，目前我国就这块业务还没有形成绝对有影响力的企业。"

"可能是这个行业太新了,发展时间太短。"杨秋平道。

柴胡一副思考状:"嗯,除了这个原因,还有研发技术积累比较少,大多数企业研发投入不够,以后重视起来的话,这个行业的竞争肯定很激烈。暮雪你说是吧?"

王暮雪好似在发呆,根本没认真听他分析。过了一会儿,王暮雪才意识到有人问她:"你们说什么?"

杨秋平理解王暮雪,朝柴胡解释道:"暮雪姐姐的男朋友失踪了,她很担心。"

"没失踪,他好着呢!"王暮雪撇了撇嘴。

"她男朋友是不是那个高高的,身材挺好的,穿紧身衣的男人啊?"柴胡朝杨秋平问道。

"对呀,是暮雪姐姐的健身教练!可帅了!"

"你怎么知道?"王暮雪盯着柴胡,有些吃惊。

"我上次从公司回家,看到你跟他牵手从 4S 店出来。"柴胡道,"那家伙真是你男朋友啊?什么时候在一起的?"

"别谈这个话题行么?"王暮雪不想谈论鱼七。

"不对……"柴胡摸着下巴,"那男的我在哪里见过……不仅是在 4S 店,我一定在哪里还见过,他叫什么名字?"

"叫鱼七!"不等王暮雪开口,杨秋平直接抢答。

"鱼七……"两个画面迅速闪过柴胡脑海。

画面一:

柴胡走到无忧快印扫描室门口,一个人差点与自己撞个正着。

"对不起对不起!"那男人朝自己连连道歉。

经理朝他责骂道:"以后走路小心点鱼七,撞到客人了!"

画面二:

占满屏幕三分之二的法氏集团承诺书高清版大图,发件人:鱼七。

"他是给你送承诺书的人?!"柴胡惊愕地看着王暮雪。

"对。"王暮雪低着头不看柴胡。

"他不是在无忧快印工作么？怎么又成了你的健身教练了?"柴胡满脸不解。

"人家多才多艺嘛!"杨秋平甜甜一句。

此时王暮雪盯着手机上与鱼七的对话框:小雪,注意安全。

王暮雪的心情很烦乱,她想回鱼七信息,她有很多问题想问他,但一想到他关机两天半让自己瞎操心,还闹笑话地去报了警,如果这么快就回他,那不是显得自己很掉价?

不行,不能回,就算回也要拖够两天半。

内心依旧气鼓鼓的王暮雪,起身走出了办公室,她想出去透透气。

为什么鱼七会让自己注意安全?他究竟遇到了什么?原先跟着自己的两个便衣警察,今天下午之后好似不见了。

这一切都是这么奇怪,究竟自己做了什么会让他人起了杀心,还要依靠警察保护?

那两个便衣警察的出现,现在看来肯定跟鱼七有关系,但如果自己有危险,鱼七为何不直接出现保护自己,而是让陌生人代劳呢?难道是他真的是因为出事了没法来?

王暮雪边这么想着边往电梯口走,跟一个穿着黑色长款卫衣的人撞了个满怀。王暮雪抬眼一看,竟是……鱼七!

196 莫名的打斗

王暮雪直接推开鱼七就朝电梯走去,她意料之中的,鱼七一把拉住了她。

"还生气呢?"鱼七一副讨好的表情。

"放开!"王暮雪皱着眉,看着鱼七的眼神充满了厌恶。

鱼七看在眼里,忍不住笑了:"小雪,你演技很差。"

"放开!"王暮雪提高了音量。她刚一说完就被鱼七突然间紧紧搂在怀里。王暮雪本想挣扎,但她很清晰地听到了头顶传来一句:"对不起。"

"小雪对不起。"鱼七重复道,"我临时有点急事,回老家了,所以没去

117

接你。对不起。"

"你回老家关机做什么?"王暮雪语气冰冷。

"手机坏了,修了两天才修好。"鱼七很平静。

听到这里,王暮雪直接将鱼七推开:"手机坏了你不懂得拿别人的手机联系我么?!你真想联系我你会没有办法?!忽悠谁呢!"

此时几名下班经过的程序员与王暮雪和鱼七擦肩而过,王暮雪顿时感觉自己有点像泼妇,于是径直往大楼东侧的一个露天阳台的方向走。王暮雪知道那个阳台位置隐蔽,下班后一般没人。

鱼七很识趣地跟了上去,等离程序员足够远了,他才又拉着王暮雪的手解释道:"没别人愿意借我手机。我爸欠钱,老家全是仇人。"

王暮雪哼的一声又甩开了鱼七:"车票呢?"

"用完就撕了啊……"鱼七道。

"那你购买记录呢?你回家肯定坐高铁吧?你手机里应该有购买记录吧!"

鱼七笑得有些尴尬:"事情很急,都是去车站临时买的。"

"鱼七!"王暮雪气得牙痒痒,"敢不敢让你那个叫小赵的警察朋友,把你这两三天的手机所在地调出来给我看,看看手机信号是不是在青阳和桂市两地都出现过!"

鱼七定定地看着王暮雪,她的目光很有力,似乎前所未有的坚定。

"手机在青阳高铁站就坏了,然后回来才修好,定位肯定都在青阳。"鱼七道。

王暮雪沉默了片刻直接扭头就想走,不料鱼七挡在了她面前:"好了小雪,不逗你了。知道瞒不过你,我给你看个视频。"说着,他掏出了手机,打开一个视频递给王暮雪。

视频画面不太清晰,应该是晚上,角度是从马路的路灯处向下拍摄的。视频播放了大概五秒钟后,一身黑衣的鱼七进入了视频范围,而后就是五个拿着杆子的男人朝他正面走去。杆子形态各异,有的像是钓鱼的鱼竿截短了;有的像是台球杆;还有的直接就是木板截成的木条。走在最中间的是个大胖子,板寸头,穿着土灰色的衬衫,年纪看上去大致四十岁,其余四名均是二十来岁的年轻人。

中间那名男子一直很嚣张地跟鱼七说着什么,全程下巴都是扬起来的,一只脚不停地敲击着地面,手里的杆子被他用双手压着,立在身子前端。大致二十秒后,五个男人便直接挥起木杆朝鱼七冲了过去。

鱼七的动作快得如周杰伦唱《双截棍》中的歌词一样,让人眼花缭乱,所以只能将《双截棍》的歌词改装一下来描述接下来混乱不堪的场面:

> 镜头中的烟味弥漫,到处是台球杆;
>
> 人群间的黑衣男,柔道有十段;
>
> 展拳脚武术的鱼七,夺来木棒劈板寸男;
>
> 硬底子功夫最擅长,似会金钟罩铁布衫;
>
> 他们中间的男子,从开始就轻松自然;
>
> 什么刀枪跟棍棒他都耍得有模有样;
>
> 什么兵器最喜欢,钓鱼竿柔中带刚;
>
> 少年绝对来自河南嵩山,非少林,即武当。

王暮雪看得眼珠子都快掉了,此时她只想朝鱼七爆一句:教我!但就在胜利已经取得,五名男子仓皇而逃之时,一个黑影闪入了镜头。那人身轻如燕,好似是从周围哪个高处跳下来的。他背对着镜头,正对着鱼七一跃而下,鱼七完全来不及反应,左手大臂上就被划出了一道深深的口子,王暮雪霎时间捂住了自己的嘴。

男子落地后没甘休,直接将手中的尖刀捅向了鱼七,对准的方向是鱼七的腹部。好在鱼七侧身躲了过去。经过上一轮打斗,就算没输,鱼七的体力消耗已经很大了,此时他最擅长的左手又受了伤,以至于接下来与这名持刀男子的搏斗显得有些吃力。

这名男子明显练过,有些功夫,最后他把鱼七按在地上,刀口正对着鱼七的喉咙。

鱼七用双手死死抓着那个男人的手,顶住刀,但是越用力,鱼七左臂血流出的速度也就越快,手自然也就越使不上力。眼看着刀就要扎进去了,此时那男人好似听到了什么,仓皇跳了起来,直接就跑了。

两三秒后,另外五个大男人跑进了画面中,把鱼七扶了起来,看装扮应该是附近的安保人员，有两名穿着小区保安制服，一名身上是协警的亮色夹克，还有两名王暮雪判断是停车场出入口的收费员。

视频到这里，就终止了。

"他们是谁？他们为什么要对你动手？你伤得怎么样了？"王暮雪赶忙朝鱼七问道。

197 受邀住酒店

陈冬妮蒸好了南瓜，熬好了猪血汤，煲了青菜粥。鱼七傍晚时说必须出去一下，应该也快回来了吧。凭女人的直觉，她能猜出他去见谁。

鱼七还没打算回去，他正跟王暮雪聊着。"还记得赵海清么？"鱼七道。

一听这个名字，王暮雪愣了一下："是那个租购车骗局的老板？"

"我们抓了他，然后他的下线崩了，那五个人是漏网的，因为赚钱途径被毁，才找上了门。"鱼七道。

"你的手怎么样了？"王暮雪目光充满了关切。

"小伤。"早秋时节，阳台上风不小，鱼七感到浑身一阵又一阵刺冷，"在4S店时，你跟我一起出现，我怕他们报复我不成找上你。你刚回青阳，昨天他们又还没被抓到，所以我才跟派出所打了招呼，照应你一下，稍不注意会出人命的。"

"你就这么小瞧我啊！"王暮雪轻哼一声，目光依旧没离开鱼七的左臂。

"见过我的人都当场被抓了，他们几个跟我从未谋面，却能查到我，还知道我的行踪，提前埋伏，说明他们那个组织有一定的侦查能力。那他们查到你，对你下手，就并不困难。"鱼七此时感觉脑袋有些重，浑身的寒意让他不禁将手背过身后，微微握紧了拳头。

"我这么能打，不怕。"王暮雪自信满满。

鱼七眉头一皱，摆出了一副班主任的口吻："小雪，虽然我教了你很多格斗技术，但是遇到真正歹徒的时候，不要想着你可以打得过，直接跑。"

王暮雪不解。

鱼七非常严肃:"你学到的所有技巧,是在你被他们困住的时候,挣脱或者暂时打倒他们用的,都是为你争取逃跑的时间,切记,不要硬碰硬。"

"你都可以打得过,为什么我就不可以!"王暮雪不服。

"你毕竟是女生,力气不够,他们说不定有枪有刀,你怎么打?"

王暮雪闻言眯起眼睛:"你居然跟我们曹总一模一样,重男轻女! 没药救了!"王暮雪说着转身就想走,但才踏出一步她又觉得不对,自己居然遗漏了关键点。于是她撤回身子,朝鱼七质问道,"那些人现在都抓到了对吧?"

"嗯。"

"一共六个,都进去了?"

"嗯。"

怪不得便衣警察不见了,王暮雪想到这里继续道:"那晚之后,你去医院了对吧?"

"没有,我回家了,自己包扎的。"

鱼七平静的回答让王暮雪眼睛睁大,这么严重的伤口,自己包扎?

"为什么不把这件事告诉我? 你右手不是没事吗? 你包扎完,难道给我发条信息,或者打一分钟,哪怕半分钟电话的时间都没么?"

"回到家很晚了,怕吵你,睡过了,醒来的时候,你已经回青阳了。"

"你睡了两天?"王暮雪难以置信。

鱼七闻言叹了口气,知道面对王暮雪,什么都得从实招来,于是只好低声道:"伤口感染了,烧了两天。"他才说到这里,额头就被王暮雪的手贴住了。

"这么烫! 你还在发烧!"

"我穿太多,热而已。"

"不要命了你还跑过来!那个公交车开快了也很漏风的,你是不是傻啊!"王暮雪气急败坏地把鱼七拽回楼内。

"小雪我送你回去吧。"鱼七道。

"你跟我回去!"王暮雪大声埋怨道。

"回哪里?"鱼七问。

"酒店!"

二人刚要走,柴胡和杨秋平就背着包并肩走过来。

"好啊,你们居然背着我偷偷下班!"

杨秋平笑得很尴尬,指了指柴胡,示意都是他的主意;而柴胡并不理会王暮雪,而是正面仔细打量鱼七。

女人眼中的帅,跟男人眼中的帅,永远是两种帅。

这个鱼七此时在柴胡眼里气色很糟糕,虽然浓眉大眼,轮廓很立体,但一看就是没内涵的小白脸,徒有身高没智商的那种,而且气质也不像名门公子。这怎么能跟一帆哥比,暮雪是不是看瞎眼了?

"秋平,你今天跟柴胡一间好不好?"王暮雪脱口而出。

杨秋平傻愣在原地,柴胡更是惊呆了,这……确定?

可惜,不等柴胡往下幻想今夜的幸福生活,王暮雪赶紧解释:"不对不对,我讲错了,我是说咱俩跟柴胡换一下房间,把双床房给他俩。鱼七生病了,回去要一个多小时,我想让他今晚睡酒店。"

"不用,我回去。"鱼七摆了摆手。

"听话!"王暮雪怒瞪了鱼七一眼。见鱼七被王暮雪用眼神杀得不敢说话,柴胡于是知道了自己今晚的命运……

198 初步性询问

柴胡今晚的命运,就是吃狗粮。

"我看一看。"

"没什么好看的。"

"哎呀我就看一眼!"王暮雪说着扯开鱼七的卫衣衣领,果然,他的伤口绷带一直延伸至肩膀以上。

"你晚上吃东西没有,我去买。"

"吃过了,你回去休息吧,明天还要上班。"

柴胡通过电脑屏幕的反光,大致可以看到身后的情况:鱼七坐在床边,王暮雪站在他跟前。此时她弯下腰,将自己的额头贴在了鱼七的额头上:"还是好烫,我出去买个体温计。"说着就想走,但被鱼七一把拉住了:"这么晚出去不安全,还不知道对方是不是只有六个人。"

　　"行吧,我不出去。"王暮雪说着让鱼七躺下,给他盖好被子,烧好水,而后,一阵翻箱倒柜,最后她用布袋把鱼七的鞋子装走了,关上门的时候,还特意朝鱼七吐了吐舌头。

　　"她装走你的鞋干吗?"柴胡十分不解。

　　"怕我跑了。"鱼七笑了。

　　柴胡顺势转身朝鱼七道:"兄弟,你什么时候认识王暮雪的?"

　　鱼七顿了顿:"几个月前吧,送文件认识的。"他当然不会告诉柴胡,就在他父亲死后的第二天,他就认识了阳鼎科技,认识了王建国,自然,也"认识"了王暮雪。只不过那个时候,王暮雪不认识他罢了。

　　柴胡皱眉一想,那也没多久啊,又问道:"那你们什么时候在一起的?"

　　"两个月前。"鱼七回答的声音很小。

　　柴胡很是讶异,这意味着这个男人只追了王暮雪一个多月就追到了?不对吧,王暮雪,应该没那么好追吧……

　　"兄弟,你怎么搞定的?"柴胡试探性地问道。

　　"怎么? 你也喜欢小雪?"鱼七闭着眼睛。

　　柴胡赶忙否认:"没有没有,我是想向你请教,我……我喜欢隔壁那肉肉的姑娘。"

　　鱼七一笑,很认真地朝柴胡道:"那你就直接告诉她,你喜欢她,你想让她做你女朋友。"

　　"就这样?"

　　"就这样。"

　　"你就是这样搞定王暮雪的?"柴胡一脸不信。

　　"你可以去问她。"鱼七回答。

　　柴胡记得王暮雪以前还经常说,谈恋爱是浪费精力,会阻碍前进的脚步,还说什么当兵杀敌不能有牵挂,怎么这姑娘才入职就立刻变了卦……

"哎,对了,我也有事情向你请教。"鱼七突然沉声道。

"什么事?"柴胡摸不着头脑。

鱼七低声道:"我不是会计专业的,大学也没学过财务,这段时间自己看了些书,有些报表没太看懂,我想跟你请教的是,如果一家企业的营业收入相比于去年下降了,但是利润却增加了,这种情况,你觉得异常么?"

柴胡没想到是专业问题,反问道:"你不是在无忧快印工作么? 又是格斗教练,怎么突然学起会计来了? 你的工作,应该用不到这些知识吧……"

鱼七闻言心微微颤了一下,投资银行的人果然个个警觉性都很高,看来不只是王暮雪不好破。

经过警队特别训练的鱼七,心理素质和表情管理自然过硬,柴胡看不出破绽,他解释道:"因为小雪跟我说,她对于财务比不过她的男人,都没什么兴趣,所以我……"

"这你也信啊?"柴胡脱口而出。财务能力甩出王暮雪几条街的蒋一帆王暮雪都没瞧上,说明女人的话,就跟偶像剧中男主角的人物设定一样不靠谱。

见鱼七没说话,柴胡也不纠结了,道:"你说利润上升,是什么利润? 营业利润,利润总额,还是净利润?"

"都上升了。"鱼七道。

柴胡摸了摸下巴:"营业收入下降,所有利润指标都上升,嗯……这个嘛,其实也不奇怪的,比如这家公司突破了重大技术难题,极大地缩减了成本,提高了产品毛利率。换句话说,就是提高了产品自身的附加值,不再以量取胜。如此一来,财务报表上,体现出的自然就是总收入下降,总利润上升。"

鱼七继续问道:"那如果说,收入相比于去年只下降了几个点,但是利润却增长了一百多个点呢?"

"一百多个点?"柴胡有些吃惊。

"嗯,收入下降,利润翻倍了。"鱼七道。

"营业利润、利润总额、净利润都翻倍了?"

"对。"

这一年多来柴胡经手过的项目，或者做项目时查询到的案例，从来没有哪家企业出现过这样诡异的报表。

但在行外人面前，他又不能表现得菜鸟，于是他清了清嗓子道："这个要具体问题具体分析，也不一定就是你说的异常。正如我刚才说的，一项核心技术的突破，有时候可以给企业省下80%的成本。如此一来，你说的情况也就不足为怪了。"

"哦，理解了。"鱼七咳嗽了两声，神态也有些疲惫，聊家常似的说，"小雪家的公司最初上市的时候，你知道部门里当时参与的人员都有谁么？"

199　一千个梦境

被问起王暮雪家的公司，柴胡自然容易想多，鱼七不慌不忙地解释道："我跟小雪从没谈过她家里的事情，她很独立，什么事情都靠自己，我不想因为自己的事情麻烦她。"

"你自己有什么事情？"柴胡不解。

"其实不是我，我想帮一个辽昌的朋友找工作。他毕业后在京城工作了几年，现在想回老家，最想去的就是阳鼎科技。你们帮阳鼎做上市，多多少少认识他们的中高层。"

"可阳鼎是很早的项目了，我看看签字人……"柴胡说着回身就要查，只听鱼七道："不用看了，两个签字保代是吴风国和曹平生，项目协办人是王潮。"

"你都知道还问我？"柴胡瞪大了眼珠子。

"他们级别太高了，一个朋友的工作而已，不好兴师动众。"鱼七很清楚，自己在无忧快印工作，知晓一家上市公司最开始的保荐人和项目协办人并不奇怪，因为上市申请材料中的签字页明确写着。他没告诉柴胡的是，他还查到那个叫王潮的人已经离职，现在是一家投资集团的投资总监。

柴胡想想这话也没毛病。

"其他参与过的人，还有谁在公司的么？"

"我不太清楚，我也刚来没多久。我们这行跳槽很频繁，做个三五年就离职的很多。"柴胡道。

"那你们同事蒋一帆，参与过这个项目么？"鱼七非常随意地问道。

"你说一帆哥么？不可能。"柴胡直接摇头，"阳鼎科技好像是05年上市的吧，一帆哥也就大我们两届。我跟暮雪是14年来的，哪怕算上一帆哥研究生阶段的所有实习期，也不可能早于09年。"

"哦，好。"鱼七简单应了一声，下床走到烧水壶边，将药片就着热水服下。

鱼七睡下后，柴胡终于还是忍不住打开网页搜索阳鼎科技的财务数据，最直接看到的，自然就是2014年全年年报，不一会儿，他的呼吸瞬间停住了。

相关内容如下：

2014年公司实现营业收入156946.95万元，比去年同期下降7.96%；营业利润8954.78万元，比去年同期增长104.36%；利润总额12678.57万元，比去年同期增长108.90%；净利润12488.27万元，比去年同期增长124.24%；扣除非经常性损益的净利润11067.75万元，比去年同期增长106.85%。

报告期内，公司调整产品结构，以先进的技术、优质的服务和品质立足于市场，深挖市场需求，控制业务风险，强化品牌建设，深化成本管理，降低成本费用……

正当柴胡为这个搜索结果震惊时，房门突然被刷开了，柴胡下意识关掉网页，扭头一看，是穿着粉红色丝绸睡裙的王暮雪。她手里提着两袋东西和鱼七的鞋子，黑色长发披散开来，给整个房间带来了洗发水的香味。

柴胡起身朝王暮雪用夸张的口型无声道："你不会要睡这里吧？"

王暮雪白了他一眼，凑到鱼七跟前，低声叫了好几次鱼七都没反应，于是她立刻回头瞪着柴胡质问道："你不会把他打晕了吧？"

柴胡冤枉之极，两手一摊："他不是格斗教练么，我也得有那个本事啊！"

"那怎么会叫不醒……"王暮雪神情凝重,"他必须起来吃药,我查了,不吃药烧是退不下去的。"

柴胡走过来凑近一看,两个袋子中有粥,有热牛奶,也有药。鱼七不是让她别出去么?她还是出去了……这方圆几里地,柴胡就没看见什么粥店和药店,王暮雪这是跑了多远才把这些东西搞回来的?

见王暮雪又在试图叫醒鱼七,柴胡赶忙阻止道:"药我见他刚才吃了,吃了才睡的。"

"啊?"王暮雪显得有些吃惊。

"哦对了,他刚才跟你说不要出去,说什么不止六个人。什么不止六个人啊?"

王暮雪不管柴胡这个问题,手伸进被子中往鱼七的裤子口袋里掏,果然,掏出了两排药片,对比了下,跟自己买的是同类型的药。看鱼七剩下的剂量,确实他是从昨天才开始吃的。他真的是睡了两天……不,准确地说,应该是昏迷了两天……他没有骗人。

"估计是药吃了不容易醒。"柴胡道。

王暮雪依旧不答话,她将药放在床头柜上,用手背试了试鱼七的额头,然后直接小跑进卫生间,随后拿着两片叠好的湿毛巾出来,一片盖在鱼七的额头上,另一片贴着他的脖子。

一个晚上柴胡都没睡好,王暮雪来回进出洗手间的声音让他又气又妒,不就发个烧么?烧高一点可以把体内的细菌都杀死,相当于全身大扫除,干吗要这么折腾?

柴胡自然不知道鱼七身上有伤口。当然他的满腹牢骚也没影响鱼七的梦,他仿佛做了一千个梦。梦境中有父亲宽容的笑容与母亲苛责的脸,有父亲的纵容与母亲的索求。

鱼七梦见母亲将一个印有痛苦的气球吹得很大很大,气球将阳光驱散,阴影笼罩了小时候家里后院的番石榴树。梦见父亲带他出海,咸咸的海风吹起了鱼七脖颈前的红领巾,父亲对他说了很多很多话,父亲说:

"儿子,你要爱你妈妈,因为爸爸爱她。"

"儿子,你是自由的,你要自由地生长,就跟这海风一样。"

"儿子,年轻即是未来,你一定能胜过我。"

"儿子，羽翼就算被折断，也没关系，鼯鼠和飞蛇都没有翅膀，但它们依旧能够飞翔。"

"儿子，爸爸正在无限可能的未知世界中，探索自己未来的无限可能。"

200 百合的香味

清晨的阳光照射进来，柴胡拖起沉重的身子坐起来，一睁眼，就石化了。面前的那张1米2的床上，睡着鱼七和王暮雪。

鱼七正面朝上，王暮雪的侧脸紧紧地贴着他的脖子。1米2的床对于情侣来说，果然一点儿都不小。

这个画面，让柴胡感觉嘴里瞬间被强塞了20斤狗粮，撑得都吐出来了。他赶忙走进卫生间关上门，离上班时间只剩十五分钟了，还没吃早饭。以前他认为谈恋爱是种负担，费时费力还花钱，但现在为何觉得，单身是一种折磨呢？本来这两间房的完美搭配，是王暮雪和鱼七一间，自己和杨秋平一间的……

"你就直接告诉她，你喜欢她，你想让她做你女朋友。"鱼七不靠谱的建议又回荡在柴胡耳边，柴胡脑子没昏，他也不是不记得杨秋平朝他说过的话："我只想工作，好好工作，努力工作，快点入职，入职后继续好好工作，努力工作，勤奋工作，报效祖国！"傻子才听不出意思是："我很忙，所以柴胡你不要追我。"如果再犀利点，此话应该翻译为："柴胡，我不喜欢你，我谈恋爱也不会找你。"

对于当代青年，毕业后，恋爱成了奢侈。工作中圈子不大，很难遇到喜欢的，就算遇到也没时间追；有时间追别人又不喜欢自己，一来二去就一直单着，最后只得走上速度配种之旅。柴胡估计自己肯定也会成为配种家族的一员，既然如此，就让自己更优秀吧，即使配种，也要高配！

鱼七醒了，先闻到了一股淡淡的百合花香味，再感觉到怀里有人。

鱼七不敢动，侧腰很清晰地感到王暮雪的肚子在均匀起伏，她还在熟睡,搭在鱼七胸膛上的白皙手臂也一动不动。床头柜上的食物、药和毛巾,让鱼七回想起昨晚模糊的意识中,额头那一阵又一阵的冰凉……

王暮雪感到自己的头顶被人深深地吻了一下,她没有睁开眼睛,甚至没有动。

"小雪,你是不是得上班了?"鱼七轻轻叫她。

"嗯……"王暮雪不想动。

鱼七索性侧过身,用受伤的左臂搂着王暮雪。百合花的香味更浓了,配上王暮雪那阳光沐浴下的清秀侧脸,鱼七的心似被什么揪住了。

"我告诉你,我确实让他暂时当我男朋友,谈谈恋爱罢了,但是你也知道,我王暮雪是那种即使谈了五年,都可以从头到尾不付出爱的女人。"

"你不觉得反侦查很刺激么?"

"我不是吃素的,更不是小白兔,既然对方打暗牌,那我就打明牌陪他玩。"

"我都说了我不爱他!"

"我是那种不甘心,就是那种……怎么说呢……跟目标突然跟丢的那种烦躁……"

王暮雪跟狐狸说的这些话,之前鱼七听过就过了,但此刻他却忍不住反复回想,怀里的这个女孩,跟自己真的就像打牌那样的随便玩玩么? 她真的可以谈了五年恋爱,都不付出爱么?那么她昨晚偷跑出去买药买吃的,彻夜照顾自己,此时还睡在自己怀里的行为,应当怎样去解读呢?

王暮雪的身子突然颤了一下,而后狂摸手机,一看时间,大叫一声:"啊! 十点了!"

鱼七本以为她会马上穿衣洗漱,但她脸上受惊的样子只持续了两秒,随后便将手机抛到被单上,重新凑回了鱼七怀里。

"不去上班么?"鱼七有些讶异。

"胡保代进医院了,没人管。而且他就算没进医院,早上也不会来,我晚上加班加回来就是了。"

"好吧。"鱼七视线停留在王暮雪的手机上,他知道,她可能很长时间都不会发现,紫色手机套中被自己塞进了微型窃听器。

窃听器是什么时候被鱼七塞进去的呢? 是鱼七拿着王暮雪手机,强行改她密码的时候么？

不，那太晚了。

是王暮雪第一次在健身房遇到鱼七的那天。

一般情况下，习惯用手机套的女生是不会随便拆下来的，除非旧了想换新的。

当然，鱼七知道这个步骤只是第一步，且这一步要迅速被更隐秘、更直接、更有效的步骤代替。他必须争分夺秒，万一这姑娘喜欢频繁更换手机套呢？

王暮雪的一举一动，所有想法，每时每刻在做的所有事情，鱼七都能知道。他知道曹平生将整个新三板项目压给王暮雪一个人做，所以他在王暮雪去产业园上班后，就主动提出自己过来给她上课，替她节约时间；他知道王暮雪那天上课迟到 40 分钟，是在对文景科技商务总监江映进行访谈，所以他完全不去打扰王暮雪；鱼七当然也能知道王暮雪怀疑他是特警，是国家专案组的可笑想法。

此时王暮雪依旧闭着双眼，嘴巴嘟着，一副小女孩赖床的样子，让鱼七忍不住朝她的额头又吻了一下。

"要收钱。"王暮雪低喃。

"什么？"鱼七没反应过来。

"再亲要收钱。"王暮雪嘟囔着。

"钱是没有了，但你可以回亲我，免费。"

睡眼惺忪中她抬起身，瞪了鱼七一眼，他面色还是很差，嘴唇白得好似全身的血都流干了。就在这时，王暮雪脑中闪回了那把尖刀离鱼七的喉咙只有一寸的瞬间，如果不是有人及时赶到，可能眼前的男人已经没了。生命，多么脆弱。

鱼七本以为王暮雪要开口骂自己，或者至少跟自己拌嘴，但她的唇却突然贴了上来。

鱼七脑子一片空白，王暮雪又缩回了原来的位置，紧紧地抱住他。

"你……"鱼七有些语塞。

"是你自己说免费的。"王暮雪停顿了下，才再次开口道，"视频你可以发给我，可以微信跟我解释，为什么要跑过来？这么远，我看了视频一定会相信你,一定会联系你,一定不会再挂你电话,你为什么要……"

"因为我想见你。"

王暮雪沉默了,她能感受到鱼七身体的温度,她觉得这样的温度可以将她融化。

王暮雪的电话偏偏在这一刻响起,接起来就是柴胡失魂丧魄的声音:"暮雪你起来没?! 快来! 曹总来了!"

王暮雪差点翻下床……

201 诡异的离职

"路总,不要这么悲观。"曹平生的声音从路瑶办公室传来。匆匆赶来的王暮雪,即便坐到了位置上,心脏依旧在胸口乱撞。办公室里一片寂静,柴胡和杨秋平都看着各自的电脑不说话。

曹平生的气场一如既往的强,所到之处寂静如夜。王暮雪不知道发生了什么,只能快速打开电脑,逼迫自己赶快进入工作状态。

"时间会证明一切的。"曹平生又说。

路瑶感慨万千:"不是我悲观,你们这个资本市场越来越让人看不懂了。今年跟过山车一样,一个大牛市,一个大熊市,前两个月还信心满满,现在就草木皆兵了!"

三个人都听到了路瑶的话,也都明白她具体指的是什么。

2015 年,二级市场上的牛市行情来得异常猛烈,短短几个月,上证指数就从 3000 点飙升至 4000 点,随后又是 5000 点。相比于 2006 年到 2007 年的那场资本盛宴,沉浸在牛市喜庆中的人摇旗呐喊:"5000 点算什么! 5000 点才是牛市的开始!"

行情报告满天纷飞,给这场金融泡沫添柴加火。研究机构的那些研究员大多也不敢提"泡沫",因为被快速致富冲昏头脑的万千股民们不爱听这两个字,所以新闻或者行情报告中提的都是"金融大时代",都是"以前靠存钱买房,以后发财要靠金融资产"这样的标题。

疯狂的时刻,各种故事都很诱人,哪怕这些故事从来不是真的。

汇润科技的高管王飞，前几个月请明和证券项目组人员吃饭，答谢他们促成了中德跨国并购交易，王暮雪亲耳听到他说："看我们公司，70 倍市盈率市场都能接受，那么 140 倍、280 倍其实也没啥区别，反正都是贵！哈哈哈！"

"这种波动是正常情况，而且那是 A 股，你们这是新三板，波及不到你们。"曹平生这句话听上去是笑着说的。

"我们公司迟早要上 A 股，是你们胡保代说先上新三板，规范规范公司，打开一下知名度，以后方便转板。A 股才是我们的终极目标。"

"是是。"曹平生依旧笑着。

"我觉得你们那些研究机构也真是，能不能专业一点，能不能有点良心。发报告说大鹏展翅，扶摇直上九万里，结果才发完，大盘就从 5100 点跌到了 2800 点，才剩 2800 了大哥！"路瑶的音量加了一个分贝。

"呵呵，路总您是不是重仓了什么股票，现在牢骚全往我这发。"曹平生难得这么有耐心。

路瑶听后似笑非笑："总之大哥，中国的 GDP 都增长多少了，大盘指数至今才增长多少？严重不匹配！你们这个资本市场玩估值不能这么玩，这么玩再好的企业都能给玩死！"

曹平生赶忙安抚："路总您这句话过了，虚拟经济是实体经济的晴雨表没错，但也夹杂着很多其他因素，比方说政策因素，心理因素，国际关系因素等等。我对我国长期的大金融时代坚信不疑，只不过对于今年下半年的市场行情，我个人是偏谨慎的。"曹平生的态度十分恭敬，与他在下属面前的剑拔弩张截然相反。

"都 2800 点了，能不谨慎么？再下去是不是又要跌破 1600？"

曹平生哈哈一笑："真跌破 1600，是好事，遍地白菜价的好企业，还不是捡一个大便宜。"

"算了算了不说我了。"路瑶有些心烦，"对了，你们那个蒋一帆怎么样了？还要离职么？"

此话一出，办公室里的三个人都瞬间不淡定了，什么？！一帆哥要离职？

只听路瑶继续道："上回饭桌上，我可是尽力帮你挽留了，留不住也不能怪我。那尊大佛,明显对我这种小项目没兴趣。"

此时王暮雪没听清曹平生回答了什么,路瑶的规劝声就又响了起来:"管理者不用怕员工离开。您要这么想,状态不好的员工不空出来,状态好的员工就无法进来。员工,是越换越优秀的。"

王暮雪的耳朵这时竖得跟兔子一样,柴胡也恨不得直接走进房间听。

"什么?还要带走项目?"路瑶声音有些惊愕。

三个人面面相觑,一帆哥难道要把明和证券现有的项目带走么?

"这种挖公司墙脚的员工,对公司是没有感恩之心的,不用留了,再聪明再优秀都不能留。"

听到路瑶这句话,王暮雪只想冲进去帮忙辩解,大声告诉路瑶蒋一帆不是这样的人。

一般而言,投行员工离职都抱团,即一两个保代,带着一堆小兵去其他券商另立山头。团队成员自己所承做的项目,通常也会带走全部或是部分。有的项目因在本券商的内核审查过程中,遇到了无法逾越的障碍,不得不整个带到中小型券商去申报。毕竟中小券商的内核审核力度没有大型券商严格,在大型券商无法通审的项目,在中小券商睁一只眼闭一只眼的情况下,还是较为容易通过的。对于一些投资银行项目组人员来说,公司和平台是其次的,花费时间和精力做了两三年的项目,顺利申报,最终成功发行后的百万奖金才是最重要的。

这种群体跳槽模式在投行界屡见不鲜,不乏优秀人员的大型券商高级管理职位往往不够,很多投行员工当上了保荐代表人整整几年都没法升到中高层,于是干脆直接跳槽到中小券商,名片印着"董事总经理"的头衔,成一方诸侯,岂不快哉!而跟着保代一同跳槽的投行小兵,大多家境一般,都不得不跟着项目走。项目在哪家券商能出得来,就往哪里跳,毕竟谁都想赚上几笔巨额奖金买房买车。

但是上述这些情形,在王暮雪看来对于蒋一帆都不适用。

其一,蒋一帆根本不缺项目做;其二,蒋一帆根本不缺钱;其三,根本没听说部门中还有谁要跟着蒋一帆一起跳槽。

当然,现在是2015年9月,所有上市公司的半年报都已披露完毕,部门里的同事也都知道新城集团的净利润比去年同期下降了75%,股价连续几天被死死压在跌停板上,但这应该还不至于让蒋一帆做出离职,甚至挖走公司项目的举动。

想到这里,王暮雪忍不住打开了蒋一帆的微信对话框。

202 直接被开除

生命中最难的阶段,不是没人懂你,而是你都不懂你自己。

蒋一帆收到王暮雪的微信:一帆哥,你要离职了么?心里咯噔一下,赶忙回复道:你听谁说的?

对话框沉默了好一会儿,才又问:一帆哥……你真的要离开了么?

这句话犹如一把锤头锤在了蒋一帆的心上。

王暮雪一直看着对话框,她不知道蒋一帆会如何回复。如果他真的要走,他究竟会给出一个怎样的理由,一个怎样的理由才足以让他放弃这个团队。

但还没等到蒋一帆的回复,王暮雪就看见了犹如死神一样站在门口的曹平生,他正黑着脸,如刀的目光直勾勾地盯着自己。

经过一年的锤炼,王暮雪已经能大致预测出曹平生接下来要骂的话:"好你个王暮雪,太阳晒屁股了都不来上班!上班的时候还在玩手机,投行怎么会出你这种员工?!简直是耻辱!你们90后没一个好东西,你要羞愧!无比羞愧啊!"

为了不被曹平生在众目睽睽下羞辱,王暮雪恨不得直接帮曹平生骂出这些台词,令人意外的是,此时他却并未开口,而是沉着脸走进来,从口袋中掏出手机,很自然地坐在了柴胡旁边。

王暮雪感觉周围的空气犹如千斤巨石,压得她根本喘不过气。

时间一分一秒地过去,王暮雪的脑子仍旧一片空白,过度的紧张令她失去了思考的能力。等待死亡,往往比死亡本身更可怕。

"王暮雪,你回答一下,晨光科技申报文件最后一年,其他应付款明细中付给中阳科技有限公司的金额和占比是多少?"曹平生盯着手机屏幕,非常平静。

这个问题犹如一道巨型闪电劈向了王暮雪,无数对话场景闪过了她的脑中:

"明天您见到我的时候,招股说明书里一百多项财务指标,我都会背出来。"

"哦? 如果你背错一个呢?"

"我走人。"

资产证券化的培训会上,曹平生道:"你的黑眼圈告诉我你通宵背了,老子对于短时记忆,现在可以很精确,但是睡一觉就忘记的内容没有兴趣。"

"我会在晨光科技申报材料递交之后,你正式入职之前,或者你入职之后的某一天抽查,如果你答错或者答不出,就履行诺言吧。"

王暮雪想起楼梯间蒋一帆跟自己道:"如果他想赶你走,怎么可能只问你毛利率或者存货周转率这么简单的指标?"

"对对对!"王暮雪原地跳了一下,"他居然从主要财务指标里面考了我两个就完事了! 他应该考很多很多才对! 而且应该考那种很冷门,很偏的,根本不重要的,比如……"

"比如其他应付款明细里面某一对手方金额的具体占比,这种基本没人会去背。"

曹平生这次的题目真的是又冷又偏,偏到投行人根本不会去背。

中阳科技有限公司,王暮雪记得它在晨光科技其他应付款公司中排名第四。

招股书虽然只披露前五大,但第三第四这种位置的数字,最容易忘,何况时间已经过了这么久。王暮雪以为曹平生早就忘了此事,入职以后她就再也没有巩固记忆了……王暮雪拼命回想,她当然背过,她确信只是记忆提取的时间问题,她一定能回答出来。时间嘀嗒嘀嗒地在流逝,曹平生的耐心一丝又一丝地在消耗。也不知是因为紧张,还是因为昨晚几乎一夜没合眼,王暮雪居然什么都想不起来。

见曹平生关上了手机,柴胡赶忙解释:"曹总,不能怪暮雪,她昨晚一夜没睡,太累了。"

曹平生闻言目如寒风:"她一夜没睡你怎么知道? 难道你昨晚跟她

睡在一起？"

"没有没有！"柴胡脖子都红了，"是……是暮雪生病了，秋平告诉我的！"

"对的对的曹总！"杨秋平赶忙附和，"暮雪姐姐昨夜发高烧，一夜都没怎么睡。"

曹平生听后轻哼一声，起身拿起自己的包："发高烧的人会在空调温度如此低的办公室里，穿短袖上班么？"

说完，他朝柴胡道："你现在立刻回酒店收拾东西，跟我去另一个项目，而你……"他看向王暮雪，"把这个项目报上去后，你走吧。"

"曹总……"见王暮雪站了起来，曹平生用冰冷刺骨的声音命令道："履行你的诺言！"说完，他直接开门出去了。

柴胡不敢怠慢，简单安慰了王暮雪几句便追了出去。

一个团队里，人分为五种：人渣，人员，人手，人才，人物。

人渣是牢骚抱怨、无事生非，拉帮结派的破坏分子；人员是只领工资不爱做事的庸人；人手是安排什么就做什么，不安排绝不多做的普通人；人才是每天发自内心做事，有责任、有思路、有条理，知道公司的事做好了，受益的是自己，同时真心为公司操心的人；人物则是全身心投入，用灵魂去思考、做事，决心要和企业做一番事业的人。

王暮雪认为自己就算不是人物，也是人才，难道就因为偶尔迟到一次，就因为一个极端生僻的数据背不出来，就要被开除么？

她不知道整个白天自己是如何度过的，犹如被掏空了一样。夕阳西下，王暮雪行尸一般地走回酒店，推开门，鱼七的床空了；掏出手机打开蒋一帆的对话框，最后依然是自己的那个问题：一帆哥……你真的要离开了么？而她的耳边，此时又响起曹平生的声音："把这个项目报上去后，你走吧。"

就在两行热泪顺着她的面颊落下时，一双手从身后紧紧地抱住了她。

203 什么是梦想

鱼七一边平静地帮王暮雪擦眼泪，一边逗她："看来小雪已经爱我爱到骨子里了,回来没看到我就哭成这样。"

"才不是!"王暮雪此时太需要这个怀抱了。

鱼七当然知道王暮雪发生了什么,他听到了曹平生对王暮雪说的话,也知道那句话意味着什么。

"你去哪儿了……"王暮雪贴着鱼七的胸膛。

"饿了,出去吃点东西。"

王暮雪摸了摸他的额头,总算凉了,于是便依偎在他的怀里不动。一会儿,鱼七便感到自己胸口的衣服全湿了,他不禁低头吻王暮雪头顶的发丝。

"你怎么不问我为什么哭?"王暮雪吸了吸鼻子。

鱼七一边抹着王暮雪侧脸的眼泪,一边道:"当然是因为我魅力太大,小雪无法自拔。"

"都说了才不是!"王暮雪突然推开鱼七,"都是曹总,我们老大! 他要求很变态,他自己就是个变态! 他要我把其他应付款明细某个对手方的金额占比全部背出来,他自己肯定背不出来! 没有一个投行人能背得出来! 而且我今天就迟到了一下,他就马上用这招逼我走! 他就是个神经病! 就是变态!"王暮雪骂得很大声,怒气犹如火山喷发。

"对! 他就是变态,又矮又老又丑! 咱们辞职! 不干了!"鱼七也故作生气。

王暮雪破涕为笑:"你神经……"

鱼七神色一灰:"怎么又变成我神经了,不喜欢就离职! 炒了那老头子!"

"不要!"王暮雪小嘴一噘。

见王暮雪的情绪稳定了些,鱼七才拉着王暮雪坐到床边,道:"小雪,为什么一定要干投行?"

"因为这是我的梦想。"王暮雪道。

"那你告诉我,什么是梦想?"

听到鱼七这个问题,王暮雪看着窗外:"梦想,就是朝思暮想,做梦都想的东西。只要能做靠近它的事情,哪怕就靠近一点点,都可以让我热血沸腾。"

"那从什么时候开始,投资银行成为了你的梦想呢?"鱼七像记者采访。

"从我学金融,但我又想当特种兵开始,或者……应该是从我见到那位老师开始。"王暮雪仿佛陷入了回忆。

王暮雪研一时,学院来了一位头发花白的美国教师。他本科毕业于英国剑桥大学,研究生就读哈佛大学,博士阶段在宾夕法尼亚大学沃顿商学院。毕业后,他在华尔街投资银行工作了四十余年。

"他说话非常快,很多美国同学都跟不上,因为他的思维很快。他跟我们说,他的同事都跟他说话一样快。"王暮雪嘴角开始露出了笑容,"鱼七你知道么,他的课就叫《投资银行学》,他上课做的PPT我看不懂,他在白板上写的内容我也听不懂。不光是我,很多日本、德国、印度那些原本学习很厉害的同学都听不懂,因为他讲得太难了。他以为很多东西不用讲,我们就都懂。他或许是一位很出色的投资银行家,但却是一位很糟糕的老师,所以在学期末学生评价的时候,他拿到了整个商学院最差的评分。"

"然后呢?"

"然后我第二个学期,继续选了他开设的选修课,也是跟投资银行相关的。在那次选修课的试听课上,他将上学期末学生给他的所有负面评价都做成了PPT,我记得有两百多页,他一条条评论给我们念,告诉我们他在别人眼中就是这样的老师,让我们识趣的就把课退了。"

"结果你肯定没有退。"鱼七眼角弯了起来。

"不光是我,大多数同学都没有退。"王暮雪说着也露出了洁白的门牙,"我知道不是他糟糕,而是我们太笨了。他用四十年的时间将我们甩得很远很远。从那一刻开始,尽管我理解不了他,但我想成为他。我想跟他一样,让自己的思维速度和思想高度同时站在山峦之巅,俯瞰这个世界。我想象着自己有一天,可以如他一样成为云中人,或者是特种部队中的狙击手,让别人看不清,看不懂,猜不透,那会是一种怎样的奇妙感觉。"

听到这里,鱼七忍不住用手推了一下王暮雪的头:"你呀,思想古灵精怪。从没听说谁的梦想是为了让别人看不懂。"

"求其上而得其中,求其中只能得其下,就是这个道理。我奋斗的意义绝不仅仅是赚钱,也不是博得社会的认同感。说好听是为了自我价值的体现,其实不过就是为了抚平我心里的不甘心。鱼七,如果我不做投行,我会不甘心。"王暮雪很认真,语气中带着一种倔强的笃定。

"可是你们投行,在外界口碑可不好哦。"鱼七道。

"为什么?"

"你们收入高,遭人嫉妒。"

"收入哪里高了! 我每个月才……"王暮雪刚说到这里,双唇就被鱼七的食指按住了。只听他继续道:"我给你讲个真实故事。"

鱼七的这个故事,是陈冬妮一个投行朋友小A的经历。

这小A是个传奇人物,放弃了国内顶尖投资银行的工作,毅然决然加入了一家初创公司,每月工资四千,跟别人合租房子。

小A说,只要公司能上市,自己就可以财务自由。怀着这个信念,他奋斗了几年,结果创业还是失败了。

小A没有放弃,四处筹钱,又创办了另一家公司,聚焦互联网O2O。

O2O,是Online To Offline的缩写,是指将线下的商务机会与互联网结合,让互联网成为线下交易的平台。

可惜小A做了很长时间,始终没做到行业前三,最后钱烧没了,连员工的工资都发不起,只能将自己80%的股权以7000万的价格,卖给了自己A股上市公司的董事长老爸。他老爸因为收购了儿子的初创型企业,仗着互联网O2O新概念,让上市公司股价连续三个涨停板。老爸一路将自己的股份减持套现,最后到手金额达2.5亿元。

现在小A的老爸逢人就说,儿子有出息,是可造之才。最终股权卖完的小A又回到投资银行上班了。

"这个是个例! 又不是所有投行都是这种人!"王暮雪听了这个故事后满脸怒意。

"你一定要干投行,那换一个券商,不要那个变态老板曹平生了好不好?"

鱼七说出这句话后,王暮雪如他所料,想也没想就答道:"不好!"

204 王潮的来访

很多年后,王暮雪才明白,生命中的风雨都会在人生中留下痕迹,成为她的盔甲,和她一起冲锋陷阵,勇猛杀敌。

而曹平生,就是那个在她意志稍微懈怠的时候,不断给她套上盔甲的人。

临近中秋,王暮雪发奋图强,疯狂加班三周后,在一个周五下午,灰溜溜地回到了明和证券,因为她从吴双口中得知,曹平生今日会在公司。

王暮雪提着一大盒高端月饼,一支海外进口的戒烟专用电子烟,像做贼似的溜进了 28 层办公区。放眼望去,除了穿着蓝色衬衣的吴双,其他位置空空如也。

"吴双姐,曹总呢?"

吴双手指了指总经理办公室:"正在会客呢。"

"哦哦。"王暮雪把东西放下,拉来椅子坐在吴双旁边,凑近她低声道,"曹总今天心情怎么样啊?"

吴双是个明白人,看见礼品,又瞧见王暮雪这副小心翼翼的神态,笑道:"早上来的时候心情还可以。没事儿,他很好哄的。"

能在曹平生身边待这么长时间的人,果真不简单,王暮雪今日才算真正领教了吴双察言观色的本事,自己还什么都没说,她就全猜到了。

"那个……吴双姐,能不能传授点儿经验?"王暮雪一脸难为情。

"多久前的事儿?"吴双道。

"啊……呃……大约三周以前。"既然吴双不多问,那王暮雪自然也不会多说。

吴双闻言轻松笑了:"那没事儿,气应该早就消了。等客人出来,你单独进去,低声下气一些,死命讨好讨好。别要面子,面子全部给他。"

说实话,吴双这个建议,王暮雪本能上就是抵触的。什么叫面子全部给他?

从小到大的成长环境,让王暮雪有一根很难根除的傲骨,她认为曹平

140

生对下属过分苛责、过分严厉、过分不通情达理是既定的事实；但在温室与顺境中成长至今的王暮雪，又很清楚自己非常需要这份苛责、这份严厉与这样的强人所难。

"那吴双姐，里面的客人是谁啊？他们大概多久能谈完？"

"多久不好说，完全看他心情。客人是我们部门以前的同事，现在去投资公司当投资总监了，叫王潮。回头他们聊完，你也可以认识认识。"

"王朝……好霸气的名字啊……"王暮雪以为是"大明王朝"的"王朝"。

"是潮水的潮。"吴双笑道。

"哦，原来是潮湿的潮啊，这么想也不霸气了。"王暮雪半开着玩笑，以此来缓解心中的紧张。

曹平生的确心情还可以。"恭喜你啊，终于变成了自己曾经最讨厌的那种人。"曹平生边抽着大中华边开玩笑。

王潮出生于1981年，长相憨厚，气质中规中矩，有点民国先生的味道。他是他所在那个省的高考理科榜眼，总分与状元仅相差一分。是曹平生曾经的部下，两人合作过不少项目，王暮雪家的阳鼎科技IPO，就是其中之一。干了六年之后，跳去了一家基金公司，两年后进入了业内鼎鼎大名的金权投资集团，目前任该集团投资总监。

王潮家境贫苦，他曾经跟曹平生开玩笑道："我王潮平生最讨厌的人就是有钱人。"而今十多年过去，他身家过亿，拥有投行、基金、风险投资三重背景，人脉甚广，在一级市场投资和二级市场操盘领域做得风生水起。

"拿着让国家扣了一半税的工资，感觉如何？"曹平生继续笑道。

"领导，投资总监就是说来好听，其实没几个钱。退出期长，项目如果看走了眼，很多人年薪也就二十来万。"

深知王潮这些年辉煌业绩的曹平生，自然能大致估算出他的身家，但他没有说破，只是将烟头抖了抖道："你年纪轻轻年薪才二十来万，说明大有可为；如果你现在年薪已经几百万了，那你这辈子，基本也就这样了。"

"呵呵老领导见笑了,我现在也就比以前过得好那么一点。以前嘛,拜访完客户进电梯,都只能按一楼,现在按的都是 B1 了。"

"哈哈哈!"曹平生笑出了黄牙,"你得感谢老子将你带出来!"

"那是那是!"王潮赶忙应道。

"你这个投资界的大牛,对于今年这波突然的牛市,怎么看啊?"

王潮见曹平生并没有直奔今日的主题,有些意外,但随即也诚恳答道:"是泡沫,国家层面,灭得好。"

"哦? 你怎么判断出是泡沫的?"

"其实截至去年,我还是很看好股市的,也重仓了,但从今年五月开始,我就果断抛了。"王潮身子坐得很直很端正。

曹平生将嘴里的烟头取下:"为何五月份就不看好了?"

"曹总您看,5 月市场炒得热火朝天的时候,我国 10 年期国债利率,依然维持在 3.6%左右,没降。债市股市这两重市场,大多时候都是此消彼长的,债市不降,股市似乎就不应该涨。"

王潮的推理没错,因为从理论上看,决定股价走势有三个因素:

1. 企业本身的盈利能力;2. 无风险利率;3. 投资者风险偏好。

我们一般将国家的十年期国债利率看作无风险利率,毕竟政府还不上钱的可能性很小。

从 2014 年 7 月牛市启动开始,我国的工业企业盈利增速就出现了负增长,而工业在上市公司中占比很高,所以大盘上的上市公司本身的盈利水平并没有出现太大变化。

既然决定股价走势的三个因素中,企业盈利能力和无风险利率都没出现多大变化,但股价却依然在狂飙,只能说明第三个因素,投资者风险偏好变化了。牛市中,所有原先不喜欢风险的投资者,都会去冒冒险,看别人买自己也要买一点,能赚一点是一点。开始只是专业机构在买,后来变成有投资习惯的散户在追买,最后范围扩大到了菜市场大妈与广场舞大妈。

其他的技术性信号准不准不好说,但是如果连菜市场和广场舞大妈都在研究股票的时候,那就是一个"强卖出"信号,说明股价已经高耸入云,严重偏离合理估值,岌岌可危了。

205 上亿换一人

王潮接下来的话验证了曹平生的推测。他说:"14年年初的时候,无风险利率还维持在6%,就算加上风险溢价,企业发债利率也在8%左右。用估值模型一算,当时市场的12倍市盈率属于合理估值;到了14年年底,无风险利率下降到4%,企业发债利率约在5.5%左右,模型算出来,股市市盈率大致是18倍,超过18,就是高估。曹总您看,15年A股的疯牛,市盈率已经从18倍飙升到32倍,但无风险利率一直没怎么变,这就是高估,就是泡沫,严重的泡沫。"

"嗯,确实。"曹平生点了点头,"今年这波上涨就是投资者风险偏好导致的,当然了,还包括场内场外各种杠杆配资。这种盲目跟风根基不稳,国家一打,肯定被打回原形。只怪这几个月我都在忙部门里的事,没抽得出时间好好研究二级市场。"

见此时曹平生的烟抽完了,王潮立马就掏出一根给他点上。

"那现在行情差成这样,你们受影响大么?"曹平生又吸了一口。

王潮笑了:"风声鹤唳啊!昨天还跟一个做私募的朋友聊起这事儿,大家都只保留10%的仓位,就算市场反弹,也就只敢再拿1%出来玩,都是惊弓之鸟了。"

曹平生闻言嗤笑一句:"只要下坡,市场就能找一万个不看好的理由;只要下坡,新闻就全是坏消息,没有好消息!"

王潮抿了抿嘴:"其实吧,一切都是轮回罢了,确切地说,是一种资产的轮动,三头牛,永远轮着来。"

王潮所说的"三头牛",指的是货币牛、债券牛和股市牛。

当经济不好的时候,人们偏向于持有现金,就算要投资,也偏向于将钱放在余额宝、货币基金等理财工具中,此时货币基金牛市出现;随着国家经济的回暖,企业盈利能力增强,企业还款信用上升,人们就会趋向于持有利率更高的债券,此时债券牛市就会出现;当经济不断上行,股市回报率超过债券,持有股票的收益大于债券时,人们就会抛出债券购买股

143

票,因而股市牛市就出现了。所以我们可以看到 2013 年是货币牛市,2014 年开始出现了债券牛市,而到 2014 年下半年及 2015 年上半年,迎来了股票牛市。而股灾之后,市场现金为王,于是又回到了货币牛市,这就是资产轮动的"三头牛"现象。

"这对我来说是好消息。"王潮继续道,"5000 点估值的时候,市场平均市盈率是 30 多倍,大家就算讲再多牛市的好,都敌不过一个字'贵'!现在到了 3000 点以下,市盈率回到了 18,已经合理了,短期来看投资者风险偏好虽然会继续恶化,估值或许还会继续下行,但就像弹簧,压低了以后还是会弹回来的。"

"所以你打算入手了?"曹平生道。

"好企业还是好企业,价格不贵的话,自然会多买,不过大盘现在还在低位震荡,再等等吧。"

"好小子,可以啊,现在有模有样。"曹平生看着王潮的目光变得意味深长起来。

王潮低头不好意思地笑了笑,知道曹平生圈子绕完了,于是他定了定气,组织了下语言才道:"曹总,这些年我们金权也投了不少拟上市公司,他们有很多主办券商都还没定;还有一些嘛,虽然之前定了券商,但是合作不愉快,目前啊,想换。曹总如果有兴趣,我可以带您都去看看。"

曹平生将烟头朝烟灰缸中抖了抖,平静地问道:"大概几家,多大体量?"

"靠谱的有五家吧,利润规模都是七八千万的。"

王潮在投资银行干了六年,非常清楚法规中定的上市标准"3000 万净利润"不过是条底线,因为这样的利润规模并不算大,公司若想造假较为容易。所以在上市审核的时候,资本监管委员会对于净利润在 3000 万附近的企业,往往查得更严,怀疑倾向也更深。但若一家企业净利润有七八千万,甚至上亿,审核通过率就会提高,毕竟利润越高,造假成本越高,造假概率也就越低。

一般而言,大券商因为不愁没项目做,所以在选择拟上市公司的时候,都会挑肥拣瘦。王潮明白,如果给曹平生推荐的公司净利润达不到七八千万,他很大概率不会有兴趣;共事六年,王潮是什么样的人曹平生也一清二楚,没有利益,他绝不会出一分力。

王潮刚才对金权集团投资的这5个项目的评价是:靠谱。对于这点曹平生并不怀疑。

首先,王潮历来言辞谨慎,有根有据,不确定的事情绝不轻易下结论。拥有六年投资银行工作经验的他,对于一家企业的上市可能性,完全具备自己独立判断的能力。其二,如果一家公司上市可能性很小,业内顶尖的金权投资集团不太可能亲自出资,毕竟该集团不属于王潮个人。这样的大型投资机构在真正掏出真金白银前,往往需要将投资标的相关资料,提交集团内专业的投委会审议。即便王潮个人的判断可能出现失误,但经过投委会这么多人的共同判断,曹平生的风险就可控多了。

只不过,让曹平生看不明白的是,王潮要从自己这儿挖走的人,真的值5个IPO项目么?我们来算算,5个IPO项目如果全部成功做出,大概可以给曹平生带来多大的收入呢?

2014年至2015年,一个主板IPO的承销及保荐费平均为4000万元,中小板IPO的承销及保荐费平均3500万元,即便是创业板IPO,承销及保荐费平均也有2700万元,故5个IPO项目顺利申报后,投资银行的总收入区间就在1.35亿至2亿元。

一想到王潮这小子拿价值上亿元的项目来跟自己换一个员工,曹平生就心存疑虑,但他不能表现出来,只是很随意地问道:"你,到底看上蒋一帆哪点?"

206 两只老狐狸

"呵呵曹总,蒋一帆是人才,又是我京都的师弟。我这边之前也跟他简单聊过,知道他还有项目在排队,而且他签了项目协办人。"

曹平生闻言赶忙道:"是啊,他签了不止一个。这报上去的项目,如果签字人员中途离职,肯定得跟会里详细解释的。每次遇到这种情况你也懂,会里对于项目态度会偏谨慎,很麻烦。"

王潮点头表示理解,他明白拟上市公司的申请材料一旦递交,签字人员的变动势必会引起资本监管委员会的注意。

通常情况下,排队过后就是审核上会,上会过后就是路演和发行上市,签字人员放着快要到手的巨额奖金不要,无端离职,很大可能是想跑;而想跑的原因,通常是项目本身出了问题,故资本监管委员会的审核员对这类项目往往会多个心眼,审查态度也会趋严。

"您看这样曹总,我这边呢,也不是特别急,他的项目也快了,等他签出了保代,再过来我这儿。"

"签出保代可就不是这个钱了。"曹平生吸了一口烟,"我们公司你也了解,保代刚一注册就离职,那小子得赔偿公司。"

"我知道,80万嘛,我出。"王潮眼睛都不眨一下。

曹平生长长地吐出了一口烟,眉心紧锁:"不是,你小子为什么一定要蒋一帆? 你喜欢京都的,校友群不就一大堆可以挑么? 你们金权还怕没人愿意去?"

"得要多年投行经验的。"王潮道,"现在项目太多,看不过来。团队中,对于项目有十足判断力又还年轻的人,不多。我们人手严重不足。"

"那我把邵小滨给你,他也是京都的,很能干,在我这儿待了也快五年了。"曹平生直接点出了部门中另一个同事的名字。

王潮低头笑了笑,想了一下才同曹平生开口道:"蒋一帆现在做的这单可转债,我们金权也投资了,他给公司提出来的问题,那是针针见血,但他呈现的方式又很让人舒服。明明是致命难题,但我听说中介协调会硬是没伤到任何人,这很难得啊。"

王潮对蒋一帆的这番评价,曹平生并不意外,因为蒋一帆是全才,职场上更是挑不出任何毛病,但凡跟蒋一帆沟通过、相处过的人,都情不自禁地喜欢他的性格,惊叹他的智商,崇拜他的博学并欣赏他的才华。

蒋一帆为人处世低调,朋友圈几乎不晒任何东西,任谁点进去,两秒就能拉到底。每次曹平生交代给他的事情,他都完成得极为出色,而且速度很快,每次都快过曹平生规定的截止时间。这样的人,就如曹平生的一块心头肉,现在要他把这块肉硬生生割下来,他自然不情愿。

可是王潮给出的条件,可以让他曹平生至少闲上一年不用外出拉业务,可以喂饱部门中的大部分嘴。比起蒋一帆个人的去留,其他所有兄弟是否跟着自己挨饿受冻,才是曹平生最关心的。

此时只听王潮继续道:"我看了他做的重大问题备忘录,案例翔实,分析到位,法规精确,逻辑更是无懈可击。我当时就认定了,就是他!"

见王潮说得神采奕奕,曹平生也只能是陪着笑笑。

重大问题备忘录,是指投资银行根据尽职调查结果,给客户出具的一份问题清单,清单中往往囊括公司现有的各方面重大问题、市场案例,以及解决措施。

一份高质量的重大问题备忘录,往往涵盖问题全面,市场案例丰富,解决措施具有极高的可实施性。

这与医生出具的体检分析报告和处方有点类似。高质量的报告可以发现一个人身上的所有健康问题,参照现有病例,对症下药。

"曹总,不瞒您说,这些年我发觉,看项目就跟看人一样,有一个改不了的毛病,看中了就一定要拿下,无论多贵。当然,我知道曹总您这边优秀的人才多,达到蒋一帆这样水平的小伙子还有不少,如果能招揽到其他这样的人,我自然是开心,但是如果这次自己不争取蒋一帆,我王潮会不甘心啊!"

"兄弟言重了……"曹平生苦笑着点了点头。光凭一个重大问题备忘录就非蒋一帆不可,不太像行事谨慎的王潮。

曹平生手中夹着烟,没有继续抽,他盯着王潮闪烁的眼睛看,这小子,这回似乎有些冲动了。如果王潮这次只提出拿一两个项目来换蒋一帆,换不走也就叹气两声,曹平生倒还觉得正常,不会多想,但这小子这么大手笔,还用了"不甘心"三个字,目的绝不简单。

如果王潮现在的阅历已经可以算作一只老狐狸,那么在资本市场摸爬滚打二十多年的曹平生,恐怕早已是狐狸精了。

曹平生翻来覆去地琢磨,却也琢磨不出个所以然。

要知道,蒋一帆虽然情商高,智商高,又是三证合一,但并非完全不可替代。

投资巨鳄金权集团根本不差钱,王潮作为投资总监,属于中层,完全可以通过猎头公司挖几个京都毕业的投行精英,组成一个投资尽调项目组,几人联手,效率和标准还怕输给蒋一帆么?

曹平生笃定,眼前这个跟了自己六年的小子,出手如此阔绰且表现出违背常理的耐心就为挖走蒋一帆，肯定另有目的。

而就在这时，曹平生办公室的门响了，推门进来的人，正是蒋一帆。

207 抛出橄榄枝

蒋一帆见曹平生屋内坐着客人，第一反应是示意自己打扰了，准备退出去，却被王潮叫住了。

"等下，你就是蒋一帆吧？"

蒋一帆不认识王潮，但在电话里听过他的声音，只见他对着自己微笑着："比百度上获奖的照片还帅啊！"

王潮第一次与蒋一帆联系时，蒋一帆正在文景科技 13 层的走廊里。

"您是明和证券的蒋一帆蒋经理么？"王潮很有礼貌。

"是的，您是……？"

"您好，我是王潮，金权投资集团的投资总监，现在是您负责凯杰科技公司的可转债项目么？"

"对。"蒋一帆说到这里顿了顿，突然想起凯杰科技的股东名册，恍悟道，"您是凯杰科技的二股东，对吧？"

"呵呵，不是我，是我们公司。"王潮纠正道，"我以前也在十六部，也是京都的。你的重大问题备忘录我们在股东大会上都看过了，写得很到位，听说你在投行干的时间也不短了，不知道你有没有兴趣与我们金权合作？"

蒋一帆恭敬道："原来是师兄。当然可以，不过不知道师兄希望具体怎样合作？"

"是这样，我们金权这些年投的企业不少，有大有小，但基本都是各行各业排名前五的公司，股权比例就算不是控股，也至少都在前三，对资本市场融资这块，有很大的话语权。我希望啊，能与师弟你深度合作。"

听见对方就合作内容含糊其词，蒋一帆蹙了蹙眉，不料对方却继续道："你现在是不是有项目在会里啊？"

"对。"蒋一帆应着，心里已经揣摩出了对方的用意。

王潮的这个问题,是猎头公司的常规问题。猎头公司在电话联系投行员工时,通常会询问是否有项目在会排队审核,如果有,很大概率这名员工不会跳槽,而猎头公司也就暂时没有继续跟踪的必要。

"是不是还不止一个?"王潮语气很平缓。

蒋一帆明白,对方已经在申请材料中查过自己的签字记录了,此时只不过是在走形式,象征性地同自己确认。

"对,有两个。"

"嗯……按照现在的排队速度,可能还要一年左右。这样吧师弟,我过阵子再给你电话,我们保持联系。"

"好的。"挂断了王潮电话,蒋一帆并未多想。他认为王潮想邀请自己加入他的投资团队,但目前自己的状态不允许轻易离职,所以这位师兄明白挖走自己的几率不大,随意客套几句。

可令蒋一帆没想到的是,就在新城集团半年报公告后,股价连续三天跌停时,他又接到了王潮电话。

蒋一帆一看这个来电提醒,就知道涉及的话题会比较敏感,所以他快速起身去了楼梯间,关好门才按下了接听键。

王潮这次电话的内容,不仅涉及上次的合作邀约,还涉及新城集团的困境。

"三云特钢是我们金权很早之前投资的公司,他们目前有几块资产你们新城应该感兴趣,我短信发你了,你看看。"王潮道。

蒋一帆没挂电话,打开短信一看:连铸生产线四条;平立交替、无扭控冷全连续高速线材生产线四条;全连续切分轧制带肋钢筋生产线五条;冷轧不锈钢生产线二条;热镀锌钢板生产线一条。蒋一帆明白,这是生产电炉钢和特优钢的世界先进生产线,若想帮助新城集团实现产品升级,走出困境,这样的生产线自然必不可少。

"这些设备是我们金权注资时出钱买的,但他们没利用好。你们新城不一样,你们是国家质量服务信誉 AAA 级企业,又是国家创新试点,近年来用户满意度也很高。这几块资产,你们新城也有一些,但是不够,我是在想,全部划到你们新城去,你看如何?"

蒋一帆心里略噔一下,契机来得太过突然,让他有些猝不及防。三云特钢这家企业体量不小,蒋一帆之前从未听说其有重组意愿,所以他在最开始寻找重组标的的时候,没有考虑这家公司。只是,将如此之好的资产出售,三云特钢的高层真的没有异议么?

见电话那头短时间内没了动静,王潮猜到了蒋一帆的顾虑,直接笑道:"是这样的师弟,其实早几年,钢铁行业下行压力就已经很大了。三云特钢最开始是三兄弟共同控制的,三个人对于企业在这个行业中是坚守还是退出,产生了很大矛盾,其中二弟和三弟都不太看好公司发展,相继清盘,我们金权将股权接了过来;而前几个月,大哥也有了退出的意思,所以现在我们金权总共拿到了75%的股权。"

王潮的意思很明确,金权集团已经成为了三云特钢的控股股东,对于公司的重大事项拥有不可撼动的决定权。他们此时想将三云特钢旗下的优质资产注入新城集团,这是千载难逢的好事,但蒋一帆却高兴不起来:"师兄,非常感谢您给的机会,这确实是非常好的资产,但我们集团现在资金很紧张,恐怕……"

"不用现金。"早就研究过新城集团半年报的王潮直接打断道。

一句"不用现金",蒋一帆就明白了对方真正想要的东西:"发行新股的话,现在这个市场行情恐怕不好发。"

发行新股,是指上市公司在二级市场上发行新的股票,向社会公众筹集资金,用于企业自身发展。在该谈话背景中,新城集团发行新股的目的,就是为了购买三云特钢的那些优质资产。如果时间点放在2015年年初,牛市启动前期,发行新股购买资产是一个不错的选择,因为牛市中大众的心理预期:股票会越来越值钱,发行失败的可能性很小,几乎一发就可以按不错的价格全部卖完。但如今大盘在3000点以下,市场哀鸿遍野,股票价值缩水严重,股民对于股市未来一两年内的发展预期也不看好,这个时候发行新股,不是明智之举。

208 认识新东家

蒋一帆很清楚,发行新股会对现有的存量股份造成稀释。比如新城集团的总股数为 100 股,小 B 持有 20 股,持股比例为 20%。现在集团宣布增发新股 20 股,筹集资金,购买先进设备。增发后,新城集团的总股数为 120 股,小 B 如果没有足够的钱行使老股东的优先购买权,便只能眼睁睁看着新发的 20 股被其他人买走,此时小 B 手中的股票绝对数虽然还是 20 股,但持股比例却已经下降了,下降后的持股比例为 20 股除以 120 股,约等于 16.67%。

如果市场处于牛市,虽然小 B 的持股比例下降,在公司的话语权减少,但股价单价却在上升。小 B 看着每天上升的身价,对于新股发行方案可能就不会提出异议。但若市场处于熊市,尤其是刚刚由牛转熊,还要经历漫漫寒冬,小 B 手中的股权不但比例下降,股票总价值也会下降。一旦同意新股发行,小 B 在公司不但话语权降低,现有财富也会流失,这个时候他作为新城集团的现有股东,可能同意集团在这个时候发行新股么?

很难。

所以现在的新城集团,不但面临极大的资金缺口,还面临新股发行时股东会审议不通过,或者直接因为没有足够的投资者购买,而导致发行失败的风险。

这个道理蒋一帆明白,王潮自然也明白。

"没事,我知道现在行情不好发新股,所以咱们就不发,直接老股转让你看如何?"王潮道。

"师兄您是说,转让我手中的股权么?"蒋一帆道。

"不是你的,是你母亲的。因为你父亲是控股股东和实际控制人,你个人的持股比例也已经超过5%了,属于主要股东,二级市场上减持很受限制。"王潮没有继续往下说,他知道这个时候要留给蒋一帆充足的思考时间。

在新城集团,蒋一帆父亲蒋首义拥有 39.34% 的股权;其次是蒋一帆,拥有集团 14.15% 的股权;再次是母亲何苇平,拥有 4.95% 的股权;最后是其他机构投资者和社会公众股。

从原股东在二级市场上减持的手续来看,蒋一帆母亲何苇平在公司最初上市时手里没有股权。她的股权是近几年从二级市场购买的,且持股比例没有超过5%,不属于集团的主要股东,因而操作较为便捷,监管措施也相对较少。让何苇平转让手中的股份换取核心设备,属于可操作性最强的方案。

但蒋一帆心里想着,母亲会答应么?何况即便是母亲答应,她的股份按照现在的股价,就算全部转让给金权集团,估计也不够付王潮刚才所说的全部生产线。

“三云特钢不是上市公司,资产评估这块,我们金权说的算,我可以按清算价给你。”听到王潮这句话,蒋一帆算是彻底愣住了,清算价?难道金权集团想让三云特钢直接走破产清算程序?

如此一来,这些一流生产线的资产评估值就会降低不少,对于新城集团来说,是捡了一个大便宜。蒋一帆想到这里语气凝重道:“师兄,我知道你的好意,如果你真有这个想法,我会回去跟父母好好商量。不过三云特钢如果就这么没了,恐怕你们损失很大,而且父亲的脾气我很了解,新城集团最终的控股权,他可能不会让。”

王潮听后笑了:“师弟你误会了,我们这么做,也是为了盘活过去投的这家公司,并不是要它真的倒下。资产给你们利用,而后两家合并,我们金权参股,仅此而已。之后,我承诺,不会继续增持股份。”

王潮此话一出,蒋一帆明白一半,但也糊涂一半。明白的是王潮不希望让过去的任何一笔投资成为沉船,他希望通过资产重组来救活三云特钢,至少,让他们金权过去的这些设备投资实现效益最大化。而蒋一帆糊涂的是,金权这样等级的投资大佬,既然看准了新城集团,以后会甘心只是参股么?会永不窥觑父亲的控股权么?

见蒋一帆这边没动静,王潮哈哈一笑:“我也不藏着了师弟,我确实是有附加条件。”

“什么条件?”蒋一帆可算是松了一口气。

“之前也跟你提过,离开明和,加入我们。”王潮郑重道。

蒋一帆至今都并未跟曹平生提及王潮这个人,也没有提及自己要离职,但楼梯间的耳朵,往往不止一双。蒋一帆和王潮的对话,不巧就被走楼梯办事的同部门同事听了个正着。

该同事原本也没打算驻足,但楼梯才上到一半就听见蒋一帆说:“我还有在会项目,现在离职,对项目审核会有影响。"

"凯杰科技这单可转债,有实质性障碍,关于这点我在备忘录中也写了,转出去是可以的,看看有没有别的券商能做吧,这个项目走我们明和,确实困难。"

"谢谢师兄,我明白。"

"哦,这个我没什么要求,够吃够用就行了。"

"适当的时候,我会跟曹总提的。"

……

于是,这同事毫不犹豫地做起了部门里的小小鸟,于是,曹平生当天就知道了蒋一帆有可能要离职,还可能把凯杰科技这单可转债带出去的消息。

在曹平生看来,没有任何一家企业的问题是实质性障碍,是解决不了的,人力物力财力都解决不了,那就让时间解决。自己拉来的项目,怎么可能被这个小子轻易就给送出去?曹平生怒不可遏,但又无凭无据,不好对蒋一帆发飙。何况蒋一帆是他的头号爱将,痛打出手怕是跑得更快,于是曹平生思索许久,只好曲线救国。他认为当利益和平台都留不住人的时候,那就试试世间最无厘头的爱情能否奏效。

曹平生试图让蒋一帆和王暮雪一起做项目,但奈何他自己没法推翻自己之前下的命令,那个命令就是不允许蒋一帆参与文景科技,于是他只好求助路瑶——让客户路瑶出面,邀请蒋一帆加入文景科技项目组。

但事后曹平生又听说蒋一帆与他人打电话,围绕的依旧还是离职的问题,于是他连爱情也不相信了,直接把蒋一帆调回自己身边,跟着自己全国各地出差,贴身监督,就差没睡一张床了。监督到最后,曹平生终于通过等飞机的空隙,偷瞄到了蒋一帆的短信记录,看到了王潮的名字。于是曹平生直接私底下一个电话给王潮打了过去,笑脸盈盈地邀请他来自己办公室坐坐,而后就有了今天的这次会面。

蒋一帆毫不知情,他只是工作做完了来给领导汇报的,他不知为何王潮此时会在这里出现,也不知接下来会发生什么。

只听曹平生冷哼一句:"傻站在那里干什么,你难道还没见过你的新东家么?"

【投行之路课外科普小知识——关于控股股东(或第一大股东)、实际控制人及其一致行动人,或者持股 5% 以上的股东减持股份的相关规定】

总结:很受限制。

原因:怕你上市就是为了圈钱,怕你拿了钱就跑。

具体规定精简如下:

1.《上市公司股东减持股份预披露事项(征求意见稿)》:上市公司控股股东(或第一大股东)、实际控制人及其一致行动人,或者持股 5% 以上的股东,若预计未来 6 个月内通过证券交易系统以集中竞价交易或大宗交易方式单独或者合并减持的股份,可能达到或超过上市公司发行股份的 5% 的,应当在首次减持前 3 个交易日,通知上市公司并预先披露其减持计划。

相关股东未披露减持计划的,任意连续 6 个月内减持股份不得达到或超过上市公司已发行股份的 5%。

2.《证券法》:通过证券交易所的证券交易,投资者持有或者通过协议、其他安排与他人共同持有一个上市公司已发行的股份达到百分之五时,应当在该事实发生之日起三日内,向国务院证券监督管理机构、证券交易所作出书面报告,通知该上市公司,并予公告;在上述期限内,不得再行买卖该上市公司的股票。

投资者持有或者通过协议、其他安排与他人共同持有一个上市公司已发行的股份达到百分之五后,其所持该上市公司已发行的股份比例每增加或者减少百分之五,应当依照前款规定进行报告和公告。在报告期限内和作出报告、公告后二日内,不得再行买卖该上市公司的股票。

3.《上市公司收购管理办法》:通过证券交易所的证券交易,投资者及其一致行动人拥有权益的股份达到一个上市公司已发行股份的 5% 时,应当在该事实发生之日起 3 日内编制权益变动报告书,向中国证监会、证券交易所提交书面报告,抄报该上市公司所在地的中国证监会派出机构,通知该上市公司,并予公告;在上述期限内,不得再行买卖该上市公司的股票。

前述投资者及其一致行动人拥有权益的股份达到一个上市公司已发行股份的5%后,通过证券交易所的证券交易,其拥有权益的股份占该上市公司已发行股份的比例每增加或者减少5%,应当依照前款规定进行报告和公告。在报告期限内和作出报告、公告后2日内,不得再行买卖该上市公司的股票。

4.《关于督促上市公司股东认真执行减持解除限售存量股份的规定的通知》

(一)持有解除限售存量股份的股东预计未来一个月内公开出售解除限售存量股份的数量超过该公司股份总数1%的,应当通过证券交易所大宗交易系统转让所持股份。

(二)持有、控制公司股份5%以上的原非流通股股东,减持解除限售存量股份每达到公司股份总数1%的,应于该等事实发生日的两个工作日内做出公告。

(三)上市公司股东在一个月内通过集中竞价交易系统减持解除限售存量股份数量接近上市公司总股本的1%时,应及时通报上市公司及其账户所在会员单位。

209 更新与迭代

曹平生不相信,蒋一帆到目前为止还未与王潮本人见过面,但他此时并未细究,因为他门口有另一个身影在晃动。

"出来!"曹平生朝门口命令一句。

王暮雪只得低着头走进来。

"你是小雪?"王潮有些惊讶。

王暮雪抬起头,上下打量着面前这位教书先生长相的男人,似乎有点印象,可却又记不起来在哪里见过。

"真是小雪啊!"相同时间里,王潮更确定了,"当时你在你爸办公室写作业,我记得好像是初中的习题吧,我还教你解了一题。"

说到这里王暮雪终于想起来了,当时王建国跟她说:"人家是京都的高才生,全省前三,你实在不会做就问他。"

这个人原本在楼下会议室办公,被王建国特意叫上来的,当时王暮雪听王建国说家里要上市,他是财务顾问,个人能力特别强。

"我想起来了。"王暮雪赶忙不好意思道,"我记得您那天穿蓝色的衬衣……"

"呵呵,是么,我自己都忘了。"王潮转而面向曹平生,"她也在这里工作么?"

阳鼎科技上市,曹平生作为第二保代去现场的时间不多,也没见过王暮雪,但王潮是当时的现场负责人和项目协办人,几乎天天都得泡现场,他见过王暮雪自然不足为怪。

"嗯。"曹平生轻声应着,脸色不太好看。

王潮又朝王暮雪夸奖道:"难得啊小雪,说明你还是跟以前一样优秀!曹总这十多年可没招过几个女生,以前有个牛津毕业的曹总都没要。"

王暮雪此时也就只能尴尬笑笑。曹平生朝她冷冷道:"你怎么回来了?"

"项目现场的事情都做完了,中秋连着国庆长假,企业很多人都休假了,所以……"

"项目现场的事情还能做得完?!"曹平生的语气难以置信,"你问问蒋一帆,问问你王叔叔,事情能有做完的一天么?看来你还是很闲啊……"

"不是的曹总。"蒋一帆立刻出面帮王暮雪说话,"暮雪这三周天天加班到晚上 1 点,我们没人过去帮她,胡保代又住院了。她很努力的。"

"哦,是吗? 你对人家作息这么了解,看来一天天的你也很闲啊!"

见蒋一帆哑了,很了解曹平生的王潮抿嘴笑了笑,朝王暮雪岔开话题道:"你现在做什么项目啊?"

"文景科技,移动互联网行业的。"

待王暮雪将文景科技的主要业务和盈利模式给王潮简单介绍后,王潮道:"嗯,这个公司既然也做软件开发,源代码技术比较关键,我们金权也投了一些这类移动互联网公司,发现这些公司的产品虽然很新,能带来的利润也较为可观,但产品的生命周期都偏短,升级频繁。以前我没接触,以为是每一两年迭代一次,接触了才知道很多软件产品每半年就得换代,市场竞争非常激烈。"

"对对!"王暮雪赶忙附和。在文景科技项目现场亲身感受了几个月的王暮雪,也能从日常那些程序员的面色和工作节奏中体味出市场的激烈程度。

移动互联网公司因为产品更迭速度快,故新产品的开发定位必须准确。若企业高层对于行业发展趋势和市场需求预测错误,不仅全体员工一年的努力付诸东流,还会使公司面临被市场迅速淘汰的风险。可以说,在移动互联网行业中行走的企业,个个都得持续创新,战战兢兢,如履薄冰是常态。

王潮继续道:"而且软件项目属于一种中长期投资项目,需要巨大的研发投入,这类项目往往很难在短期内得到量化的投资回报。我国目前高端服务技术和人才都比较匮乏,这是一大制约因素,且现在很多国际软件企业都希望争夺中国市场。文景这类初创型的优质公司,被吞并的威胁很大。"

王暮雪无疑是遇到了行家,曹平生注意到她看王潮的眼神都发生了微妙的变化,于是赶忙开口道:"文景的市场定位比较明确,他们那个流量营销方案具有针对性,上端有运营商的资源,老板又是做大事业的人,不用担心。"

见曹平生脸色不太好看,加上从柴胡那儿听说了王暮雪之前的事情,蒋一帆大致能猜出王暮雪此次回来的目的,于是他赶忙顺着曹平生的话说了下去:"是的王总,目前国内各企业产品的价值点虽存在重合,但瞄准的目标企业及为企业提供服务的理念具有比较大的差异,整体细分市场竞争并不激烈。文景的老板之前在运营商做了很长时间,行业背景很厚,具备其他企业难以企及的渠道优势。他们的流量业务在华南地区近乎垄断,跟运营商签署的战略合同也都是排他的。"

"哦?跟运营商这么强势的企业签署合同还能排他,这点有意思。"王潮似乎来了兴趣。

"对,我也看了他们的核心团队工资表,做核心研发的几个人年薪超过 150 万,都是从软通动力、中软国际、大学研究院挖来的。他们董事长路瑶对于人才这块,非常大方。"

"嗯。"王潮扶了一下眼镜,"他们做那个移动办公 OA 系统,具体怎么收费的?"

王暮雪此时插话道:"就是依据不同类型的客户收取费用,按人头收,每家公司有多少个员工使用该软件,公司就统一帮他们付费。公司目前企业用户流失率不足 5%,他们现在嵌入这款 OA 平台中的流量业务,收入呈几何式增长,现在市场太需要流量了。"

王潮听后笑笑:"即便是这样,我想公司目前来说,仍旧很缺钱吧。"

"……对……"王暮雪声音低了一些,"挺缺的。"

210 王潮来救火

王潮明白,这种规模偏小的移动互联网公司,成立没几年,融资渠道肯定极为有限,上新三板也就是为了拓宽知名度,真想在新三板这种僧多粥少的地方融到钱,恐怕不是这么容易的。首先,按层级分,新三板处于金字塔最底层,企业家数最多,但投资机构或者自然人投资者投入的资金却最少。

90%上新三板的企业是一些基本"零交易"的僵尸公司,这些公司每天股票挂在那儿,没人卖也没人买,甚至看都没人看,甚是凄凉。

其次,新三板门槛低,企业质量参差不齐,有公司好得出奇,也有公司差得离谱,对于研究机构来说,奋力想在泥泞的世界中挖出好东西,自然要大费周折,研究成本大,研究的人员相对主板、中小板和创业板就少,而没什么人研究的市场,投资的资金也就不会大面积涌入。

最后,有一些新三板公司净利润明明没过 2000 万,但市场却给出了高达 60 亿人民币的估值;而另一些新三板公司净利润过亿,估值却十分寒酸。这种缺乏合理估值体系的市场,专业投资机构是不敢多碰的。

总之,自我国的新三板诞生开始,就不断有人将其比喻为纳斯达克。

美国的纳斯达克始建于 1971 年,历经数十载,其已成为规模为 8 万亿美元的主流股票交易市场。反观新三板,其成立没多久就有超过6000家企业挂牌,数量上超英赶美,但总体质量却叫人看得头疼。

王潮记得纳斯达克高级副总裁罗伯特·麦柯奕说过:"我们纳斯达克跟新三板没有一点关系,我们跟新三板完全不一样,地位也没法相比。"

想上新三板的企业,需要端正心态,坦荡、从容、有目的地去挂牌,而不是急功近利,忘了应有的沉淀。想到这里,王潮开口道:"文景科技或许将来需要学习的地方还很多,未来的路也很长,你们可以多提醒它,让它能够不忘初心,方得始终。"

王暮雪闻言连忙点了点头,眼前这个叫王潮的男人实在有水平,而王暮雪也听到了刚才曹平生说他就是蒋一帆的新东家,不禁想开口问些什么,不料却被曹平生突然的话震乱了思绪。

"王暮雪,文景科技你究竟打算做多久?做到下个世纪么?"

"不是的曹总,主要是胡保代现在住院,关于挂牌时间表……"

"住院了就不能沟通么?住院了不是照样可以打电话么?! 他不给你打你就不会打给他么?"曹平生说着一手指着王潮,"他,当年发烧打着吊针,老子一个电话,他就拔掉吊针过来开会,这就是态度!"

王暮雪难以置信地看向王潮,王潮无奈地笑笑,眼神五味杂陈。

"都特么的十月了,120万的项目你居然能拖半年,年底前必须报上去!"曹平生放声命令道。

曹平生这个要求虽然一个人几乎不可能完成,但王暮雪更担心的是报上去之后,自己是不是真的会被炒鱿鱼,于是谈话的重点又回到了她今天的目的:"那个……曹总,上次是我不对,我没有巩固好知识,都是我的错。"王暮雪明白屋内有两个外人,在众目睽睽下低声下气地道歉,能给予曹平生的面子就更大,道歉的效果也就更好。

"你不对的地方多了去了!"曹平生并没有放过王暮雪的意思,他转了转椅子就开始数落起来,"上班迟到,做项目谈恋爱,内核会跑得人影都不见,催流程还能吃热狗,加班还有空在楼下打人。王暮雪你可以啊,最有出息就是你了!"

见王暮雪攥紧了裤腿,蒋一帆本想开口,但曹平生却指着他的鼻子骂道："你小子别说话！"而后他又对着王暮雪，厉声道，"不是没让你上过战场，一次又一次地给你机会，你却一次又一次地当过家家似的。上次法氏集团申报弄得全公司都知道，脸都被你丢光了！这次最后一个项目给你，好好打，就你一个人！打完走人！"

听到文景科技是自己的最后一个项目，王暮雪才知道一切都没有回旋的余地了，曹平生这次是铁了心了。

"别要面子，面子全部给他。"吴双警醒的话语闪现在王暮雪耳边。

"曹总，暮雪已经很努力了，她……"

"我让你不要说话！"曹平生朝蒋一帆呵斥道，"你的账老子还没跟你算呢！你……"

"曹总！"王暮雪此时突然放大了音量，打断了曹平生对蒋一帆正要发起的攻击，"曹总我深刻总结了，我年轻气盛，当初高铁上就不应该夸下海口，不应该拿自己做不到，做不好的事情跟您下赌注。我太轻狂，太无知，太自以为是了！归根结底就是我从小到大吃的苦还不够多，太高傲，所以做事情浮躁，专业水平跟投行要求还差很远，我现在彻底醒悟了！曹总对不起！我会努力到无能为力的！领导对不起！请您再给我一次机会！"王暮雪一口气说完，给曹平生来了个九十度鞠躬。

王暮雪的音量很大，整层楼都可以听到，而屋子里的人都呆住了。

曹平生愣在原地，眨了眨眼睛，见王暮雪弯下的腰依旧没有直起来，他一时也不知该说什么。

此时一旁沉默许久的王潮，突然朝王暮雪开了口："小雪，没事，我们金权集团也是业内很有名的……"

"你出去！"曹平生直接打断了王潮的话。当然，他并不是叫王潮出去，而是叫王暮雪出去，"王暮雪，我叫你出去听见没有！"

王暮雪弯着腰，自然不知道曹平生正看着自己，这回她直起身子，瞧见阎王爷印堂发黑，十分恐怖，胆颤道："曹总，求……"

"求你妈个蛋，该干吗干吗去，再不上心就没下次机会了！"

王暮雪一听这话，瞬间意会，而后兴奋一句"谢谢曹总！"转眼便溜没了影儿，留下了办公室中大松一口气的蒋一帆，忍俊不禁的王潮，与恨不得把王潮千刀万剐的曹平生。

211 消失的福特

鱼七正和王暮雪坐在一家餐馆门口排队专用的塑料椅上,餐馆主打菜是青阳有名的特色椰子鸡,今日是中秋前的最后一晚,商场中各家饭店门庭若市,而各家服装店却一如既往地无人问津。因周围人声嘈杂,故鱼七此时戴着耳机。王暮雪直接淘气地拔掉了鱼七右边的耳机塞进了自己的耳朵里,自然听到了尹飞接下来的声音,"是啊,我们分了两组人,反复查了监控,那辆白色福特 19 号进去了,直到 20 号早上 8 点都没出来,但 20 号早上 8 点是我们接到报警电话的时间,车子已经在 15 公里外的一个村子口爆炸了,你说这车子是会飞么? 自己飞到 15 公里外的地方爆炸了?"

"监控有没有死角?"鱼七见拗不过王暮雪,只好接着问道。

"没有。"尹飞回答,"那个风景区就一个入口,一个出口,我们实地看过了,监控没有死角。车子 19 号下午两点从入口的监控进去,但一直到第二天案发时间,都没有从出口的监控出来,当然,也没有从入口的监控出来,总之就是没出来。而且风景区所有地方我们都排查了一遍,车子确实不在景区里,跟凭空蒸发了一样。"

王暮雪一听是这样的案子,自然来了兴趣,她的头赶忙靠在鱼七肩上聚精会神地听着。

"凶手反侦查能力很强,知道我们警方会查监控,所以故意动了手脚。"鱼七语气很平静。

尹飞赶忙问道:"那师弟你认为凶手是怎么做到的? 你这个神探就算离职了也得帮帮忙,那个风景区是封闭的,上山下山只有一条路,路的外面是片树林,我们也已经排查过了,没有异常,也没有车胎的痕迹,而树林外围就是悬崖,你别推测说是吊车把车子吊走的,这个风景区从来就没进过吊车。"

王暮雪直觉性推断,这车子会隐形,估计是被外星人操控的。鱼七好似能感应到王暮雪的幼稚想法,直接开口朝尹飞道:"车子不可能隐形,凶手就是跟你我一样的普通人，一定是查的时候查漏了。"

"专案组两组人交叉核对过，确认没查漏，这次死了四个人，从各局、各派出所借调来的人有七八十个，查得很细。"尹飞底气十足。

"那师兄，可以把排查经过跟我说一下么？"

"你看啊，首先我们是锁定车身外形，这车的颜色、形状是不会变的；其次就是车牌，当然，我们也知道凶手可能进入了风景区后，在风景区里套事先准备好的车牌，糊弄过去。所以我们统计的时候，是统计19号所有进入风景区白色福特车的车牌，如果出去的车牌和进来的车牌能够对应上，就说明凶手没有在风景区里换上备用车牌。"

"所以你们都对上了？"鱼七问道。

"对上了，其余白色福特车进去和出去的状态都是一致的，车牌一致，车身一致，连开车司机都一致。我们花了几天时间查那些车牌、车主和司机，确认车牌没问题，都是正统的，车主和司机本身也都是外地游客，从人际关系上仔细排查了一遍，确认跟死者没有瓜葛。"

其他车都没问题，那么问题就还是出在那辆消失的白色福特上。鱼七思索了一会儿才道："那有没有可能，这辆白色福特确实从出口的监控出去了，你们没看到。"

"那不可能。"尹飞一口否认，"师弟我刚才都说了，我们那么多人……"

"师兄你先听我说。"鱼七打断了尹飞的话，"我的意思是，那辆车确实从监控底下开走了，但是外面包了一层东西，就像一个人蒙了面一样，你们认不出来。"

尹飞听后笑了："师弟啊，这不是一个人，而是一辆车，怎么蒙面啊？我们可没看见套了套子的车……"

"比如，它把自己装进货车里呢？"

听见鱼七这句话，尹飞哑了。此时前台叫号了，鱼七站起身朝尹飞道："师兄你先查从19号下午2点至20号早上8点间所有从风景区开出去的货车，查出来的货车司机以及车主都得问一遍，是凶手同伙的可能性很大。"鱼七边说边往餐馆里走，而王暮雪为了不漏掉一个字，紧贴着鱼七跟了进去。

"行,不过师弟,那是小风景区,就两三个小卖部,货车进去的可能性不大。不过我让他们现在马上查吧。"尹飞听见鱼七应了一声后,便挂断了电话。

王暮雪无心点菜,而是拖着鱼七问道:"你说这个凶手为什么杀人还要把小轿车装进货车里啊?"

"因为可以增大警方的排查难度。"鱼七一边翻着菜单一边说。

"但是刚才你师兄不是说那辆车是在 15 公里以外的地方爆炸的么?而且还是第二天,那么前一天就算没躲过监控,又有什么关系呢?"

鱼七仿佛没听到王暮雪的问话,朝身旁的服务员面无表情道:"要一份双人套餐,一份腊肉饭,椰子汁,加这种蔬菜拼盘……"

鱼七淡淡一笑,给王暮雪斟茶:"小雪,今天是我第一次正式请你吃饭,也是我们大长假前最后一次见面了,话题能不能不要偏离'我们'?"

"不能。"王暮雪十分严肃。

212 目标的出现

鱼七叹了口气:"小雪,这种侦查阶段的案子必须对普通民众保密的,你不能知道太多。"

"你现在也是普通民众啊!为什么你就可以知道?!莫非你离职是假的?"王暮雪眯起了眼睛。

鱼七正要开口,不料王暮雪索性也不坐他对面了,直接跳过来拉着他的手臂:"我不管!你就跟我说那个凶手干吗这么多此一举!直接第二天让车爆炸不就好了!为什么还要上演什么货车让轿车消失的把戏?!"

鱼七道:"你别这么单纯,我可以直接告诉你,不是货车。"

"啊?!"

"横平那个风景区我去过,没多大,就算进货车,也是装食品或者生活用品的中型货车,能容纳轿车的那种大型货车,应该是进不去的。就算能进,那也没几辆,因为风景区毕竟不是高速路的加油站或者休息区,没事货车不会往风景区开,所以只要有大家伙,我们一查就查出来了。而只

163

要查出来,凶手的同伙就锁定了,锁定后凶手很快就会被同伙供出来,这样一来,凶手通过货车掩藏车身的做法,提高不了安全系数,倒还不如直接把车从监控底下开出去。"

王暮雪闻言一脸不解:"那你为什么还让你师兄查货车?"

鱼七抿了一口茶:"只是让他最后确认下,排除这种可能罢了。"

王暮雪皱眉想了想,道:"不对,你还是没告诉我为什么凶手要多此一举,20 号早上直接炸车不好么?"

"不好。"鱼七将对面的杯子递给了王暮雪,示意她喝茶,王暮雪摇着头将茶推开了。

鱼七相当无语地笑了笑,道:"小雪你想,如果这辆车的行踪我们警方可以掌握,那么就可以从它出风景区的时间开始,一路查监控,查它是如何去到 15 公里以外的村口的。从那个风景区到案发地点的路有几条,如果我们不知道车子是何时离开风景区,就不知道怎么查监控,最笨的方式就是所有路段的监控都查一遍,往来车辆这么多,那款福特又是通用款,大街上不少人开,这样一来我们警方的排查难度就增加了,而且高速路跟非高速路的监控角度,方位也不会完全一致,凶手如果给警方的调查路径越单一,锁定他面部特征、作案时间、作案手法也就越容易。"

王暮雪听后歪了歪脑袋道:"所以……这个凶手就是要让你们难查,才故意让你们看不到他是如何带车离开风景区,又是从哪条路去的那个村子口?"

"嗯。凶手故意挑 19、20 号这两天,无非也是因为这两天是周末,进出风景区的车辆很多,从而增加我们警方的排查范围,提高侦查难度。你听到的早上八点,只是报案时间,是路过的行人看到了毁坏的车身打 110 的时间,但车子具体抵达村口的时间,爆炸的时间,车上的人具体的死亡时间,刚才师兄也没说,当然肯定不是早上八点。"

见王暮雪一副若有所思的样子,鱼七道:"好了不说了,你那个同事蒋一帆,是要准备离职去哪里?"

"啊?"王暮雪一时没反应过来。

"就是喜欢你的那个男同事,蒋一帆。"鱼七提醒道。

"谁说他喜欢我了……哎呀,你不要岔开话题。"王暮雪一脸不高兴。

"其实男人也有第六感,我见到他第一面就看出他喜欢你。"鱼七突然贼贼一笑。

"那又怎么样?我喜欢你不就好了!我们现在先来说那个凶手的逻辑!"

服务员已经将热气腾腾的椰汁火锅端了上来,鱼七赶忙帮着服务员将一斤新鲜鸡肉倒进去:"别说凶手了,你先说蒋一帆在你们明和做得好好的,为什么要离职?"

"一帆哥没有要离职,我问了,他一开始没回我,后面他说他当时还没想好,现在确定是肯定不离职的。"

"哦,这样啊……"鱼七随意应了一句,脑中思考着之前王潮、蒋一帆和王暮雪在曹平生办公室中的对话。他用漏勺不停转动着锅里的鸡肉,王潮,阳鼎科技项目协办人、金权投资集团投资总监,这家公司以及这个人,可算是同时出现了。

其后的一个小时用餐时间,虽然王暮雪死命催着鱼七分析案情,但鱼七都将话题东带西带,最后居然从包里掏出了两个礼盒。王暮雪打开其中的一个一看,是一条银白色印有雪花图案的精致项链。

"送你的……七夕礼物。"鱼七道。

"都快国庆了,你才送我七夕礼物!"王暮雪一边嘟囔,一边自己就将项链挂在了脖子上。

"因为七夕的时候钱还没有凑够。"鱼七仔细打量她一翻,露出了一个淡淡的微笑。

"那这个呢!"王暮雪想拆第二个礼盒,却被鱼七拦住了。

"这个不是给你的,是给我那位辽昌的同名好兄弟,小可的。"

王暮雪有些吃惊:"小可也有礼物啊!"

鱼七点了点头:"跟你的是主仆同款,你明天到家再拆。"

王暮雪将盒子捧在手里,开心极了。她正想跟鱼七说一些感谢的话,但此时鱼七桌上的手机响了,王暮雪瞥见是尹飞,立马直接按下了接听键。

"师弟,我们快放了一遍监控,没大家伙出现。"

"嗯,那就不是货车了。那你们确定爆炸的那辆车,就是当时进入风景区的那辆么?"鱼七道。

"对,虽然车身被烧焦了,但车牌的一半还保留完好。跟死者同事确认过,就是原车的车牌,而且原先那个车前身被撞过,有一个凹痕,说是还没来得及去修,现在烧焦的车那个凹痕还是能隐约看出,就是那辆车。"

"那就不用猜了,车子肯定是开出来了,从监控底下,从你们所有人眼皮子底下,只是你们没发现。"鱼七不慌不忙。

213 远处的灯塔

放假回到家,王暮雪将一条银白色印有雪花图案的项链戴在了阿拉斯加脖子上。项链外框是圆形,中间镶嵌着一朵正六边形的雪花,厚度比怀表轻一些,光泽透亮。

"哈哈哈,你的这条居然这么大,链子这么长,你爸爸真是考虑周到啊!"王暮雪摸着小可脖子。

小可好似并不喜欢这条链子,王暮雪一戴上去后,它就不停地左右扭头,还试图低头用牙齿去扯,都被王暮雪制止了。她双手卡着小可的脑袋,神情认真:"不许脱! 这是你爸爸给你的。"说着她直接将小可搂在自己怀里,"你知道你爸爸是什么人么? 他非常聪明,他是警察,小可你知道么,你爸爸是警察,他就是妈妈小时候最想成为,却又无法成为的那种人。"

王暮雪说到这里,脑中不禁浮现出公交车站前,鱼七将拐卖犯扣在身下时,顺着太阳穴留下的汗珠;浮现出 4S 店中他睿智地与租购诈骗团伙的小叶周旋时,手上依旧能够联系警方的细小动作;浮现出监控下的他,被一把尖刀正正指着喉咙的场景。

"人这一辈子,除了赚钱,也应该为自己的信仰做些什么。"

王暮雪从来没有对任何一个追求她的男人有这样的感觉。他就如离岸远处的灯塔一样,从她看到的第一天起,就屹立在她向往但却无法到达的地方,照耀着她。

"师兄,你们如果想知道,那辆逃过所有人眼睛的白色福特车是不是真的开出了风景区,只需要做一件事。"

"什么事?"尹飞话音急切。

"数数。"

"什么?"尹飞没理解鱼七的意思。

"统计进入风景区福特车的总数量,如果进去 10 辆,出来 10 辆,就说明它肯定出来了。而且你们不应该只统计白色,其他颜色相同车型的也要统计,100 辆福特车进去,就应该是 100 辆同款福特车出来,那是风景区,游客不会长时间停车,如果数量对得上,就说明它确实出来了,白色的没有,那就是变颜色出来了。"

鱼七的这个方法,确实给了尹飞新的思路,虽然尹飞觉得车身不可能在风景区里一夜之间改变颜色。风景区一来没有专业的修车店,二来停车场游客多,安保也多,如果凶手公然给车喷油漆,也得花费大半天,就算是贴膜,也得好几个小时,这么大动作,就算是大晚上,也一定会引来巡逻保安的注意。

警方也已经问遍了景区中的保安和保洁人员,19 号至 20 号没有人看到有可疑人员倒腾车身。

"师兄,这世上没有不可能,那些风景区工作人员的口供,也就只是参考,我们不能保证他们在工作时间都尽职尽责,也不能保证他们的记忆力都可靠。更不能保证,凶手在摆弄车的时候,巡逻的保安不是帮凶。"

鱼七的这些分析,在王暮雪看来没有任何漏洞,虽然她到现在还是不知道凶手是谁,不知道尹飞后来的调查结果,但是她却从新闻头条上看到了这次命案。

新闻标题:横平汽车爆炸案,四名汽车销售人员命丧其中。据新闻称,这四名销售人员集体请了年假,一路向西自驾游,路过横平时上了风景区,但该车却在风景区离奇消失,第二天爆炸于 15 公里以外的城郊村口,警方至今尚未抓到凶手,也无法还原犯罪经过。

这起爆炸案之所以轰动,是因为凶手居然自己公开了杀人目的,把这场看似跟交通事故或者汽车泄油自燃意外一样的命案,硬生生变成了凶杀案:凶手给公安局打了电话,威胁说如果这些人再盗取他人海关报税信息,让真正本分经营的企业无路可活,他就继续杀人。

王暮雪抱着小可感叹:"你说警察也真不容易,遇到这种等级的凶手,怕是抓瞎都得抓好久……"

小可此时突然间扭动起来,还叫了一声,王暮雪皱了皱眉,随后听到了一阵敲门声,"小雪,吃饭了!"门外传来了王暮雪母亲陈海清的声音。

小可挣脱了王暮雪,冲到卧室门口前死命摇着尾巴。

"哟!这项链不错啊!"王暮雪一坐下来,王建国便朝着小可称赞道,"怎么小可都有礼物,我这个做老爸的都没礼物?"

王暮雪轻咳两声:"我工资就这么点,轮流轮流!我寻思着给爷爷买辆车!可惜钱不够,现在工资五千不到,背上车贷就别活了,买太寒酸的又不好……"

"买车让你爸买,你的钱自己花。"母亲说着给王暮雪夹了一大块红烧鱼,与此同时,她趁王暮雪不注意,将桌上的卤鸭脚快速塞给了饭桌下的小可。

"回阳鼎上班,爸爸保证你第一年年薪可以给爷爷全款买辆好车。"

王暮雪白了王建国一眼,根本懒得搭理他,瞧见母亲偷偷往桌下塞吃的,忙大叫道:"妈!别给了!狗狗吃人类的食物会缺乏营养的,要喂狗粮!"

"狗粮也喂啊!它也挺可怜的,每天就指望着吃了,给它加点餐而已。"

王暮雪推开凳子,瞧见桌底下的小可吃得津津有味,再想到自己这一年多来缺失的陪伴,也就没再继续说下去。

"那个……小雪啊……"王建国搓了搓手,王暮雪直接做了一个打住的手势:"爸,我深刻思考了,我跟蒋一帆不合适。"

"知道知道!不合适,不强求。"王建国赶忙赔笑。如今新城集团的状况,王建国根本也不打算让女儿跟何苇平的儿子有什么瓜葛。

"小雪你看你明年就二十六了,这结婚虽然不着急,但对象总要开始选选了吧?"

"爸你记不记得周豪?"王暮雪此时故意提起了前男友的名字。

王建国有些疑惑:"肯定记得啊,你们处了五年,他还追着你去了美国,又跟着你回国。那小子挺好的,就是五官欠了点,不过你不是说分了么?"

"对,我处了五年,始终处不上。"王暮雪放下了筷子,郑重道,"老爸您想,足足五年,我都没跟他那样过,您知道为什么吗?"

"为什么?"

王暮雪故意停顿了一下,然后十分严肃道:"因为我发觉,我喜欢女人。"

此话一出,青阳无忧快印门口走廊中,戴着耳机,刚刚扭上可乐瓶盖的鱼七,直接将口中的可乐喷了出来。

214 大神的窍门

整个国庆长假,柴胡都没回家,一是因为他要准备中国注册会计师CPA考试、司法考试和保代考试,二是因为他要省车票钱,三也是因为母亲胡桂英说,省来的钱可以够弟弟多用两天呼吸机。

关于司法考试和CPA资格证的复习方法,柴胡请教了学姐陈冬妮。

"除了行政法、国际商法离我们生活比较远需要特别下功夫外,民法、刑法的案例你就站在普通人的角度去解题,理解法条时不要带有个人主观情绪,立场要中立,角度要客观,仿佛你就是法官。"

"好的学姐,还有什么其他窍门么?"柴胡道。

"做题、做题,还是做题。"陈冬妮一再重复,"一定要及时做题,学完一章就要做一章的题,别欠账。知识的巩固需要及时性,等到你全部复习完再去做题没有任何用。"

"好的好的。"柴胡连声道。

"还有,因为学弟不是法学出身,所以我建议你直接报辅导班。"电话中陈冬妮语气很认真,毕竟柴胡上次问她借辅导书她没给,而是重色轻友地给了鱼七,所以这次动动嘴的事情,陈冬妮还是要尽心尽力的。

她为柴胡总结了报辅导班的几个好处:

1.能够节约制定学习计划的时间;2.能够对我国法律体系进行系统性复习;3.有同学和老师可以相互督促,能确保学习强度。

柴胡认为陈冬妮说的很有道理,只可惜他无法做到,就因为一个字:穷。

"你跟着辅导班,知识点和考点就掌握得差不多了,接下来你要做的就是理解和记忆,多做题,多巩固,模拟几遍,通过的概率就大。"

"好的好的,谢谢学姐,那CPA呢?"

"CPA考试学科多,题目偏,个个都是难啃的骨头,一般人考下来也要几年时间,你复习的时候要理解,必须理解。"陈冬妮说,"六门学科中最难的就是会计和审计。会计是一门很讲道理的学科,审计是一门很有逻辑的学科,对于二者的掌握,一定是建立在理解的基础上,只靠死记硬背是无法取得高分的。"

柴胡看完书做了几道题,才发现确实如陈冬妮所说,不理解根本做不对。没想到自己花了一年时间辛苦习得的超强记忆力,针对CPA这两门学科的考试,失效了。

其实在过去的一年时间中,柴胡多多少少也利用零碎的时间学习了这些考试的知识点,并用真题仔细研究了每种资格证的考试难度。

虽然说保代考试被下放到交易所,第一次考试的题目比较简单,但可惜柴胡并没有赶上,之后的所有保代考试,难度又瞬间被调了回去。如果用"辣"来形容考试的难易程度,那么证券从业资格是少辣,司法考试是中辣,CPA考试是多辣,而保代考试就是变态辣。

保代考试最大的特点就是广而杂,无所不考,且没有系统教科书。其中占比很大的财务问题,跟CPA的难度持平;而保代考试中的法规,平常人根本不太会去背。

不仅如此,国内的相关法规一直在更新,柴胡三月份才背过的法条,六月份就失效了。最该死的是,三月份的数字牢牢地印在柴胡的脑中挥之不去,六月份把新法条背下后,柴胡的脑中就有两套答案了,模拟考时他发现自己有时会因为状态不好,出现调取错误答案的情况。

"法规不要提前背。"蒋一帆回了柴胡微信,"准备时间如果是4个月,最开始的2个月需要把财务知识点全部弄懂。《轻松过关1》的选择题正确率要在 80% 以上,临考前两个月再开始背法规。"

"好的,不过一帆哥,我发现保代的知识点有很多太相似了,它们相似,但又不相同,很多知识点在我脑中总是穿插、糅合,导致自己记忆上出现张冠李戴。比如非分离交易可转债不必提供担保的条件是净资产不少于 15 亿,而主板分离交易可转债的发行条件就是净资产不少于 15 亿……"

"所以你要总结,要把容易混淆的知识点全部列出来,对比记忆。就如同'大家来找茬'那个游戏一样,对比的时候找出知识点表述的不同之处。你就当玩游戏,找出一个给自己加一分。"

"那除了对比记忆,还有什么其他好的学习方法么?"柴胡自然不会错过抓着学习尖子问窍门的机会,因为他明白方法比努力本身重要得多。

"容易混淆的知识点,不需要一味地去反复,这样大脑会累。你最好记一会儿,做一会儿题;如果题目做错了,一定要记住题目的陷阱。"

"记陷阱……"

"对,你最好能把保代考试的所有出题陷阱的类别都归纳出来,然后带着这些陷阱,再去背所有的知识点,这样事半功倍,可以让你不遗漏任何细节。"

"懂了!谢谢一帆哥!哦对了一帆哥,是不是做题要及时对答案?因为我发现题目做多了,久不对答案会忘。"

"最好是做完几道题就核对答案,查找知识点,因为间隔的时间越长,你对错误答案的印象就会越深,不过你要记住,答案是其次的。"

"啊?答案是其次的?"

蒋一帆有条不紊:"做题的目的是掌握题中的知识点,其次才是答案,比如我告诉你答案是 B,但是 ACD 的知识点你也要掌握。所以做题一定不能快,一道题深刻理解,半个小时也是正常现象,因为做题不是目的,而是掌握知识点的方式。"

听完蒋一帆的话,柴胡茅塞顿开。此时的他看到国庆同样没回家,也在苦背保代知识点的杨秋平。这个妹子的痛苦就跟当初没有经过记忆力训练的自己一样,看一遍,感觉记住了,把书合上,感觉模模糊糊,再翻开,又记错了,做题的时候,就更不用说了。

这个肉肉的小姑娘正背对着柴胡,背得非常纠结,那画面就是大多数考保代的投行人亲身体验:

背:马冬梅。

合上书:马冬什么?

翻开书:马冬梅。

合上书:马什么梅?

翻开书:马冬梅。

合上书:什么冬梅?

翻开书:马冬梅。

合上书:孙红雷?

翻开书:马冬梅。

合上书:马冬梅!

终于记住了!

考试:一部有名电影的女主角叫马什么?

回答:马冬梅。

正确答案:玛丽莲……

215 税务的难题

国庆假期是王暮雪 2015 年来最后的几天舒坦日子,她在家吃吃喝喝,遛狗看剧,回到青阳才发现,仅剩两个多月的这场文景战役,太难打了。

其一,新三板不要求保荐代表人签字,投行从业人员有些经验的都可以担当新三板项目的项目负责人,且新三板收费低,所以曹平生把能抽走的人都抽走,并破天荒地嘱咐胡延德,好好在家养病,没事别去项目现场;

其二,新业务形态下的文景科技发展迅速,才过了一个月,企业问题又有了不小的变化,王暮雪的工作量骤升;

其三,这是王暮雪第一次在没有胡延德、蒋一帆和柴胡的情况下,独自挑起一个项目的大梁,并挑战最难最累的中后期冲刺阶段。

曹平生最后的仁慈就是把零费用打黑工的杨秋平留给了王暮雪,现在她所有的希望都落在了自己坚韧的意志力和这个新手实习生身上。

不过,杨秋平虽然专业能力不强,但是态度很上进,也非常愿意吃苦,经常跟着王暮雪通宵达旦。

临近申报,首先摆在王暮雪面前的第一道难题,是"税"。

一家刚刚起步的互联网公司,税务问题一列居然一箩筐,具体表现形式为:"能规避就规避","能不交就不交","能少交就少交","能明年交的绝不今年交"。

一周之内,王暮雪为了税务问题至少要拜访财务总监陈雯四次以上。

"陈总,你们实施的股权激励计划,没有按照税法规定缴纳个人所得税。"

"陈总,公司2013年年底注销了一家同行业公司,我知道你们是为了避免同业竞争而特意注销的,但这家公司并没有进行税务注销,从法律上讲,这家公司依然具有法人主体资格。"

"陈总,2014年进来的股东,是以专利等无形资产进行出资的。这种非货币性资产投资入股,需要缴纳个人所得税。"

"陈总,你们有些发票有问题,虽然比例很小,但建议这些有问题的发票不要入账。无论在挂牌前还是挂牌后,发票一旦查出有问题都有可能招致'行政处罚'甚至是'刑事处罚',你们需要加强公司内部发票的规范性管理,尤其在开具、接收过程中,严格按照发票管理的程序,重点审核'账''票'的一致性。"

"陈总,今年年初那次个人股东转让,公司没有及时申报缴纳个人所得税。"

"陈总,公司股改过程中,个人股东将累积的盈余公积、未分配利润转增股本,也未缴纳个人所得税。"

"陈总,该交的税需要这个月马上补交,主观故意的偷逃税行为,会构成'新三板'审核中的实质性障碍。"

"如果你们因为特定的原因不能及时缴纳税款,必须按照规定申请延期缴纳税款,否则,会受到相应的行政制裁,并又会成为挂牌新三板的障碍。"

"陈总,不能什么事情都拖到最后一刻,企业挂牌前补交大量税款,需要有合理的说明,否则若补缴金额太大,也会成为挂牌新三板的障碍因素。"

通过这次"税务代催"经历,王暮雪深刻认识到了我国新三板企业与IPO企业的差距。

新三板企业由于成立时间短,管理能力不足,规范性差,涉税事项往往管理粗放,故投资银行进场后需要全面优化其税务管理事项。

"老板总说再等等再等等,我也没办法啊!"陈雯非常无奈。

王暮雪也明白这一切不能怪财务总监,毕竟她进入这家公司也没几个月,在公司的地位和话语权都有限。涉及纳税事项,她个人更是无法拍板,若董事长路瑶坚持,她也无法左右缴税进度。

国内很多新三板企业都栽倒在一个问题上:财务核算不规范。最明显表现形式为:两套账。一套账的营业收入和净利润很少,专门递交给税务局看;一套账真实反映企业的收入与开支,给公司自身领导看。

比如一家企业实际营业收入为2个亿,净利润2000万,递交给税务局的那套账却显示营业收入只有2000万,净利润200万。企业如此操作会面临极大的处罚风险。因为当一家公司准备上市,或者准备在新三板挂牌时,会计师会按企业真实情况进行审计,企业自己那套账的真实报表就不得不对外公布。如果这时将2000万的报税营业收入释放到2个亿,税务局只能将其理解为:该企业之前故意隐瞒收入。

凡是被税务局怀疑、彻查,然后进行税务处罚的企业,成功上市或者挂牌的可能性就大大减小了,毕竟市场不会认可一个偷税漏税的企业。所以,消灭两套账,使得一家公司内外账合一,是投资银行、律师和会计师一致的要求。

"姐姐,为什么那个路瑶老是要拖啊?"杨秋平不理解。

"因为她怕最后挂不上去,税白交了。"王暮雪回答。

"啊? 不应该是挂不挂,都必须交税的吗?"

王暮雪闻言叹了口气,递给她一杯奶茶道:"妹子,你太单纯了。"

216 规则不能改

关于交税,从路瑶的出发点看,却有其道理。

"税交了,挂不上去怎么办?"

"税交了,利润没了怎么办?"

"我们规范了,成本升高了,竞争对手依然不规范,依然不用交税怎么办?"

"在不公平的市场中,一旦我们全面纳税,给企业带来生存危机怎么办?"

以王暮雪目前的层级,自然不能闯进路瑶办公室,拍着桌子对她喊:"路总您的企业上了新三板,就是公众公司了,当所有人都盯着您的时候,依法纳税是最起码的企业道德!"

王暮雪只能通过财务总监陈雯,以不断临近的申报时间点给路瑶施压。但每当谈到税务问题的执行层面,陈雯的权力就受限了,而董事长路瑶也仿若消失了一样,代为出面的是副总经理毕晓裴。

毕晓裴主管的是公司行政、人力和后勤,从没学过财务,每次与王暮雪的沟通内容都让王暮雪哭笑不得。

毕晓裴说:"国家年年要交税,还是强制性的,就跟个强势股东无条件逼着我们给分红一样。税还跟着业务走,业务变了,税率也跟着变,搞得我们很多公司都得发展得小心翼翼。"

对于这番言论,王暮雪解释得非常耐心:"副总,税收是国家用于调节国民经济结构的,改变税收自然会影响整体企业的业务方向,比如国家提倡节能环保,就会给一次性塑料袋和一次性筷子多收税,从而降低人民对于这些物品的消费,整个过程互生共进,既相互对抗又相互依赖。"

毕晓裴连连摇头:"我只看到国家跟我们相互对抗,没感觉到任何相互依赖,要依赖也全是国家依赖我们……业务层面也就算了,企业所得税交就交吧,毕竟'所得'了,但你说股改为什么还要交? 企业股份制改造,就是把'有限责任公司'变成'股份有限公司',说白了就改了一个名字,啥也没赚,怎么税又来了?"

在杨秋平的观望下,王暮雪笑着解释道:"因为股改涉及净资产折股,如果是自然人股东或境外法人股东,这个折股,就相当于先分配再投入,既然分配了,就等于分红,就是所得。境内非上市公司自然人股东分红要交20%个人所得税,境外法人机构分红要交10%预提所得税。我只能说,如果您要规避股改产生的这个税种,之前咱们公司就不能用境内自然人做股东。"

"我跟路总一块儿创立的公司,怎么就不能拿我们自己做股东?"

"当然能,只是按照法律,要交税。"王暮雪笑得很尴尬,因为话题又绕回了死胡同。

毕晓裴眉心锁得更紧了:"这些规定有问题,企业什么动作都要交税,你看我们搞个股权激励,不就是为了留住人么?!我们低价把股权卖给员工,目的真的很单纯,就是留人,但是你们又说要交个人所得税。"

"对。"王暮雪轻叹一声。她没办法否认,毕竟法律规定员工因雇佣关系而低价获得的股票,低价部分是要按工资薪金来缴税的。

"这个税率动辄高达45%啊!你让我们员工交这么多的税,谁还愿意买公司股票?再低价都很难卖。你们这样,说实话我们股权激励很难做,做不下去我们还怎么留人……"毕晓裴说到这里都快翻出死鱼眼了。

"还有还有……"此时她敲了敲桌子,"你们强调要挂牌就一定要主营业务突出,你们喜欢我们的流量业务,因为能赚钱;你们不喜欢我们的定制化业务,因为定制化业务会产生应收账款,而你们投资银行跟会计师都不喜欢应收账款这种东西,所以我们曾经想过把定制化业务剥离到其他公司,可一旦剥离,又涉及股权重组,一重组又涉及税。我就不明白了,都是我们的业务,只不过把这种业务从左口袋放进右口袋,怎么又要交税了?!为了这件事,我们路总干脆不重组了,彻底割了定制化业务,这块业务我们从此不做了!"

"是是……"王暮雪此时也只能不好意思地承认,毕竟她没有权力去更改税法,她也无法跟毕晓裴解释税法制定的合理性。

现实总喜欢在我们猝不及防的时候给我们一拳。

不管是改名字,还是股权激励,或是资产重组中左右口袋的问题,依照现有法律,只要触发条件都得交税,不交税就注定无法上市也无法挂牌,这就是现实。而无论是毕晓裴还是路瑶,都不太愿意接受这个现实。

"还有就是为什么资本市场一定要求我们主营业务突出,不突出会怎么样?我们如果能并排做三件事,而且三件事都做得好,不也说明我们是一家优秀的公司么?为什么要求我们只做好一件事?投资大师都说,鸡蛋不能都放一个篮子里,怎么上市融个钱,还逼着我们把所有鸡蛋放在一个篮子里,那万一篮子不小心摔了呢?"

毕晓裴明显已经通过女高管特有的发散性思维,把话题扯远了,王暮雪只得让她悬崖勒马道:"副总,目前而言,法律规定就是这样,大家都不得不遵守。您看篮球场上规定了 10 个人抢 1 个球,足球场上规定 22 个人抢 1 个球,其实这些规则很没道理、很不人性,更是没有任何逻辑,但没有这些规则就没有精彩的球赛,就体现不出运动员的拼搏精神,所以既然想在资本市场的海洋中如鱼得水,就首先得憋着呼吸,跳进大海里,接受海洋的规则。"

217 凶手的目的

傍晚时分,杨秋平正在产业园中心区散步减肥,每天一万步是她的必达目标,所以晚上吃完饭后一个多小时的酒店房间使用权,自然就空给了鱼七与王暮雪。

这些日子,鱼七还是每周跨越一座城来见王暮雪三次,目的原本是为了给王暮雪上课,但最近他发现她打拳没什么力气,推测应该是太累了,所以就把课程主动减到了每周一次,其余两次纯属陪女友聊天吃饭。

王暮雪此时趴在鱼七身上,闭着眼睛,身子随着鱼七的呼吸而上下起伏。

"健身房的门禁换卡了,你原来那张给我吧,我今晚帮你去换新的。"鱼七道。

王暮雪闻言伸手在床头柜上探了探手机,慵懒地递给了鱼七:"自己掏,手机套里。"

鱼七听后心里有些发慌,但他还是平静地拆下了王暮雪的手机套,一张白色磁条卡直接掉落王暮雪左肩衣袖上。

鱼七心想幸亏自己上次吃椰子鸡时趁王暮雪去洗手间的空当,把窃听器取了出来,不然这会儿事情已经败露了。

这时尹飞又来电话了。

"喂,师兄……"鱼七刚说到这里,躺尸半小时的王暮雪突然弹了起来,两眼放光,一把将鱼七的手机夺了过来,打开了外放功能。

"师弟啊,这次案子有点大,跟进出口贸易有关,经侦专案组还在查缘由呢。这次可能还需要税务局、海关及人民银行全力协助。"尹飞道。

此时鱼七的衣领被王暮雪扯了一下,看着她渴望的小眼神,鱼七只好直接朝尹飞问道:"凶手抓到了么?"

"还没有,不过我们按照师弟你说的,统计了进出风景区所有福特车的数量,你猜怎么着,白色福特车进去17辆,出来16辆,确确实实少了一辆。"

"那其他颜色的呢?"

"其他颜色进出数量一致,没多也没少。"

事情变得愈发诡异了,如果福特车总数出去的比进去的确实少了一辆,而且少的偏偏就是出现在15公里外村口的白色福特,难不成那辆车真的会飞,直接从监控上方飞出去了?

听见鱼七一时也没了声,尹飞突然间笑了:"好了师弟,不逗你了。确实如你说的,颜色变了,变成了红色的福特车,从监控底下开出去了。"

王暮雪闻言震惊地看着鱼七,而鱼七脸上却没什么特别的表情。

尹飞继续道:"17辆进去的白色福特车,出来的16辆都是可以一一对应的,车身、车主、司机、车牌都是一致的,没有任何问题,唯独消失的那辆白色福特,变成红色出来了。我们最开始统计的红色福特车进出的数量之所以一致,是因为有一辆红色福特车,就是被白色车替换的那辆,现在还停在风景区里,被我们搜到了,只不过,车牌没了。"

"那辆车的车主查了么?"鱼七道。

"查了,还没车主,是一辆没上牌的车,走私货。之前开进来那个车牌是凶手事先准备好的真车牌。横平风景区比较偏,只要是正规车牌,对于走私车很难查。"

"师兄,这辆走私车,是凶手留给你们的线索。"

"哦?怎么说?"

"凶手其实这次不只是为了杀人,更是想让你们彻查那些盗取正规企业报税信息的奸商,因为如果凶手只是想干掉那几个人,第一他不会将此事公开,第二他一定会想办法把这辆走私车开走,不让我们还原犯罪经过。哪怕花钱在市场上请个代驾开走,也不会留在风景区让咱们发现。"

尹飞思考了一会儿,才道:"嗯,你说的有道理。其实后来我们专案组也讨论过,这个案子很像几年前金县发生的一起凶杀案,那次炸死了车上七个人,杀人手法也是让车子从监控底下消失,然后在偏僻的断桥下把车子炸了,让我们警看不出车身换了颜色,后来还有一个很有名的推理小说家把这个案子写成了书,那个小说家我记得叫紫金陈。"

鱼七听到这里,立刻打开搜索引擎搜索金县杀人案。他大致浏览了一下犯罪经过,朝尹飞问道:"这次死者的死亡时间相同么?"

"法医说,是一致的,死亡原因也是爆炸所致。"

"什么时候死的?"

"9 月 19 日晚上 11 点左右。"

19 日晚上 11 点就爆炸了,居然 20 号早上 8 点才被人发现……

"哦,师弟啊,那个村其实没多少人了,就五六户人家,都是老人,其他的都进城打工了,所以发现得晚。"

鱼七闻言,又看了看手机上的信息,当然,王暮雪的眼睛也没有错过他手机屏幕中显示的每一个字。

"师兄,案子虽然像,但还是有些不同。金县的案子发生在高速公路服务区,凶手最后将车子调包后,依然把剩下的那辆被调包的车开走了;而且那次凶手有同伙,同伙是七名死者中的司机,司机配合凶手用车载空调释放迷药,轻松控制了整车人,而后他将车子开到指定地点,引爆车身,所以他并没有跟其他人一起炸死。凶手完成任务后,直接把司机推下河,乔装成该司机畏罪自杀,目的是让我们警方以为司机就是唯一凶手。而这次的命案,车上的人连同司机是一起炸死的,凶手不但不掩藏自己还要挑衅警方,而他给我们留下的唯一线索,就是那辆红色走私车。"

218 我不是好人

尹飞说:"所以这次凶手并没有要掩藏自己,目的也不只是为了杀人,他希望让所有人都认为他作为凶手依然逍遥法外。如果盗取海关报税信息事不查清楚,他还是会继续犯罪。"

"没错,凶手要的就是这种震慑力,倒逼咱们去破案,但这种经济犯罪我们刑侦管不了,我们只管抓人,所以这件事师兄要把严重性跟经侦那边强调下,长时间如果没进展,凶手说不定会继续杀人。"

"行,他们现在已经集合全员在查走私车的来路了,我让他们加快进度!"

鱼七挂断尹飞电话后,双肩就被王暮雪死死按住了。

"大哥,之前不是说车子不可能短时间改变颜色么?不是说喷漆和贴膜都需要很久么?怎么如今又能变颜色了?"

鱼七此时就好似王暮雪的犯人一般。他叹了口气,拿起手机打开了同城网站,找到了最近一家4S店的电话,直接打过去并打开了外放功能。

"您好!这里是摇曳生姿4S店,请问有什么可以帮您?"电话那头是一位很有礼貌的成年男子声音。

"你们贴膜需要多久?"鱼七直接问道。

"您是什么车?需要贴什么类型的膜?"

"福特新锐界,膜的话随意,告诉我最快的时间。"

"先生,全车贴膜最快也要两三个小时,还得是熟练的师傅。隐形车衣汽车贴膜施工时间一般均为两天。"

王暮雪一听这个时间长度,琢磨着如果风景区停车场有一个人倒腾车膜两三个小时,不可能没有执勤人员注意到。

此时只听鱼七平静一句:"嗯,我的车原来贴的那层膜我不喜欢,你们撕下来,需要多久?"

"撕下来?"男子明显没预料到客户需要这样的服务,"撕下来的话,其实很简单,您可以自己撕。"

"需要多久?"鱼七故意问。

"慢的话十分钟,快的话,一分钟。"

"好的谢谢您。"鱼七说完便挂了电话,看着已经完全惊呆的王暮雪,微微一笑。

"怎……怎么个快法? 怎么样才能十分钟变成一分钟? 我还没问你怎么就挂了?!"王暮雪故意掩盖自己的尴尬。

但是一整车人,去风景区玩的时候车身是白色,玩完回来就变成了红色,难道不会起疑么?

"你怎么知道他们下车玩了? 你怎么知道他们进入风景区之前没出事?"

"可……可是不下车玩,去风景区干吗?"

"去换车啊……"鱼七道。

"好端端的换什么车啊……"

鱼七双手扭了扭王暮雪的耳朵:"不换车怎么让这么多人注意到那辆走私的红色车啊? 不换车怎么躲监控啊? 也不一定是撕膜,也有可能就是花了两三个小时贴的,可以选晚上,说不定还真没人注意,而且车上的人要不就已经没了知觉,要不就是都同意,反正他们已经死了,死无对证,而且我们不能排除凶手是否有其他同伙。"

"那你刚才说金县那个案子中,司机是帮凶,手法是用车载空调释放迷药,难道司机自己不会晕么?"

"司机放迷药前,自己不会下车么? 随便借口车有问题,下车看看,让车上的人待着别动不就行了? 等车上的人都晕了,直接撕膜,换车牌,开出去。"

"那如果司机没晕,怎么最后又被凶手制服了? 不应该晕了才能被制服么?"

"小笨蛋。"鱼七直接掐了掐王暮雪的脸蛋,"凶手要杀司机,会事先告诉他,'事成之后,我会杀了你'么? 凶手肯定不会这么说。你想想,联合杀人,那得多深的友谊,或者多大的利益捆绑才能实现? 司机对自己是炮灰肯定事先不知情,否则他打死也不会帮凶手干这票。在一个人对另一个人没有防备的情况下,被制服是很容易的。车炸完,两人并肩走的时候,凶手突然把他从后方击倒或者打晕,再扔河里不就完了……"

"好像也是……"王暮雪憨憨一笑。鱼七突然之间起身将她按倒在床,扣着她的双手,二人的鼻尖几乎碰在了一起:"小雪,你现在知道不是只有干投行才不容易,各行各业都不容易了吧?"

"知道知道,当然知道,你们警察最不容易了。"王暮雪羞红了脸,眼睛也不知往哪里瞟。

鱼七定定看着王暮雪,想着她在青阳跟她爸说的话,脸上露出了一丝邪笑:"小雪你怕么?"

"你要干什么?!"王暮雪立刻警惕起来,跟鱼七在酒店独处了这么多次,他都十分正人君子,难道今天要破例?

鱼七贴近王暮雪的耳朵轻声道:"一定没试过,对吧?"

王暮雪一把推开鱼七,直接跳起了身:"你要是敢……我就……"

"你就报警?"鱼七撑起身子坐在床上,笑容很灿烂。

"我告诉你,这个案子现在疑点重重,你们警察要认真查!"

"我跟你说过很多次了,我已经不是警察了,而且我也跟你说过,我不是什么好人。"

王暮雪下意识退后两步,指着鱼七道:"你……不要得寸进尺。"

鱼七身子没有动,就这样目不转睛地盯着王暮雪,想着她是不是真的如她自己说的那样,是同性恋,如果是,一切反而变得简单了。如果不是,她又为何要跟王建国说那样的话呢?

219 活成了配角

"你说我们公司能报上去,我功不可没,可如今在董事会,我依然是个打杂的,没什么话语权。"坐在柴胡和王暮雪对面的大卫愁眉苦脸。今日他来青阳办事,约柴胡和王暮雪吃饭。作为董事会秘书,他因后期才加入公司,并非法氏集团的创始成员之一,所以在公司的地位一直不高。

"大多数人,都很普通,就像我,活着活着,就活成了别人的配角。现在不上不下,多说两句还不受待见。活是不好活了,死又不想死。"大卫说着给自己灌下了一口闷酒。他拿起酒瓶要给王暮雪倒，但瓶子才伸到一半便转向了柴胡，"我忘记了，暮雪你酒精过敏，喝不得。"

王暮雪露齿一笑，朝大卫投去了一个无比感激的目光。几个月没见，大卫看上去还是这么亲切，爱抱怨的态度也丝毫未改。

"生活其实本就不需要这么多主角。"王暮雪抿了一口茶。

大卫苦笑着摇了摇头，一边给柴胡斟酒一边道："你别说，我还真挺怀念你们在的日子，那时候陪着你们加班虽然累，但是我充实，我觉得那时候我是全公司的主角。现在你们一走，我这个主角可算彻底没戏份了。"

"那您可以好好放松放松，到时候会里下反馈，估计又有的忙了。"柴胡道。

"我现在可不就在放松么？我都放松得晚上陪我老婆天天看电视剧了！"大卫嘟囔一句，"哎，怎么说，电视是受众群体最多的平台，做好了可以普及我国的传统文化艺术，但可惜如今全都乱了，演艺圈乱透了。那谁说了一句，是谁我不记得了，说过去的演员叫演戏，现在的演员叫抢钱。"

王暮雪的手机已经振动了好几次，作为文景科技现场负责人，因为临近申报，她本就忙得不可开交，今日算是百忙之中挤出时间，特意打车回到青阳中心区来见大卫。

信息都是杨秋平发来的：暮雪姐姐，他们之前有股份代持，实际控制人与那个代持人，存不存在亲属关系啊？内核问我们要认定代持的依据，我需要给他们哪些资料？公司分三次解除代持关系，内核问我们分次解除的原因。

王暮雪用双手打字，快速回复着：

1. 不存在；2.《高管访谈笔录》《股份代持协议》《验资报告》《现金缴款单》《银行询证函》等；3. 为骨干员工股权激励预留股份，故分次解除，《解除委托代持协议》与《股权转让鉴证书》在桌子右上角，我贴了个绿色的条。

项目后期的冲刺阶段，没了保代胡延德，没了大神蒋一帆，连身边的柴胡都被曹平生盯到抽不开身，王暮雪变成了直面内核审查员的核心人员，而此时因为不想得罪客户她不得不与大卫叙旧，只能让杨秋平临时在前线扛一扛炮火。

让人没想到的是,才过了短短几个月,明和证券的内核要求居然提升了一倍。

以往IPO项目若需要申报内核,底稿全部运回总部大厦后,王暮雪要做的就是买果盘,请那位叫芳姐的下来喝喝茶,聊聊天,关键文件给她扫两眼,底稿验收就过了。可如今底稿全套拉回去,芳姐不再出现,内核居然聘请外部律师事务所的人过来核查。那些专业律师一页一页地看,问题一条一条地提,不仅如此,内核自己还会派若干小兵过来把文件全部仔细过一遍。

外部律师要求王暮雪把招股说明书中的每一句话都标上索引,就跟大学毕业写论文标出处一样,标好某段中的某句话出自底稿第几册第几条子目录。而与此同时,内核小兵们会拿着一份极其复杂的《底稿问核表》,让王暮雪一个事项一个事项地详细写明核查方式、核查内容与核查结果,当然,所有的结果都必须对应到底稿各册的各个索引。

这样的要求让王暮雪欲哭无泪,一个收费不及IPO二十分之一的新三板项目,居然工作量比IPO还大,收入与付出严重不成正比。

"你们债转股的那个股东,与公司董事长路瑶是否有关联关系?"

"公司及实际控制人是否曾与外部投资者签订对赌协议?"

"王暮雪,能否跟我们说明下文景的行业客户、直接客户、终端客户、流量用户之间的业务和法律关系?"

"公司前五大供应商间接采购模式下如何实现系统对接?你们项目组的尽调程序是怎样的?"

"我们需要看到2014年至2015年月度报表,且你们需要对收入波动进行分析,说明收入波动与各类业务及其软件或平台上线的时间是否一致。"

"文景的经营性现金流持续为负数,货币资金余额仅245万,你们单从资金方面说说公司的持续经营能力是否有问题。"

本来以为做完底稿便可以解脱一半的王暮雪,突然间一个人要面对七八个底稿审核员的各种问题,只要这些人不下班,她连水都没时间喝,厕所更是没空去,一天下来口干舌燥,思维混乱,疲惫不堪。

"也有好演员,只不过少。"柴胡此时纠正大卫道。

大卫扒了两口菜摇了摇头:"你看《权力的游戏》《绝命毒师》《纸牌屋》这种美剧,看看人家的演员,演技非常干净到位。就算是偶像派《暮光之城》,男女主角的表情都很精准,一点多余的情绪都没有。咱们这边演员个个除了吓哭就是瞪眼,尤其是古装剧,夸张得没法看。"

柴胡笑了笑,朝大卫直接问出了一个他最关心的问题:"大卫兄,别扯远了。您今天来得正好,我正要当面问您,法氏集团上半年利润下降的真实原因是什么?"

大卫又给自己猛灌了一口酒,将杯子重重放到桌子上愤愤道:"还能是什么? 还不是年初的时候进口了国外的一些雏形生产线,结果青阳海关开票出问题了,导致进项税突然间抵扣不了。"

此话一出,王暮雪的注意力瞬间从手机里抽了回来。

220 暮雪的猜测

大卫提及的"进项税抵扣",是指纳税人按照税法规定,在计算缴纳税款时,对于以前环节缴纳的税款准予扣除的一种税收优惠。由于税额抵扣是对已缴纳税款的全部或部分抵扣,所以又称为税额减免。

根据我国 2009 年 1 月 1 日施行的《中华人民共和国增值税暂行条例》,增值税专用发票上注明的增值税额,与从海关取得的海关进口增值税专用缴款书上注明的增值税额,都可以用于抵扣税款,这对于从海外进口货物的企业而言,是一种税负的减免,可减少企业成本,增加企业利润。

"为什么抵扣不了了?"柴胡一边问,一边往嘴里塞了一块椰子鸡。

大卫摇了摇头:"我也不清楚。我这回来青阳,就是办这事儿的,我们财务总监生孩子休产假去了……"

"海关怎么说?"王暮雪问道。

"海关就说我们已经抵扣过了,但是财务部很坚持,说绝对没抵扣。我们缴了进口税,但在一个半月后应该给我们抵扣时,就显示进口缴款书上注明的增值税额已经抵扣过了。"

大卫说到这里，王暮雪忙道："大卫，您知不知道横平爆炸案的事情？"

大卫闻言朝王暮雪摇了摇头，而柴胡却突然道："我知道！什么车子消失了，凶手还打电话威胁警方。"

"对，就是那个！"王暮雪说着将身子往前挪了挪，压低声音道，"如果我没有猜错，法氏的信息应该是被什么人盗取了，然后这些不法分子以这些信息虚开发票，卖给那些不正规经营的企业，自己拿灰色收入。"

大卫闻言彻底愣住了："你……你说信息被盗取？"

"对，只有他们获得了企业的开票信息，才可能开出用于抵扣进项税的增值税专用发票。"

大卫死命眨了眨眼睛："可是那些不正规的公司是怎么知道我们信息的？"

王暮雪轻叹："路子多着呢。我的电话号码，都被卖给美容店、相亲网站和猎头公司了，更别说您们集团的信息了。"

大卫额头渗出了汗珠，因为如果信息已经泄露，那么法氏集团今后的每一笔进项税很可能都无法抵扣，这对集团来说是巨大的损失，会严重影响集团的利润率。

资本监管委员会对于拟上市公司的三年净利润，潜在要求是必须逐年上升，或者说如果净利润呈逐年上升趋势，对于审核而言是利好，反之则是利空。

"我还以为这是系统故障，海关和税局告诉我他们会再查查，半年报披露的利润率下降我们以为没关系，事情解决了利润自然会上去，反正我们还在排队，而且还要排很久。只要确保 2015 年全年年报没事就行，这下怎么办?!"

王暮雪思忖了片刻，道："那个杀了四个相关人员的凶手，估计就是遇到了同样的问题，他电话中用的是'无路可活'四个字，估计他的企业属于低毛利行业，企业每年很大程度上要依赖进项税抵扣才能勉强生存……"

柴胡此时补充一句："那些死者肯定就是犯罪团伙的核心人员。"

大卫听到这里可算是听懂了,忙道:"凶手现在抓到了么?"

王暮雪摇了摇头:"还没有,凶手的手法很精明,警方目前还没什么头绪。"

听到这样的事大卫很是激动,为上市而特别跳槽到法氏集团的他,持有的股权还全部被拴在公司里,如果法氏集团因报告期内利润下降而无法上市,大卫的损失可就大了。

"那现在是不是全杀光了啊?以后是不是都不会有这样的事情了?"

"但愿是吧。"王暮雪无奈地笑笑。

"我们公司也太冤了,本该节约的成本就这样莫名其妙地节约不了了。这种现象如果不杜绝,以后我们哪里还敢委托海外的工厂制造初级生产线?怕是什么都得自己弄,这样整个供应链都要变……"

王暮雪没有继续听大卫的抱怨,她明白看似很轻很薄的增值税专用发票,小则无关紧要,大则可以动摇一家公司的生产结构,甚至可以决定该公司的生死存亡。

【投行之路课外科普小知识——增值税专用发票与普通发票】

众所周知,企业之间经营业务的往来通常都需要用到发票。发票其实是交易往来中的一种凭证,它是指企业在购买或者销售商品以及从事其他经营活动时,所开具或收取的收付款凭证。

对公司来讲,发票既是公司会计做账的原始凭证,同时也是税务机关申报纳税的费用凭证。我们常说的"普通发票"是指"增值税普通发票",而"专用发票"指的是"增值税专用发票"。

增值税普通发票与增值税专用发票的区别如下:

1.增值税专用发票有"增值税专用"字样,普通发票则有"增值税普通发票"字样,增值税专用发票一般是三联式的,普通发票是两联式的。

2.增值税专用发票不仅可以作为一种业务凭证,还是计算抵扣税款的法定凭证,购货方可以依据发票上的税额抵扣销售税额。

3.只有一般纳税人和具有自开专票资格的小规模纳税人才能开具增值税专用发票,而一般的小规模企业只能开具普通发票。

221 回到主战场

"文景科技具体的销售模式分为直销和经销。"在明和证券 28 层的敞开式办公区中,王暮雪正朝一位内核派来的审查员解释。

"能不能说得再具体些,比如直销的模式有哪些,经销的模式又有哪些?"

"直销模式主要通过财付通、支付宝、微信等直接销售给终端个人手机用户;经销模式是通过渠道经销商,再向下级客户推广。"

"王暮雪!"胡延德的大嗓门果然很有穿透力。

"不好意思您稍等一下。"王暮雪只好朝面前的审查员赔笑,而后小跑到胡延德身后,此时她感觉自己的心脏有些紧,不太舒服,要用手稍微按一下才能消除异样。

"暮雪你这个商业模式写得太简单了,要详细点。"胡延德眼睛盯着电脑,语气相当不满意。

"好的胡总。"王暮雪低声下气。

"还有就是三大移动运营商销售政策你要写清楚,现在写的这版有点乱,间接采购的原因也没写明确,内核会肯定会被问到报告期内是否存在采购模式的重大变化。"胡延德一手扶着腰。

"好的好的。"王暮雪打量着胡延德这姿势,估计他肾结石手术后的伤口还会痛,于是弯下腰朝胡延德低声道,"胡总,您不舒服赶紧先回去休息吧,我都会改好的,请您放心。"

胡延德闻言摆了摆手,眼睛仍旧盯着电脑:"放心不了,我再看看。"

"暮雪姐姐!"杨秋平指着身旁的黄景明,示意他有问题要问。

看到黄景明,王暮雪大惊,内核委员怎么今天亲自来查底稿了?!死了死了!

"文景科技这个移动 OA 办公软件,目前累计用户数、活跃用户数有多少?"

"这款 OA 我问了下,市场上好像没什么知名度,它的推广模式是怎样的？这三年它的推广费用大概有多少？"

"今年相较于去年,每个月的新增用户数大概多少？预售账款余额是多少？"

王暮雪一一回答着黄景明的问题,突然间那个最恐怖的声音来了,阎王曹平生驾到。

明和证券28层是个矛盾的地方,要不就冷清得像鬼屋,要不就热闹得像菜市。今日周五,重头人物全都来了,就因文景科技的内核会将在下周一举行。

黄景明自然清楚曹平生的脾气,他示意王暮雪先去找曹平生。于是王暮雪只好非常抱歉地鞠了一躬,而后飞步冲进曹平生办公室。

"你来干吗?!"曹平生沉着脸。

王暮雪有些摸不着头脑:"那个……不是曹总您刚才叫我么?"

"打个招呼不行么?! 内核委员都在那里你还跑来跑去？赶紧回去!"

"哦……好的!"王暮雪一脸懵B地又跑了出去,怎料到刚一出曹平生办公室的门,就撞到了一名送水工。那个送水工扛着一大桶矿泉水,完全没注意有人突然从门里冲出,于是他肩上的水桶正好撞到王暮雪的额角。这一撞还不要紧,要紧的是王暮雪的上半身侧弹到门边,右脑与门边的铁框砰地互击了一下,这一声响让周围的人听了都痛。

"对不起对不起!"送水工连连跟王暮雪道歉。

离得最近的吴双赶忙过来扶着王暮雪:"你没事吧?!"

王暮雪用手护着后脑勺,闭着眼睛微微甩了甩头道:"没事……"

"王暮雪你怎么出个门都不看路?! 一打仗就手忙脚乱! 整个现场乱成一锅粥!"一听曹平生的声音,王暮雪赶忙拖着吴双远离阎王爷的领地。

待二人来到没人的一角,王暮雪才停下来。她感到头有些晕,还有些想吐,心脏也不太舒服,当她的手从后脑勺处放下来时,吴双倒吸一口气:"血,暮雪,出血了!"

王暮雪也看到了左手手心上的血印,心里咯噔一下,因为这是她活这么大,脑袋第一次被撞出血。

吴双赶紧将王暮雪的身子转了过来,仔细看了看,但没有看到出血的伤口。

"快去医院!"吴双说着就想带王暮雪去医院,却被王暮雪制止了:"吴双姐,我今天哪里也不能去,他们都在等着我。"

"这不是小事儿!"一贯冷静的吴双也有些慌了。

222 救星的出现

刚毕业的时候,吴双也认为,最好的生活状态就是心怀梦想,勇敢过自己的生活,哪怕最后过了拼搏奋斗的年龄,回归到了平淡的日子,也无所谓。但如今,梦想对吴双来说只是精神支柱。

她最终选择了后方。这么多年她之所以依然选择漂泊,选择接受曹平生这样的领导,其实只是不甘心在狭窄的空间里度过一生。

看着去年才入职的王暮雪在身边一点一点地发出光芒的样子,吴双有点儿后悔自己曾经的停滞,甚至退缩。

一个人只有不放弃、不认输,命运才会垂青于他,才会给他最后翻盘的机会。因为,只有自己才是自己生命中最重要的贵人。

王暮雪好不容易熬到了中午,内核部门内部下午要开会,所以审查底稿的人均撤离了现场。这时候她才感觉到,头上被撞的部位只要一碰就很痛,好似整个脑袋又充了一回血。用手一摸,还是有淡淡的血印,当然,血印中还有粉末状的血痂。

"还是去看看吧?"吴双又劝她。杨秋平也说:"天啊暮雪姐姐,赶紧去医院包扎一下啊……"

王暮雪摆了摆手:"内核的人走了,但那些外部律师吃完饭还是会回来,而且下周一就是内核会了,我们反馈还没完善好呢。"

吴双深深地叹了口气,她知道,这个项目曹平生就是要王暮雪一个人扛。曹平生的理论是:春蚕蜕皮,会很疼;凤凰涅槃,会很疼,但只有经历过这些苦痛,才能成为真正的战士。

可今日的突发情况,让吴双很是为王暮雪担心,负伤的战士若还硬要往前冲,后果不可预料。

奈何吴双从没做过项目,那些专业知识她不是特别精通,而且她从未去过文景科技,想要在冲刺阶段帮王暮雪答反馈,心有余而力不足。

就在这时,一个身影出现了,拖着行李箱,神色有些疲惫。他因为忘记带工牌而敲了敲玻璃门,杨秋平正好看到他,眼睛都亮了。

"一帆哥!"杨秋平直接蹦到玻璃门前帮他开了门,"一帆哥你不是去东北的一个项目上了么? 怎么回来了?!"

"已经尽调完了,今天要……"蒋一帆还没说完,便被杨秋平直接拉到了一角,一五一十跟他说王暮雪今日发生的事情。

"一帆哥,我虽然也很累,但是我毕竟做的都是不太用动脑的打杂活儿。胡保代因为做手术很久没来现场,对于项目没有暮雪姐姐清楚。面对那些可怕的内核还有曹总,所有的压力都是姐姐一个人在扛。求求你一帆哥,你帮帮我们好不好……"杨秋平做了一个祈求的手势。

蒋一帆看了一眼右手喝粥,左手按着胸口,眼睛盯着电脑屏幕的王暮雪,眼神中是掩饰不住的关切。

公司负责设计流量产品与技术对接,通过绑定供应商 IP 地址、SSL 传输加密、接口协议标准及参数设定、账号授权等方式,通过互联网远程实现文景科技系统与运营商数据业务 BBoss 系统的直接连接……王暮雪想仔细揣摩这些话是否有语义错误,但她感觉心脏又"紧"了一些,按压的力道也需要加大。今天一整天,她整颗心脏都像被数根缝衣线捆绑着,稍微用力思考就会紧绷,呼吸也有些困难。

"暮雪。"抬头看见蒋一帆正注视着她,她又惊又喜:"一帆哥你怎么回来了?"蒋一帆被派到一个新项目还不到一个月,这时按理不应该回来。

蒋一帆拉了张椅子坐在王暮雪旁边,朝她语重心长道:"暮雪,文景这个新三板项目除了你签业务,胡保代签项目负责人和财务,不应该还有一位同事签法律么?"

"本来是的,但我们部门有律师资格证的人都没时间来这个项目,所以大家都不能签,目前签字的人是内核黄景明律师。"

"委员?"蒋一帆有些惊愕。

"对。"王暮雪笑容有些尴尬。

191

蒋一帆原本想着,既然还有一个人签字,那么王暮雪剩下的工作交给那位同事就无可厚非。但现在看来,不可能让内核委员亲自过来帮王暮雪弄材料;且保代胡延德这个级别的,也不可能事事躬行,更何况他还动了这么大的手术。

于是蒋一帆终于明白了王暮雪的压力,文景科技这个项目的法律、业务、财务工作全是她一个负责,没日没夜都干不完,再好再年轻的身体都肯定扛不住。

"暮雪你看这样行么,现在中午,我们先去医院查查,用不了多少时间的。确认没问题,包扎完,我们就回来。"

"你都知道了啊……"王暮雪说着避开了目光。

"撞到后脑勺不是小事,留下后遗症就麻烦了……"蒋一帆说着压低了声音,"还有,你是不是心脏也不舒服?"

见王暮雪摇头否认,蒋一帆脸更沉了:"心脏和大脑都不是开玩笑的,跟我去医院好么?"

"下周一内核会结束再去行么? 我没事的。"王暮雪刚说到这里,一个熟悉的身影朝她走来。

223 绝不能硬扛

"你怎么来了?"看到鱼七,王暮雪声音都小了些,看到他身边有杨秋平跟着,她估计自己没秘密了。

蒋一帆自然早从别的同事口中得知王暮雪有了男朋友,是她的健身教练,也是无忧快印的员工。但他被家里的变故搞得焦头烂额,都没精力悼念自己那不曾开放就谢了的爱情之花。

"今天轮休,没事就过来找你吃午饭。"鱼七满脸关切。

"没时间,你下周二再约我。"王暮雪一口回绝。

鱼七微眯起眼睛:"本来还想着只是在附近的快餐店吃,现在看来这饭要在医院吃了。"

"我不去! 我好着呢!"王暮雪铁了心,谁劝都不去,内核会要是搞砸了,半年的努力就会全部付诸东流,孰轻孰重,她心里很清楚。

不料鱼七此时按响了手指关节,朝杨秋平压低声音道:"听说员工不努力,你们那个曹总打人是吧,我今天倒要看看他是不是我对手。"说着鱼七就想往曹平生办公室走。

"你干什么!"王暮雪几乎是用气体在怒喷鱼七,这种音量只有很小范围内的人才能听到,"你想让我没工作么?!"

鱼七转过身,弯下腰切齿轻声道:"不想让我把你的饭碗打成残废,现在就跟我走!"

于是出现了王暮雪像一个做错事的小女孩,被鱼七这位"家长爸爸"强行拖走的画面。

当王暮雪被鱼七拽着来到楼下等车,她的表情别提多幽怨了,自己的任何固执在遇到这个男人时都能失效,脸都丢到太平洋了:"你以后不许在同事面前对我这么凶。"王暮雪嘟囔道。

鱼七闻言冷冷一句:"小雪一定是脑子撞坏了,你自己回放看看刚才的场景,我哪有凶你?"

"就是凶了!"王暮雪的手机忽然响起,来电提示:蒋一帆。

"暮雪,我认识脑科和心脏外科的专家,他们在美国行医十几年,前两年才回国的,是华盛顿大学的博士。我帮你预约了,可以不用排队,省时间。"

王暮雪一听"省时间",眼睛就亮了:"好的好的一帆哥,他们在哪家医院?"

"我车已经到了,我带你们去。"一辆银灰色的保时捷 Panamera 应声而来。

保时捷 Panamera,2.9T 加长版,这车至少得 150 万以上,传说这辆车是蒋一帆家车库中最破的车。

"上车吧!"蒋一帆摇下车窗。

"不用了一帆哥,我们打车就好了!"王暮雪此时注意到蒋一帆的气色看上去不太好。

"司机还在堵着呢。你看,还有六分钟,你不是赶时间么?"鱼七说着将打车界面递到王暮雪面前,不料王暮雪直接朝他瞪了一眼,而后朝蒋一帆尴尬一笑:"真的不用了一帆哥,你才出差回来,应该很累了,太麻烦你了。"

"不麻烦,上来吧,我知道有条近路。"

鱼七把王暮雪塞进后座,朝蒋一帆问道:"有水么兄弟?"

"有,在储箱里。"蒋一帆打开了手机导航,一边查看路况掉头,一边朝鱼七示意了一下储箱的位置。

王暮雪每次见到蒋一帆,都有种莫名的愧疚感,虽然她知道自己什么也没有做错。她扭头看着窗外,嘴唇突然碰到了矿泉水瓶口,但她直接噘嘴将头撇开了,鱼七笑了:"不喝? 到时渴了别找我。"

王暮雪想不明白,怎么鱼七一点也不介意坐蒋一帆的车? 难道他觉得蒋一帆这种等级的对手还不算是对手? 或者是自己这些日子对他太好,让他以为自己今后一定会对他死心塌地,其他任何优秀的男人都追不走么?

王暮雪就这么胡思乱想了一路,终于,车子停在了一家外观大气的医院门前,门口已经有两位护士微笑等着了。

"你们先下车,跟着护士进去就好,我去停车。"于是王暮雪和鱼七被热情的护士小姐直接迎了进去,室内是医院罕见的高规格装修。

大厅顶上是一盏铜质的水晶灯,前台旁有白色真皮沙发,茶几台面是灰白大理石,摆放着精致的金制饰品。

走廊中绿植点缀,病人等待的座椅材质是黑色实木,整体风格散发着轻奢的气质。鱼七判断,这家医院应该是青阳市为数不多的五星级私立医院之一。

护士小姐帮他们挂了号,领着他们进入了主治医师的办公室。

主治医师姓陈,他仔细检查了一下王暮雪的右脑,而后让她坐在一个椅子上,在她的头上安插了十几个灰白色的电动探测仪。王暮雪本以为就让医生看看伤口,简单包扎下完事,没料到这位陈博士用探测仪足足研究了她脑子三十多分钟。

在此期间,王暮雪被要求放松放松再放松,脑子里不要想任何事情。这样的要求对决战阶段的王暮雪来说是一个巨大的挑战,好似她放空大脑的每一分钟都在犯罪。

当陈博士把所有探测器都拆下来时，王暮雪看到了他脸上凝重的神态。

"那个……医生，我没事吧……"王暮雪突然忐忑起来。

陈博士又看了看旁边的电脑，沉默了一会儿才严肃道："有事。"

224 限时五分钟

"你有感觉到想吐么？"陈博士朝王暮雪问道。

王暮雪的双手揉搓在了一起，怯生生道："被撞之后的一段时间里有过。"

"医生，情况严重么？"一旁的鱼七也急了。

陈博士脱下了眼镜，语重心长地开了口："你的右后脑有出血现象，形成了血块，头颅内还出现轻微水肿，目前血块还没有压迫到神经，所以你还没感到异样，如果继续出血，血块越积越大，就危险了。"

"会影响工作么？"王暮雪直接就是这句。

陈博士面容很严肃，沉声道："当然会，你现在需要服用止血药物治疗，而且要绝对卧床休息，控制血压在正常范围内，顺带配合局部的针灸理疗、用按摩热敷的方法来改善症状。你的血块离视觉神经很近，如果再大点，压到视觉神经，你双眼会看不清楚甚至看不见……"

王暮雪双手下意识抓紧了鱼七的胳膊，不知为何，她脑中闪现出电视剧《还珠格格》中紫薇摔下马车，然后看不到尔康的画面，当然，此时她的"尔康"并不是鱼七，而是那份还没有答好的《内核反馈意见回复》。

"医生，我现在没有办法做治疗，我……"

"小雪！"鱼七双手将她按回椅子上，"医生刚才说的你没听见么？再硬扛你就看不见了！项目重要还是眼睛重要啊？！"

"我……"王暮雪刚要开口，只见鱼七扭头朝陈博士问道："需要住院么？"

"最好是住院观察几天。"陈博士回答，"现在血块不大，我们开一些容易消化吸收的饮食套餐来配合药物治疗。她年轻，少量的脑瘀血适当服用活血化瘀的药物是可以被吸收的,这几天一定要注意休息,最好卧床,保持心情舒畅。"

"听到了没有,别再想你的工作!"鱼七转而朝王暮雪命令道。

"医生,我就想问问如果拖三天会如何?我三天后有很重要的内核会,我没办法不参加,整个项目就我……"

"不是有蒋一帆帮你么?还有那个杨秋平。"鱼七想安慰她。

"一帆哥在现场的时间太少了,他不熟的,杨秋平才刚来没多久,这是她第一个项目,她扛不了的!"

"那你那个胡保代呢?"鱼七质问道。

"他才做了手术,还在恢复……"

"他能恢复你就不能住院?"鱼七反问一句。

"哎呀你不懂,我是这个项目的核心人员,我要对项目负责的!"

"那谁来对你负责啊!"鱼七音量很大,这是王暮雪第一次见到鱼七如此生气。

"姑娘,血块拖三天,事情可大可小,如果你的颅腔继续出血,血块大到一定体积,药物的作用就不大了,需要做手术将血块切除。"

王暮雪听后一脸惊愕:"切除……是开颅手术么?"

陈博士本想回答只是微创手术,但为了那个人的嘱托,他点了点头,道:"对,开颅手术,大手术,可能一个月都要躺在床上,而且这还是你能醒过来的前提下,有些人在开颅手术之后很长时间都醒不过来。"

见王暮雪彻底哑了,鱼七轻哼一句:"怕了吧?!现在不治你将来要错过多少项目,医生别说了,开单!"

去缴费处的路上,鱼七的心都在发颤,主要原因是医生告知王暮雪大脑的检查结果,次要原因是因为手里离谱的账单:这家医院三天的住院费和药钱居然要8000块,鱼七省吃俭用大半年,刚想再给母亲寄24000元还债,如今回款额要蒸发三分之一了……

不料,输入单号的工作人员说:"这个单不用付了,先生。"

"啊?不用付了?"鱼七有些吃惊。

"病人名字是王暮雪女士么?刚才有位先生已在王女士的账户下存入了十万元,这是新开的会员卡,您收好。往后医生开的单据我们系统会直接从会员账户余额中扣除,您不用每次都过来缴费了,如果超过十万我们会电话通知的。"

蒋一帆果然厉害啊!

"您是鱼七先生么?"

"……对。"鱼七心里五味杂陈。

"这是那位先生给您的东西。"是一张折好的字条,上面写着:"下午两点后,请别让暮雪碰手机,切记。"

进了病房,鱼七彻底愣住了,这是病房么?

房间由大厅和卧室组成,一个大阳台和大卫生间,卫生间的大小相当于陈冬妮的整个房间,装修堪比星级酒店,内置中央空调、65寸大型液晶电视、欧式高档沙发、全实木家居摆设,这简直就是总统套间啊……

王暮雪果然坐在床上盯着手机,她身旁是两个为她准备药和针灸用品的护士。

鱼七走上前一把抢过了手机,一手将她按在床上,威胁道:"从现在开始你不准再工作了,不然我生气了。"

"你还给我!"王暮雪说着就要去抢,但是她整个身子被鱼七按在床上,够不着。

"再不老实我就把你绑起来,干这个我特别擅长。"鱼七咬牙切齿地吓唬她。

王暮雪朝鱼七可怜巴巴道:"我给几个同事安排任务,安排完了我就马上休息,好不好?"说着她双手做了一个祈求的手势。

鱼七叹了口气,将手机递了回去:"那你快点儿,限时五分钟。"说着他坐在旁边的椅子上,自己拿出手机,现在时间为下午2:04。

鱼七突然想起蒋一帆的字条,站起来就想抢回手机,可已经来不及了,病床上的王暮雪突然发出了一声惊天地泣鬼神的尖叫。

225 出现了天使

王暮雪受到了大惊吓。她发现自己与别人的微信聊天窗口突然间多出了很多条信息,这些信息不是别人发给她的,而是她主动发给别人的,可她明明一动没动。

"闹鬼了鱼七,我的微信居然会自己跟别人聊天!"

鱼七凑过去一看,是王暮雪与文景科技商务总监江映的聊天窗口。

王暮雪:江总您好,公司的用户我们现在需要分三类统计,第一类是公司累计注册用户数(个人),第二类是累计签约企业家数(企业),第三类是有消费行为的累计签约企业家数(企业,有消费行为),您看您这边可以提供相关数据么?

江映:有的,不过累计签约企业数量,你是要直销渠道的还是经销渠道的?

王暮雪:直销和经销都需要。

江映:有些企业对我们的 OA 软件还在试用期阶段,应该归到哪一类?

王暮雪:归到第二类,累计签约企业数量,也就是不含消费行为的那类。

江映:好的。

王暮雪:江总,因为下周一内核会,这个数据我们要得有些急,您看大致什么时间给我方便?

江映:我现在就让底下人拉系统数据,一个小时内给。

王暮雪:好的,十分感谢!

江映:暮雪客气了。

接着是与财务总监陈雯的对话框,聊天记录也在不断增加。

王暮雪:陈总,我们想弄清楚流量业务的采购计价模式,另外还要区分出报告期内客户营销行为产生的收入和会员自费充值产生的收入。

陈雯:采购计价模式分为两种:一是公司后付月结,二是公司预付一定额度,以此获得优惠折扣后再进行月结。资费的话都是参照运营商的标准资费,比如50 元 1G,70 元=2G。

王暮雪:这个标准资费表每个月应该有明细吧?

陈雯:有的,我发你。

陈雯:文件《运营商标准资费》。

王暮雪:好的,那还有就是……

陈雯:我知道,营销行为收入和会员自费充值收入,你刚才说了,我现在去统计,统完马上给你。

王暮雪:谢谢陈总,我们今天项目组过反馈,可能财务部几个同事需要加加班。

陈雯:没问题,一直到周一你们开内核会,我的财务部都会全员待命。

陈雯对于投资银行的要求再清楚不过,她本就是会计师事务所出身,以前的工作需要同各大投行打交道,所以她的思维方式是整个文景科技中与投行人最贴近的。

投资银行内核会前有多紧张,多需要随时补充材料和信息,她一清二楚。

很多投行的内核会审核要求比真正的发审会还严,明和证券这样的龙头券商内核更是要求高,何况陈雯明白这次不是主板、中小板或者创业板,而是新三板。新三板对于挂牌企业自身规范程度以及业绩要求都没那么高,可以说,只要文景科技能够通过明和证券内核会,那么通过股转系统审查员那关几乎是十拿九稳。所以,周一的内核会,就是文景科技的终极决战。

看着这些对话,王暮雪的身子都有些抖,因为不仅是江映和陈雯,就连胡延德、杨秋平甚至内核委员黄景明的对话框都开始陆续出现了新的聊天记录。王暮雪越看越难以置信,"另一个自己"所聊的内容全部围绕内核会最关键的《反馈意见回复》,而且都是她要补充和完善的地方,一句多余的废话都没有。

"小雪,你还没反应过来么?微信不支持两个手机同时登录,所以有人在用你的电脑。不用猜了,肯定是蒋一帆。"鱼七语气里有莫名其妙的醋意。

"我第一个也猜是他,但时间上不可能。"王暮雪反驳道,"我电脑的锁屏时间是15分钟,一帆哥送我们再回去,我电脑早锁屏了。"

鱼七朝窗外望了望,整理一下表情,而后回到床边,双手搭在王暮雪肩上柔声道:"好了小雪,有人帮你工作多好,你就当魔法世界出现了,上天派了个小天使来拯救你,你现在什么都不要想,要放松。"

王暮雪怎么也想不明白，直接就给杨秋平打电话："秋平，蒋一帆有回去吗？"

"没有啊，没看到一帆哥。姐姐你检查结果如何，没事吧？"

"我没事，你帮我看看我位置，究竟是谁在用我的电脑！"

226 真的够爱她

晚上 11:00 过后，整个医院空旷寂静，走廊上连护士的身影都很难瞧见。鱼七打听到四楼有一间敞开式餐厅可以放电脑，且提供 24 小时 Wi-Fi，他估计蒋一帆就在这里了。

果不其然，电梯门一开，他就听到了噼里啪啦电脑打字的声音。

"为什么在这里写，不回家么？"鱼七走近道，"你是京都毕业的，不应该不知道冒名使用他人电脑和微信账号，是违法的吧？"蒋一帆不说话。他的脸色苍白，眼眶也有些凹陷，好似已经工作了很久没休息一样。

鱼七此时直接坐到他对面道："小雪一直想不明白你是如何破解她电脑的开机密码的，但按目前我看到的情况，可能有两种。第一种，你本就知道密码，可能是她某次开机输入密码你正巧看到了，或者是你故意凑过去偷看，然后你记下来了；第二种，你不知道密码，你只不过是等我跟小雪离开后，趁她电脑还没锁屏，打开设置界面将锁屏的间隔时间更改为'永不'，然后你拿着电脑下到停车库，放入后备厢，让电脑跟着我们一起来到了医院，只要电脑不锁屏，你随时可以用，就连登录的微信也不会断。我分析得对么，蒋一帆？"

蒋一帆淡淡一笑："对。"

鱼七接着分析："你之所以用小雪的电脑，无非就是想让所有人觉得工作都是她在做，这个项目从头到尾都是她在扛，就连杨秋平都没看到你拿电脑的过程，你连她都瞒得住，说明当时我们离开后，你立刻找了什么借口把她支开了。"

"嗯。"蒋一帆简单应了一句，同时平静道："心脏检查了吧？"

鱼七眉毛微微向上挑了挑，道："检查了，窦性心律不齐。"

"你的工作没做好。"蒋一帆的目光如寒风般扫过鱼七的脸颊。

"是没做好。"鱼七自嘲一句,"我本以为你只是让我没收她的手机,好让她没法工作,时间上要求没那么严格。不知道原来你是要干这种事情,你怕吓着她对吧?"

"她现在需要的就是休息和放松,因为你工作没做好,导致她今天下午都在跟各方求证,费脑思索这些没什么意义的事情。"蒋一帆道。

"我不知道小雪有没有跟你提及我以前的工作。"鱼七此时双手叉在了胸前,坐姿很挺,"以前我抓过不少混混,其中脑袋被揍的就有好些,为了确保他们负伤后口供的有效性,我经常得拖着那些负伤的嫌疑犯或者证人来医院看脑科,所以对脑部扫描图还是有点了解的。"

蒋一帆闻言心颤了一下,但他的表情仍旧从容,看不出任何异样。

只听鱼七继续道:"从电脑中的片子看来,我认为小雪脑部的伤没有你推荐的那个陈博士说的那么严重,于是我让陈博士把片子打印出来,好让我给别的医生看看。他支支吾吾,最后说是打印机坏了,要修好才能打。"

蒋一帆的目光虽然依旧盯着电脑,但他的思绪已经明显无法集中在那些专业的内容上了。

"其实你刚才根本不用问我心脏有没有查。"鱼七继续道,"因为你肯定早就知道结果了,也早就叮嘱好了。医生说得挺严重,但用的都是一些不痛不痒的药,小雪容易骗,我鱼七可没这么好骗。"

蒋一帆闻言一推鼠标,背靠在餐椅上,皱眉道:"你现在应该在楼上好好陪她,让她寸步不离你的视线,而不是下来跟我了解这些已经失去时效性的事情。"

"我来就是要问清楚你两件事!"鱼七双手猛地搭在桌子上站起了身,"第一,小雪病情的真实情况是怎样的,医生不愿跟我们说实话,但肯定会跟你说,你放心,我不会告诉她,但你最好也别骗我;第二,她的电脑你要用到什么时候?!"

蒋一帆注视着鱼七,缓缓开了口:"轻微脑震荡,没什么事;至于心脏,确实就是窦性心律不齐,这个症状很多人都有,属于正常,不会危及生命。电脑本来可以后天还的,但因为你的工作没做好,我只能赶在明天天亮以前了。"

关于蒋一帆的最后一句话,鱼七当场没有悟出来。等到他回到王暮雪的病房里,看着因为药物作用已经熟睡的她,才明白了蒋一帆的用意。电脑如果能在天亮以前还回来,意味着小雪一直担心的《内核反馈意见回复》能在她睡醒前定稿,那么周六周日她都能彻底放松,好好休息了。

鱼七想到这里叹了口气,蒋一帆啊蒋一帆,你还真够爱她的……

227 恩情不言谢

第二天早上 10:30,王暮雪终于睡醒了,微信对话框中全都是大拇指,称赞她凌晨五点半发的那版《文景科技内核反馈意见回复》(终稿)写得好,答案全面、法条翔实、逻辑无可挑剔,这些夸赞的人有保代胡延德、实习生杨秋平、文景科技新三板项目群各大高管,还有内核委员黄景明。

黄景明的肯定至关重要,这意味着最新这版反馈意见回复,内核彻底满意了。

"一帆哥!谢谢谢谢!实在太感谢了!"王暮雪激动地给蒋一帆发信息。看到桌上的电脑,她又问鱼七,"一帆哥是不是今早来过啊?"

"对,来还你电脑。"

"那他什么时候走的?"

"不记得了,大概早上六点多吧。"鱼七说着将外卖放在了桌子上,塑料袋一拆,螺蛳粉的香味冒出来。医院的营养餐王暮雪说吃着没胃口,昨晚死命吵着要吃螺蛳粉,还要加辣,所以鱼七只好给她打包回来。但此时她顾不上,而是跳起来跑到窗前探头瞭望,在露天停车场王暮雪果然一下就看到了蒋一帆那辆银灰色的保时捷 Panamera。

"他没走!"王暮雪转身朝鱼七兴奋道,"一帆哥的车子还停在那里,他没走!"说着她就想往外跑,不料被鱼七一把拉着:"你去哪里?"

"去找他啊,我要当面谢谢他!"

"你找不到的,他确实走了,只是没开车。"

鱼七说的是实话,因为正是他早上嘱咐蒋一帆:"你昨晚熬了一夜,安全起见,打车回去吧。钥匙留前台,回头找代驾把车子开走就行。"

王暮雪有些不相信鱼七,直接一个电话就给蒋一帆打了过去。

"喂……"蒋一帆的声音显得很轻。

"一帆哥你回去了么?在家对么?"王暮雪边说边走回了床边。

"嗯。"蒋一帆回答很简短。

"我都不知道该说什么了一帆哥。总之太感谢了,反馈意见回复我看了,我觉得我肯定写不出来,真的真的太谢谢你了!回头项目报上去了我必须请你吃大餐!"

蒋一帆沉默了一会儿才道:"暮雪,可以请你帮个忙么?"

王暮雪一听,立刻提声道:"可以可以,一帆哥你说!如今你要我赴汤蹈火都可以!"

鱼七听后直接白了王暮雪一眼,王暮雪索性头一扬,身子背对着鱼七。

电话那头道:"就是……以后我再帮你什么,能不能不要跟我说谢谢?"

"啊?!"王暮雪一时没反应过来,不说谢谢那应该说什么?

蒋一帆的声音显得略微尴尬:"你说什么都行,就是别说谢谢,可以么?"

王暮雪皱眉思索了一下,道:"那我说一帆哥你是男神可以么?"

蒋一帆闻言轻笑一声:"可以。"

王暮雪一听来了兴致,不谢的话就死命夸呗!反正都是一个意思!于是她直接朝着电话开启了机关枪模式:"一帆哥你最棒!你是全部门最棒!全明和证券最棒!投行界最棒,全世界最棒的男神!"

一听女朋友给别的男人这种评价,鱼七恨不得直接把眼前的螺蛳粉砸到蒋一帆头上,就算此时砸不到他本人,想办法下楼把汤汁泼在他的车身上也可以。

"一帆哥你昨天一定通宵了,好好休息。今天是周六,可以睡两天,剩下来的事情就简单了,反正我身边就坐着一个无忧快印的小哥,直接找他做内核会议全套材料就行!"王暮雪说着手直接拍了拍鱼七的肩膀,颇有一种皇帝嘱托大臣的风范。

王暮雪终于挂了电话,鱼七无奈一句:"我在你心中原来不是男朋友,而是无忧快印的小哥……"

王暮雪摇了摇食指,郑重道:"当然不止,你还是外卖小哥,健身房小哥,探案小哥,深夜接送小哥,陪聊小哥,陪住院小哥,出气筒小哥。你身兼数职,要挺住啊兄弟!"

而此时的蒋一帆其实并不在家,他在明和大厦。他也没有两天的觉可以睡,而是还要完成他自己的任务,即某东北项目的《尽职调查报告》。这份文件的工作量比完善王暮雪已经写好一大半的反馈意见回复大得多,且周日晚上东北项目的高管都会到青阳来开会,曹平生还会亲自出席,蒋一帆现在的时间只剩下一天。

蒋一帆此时头有些昏,浑身无力,困意甚浓。从周五中午到现在,24小时的时间里蒋一帆都没吃过饭。他坐在王暮雪的位置上,桌前有半罐她昨天没吃完的八宝粥,蒋一帆想都没想就灌进了自己肚子里,然后把罐子扔进垃圾桶。

听到响动,住在王立松办公室的柴胡小心翼翼地开了门,见蒋一帆趴在王暮雪位置上,他很吃惊:"一帆哥你来加班啊?"

蒋一帆闻言抬起了头,这一抬头可把柴胡吓了个半死,因为蒋一帆的脸好似刚被妖精抽走了全身精气,面如死灰。

"一帆哥你没事吧?"柴胡咽了口唾沫。

"没事。"蒋一帆说着头又重重地搭在手臂上,柴胡看到他桌上的手机正在倒计时,时间还剩 9 分 15 秒。

228 尴尬到冰点

当手机铃声响起时,蒋一帆便逼迫自己坐直身子,戴上眼镜开始工作。半小时后,再闭目养神十分钟,他就以这样的作息持续到了第二天下午 3:30,连半夜的时间也不例外。柴胡这回可算领教到了续航能力超强的蒋一帆是如何拆分工作与休息时间的,难道这是传说中失传已久的香蕉工作法?

在这期间柴胡数次问蒋一帆需不需要帮忙,但蒋一帆都以柴胡没去过东北那个项目为由,婉言拒绝了。柴胡能理解,毕竟教会新手写一份完全不熟的报告,比直接自己做用时更长。

"一帆哥,我下楼买个咖啡,你要不要我帮你带点吃的?"见蒋一帆没有反应,柴胡又重复了一遍,但蒋一帆仍旧一动未动,于是柴胡走近想摇醒他,而就在这时,电梯门开了,曹平生和他的司机驾到。

"曹总。"柴胡叫得跟条件反射一样。可能这两个字对蒋一帆来说太敏感了,让他从睡梦中惊醒过来,还立马站了起来,但他因为头晕,双手不禁扶在了桌子边缘。

"你周末去哪里玩了? 尽调报告怎么还没给我? 今晚七点就要开会了!"曹平生不问青红皂白就几声责骂。

"还差一块内容就好了。"蒋一帆深深低着头。

不料,曹平生走到蒋一帆电脑前,粗鲁地拔掉了电源插头,而后把电脑直接拿起来,在搜索界面中单手打出了一行字:文景科技内核反馈意见回复。

见电脑中显示查找无结果,曹平生才关掉界面将电脑还给蒋一帆,同时命令道:"既然没去瞎帮忙就搞快点! 你搞完老子还要看,看了才能在会上讲。我们开去那个山庄都要两个多小时,四点半必须出发。你不可能让老子在摇摇晃晃的车子里看吧?!"

"我会加快的曹总。"蒋一帆仍旧低着头。

"都特么不知道去哪里浪了!"曹平生骂骂咧咧的走开了。柴胡以为事情就这么过了,不料阎王爷走到一半突然回身朝柴胡道,"你,别在这瞎晃悠,跟我过来!"

柴胡哪里敢怠慢,紧跟曹平生身后进了总经理办公室。一进门曹平生就将公文包重重摔在桌上,质问道:"给你半年时间,你的公众号才 679 个粉丝,怎么,不想干了?!"

柴胡咽了口唾沫:"曹总,您上次问我的时候,粉丝数才 68,已经翻了10 倍了……"

"还有理了啊?! 你进来才多久就滑头了?!"曹平生放大了音量,一脸嫌弃道,"瞧瞧你写的都是什么乌七八糟的东西,好几篇内容和标题都对不上,行文措辞更是王八念经。这679个粉丝都是瞎了眼了才关注你的公众号!"

柴胡知道阎王爷迟早会找自己算账,于是他拿出事先准备好的建议道:"曹总,每天五篇其实我真的抽不出时间保证质量,您看可不可以改为每三天一篇? 我们不要广度,要深度。"

"怎么个深法?"曹平生一屁股坐在了黑色皮椅上,脸色阴沉。

柴胡赶忙道:"其实曹总,我从入职以来养成了一个习惯,就是每天抽时间研究我们投行的专业知识,我会就某一知识点一层一层地挖开缘由,找出最源头的原因,形成一条一通到底的逻辑链。目前微信的投行类公众号很多,但是这种'追源'类的深度文章非常少,我想成为第一个。只有足够独特,才能吸引眼球。"

见曹平生一直听着,柴胡赶忙补充道:"当然了曹总,我会在每篇文章的后面,都附上我们部门的名字,还有我们的成功案例链接,这样的广告不长,又在最后,读者比较容易接受。"

曹平生本能地想骂些什么,但话到嘴边又止住,心想柴胡这小子的建议,也并非完全不可取:"行吧,你认为你自己很聪明,你认为你建议特别好,那你就试试看。再给你三个月时间,三个月内如果粉丝数还不能破万,今后什么项目都不要参与了。"曹平生说出这句话时语气出奇的平静,但却像一把尖刀一样捅进了柴胡心里。

三个月,破万? 自己只是投行员工,既长得不像明星,又不是专业写手,更不是新媒体写作的专家,怎么可能写三个月就这么多粉丝?! 而且如果自己今后的机会完全取决于一个跟投行业务不相关的工作,未免有失公平,怎么没见他曹平生用如此不合情理的条件去要求王暮雪?

柴胡虽然心里这么吐槽,但他明白自己这种刚入行一年的新兵,在统帅面前是没有任何谈判筹码的。按目前的情况,柴胡要么接受,要么走人。

"好。"柴胡顺从地回了一句。

曹平生的小眼睛锐利地瞪着柴胡:"不许买僵尸粉,被我发现你粉丝是买的,有多远滚多远!"

"好!"柴胡以立正的姿势,以军人的口吻喊出了这个字。

曹平生一看表,已经快四点了,于是走到门口朝蒋一帆大声道:"搞完了没有啊?还要多久?!"

"快了!"蒋一帆的声音从远处传来。

"再给你十分钟!"曹平生黑着脸在办公室内来回踱步,柴胡此时留又不敢留,走也不敢走。最后,这份尴尬还是被八分钟后进来的蒋一帆打破的。

"弄好了曹总,您的微信和邮箱都发了。"柴胡注意到蒋一帆整个人的状态很不对,有些虚脱的迹象。

曹平生并不看蒋一帆,抽出手机打开文件时,他还在皱眉发命令:"站着干什么!赶紧去打印,五份!"

蒋一帆应声去了。虽然完成时间计曹平生很不满意,但是文件的质量他是丝毫不怀疑的,他甚至看都没看就让蒋一帆直接打印,这份信任是蒋一帆用多年的工作表现,在曹平生心里一砖一瓦地积累起来的。

229 普通又特别

青阳的 12 月仍如初春一样,气候宜人,蓝天白云。司机的车开得很平稳,前方的十字路口红灯亮起,于是司机将车子缓缓停下,拉起了手刹。他从后视镜看了看曹平生,发现他还是如以往一样,利用每一次停车的时间看材料,而再转头看副驾驶座的蒋一帆,双眼紧闭,眉心隆起,脸红红的,嘴唇已经开始有些发紫。

"一帆你怎么了?"司机有些担心了。

蒋一帆摆了摆手:"没事。"

"你脸色怎么这么难看,你是不是哪里不舒服?"

司机的话引起了曹平生的注意,他沉声问了一句:"怎么了?"

"没事曹总。"蒋一帆忙道。

"曹总,我估计一帆肯定是生病了。"面对曹平生,司机倒是不怎么胆怯。

"感冒而已,不要紧。"蒋一帆此时终于忍不住轻咳了两声。曹平生解开了安全带,将头探到前面观察了一下蒋一帆的侧脸,并用手贴上他的脖颈,之后从储箱中拿出了体温探测仪。毕竟是两个孩子的父亲,这种装备曹平生还是有的。

看到测量结果后,曹平生愣了一下,又测了一次,结果还是跟原来一样:39.8度。

此时蒋一帆的电话铃声响起,他接起来说:"喂,妈……"

"帆仔!你不是周五回青阳么?阿姨怎么说你没回家啊?!"

安静的车内空间,何苇平的话音格外清晰。何苇平刚到蒋一帆在青阳的家,她来是为了跟儿子一同参加周一晚上的晚宴,晚宴的目的是劝说三个新城集团的小股东放弃股权,转让给金权集团,以获取他们手中的先进生产线。

"有点事情在公司……"蒋一帆回答道。

"那你今晚回不回来吃饭?妈给你做你最爱吃的黄焖鸡!"

"不回了,今晚要……"蒋一帆才说到这里,电话便被曹平生夺了去:"喂!何姐!我曹平生啊!"

电话那头的何苇平愣了一下,忙道:"哦哦,平生啊,原来你跟我们一帆在一起。怎么样,他最近工作表现如何,有没有给你添乱?"

"没有没有,他很优秀!一如既往!您来青阳了对吧?"

"对,过来待几天,顺带办点事。"

"那正好,我过两天忙完请您吃个饭,您可一定要赏脸啊!"曹平生笑道。

"哎哟平生你太客气了,我原本也要请你吃个饭,多谢你这么栽培我们一帆。这些年太麻烦你了!他如果做得不好尽管批评!"

"我也想批评,但是找不到理由。"曹平生干笑一声,"何姐,蒋一帆今天身体不太舒服,现在在我车上,晚上我们本来有个会,但现在他可能参加不了,我让司机把他送回家,您在家稍等一下。"

何苇平一听儿子身体不适,立马紧张起来:"哪里不舒服啊?严重么?"

"妈我没事。"

"挺严重的,发烧。"曹平生如实道。

何苇平尽管很着急,但她尽量使语气变得平和:"没事没事,发烧也正常,也不是什么大病,那你们大概多久到,我去准备准备。"

"从这边过去……大概半个小时。"

曹平生放下电话后,蒋一帆忙道:"曹总我家是反方向,去了我家再去山庄来不及了,不然我还是跟您去开会,开完会我自己打车回去就好。"

"还开什么开啊你都快烧到40度了!"曹平生说着命令司机靠边停车,"我自己打车,你记得他家地址吧?"

"记得的曹总,去过三次了。"

"行,那你把他送回家,车开稳一点,晚上九点来山庄接我。"曹平生说着下了车,关上门后他好似想起了什么,又敲了敲蒋一帆的车窗,朝司机抱怨道,"你个傻蛋,把空调关了,开循环! 还有你身上那件外套,脱下来给他披上!"

曹平生黑着脸离开了,他并不高大的身影看上去是那么普通,但又那样特别。

当何苇平把全身无力的蒋一帆扶进门时,又气又心疼:"你说你们投资银行天天这么累有几个钱啊? 别干了儿子,哪有这么虐待人的!"接着朝厨房里的两个保姆道,"粥还有几分钟好?"

"大概还有十分钟。"一个四十岁上下的保姆道。

"把那个生姜红糖水先拿上来,要大一点的碗,两个空杯子,轮流倒凉得快,还有开水和药也一起拿上来。"

"妈我没事,就是感冒而已,休息一下就好了。"

"都这么烫了哪里没事!"何苇平抱怨道,"你看你嘴唇,都紫了! 肯定车里空调没关! 那个曹平生五大三粗的哪里会照顾你?!"

"空调关了的。"蒋一帆说着开始换衣服。

230 撒谎脸不红

当蒋一帆把衬衣脱下来时,何苇平眼圈都红了:"怎么这么瘦了帆仔,你至少比国庆时候瘦了十斤!"

"没有瘦。"蒋一帆说着,掏出手机把音量调到最大,然后盖上被子躺了下去。见被子中蒋一帆依然在微微打颤,何苇平赶忙让保姆又拿了两床被子来,一边给蒋一帆裹好一边埋怨道:"帆仔,什么事你要说出来,要告诉别人你很冷,你不说别人怎么会注意,除了妈妈还有谁会注意?!"

见蒋一帆闭着眼睛没有回答,何苇平将生姜红糖水吹了一阵子,温度合适了扶起蒋一帆就让他喝。

本以为他喝半杯应该就叫停了,没想到他一直喝一直喝,满满一杯眨眼就喝完了。

何苇平赶忙又倒了一杯,见蒋一帆还是闭着眼睛拼命喝,她鼻子一酸道:"看看你都渴成什么样了,渴了你也要说啊帆仔! 那个曹平生真是的,什么领导啊! 只知道压你工作,连水都不给喝!"

此时手机响了,何苇平直接把手机拿走:"别工作了,都病成这样了还想工作!"

"给我。"蒋一帆的表情突然变得很着急。

"病好了会给你的!"何苇平严词命令道。

"看看是谁。"

何苇平一看,来电提示:王暮雪。于是不等蒋一帆要求,就直接把电话递给了儿子。

"哦,那个在你文景科技文件夹中,有一个名内核反馈的文件夹,每一题的底稿参考材料我都分文件夹列好了,你找下。……嗯,找到了就好。……你要多休息,明天内核会不用紧张。胡保代如果回答内容有遗漏,你在旁适当补充一下就好了,有问题随时给我打电话。"

等王暮雪挂了电话,蒋一帆缩回了被子里。何苇平将这一切看在眼里,一边喂他吃粥一边语重心长道:"帆仔你还有哪里不舒服,有的话要跟妈说,要及时说,不要什么都忍着。"

"没有了。"

"以后要注意身体知道没? 身体才是唯一跟着你一辈子的东西,项目是做不完的。咱家根本不缺你赚这点钱,你也干了几年了,也应该干够了,合适就回家吧,好不好?!"

蒋一帆不回答,只是依旧很乖地在喝粥。喝完粥吃完药,才躺下,手机又响了起来,来电提示依然是王暮雪。

看着儿子又赶忙接起电话,这次探讨的话题居然是什么移动物联网商业模式的细节,何苇平眉头一皱,撇了撇嘴掏出了蒋一帆的体温计,忍不住惊叫一声:"39.8度!你都烧成这样了还工作!要不要命了!"

毫无疑问,这话被王暮雪听见了,她愣了一下,急切道:"一帆哥你生病了么?"

蒋一帆立刻示意母亲别再说话:"没有,我在高铁上。隔壁的妈妈对孩子说的,那孩子在发烧。"

"一帆哥你又出差了?"王暮雪语气更吃惊了。

"嗯,去一个之前的项目上,曹总说要维护好老客户。"说着他用被子捂着嘴,不让自己的咳嗽声被王暮雪听见。

"哪个项目啊?"

蒋一帆放下被子回答道:"山荣光电,做偏光片的,部门三年前报上去的一个中小板IPO。"

"好吧,我还以为你这两天可以好好休息的……"王暮雪说到这里顿了顿,而后开口问道,"一帆哥你去多久啊?"

"大概两三天吧,很快的。"

听到这样的对话,何苇平瞪大了眼珠,从小到大乖巧听话的儿子,居然学会撒谎了,还能一个接一个地撒,撒得脸不红心不跳,十分自然。

"好你个乖乖……跟着曹平生这种土匪领导,果然学坏了!"蒋一帆放下电话后,何苇平直接来了这么一句。

"这跟曹总没有关系。"

"现在赶紧睡觉!谁的电话都不准接了!"何苇平站起身命令道。

蒋一帆整个身子蜷缩成一团,双手紧紧护着手机,何苇平真是气不打一处来:"自己能赚点铜板了就野了是吧?!真是翅膀硬了!还会撒谎了!还敢不听妈妈话了!有本事跟姑娘谈恋爱啊!谈商业模式算怎么回事?!你考试竞赛工作不是样样都行么,怎么一谈到追姑娘就缩头缩脑的!咱家就算遇到了点事儿,那也是暂时的,瘦死的骆驼比马大,他们阳鼎科技跟咱们新城集团比,顶多就是一匹没发育好的小矮马,你自卑啊啊?!"

何苇平骂到这里,直接就想用手好好敲一敲儿子的脑袋,把他拐不过弯来的脑门给敲开,"留条缝! 傻儿子! 会憋死的!"何苇平边说边自己帮蒋一帆筑了一道"被口"。

231 内核的女神

"文景科技移动办公软件的推广模式主要有四种,分别为重客直销、会展会议营销、网络推广和渠道代理。"胡延德的大嗓门在明和证券大型会议室中响起。

王暮雪对面除了七个内核委员,靠墙的地方还坐着十几个风控以及资本市场的旁听人员,会议气氛严肃庄重,唯一能让王暮雪稍微安心一些的,就是坐在她身旁,她还算熟悉的胡延德和黄景明。

只听胡延德继续道:"所谓重客直销,就是对重点行业、重点客户进行直接销售,比如文景对大型连锁超市、大型商业银行、大型航空公司等直接销售,中途不经过任何经销商;会展会议营销主要是通过高新技术成果交易会,或者行业展会等进行营销推广;而网络推广,主要是通过百度、新浪微博,或者应用宝等推广方式进行精准投放;渠道代理这个不多说,就是通过与行业协会的代理合作,在行业内快速推广。"

此时坐在王暮雪斜对面的一位大致四十岁上下的女委员开了口:"说到移动办公,我就想起了钉钉,这是阿里巴巴专为中国企业打造的免费沟通平台,虽然我不用,但是我大致查了下,这款软件是免费的,里面功能有视频电话会议、商务电话、团队组建、通讯录、企业群等,很齐全。听说淘宝的那些商家经常用,请问文景科技这个自主研发的 OA 系统,跟钉钉这种移动办公软件有什么区别?"

王暮雪闻言,手不禁抓紧了鼠标。

听说这位女委员是内核第一女神,叫艾玉兰,拥有二十余年的投资银行内部审查经验,经手过无数经典案例,任何项目的轻微瑕疵都逃不过她的法眼。

艾玉兰身材苗条,胳膊细,腿也细,这种身材对于她这个年纪的女人来说实属不易。她戴着厚厚的近视眼镜,一头黑色的长卷发披散在脑后,说话很斯文,态度也温和。很多人对艾玉兰的第一印象都是:亲切。

实际接触下来确实如此,艾玉兰对于投行项目组的任何人都客客气气,温柔以对,只不过很多时候,她在内核会上跟你谈着谈着,就温柔地举起一把"杀猪刀",把项目组辛苦养育了好几年的"猪"给宰了。

此时的艾玉兰还是跟以往一样,对项目组提问题的方式相当委婉,她的问题是:"文景科技的移动办公 OA 软件与阿里巴巴旗下的钉钉软件有何区别?"但整个会议室中的人都明白,艾女神真正要问的是:"马云研制了这么响当当的办公软件,很多企业都在用,功能齐全,还是免费的,你们文景科技的移动办公 OA 第一没有名气,第二还收钱,这款软件真的卖得出去么? 这样的产品竞争优势在哪里? 这种业务能够持续下去么?"

看似一个寻找异同点的常规问题,实则是在质疑文景科技整家公司的可持续经营能力。

投资银行内核会,大牛委员问题句句如刀,有时候一个问题藏的刀还不止一把,稍微答错一句,就如同接刀的盾牌漏了一个洞,满盘皆输。

胡延德既然能混到保代,自然练就了一把为企业保驾护航的金制盾牌,即便身体做了手术脸色有些虚,但脑子依然很好使。此时他不慌不忙地答道:"钉钉针对的客户主要是企业,用户群也是企业,之间的办公协同功能大部分也是企业与企业之间,比如淘宝通过钉钉管理所有商户;但文景科技的移动 OA 办公软件更多是针对企业与员工之间,比如他们的功能是订单管理、项目协同、数据分析、考勤管理、工作日程、周报月报等,可以说两款软件的客户定位是不同的。"

胡延德说的是实际情况,没错,两款软件看似相同,但客户群定位不一样,这就又回到了消费者是爱纯天然香蕉还是爱麦当劳里香蕉派的问题。香蕉与香蕉派虽然都是香蕉味,但构不成实质竞争关系,麦当劳里香蕉派就算全球免费,也不会对菜市场里香蕉的销量造成多大影响。

胡延德接着说道:"我们看一款产品有没有市场,直接看它的收入增长率即可。2014 年年初这款移动 OA 软件的付费的客户只有五家,如今已经破百家,给文景科技带来的总收入两年之间翻了 20 倍,说明这个产品不仅有市场需求,还有较为可观的发展前景。"

听到这样的回答后,艾玉兰思考了一会儿,而后道:"胡保代您说的有道理,不过移动办公 OA 这块业务尽管收入增长率很漂亮,但毕竟占公司整体业务收入的比例较小,那我们现在就来探讨下公司今年新开拓的流量业务。"

"今年六月份的时候,流量业务刚刚起步,八月份时前五大流量供应商全部都是经销商,而且这五大经销供应商占文景科技总采购比例的90%以上,我们想知道这种采购模式的合理性。"

王暮雪知道文景科技内核会一定会问到经销问题。无论是通过别家公司向源头采购,还是通过别家公司向终端销售,都是经销。文景科技的问题是,今年新开发的流量业务,90%以上的流量都不从运营商处直接买,而是通过五家渠道公司购买,这种采购模式的合理性在哪里?

一般人的理解是,向最源头的运营商购买流量,价格应该是最低的,因为不需要跟各种渠道商分成,可以让公司具有成本优势,可文景现在放弃了这种优势,其中的商业逻辑,正是内核委员艾玉兰关心的问题。胡延德知道这个问题是根硬骨头,于是他没有急于回答,而是先喝了一口水,才不紧不慢地开了口。

232 可怕自循环

"艾总,如果要解释文景科技间接采购的原因,就不能不提及我国现在三大运营商的销售政策。"

我国运营商针对流量业务的销售政策,通俗解释如下:

1.有些地区有"地方保护政策",如果我们要跟当地的运营商合作,必须通过当地的公司购买流量;

2.一个公司最多只能做两个城市的生意,超过两个城市,必须新设立一家子公司。比如文景科技如果从桂市和三云市的运营商购买流量,就不能再从魔都的运营商购买,因为两个指标已经用完了。文景若想在魔都做生意,必须在魔都新设立一家子公司。当然,不断设立子公司手续麻烦、成本比较大,且管理也不方便,这时文景科技就会选择一家魔都当地的公司,让其为自己代买流量,从而解决指标用完的问题。为文景科技代买流量的这家公司,就成为了经销商之一。

3. 我国各地市的运营商,不定期的有预付款优惠活动。在运营商处预存的金额如果较大,所购买的流量单价就会较低。当地的一些闲钱没处花的公司,就索性大额购买运营商的低价流量,再转卖给那些指标已经用完的外地公司。

运营商的这三点销售政策是全网公开信息,在场的内核委员们都能查到。从这个角度说,文景科技之所以不得不发展上游经销商,确实是受制于运营商的现有政策,并非为了在财务上做手脚而刻意为之。

对于胡延德的回答,内核委员艾玉兰也并未多说什么。不过,胡延德话音落下后不久,她就提出了一个关于供应商的新问题:"你们应该能注意到文景科技的第二大供应商与第四大客户,是重合的。"

艾玉兰所提出的客户与供应商的重合问题,是财务造假的警惕性现象之一——自循环,即一家企业既是文景科技的客户,又是文景科技的供应商,又买又卖,买卖的内容还都是流量。这种现象外人的直觉是:商业逻辑在哪里?

比如我们消费者向一家 4S 店卖了一辆 2015 年产的保时捷,同时又跟这家 4S 店买了一辆同年同款同配置保时捷,我们又买又卖的逻辑是什么?难道是吃饱了撑的么?如果交易目的解释不通,那就一句话:为了财务造假。

这种自循环财务造假能够给企业带来的"收入"非常可观,举例如下:假设 A 公司年收入 1000 元,成本 900 元,利润 100 元,利润率 10%。A 公司究竟是如何通过自循环来充大收入的呢?很简单,引入一个 B 公司,这个 B 公司既是 A 公司的客户,又是 A 公司的供应商。于是两家沆瀣一气的公司呈现出的资金流会是这样的:

A 公司付给供应商 B 公司 900 元成本,B 公司因为同时是 A 公司的客户,所以把 A 公司给的 900 元原封不动地以客户买东西的名义打回 A 公司账上,这样 A 公司财务报表收入那栏就多了 900 元。A 公司为了保持利润率在 10%,所以留下了 900 元的 10%,也就是 90 元,而后把剩下的

810元打给B公司。B公司用同样的操作将810元打回A公司，A公司这次留下的金额是81元利润，而后A公司会把剩余的729元再打给B公司。如此循环，虽然A公司打给B公司的钱不停地缩小，可A公司账上的收入却是不停地增加，无限次打不太符合实际案例，我们可以假设一个月相互打款1次，那么一年可以相互打款12次。

资金循环12次后，A公司账上额外虚增的收入约为：

$$900+810+729+\cdots\cdots+282=6458（元）$$

A公司账上额外虚增的利润约为：

$$90+81+72+\cdots\cdots+28=646（元）$$

由此可知，A公司只要让B公司同时成为自己的客户和供应商，通过这种资金自循环的方式，可以用900元现金虚增出大额收入和利润。

上述案例中，A公司年收入可以从1000元虚增至6458元，翻了6倍；其将年利润也从100元虚增至646元，同样翻了6倍。这种造假方式往往让小白级企业老板们听后都目瞪口呆，个个摩拳擦掌，跃跃欲试。为什么？因为容易，因为简单。

可这种又是客户，又是供应商的公司，正是投资银行的重点关注目标。

投行项目组一进场，肯定会要求企业提供客户清单和供应商清单。项目组人员做的第一件事就是先用Excel查重功能，搜索出既是客户又是供应商的公司，然后想办法挖开内在的商业逻辑，顺便通过银行流水查交易对方有没有漏，资金流是否正常，一旦商业逻辑解释不通，资金流异常（比如上述案例中的逐级递减现象），基本财务造假的罪名就成立了。所以，通过自循环方式进行财务造假，就犹如在一群警察眼皮底下直接杀人，傻得太过明显。

这个问题胡延德和王暮雪之前都关注过，也都详细核查了。

胡延德的解释是，这家既是客户又是供应商的C公司，买的是省内流量，而卖的是全国流量，买和卖的东西不同质。

"艾总，文景科技之所以向这家C公司买省内流量，就是因为文景科技在当地没有子公司，必须通过这家公司向当地运营商购买，才能获得价格较低的省内流量；而C公司自己原先也跟大型保险公司有业务合作，保险公司的客户遍布全国各地,做促销活动的时候,需要的自然是全国流量,正因如此,C公司就顺理成章变为文景科技的客户。"胡延德道。

"那这家公司跟你们说的大型保险商的业务合同,你们项目组走访的时候有取得么?"艾玉兰道。

王暮雪明白,这位内核委员还是在怀疑流量交易的真实性。于是她赶忙从电脑中搜索曾经的走访照片,好在艾玉兰要的合同她曾经拍过照。

待艾玉兰看过合同后,又提出了一个问题:"你们说文景科技买的是省内流量,卖的是全国流量,除了合同,有系统记录可以证明么?"

"有啊,文景后台系统都可以查的。"胡延德立马道。

艾玉兰无奈地笑了笑:"文景的系统,还不是文景说的算么胡保代?我想问的是,这家既是客户又是供应商的C公司有自己的系统么?买几千万流量,不可能没系统记录吧? 如果有的话,系统里面可以区分出省内流量和全国流量么?"

胡延德哑了,因为他前段时间都在休假,走访工作都是王暮雪完成的,这么细的问题他并未关注。胡延德的表情告诉在场所有人,如果王暮雪没有回答上来,内核委员艾玉兰提出的这个问题就无解了。

233 蒋一帆失联

可能是因为之前十六部没有项目组做过新三板这种小项目,也没人踏足过移动互联网这个行业,所以在文景科技客户和供应商的走访方面,除了常规的材料和传统的建议,王暮雪并未得到太多指导。胡延德之前认为新三板审核松,要求低,项目做起来一定很容易,就算他不怎么去企业现场,王暮雪和一个实习生也一定搞得定。没想到新三板项目的内核会跟IPO没有区别,这帮委员该挖的还是挖,该问的还是问,且不该问的如今也在问。

往常的IPO内核会看到合同即可,因为能够取得客户的合同已经实属不易,而如今艾玉兰还要求看系统,且看的还不是文景科技的系统,而是文景客户和供应商的系统。

事实上，只要不是拟上市公司或者拟挂牌公司本身，别家公司的系统内容都是保密资料，别人给你看，是情分；不给你看，是本分。上市或者挂牌的不是这些公司，他们中的大多数没有进入资本市场的需求，所以自然不用满足投资银行的各种尽职调查要求。既然投资银行并没有这么大的权限要求拟上市公司的客户、客户的客户、供应商或者供应商的供应商提供任何资料，那么如果内核委员或者发审委委员非得要求项目组获取这些资料，只能是凭拟上市公司的沟通协调能力，或者凭借投行民工的个人本事，磨破嘴皮子赖着不走的招数胡延德曾经也是使过的。

他很担心王暮雪此时会没有相关资料，毕竟这个小姑娘也就刚入职一年，之前也没做过移动互联网的项目，她怎么可能要到文景科技客户和供应商的系统内容……在这一瞬间，胡延德甚至已经做好内核会不通过，项目延期，重新走访的准备了。

怎料王暮雪居然拿起自己的电脑，直接走到对桌给艾玉兰看。王暮雪电脑中的资料不是图片，而是一个又一个视频，这些视频中包括 C 公司的全国流量进入记录和省内流量转出记录。数据是实时的，当然也有月度总数和年度总数的统计界面。

王暮雪走访每家公司时都拍了视频，好似那些程序员老板也不介意自己公司的系统界面给外人拍。因为王暮雪天生就喜欢做特务，做侦探，所以什么明显证物都要搜集齐全才罢休；而且那些没见过多少女生的理工男，整天苦哈哈地在男人堆里码程序，突然看到来访谈的是个长腿金融大美女，于是什么要求都不好拒绝了。毕竟王暮雪拍的只是流量进销存系统，而不是科技公司最致命的源代码。总而言之，内核女神艾玉兰的这些怀疑，就在王暮雪提供的时长约 58 分钟，总计 27 个视频全部播放完毕后彻底打消了。

"不错啊美女，拍得好！"出了会议室后，胡延德朝王暮雪夸赞道。

王暮雪将电脑抱在怀里，叹了口气："还不知道投票结果呢，我还是有点担心，您说万一明天……"

"没问题的，我看他们脸上的表情，十拿九稳。"胡延德非常自信。

王暮雪露出了笑容，如果这个项目内核会通过，那么本月还剩的最后几天只需要按部就班准备申报材料就行，整个项目已经成功95%了。想到这里,她立刻掏出手机给蒋一帆发了一条信息:"一帆哥我们内核会开完了,目前还算顺利,委员的投票结果要明天才能拿到。"

发完后,王暮雪一边走路一边盯着手机屏幕,她以为蒋一帆一定会很开心,一定会秒回,因为昨晚大约 11 点时蒋一帆还发信息跟她说加油,说无论结果怎样都跟他说一声,怎料今天消息发过去那边居然没声了。

王暮雪等不及了,她直接一个电话给蒋一帆打了过去,文景科技这个项目能够走到现在,多亏了蒋一帆及时救火,王暮雪想第一时间跟他分享成果。

"您好,您拨打的电话已关机。Sorry,the subscriber you are dailing is power off。"

"这么急跟家里汇报啊……"一旁的胡延德露出了狸猫式的笑容。在他的认知里,王暮雪跟蒋一帆已经谈了一年恋爱了,进入稳定期后没多久就应该结婚了。

王暮雪好似没听见胡延德的话,她的心里有一种隐隐的不安。本来此时她跟胡延德要去曹平生办公室汇报文景科技内核会的情况,可王暮雪脚步却突然停了下来,朝胡延德道:"胡保代您稍等下,我现在有点急事,我们可否过十分钟再……"

"去吧去吧!"胡延德没等王暮雪说完就摆了摆手,管她谈不谈恋爱,能做成项目就是好下属,横竖都是喜讯,胡延德不在乎晚个十分钟。

王暮雪道了声谢后急速跑到了吴双的位置上,这时柴胡正坐在吴双旁边冥思苦想他的投行公众号文章。

"吴双姐,你知道山荣光电这个 IPO 项目么?"

吴双听后先是愣了一下,而后道:"知道呀,做偏光片的,几年前的项目了,你问这个做什么?"

"一帆哥有去这个项目上么?"所有人员的出差动向吴双都能第一时间知道,向她求证准没错。

"我看下系统记录。"吴双说着打开了手机,登录她的管理员账号,在 OA 系统中查询蒋一帆的出差记录,而后摇了摇头道,"没有,蒋一帆没有提出差申请,他在青阳。"

王暮雪低声道:"可是一帆哥昨天傍晚的时候跟我说他在高铁上,被曹总派去做山荣光电的客户维系工作了。"

"昨晚？不可能。"一旁的柴胡耳朵很好，"一帆哥昨天下午四点跟曹总去青阳重德山庄开会，就是东北那个项目，怎么可能在高铁上……"

234 就是想骂人

"你怎么知道？"王暮雪惊愕地看着柴胡。吴双也很是吃惊，如果柴胡的话为真，就等于蒋一帆在跟王暮雪说谎，但蒋一帆有什么动机要说谎呢？

"他昨天就在我面前跟曹总走的，我能不知道么？"柴胡两手一摊。

于是，王暮雪得知蒋一帆周五为自己答反馈熬了一夜后根本没回家，而是直接来了明和大厦继续加班，并一直工作到周日下午四点。一个人，可能不睡觉连续工作三天两夜么？

王暮雪此时更确定了她内心的猜测。

"39.8度！你都烧成这样了还工作！要不要命了！"王暮雪清楚地记得电话中那个中年妇女的声音。蒋一帆当时的解释是："我在高铁上，隔壁的妈妈对孩子说的，那孩子在发烧。"

蒋一帆这句话乍一听没问题，但一回想就觉得不对，孩子？孩子会工作么？孩子不应该说"学习"么？

想到这里王暮雪又给蒋一帆打了个电话，仍然提示对方已关机。

"一帆哥从来没有关过机……"王暮雪像突然想起了什么，朝柴胡道，"一帆哥昨天脸色看上去如何？"

"很不好，像死人。"柴胡直言不讳。

"昨天开会除了曹总和一帆哥，还有谁？"

柴胡挠了挠脑袋："好像没了，就他们两人，顶多就还有曹总的司机。"

王暮雪咬了咬嘴唇，又朝吴双道："司机的电话你有么吴双姐？"

"小阳么？有。"吴双说着就打开了自己的手机通讯录。

正当王暮雪想拨过去问清楚情况时，曹平生恐怖的声音从身后传来：

"你在干吗?"

王暮雪吓得手机赶忙背在身后,双腿站得直直的,柴胡也瞬间闪回了自己的电脑前,假装思考他的公众号文章。

"内核会过了没?"曹平生朝王暮雪严肃问道。

"那个……曹总,要明天才能得投票结果。"王暮雪的心不自觉地咚咚直跳。

"过了没过自己心里没点儿谱的么?什么现场负责人啊!"曹平生提高了音量。

"没问题的曹总。"此时胡延德的声音从不远处传来,他示意曹平生进总经理办公室详谈,曹平生这才黑着脸转身进入了办公室。王暮雪自然必须跟着进去。王暮雪一进去便发现这一次房间里的烟味,似乎跟以往不同,没那么呛人了。曹平生桌子上摆着的,是自己当时送给他赔罪的戒烟专用电子烟。王暮雪当时只是嘱咐吴双代为转交,没想到曹平生真的会用。

此时曹平生拿起桌上那根银白色新潮电子烟,深深地吸了一口后朝胡延德道:"内核有说什么么?"

"没说什么,就是让我们补充披露两条风险。"胡延德道。

"什么风险?"曹平生轻轻地吐出了白色烟雾。

胡延德摆了摆手:"都是些不痛不痒的,他们觉得互联网公司,都会面临什么基础设施故障、软件漏洞、越权操作以及链路中断之类的风险,当然,还有恶意网络攻击而导致网络瘫痪的风险,其实发生概率都很小。"

"发生概率小的就不算风险了么?"曹平生驳斥一句。

"算,当然算。只不过我们《公开转让说明书》只要求披露主要风险。这种次要风险,我觉得不披露也不影响什么。"

"那是你觉得!"曹平生说着用烟头指了指胡延德,"不要以为新三板监管松就降低警惕,老子告诉你,最容易出事的就是新三板公司!"

对于曹平生的这句话,王暮雪是赞同的,大多数新三板公司的规范程度,确实比不上IPO公司,且业绩规模越小的公司,财务造假的可能性就越高。虽然挂牌新三板不需要业绩指标,但挂上去之后,公司的估值还得依据每年的净利润。

　　财务数据在中国,很大程度上就是衡量一家公司值多少钱的唯一标准,若想从源头杜绝财务造假,资本市场不仅需要改良上市标准,还需要完善二级市场的估值体系。

　　见胡延德不说话了,曹平生于是朝王暮雪问道:"不是说有两条风险么,第二条呢?"

　　"第二条是信息安全风险。内核认为文景科技后台有很多人的手机号码,他们初步估计至少八百多万人,这些手机号码都是个人数据,现在一旦出现信息泄露,对于公司名誉影响很大。"

　　"这种风险不是明摆着的么? 你这个现场负责人最开始怎么不写?! 还让内核来提醒你,丢不丢人啊!"曹平生说着敲了敲桌子。

　　"很丢人。"王暮雪低着头道。

　　"把你的《公开转让说明书》打印一份我看看!"曹平生命令一句。

　　王暮雪明白曹平生今天又是想找借口骂人了,再这样下去会没完没了,于是她也不知哪儿来的勇气,朝曹平生大声道:"曹总您别看了! 我写得很水! 非常非常水! 我会利用申报这几天好好改,改完了再给您看! 我目前写作功底很差,全部门最差! 求求曹总您饶了我吧!"说完她的头低得脑门都几乎对着曹平生了。

　　曹平生两只小眼睛撑得老开,哈哈笑了起来:"行,有事是吧? 赶时间是吧? 想你情郎了是吧?"

　　"啊?!"王暮雪抬起了头。

　　曹平生挥了挥手:"去吧去吧!"

　　"曹总……我去哪儿呀?"

　　于是一个小时后,王暮雪就来到了一座外观华丽的海边别墅前,站在她左边的是柴胡,而右边的是声称跟她一起庆祝内核会顺利通过的鱼七。

　　"最近你很闲啊! 没事就跑来我公司底下晃悠。"王暮雪朝鱼七嘟囔一句。

　　鱼七干笑一声:"幸亏我闲,不然你明天还是不是我女朋友都不一定。"

　　柴胡朝鱼七翻了一个白眼。此时保姆急匆匆跑了过来,隔着铁门朝他们三人问道："你们是……?"

"我们是蒋一帆的同事,特地过来看看他的。"王暮雪说着举起了手中的一篮水果。

235 艰难的呼吸

"一帆在楼上。"保姆步履匆匆地领着王暮雪一行人进了院子。

四人沿着一条鹅卵石铺成的小路往内走,小路的两旁排列着形态各异的花木盆景,赏心悦目。小路尽头是一扇月亮门,进入月亮门,即为别墅内院。

"也是三层楼,跟我家一样!"柴胡望着别墅感叹道,"只不过人家是青阳富人区,而我是山沟沟里的坟地边上。"

这座别墅的外形古雅简洁,有着尖塔形斜顶,抹灰木架与柱式装饰,外墙攀附着绿色藤蔓。踏进气派的大门,就是高挑的门厅、黑色大理石铺成的地板、明亮如镜的瓷砖、精美的细雕书橱、玻璃的纯黑香木桌、进口的名牌垫靠椅、圆形的拱窗和转角的石砌,家居摆设尽显雍容华贵。

保姆步伐有点不像招待客人的快,待一行人刚来到三楼时,王暮雪便看见一个留着齐肩的黑色卷发,皮肤白皙,穿着复古中式旗袍的中年女人和另一个保姆样的胖女人从卧室中冲了出来。

冲到一半的何苇平突然止住了脚步,停在王暮雪面前,抓着她的手,哭求道:"救救我们帆仔,你拉着他,你让他坚持住,他最在意你了! 阿姨现在下楼拿氧气机! 快!"

王暮雪手中的水果篮砰的一声掉落在地,脑子一片空白,本能地冲进了卧室。

而后她看见了大床上仰身躺着的蒋一帆,他面色煞白,胸口一起一伏,嘴巴微张着喘着气,胸口像被绳子勒着一样。王暮雪冲到他跟前,发现他呼吸很不均匀,时而停顿,时而急促。

"一帆哥! 一帆哥你怎么了?!"王暮雪下意识双手握紧了蒋一帆的左手,他的手很烫,手里还握着手机。

蒋一帆好似听不到王暮雪说话,睫毛微微颤动,眼睛没有睁开,依然痛苦地在呼吸,喉咙好像被一双魔鬼的手死死掐着。

"怎么会这样?!"王暮雪第一次看到这样的蒋一帆,一个不穿正装白衬衣的蒋一帆,一个没戴眼镜的蒋一帆,一个连呼吸都要很用力的蒋一帆。

"怎么办?!"王暮雪转头想朝鱼七求救,但她的身后居然空无一人。她才反应过来,鱼七跟柴胡应该是帮何苇平扛氧气机了。

转回头的瞬间,王暮雪瞅见了床头柜旁的一支水银体温计,于是她赶忙拿起来一看,瞳孔瞬间放大了,41.6℃……

一般来说,37.5~37.9℃是低烧,38.0~38.9℃是中度发烧,39.0~40.9℃是高烧,而41.0℃以上为超高烧。

王暮雪对这些没概念,但这是她第一次见到一个成年人发烧超过41.0℃,她知道这很严重,可她也不知道应该怎么办,她只能双手紧紧抓着蒋一帆,凑近他耳边喊他的名字:"一帆哥你坚持住,氧气机马上就来了,马上就来了!"

"帆仔!"此时何苇平的声音由远至近,"帆仔妈妈来了!"

王暮雪回头看见鱼七、柴胡还有何苇平推着一个大型白色机器进了门,"帆仔坚持住! 妈妈来了!"何苇平一边喊,一边蹲下来努力想弄清楚氧气机怎么开,但她越急手就越不听使唤,倒腾了一下居然没让氧气机正常运转起来。

"帆仔别怕,妈妈来了! 妈妈在这儿! 帆仔别怕!"何苇平此时已经快哭出来了。

"阿姨让我试试。"鱼七说着直接将氧气机转到了自己面前,一边摆弄一边朝大家命令道,"快去开窗通风,所有人站远一点,别消耗他的氧气!"

柴胡闻言立刻跑过去拉开了窗帘并迅速打开了落地窗,而王暮雪、何苇平和两个保姆也因鱼七这句不容置疑的命令退到了旁边,整个屋子瞬间只有鱼七专心摆弄机器的声音。

蒋一帆此时突然猛咳起来,一边咳一边仍旧有些喘不上气。何苇平看着床上痛苦的儿子,紧紧抓着王暮雪的手,王暮雪能切身感觉到这位母亲的身体都在抖,她着急,她害怕,但她又什么都不能做。

"阿姨他会没事的。"王暮雪朝何苇平安慰道。

"怎么会没事,他呼吸不上来了,我儿子……要不是被我发现……呜呜,我就这么一个儿子……"何苇平说着就哭了起来。

王暮雪本能地紧紧抱住了何苇平,她很想问为什么蒋一帆会突然变成这样,但她明白现在不是问这些的时候。

"他就是这样什么都不说,难受了生病了从来都是我这个做妈的自己发现,从小到大都是这样……"何苇平一边抽泣身子仍旧一边在抖。

此时氧气机运转的声音终于响起,何苇平便立即止住了哭声:"可以了吗?"

"嗯。"鱼七一边应着,一边快速接好通气管道,自己罩着嘴巴试了一下,而后眉头一皱又拿开罩子,开始重新摆弄着机器上的按键。

"还没好么?"何苇平忍不住催促道。

236 绝不去医院

"罩子没有孔,空气进不去,他不能吸纯氧,久了会中毒的,我得调一下浓度。"鱼七说着按了几个按键又试了两下,王暮雪看到蒋一帆咳完以后呼吸更困难了,胸口下沉后好似怎么都提不起来。

伴随着蒋一帆微弱的呻吟声,站在窗边的柴胡咽了咽口水,心想这个鱼七不会是想在这种节骨眼上磨死一帆哥吧?! 他这是赤裸裸地杀人啊!

正当恍惚中的蒋一帆浑身冒着冷汗,觉得自己快要窒息之时,突然一股清新的氧气蹿入了他的胸腔之中,心痛感减缓了一些。

鱼七才帮蒋一帆罩好氧气罩,何苇平就冲了过去握着蒋一帆的手,嘴里重复的依然是那句:"帆仔别怕,妈妈在这里,帆仔别怕……"她的泪边说边打在了她自己的手上。

此时卧室房门口传来了别墅全房间联动的门铃声,两个保姆异口同声朝何苇平道:"陈医生来了!"

"快去接啊!"何苇平回头大喊一句。

保姆闻声全跑下了楼,氧气罩中的蒋一帆依旧时不时在咳嗽,但隆起的眉心已经舒展了不少。

　　"阿姨,吸氧估计撑不了多久。"鱼七道。

　　"什么意思?"何苇平神色慌张,王暮雪和柴胡也齐刷刷望向了鱼七。

　　"他这样看上去是高烧,又咳得这么厉害,再加上呼吸困难,可能是肺出问题了,估计得去医院拍片,家里是治不好的。"

　　"你怎么知道?"王暮雪开了口。

　　"我以前在学校选修过一些简单的医学课程罢了,我说的也不一定对,不过还是越快送医院越好。"

　　"不行!"何苇平直接回绝了,"帆仔不能去医院!"说着她就像一只大鸟一样地护着蒋一帆,生怕别人把她的儿子抱走了。

　　"阿姨,一帆哥都烧到41.6℃了,不去医院很危险的!"王暮雪蹲在何苇平腿边劝道。

　　何苇平猛地摇头,紧紧抓着蒋一帆:"我们何家人就不能去医院,我爸,我妈,我弟弟,全是在医院死的! 每个人都跟我说不去医院就危险,就危险,结果去了,直接命都没了! 这次决不能去,我就剩这一个儿子了!"

　　"阿姨,他不是何家人,他姓蒋,他是蒋家的。"鱼七道。

　　"蒋家人也是我儿子!"何苇平提高了音量,"他也是有我们何家血脉的! 小伙子你不信命你根本不懂! 医院就是我们家的劫数! 是劫数!"

　　"陈医生来了!"保姆的声音从门外传来,随后两个身穿白大褂的人快步走了进来,一男一女,男的大概五十多岁,女的二十来岁,两人手里都提着一个医药箱。

　　当医生摘下蒋一帆的氧气罩检查他的喉咙时,何苇平不禁再次抓紧了王暮雪的手:"老陈您快一点,帆仔吸不上气。"

　　"好。"老医生简短回答着。

　　好一阵子后,陈医生站起来朝何苇平凝重道:"何妹啊,一帆的情况比较严重,这次不去医院是不行了,我们初步判断是肺部有炎症,需要送医院拍肺部 CT 和胸片,心电图和血常规也要检查下,才能确定病因。"

　　"医生,这种病在家里治能好么?"鱼七不等何苇平开口就直接问道。

　　陈医生一脸严肃地摇了摇头:"当然不能,不赶紧治只会越来越严重。"说完他朝何苇平道,"一帆的状态很不乐观,这几天估计都没吃什么,营养不良会造成抵抗力下降甚至休克,何况他的体温都41.6℃了,人体最高的耐受温度为40.6℃至41.4℃,他已经超过这个数值了,时间长了这会引起永久性的脑损伤。"

何苇平一听差点没站稳,好在王暮雪扶着她。何苇平甩开了王暮雪抓着医生道:"老陈您救救帆仔,您最了解他了,您从小看着他长大的,他坏哪里都不能坏脑子啊! 他可是世界竞赛第一的脑子啊!"

"我知道,所以这次何妹你别任性了,赶紧跟我们去医院。"陈医生道。

何苇平闻言愣在了原地,氧气罩中的蒋一帆此时又猛咳了起来。

正当医生、柴胡和鱼七正要把蒋一帆扶起来送医院时,何苇平突然疯了一样地拉开众人,直接趴在蒋一帆身上紧紧地抱着他,颤抖道:"你们不能带走他! 谁都不能带走他! 上次就是这样! 这次我死都不会再搭上我儿子的命!"

可能是因为何苇平的重量压在了身上,王暮雪见蒋一帆痛苦的表情更明显了:"阿姨您快起来,一帆哥呼吸不上来了!"

何苇平闻言才赶忙松开,但随后她便张开双臂挡在了蒋一帆身边:"谁都不能带他走! 他去医院就是一个死!"

一旁的柴胡闻言彻底无语了,话又说不上,只能干着急,心想今天一帆哥怕是凶多吉少,不被鱼七这个情敌给谋害死,就要被自己老母亲的封建迷信给耽误死。

"何妹,赶紧去医院,如果一帆肺部或者胸腔的炎症控制不了,重度感染,体温说不定还会上升,人的体温高过43℃,就基本不能存活了。"陈医生道。

"不去!"何苇平号叫道,"医院有什么机器需要检查的,全部搬过来! 什么CT,什么心电图,全部搬过来! 我何苇平买! 老陈你们现在就去搬! 治疗仪器全部一起! 我全买!"

"阿姨,搬过来要很久的,来不及了的!"柴胡终于说了一句话,因为他实在看不下去了。何苇平刚才的话在柴胡内心引起了不小的波澜,医院全套设备都能买,贫穷果然限制了他的想象。

"那就雇一百个人扛，十辆车搬！一次就能搬来！"

瞅见如此固执的何苇平，又看到床上已经有些休克迹象的蒋一帆，王暮雪的心像被刀一次又一次扎进去一样，她此刻甚至有一种完全不管何苇平愿不愿意，都要把蒋一帆救走的冲动。但是，在这个屋子里，她王暮雪又哪里有这个权力呢？

就在所有人都陷入沉默、束手无策的时候，鱼七突然开了口："阿姨，我有办法，不用去医院。"

237 掉落的手机

鱼七话音落下后，所有人的目光都瞬间移到了他身上。何苇平两眼放出了希望的光芒，朝鱼七急切道："什么办法?!"

鱼七道："我家里三代都是中医，当时我一个表姑也是跟蒋一帆现在差不多症状，我爷爷有一个方子，我表姑喝了三个星期也好了，就是比较慢。"

何苇平直接向前抓紧了鱼七的双臂："慢没事！能好就行！什么方子？"

"阿姨您跟我来，我写给您。"鱼七说着就往房门外走，何苇平见状立刻跟了上去，留下了房间里一脸懵 B 的所有人。

陈医生认为自己的专业知识受到了侮辱，蒋一帆这种情况很大可能是肺部感染，且都已经高烧至此，接近休克，没听说喝中药就可以喝好，就算真有神药给他喝，此时他都不一定能够咽得下去。

不到三十秒，鱼七横抱着昏厥的何苇平回来了。在所有人张大嘴巴的时候，鱼七拍了拍手回身朝众人道："她没事，就是有点碍事，我们走！"

当蒋一帆家车库门完全打开，车库内 360 度照明灯自动亮起时，扛着氧气机的柴胡和背着蒋一帆的鱼七都傻了眼。不懂车的柴胡，看到的是白色、银白色、蓝色、红色、黑色超酷炫豪车！而从小酷爱研究车的鱼七，看到的是西尔贝 Tuatara，5000 万；科尼赛克 CCXR Trevita，3300 万；蓝色布加迪 Chiron，3300 万；法拉利 Pininfarina Sergio，2070 万；最差的宾利

SUV 也要 380 万……

鱼七终于知道蒋一帆开一辆保时捷 Panamera 来上班也真的是够低调的了,这种等级的富家公子还愿意为了一两百万年薪干到病倒也真是奇葩。

穷人找福享,富人找苦吃。人缺什么就找什么,此话一点不假。

"这辆是不是兰博基尼啊?"柴胡指着蓝色科尼赛克 CCXR Trevita 朝鱼七道。鱼七根本没理柴胡,而是背着蒋一帆直接冲向了那辆容积率最高的黑色宾利 SUV。

王暮雪和柴胡配合,迅速按鱼七的指示放好了氧气机,鱼七在后座接过了氧气机的管子给蒋一帆重新罩好,而后直接钻到了车前的驾驶座:"那机子刚才充的电估计撑不了多久,我们必须尽快! 小雪你上后座照顾他,柴胡你坐副驾驶! 系好安全带!"

"好!"王暮雪刚把蒋一帆的头枕在自己的大腿上,车子就已经开出车库了。

"系好安全带小雪!"鱼七重复道。

"好……"王暮雪好不容易找着安全带的口,插好后回身不经意间看到蒋一帆的左手依然抓着他的手机。

王暮雪心里一抽,竟有些疼。

"要不跟着陈医生那辆车?"柴胡说。

"不要。"鱼七淡淡一句。

看着蒋一帆猛咳了几下后,氧气罩中雾气的清晰与模糊越来越不均匀,王暮雪忍不住手抚在了蒋一帆的额头上:"一帆哥你坚持住,马上就到医院了,千万要坚持住,你最厉害了,你是全世界最棒最棒的……"

柴胡也回头朝蒋一帆喊道:"一帆哥,你不坚持住你借我那十万就打水漂了!"

"他借了你十万?"王暮雪抬起头。

"总之一帆哥你不坚持住我就铁定不还了! 你认真想想,损失多大啊!"柴胡依然朝蒋一帆提声喊着。

这辆宾利 SUV 在大街上犹如猎豹,变道超车快如闪电,此时鱼七早就超过了陈医生的车,直接奔向终点的医院。

柴胡不由得紧紧地抓着旁边的扶手："大哥你悠着点开！我们这儿可四条命啊！"

"再慢根本抓不到了！"鱼七脱口而出。

"啊?！"柴胡一时没反应过来。

"不是,是送不到了！"鱼七改口道。

柴胡一脸惊愕："大哥你以前是警察啊？"

"别跟我说话！"鱼七命令一句,因为他知道自己此刻的注意力一丝都不能分散。

柴胡被喷傻了,只好灰溜溜打开手机看导航,导航显示还有一个十字路口,大致3分钟到,但就在这时,他听到了什么东西掉落的声音。

"手机！一帆哥的手机！"王暮雪失声喊道。蒋一帆的手空了,而他本人失去了知觉,脸上痛苦的表情彻底恢复了平静。

"鱼七快一点……"王暮雪已经开始抽泣起来,"求求你再快一点……"

"红灯,前面两辆车。"鱼七无奈道。

柴胡一咬牙,该死的！怎么就在这个节骨眼红灯！前面还拦着车,导致想闯红灯都没办法。

他回头看见王暮雪的眼泪打在了蒋一帆的氧气罩上,"暮雪你别急,一帆哥没事的,你别急！"柴胡安慰道。

"摸一下他的脉搏！"鱼七通过后视镜看着王暮雪。

"不要！"王暮雪哭喊着。

"我来！"柴胡说着回身就想拉蒋一帆的手,却被王暮雪单手直接推了回去:"你走开！"

柴胡明白了,王暮雪是害怕知道结果,而最糟糕的是,氧气机发出了嘀的一声,预示着氧气机已经没电了,通气口的声音同时也消失了。

"那罩子没孔,拆下来！"鱼七朝王暮雪道,并同时开启了循环模式。

王暮雪的眼前一片模糊,但她大致知道氧气罩的位置,她迅速拆完后眼前的视线被她自己擦拭清晰,但瞬间又模糊起来,再擦清晰,再次模糊……

"快……快一点。"王暮雪抽泣得有些上气不接下气,躺在她腿上的蒋一帆很安静,像没有了任何生命力。

也就在这时,王暮雪才明白,蒋一帆不是什么男神,他也会累,也会生病,也需要人疼,需要人照顾,他不是屹立不倒的常青树,他就是一个如他自己所说的,普通人。

238 进入急救室

急救室外面的王暮雪一动不动地坐在椅子上,目光有些呆滞,鱼七靠在她对面的白色墙上,手插在口袋中一言不发。

柴胡来回踱着步,脸色阴沉,内心充斥着灭也灭不掉的急躁。最后,他决定去走廊尽头的自动贩卖机处买瓶冰可乐降降火。看到医院的自动贩卖机没有可乐这个选项,柴胡一个拳头就砸在了贩卖机的投币口处,而后默默地选择了罐装凉茶。

猛喝了几口后,柴胡将罐子用力一抓,剩余的褐色液体喷溅而出,随后路过的行人听见了垃圾桶发出的清脆一声响。

如果蒋一帆这样的人上天都要提前夺去生命,那么这个世界就没什么天理了,柴胡这么想着。

相比于柴胡,王暮雪的状态就更差一些,至少柴胡还能思考,王暮雪此时的脑子处于惊吓过后的真空状态,鱼七试着叫了她几次,她都没听见。于是最后鱼七只能走到她跟前,蹲下来仰头注视着她:“小雪,他就是休克而已,不会有事的。”

见王暮雪眼眶红红的没说话,鱼七双手搭在她的双肩上重复道:“小雪!你相信我,他不会有事的!”

“都是因为我没关电脑……”王暮雪突然哽咽起来,“要是我周五关了电脑……”

鱼七叹了口气:“说不定他根本就记得你密码,你关不关都一样。”

“那就是我没有把电脑带走!”王暮雪的泪水在眼眶里打转,“要是我跟你去医院的时候带走电脑,他就没任何机会了。”说着她猛捶了一下身旁的椅子,想让身体的疼痛减轻她的愧疚。

鱼七立马扣着王暮雪的手道:"人家是蒋一帆,他妈都说了,世界第一的脑子,人家一定要帮你你还能阻止得了?!"

"为什么不能!我带走电脑他就没办法!"王暮雪提声道,此时她的目光终于看向了鱼七。

"你带走电脑他可以用他自己的电脑,他电脑中没资料他可以找杨秋平要,杨秋平就算听你的话没给他,他也可以找胡保代要,你们胡保代作为项目负责人不可能让反馈在内核会前难产,所以他肯定会给。"鱼七陈述这句话时非常平静。

"胡保代电脑里根本没什么基础资料!"王暮雪反驳道。

鱼七听后愣了一下,随之冷冷道:"那他可以直接找文景科技的各大高管重新要资料,串通我偷你电脑,或者从你电脑拷资料,你不可能24小时都醒着。小雪,就这件事情你不要妄想着我会帮你不帮他,总之他真想做什么你根本阻止不了。"

"你!"王暮雪气得咬牙切齿,怎知鱼七直接将她搂在了怀里,声音也变得温柔了许多:"不要什么事情都往自己身上揽,他这种炎症性的疾病,可能出差回来之前就已经染上了,发作需要时间,跟你没关系。"

"怎么没有关系,如果不是因为我,他还有时间好好休息,他还有时间……"

王暮雪说到这里,突然停住了,鱼七正想听她说下去,怎知王暮雪突然大声道:"都是你!"说着她推开了鱼七,直接站起身怒瞪着刚刚走回来的柴胡,"你怎么能看着一帆哥工作那么长时间不叫停?!"

瞅见王暮雪一副要吃人的模样,柴胡十分无辜:"他要工作我哪里阻止得了?那尽调报告还是曹总要的,而且我已经提出很多次要帮他了,可他都拒绝了啊!"

"他拒绝你不会硬帮吗?!你不会把他的电脑抢过来吗?!"

王暮雪越骂越气愤:"医生说他都没吃什么东西,你就在现场为什么你不帮他买?"

"我每次下楼的时候都有问啊,他说他饿了自己会去吃。"柴胡虽然这么为自己辩解,但他当然不是每次下楼都问,因为他认为蒋一帆自己这么大一人,应该会照顾自己;何况周末柴胡一般都把自己关在王立松的办

232

公室工作,确实没办法时时注意蒋一帆有没有按时吃饭。

"总之一帆哥发生这种事你有很大责任!"王暮雪红着眼睛愤愤道。

此话一出,从来没跟王暮雪吵过架的柴胡仿佛被激怒了,他上前一步质问道:"你这么关心他周末你在哪里?!怎么没见你帮他工作、给他送饭?!"

"我……"王暮雪憋红了脸,因为周末她都在医院确实没什么事。正当她想要跟柴胡说明实情时,柴胡却指着鱼七的鼻子朝王暮雪呵斥道:"而且你现在跟他在一起算怎么回事?!一帆哥喜欢你全公司都知道,你这么关心他你怎么不做他女朋友?!"

王暮雪听后眼眶里打转的泪水都停住了。

"我告诉你王暮雪,你……啊!"柴胡说到这里,手肘直接被鱼七狠狠掰向外侧,脖子也被鱼七的另一只手用力掐着,整个人顺着鱼七的力道撞向了旁边的石墙,柴胡肩胛骨与墙面撞出了一声沉闷而清脆的声响。

"再说一个字试试?"鱼七字字如刀。

"放开他。"王暮雪沉默了一会儿后道。

可鱼七并没有要松手的意思,柴胡此时完全吸不上气来了。

"快放开!看谁来了!"听见王暮雪这句话,鱼七还没来得及扭头,就听见了那个熟悉的声音:"帆仔!我的帆仔在哪里?!"

鱼七皱了皱眉放开了快要窒息的柴胡,心想这老女人居然急救室的灯都没灭就醒过来了,身体素质跟她儿子简直天壤之别。

"阿姨……"王暮雪朝正向这边奔来的何苇平开口道。何苇平并未理会王暮雪,而是指着鱼七道:"保姆都跟我说了,我儿子如果出事,我何苇平做鬼都不会放过你!"鱼七听到这句话什么也没说就往反方向走开了。就在这时,急救室的灯熄灭了。

239 病因的解释

过了大约五分钟,主治医师从急救室中走了出来,神色有些疲惫。主治医师是陈医生的同事,心肺呼吸方面的专家。何苇平直接扑了上去,急切道:"我儿子怎么样啊?!"

"已经控制住了,护士处理好后会先转到加护病房去的。"

何苇平一听"加护病房"四个字,心里一抽,这已经是她第四次在医院听到这个冰冷的词了。

"是不是有生命危险啊?!"何苇平抓着主治医师的白大褂不放,语气已经哽咽起来。

"病人抵抗力太弱、营养不良,外加缺氧,现在休克了,他……"

"休克?!"何苇平露出了惊恐的神情。

"哦,您放心,病情控制好了应该是不会有生命危险,保险起见我们再观察两天。"

"应该? 什么叫'应该'? 什么叫'应该没有生命危险'?! 您这话什么意思?!"没等主治医生说完何苇平就质问道。

王暮雪闻言赶忙解围:"阿姨,每个人的体质可能不太一样,多观察是好的,医生也是要确保万无一失。一帆哥肯定不会有事的,您放心!"

"我就一个儿子怎么放得了心!"何苇平突然朝王暮雪吼道,王暮雪可以听出何苇平这句话的语气有悲伤、有愤怒,更有责备,毕竟蒋一帆如今的状况,在何苇平看来王暮雪是脱不了干系的。

主治医师此时开了口:"病人病源是肺部感染,只要控制好了基本不会有生命危险。"

"我儿子好端端的为什么会有肺部感染?!"何苇平先是瞪着医生,而后目光扫向了在场的所有人,走廊里的气氛一下子陷入了尴尬。

最后还是主治医师耐心道:"肺部感染的原因很多,其实平常外界空气中能造成感染的细菌很多,主要看我们人体自身的免疫系统能否抗衡,熬夜、焦虑、压力都可能导致免疫功能下降。"

"我儿子从小到大就没少熬夜,没少劳累,怎么以前都不出事偏偏就这次?!"王暮雪心里明白,何苇平是想从蒋一帆的同事们口中知道真实原因。

王暮雪正要跟何苇平说出实情,说都是因为蒋一帆帮自己答反馈熬夜,怎料柴胡突然道:"量变也会产生质变的阿姨,而且会不会是一帆哥前三周都待在东北,重工业区,污染重……"

"这个完全可能。"主治医师开了口，"重工业区粉尘颗粒较多，颗粒直径只要小于0.5微米，就能避开呼吸道的清除系统，从而达到肺部的呼吸性细支气管以及肺泡，而且有些颗粒，比如二氧化硅，进入肺泡后，即使是人体已经离开了那个环境，也会继续对肺部进行损伤。"

"也就是说这个感染源是工业区污染物的可能性更大，一帆哥之前很少去东北，估计他的免疫系统……"

没等柴胡说完，何苇平就打断道："那医生，还有没有可能是别的原因？"

"很多，比如经常吸二手烟，或者……"柴胡一听"二手烟"这个词，立刻又提声道："过去几个月一帆哥都跟曹总在一起，这二手烟是肯定要吸的！"

不远处的鱼七此时突然间轻笑了一声，同时微微摇了摇头。

"你笑什么？"柴胡皱紧了眉头。

"没什么。"鱼七看都懒得看柴胡一眼，转向王暮雪道，"小雪，我还有事我先走了，晚点找你。"说着他就转身离开了。

鱼七知道柴胡的目的，如果蒋一帆的病因可以归咎于工业区和二手烟，那么柴胡周日的"无作为"就可以顺利洗白了，如此一来，王暮雪不会继续责怪他，且最关键的是，他不会得罪何苇平。

鱼七其实不讨厌柴胡，当灾难发生，寻找外因总是首选，尽管人们知道这么做无法获得赞赏与褒奖，但至少不会遭到批评和指责。

加护病房厚厚的玻璃墙外，站着目不转睛盯着蒋一帆的何苇平、王暮雪与柴胡。见蒋一帆此时正在使用的那台仪器，柴胡内心五味杂陈。原来这就是呼吸机，就是这样的一台机器在维持着弟弟的生命……

这时的何苇平平复了不少，因为她看到蒋一帆的心率很稳定，而且护士刚才也告知大家，蒋一帆的体温已经被控制在40度以下了。

这位两天下来仿佛老了五岁的母亲，缓缓转向身旁的王暮雪低声道："刚才是阿姨不对，阿姨没控制好情绪，你千万别介意。"

"怎么会……"王暮雪赶忙双手握着何苇平的手，"阿姨您放心，一帆哥不会有事的。医生说了，观察两天就好了。"

"小雪你不知道,阿姨之前……"何苇平此时想起了自己逝去的双亲和唯一的弟弟,又哽咽了起来,"我当时真希望帆仔的病能够移到我身上,我替他进医院,我替他冒险。"

"阿姨我懂,我都懂。"王暮雪将何苇平的手抓得更紧了,她确实能够理解这位母亲的痛苦,以何苇平的学历背景,她又何尝不希望儿子可以在医院接受科学的治疗,只不过之前失去整整一家人的经历,让年近五十的她已经濒临崩溃,不敢再试了。

"小雪啊,有些话阿姨想跟你说说……"

"阿姨您说。"王暮雪赶忙道。

何苇平低眉抿了抿嘴唇,思考了一会儿才开口道:"阿姨知道,你们年轻人都有自己的想法,有自己的追求。"何苇平说到这里,扭头望向了呼吸机上的蒋一帆,"我们一帆真的是很乖的孩子,但也很累。因为他成绩好,所以从小到大都被人压着,早些年,是我压着;到了初中高中,就是那些老师。我记得当年他们高中因为要持续争取那个全国百强中学的名额,要求一帆一定要拿两个国家级的竞赛奖。然后他整个高二都没能好好巩固高考的东西,被逼着学数学和物理的竞赛内容……"

240 天才的压力

何苇平说到这里嘴角有些抽动:"然后因为他在国际上获了奖,所以那些竞赛组织的邀请赛年年都找他,京都也希望他一次又一次获奖,可那是世界竞赛啊,参加的全都是各个国家的天才,奖项哪有那么容易拿。我们一帆当时都不知道熬了多少夜,赛前几个月都在不停地研究往年的习题,我就看着他不停不停地练,一次又一次增加难度,一回又一回地统计自己的解题时间……这就像奥运会上百米冲刺一样,在每个运动员都能跑到终点的情况下,用时短者才能胜出。"

何苇平的这番话,让王暮雪心颤了一下,她此时更加坚信,这个世界上任何卓越的成就,都不是来自天才之手,而是来自那些很聪明同时又很努力的人。

"我们一帆总是想着别人,让我开心,让老师开心,让领导开心。他把我们这些人的目标当成他自己的目标去完成,他完成得很好,除了累,我从他的情绪中看不出半点抱怨,但是……"何苇平说到这里停了下来。

"但是什么?"王暮雪忍不住问道。

"但是这段时间他开始有了自己的……愿望。"何苇平本想用"目标"这个词,但她思忖了下,觉得"愿望"似乎更得体一些。

"我儿子从来没有顶撞过我,或者反对过我。即使我不愿意卖掉我手上新城集团的股权,他也只是跟我说'妈,没事,那我们另外想办法'。然后他就一个一个小股东的去联系。人家知道出让股权是换新生产线,哪里肯退,都要求额外的补偿方案,他就一个一个给别人做,做完了别人满意他父亲又不满意,这段时间这些事情累坏他了。他父亲太固执,我又……哎……总之所有的压力都在他身上……"

听到这里王暮雪和柴胡都极为吃惊。

第一,他们不知道新城集团的情况已经恶化到让何苇平出让股权的地步,毕竟2015年的这场股灾,千股跌停是不可抗力,新城集团即便连续几个跌停板,股价腰斩,也不会让本就哀鸿遍野的市场再有什么过激反应;第二,他们不知道原来蒋一帆除了曹平生压的巨大工作量,还有自己家的棘手事情需要处理,外加额外帮王暮雪答反馈,几重压力,任何一个人都很难顺利扛过。

"小雪你知道么,就几个月前,阿姨开口让他找你们家……周转周转,他不愿意。你知道他当时跟我说什么?他说找谁都行,唯独不能找你。"

王暮雪闻言眼睛睁大了,只听何苇平继续道:"我们新城集团从创立至今,所有借款,只要是借款,全部零违约。阿姨是守信的人,阿姨只是为了周转,一帆也根本不怀疑阿姨做事的信用,可他就是说不行。"

王暮雪连忙道:"阿姨,如果您现在……"

"现在不用了。"何苇平朝王暮雪露出了一个沧桑的笑容,"小雪啊,我儿子说不行,那就是不行。现在哪怕是你爸爸愿意,也不行。没事儿,我们还有其他的办法,阿姨只是想告诉你,一帆很在意你,你明白么?"

一旁的柴胡听见这样的对话,本想默默走开,毕竟这样的情况下他认为自己很多余，可好奇心又将他的双腿直接钉在了地板上，十分牢固。

王暮雪此时低下了头："阿姨……我……"

"一帆嘴上不说，不代表他不是这么希望的。"何苇平没管王暮雪继续道，"他可能没表达过，但他对你的那颗心，是真真的啊……我看他昨晚发那么高的烧，浑身疼成那样，都还在给你发信息，好像在给你加油啥的，还不允许我拿走他的手机。他说你今天内核会，可能整个晚上都随时要联系他，他怕我抢走，就这么一直抓着一直抓着，最后都烧糊涂了还是死死抓着……"

王暮雪听到这句话，两眼一热，眼泪又落了下来，她的泪水这回不偏不倚滴在了何苇平的手上。

何苇平赶忙帮王暮雪擦眼泪，哽咽道："小雪你别这样，阿姨说这些不是让你这样的，一帆如果看到你这样他肯定要怪我了。"

柴胡看着这一切，不禁为蒋一帆的行为所感动，但同时也为蒋一帆母亲的讲话方式所折服。只不过这种折服中，有一点隐隐的不舒服，似乎真诚的表达下，带着那么一丝强人所难。

"阿姨现在因为集团的事情抽不开身，青阳就一帆自己一个人，他学习工作起来就是不要命的……"何苇平说到这里故意停顿了下，而王暮雪正如她所料地立马开口道："阿姨您放心，我一定会照顾好一帆哥的，一定一定不会让他再出现这次这样的状况。都是我不好，是我没有把自己的项目做好连累一帆哥了，对不起阿姨，对不起阿姨……"

看着王暮雪一个劲儿地跟何苇平道歉，丝毫没有把自己抖出来，柴胡的愧疚感骤升，于是乎他上前一步朝何苇平道："阿姨这次主要是我的责任。我整个周末看着一帆哥工作但是我没有制止，也没有帮忙，阿姨对不起！"柴胡说着直接弯下了腰。

走在路上，将所有对话听到这里的鱼七，不禁觉得人的态度是一件很奇妙的东西，可以一直持恒，也可以瞬间反转；可以让一个刚才想把责任推得一干二净的人，在这时又大包大揽。

只不过令柴胡没有想到的是，何苇平当真了。

两日后，蒋一帆虽然没有醒，但因为各项指标稳定，已经摘下了呼吸面罩，并换成了普通病房。王暮雪、何苇平和柴胡商量好以三班倒轮流照看蒋一帆,而责任最大的柴胡,自然是负责半夜 12 点至早上 8 点这个苦逼的时间段。

因为柴胡白天还要工作,晚上过来也没得好好休息,到第三天他就对仍未苏醒的蒋一帆有了不小的意见:"一帆哥,你再这样下去,咱俩的位置就要换一换了。"柴胡看着睡脸安详的蒋一帆皱眉道,他拿出纸和笔,打开了手机的计算机功能,一边写一边跟双眼紧闭的蒋一帆道,"一帆哥我帮你算算,你如果一直不醒,你的损失有多少。"

241 看破不说破

自从柴胡认识蒋一帆以来,蒋一帆总共参与过 3 个 IPO 项目与 1 个新三板项目,这 4 个项目都已申报,顺利上市或挂牌的几率很大,故柴胡为蒋一帆计算损失的估计方式如下:

晨光科技(IPO),蒋一帆,现场负责人,奖金 70 万;东光高电(IPO),蒋一帆,现场负责人,奖金 70 万;法氏集团(IPO),蒋一帆,现场负责人,奖金 70 万;文景科技(新三板),蒋一帆,项目组成员,18 万。

"一共 228 万一帆哥,就算文景科技你参与的时间不长,基本等于打杂,但以你的资历辈分,18 万总肯定有的,反正绝对不会低于王暮雪。"坐在蒋一帆床边的柴胡边写边道,"再加上你借我的 10 万,就是 238 万。"柴胡算到这里手指点开了计算器,"假设一帆哥你明年 2016 年年底可以拿到这笔钱,保守点我们算 2017 年年初好了,你把 238 万放在 6% 的理财里面,每年的利息就是 14.28 万,如果你还可以活 60 年,那么总利息就是 14.28 万乘以 60 等于 856.8 万,本息总和就是 1094.8 万……"

看着 1094.8 这个数字,柴胡深深地叹了一口气,好多钱……

他推了推蒋一帆的肩膀:"1000 多万啊一帆哥,你如果一直睡下去 1000 多万就没了,这么多钱你都不要了么? 很亏的啊!"

蒋一帆的神情依旧祥和,好似沉浸在深深的梦中一样,又浓又长的睫毛似无风之夜的雨帘。

柴胡凝望了蒋一帆许久,见他对自己这种金钱的诱惑毫无反应,于是只好无奈地将纸笔丢在桌上,一看手机,凌晨 4 点 56 分。柴胡揉了揉眼睛,带着烟熏妆一样的黑眼圈,行尸一般走进了 VIP 病房的专用厕所。

当柴胡洗了把脸重新出来时,听到了蒋一帆一声咳嗽,而后就是接连好几声咳嗽。

柴胡瞬间精神一振,冲到了蒋一帆的病床前,提声唤道:"一帆哥!!"

蒋一帆的睫毛已经在微微颤动,柴胡大喜过望,两手抓着蒋一帆的肩膀就开始摇:"一帆哥我就知道你也喜欢钱!没人不喜欢钱!再有钱的人都喜欢钱!哈哈!我知道你醒了!快睁开眼睛!快快快!"

经过柴胡这一番猛摇,蒋一帆总算是睁开了眼睛,但同时也咳得更厉害了。

"一帆哥你总算是活过来了,再多撑一天兄弟我就扛不住了!"柴胡说得两眼发热。

可能是因为沉睡时间太长,蒋一帆的思绪还没有完全苏醒过来,见他没有接话,柴胡赶忙叫来了医生,而他自己去到了室外等待。

大概是因为等待时间有些久,外加实在太困,柴胡在走廊上的椅子边倒头就睡着了。等他醒过来时,隐约听到了门内何苇平的笑声。柴胡再次揉了揉眼睛,进门一看,才发现窗外天已经全亮,一身紫色旗袍的何苇平正端着一碗白粥喂半坐起身的蒋一帆吃着,蒋一帆看到柴胡后,微微一笑。

何苇平顺着蒋一帆的目光回头一看,忙起身道:"哎哟!小柴辛苦了,一帆昨晚多亏你照顾才能醒啊!"

柴胡呵呵一笑,不好意思地挠了挠脑袋。

蒋一帆突然道:"这是你算的么?"说着,举起了柴胡写过的那张纸。

"对啊一帆哥!这个是……"柴胡刚想继续往下说,可情商将他勒住了。毕竟就算当着人家母亲的面,也不好把蒋一帆的奖金直接给抖出来。

"可能公式需要修改一下。"蒋一帆道。

"啊?!"柴胡慌忙走了过去,"哪里需要改?"

"你将 238 万乘以 6%,这 6%我推断是利息率对吧?"

"对啊……"

"那你的前提假设是不是这 238 万投资后,连本带利都是 60 年之后

240

才取出?"

见柴胡点了点脑袋,神色有些发蒙,蒋一帆平和地继续道:"如果是这样,就是利滚利,必须用复利公式。60 年之后的总数不是 1094.8,而是238 乘以 1.06 的 60 次方,共计 7851.07 万。"

当柴胡听到这串数字时,脸上写满了吃惊。他将蒋一帆手中的纸迅速抽了过来,看到上面都还是自己的字迹后,再扫了一眼床上和桌子上,除了蒋一帆那台没电的手机外,空无一物。

"不是……那个……一帆哥你怎么算的?"自己忘记使用复利公式是因为就大致算算罢了,更何况他已经熬了三个通宵,又是凌晨四点这种时间,思维就算极度混乱,水平就算下降一大半也是正常现象……他不能理解的是,蒋一帆手上没有计算器,他怎么算的?!

"就是刚才我跟你说的,238 乘以 1.06 的 60 次方。"蒋一帆重复了一遍。

见柴胡的眼神还在四下搜寻,何苇平不禁问道:"小伙子你在找什么?"

"我在找计算器……一帆哥你是用手机算的么?"

何苇平听后笑了:"这哪用计算器,我们一帆以前参加世界数学竞赛的时候,专门学过乘方速算,他用脑子就直接算出来了。"

此话一出,犹如一阵秋风扫过了柴胡的面颊,凉意甚浓。但机敏的柴胡立刻朝何苇平道:"其实这张纸我是特意放在这里的! 您看阿姨,一帆哥才刚醒,脑中信息处理速度没有降低,这说明了什么? 说明接近 42 度的高烧没有对一帆哥的脑部造成任何负面的影响!"

何苇平闻言顿悟道:"哎哟是是,多亏你了小柴!"何苇平说着不禁摸了摸蒋一帆的脑袋,边摸边想,幸亏儿子没事,不过这个小柴脑子转得太快了。

何苇平是什么人? 作为新城集团十几年高管,她阅人无数,这些年她亲自面试过的人不下 800 个,她还能看不穿柴胡? 只不过看穿,但不点破,是基本的处事艺术,就如同蒋一帆一眼就看出柴胡算的是他的奖金,但他也没有明说出来。

如果真要细究,在蒋一帆看来纸上这些数字都是税前收入,到手的钱必须要扣税。公司每年发的奖金一般会按月分摊,每月超过不同的数额税率也不一样。总而言之,柴胡的奖金计算方法错漏百出,即便不考虑税,计算结果也比真正的结果少了 6700 多万,误差率为 617.12%,毫无参考价值。

242 初春的清丽

"怎么会这样秋平?"下午 4:05,王暮雪一边步履匆匆地往蒋一帆所在的 VIP 病房跑,一边神色焦急地同杨秋平通电话。

"确实是这样姐姐,股转系统这个界面填到一半就自动刷新了,我之前填的信息全没了!"电话那头的杨秋平也比较急,因为今日离文景科技新三板项目的最终申报还剩不到两天。

新三板的申报方式为全电子化,故投资银行需要在全国中小企业股份转让系统中上传拟挂牌公司的各种申报材料;此外,投资银行还需要在该系统中填写企业、中介机构、财务数据等基本信息。虽然看上去就几张表,但杨秋平填起来才知道工作量不小,尤其是那个系统有时间要求,一旦填写超时,系统就自动刷新,之前所填的内容也没有保存按键,导致杨秋平试了几次都以失败告终。

王暮雪此时已经跑到蒋一帆的病房门口,身上背着很重的电脑和文件,一手拿着手机,一手推门进入后,想也没想就道:"对不起阿姨我迟到了!"

王暮雪的执勤时间是下午 4 点至晚上 12 点,此时她确实已经迟到了5 分钟。可整个病房中除了看似依然昏迷的蒋一帆,空无一人。

由于没有看到何苇平,王暮雪先是愣了一下,而后习惯性地关上门,快步走到蒋一帆的病床前将包一放:"秋平你先别急,你把要填的表先截图,所有信息全部截图,然后把答案都按表格顺序写下来,下次进入系统后,直接填答案,那个系统不可能打字的时间都不留的。实在不行,你把列好的答案发给我,我试下。"

王暮雪从包里掏出电脑,依旧对着电话道:"没事,我用手机热点就可以……"王暮雪说到这里好似想起了什么，"等下！不对，我没有 ukey，没法登录系统！"

在 2015 年，登录股转系统需要一个账号和盾牌，盾牌又叫 ukey。投行人员必须将 ukey 插入系统中输入密码才能登录，类似网银取钱的操作，但整个部门只有一个 ukey，几十个人共用，而此时 ukey 正在明和大厦的杨秋平手上。

"秋平，你先按我说的试试，不行找柴胡帮忙，再不行等我回去。我晚上大概凌晨一点左右到公司，你把 ukey 放我抽屉就行，还有……啊！"

王暮雪的一声惊叫是因为她无意中看了一眼床上的蒋一帆，蒋一帆正目不转睛地看着她，眼神很温柔。

"一帆哥……你……你醒了？"王暮雪赶紧挂了电话，有些不敢相信。

"小雪你快申报了对吧？"蒋一帆的声音很轻。

"对……"王暮雪把手背贴向蒋一帆的额头，停留了两秒后收了回来，神情凝重道，"还是有点烫。"

"你的头还疼么？"蒋一帆指的自然是王暮雪撞到的地方。

"不疼不疼，我这都是皮外伤。"

"报完需要回去复查一下。哦，对了，你心脏还痛么？"

王暮雪赶忙摆了摆手："不痛不痛，一帆哥我很好，你才是要紧，你需要好好休息。"

蒋一帆嘴角微微勾起："我没事的小雪，这里有医生，也有护士，你忙就赶快回去吧。"

听到蒋一帆这句话，王暮雪忽然间记起了何苇平这几天反复提醒她的："如果我们一帆醒过来，跟你说他没事，让你离开，你千万不要走，他肯定希望你多留下来陪陪他。"

"怎么了小雪？"见王暮雪一时间没反应，蒋一帆道。

"没……没什么。"王暮雪感觉自己在同蒋一帆说话时，身子都很僵硬。

今天，是蒋一帆第一次试着叫王暮雪"小雪"，他发现她也并未提出异议，松了一大口气。

"营养液快滴完了，我去叫护士。"王暮雪说着就跑出了病房。

其实,蒋一帆的床头就有一个白色的按铃,一按护士就会来,但王暮雪好似本能地在试图逃离什么……

待医生护士都来查过房后,房内的气氛重新归于安静,两个人都不知道该怎么独处。

"一帆哥你要不要喝水?"

"不用,我可以自己喝。小雪你快回公司吧,申报完好好休息。"蒋一帆看上去很平静。

王暮雪将蒋一帆的病床摇起,将水杯递给了他。蒋一帆迟疑了一下,接过了水杯,喝了一小口便重新放回到桌上,正想继续劝她走,不料王暮雪直接一句:"一帆哥你别说了,我不会走的,这几天我都已经习惯了,我可以在这里工作的,我声音尽量轻一点,你好好休息,有需要叫我就好。"

蒋一帆就这么定定地看着王暮雪,似乎他已经很久很久没好好看过她了。

王暮雪的皮肤还是跟蒋一帆记忆中一样白皙,脸上依旧看不到任何上妆的痕迹,就连口红都没有涂,素淡的唇瓣浅浅的,但在蒋一帆眼中,王暮雪的整个人都可以发出澄澈透明的光。她的美是独特的、自然的,眉目间隐然有一股初春的清丽。

时光在这一刻好似停止了,王暮雪羞红了脸避开了他的目光,蒋一帆才意识到自己失礼了,于是赶忙也移开眼神,有些紧张道:"那个……小雪,对不起这几天麻烦你了,我妈都跟我说了,是你救了我。"

王暮雪摇了摇头,笑道:"不是我,我没有那个本事。"说完她看着蒋一帆,小声说,"其实,是鱼七。"

243 无效的信息

嘈杂的扫描室中有一个身影永远安静,他的左耳总戴着白色的蓝牙耳机,别人问他在听什么歌,他就淡淡一句:周董和陈奕迅。鱼七喜欢听这两位男歌星,并不是因为他们的嗓音,也不是因为他们拿过多少奖,更不是因为他们在演唱会上那永远很抽象的造型,而是因为他们的歌词。

"最美的不是下雨天,是曾与你躲过雨的屋檐。"

"为你弹奏肖邦的夜曲,纪念我死去的爱情,而我为你隐姓埋名,在月光下弹琴。"

"回忆是捉不到的月光握紧就变黑暗,等虚假的背影,消失于晴朗;阳光在身上流转,等所有业障被原谅,爱情不停站,想开往地老天荒,需要多勇敢。"

这些歌词总是很美,总是让听者的情感流连忘返,因为它们值得细细品味,每品一次,意境都不一样。

而到了现在,大街小巷放的歌竟然都是:

"你是我的小呀小苹果儿,怎么爱你都不嫌多,红红的小脸儿温暖我的心窝,点亮我生命的火,火火火火火!"

这首歌大概给很多人带去了快乐,却听得鱼七一阵窝火。但他应该知足,至少 2016 年年初的鱼七应该知足。毕竟到了两年后的 2018 年,他就会听到一首比《小苹果》还要红的歌,这首歌主旨就是让恋爱中的情侣一起学习猫科动物"科学发声",循环无数遍的歌词是:"我们一起学猫叫,一起喵喵喵喵喵……"

当然,这段时间戴着耳机的鱼七,并不在听音乐。他每次将需要扫描的文件放入打印机时,都会选择一段系统中有波段的录音,边听边工作。

"大姐,没明白你的意思,什么叫不讨厌,但又想逃开?"这是一个男人的声音,这个男人鱼七很熟,是王暮雪的好闺蜜狐狸,程舀今。

"我也不懂,就是他没醒着的时候吧,我真的是不讨厌的,但是醒来了就很尴尬了。"王暮雪的声音听上去很矛盾。

"搞不懂你们女人,这么优秀又对你这么好的男人有什么可讨厌的。"

"我都说了我不讨厌他,而且他脱下眼镜真的比戴上眼镜好看很多。"

"说白了脑子多好使都没用,你们女人还是看外表!"狐狸悻悻道。

"我说了我不是!"

"不好意思我更正下,你们女人,有钱的看外貌,没钱的只看钱,都没什么内涵。"

王暮雪毫不留情面："大哥你知道你为何会这样觉得么？因为你两样都没有。"

"这句话有本事对你的小鱼鱼说说看？"

"他跟你就不是一个档次的，救人的时候可帅了！"

"警察懂急救知识很正常，他们都有专门的医疗培训的。我表弟也干警察我知道，这有什么可花痴的！"

王暮雪轻哼一声："怎么？我看你对我的小鱼鱼意见很大。"

"我是对你意见大，你脑子是不是坏掉了！"

"不说了不说了，曹总找我了！"

波段消失了，于是鱼七很平静地打开另一个文件中的录音，选择了有效波段。

"你也就跟外婆在一起才能吃点肉，要是你妈回来了，全得吃狗粮。"此时鱼七耳机中是一名中年女人的声音。

"不怕我告诉她？"中年男人的声音传来。

"山高皇帝远，管不到。如果小可瘦了，回来还不得说咱？"

"你说她喜欢女人的事情是真是假？"男人突然压低了声音。

"我丫头我还不懂么？她只是不想我们老催她，这孩子撒谎从来不带脑子。你看她小学中学墙挂着的，可不都是男明星的海报么？"

"哈哈也是！不过我目前还真没看到闺女对哪个男生心动，再这样下去危险了。"

"心动了不叫爱情，心定了才是爱情。"女人不以为意地来了这么一句。

"所以我当初没让你心动？"

"你可得了吧！"

对话消失了，取而代之的是碗碟筷子的声音。鱼七皱了皱眉，掏出了手机，将进度条拉到下一段波幅较大的位置，松手后将手机放在裤兜里，继续听。

"自驾游到尼泊尔了，还真能折腾啊你爸。"

"老人家就要折腾，折腾折腾才长寿。小雪不是还想送车么，目的就是给他折腾的。"

"来,吃水果……怎么?不吃?小可等着的,你不吃它吃了。"女人道。

"哎,你说,那个何苇平我也没看出有什么特别,怎么就教出蒋一帆这么卓越的儿子来……你再看看他网上的履历……"

"看什么看,你是怪我没给你生儿子?"女人语气有些不悦。

"怎么老扯这个,什么话题你都能往这上面扯!"中年男人开始不耐烦了,"就因为你老扯,有时还不注意音量,搞得小雪从小到大都把自己当男人!"

"不扯就不扯。"

一阵嗑瓜子和电视的声音传来,大约一分钟后,女人的声音再次响起:"我看了那孩子世界竞赛获奖后记者对他父母的采访,那话说的,简直跟没说一样。什么他们家的教育,都是自然的,那比喻啥来着,就像一棵树摇动另一棵树,一朵云推动另一朵云;什么对孩子的教育,从来不是点石成金、立地成佛,而是春风化雨、无为而治……我就不信何苇平没压儿子!无为而治!"

中年男人冷笑一声:"人家对外当然要这么说,就像那些考神,明明复习了几个通宵才考了第一,硬说自己没怎么复习。"

"哎,可惜了他们家,不然光看这孩子的成绩和长相,真想让他做咱家女婿,改良改良后代。"中年女人惋惜道,"你这个当爸的再给物色物色啊!就这么几年了!"

"你别叨叨了,都被你叨叨成同性恋了!"

鱼七听到这里很是疲惫,听了几个月了,这两个人聊天内容没一句是关键点,难道他们聊机密事情都在床上?或者王建国从来不跟老婆谈工作上的事情?

如果是这样,那错过的事情就太多了。对这个王建国,看来必须再另想办法了。

第四卷　利弊权衡

244 初识卫浴业

"我们这款独立式浴缸是大型浴室最重要的特色,它是黑色的,可以给白砖浴室增加现代格调。一般而言,白色的浴缸比较多,而黑色的浴缸就很别致。浴缸的选择很重要,它会影响整个浴室的风格……"

四十四岁,平头、皮肤偏黄的风云卫浴董事会秘书艺超,正向大家介绍公司产品,该公司全称"三云风云卫浴股份有限公司",主要销售卫生洁具、水暖器材、五金系列产品、浴室柜、沐浴房、厨房整体橱柜、卫生陶瓷制品及配件。

风云卫浴的办公大楼很豪气,一楼为展厅,长宽大致五个平行篮球场,陈设着公司历年的爆款产品。当然,爆款产品均为浴缸、洗手池、浴室用柜、马桶、浴室灯、水龙头……

柴胡发现不仅是浴缸、洗手池等硬件设备看上去不便宜,就连热毛巾架、水龙头、浴室灯这种配件都十分上档次。

"这个闪光灯价格大致在7000元左右。"董事会秘书艺超道。

柴胡听后惊呆了,几个灯泡值7000块?都够自己活好几个月了!有7000块自己宁愿买个冰箱,然后拼命往里塞煎饼,绝不买什么浴室中的闪光灯。

"大家知道闪光元素很重要,使用闪光元素会为浴室带来豪华的外观感受。"

"闪光灯也不能装太多吧?"柴胡道。

"当然,要遵循极简原则,避免过于闪亮带来的视觉混乱。"艺超边说边领着大家进入了另一个隔间。

"如果大家希望进入浴室后放松身心,那么简洁很重要,水纹的瓷砖就是最佳选择,因为水对心灵有镇静作用,可放松紧张的肌肉。"

"这种瓷砖一块多少钱?"跟在王暮雪身后的蒋一帆开口问道。

本来三云市的项目曹平生是不允许蒋一帆参与的,但自从出了上次医院抢救的事情之后,何苹平坚持未来一年内,儿子必须留在家门口,所以大病初愈的蒋一帆、成功申报完文景科技的王暮雪与公众号依旧毫无起色的柴胡又重新集结成一个项目组。他们此次的任务是,将这个高端卫浴的国内龙头企业送上主板市场。

"瓷砖的话,大概每平方 10 元至 100 元不等,但是不单独卖,一般打包在总价当中,与浴室互补的装饰件和镶嵌物一起算。哦对了,你们还可以定制瓷砖。瓷砖的形状、尺寸、颜色和纹理都可以给你们做得独一无二。"艺超笑道。

王暮雪发现,他笑起来牙齿就跟他的皮肤一样黄,其中还有一颗门牙闪着耀眼的金光。

"那些经常喜欢在浴室中消磨时光的客户,一般会选择独有的纹理瓷砖。有的客户还会要求我们制作出一条通向浴缸的路径,他们认为在踏入浴缸前的每一步,都极具仪式感和庄严感。"

柴胡此时虽然外表十分平静,但内心已经给艺超口中的这些客户翻了一个大大的白眼:洗个澡而已,一个桶就解决了,还什么庄严感、仪式感……

"哇!我喜欢这个鹅卵石!"王暮雪突然指着一个浴缸兴奋道。

艺超笑了:"对,很多客户都喜欢,他们不仅喜欢把浴缸置于鹅卵石床上,就连洗漱台下面也陈列着鹅卵石。鹅卵石是很多现代豪华浴室的最佳选择。"

"如果我全套卫浴用品都买的话,你们这个鹅卵石,送么?"柴胡突然道。

艺超愣了一下,而后忙笑道:"当然送。如果小柴你的浴室要装修,我们全套给你七折,此外还送你绿色植物。鹅卵石属于天然石材,这种石材与绿色植物是最搭的。一般我们会再加上些许木质元素,使得整个浴室更有生命力。"

"哪种绿色植物放在浴室中会比较好?"王暮雪满脸好奇。

"很多。比如百合和兰花,花香不太浓郁,但很有生命力。"

"那这些植物装在哪里呢?"王暮雪并未在展厅中看到有绿植点缀的卫浴间。

"一般是以盆栽的方式悬挂在浴缸上方,这样可以节省空间,当然,也可以置于洗手台边上,营造出宁静的环境。"

听艺超说到"悬挂"二字,柴胡立刻看到了眼前隔间中的悬空镜子。这个镜子是圆形的,面积覆盖了大半个浴室,且居然被安在天花板上!一开始柴胡觉得这种安装手法相当诡异,但细想才知道,这样设计应该是方便那些在浴缸中泡澡的人能躺着看镜子,满足自恋的欲望。

看到这里柴胡内心直摇头,绿色植物和悬空镜的理念好是好,但如果施工队工程质量不行,岂不是会在洗澡的时候突然间被悬挂在上面的盆栽和天花板上的镜子给砸死? 如果真那样,这些有钱人的死状应该相当惨……

蒋一帆注意到,艺超在全程介绍时,一直倒着走,他在菱形迂回的蜂巢空间中步伐娴熟,即便眼睛不往后看,也居然没有撞到任何东西。

"给你们看这个调光器。"艺超指着化妆台旁边的一个白色按钮道,"一般冷光让人紧张,让人专注,所以办公室、快餐店一般都用冷光,因为希望咱们工作快,吃饭快;而暖光就会使人放松,所以咖啡厅、家里的卧室一般用暖光。如果你们想浴室精致,那灯光必须精致,合格调节器就是可以调节浴室灯光冷暖的,同时还可以调节光线和强度。"

"所以如果以后希望孩子能快点洗完澡,就调成冷光咯?"柴胡笑道。

"没错没错。"艺超也笑了。

一直紧跟在艺超旁边的王暮雪认为,这位董事会秘书,应该是自己接触过的所有董事会秘书中最懂公司产品的,他的介绍很专业,或者说,很"销售"。恍惚间她感觉自己不是作为财务顾问走进这个展厅,而是作为想购买浴室全套设备的客户。此时她的手机振动了一下,一看时间,是蒋一帆应该喝水了,于是她将事先准备好的保温水杯偷偷塞进了蒋一帆的手里。

245　失传的绝学

我的天啊！这个会议室太棒了！柴胡望着有五十多个黑色皮椅座位的超大型椭圆会议桌，一阵感叹。这间会议室大致两百五十平方米，四面墙整齐地排列着大型棕黑组合柜，会议桌上每个位置前都摆着小型绿色植物和烟灰缸。

"听说你们投行喜欢用会议室，方便讨论。看看这里合适么？那边还有茶水咖啡自助区。"艺超说着指了指会议室东北角的红木吧台。

"合适合适，谢谢艺总。律师和会计师也在这里办公么？"王暮雪问道。

"哦，不，这里是专门给你们的，律师和会计师我们安排了别的办公室。你们先坐一下，我现在让技术部给你们装打印机。也快中午了，装完我先带你们去吃饭。"艺超笑着说完便离开了。

"五十多个座位随便我们挑！爽！"等艺超走远后，柴胡兴奋道。

王暮雪没搭理柴胡，而是围着会议桌慢慢走了一圈，边走边看上面两排中央空调的通风口，时不时还伸手感受一下风力，而蒋一帆此时已经随意在一个位置上坐了下来。

"暮雪你在干吗？"柴胡拉开蒋一帆附近的一张椅子。这个位置是椭圆会议桌的一头，是董事长坐的位置。柴胡正要坐，不料王暮雪叫道："慢着！"

"一帆哥你坐这里。"她示意蒋一帆过去。

柴胡才反应过来，王暮雪是怕蒋一帆坐在会议桌横排的位置上着凉，所以专门替他挑了偏离风口的位置。柴胡乐见王暮雪把蒋一帆当大熊猫，自然遵命。

艺超派来的技术人员很快帮三人装好了打印机，中午就餐的地方与晨光科技很像，是一个独立于员工食堂的高管就餐区，不过菜色比晨光科技的家常菜新奇多了，其中好些菜柴胡听都没听过。

"我们这的厨师跟了老板很多年,会做一些在南方已经失传的菜,你们尝尝习不习惯。"艺超待人接物很周到。

"这是炸春卷么?"柴胡指着一沓油炸食品道。

艺超呵呵笑了:"这是网油鱼卷,里面不是面粉,而是鲮鱼肉。这道菜上世纪40年代很流行,我奶奶年幼时在茶楼经常能够吃到。不过由于抗战时期资源匮乏,这道菜消失过一段时间,现在日子好了,又可以吃到了。"

"这怎么做的啊?"柴胡问道。

"哦,就是把鱼肉酿进猪油网里做成卷状,蒸熟即可。"

"油网?"

"对,蒸的时候猪油网剩余的油脂会渗透进鱼肉里,很香。"艺超说着,也给王暮雪夹了一块。当他正要给蒋一帆夹时,王暮雪忽然双手捧起碗,贴近艺超的筷子,露齿一笑道:"艺总,我同事最近身体还没完全好,目前吃不了油炸的。这么好吃的东西不能浪费,我替他吃。"

蒋一帆与艺超客套完后,边喝汤边忍不住偷偷看王暮雪,希望从她的眼神中得到一些答案,但王暮雪始终不看他,只是自顾自地吃着碗里的东西。

"这是烤乳猪,我认识。"柴胡指着一大盘脆皮白肉道。

"对,这是凤城麻皮乳猪。"艺超笑答。

"为什么要叫麻皮?"柴胡好奇道。

"哦呵呵,你们看,这层脆脆的乳猪皮烤熟后,表面会遍布芝麻一样的小孔,所以我们本地人又叫它麻皮乳猪。"

其后,还有八珍盐焗鸡。据艺超说,八珍盐焗鸡是上世纪60年代一款名扬国际的主菜。1961年,在周总理率领中国代表团出席日内瓦扩大会议上,各国贵宾吃的就是这道菜。

柴胡边吃边感叹,这家企业也太高大上了,产品展厅豪华,会议室规格高,就连饭堂上的菜都此般上档次。别的不论,光是那盘烤乳猪的碟子就占了半张桌子,这种菜一般是婚宴中才有的,柴胡感叹自己居然做项目都能吃到,快哉快哉!

"艺总,那这道菜又是什么? 难道是炸月饼?"柴胡指着外圈棕黄皮,里圈类似蛋黄芯一样的菜。

艺超闻言眼角笑得更弯了："小柴你这么说,确实还真有点像炸月饼。这道菜其实叫回味桂花扎,外圈那层棕黄皮不是淀粉,而是猪手。"

柴胡难以置信。

"将猪手肉捣碎,然后加入蛋黄和卤水,再用猪手皮包好,放在锅中煎,煎成像这样金黄的样子,很好吃,你尝尝。"说着艺超就又要给柴胡夹,柴胡忙阻拦道:"您别客气,我自己来自己来。"

当他将这个没有一点桂花料的"回味桂花扎"放进嘴里后,惊呼道:"好吃啊!"

蒋一帆听后正要动筷子,不料听见王暮雪认真一句:"一帆哥这个你最好也先不要吃。"说着她把回味桂花扎转得离蒋一帆远一些,取而代之的是桌上唯一的一盘绿色食物——清炒油麦菜。这场景让柴胡看得很想笑,因为蒋一帆明显一副很想吃肉的样子,结果被王暮雪监督得鱼也不能吃,猪也不能吃,就连那盘八珍盐焗鸡王暮雪都示意蒋一帆要少吃。

蒋一帆十分听话,一个劲儿地喝萝卜汤、吃青菜,表情很平静,但眼神可怜兮兮。

246 就是不加班

吃完饭后,艺超带着柴胡一行人开始参观风云卫浴的各大工厂。工厂按功能划分有电镀厂、陶瓷厂、铜材厂、水龙头厂、挂件厂、弯管厂、压铸厂、淋浴房厂、浴室柜厂和马桶厂等。柴胡由此亲眼看到了身穿蓝色工作服、戴着白色口罩的工人在特定环节工序中的分工,也看到了不少机器手在代替人工进行精准校对。

在参观铜材厂时,柴胡注意到蒋一帆戴了两层口罩,底层是艺超提供的白色工厂口罩,上层是黑色硬壳、样子滑稽、类似防毒面具的专业口罩。

"一帆哥,你这是什么装备?"柴胡凑近蒋一帆身边小声道。

蒋一帆眼角一弯,指了指走在前面的王暮雪。

参观完工厂,已是晚上七点半。"我们董事长明天才能从欧洲回来,所以今晚还是我陪你们吃。律师会计师过几天就都来了。"

虽然吃饭的地方跟中午一样,但菜色居然没有一样是重复的。满桌的美味佳肴又把柴胡看傻了。这回艺超不等柴胡问,就一样一样地介绍起来。

"这是鳝鱼,全名是网油顶骨盘龙大鳝。其实有些地方也把鳝鱼叫河鳗,我们把它的脊骨去掉,用酱油腌制红焖,软滑香浓,你们尝尝。"

"这个汤羹是蟹肉燕窝羹,里面放了些姜葱和陈皮,去腥味的;羹面上我们厨师撒了些蒸熟的蟹黄,就是膏蟹的蟹黄,然后用了点蛋清勾芡。"

"这道菜在我们这儿历史悠久了,叫葵花大鸭,跟鸭肉摆在一起的淡黄色的是笋花,还有腊肝肠和冬瓜。"

柴胡猜测这盘"葵花大鸭"光是摆盘应该就要好久,因为"花蕊"是用油泡肚球组成的;卤水鸭肉片、笋花以及刚才艺超提到的腊肝肠被摆成了两朵盛开的葵花花瓣,冬瓜皮被雕成了"茎"和"叶",最下方厨师还用西兰花模拟根与土。更夸张的是,两朵葵花之间"升起"一轮用红萝卜做成的"太阳",活脱脱一幅葵花向日图,让人不忍下箸! 此外,除了刚才艺超详细介绍的,桌上还有凤城虾皮角、古法烩长鱼、凤城金钱蟹盒以及五彩炒水鱼丝……

在柴胡意料之中的是,这一大盘葵花大鸭中的胡萝卜和西兰花,无一例外被王暮雪夹给了蒋一帆。

柴胡吃得都忘记自己是谁了,当他酒足饭饱准备回酒店休息时,蒋一帆居然说了两个令他喷血的字"加班"。董秘艺超听到后赶忙劝阻道:"已经九点半了,你们今天也参观一天了,早点回去休息吧,明天再工作。"

"艺总今天辛苦了,您不用送我们了。我们回办公室还要看点资料。"蒋一帆礼貌道。

"那等下你们怎么回去?"

"我们打车就好。"蒋一帆道。

艺超无奈地一笑,连道:"好吧好吧。都说投资银行的人工作起来不要命,现在看来真是这样。那我先走了,你们有需要随时打我电话。"

天已全黑,办公区的路灯八点半后便关了,三个人只能凭着大概的方向往前走。

柴胡满心不满,可他又能如何?论资历,蒋一帆是他上级,他不可能公然违抗上级命令,可全身的血液都涌进胃里,就算坐在电脑前,脑子也转不动了。

此时只听王暮雪突然郑重道:"一帆哥,等下我们收拾电脑直接回酒店,不加班了,工作明天再说。"

柴胡闻言一阵窃喜。蒋一帆停住了脚步:"小雪……"

"没商量,不加班,赶紧回去休息,我们都很累了。"王暮雪一边往前走一边说。

柴胡用手肘碰了碰蒋一帆:"一天的狗粮吃得兄弟我好酸爽。"

蒋一帆没回答,而是快步追上了王暮雪道:"行,不过他们家那些电镀厂、炼铜厂涉及的环保问题会比较大,我其实也只是想查查资料……"

"不许查!"王暮雪扭头朝蒋一帆厉声一句。

如果这句话不足以吓到柴胡,那么回到会议室后,王暮雪的行为可算是让柴胡需要扶一扶椅子才能站稳了。当着蒋一帆的面,王暮雪把他的电脑抢走了,还威胁说如果蒋一帆不听话,她就把电脑当场砸个稀巴烂。

"你要是用手机加班我连你手机一起砸,你买一个我砸一个!"王暮雪一脸傲然地走出了会议室,留下了被训傻了的蒋一帆。

回到酒店后,蒋一帆躺在床上辗转难眠,王暮雪的行为让他捉摸不透。她对自己好,显而易见,但她好似一整天几乎都不与自己眼神交流,就连提醒自己多喝水、别吃这个、别吃那个,眼睛都没看着自己,当然,还包括刚才抢电脑以及发出威胁论调的全过程。

她到底为何会这样呢?

而王暮雪正盘腿坐在床上,手机屏幕上显示的是各种注意事项:

1.多喝水、多吃新鲜的蔬菜和水果、少吃辛辣刺激的食物、戒烟酒、避免受凉上火、及时加减衣物、避免感冒;

2.饮食生活规律有序、避免烟酒熬夜劳累受凉、调整好心态、避免压力过大、情绪稳定、适当地活动锻炼;

3.勤吃动物肺脏(如猪肺),对人养肺好处大;

4. 勤吃果仁、杏仁,其维生素含量丰富,具有生津润肺的功能,其中丰富的维生素 A 以及维生素 E 还具有抗氧化的作用,能够减少肺部的内皮损伤以及基因的突变,有一定的抗恶化作用。

王暮雪在购物网站中迅速购买了果仁、杏仁、生鲜水果以及空调房专用的披肩毛毯,输入了酒店地址和蒋一帆的房号后付款下单。然后她抓了抓脑袋,叹气道:"去哪里能搞到熟的猪肺? 锻炼……一帆哥从来都不锻炼,更何况……场地呢?"

247 母亲转股权

《三云新城钢铁股份有限公司第五届董事会第三次会议决议公告》

本公司第五届董事会第三次会议于 2016 年 1 月 18 日下午在公司会议室召开,应到董事 9 人,实到董事 9 人。公司监事及高级管理人员列席了会议,符合《公司法》和《公司章程》的规定,会议由董事长蒋首义主持。

会议审议并通过了《何苇平关于转让三云新城钢铁股份有限公司 4.95% 股权的议案》。

由于国内钢铁市场环境的变化及竞争的加剧,本公司计划近期优化产品结构,增大电炉钢和特优钢的产量。

鉴于公司现有生产线数量不足以满足公司未来三年对于电炉钢和特优钢的产量要求,故公司拟通过出让股权的方式从三云特钢实业股份有限公司取得连铸生产线四条;平立交替、无扭控冷全连续高速线材生产线四条;全连续切分轧制带肋钢筋生产线五条;冷轧不锈钢生产线二条以及热镀锌钢板生产线一条。

本公司、本公司股东兼高级管理人员何苇平经与三云特钢实业股份有限公司协商,双方同意何苇平按三云特钢实业股份有限公司截至 2015 年 9 月 30 日净资产额为基数,向三云特钢实业股份有限公司转让其持有的本公司 4.95% 的股权,本次股权转让完成后,公司股东兼高级管理人员何苇平不再持有本公司股份。

　　该事项经本次董事会审议通过后,公司将聘请具有证券从业资格的会计师事务所对三云特钢实业股份有限公司截至 2015 年 9 月 30 日的财务报表进行审计,实际转让价格以审计报告数字为准。

当蒋一帆看到这则公告时,本应该松一口气的他,心情却变得无比沉重。他明白,母亲何苇平这次放弃的,并不仅仅是股权而已,她还放弃了她与父亲捆绑的唯一纽带,放弃了她守住这个家的最后筹码。

"妈,维系一个家的,是爱,而不是股权。"

"妈,不要害怕选择,也别怕放弃现在拥有的,更别怕选错了一辈子就毁了。决定我们过什么样生活的,从来不是哪一次的选择,而是我们一直以来的状态。"

这是蒋一帆一直想对母亲说的话,但他始终没说出口。

从小到大,第一个教他做人做事的,是母亲;第一个为他取得的成绩欢呼喝彩的,是母亲;第一个能看出他内心真正需求的人,还是母亲。在蒋一帆老师、同学的印象中,蒋一帆只有一位家长,就是母亲何苇平。

何苇平或许有着体面的工作,过着富裕的生活,但她就跟千千万万的普通父母一样,对儿子有所期许的同时,更多的是怜爱。母亲曾经无数次强调:"帆仔,高考就是独木桥,没人可以保证万无一失,多一张奖状就多一条出路。"但母亲也会时不时说:"帆仔,你是这个世界上独一无二的,你有权以自己的思想主宰自己的成长。若你不喜欢竞赛,那等下吃完早饭就可以不去上课。"

母亲早年说:"帆仔你学英语要加把劲儿,为什么课后题还是不能全对? 英语是语言,语感培养起来,考试就绝不会错,妈妈下周给你请两个英国老师,这样你才不会输在起跑线上。"但母亲后来又告诉他:"你生在我们家,其实已经赢在了起跑线上,但可惜人生不是短跑,也不是中长跑,而是一场马拉松。马拉松从来没人抢跑,因为马拉松竞赛的参赛者,没人输在起跑线上。"

虽然母亲何苇平给自己的爱既简单纯粹,却又复杂矛盾,但她是这个世界上最懂蒋一帆的人,关于这点,蒋一帆深信不疑。王暮雪近期的改变,会不会是母亲同她说了什么呢?

蒋一帆正胡思乱想着,对面的柴胡突然道:"一帆哥,你昨晚担心的事情发生了,他们家所有的厂子都没取得排污许可证。"

蒋一帆打开艺超传来的电子版资料,仔细研究风云卫浴每一个工厂的污染物类型、排放量、排放浓度以及相关的法规限制。陶泥粉尘、烟尘、二氧化硫、氮氧化物、氟化物、木屑粉尘、苯、甲苯、二甲苯等词汇映入蒋一帆的眼帘。

经过一番对比,陶瓷厂、铜材厂、水龙头厂、挂件厂、弯管厂、压铸厂、淋浴房厂、浴室柜厂和马桶厂都通过了环评验收,取得了有关部门出具的环评批复,且没超过排放限制标准,唯独电镀厂……

"那个电镀厂要特别关注下。电镀行业属于重污染行业,公司在开展业务时必须要取得环评批复及排污许可证,他们现在没取得就已经在生产了。"

柴胡两眼瞪得老大:"那……不是已经违法了么?"

"嗯。"

"那怎么办?"

蒋一帆脸上没什么特别的表情,轻描淡写道:"上市之前办下来就可以。如果办不下来,就把这电镀厂转出去。"

"把什么转出去啊小伙子?"此时一个中年男子的声音从门外传来。

一个身材高瘦,地中海发型,单眼皮的五十多岁男人笑呵呵地走了进来,其后跟着毕恭毕敬的艺超。

今天的艺超与昨天的艺超相比,莫名矮了一截。正是因为矮的这一截,大家断定走进来的人,就是风云卫浴的一把手、控股股东、实际控制人及董事长林德义。

看到三个年轻人齐刷刷起身,林德义十分随和地示意他们坐下,而后很自然地在蒋一帆旁边坐了下来,艺超站在他身后。

"林总您好。"蒋一帆同时递出了名片。

林德义接过名片,边看边惊讶道:"蒋一帆……你是高中就参加世界数学冬令营那个蒋一帆么?"

"对,以前参加过。"

"哈哈,久仰大名,我们三云市的大才子啊!我大儿子正好小你三

258

届,他刚进高一那会儿,学校门口和高三楼挂的横幅都是你的名字,宣传栏上写的也是你的履历,所以我记得很清楚。"

"林总过奖了,都是很久以前的事情了。"蒋一帆谦虚道。

林德义把蒋一帆的名片放进口袋,而后笑着问道:"你刚才说把什么转出去啊?"

248 没有房产证

"是这样的林总,电镀属于重污染工序,公司在开展业务时必须要取得环评批复及排污许可证。您看近期能够办理下来么?"蒋一帆道。

林德义听后想也没想就点头:"可以的,没问题。这厂子一直是我表弟在管,可能疏忽了,这些文件我们其他厂应该都有吧?"

"其他厂都取得了政府的环评批复,排污证我看了下排放物,都不需要办。"

"所以就一个电镀厂是吧? 好说好说。"林德义笑着回身示意董秘艺超记一下。

"就这一个问题么?"林德义朝蒋一帆道。

"我们刚进场,还需要一些时间梳理,我们大约会在三周左右的时间,给您出具一份初步尽调报告,里面会详细列明公司上市前的问题清单。"

"好的,大才子做事我放心。"林德义说着拍了拍蒋一帆的肩膀。一直沉默的王暮雪开了口:"林总,其实我这边今天看资料时也发现了一些问题,不知您是想现在知道,还是两周……"

"现在知道。"林德义笑着打断道,"早知道,早解决。"

王暮雪闻言,立即拿着电脑来到林德义身边坐下,指着屏幕道:"我们昨天参观了所有工厂,标号6、7、8、9的这四处,主要是铸造车间、模具车间、磨抛车间、办公楼以及搭建有简易棚结构的停车场,这些建筑是建在集体土地上面的,没有看到房产证。"

"哦,这个我来说下。"身后站着的艺超说,"以前大家都是这么建,都是十多年前了，政府管得也松。如果要取得房产证，其实办理报建手续就行，只是我们当时没这个意识。"

"那现在补办可以么？"王暮雪道。

"我们也不是没想过补，可现在已经没人收这个东西了。而且不仅是我们一家有这个问题，周边多少厂子都有这个问题，房产证大家都办不下来。"

风云卫浴面临的这个问题可以归纳为：与生产经营息息相关的工厂所在地没有房产证，资产权属不清晰。此问题会引发未来可能的产权纠纷。一旦工厂产权出现纠纷，则可能导致生产经营被迫停止的局面，影响公司未来稳定、持续的经营状态。

国家相关法规不允许上市公司资产权属不清晰，因为没人希望看到一家上市公司原本经营得好好的，突然厂子就被原产权人收走了，一大堆机器没地方摆，生产被迫暂停，客户的订单无法按期交付，从而影响当年的盈利能力。上市公司盈利能力若改变，全年年报数据就会变，市场会根据年报给该公司重新估值，而股价就是最直接的估值反映。没有股民愿意股价受到无端的冲击，所以资产权属不清晰的公司，不仅监管层不买账，股民也是不买账的。

"这个问题我们确实沟通了几回，没相关单位收这个十多年前的报建手续了。"林德义道。

"但不履行报建手续就永远无法取得房产证。"王暮雪道。

"就是这个问题。"艺超笑得很无奈，镶的那颗金色门牙依旧十分耀眼。

王暮雪最不希望看到这种无奈的笑容，因为如果房产证办不下来，对风云卫浴上市就构成了实质性障碍，好比一个路障硬生生挡在路中间一样。

很多企业在面对投资银行时，看到路障只会朝投行人士无奈笑笑，或者耸肩叹气，表示对这个路障他们也没办法。

有时，他们还会反复强调他们什么方法都试过了，但就是行不通，然后就眼巴巴地望着"猴哥"，让"猴哥"拿主意。

在现场的氛围将要陷入沉寂时，柴胡突然开了口："我有一个办法。

我刚才查了你们省的商事登记条例,说未取得房屋产权证明的,当地人民政府或者其派出机构、各类经济功能区管委会、居(村)民委员会等部门、单位出具的相关证明可作为使用证明。"柴胡将法条念完后看着林德义道,"林总,也就是说,咱们没有所有权没关系,只要有使用权,并且如果能取得合法的长期使用权,这个问题也就不是问题了。不过这需要你们去派出所、居委会这些部门跑一跑。"

林德义精神一振,连忙答应:"这个没问题,我明天就去疏通疏通。"看到蒋一帆的神色依旧呈一副思考状,他问道,"怎么了,是不是还有什么问题?"

蒋一帆回过了神,道:"哦,我是觉得能拿到使用权固然好,但还是有因临时变故被收回的风险。"

"那怎么办?"身后站着的艺超有些急了。

蒋一帆摸了摸下巴,不紧不慢道:"两条路:第一,看看能不能把生产设备往其他有产权证的厂里搬一搬,挤就挤一些,尽量将这几处有瑕疵的地方变成仓库,停车场可以保留原样不用动,这样即便今后有产权纠纷,也影响不了公司的生产经营;第二,如果其他厂空位不够,还是建议做好搬迁预案,对于厂址选择、搬迁费用、搬迁程序详细筹划一下,确保咱们在本地有较方便的替代房源。"

"明白明白!"艺超点头如捣蒜,并小心翼翼地补充一句道,"如果我们都做到了,确定没问题了对吧?"

"如果都能做到,我们招股书可以陈述为'一旦公司某某房屋因权属瑕疵导致无法继续使用而必须搬迁时,公司能够及时找到新的经营场所,该等情形不会对自身生产经营产生重大不利影响'。"

"好的好的!"艺超边记边道。

王暮雪见艺超站得累,屡次示意他坐下,但他都拒绝了。就在这时,两个大男生从门外走了进来,一个高大挺拔,一表人才;一个又矮又胖,面相丑陋。

"哈哈,来给你们介绍介绍。"林德义站起身走了过去,指着又高又帅的说,"这是我大儿子,林文亮,二十五岁。"说完又指着又矮又丑的说,"这是我小儿子,林文毅,二十二岁。"两个儿子都身穿正装,大儿子皮肤白,戴着斯文的眼镜;小儿子皮肤黑,戴着一块价值连城的手表。接着,林德义居然回身指着所有人跟俩儿子说:"还不快叫叔叔阿姨好!"

249 为何不对视

"一帆哥,我找到了三份他们跟山风镇田家村、上由村和蛇乡村先后签订的土地租用合同,原来之前那几处没有房产证的建筑,都是在租来的土地上建的。"

蒋一帆打开王暮雪微信发来的三份 PDF 文件,看到了租期 20 年,截止年限为 2022 年的土地租赁合同。见蒋一帆脸上没什么特别的表情,王暮雪继续道:"所以一帆哥,他们这个土地既然都是租的,使用权肯定就是有的,去不去什么居委会办证明都是一样的。2022 年距离现在还有 6 年,已经算是长期租约了。"

"嗯,只是这土地是租来的,很可能之前就不允许租户擅自搭建厂房。"蒋一帆道。

柴胡的注意力被吸引了过来,道:"一帆哥,你是怀疑他们家这几处厂房是违章建筑?"

蒋一帆扶了扶眼镜:"违章不违章不太清楚,毕竟是十多年前的事情了,现在网上查不到当时地方政府的相关规定。但是才 20 年租期的土地,不太可能有房产证。"

柴胡转了转眼珠:"所以……你是说他们一开始就知道铁定没房产证?"

王暮雪听后突然叹了口气,将身子重重靠在皮椅靠背上:"又是幌子! 之前艺总还说什么当时疏忽,没去提交报批手续,所以办不下来证。现在看来根本就是违章建筑,报不报批都肯定没证。我看周围很多厂子都这么干,在集体土地上建自己的楼,哪里会有什么房产证……"

柴胡耸肩无奈一句:"看来这是一个挖蚯蚓的项目,还不知泥潭下面有多少条。"

"没事。"蒋一帆神色从容,"就按之前的方案,让他们把生产设备挪到其他厂,不够位置就找好新地方。哦对了小雪……"蒋一帆突然看向了王暮雪,"我们需要草拟一份承诺书,让林总出具,承诺若那些房屋因权属瑕疵导致风云卫浴无法继续使用该房屋而必须搬迁,发生的搬迁费用或其他损失由他本人承担。"

"好的好的。"王暮雪一边答应,一边动手快速打字,目光依旧不看蒋一帆。

蒋一帆的神色有些落寞,自己究竟做错了什么,竟让她躲成这样……

此时王暮雪的手机突然响了,她慌忙接起:"喂?哦好的我马上下去!"说完一溜烟就跑下了楼。

蒋一帆此时精神再也无法集中了,他打开微信聊天窗口,将压抑了好些天的心情倾诉了出来。本来就临近午休,再加上蒋一帆这种平常都潜水,一年也不冒几次泡的大神级朋友一出现,自然又是一呼百应。

小学死党:"不是上次都跟你说了,女生告白喜欢搞暗示么?"

初中同桌:"兄弟你往上翻翻聊天记录,我都说了肯定是喜欢啊!你脑子还真迟钝啊!不喜欢你注意你饮食,她闲得胸疼啊?"

高中竞赛队友:"男人真喜欢一个女人,会情不自禁地盯着她看;女人真喜欢一个男人,会故意不去看他。你自己想想吧。"

大学室友:"拖多久了?拖到人家女生都给你送坚果送毛毯送水果了?这女生被你拖成这样还没跑,真有耐心……是不是长得有点抱歉啊?"

大学心理学选修课老师:"一般情况下,如果一个女孩与他人对话时不去正视对方,有以下几种可能:(1)她性格内向,有轻微的社交恐惧症;(2)交谈对方若是异性,可能存在一定程度的害羞与忐忑(同性也不排除);(3)她在试图回避、躲避和逃避一些事情。"

看到这里蒋一帆眼神聚焦了,心想自己从来没有给过王暮雪任何压力,为什么她要回避、躲避甚至逃避自己呢?

此时王暮雪提着一袋东西回来了,柴胡一看是外卖,便道:"中午有大餐,你干吗还点外卖啊?"

王暮雪直接忽略了柴胡,径直将外卖袋放到了蒋一帆的桌上:"一帆哥,这是猪肺冬瓜汤,等下可以带到食堂喝。"

柴胡嘴巴张成O字形看着蒋一帆,而蒋一帆却极力按压自己内心的波涛,跟王暮雪说了一声谢谢后,也起身收拾东西,提起了猪肺汤,边往门口走边打开了手机里三个外卖App。

跟他预料的一样,周围全是工业区,50分钟车程内外卖的选择非常少,而且蒋一帆根本没翻到有任何一家店卖猪肺汤。

饭桌上,艺超看到蒋一帆的猪肺汤十分惊讶,直接问道:"这猪肺汤哪里弄的?"

蒋一帆无奈一笑看着王暮雪,而王暮雪很轻松地答道:"我在保姆网上看到有阿姨提供做饭服务,就是你说什么她们都可以做,送来加钱就好了。艺总想要我也可以帮您点。"

"哦不用不用,我就问问。这样太麻烦了,你们需要我直接让厨师每天做就好。"

"千万别!"王暮雪突然显得有些慌张,"我已经跟阿姨定好一个月的了,钱都付了。"

所有人听后一愣,艺超笑道:"不好意思让你们破费了……那下个月!下个月别定了,我让厨师做。"说完他意味深长地看了蒋一帆一眼,心想这小子艳福不浅,居然有这么漂亮的女同事爱他爱得光明正大,无微不至。

果然,其后的几天,每次吃饭众人都会看到蒋一帆的面前多出一碗东西,有时候是辣子猪肺,有时候是川贝雪梨炖猪肺,有时候是橄榄猪肺汤,有时候是罗汉果猪肺汤……

一天吃完饭,三人散步回去的途中,王暮雪小跑到小卖铺买冰淇淋,柴胡趁机挖苦蒋一帆道:"一帆哥你天天这么吃,做完这项目肺活量得多大啊?"

蒋一帆神色一灰,跟柴胡道:"今天可以麻烦你先回去吗?我有点事情想跟小雪说。"

"哎哟摊牌啦?行!你可要感谢我啊!是我在医院把她骂了一顿,才骂醒的!"

"啊?!"蒋一帆脸上写满了惊愕。

"不说了她来了!"柴胡挤了挤眼睛,偷笑着跑开了。

250 怎样的感情

王暮雪手里拿着一根绿豆雪糕包装的冰淇淋走过来,看到柴胡快步跑开了,神色掠过一丝慌乱,正要叫,却见柴胡边跑边对王暮雪和蒋一帆挥手道:"我找朋友,你们先回。"

朋友?王暮雪拧起眉头,柴胡在三云这穷乡僻壤的工业区能有什么朋友?

"小雪……"此时身后传来了蒋一帆的声音,声音很近,明显蒋一帆已经站在她身后了。

"那一帆哥我们走吧。"王暮雪说着开始低头快步走。

"小雪等一下。"蒋一帆直接拦在了王暮雪跟前。

风云卫浴中午吃完饭有午休一小时的习惯,故此时厂区空地的树荫下,只有王暮雪和蒋一帆两人。无人打扰的氛围,让王暮雪内心的忐忑感更加强烈了。

王暮雪撕开雪糕包装袋,丢到了旁边的垃圾桶里,她将绿豆雪糕放进嘴里含着,试图掩饰内心的紧张。

"我是不是做错了什么? 小雪。"

蒋一帆抛出的第一个问题,直接把王暮雪问蒙了。她将雪糕从嘴里拿出,不解道:"一帆哥你在说什么……"

"我说,我是不是做错了什么?"蒋一帆认真重复道。

"怎么会,你怎么会做错什么,错的都是我跟柴胡。一帆哥你高考题估计都是全对的。"王暮雪眼神不知往哪里瞟,只觉得手腕被蒋一帆一把拉住了:"小雪你看着我,跟我说实话。"

蒋一帆的这个动作让王暮雪下意识看向了他,看着这张她很久都没敢好好看过的脸。

蒋一帆的眉毛很浓,尽管他现在戴着厚厚的近视眼镜,但王暮雪还是可以清晰地回忆起他躺在床上脱下眼镜的样子,那完全是另一个样子、另一张脸。那张脸虽然带着痛苦不堪的表情,却干净得一尘不染。

"是不是我让你不要跟我说谢谢,才让你躲着我?"蒋一帆直接道。

"啊?没有啊……怎么会?!"王暮雪猛地眨了眨眼睛,口水都不敢咽,心想蒋一帆怎么会敏感成这样……

"那是不是因为别人跟你说了什么?"蒋一帆没有要松手的意思,依旧目不转睛盯着王暮雪。

王暮雪闻言赶紧把眼神避开:"没有!我不知道你在说什么。"她轻轻地甩开了蒋一帆的手,赶忙又舔了一下雪糕。

蒋一帆沉默了一会儿才开口低声道:"不管别人跟你说了什么,你要记住那都不是我。我只是希望我们一起工作是开心的,我不希望你有什么别的负担,我……"

"一帆哥你想多了,我没有负担!"王暮雪打断道,"我跟你一起工作很开心啊,有大神大腿可以抱,比我在文景的时候轻松多了。"说完她平静地舔着雪糕。

"可是小雪……"蒋一帆说到这里停顿了下,而后王暮雪就听到了他用带有一丝哽咽的声音说,"为什么你对我好,明明你对我这么好,但我却觉得……这么难受……"

此时无忧快印中的鱼七忽然停住了手里的动作,他不禁将手机音量开大,一手按着左耳戴着的蓝牙耳机。

王暮雪停住了舔雪糕的动作,她的目光也似乎被冰在了一个点上,归根究底,还是被他感觉出来了。

是的,王暮雪在躲蒋一帆,她遵守了在医院时跟何苇平许下的诺言,发誓要好好照顾蒋一帆,但就连她自己都不知道,她在躲什么。蒋一帆从来没有要求过她任何事情,甚至没有说过一句她不希望听到的话。

不仅如此,除了医院醒来的那次,除了那几秒钟,王暮雪认识蒋一帆的一年多来,即使在眼神上,蒋一帆都没有给王暮雪任何压力。这么好的一个人,为何自己还要躲着他?王暮雪的内心纠成了一团。

自己对他究竟是怎样的感情?是跟对鱼七一样的感情么?如果是,那自己又究竟在躲什么呢?

正当王暮雪拼命想着答案时,蒋一帆突然道:"对不起小雪我不该说这些,你以后不用再为我做任何事了。这一个月的猪肺汤,还有那些水果坚果毛毯多少钱,我转给你吧。"

"说什么啊?!"王暮雪不知为何突然音量放得很大,眼神也毫不避讳地瞪着蒋一帆,好似被惹毛了一样,"再说一次看看?!"

蒋一帆闻言呆愣在原地,只听王暮雪咆哮道:"如果你跟我算得那么清楚那我们就别一起做项目了!我一个人做!累死算了!"说着她将没吃完的雪糕直接丢进了垃圾桶,气鼓鼓地转身大步走开了。一边走,一边仔细听身后的声音,但她并没听到追上来的脚步声。

其实即使何苇平不跟她提,即使柴胡在医院没有跟她起任何冲突,她此时此刻也想拼命对身后的这个傻傻站着的男人好。王暮雪想对蒋一帆好,不是因为他自身携带的那些光环,而是因为一个瞬间,是宾利SUV后座上,蒋一帆手机掉落在地的那个瞬间。这段时间,那个瞬间总是一遍又一遍地在王暮雪的脑中回放。很多次当她看到蒋一帆的脸,或者听到他与别人交谈的声音,她的脑中都会不自主地弹出那个瞬间。那个瞬间就好像把她的心硬生生举到悬崖边上,然后让其自由坠落至深渊中摔个粉碎。那个瞬间关掉了蒋一帆身上的所有光源,告诉王暮雪他有多脆弱,脆弱得就跟宇宙间的任何一个生命一样。

其后,蒋一帆收到了王暮雪的一条微信,微信上写着这样一句话:一帆哥,之前我没做好,对不起,但你值得别人对你好,你值得所有人对你好,因为你不是男神,而是关键时候能扛责任、顶天立地的真男人。

251 上市的成本

"对于我们企业来说,上市的成本有哪些?"当风云卫浴大公子林文亮在会议室中问出这个问题时,原本认真工作的王暮雪和柴胡都齐刷刷望向了他。

林文亮就是董事长林德义口中提到的,小蒋一帆三届的同高中师弟。今天他独自来到投行专用会议室,向师兄请教公司上市的相关问题。当然,他并未听从林德义的无脑建议,称呼蒋一帆为"叔叔"。

"国内IPO发行节奏较慢,可以说是一个长周期过程,中途我们还经

267

历过很多次 IPO 暂停,所以现在上市需要排队;另外就是 IPO 审核也比较严格,若要符合审查要求,公司的机会成本可能比较高。"蒋一帆道。

柴胡注意到林文亮很认真地在听,并且坐得相当端正,十指交叉于桌面,身上未佩戴任何浮夸炫富的配饰,仅无名指处戴着一枚低调的纯银戒指。

"师兄您说的发行节奏慢,具体时间是多久?"林文亮问道。

"从目前的节奏看,你们从提交上市申请材料到获准发行,至少需要2—3 年,因为之前 IPO 暂停,导致现在还有 600 多家企业在排队。2014年全年也就只有 125 家发行上市,即便从去年开始审核提速,按一年通过200 家的速度算,咱们公司如果今年 2016 年报,最快也要再过两年,也就是 2018 年才能完成发行。"

听到这个结论,林文亮沉默了片刻才道:"为什么会这么多家企业在排队,这是业内常态还是说积压起来的?"

"积压起来的。"蒋一帆道,"因为 2012 年和 2014 年 IPO 都暂停了,国家不允许新股发行,所以拟上市企业只能排队等待。历史上总共有 9次 IPO 暂停,其中最长的一次是 2012 年,总共暂停了 437 天,而 2014 年这次暂停了 142 天。"

林文亮推了推眼镜继续道:"所以师兄,是不是我们申报以后,IPO 还有可能突然被暂停,让我们的排队时间长于两年甚至长于三年?"

蒋一帆顿了顿,严肃道:"不排除这种可能,所以公司上市时间点比较难把握,这其实也是一种不确定性成本。"

"不确定性成本……"林文亮低声重复着,若有所思。

"我给你举一个具体的例子,比如咱们公司上市融资,其实是为了扩大生产。在某地新建厂房,这个新建的厂房可以看成公司的一个投资项目,上市所募集的资金就是用于投资这个项目的,我们业内也简单称之为'募投项目'。如果咱们明年就要建这个厂房应对市场变革,但公司两三年后才能完成上市发行、募集到所需资金,这会导致资金与项目期限的错配,这是一种高昂的时间成本和机会成本。"

"也就是说,要上市就得等得起?"林文亮很平静地问道。

"对。"蒋一帆回答,同时他补充道,"你们一旦提交了 IPO 申请,不仅是募投项目可能因延期而无法实施，公司的实际控制人也不能发生变更。面对不断变化的市场形势，你们还不能进行重大并购重组，更不能改变经营模式，负债率也最好别上升，可以说能利用的融资渠道极为有限。"

林文亮闻言居然浅浅一笑："师兄，您跟我说得这么严重，不怕我们反悔不做了么？"

蒋一帆听后也笑了："你们做与不做，我们投资银行都必须履行告知义务。很多事情你们现在不知道，将来做的过程中也会慢慢知道，况且现在是信息时代，我们想瞒也瞒不住。"

蒋一帆听见柴胡疯狂的打字声从未停歇，断定他又在做笔记了。柴胡是蒋一帆见过的一块最能吸水的海绵，他好似永远学不完，学不够，脑容量巨大。无论是蒋一帆的一言一行，还是蒋一帆教授他的学习方法，只要在他面前提过一次，他都玩命学，并最终养成习惯，为他所用。

"那师兄，你们有没有什么降低上市成本的措施？"林文亮道。

"只要不是政策性的因素，我们可以尽快帮你们梳理问题，争取将公司提前规范好，缩短申报时间。"

听到这里，柴胡明白了，蒋一帆已经说得很委婉了，毕竟刚才提到的那些上市成本，几乎都是政策性因素导致的。

若想有效缩短拟上市企业在会审核等待期，资本监管委员会必须更新监管理念，保持 IPO 审核畅通，慎重暂停 IPO 审核，完善配套法律法规，审核期内适当放松对拟上市企业的约束。简化事前审核流程，强化事后监管与惩罚等等。

柴胡将今天所探讨的话题全部记录了下来，加上自己查到的辅助性资料，整理成了一篇关于如何降低拟上市公司上市成本分析的文章，发到了曹平生让他发扬光大的那个投行公众号中。发送成功后，柴胡习惯性地看了下关注粉丝数，还是 987 个，两周了一个粉丝都没涨！柴胡内心长吁短叹，连千都没破，离曹平生"破万"的要求差了九千多人……

柴胡恨不得让林德义发号施令：动员风云卫浴九千多员工关注自己的公众号，这样不仅目标轻松达成还能保证不是假粉。

【投行之路课外科普小知识——机会成本】
机会成本对商业公司来说，是利用一定的时间或资源生产一种商品时,而失去的利用这些资源生产其他最佳替代品的机会。

例如,农民在获得更多土地时,如果选择养猪就不能选择养鸡,养猪的机会成本就是放弃养鸡的收益。

这里必须强调的是,机会成本是指放弃的所有替代品中,收益最大的那个。

依照上述例子,农民如果选择养猪,就不能养鸡,当然也不能养鸭、养鹅、养鱼、养羊……但如果当年养鱼最赚钱,哪怕只比养鸡多赚1块钱,那么农民养猪的机会成本就自动变成了养鱼的收益。

252 返程的投资

林家二公子林文毅的身高目测绝不超过一米六七,皮肤黝黑,嘴唇圆厚,鼻子又宽又塌,实在看不出与他哥林文亮为同胞兄弟。

他哥哥刚离开,他就进来了,直奔王暮雪身边,拉开椅子坐下,凑得很近道:"王总,我们公司有什么问题,我也想学习一下。"

王暮雪不自觉将身子挪开了一些,有些尴尬:"叫我小王就好。"

"不不,您是王总,我爸让我来跟您多学习。"

见蒋一帆密切注视着林文毅的一举一动,柴胡暗暗偷笑。

"确实有些问题。"王暮雪一本正经,"你们公司 2000 年成立的时候,股东有三个,其中一个是一家欧洲公司,这家公司三年后将股权转给了你父亲,但是关于这次股权转让,我们没看到转账凭证。"

"转账凭证? 什么转账凭证……"林文毅一问三不知。

王暮雪蹙眉解释道:"欧洲公司将股权转让给你父亲,秉承一手交钱,一手交货的原则,你父亲是不是应该通过银行将购买股权的钱款打给这家欧洲公司?"

林文毅恍悟道:"哦对对! 是应该打款!"

"但是银行转账凭证我们没看到。"王暮雪重复了一遍。

林文毅斜眼看向上方,想了想道:"当时就算付了钱,这种凭证也都是十几年前的文件了。2000 年到现在都十六年了,估计早丢了吧,没有不也很正常么……"

听到林文毅如此外行，王暮雪内心长叹一口气，耐心道："不是的，只要是跟公司股权变更相关的文件，都不能丢，工商局全套备案文件中应当都有。如果早些年工商局没有备案，公司财务部或者你父亲手上也肯定有，这是股权获取的必备性证明文件，跟着公司一辈子的。"

林文毅挠了挠脑袋："那我找财务部林伯伯问问……"说着他正要打电话，王暮雪就打断道："不用问了，我们之前沟通过，他说确实没有。"

"那……没这凭证难道影响很大？"林文毅眨巴着眼睛。

王暮雪沉声道："大。"

"会影响顺利上市么？"

王暮雪隐约嗅出了他话里贪婪的味道，于是用锐利的目光看着面前这个小眼塌鼻的男生，斩钉截铁道："会。"

林文毅被王暮雪的神态和语气吓到了，刚大学毕业，没见过什么世面的他立刻心慌起来，手指一直在大腿上敲来敲去。

"你可以问问你爸爸，当初是不是他让这家欧洲公司代他持股的。"王暮雪补充道，"如果是，那么自然就没有转账凭证了，因为从头到尾这笔钱就是你爸爸出的。"

"哦哦对对！我问问！"说着他又要打开手机，但却又停了下来，自言自语道："不对，我应该问我妈，我爸几乎什么都不跟我说……对……问我妈！"

观察到这里，柴胡认为这个林文毅有些呆傻，说话的神情与他成熟稳重的哥哥林文亮大相径庭。按道理，同一富裕家庭出生的孩子即便长相上有差异，所受教育的层次应当是类似的，不存在有钱给哥哥请好老师，就没钱给弟弟请的情况。姑且不论林文毅出生在名门望族，即便是普通家庭出身的本科毕业生，待人接物也不太应该是这种状态。唯一的解释是，他在极具吸引力的异性面前，本能地采取了卖萌手法以博得关注。

放下电话后林文毅像揭开了什么谜底，兴奋道："王总你说对了，这钱最开始就是我爸出的。我爸给那家欧洲公司的！怎么样！现在没问题了吧?!"

此话一出，众人皆惊，这意味着：假外资。

"假外资"又被称为"返程投资"，指境内投资者将其持有的货币资本或股权转移到境外，再作为直接投资投入境内的经济行为。风云卫浴实际控制人林德义先将人民币转到欧洲公司的账户上，然后以欧洲公司的名义打入风云卫浴的公司账户中，从工商登记资料上看，这家欧洲公司就是风云卫浴的直接股东。这个过程其实是一个很简单的股份代持过程，即欧洲公司代林德义持有风云卫浴的部分股权。

对于企业上市而言，通常的解决方法是：还原股份代持。双方将股份权属划分干净，股权该是谁的就是谁的，股权转让协议签订好，资金划转好，让公司股权脉络清晰即可，并非疑难杂症。但风云卫浴的情况有些特殊，因为牵扯了外国人。

我们思考一个问题，为什么林德义要如此大费周章地将钱转移到欧洲，再转回国内？这不是白白让银行赚电汇以及外汇兑换手续费么？如果他刚开始真的不方便抛头露面，必须要别人代持股份，为何不直接找本国人或者境内公司？委托外资持股究竟有什么独特的优势？

答案是这样可以享受三云市针对外资企业、中外合资企业的各种优惠政策——省税。对于正常的外资公司或中外合资公司而言，叫"省税"；对于假外资的公司而言，就叫"偷税"。

听到眼前卖萌公子的这句"怎么样！现在没问题了吧?!"所有人震惊的同时哭笑不得，因为根据法规，偷税行为轻则罚款，重则直接承担刑事责任。

根据《外商投资企业和外国企业所得税法》第二十五条："采取隐瞒、欺骗手段偷税的，或者未按本法规定的期限缴纳税款，经税务机关催缴，在规定的期限内仍不缴纳的，由税务机关追缴其应缴纳税款，并处以应补税款五倍以下的罚款；情节严重的，依照刑法第一百二十一条的规定追究其法定代表人和直接责任人员的刑事责任。"根据《刑法》第一百二十一条："违反税收法规、偷税、抗税，情节严重的，除按照税收法规补税并且可以罚款外，对直接责任人员，处三年以下有期徒刑或者拘役。"

王暮雪当然没有直接将法条告诉林文毅，而是简单回答一句："好的，十分感谢，我们清楚了。"

"你要工作到几点啊？要不要今晚一起打球？"尽管林文毅的声音很

小,但由于会议室实在太过安静,所有人都听到了。

柴胡本以为王暮雪会冰冷地拒绝,没想到她听后两眼放光,惊喜地回道:"好啊!有篮球场么?"

林文毅本来说的是打台球,但听王暮雪这句话立马起身搓手道:"有啊,我家就有室内的,我现在跟阿姨说,让她把场地清理出来。"说完就要走,不料被王暮雪叫住了:"不去你家,去附近的场地,要近。很多工作,毕竟你们家上市才是第一要务!"

"哈哈,行!没问题!我去安排!"林文毅开心地站起来,他才走到门口,就听见王暮雪道:"一帆哥,今晚一起去打球!"

253 可疑的对话

"小雪,你什么时候回来?"电话中传来了王暮雪熟悉的声音。此时他们三个人正坐在林文毅的玛莎拉蒂中,夕阳的余晖将这辆玛莎拉蒂的蓝紫渐变车膜映衬得异常耀眼。

"怎么了?"坐在后排的王暮雪边问边忍不住嘴角上翘,摩羯座的她,其实喜欢被人黏着的感觉,只不过黏着她的这个人,绝不能是前男友周豪那种类型。

"都两周了……"鱼七的语气有些无奈。

"可能还要一个半月吧。"王暮雪的这句话,让身旁的蒋一帆不用猜也知道对方是鱼七。

"今年过年,你……要不要带我回家?"鱼七道。

王暮雪闻言愣住了,窗外对行而来的车一辆一辆从她眼前闪过,好似在帮她计算秒针走动的时间。

"你不想带我见你父母么?"鱼七没有放弃。

"那个……我可能自己都不能回去,太忙了。我去年就没回去,在办公室看的春晚。"王暮雪尴尬道。她其实并不排斥带鱼七回家过年,只是她认为太快了,自己完全没有做好准备。家里那俩老人的思想工作更是难搞,鱼七这样背景的男生,如果贸然带回肯定得见光死。

"好吧。"鱼七沉默了一会儿,继续开口道,"你不是说大年三十是你爸爸生日么? 如果你不回去的话,至少让我给他买个生日礼物吧?"

"不不不,不用,我平常都不送他礼物,你就更不用送了。"

鱼七此时坐在无忧快印楼下的便利店,左手摆弄着一罐啤酒,继续道:"小雪,我买得起。"

"我不是那个意思……"王暮雪赶忙道,"哎呀就是我爸其实什么都不缺,我自己想送他东西都不知道能送什么,你就不用费这个心了,真的……那个我还有事我先挂了。"

鱼七放下手机,将易拉罐中仅剩的一点啤酒倒入喉咙里。你有事情,不就是大晚上跟三个男人打篮球么?!

鱼七将易拉罐扔进了垃圾桶,走出门外深深吸了一口青阳一月的寒风,眼睛中映着一弯天际的新月,寒气逼人。双手插进上衣口袋后,他边往车站走边习惯性地开启了蓝牙耳机。他这回没有选择王暮雪的波段,因为他不想知道这场篮球是怎么打的。

原本鱼七以为今晚自己又将度过浪费时间浪费电浪费流量的几个小时,怎料一段对话让他的脚步瞬间停了下来,这段对话是这样的:

"今年过年还是老规矩么?"

"嗯。"

"这么多年了,还要打啊? 不是去年就已经打够了么?"

"多给点儿意思意思吧。"

"那小子现在今非昔比了,根本不差这点儿钱,何况我听说去年他跟他女朋友已经分手了。"

"哦? 怎么没结婚反而分手了?"

"还好没结婚,结了其实也危险,当然我也只是听说。要不你重新跟他确认下账户吧,稳妥点。"

"可如果小王跟他女朋友分手,应该会第一时间告诉我们才对。"

"这不是去年已经打够了么,他估计以为我们今年不会再打了。"

"行,我确认下。如果真分了,我让他重新给个户,总之不能直接打到他王潮的户上。"

254 饭桌谈正事

"来来一帆,尝尝这个。"董事会秘书艺超给蒋一帆取了一碗乳白色的蒸品道,"双皮奶,我们这的特色!"说完他很自然地看向王暮雪,"双皮奶可以吃吧?"

"可以可以。"王暮雪笑得有些尴尬。同桌有两个律师,八个会计师,董事长林德义和他两个公子。

他们用餐的是三云最有名的百年老店,不少外地游客慕名前来,菜色上过火爆全国的美食电视节目。

"小伙子,你是我们三云人,知道双皮奶最早什么时候被发明的么?"董事长林德义问蒋一帆。

"清朝末年,来自一家名'仁信'的老铺。"蒋一帆回答。

"哈哈,不错,这家老铺的名字取得真是好,'仁'、'信',代表着'仁同一视、信守不渝',这也是我做企业的根本。"林德义说到这里看了看两个儿子。

"很好吃。"王暮雪尝了一口。

"那是!"艺超开了口,"双皮奶如果做得不好,又粘牙又没韧性,这家做得跟果冻一样,下层还有红豆沙哦!你用勺子挖下去看看!再来尝尝这个生滚鱼片粥,里面放了姜丝和葱,鱼片也不是油炸或者煎炸的。"

因为艺超就坐在蒋一帆旁边,所以他说这句话的同时又看了看王暮雪,王暮雪赶紧点头,怕他又当众问问题。

二公子林文毅没错过这个画面,他太关注王暮雪了,他也明白名花有主的道理,且这主还是哥哥心目中的学神,三云市富豪榜上的人,惹不起惹不起。

柴胡自然也在留心观察,自从蒋一帆支开他单独与王暮雪谈过之后,他们俩的状态似乎变得非常自然了。打球的时候王暮雪一直朝蒋一帆笑,还总是把球传给他:"一帆哥!跑起来!跑起来!"

柴胡就算是傻子也知道王暮雪目的不在打球,而在于让蒋一帆运动。

如今，蒋一帆的面前是猪肺汤少不了，健康零食少不了，水果热水少不了。连球场都被王暮雪预订好了，每周三次，看得柴胡眼热得都快熟了。于是柴胡的小宇宙终于爆发了，他爆发的方式就是把自己变成一只小小鸟，将王暮雪和蒋一帆的事情如实告诉了正在青阳另一个项目上实习的杨秋平。

杨秋平之所以没能跟着一起来三云，是因为明和证券完善了公司制度，增强了监管力度，无论项目组自不自费，尚未入职的同事一律不许到外地项目现场办公。

柴胡告诉了杨秋平后，只过了短短五天，包括但不限于十六部的人就全知道了。不过每个人知道的版本不太一样：

实习生版本："暮雪姐姐狂追一帆哥。"

正常员工的版本："暮雪化身护夫狂魔！"

保代的版本："王暮雪与蒋一帆已经快结婚了，据说已经怀孕了。"

曹平生的版本："你们部门有员工在项目上存在不正当男女关系。"

饭桌上的王暮雪和蒋一帆并不知道这些，他们只知道这个风云卫浴的老板林德义很多事情不愿在办公室说，而是习惯于把大家都请出来边吃边说。

随着服务员不停地上菜，柴胡眼前的美味开始丰富起来。红星光发煲仔饭、半甜初心椰子冻、陈村粉、草鱼肠、伦教糕、大良炒牛奶、乐从鱼腐……

柴胡虽然知道蒋一帆的家乡三云是美食之都，但没想过会这么会吃，连牛奶都能用来炒。还听艺超说这是中国烹饪技术中"软炒法"的典型菜例，已经有七十多年的历史了。

水牛奶和椰汁煮滚混合成的椰子冻，柴胡吃起来醇香四溢，跟吃热果冻一样；而那个用籼米粉做成的伦教糕居然十分透明，软韧性近似糯米，微微的甜味让柴胡流连忘返。

企业与企业之间的文化会因老板的不同而相差甚远。柴胡不禁想起同样都是三云市的公司，法氏集团就明显没有这种饭桌文化。有西方教育背景的杨修明习惯于在办公室里谈公事，即使谈话内容生硬无比，也不会换地方。

虽然蒋一帆面前摆着诸多家乡美味,该说的问题他还是要说的,因为这个林德义平常人影难寻,投行需要跟他沟通才能了解的问题被一拖再拖,每次他都回复说"晚上聊,晚上聊"。

既然必须晚上聊,那就聊吧。

只听蒋一帆开口道:"林总,关于公司工厂员工社保和公积金缴纳这块,我们想跟您进一步了解一下原因,您看现在方便吗?"

"方便方便!"林德义抹了抹嘴。

"就是一些工厂员工没有在三云缴纳社保的记录,公积金也是。"

柴胡默默感叹蒋一帆说话真委婉,明明风云卫浴未缴纳社保的人员比例大于70%,公积金更是一个人都没缴,蒋一帆却只是用了"一些"这个量词。

林德义无奈地说:"不是我们不缴,我们也想缴,员工不让啊!"

什么?公司要为我交社保和公积金,我会不让?柴胡不禁放下筷子,做出愿闻其详的样子。

"是不是因为员工想工资稍微高些?"蒋一帆道。

"对!就是这个原因!"林德义放下了筷子,"你看我们工厂员工的平均工资,也就三千多;交了社保,得从这三千多里头再拿一块儿,而且他们很多在农村也有房子,我们三云的房子他们也负担不起,都是住我们的工厂宿舍,没有买房的需求。"

255 技能的展现

林德义的说法的确是事实,由于我国社保和住房公积金的缴纳由公司和员工共同承担,对于每月收入较低的员工来说,与其花钱交社保不如真金白银拿到手。大多数温饱线上下的年轻人都倾向性地认为自己生病的可能微乎其微。

"而且还有些员工,已经自己在交了,叫什么新型农村合作医疗保险,很多人现在都交那个,所以三云市的医保他们都不愿意缴,跟我们说再缴就重复了。"林德义说到这里,抿了一口普洱茶。

"如果没交，对上市影响很大么？"二公子林文毅突然朝蒋一帆道。

柴胡瞥了一眼林文毅，这位刚毕业的大学生每次问话，语气神态都让人瞬间联想到他那2.75%的公司股权。风云卫浴是家族企业，董事长林德义持有50.75%的股权，大公子林文亮持有10.25%，二公子林文毅持有2.75%，剩下的属于各方亲戚。

"会有一些影响。"蒋一帆道，"毕竟上市公司是行业表率，公司的福利待遇、内部治理需要尽可能规范，符合法律法规。"

"哪部法律规定一定要缴？"林文毅又无脑地脱口问道。

这回没等蒋一帆开口，柴胡就用他早已练成的无敌记忆力将法条大声背诵了出来："依据《中华人民共和国劳动合同法》第三十八条，用人单位未依法为劳动者缴纳社会保险费的，劳动者可以解除劳动合同。企业应当按照国家有关规定，为符合条件的员工缴纳养老、医疗、失业、工伤、生育等社会保险和住房公积金。

"根据《中华人民共和国社会保险法》第八十四条及第八十六条：用人单位未按时足额缴纳社会保险费的，由社会保险费征收机构责令其限期缴纳或者补足。其中第八十四条规定，用人单位不办理社会保险登记的，由社会保险行政部门责令限期改正；逾期不改正的，对用人单位处应缴社会保险费数额一倍以上三倍以下的罚款，对其直接负责的主管人员和其他直接责任人员处五百元以上三千元以下的罚款。

"第八十六条规定，用人单位未按时足额缴纳社会保险费的，由社会保险费征收机构责令限期缴纳或者补足，并自欠缴之日起，按日加收万分之五的滞纳金；逾期仍不缴纳的，由有关行政部门处欠缴数额一倍以上三倍以下的罚款。"

在众人惊愕的眼神中，柴胡泰然自若地背完，然后淡淡地看着林文毅，顺带往嘴里塞了一块甘香嫩滑的草鱼肠。

在场最惊讶的要数两位律师，因为蒋一帆和王暮雪已习以为常；而作为客户的林氏父子和会计师，虽然有些吃惊，但会想当然地认为投资银行的人应该都能背出来，毕竟他们就是吃企业规范这口饭的。但律师不一样，本身就靠法律吃饭的大多数非诉讼律师，虽然通过了国家司法考试，可你若让他们将几部法律中的相关法规一字不差地背出来，很多律师是

278

做不到的。

尤其林文毅这个问题,本身就是冲着律师去的,柴胡这么做有一点抢律师风头的感觉。不过在场的律师合伙人庆幸自己没有回答,否则估计也就只能说个大概,做不到精准记忆。

有的时候,我们必须意识到,99%和100%差的绝不是1%,就如同常压下99℃水温永远无法让水沸腾一样。

柴胡抢风头的小心机显而易见,但获得的成效立竿见影。

自从他说完这段话,林德义、律师团队、会计师团队对他的态度都恭敬了不少,连看他的眼神都发生了微妙的变化,大家以为他在跳到投行以前是很有经验的大律师。

柴胡自己也发现,自那晚之后,他向企业或者合作伙伴要什么资料或者问什么问题,他们都回复得很快,而且还会不自觉加一句:"柴总,您看这样行么?"

柴胡的职场认可度骤升,但他还没来得及为此沾沾自喜,就被曹平生的一个电话骂到了地表之下。

"上次说给你三个月,现在还剩多少天自己算算!不想干了是么?"阎王爷恐怖的声音好似能震动柴胡酒店浴缸中原本平静的水面。

柴胡恨恨地咬着牙,看来这糟老头子诚心要找个理由赶自己走,要不为何部门足足五十多人,偏偏写公众号的事情就落到了自己头上……

"曹总,我在努力研究,我努力了……"

"努力有个操蛋用啊?"几个月过去,曹平生自主发明了新的骂人常用词,"中国人有多少?中国股民有多少?中国投资机构员工有多少?中国投行总员工数有多少?你统计了没有?!看看关注你公众号的有多少?操你个蛋的才一千出头!老子原先说的对不对,你们国内研究生全操蛋地混日子!毕业论文全是混的!"曹平生越骂越气,似乎在只有两个男人能听见的电话中,他更加肆无忌惮。

"曹总,再给我一些时间……"

"给毛给啊操你个蛋的!谁给老子时间啊?!你说说你写这东西写多久了?任何事情干出名都有窍门,仔细研究过窍门没有?!你仔细研究过那些每天阅读破百万的文章行文结构和社会意义了没有?!动脑子啊!

什么都想当然,以为量变可以质变,操蛋的现在的社会节奏允许你量变么?等你量变了早被压在金字塔底下了!"曹平生的嗓门很大,在柴胡卫生间里的播放音量更是格外刺耳。往后的半小时,各种"操蛋的",各种"滚",各种"搞不成就别做项目"的论调,轮番轰向柴胡。他感觉身子很重,用力甩了甩湿漉漉的头发。一看时间,凌晨1:16,柴胡呼了一口气,直接关了机。脑中那个偏心、恶毒一骂起人就没心没肺的阎王嘴脸却挥之难去。

柴胡不明白,为什么他的生活里没有如林德义那样可以给自己买玛莎拉蒂的老爸,没有如王暮雪那样的女同事对自己照顾有加,没有何苇平那样把自己宝贝到天上的老妈,有的只是一个半夜给自己展现狮吼功的凶残领导,同样是人,命运真是天差地别⋯⋯

256 争抢答反馈

在投资银行,稍微舒坦的日子总是在我们刚刚意识到拥有它的时候,就成为了过去时。风云卫浴的尽职调查报告还有三天就是截止日期,偏偏这时蒋一帆、王暮雪和柴胡接到了资本监管委员会关于晨光科技IPO的反馈意见。所有人在庆祝排队一年多终于排到的同时,心情也紧张起来。

因为这一次答反馈与以往任何一次都不同,考官不再是券商内核,而是资本监管委员会专门成立的发审委委员,这些委员由国内知名的投行、律所和会计师事务所的资深专家组成,几十号人,阵容强大,个个都不是省油的灯。

如果晨光科技发审会过会,意味着柴胡和王暮雪参与的第一个IPO项目,可以顺利发行上市了。柴胡怀着忐忑的心情点开了反馈意见的Word文档,他知道如果反馈答好了,几十万人民币的奖金就不远了,自己的所有负债也就可以还清了。

文件打开后,第一题直接让柴胡回忆起当时在晨光科技会议室,李云生和胡延德争来争去,最后蒋一帆出面救火的画面。

问题如下：

公司控股股东李云生除持有晨光科技股权外，还持有星源动能的股权，而星源动能经营范围与晨光科技一致。

1. 请问晨光科技与星源动能是否构成同业竞争？

2. 请补允说明星源动能的股权结构以及董监高、核心技术人员。

3. 晨光科技与星源动能是否存在资金、业务往来，双方资产、业务、人员、财务、场所是否独立，相关技术是否有相同或相似点。

针对此类兄弟公司生产产品差不多的情况，同业竞争的嫌疑不可避免。所有人都明白，监管层一定会关注，而应对策略也只能套用蒋一帆当时非常专业的解释：晨光科技研发的是串联式和并联式系统，而星源动能研发的则是混联式系统，不同系统所依赖的技术不同。

"星源动能的核心技术，不是控制系统，而是发动机的状态控制，尤其是机动车的动力分配、能量流向与整车配型等技术。"蒋一帆帮助大家回忆。见王暮雪和柴胡都没怎么说话，蒋一帆笑了笑说，"这道题我答吧。"

"好！"两个人异口同声，大松一口气。

众人再看第二题："请从工控自动化和激光设备行业角度，描述公司的主要产品及产业链中的环节，补充公司产品在行业中的地位。"

"这道题我来。"柴胡撸起袖子道，"请叫我行业小王子。"

"之前你们不是做过一份产业链分析么，暮雪负责上游，你负责下游。当时这个产业链分析其实是曹总布置的，材料可以用得上。我加了一些行业研报里的东西，数据比较全面，我发给你们。"蒋一帆道。

当柴胡收到蒋一帆发来的《晨光科技产业链分析》后，脸都红到了耳根。毕竟当时的他什么也没做，除了凌晨蹲在地上扯开塑料袋，一口狗肉，一口啤酒鸭之外，就是给蒋一帆发了一行字：晨光科技下游企业：本朝军队。

这句话自然没有出现在分析报告中，看着自己连地基都没打的"房子"，被蒋一帆建成了"摩天大楼"，柴胡灰溜溜地说了一句："一帆哥我错了，我不是行业小王子，我是行业小贫民。"

"现在让你写你也写得出来的，这道题给你吧。"蒋一帆鼓励他。

一旁的王暮雪忍俊不禁,因为都已经有这种等级的分析报告在手,柴胡答这道题不就是复制复制,粘贴粘贴么?

再看第三题:"请详细描述公司核心技术,以及主要产品与同行业竞争对手的对比。"

"我来吧。"蒋一帆平静一句。

第四题:请详细描述控制系统产品中各环节的技术难度和要求,并补充说明同行业中,军用控制系统的主要技术路线及发行人在行业中的技术水平。

"我来。"依然是蒋一帆的声音。

第五题:请分析公司所处地区对于持续研发投入的影响。

见王暮雪和柴胡不作声,蒋一帆又打上了他的名字,然后直接跳到下一题。

"等一下一帆哥。"王暮雪突然道,"这第五题你打算怎么答?什么叫公司所处地区对于持续研发投入的影响?我好像题目都没理解……"

"这道题其实关注的是晨光科技的所处省市是否对其研发投入产生积极的作用。你们看……"蒋一帆说着直接打开了网页地图,"桂市是其省份东北地区的政治、经济、文化、科技中心。高铁建成后,桂市其实与周边四大首府城市形成了 3 小时经济圈,也是西南、中南、华南地区的交通枢纽。我之前查过,桂市去年的工业企业研发投入在 15 个亿,这对于当地龙头企业来说是大环境利好。"

王暮雪若有所思地点了点头:"所以我们答到这里就可以了吗?"

"不够,还要再加上公司自己的研发投入情况。"蒋一帆道,"大环境好,自己不重视研发也是不行的。我们可以从晨光科技这几年研发人员的人数增长率,研发工资的增长率,还有研发费用占营业收入的比例增长情况,来综合说明公司重视研发,并不断加大这块的投入,以及论证这种投入是可持续性的。"

"研发费用占比最新是 35.12%。"负责更新半年报的柴胡记得十分清楚。

蒋一帆笑了:"这个比例很不错了,很多大型科技公司的平均研发投入占比也就 25% 左右。所以这道题其实很好答,因为企业本身数据漂亮,实力硬。"

"那一帆哥这道题给我答可以么?"王暮雪做了一个请求的手势。

蒋一帆顿了顿,道:"好。"

于是从这道题开始,往后的每一题王暮雪都求着蒋一帆讲解答题思路,讲解完后就把题目抢了过去,最后就是所有反馈问题,柴胡负责1题,蒋一帆负责3题,其他的25题全部都由王暮雪负责。

"暮雪你可千万别答砸了啊!我全部家当就在你手上了……"分工完毕后,柴胡十分不放心,同时他内心啧啧吐槽,真不愧是"护夫狂魔",连答反馈这么重要的环节都舍不得老公工作累……

257 棘手公众号

柴胡的想法对,也不对,王暮雪积极地抢反馈问题,是为了帮蒋一帆减轻负担,但当他无意中瞥见王暮雪屏幕上呈现出的词汇都是 IGBT、ARM 芯片、钕铁硼永磁材料、硅钢片、掺钕钇铝石榴石、高速扫描振镜、聚焦镜片的时候,柴胡后悔了。

一次机会不争取,差距就会被拉开,柴胡深深地知道这一点。看一遍别人答好的反馈,跟自己研究自己答,所能锻炼出的能力截然不同。正如能看懂物理压轴题后页印好的答案,跟自己亲笔解出答案,能力也不在一个层次。

柴胡知道王暮雪正在分析晨光科技的成本结构,他也想尝试,可惜他确实没有时间:

其一,反馈问题基本都分给了王暮雪,故三天后风云卫浴尽职调查报告的大部分工作就落到了柴胡身上;

其二,阴魂不散的曹平生微信给柴胡下了最后通牒,过年前粉丝数破不了万,年后就不用来了。

"吴双姐,曹总真的会裁人么?"柴胡忐忑地给吴双发微信。

"有过。"吴双简短一句。

"具体什么原因啊?"

"因为一个PPT推介材料格式没统一，不过那个是特例。"

后来经柴胡多方打听，才得知那个因为没有调好PPT格式的男生被裁后，在办公室跟曹平生大打出手，连凳子都扛起来了，弄得整个28层硝烟四起。虽然柴胡也知道，此类事情经过口口相传，一条蚯蚓都能传成苍天巨龙，但坐在电脑前的他总是因为担心而自动脑补那个打斗场面。凭年龄和身高优势，柴胡坚信，如果自己真的跟曹平生对打，绝不会输。但若真打，他欠蒋一帆的十万，欠王立松的五万就不知猴年马月才能还上了。

柴胡算算日子，上次补给弟弟的五万住院费理论上早就消耗完了，可母亲却一直没再跟自己要钱，柴胡不想问，问了他也没办法可想。

柴胡眼下最急的事情就是尽调报告和公众号，尽调报告的工作还稍微简单些，风云卫浴这个泥潭里的蚯蚓就算多，毕竟也有三方机构在挖，柴胡估摸着目前也应该挖得差不多了。剩下的工作就是结合法规案例做系统性梳理，整体完成时间属于可控范畴；但公众号粉丝这种事情，完全不可控。曹平生的要求柴胡只能用八个字评价：不可理喻，强人所难。

自己已经坚持了大半年，认真对待，稳定性输出，但文章不可能保证一定可以红爆网络。粉丝破万这种事情，更看时机和运气，曹总凭什么认为关注人数才能衡量文章质量？

"冬妮姐，你说这不就等于要求一个明星只要出道，拍了几部电视剧，唱了几首歌，就一定得大红大紫么？有多少明星能做到？娱乐节目一大堆练习生，个个唱歌跳舞都不错，长得也好看，到最后有几个能红？拿小概率事件来要求我，完全没道理。"柴胡微信跟陈冬妮吐槽。

过了大约五个小时，从稽查总队调查工作中抽身的陈冬妮才回复道：如果做明星都不想红，那还出道干吗呢？你们领导估计也就说说，鞭策鞭策你，不会来真的。

柴胡：他已经给过我很多次机会了，这次我预感是来真的。

陈冬妮：那你就要找诀窍了。

柴胡：我找过，研究总结过，也模仿过，可粉丝数就是上不去……

陈冬妮：那你有没有直接问过那些粉丝破百万的公众号大V，他们有什么诀窍？

陈冬妮这句话点醒了柴胡，当一个人尝试了各种自我研究法都得不到答案时，最快的方式就是直接问专家。于是柴胡开始在网上狂找爆款文作者，只要看到落款有联系方式的就加。功夫不负有心人，最后还真被他联系上了一个公众号大 V。

大 V 就是大 V，一句话就将柴胡内心的热情彻底点燃，比曹平生骂上大半年管用多了，这句话就是："毕业两年，我靠写作年入千万。"

听到这句话后，柴胡虽然一个字都还没写，脑海里两秒钟便完成了如下回路：

原来写公众号可以年入千万？！那曹总岂不是给了我一个可以堂而皇之干副业赚外快的渠道？难道曹总把这项任务给我是因为我柴胡是全部门最穷？

于是柴胡赶紧向大 V 虚心请教如何才能让自己的文章火起来，大 V 自然没时间看柴胡的文章，只是告诉了柴胡几句金玉良言：

"几乎所有自媒体大号都是靠一篇篇爆款文一次次堆起来的，可以说，你写的不是爆款文，而是巨大的人生机会。"

"大爆款文一天涨粉 5 万至 10 万，小爆款文就是比你平时的阅读量高出三五倍的那种文章。要想写出爆款文，就要找到爆款点。爆款点有两类，一是突发热点，二是永恒痛点。"

"价值观决定整个文章的方向，特别是职场写作，你是在用价值观影响别人，文字只是载体。你之所以喜欢一个作者或者一个公众号，很大原因是你认同他的价值观，你认同他看世界的方式。"

与大 V 聊到这里，柴胡才幡然醒悟，尽管自己以前发的文章标题都很火爆，内容也都很有深度，但第一不是热点问题，第二也戳不到任何人的痛点，第三更是没有宣扬自己的价值观，顶多就是投行课题研究类的深度好文。即便是好文，在新媒体写作的世界中就是三无产品，怪不得怎么写都红不了。

知道了大师级的方法和诀窍后，剩下的就是实践了。可眼下工作繁忙的柴胡，又哪里有时间好好筛选当下热点，然后写出戳人痛点同时宣扬价值观的爆款文呢……尤其还必须要跟投资银行业务相关的。

国内一级资本市场离普通大众的生活很远，文章中如果提及什么关联方、同业竞争、对赌协议、竞业禁止的字眼,估计也就那些有经济学背景,愿意思考且极具耐心的读者才能看得下去。

柴胡试着按照大 V 的说法写了三篇自认为符合全部爆款文要素的文章,但粉丝数也就涨了十几个,且还是柴胡厚着脸皮让初中、高中的同学帮忙疯狂转发才得来的。投行这类行业题材受众群体本就不大,讲大道理谁都会,但就连写作题材无限制的写手都是写了一两年才火的,而他还算是上百万公众号写手中很幸运的一个。

明天就是风云卫浴的尽调报告会,凌晨一点柴胡还坐在电脑前,当鼠标光标在空白文档处一闪一闪的时候,他才意识到,自己就算拿到了金钥匙,也依旧写不出成绩,原先被大 V 打满的鸡血开始逐渐流失。明明大家都生活在同一片天空下,为何局限都是自己的,自由都是别人的;明明大家都是一天 24 小时,都一样的勤奋努力,甚至自己比别人还努力,但为何仆街的还是自己,成神的还是别人。难道这就是现实?

258 活学就活用

平常只有蒋一帆、王暮雪和柴胡三人办公的大型会议室,今日终于坐满了五十多人,每人面前都摆着一杯现泡铁观音,清香四溢。风云卫浴全部高管,林德义的两个儿子,律师团队,会计师团队,蒋一帆三人以及特地从青阳赶来的曹平生都严阵以待。

"根据《上市公司行业分类指引》,我们认为公司产品五金卫浴属于'C33 金属制品业',陶瓷洁具和淋浴房属于'C30 非金属矿物制品业',浴室家具属于'C21 家具制造业'。"会议主要工作汇报人原本是蒋一帆,但因公众号写作依旧没任何起色,所以柴胡跟蒋一帆极力申请自己主持,想给曹平生一个好印象。

柴胡长相老成,再加上平常无论工作还是吃饭,在众人面前各项法规张口就来,所以现场除了明和证券自己的人以外,没人怀疑柴胡跟蒋一帆不是平级。

只听柴胡继续道:"法律方面,公司历史上存在部分股份代持;公司与高管及所有核心技术人员暂未签署竞业禁止协议与保密协议；社保、公积金覆盖比例较低；为高管提供的免费住房暂未缴纳相应的房产税；在集体土地上搭建的厂房暂未取得房产证；电镀厂的排污许可证暂未办理；公司名下一些发明专利是由公司与南华大学共同持有；最后就是根据公司提供的2014年1月1日至2015年12月31日的营业外支出明细，公司存在因未及时缴纳税款被税务机关处罚的情况。"这段话用的是"暂未取得""暂未缴纳""暂未办理""暂未签署"，而不是实际的"没有取得""没有缴纳""没有办理"与"没有签署"。这种陈述方式不仅委婉，还给对方留有改进的余地，暗示此类问题并非不可解决之事，可以使客户更舒服。

与此同时，即便真实的数据反映出的问题比较严重，柴胡也没有使用"很""非常""大比例""大多"等程度较高的形容词或副词，而是用"部分""一些""较低"等词汇替代。这种说话细节的艺术处理，柴胡自然是跟蒋一帆学的，活学就要活用。

柴胡的初心始终未变，他认为自己走上人生巅峰的第一步是入职明和证券，而第二步就是把蒋一帆关于投行工作的优点全部吸干。

"高管与核心技术人员的竞业禁止协议、保密协议我们已经安排下去了，现在陆续在签。"大公子林文亮此时说话的口吻丝毫不像一个旁观者，而像一个公司的总经理。

"我们为高管提供的免费住房的房产税，公司下周一就可以去补交，关于这点我已经与财务沟通好了。"林文亮继续道，"至于集体土地上的那几个工厂，我们决定根据你们的建议，搬迁。有两个厂的设备可以搬进铜材厂，放不下的我们也找好了新的租赁地。保险起见，这几处房产我们也不做仓库了，直接退租。"

此话一出，各中介机构人员都松了口气，风云卫浴如此干净利落地解决事情，直接为上市拔掉了一个资产权属不清晰的隐患。

"柴总您提到的那个税务处罚，其实是两万元的滞纳金，这个律师给了我们建议，让我们根据税局规定，开具一个不属于重大处罚的证明，对上市应该也没有影响。"

柴胡注意到，林文亮说话时，他父亲林德义颇为满意，好似太上皇看着刚登基的皇帝初次治理朝政一样。

"至于共有专利，我们也与南华大学做了几次沟通，最后双方决定由我们支付他们一笔费用，随后专利完全转到我们公司名下。"

曹平生边听边微微点了点头。从刚才的沟通情况看，风云卫浴的问题并非在今日才首次提出，尽管没有保代在场，这三个年轻人与公司高层的沟通还是足够充分的。至少在这场报告会上，大部分问题客户已经事先讨论好解决方案了。

柴胡将公司已经给出合理解决措施的问题去掉，随后还剩下三点：其一是涉及假外资的股权代持；其二是九千多工厂员工的社保和公积金问题；其三就是电镀厂的环保问题。

"社保？不交。"一个三十出头的厂区员工朝柴胡道，"都不够吃饭。"另一个五十来岁的大妈边做着自己的活儿，边朝柴胡摆了摆手："生病了喝水，多喝水，社保没用。"二十出头的小伙子倒是放下手里的活儿，正眼看着柴胡道："又不生病，交啥？交也可以，多给点钱。"

访谈员工一天下来，柴胡收集到的工人态度大同小异，要不就是觉得交了社保和公积金，每月到手的钱更少了；要不就是认为社保没用，或者认为自己不会生病。

因为法律规定社保和公积金由被雇佣者和用人单位共同承担，所以这部分钱也不能风云卫浴自己全交，必须还得那些工人同意，所以这是块烫手山芋，解决起来相当麻烦。一般的拟上市企业如果社保和公积金覆盖率很高，只有一小部分员工没交，投资银行通常的建议是在报告期末全交就行；对于以前没交的，让员工签署一份自愿放弃的承诺书，控股股东兜个底，承诺如果以后出现合同纠纷，所有损失自行承担。可风云卫浴的情况是，70%以上的工人都没有五险一金，比例太高。柴胡估计，就算材料报上去，这个问题也会被资本监管委员会揪得死死的。

"关于社保和公积金，你们有什么初步的解决措施么？"柴胡问道。

林文亮这次没有接话，而是转头看向了老爸。林德义尴尬地笑了笑道："这个问题我们自己也讨论过，也跟员工代表们都商量过，工人们的意见还是不交。如果交，每人每月按我们本地最低标准，公司最少多出300块开销，6300多人每年总费用就高达2200多万，我们公司一年的净利润你们也看得到，就6900万……"

林德义说到这里停住了,在座的都是聪明人,大家都明白,如果要解决这个问题,上市主体报告期最后一年的净利润会缩水近32%,换了谁都难以接受。

会议开到这里,气氛陷入了一片死寂。

259 把假弄成真

"交,必须交,五险一金是最起码的要求,上市之前必须规范。"曹平生突然开了口。

众人闻言,眼神纷纷投向这位全国十大金牌保代。林德义刚想开口,只见曹平生摆了摆手:"上市之前必须规范,这点没什么可商量的;但上市之前这个时间点,可以变通。"

他说着用手指点了点桌面:"是提前两年规范好,还是提前一年规范好,还是提前一个月规范好,是有操作空间的。你们如果想用2013、2014、2015年和2016年上半年作为三年一期的报告期,那么在2016年6月底之前全员交齐就行了。"

"只用交一个月?"二公子林文毅吃惊道。

"当然不是。"曹平生脸色阴沉,"我是说从那个月开始,全员交齐。以后的每一个月都要全员交齐,往后对利润冲击有多大,得看你们2016年全年的业绩表现,但如果你们从6月份才开始交,也就多出半年的费用,大约1100万,相当于你们2015年净利润的16%,这个数还可以接受。"

"可是……"林德义刚要说话,又被曹平生打断道:"林总,不舍,不得。"

听到"不舍不得"四个字,林德义闭上了嘴巴。曹平生接着道:"如果你们2016年净利润增长率能超过16%,这部分影响不就抵消了么?"

林德义听后眼神一亮,忙道:"16%绝对没问题,我们这个月刚敲定了三笔北欧订单,预计今年业绩可以涨25%。"

"那不就成了?!只要公司每年业绩呈增长趋势,少点就少点,涨就行了，这不是实质性问题。"曹平生炯炯有神的小眼睛此时突然间瞟向柴胡，顺带啜了一口铁观音。

柴胡眼神跟触电一样地避开了曹平生，而后稍带结巴道："那……还有……还有就是林总，公司成立之初，您与一家欧洲公司的股权转让，是代持对吧？"柴胡尽量让自己不要说出"假外资"三个字，但他知道就算委婉，也委婉不了多久，最后还是会把这个敏感词扯出来。

"对。"林德义也没隐瞒，因为他已得知不争气的小儿子早已捅出了窟窿，瞒也瞒不住。

"谁代谁持？欧洲公司代您持？"曹平生看向林德义。

林德义点头无奈承认："对，当时钱都是我出的，用了它们的名字。"

"私下有合同么？"曹平生道。

林德义顿了顿，道："有，代持的那几年每年都要打钱过去，也就一年几万人民币的名字使用费吧。"

"合同我看看。"

林德义跟艺超示意了一下，艺超赶忙起身跑出会议室去拿资料。艺超刚出去，曹平生就说出了一句至少让柴胡很震惊的话："假外资，遍地都是，不是问题。"

众人屏住呼吸，只听曹平生继续道："工商局的人对这种事情见多了，大家都心知肚明。多少企业这么干，归根结底还不就是想给公司省点钱？你们当时刚成立，资金紧张，理解。"

林德义如遇知己一般眼神闪烁道："有办法解决吗？"

曹平生吹了吹杯中茶，不紧不慢道："冒险一点，别承认这是代持，股权就是那家欧洲公司的。如果被问，就说当时股权转让时，给的是现金，所以自然没有银行转账凭证。"

"可那是几十万，给现金？"林德义将信将疑。

"您自己也不相信对吧？"抿了一口茶的曹平生突然笑道，"如果说是给现金，您还得有当时大额的银行取款凭证。"

"这个自然没有。"林德义道，心想谁会闲得没事从银行取几十万现金出来？除非是儿子被绑架了要给绑匪交赎金。

"所以我其实不建议你们走这条路。"艺超小跑回来了，手里拿着一

290

份文件恭敬地递给了曹平生。

曹平生大致扫了两眼后将文件放在桌上，神色松弛地看着林德义道："有另外两条路：第一条，把假的做成真的，这份合同，终止掉，最好烧掉，双方都把原件当场烧掉。您老老实实给这家欧洲公司几十万股权转让款，附带这几十年的同期银行存款利率作为利息。"

"您是让我把股权送给他们？"林德义问道。

"确切地说是白送几十万。股权现在既然已经回到您手里了，就不存在送的问题。"

"那第二条路呢？"林德义道。

"第二条就是好好计算下假外资这几年，究竟少交了多少税，提前跟税局侧面打听这种情况怎么处理，是不是交了罚款就完事，还是说更严重。"曹平生说着掏出了电子烟。

见林德义久久没开口，他眯起眼睛补充道："林总，政府要松，那可以很松；要紧，谁也躲不掉。这件事情不弄干净，法律风险很大。"

"所以两条路曹总您倾向于哪一种？"此时大公子林文亮开了口。

"第一种，花几十万，没风险。"曹平生直接一句。

"第二种其实也要花钱，跟税局摊牌，它们能不要我们补税么……"林德义摇头无奈地笑道，"真必须处理，第一条路确实更好，只不过……"

"只不过什么？"曹平生缓缓吐出了一口烟。

"只不过让他们这么干，恐怕要花的不止几十万。"

二公子林文毅瞪大了眼珠子："老爸，您是怕那家欧洲公司狮子大开口啊？！"

林德义点了点头："如今我们要上市，有求于人，而且那家公司七八年没联系了，可能法人都换了，没那么容易沟通。"

"不容易也得想办法变得容易，这是最没风险的一条路，否则，将来说不定就是刑事责任。"曹平生道。

一听刑事责任，林文毅的脸色都有些发青。他知道这回都是自己跟王暮雪多嘴才搞出这么大的烂摊子让老爸收拾，于是赶紧将身子缩了起来，目光直勾勾盯着自己的腿，一声也没敢再吭。

但这件事情就三方中介看来，是好事，知道总比不知道强；知道了大家还能一起想办法,讨论解决措施,合理规避法律风险;如果材料报上去后被监管层发现,哭都不知道找谁哭。

"行,这件事情我去沟通,我下周亲自飞一趟欧洲,争取当面解决了。"林德义道。

"你们最好再补签一份协议,大意就是当年公司正处于发展阶段,现金流紧张,您手头也紧张,所以约定股权转让款于多少年后付清,利息也要算好,白纸黑字写下来。"曹平生道。

"行。"林德义已经微微露出了疲态,但还是一口答应。

"还有……"曹平生补充道,"那些年每年都给欧洲公司的名字使用费,几万几万的,需要在合同明确这不是啥名字使用权费,而是股权转让款总价的一部分,要做做干净,不要留下把柄。"

"好。"林德义回答。

林文毅以为整件事情讨论到这里就算过去了,不料中场休息时,父亲林德义跟他说:"把你的玛莎拉蒂卖了,回头赔多少,你这里先出。"

260 销毁证据链

关于风云卫浴假外资的问题,曹平生的解决方案在外人看来天衣无缝,如果林德义销毁了原先与欧洲公司签订的名字使用权合同,双方再补一份股权转让价款延期交付合同,假外资就成真外资了。可当鱼七听到这样的解决方案时,无声地笑了。

警方定罪讲求的是证据链,证据链中三大要素即为:人证、物证和口供。曹平生的做法是将物证销毁,人证买通,当场出席会议的这些人如果口风足够紧,经侦警察自然一开始也问不出个所以然。不过,也就是一开始罢了。

鱼七从警这些年,就没怎么见过警局审问室探不出来的口供。这些金融人士,第一没有经过专业的心理训练和微表情训练,第二也不懂警方审讯的套路,当人的意志力开始薄弱,耐心会急剧下降。当然,鱼七也遇到过一些心理防线特别牢固的嫌疑人,警方这时会通过逻辑严密的推理还原大致犯罪经过，并说这是同伴的口供，如果警方的推理八九不离十，这些心理素质较好的人也会信以为真，最后就是全部招认。

对付这帮人，鱼七很清楚，就算所有物证全部消失，也可以用手上这段录音，和现场所有人员及欧洲公司的口供让证据链完整，给他们定罪。只不过，这种案子的涉案金额根本不足以让经侦支队成立专案组，顶多就是立个案然后挂着，就跟平常大街上有人丢了手机去派出所报案的结果一样。

从对话听来，假外资的存在年限也就是风云卫浴成立之初的几年。公司刚起步时大多都会亏损，本来也不用交什么税；即便是盈利，公司也有办法把报表做成亏损或者至少把利润尽可能做低，从而避免多交税。这类事情满大街都是，如果真要查，真要罚，估计全三云市没几家企业可以幸免。但警察第一没有足够警力，第二也没钱雇第三方审计机构对所有企业的财务进行审计。尤其风云卫浴这种，重要人证还是欧洲人，如果真要审问，还需要外国警方配合。总之这种案件就是警方知道有猫腻，也是民不举官不究，因为还有更多诸如"百家 P2P 非法集资""魔都大规模黄金洗钱团""青阳海关千辆非法走私车"等重大要案让他们经侦警察日日夜夜合不上眼呢。

不过，全国十大金牌保代曹平生，还真能把假的做成真的，如果在国外资金流水很难核查的情况下，把原来没有转让的股权实际受让出去，就等同于把若干年前的死者救活了，活生生一条生命摆在面前，相当于直接否定了之前杀人的事实，再加上没有物证，谁还能把凶手怎么样?! 最终只能是无罪释放。当年，他会不会就是用同样的方式，一手造就了阳鼎科技的上市之路呢?

此时鱼七的手机振动起来，是尹飞。

"最近忙么?"尹飞熟悉的声音传来。

"忙。"鱼七简短一句。

"忙啥?"尹飞每次说正事前，都习惯性兜一下圈子。

"忙着亲身体验投行生活。"鱼七当然知道，王建国的秘密不可能告诉王暮雪，所以整天窃听王暮雪的一举一动对他的最终任务没有直接帮助。但这大半年下来，鱼七也算是在投行氛围中逐渐培养出专业能力了。

什么竞业禁止、社保公积金、土地房产、税收、经销等问题,鱼七现在了如指掌,毕竟他也听了将近一千个小时的投行专业对话了。小到同事讨论,大到三方中介协调会以及明和投行内核会,鱼七一个字没落地全听完了。这比他自己硬生生看专业书籍学得快多了,而这才是他的第一目的。要查资本圈的猫腻,首先得把自己培养成资本圈的人。

"有新线索么?"尹飞问道。

"嗯。"鱼七出了电梯,选择了一个视野开阔的偏僻角落。打隐私电话,鱼七绝不会选择楼梯间,楼上有耳,楼下也有耳,是最不安全,也最不私密的空间。

"什么线索?"尹飞语气听上去有些急切。

"关于王潮的,他是签'阳'的项目协办人,当时他还不是保代,但属于现场负责人。根据王所说,这些年都有打钱给他,但不是打给他本人,而是打到他女朋友的账户上。师兄您想,没有猫腻,犯得着打钱么?"

261　海啸涉税案

尹飞思考了一会儿道:"嗯,所以值得查下去,不过它们刚上市前的事情,对于后续股价涨落应该影响不大,你的侦查重点可能……"

"我知道,师兄。"鱼七打断道,"金权投资集团,这才是主要目标,王潮现在就在金权。"

"哦? 这就有意思了,还有什么别的线索么?"

"目前没有了。"鱼七道,"不过师兄,就在那年,'阳'的股价暴跌,死死被按在跌停板好几个月的期间,金权旗下的一只私募基金一直不停吃进股权,现在'阳'是这只基金的第一重仓股。"鱼七说的"那年",尹飞自然明白就是他父亲爆仓,跳楼自尽的那年。

鱼七父亲本以为股价会短时间弹回来,所以在股价连续七八个跌停之后,仍持续加大杠杆比例,不停吃进阳鼎科技的低价股权,等待反弹后至少能套回本。怎料阳鼎的股价一连几个月都没有任何起色,随着大盘走势一落千丈,配资的高额利率让鱼七父亲不堪重负。为了支付正规机构的每月利息,他联系了民间高利贷,月息高达 24% 至 35%,这种民间资本往往都有自己的暴力催收机构,最后的结局就是报纸上众人看到的那样,一个生命在唏嘘声中黯然逝去,没有获得一丝怜悯与同情。

死者其实写了遗书:以命抵债,请求债权人勿扰妻儿。可那些债主又岂会甘休,鱼七母子的一举一动全在他们的监视当中,尹飞知道他们上门讨过好几次债,家里值钱的东西全被抢了光。最后若不是鱼七在警队工作,家又住在支队大院,动用了警力,再闹出人命也未可知。

"别担心,继续查,总会有结果的。"尹飞安慰鱼七。

见鱼七一时间没开口,尹飞突然笑道:"你看我们师傅,一个案子查十年都不放弃,最后凶手也抓到了,要的就是这股劲儿。"

鱼七冷冷道:"对,要的就是这股劲儿。"

"其实师弟,我这次找你主要还是问问你对上次的案子有没有什么新思路。"尹飞不好意思道,"经侦那边干得很漂亮,你看新闻了吧?"

"最近没注意新闻。"鱼七道。

"你搜搜,青阳增值税发票案,大到都成海啸了。"

"师兄稍等。"鱼七说着就打开了搜索界面,扫了大致一分钟,就意识到问题的严重性。

新闻概要如下:

> 在税务、公安、海关及人民银行通力合作下,税务部门与公安部门组成的专案组成功侦破虚开增值税专用发票重大案件。2016 年 1 月,青阳市国税局与青阳市公安局在青阳地区组织联合收网,共抓获犯罪嫌疑人 56 名,摧毁团伙 12 个,摧毁犯罪窝点 32 个,查处企业 567 户,涉案虚开金额超 480 亿元人民币,是青阳历年来破获虚开案件规模最大、抓获犯罪嫌疑人最多的案件。

本次案件涉及"海关票"信息被大量盗用抵扣。

所谓"海关票",即海关进口缴款书,是海关部门在企业进口货物缴纳增值税后为其开具的缴税凭证,可由进口货物的企业用来抵扣进项税款。在国内不少地方,连续有多家企业向税务和公安等部门反映自己企业的"海关票"信息被盗用。

通过多重核查，警方初步确定涉案的"海关票"有 20 万份之多，涉及全国 20 多个关区，信息被 1012 户企业冒用抵扣，其中 515 户在青阳，占总数的一半。

海关进口缴款书是如何被冒用抵扣呢？

不法分子主要是利用经营企业在进口缴税之后，到申报抵扣前的 1 至 2 个月的时间差，通过非法渠道获取企业海关进口缴款书上的信息，提前冒用抵扣，虚开增值税发票，牟取非法利益。

一般企业缴纳的进口货物增值税税率为 17%，农产品类税率为 13%，违法犯罪团伙一般通过 0.5% 的税率购买"海关票"的信息，并进行非法冒用抵扣。其后，不法分子通过黑色隐蔽渠道，进行非法虚开售卖，其间可非法获取虚开虚假增值税发票票面金额的 5% 至 5.5% 的手续费，下家企业则利用虚开增值税发票进行抵扣，以达到少缴纳税款的目的。

由于一份海关进口缴款书只能被抵扣一次，这意味着真正从事进口货物的企业将面临巨大损失，同时也严重危害了国家经济领域的经营和竞争秩序。

青阳专案组在对涉案企业进行核查时发现，98% 以上都是"非正常户"企业，实际经营地点和注册地点不符，是名副其实的"空壳企业"；剩余的 2%"正常户"，私下居然在做走私车的非法生意。

经青阳税警联合专案组的前期侦查，梳理疑点线索、人员资讯超过 30 万条，排查甄别涉案企业人员近 500 人，辗转全国多个省市，最终查明了案情……

"确实干得很漂亮，估计突破口就是那辆走私车。"鱼七道，"可是引出这件事情的，那个杀害四个汽车销售人员的凶手，还没抓到对吧？"

"对！就是这件事儿！"尹飞说到这里眉头就皱了起来，"经侦破了案，我们刑侦压力很大。别说抓人了，连整个犯罪经过我们都没还原出来。现在我们已经清楚，凶手去风景区上演了一出福特车换颜色的戏码，就是为了让我们能够注意那台红色的福特走私车；同时，给车身换颜色躲避监控可以增加我们警方的破案难度。"

"师兄，难题不代表是无解题。"鱼七平静道，"就算通往爆炸点的那个村口公路很多，你们这几个月应该早查清楚了，无非就是所有公路的监控都仔仔细细看一遍罢了。"

"是查清楚了，从 1 号公路开过去的。"尹飞道，"但 1 号公路是我们横平最老的一条公路，上面有几段区域没有摄像头，我们注意到车子在其中一段盲区停留的时间超过半小时以上，但随后又以正常状态进入了下一个摄像头的视野中。"

"可以看到车子是怎么爆炸的么?"鱼七问道。

"村口没有摄像头，看不到。"尹飞无奈一句。

262 追踪三点位

鱼七的上班时间到了，他只得挂断电话，走回扫描室。一般鱼七都是边复印，边戴着耳机听。刚重新连上王暮雪那边的音频频道，鱼七就听见蒋一帆的声音："是的艺总，关于那些已经自行缴纳新型农村合作医疗保险的员工，得收集他们自行缴纳的证明;至于其他人，即便咱们最后一个月全交了，规范了，但之前报告期内没有缴纳的情况依然是既定事实，所以需要这些员工出具一份之前是自愿放弃缴纳社保和公积金的承诺，声明不会因此在未来与公司产生任何劳务纠纷;这件事情还需要林总同时出具承诺，对未来可能的经济纠纷兜底，由他本人替公司承担全部赔偿责任。"

"好的好的。"艺超连声道。

对话的背景声比较嘈杂，还时不时听到碰杯的声音，风云卫浴那边应该又在吃奢侈的午餐了。比起柴胡，鱼七听得出，董事会秘书艺超更愿意请教蒋一帆。

艺超几乎每次吃饭都坐蒋一帆旁边，且明明已经跟其他人讨论出方案的事情，依然习惯性与蒋一帆再次确认。看来蒋一帆说话谈吐间给人的靠谱感觉通行无阻。

鱼七明白，谁的爸爸妈妈都会很希望女儿嫁给蒋一帆这样的人:优秀、踏实、亲和、温暖，具备好老公的所有必备素质，跟一棵参天大树一样，可以靠一辈子。

可鱼七不信,尽管直到现在他都没抓到蒋一帆的任何把柄,但他是不会错过蒋一帆的,追踪此人行动的三个点位鱼七早已设置完毕。接下来,就等着蒋一帆一步一步带着他逼近真相了。

当蒋一帆签字的两个项目成功发行,当王潮帮他付了跳槽的大额赔偿金,蒋一帆在鱼七心中的侦查价值就会上升至第一位……但愿他进入金权集团后,还能一直这么冰魂雪魄吧,鱼七这么想着。

"哦对了,艺总,你们不是给员工提供了两万平方米的员工宿舍,并累计发放了830万元住房补贴么? 这个利好政策我们会写进招股说明书里的。"蒋一帆此时补充道。

"好好。"艺超感激不已,毕竟职工宿舍和住房补贴也算一种员工福利,披露出去一定程度上可以减少风云卫浴没给员工交公积金的负面影响。艺超工作特别积极,因为公司若能成功上市,他这位董事会秘书不仅工作上会得到肯定,经济上也会得到一笔十分可观的股票和现金奖励。

曹平生此时突然大声一句:"一帆,你来给林总介绍一下公司的估值方法。"

董事长林德义笑道:"应该说是请教,我们都是行外人,平时只懂闷头做浴缸,不太了解资本市场都是如何给公司定价的,所以这方面还需要大才子你给大家普及普及。"说着他习惯性地看了看自己的两个儿子。

柴胡其实特别怕客户问这种问题,因为类似林德义这样的实体企业家,往往没有系统学过金融,对于估值公式一无所知,就算长篇大论地说一遍,也是对牛弹琴,最后的结果就是自己说得口干舌燥,而对方虽然全程笑着点头,其实啥也没听懂。

"定价方法其实很多,大体有十四种。"蒋一帆放下筷子,随即大概用了十五分钟,将这些定价方法简单地介绍了一遍,令柴胡瞠目的是,所有人的表情都表示他们完全听懂了。

蒋一帆说:"估值有时候比较复杂,需要严密的数学公式;有时候其实是简单遵循行业惯例,或者是谈判双方喝一杯酒就定了。在公司初创阶段,一些天使投资机构往往为了止损,会对所投企业设置一个估值上限。据我所知,目前这个上限是500万。"

"也就是不管一家初创公司多有发展前景,最多只能定价500万?"

大公子林文亮朝蒋一帆问道。

"对,毕竟天使投资人承担的风险是最大的。"

天使投资起源于纽约百老汇的演出捐助。"天使"这个词就是由百老汇的内部人员创造出来的,被用来形容百老汇演出的富有资助者,他们为了创作演出进行高风险投资。

如果我们成立一家公司,仅仅只是有一个赚钱的想法,或者我们准备生产产品,但所有工序都属于刚刚起步阶段,这一阶段往往不确定性最大,因为人员、工厂、市场调研可能都没准备好,失败的可能性最大,公司所面临的风险自然也最大。如果在这一阶段,我们遇到了一位愿意拿出一笔钱投资我们公司的人,那么这个人毫无疑问就如天使一样,业内称其为"天使投资人"。

正因为面临风险大,所以国内很多天使投资人对于所投企业的估值遵从500万元上限法。他们不管投多少家公司,也不管所投的公司未来会不会成为下一个阿里巴巴,下一个腾讯,分摊到每家公司的投资额都不能超过500万。

"第二种就是博克斯法。"蒋一帆道,"这种方法是由美国人博克斯首创的,逻辑也比较简单。比如公司有一个好的创意,估值加100万;有一个好的盈利模式,加100万;有一支优秀的管理团队,加100万至200万;产品如果有巨大的发展前景,那么再加100万⋯⋯"

"所以就这么无限加上去么?"二公子林文毅也不甘落后。

"一般不会无限加。"蒋一帆笑了,"博克斯法的估值区间通常在100万至600万,这种方法主要也是针对初创型企业,所以定价不会很高。"

"听上去这种方法合理一些,毕竟是企业自身有什么优势,定价才会随着优势一步步往上加。"林德义一边剥椒盐虾一边笑道。

263 定价的方法

"第三种是'三分法',这种方法跟第二种'博克斯法'类似,公司多一块优势,定价就上升一定的金额。只不过'三分法'是将一家公司分成创业者、管理层和投资者三个部分，叠加在一起即为企业的价值。"

"师兄，创业者和管理层体现公司价值我理解，但为什么投资者也可以算作企业价值的一部分？投资者不是外部因素么？"大公子林文亮问出了众人心中所想。

蒋一帆十分平和地笑着回答道："比如师弟你在决定是否投资一家公司时，除了该公司的商业模式和主要产品外，会不会也同时看看这家公司的股东结构？如果股东列表中有诸如金权投资集团这样等级的公司出现，是不是意味着这家公司比其他只有自然人股东的公司可靠程度更高，资金实力更雄厚？"

林文亮点点头："那确实，毕竟金权的名号很响，投项目前肯定经过比较规范的尽调……"说到这里林文亮恍然大悟，"我明白了，师兄，您不用继续解释了，我明白了。那第四种呢？"

"第四种与第五种可以一块说，叫作心理区间法。"蒋一帆喝了一口茶，"可能你们想不到，一些投资机构在给初创型公司定价时，有一个200万至500万的心理区间。如果创业者的要价低于200万，那么投资机构会认为其经验不够丰富，或者直接认为该企业没有多大发展前景，所以才叫价这么低；但如果超过500万，就违反了刚才所说的500万上限定价的惯例。而第五种是200万至1000万的心理区间，这主要是针对互联网企业。因为互联网企业发展迅速，上市速度更有可能快于传统企业。投资机构大多都会在公司上市后完成退出，所以变现越快的公司，估值自然也越高。"

众人闻言纷纷点头，蒋一帆所言不假，变现能力越强的公司投资价值自然就越大，给投资者的安全预期也越高。这就是为何在其他所有条件一样的情况下，市中心的房子一定比山沟沟里某个偏僻村落的房子贵，因为市中心的房子买的人多，需求多，卖得快，变现能力强。

此时大家都跟着蒋一帆的讲解在思考，柴胡心想，如果一帆哥以后有一天不想干金融了，完全可以去大学当老师，因为听他讲专业知识，总是特别容易理解。

而接下来蒋一帆提及的第六、第七和第八种定价方法，就是学金融的柴胡很熟悉的市盈率法、现金流贴现法和倍数法。实际上，市盈率法和倍数法很类似,都是在企业净利润的基础上乘以一个行业平均数,得到一个市场平均估值。如果该企业是上市公司,这个倍数自然就是每股收益;如果该企业是非上市公司,谈判双方大多都参考上市公司的市盈率,或者管理层自己在会议室喝喝茶,饭桌上敬敬酒后,定一个数。

现金流贴现法,即是把一家公司未来每年收益进行折现,就好比一个人从参加工作开始,就迫不及待地把自己未来所有年限的工资、奖金和退休金全部折现到今日,算算自己此时此刻究竟值多少钱一样。

正如前文所述,折现出来的数值就是此人未来所有赚钱能力的总和,也是这个人理论上一生可以为家庭贡献的所有经济价值。但谁能保证这个人永远都不会失业呢?谁能保证这个人在不失业的情况下,每年工资都能固定不变或者按照一定比例增长呢?

未来是神秘的,未知的,不可控的。所以资本世界中,看似很专业的人预测出来的收益也基本不准确,毕竟没人可以保证一家企业能平安活过五年十年,想当年占领全球70%市场份额的诺基亚,一年之内就陨落了。所以现金流贴现法在柴胡看来,是估值世界中最不靠谱的一种方法,可他却对这个方法记得最牢,因为金融专业考试喜欢反复考,大二考完大三考,这门课考完那门课考,这个资格证考那个资格证也考,就因为现金流贴现方法最适合出题,既可以考学生会不会使用计算器,又可以考学生有没有粗心用错每年的折现率。

相比之下,现实世界中酒桌上拍脑袋的估值方法更常用。

蒋一帆刚才提及的五百万上限法,心理区间法,从二百万起步,公司满足一条优势就加一百万的定价方法既简单粗暴,又方便实用,但无法用来出题。

柴胡深刻赞同耶鲁大学经济系著名教授罗伯特·希勒的核心观点:金融是一种需要经常实验并进行改进,以适应当前经济形势的技术。单从这点来看,金融绝不是数学公式,即便非金融专业毕业,也完全不妨碍一个人混好金融圈。

"第九种就是风险投资家专用的一种评估法。"蒋一帆继续道,"这种方法其实就是倍数法和现金流贴现法的结合,先用倍数法给企业算一个数值,再用贴现法验算一下,得到一个更为准确的估值。"

接下去蒋一帆又简述了剩余的最后五种估值方法,即经济附加值模型法、实质 CEO 法、创业企业顾问法、投前评估法以及 OH 法。虽然这些方法有些冷门,平常实践中用到的概率不大,知识点也比较生僻,但蒋一帆每说一种,林文亮都与蒋一帆进行有效互动,且所问问题个个都在点上,让众人从中也受益良多。

董事长林德义对于蒋一帆的阐述很满意,因为他看到儿子真真实实学到了东西,饭桌上众人看到的,都是蒋一帆的专业能力与口头表达能力,但曹平生看到的却是一位工作繁忙的董事长对于儿子教育的用心。小儿子林文毅今日的表现不算突出,但大儿子林文亮在曹平生眼中,显然已经是一位思想成熟、处事周全、待人有礼的公司合格继承人了。

林德义后来告诉曹平生,小儿子林文毅是在国外生的,十六岁以前都跟着爷爷奶奶一起生活,与自己接触比较少,而大儿子林文亮则一直在自己身边。男孩的成长是需要父亲的,林文亮可以时时刻刻在父亲身上看到自己的定位,他会不自觉模仿父亲的行为来使自己成长为男子汉。

“上午开会,小亮的表现让我想起了自己年轻时的样子。”林德义对曹平生道。

从心理学上说,林文亮之所以会不知不觉中变成父亲的样子,是因为他对父亲有一种强烈的崇拜之情。他把父亲当成智慧和力量的象征,所以他下意识地模仿父亲的行为方式。在心智成熟之后,他会努力去抵达或者超越父亲的高度。今日曹平生深刻体会到:一个好父亲,一定要在格局和志向上为孩子做好榜样,这在未来将会决定孩子所能抵达的上限。这一点,是当今大多人到中年,每日在外奔波的投行男士所忽略的。

关于林文亮与林文毅的差异,在下午矛盾近乎白热化的尽调报告会上,体现得更加淋漓尽致。

264 不停也不转

众人吃饱喝足,便回到风云卫浴会议室继续开会。

“林总,电镀厂的环保问题,你们看看怎么处理合适?”柴胡本以为这是一个挺好解决的问题,没想到林德义的双手一直在台面上揉搓,面露难色,没有马上吱声。

风云卫浴的电镀环节因为属于重污染行业,所以在上市前必须取得排污许可证,否则只能按照蒋一帆之前建议的方案:将电镀厂转移到上市主体之外。

"排污许可证很难办么?"没有耐心的曹平生直接朝林德义问道。此时他又习惯性地拿出了电子烟抽了起来。

大公子林文亮开了口:"是这样的曹总,我们跟环保局申请了几次,最后因为一些原因,没有申请下来。"

"什么原因?"曹平生侧身看着林文亮,眯起了眼睛。

林文亮抿了抿嘴:"主要是每次打回来理由都不太一样,有时候是排污口位置和数量没符合要求,有时候是排放方式、排放去向没陈述清楚;还有就是排放浓度没有达标……"

"那就该写清楚的写清楚,全部做到达标不就行了?"

董事长林德义这时终于开口道:"不是做不到,只是污染物要做到环保局的排放标准,增加的成本……"说着他看了看一旁头发花白的财务总监,财务总监连忙点头附和:"成本增加幅度很大。我们是老厂子,管道、机器、设备都涉及大面积改装,一旦施工改装就得停产,现在众多订单在手,真的一刻也停不了。"

听到这里柴胡内心叹了口气,果然耽误什么都不能耽误赚钱,只是怕订单延期交付,公司就可以一直对外超标排放污染物,估计周围大多数厂子都有类似的情况,怪不得整个三云市的天空从来都蓝不起来。

"公司今年三个较大的北欧订单都是刚签订的,客户关系还没稳定,如果第一次合作就出现延期交付,恐怕接下去的合作没那么好谈了。"林德义的神色透着些许疲惫。

曹平生深深地吸了口烟,眼神仿佛看着某个虚无缥缈的点,伴随着白色烟雾的吐出,他淡淡一句:"转出去吧。"

林德义仿佛早就知道曹平生下一句就会说这个,无奈笑道:"这个厂子主要是我表弟在管,我控股。表弟持股42%,之前也跟他谈过转出去的事……比较困难。"

曹平生听后笑道:"困难就做做工作,做一次不行就多做几次,赖着不走,谁都上不了。"

大公子林文亮突然道:"曹总,是这样的,我们公司大部分产品在出厂之前都需要电镀,可以说电镀工序是生产环节中很重要的步骤。如果将电镀厂完全转出去,公司原本一体化的生产链就会缺失一块,这可能会让外人觉得我们公司生产工序并不完整。"这句话点到了点上,实际情况确实如此。

比如我们是一个牛奶冰淇淋的生产商,我们有自己的农场,自己的奶牛,自己的挤奶工或者挤奶机器,还有自己的模具,自己的冰柜,唯独没有最后给冰淇淋套包装袋的工序……所以我们不得不把冰好的冰淇淋送到别人的工厂里加层包装袋。这时外界就会质疑:如果那个包装公司突然搬迁了,倒闭了,或是突然因其他原因不跟你们合作了,你们已经生产好的冰淇淋,是不是肯定只能囤积在冰柜里,最终因为没有包装袋而无法卖掉?

对于生产链不完整的企业,投资者一般都会产生顾虑,认为该公司对于外部加工厂有所依赖。

在了解了风云卫浴的生产工序后,曹平生明白这确实成为了一个难点。因为此时完全将电镀厂剥离到上市体系外的这条建议,已经不是上策了。

众人此时都沉默了,他们有的双眉紧蹙,有的低头沉思,有的面露纠结……排污许可证办不下来,电镀厂也不适宜转出去,似乎在环保这个问题上,风云卫浴走到了一个死胡同。

"这个排污证不办就一定上不了么?"二公子林文毅突然没脑地问了一句。

"是的。"柴胡说着正想给大家展示他背法规的功力,不料林文毅立刻做了一个止住的手势,而后赔笑道:"可明明大家都没有啊!我就没听说过有谁有这种证,你们看看周围的厂……"

"文毅!"林德义突然正声叫了他名字,"别人不是我们,不上,怎么搞都行!要上,就必须规范!"

"哦……"林文毅的头立刻低了下去,身子也往回缩了缩。

"你们旁边这种做电镀的工厂多不多?"曹平生突然开口问道。

"挺多的,周围就有好几家。"大公子林文亮回答道。

曹平生将电子烟的烟杆在手中旋转着,好似在思考什么。律师、会计师都没说话,估摸着曹平生是不是想还是把电镀厂剥离出去,然后把电镀这个环节全部委外(委托其他厂代工),毕竟周围电镀厂多,就算林德义的表弟突然闹情绪不合作,还有其他很多家可以顶替,对风云卫浴生产的稳定性不会造成很大影响。

实际上,一家公司就算生产工艺链不完整,只不过是让投资者和监管层多了一些顾虑,对上市构不成实质性障碍;可没取得排污许可证绝对不行,无证排污属于违法行为,材料报上去会直接触犯上市条件。根据《首次公开发行股票并上市管理办法》第二章第二节第十八条规定,发行人不得有下列情形:"最近 36 个月内违反工商、税收、土地、环保、海关以及其他法律、行政法规,受到行政处罚,且情节严重。"根据《中华人民共和国环境保护法》及《排污许可证管理暂行规定》,电镀行业属于重污染行业,应根据法律法规的要求办理排污许可证。

265 规则的边界

曹平生思考了一阵,清了清嗓子郑重道:"既然这样,这个排污证必须办!不管你们工厂多老旧,都必须改造,该添加的过滤设施全都添加好。"

"可是……"林德义刚想说困难,又听曹平生打断道:"林总,这几个月的订单不用延期,你们把电镀厂整改期间的活儿暂时交给周围其他电镀厂代工,撑一段时间;等老厂改造好,排污证取得了,业务再重新迁回来。"

林德义闻言皱了皱眉,脑中浮现的都是各种管道费用、仪器费用,以及让别人代工多付的加工费……虽然不愿意,但他此刻又想起了曹平生上午的那四个字"不舍得",也只能点头妥协了。

林德义五十三岁,在董事长这个位置上也坐了近三十年。他顾大局、识大体,为了把家族企业做上市,以前没交的各种税他都下令补交了,合作研发的专利也付钱买了过来,还答应以后每年多花 2200 万元给全体员工交社保和公积金,就连明明属于自己的股权也要变假为真地白送给欧洲人……已经走到这里的林德义,不可能让路障已经逐渐扫清的上市之路卡在一张证书上,他没那么傻。

"林总,报告期内,公司存在一些关联方资金拆借的情况。"林德义本以为电镀厂的问题应该是最后一个问题,怎料整场会议的主持人柴胡又开了口。

林德义此时看柴胡的目光已经由会议刚开始的欣赏,转变为一种毫无光亮的凝视。柴胡的嘴巴一张一合,让对面坐着的各大高管都想用手将之强行关上。

柴胡并未注意到会议室中微妙的氛围变化,而是继续自顾自说起来:"公司存在少量个人账户与公司账户相互拆借资金的现象,虽然相关金额不算太大,但我们可能会因关联方资金拆借而面临潜在的法律风险。"

关于个人账户与公司账户相互拆借资金的情况,当然不是少量。风云卫浴是极为典型的家族企业,公账与私账混在一起傻傻分不清。首先,一些客户付给公司的正常货款居然会打到林德义或其妻子的个人银行卡上;其次,林氏家族的各种表姑表妹,大姨小姨,爷爷奶奶,堂兄堂弟的名字经常出现在公司借款人名单之中,金额区间为五十万至一百万,柴胡当时就猜测,这些亲戚买房没钱付首付,估计都来找林德义要。最后,风云卫浴经常借款给各路亲戚自己开立的公司,即关联公司。

总之,风云卫浴关联方之间资金流水混乱,有的借了又还,还了再借;有的干脆直接借了不还,名字在公司账上挂个几年也没人管。

这时头发花白的财务总监偷偷瞟了一眼董事长林德义,眼神意味深长,仿佛在告诉老板:"我都说了不能这么干,您老偏不听,现在难收场了吧……"

"林总,公司借出去的钱,需要让借款人全部还回来,不然就是关联方占用公司资金了。而且每次借钱出去的流程审批资料,我们需要看一下。"柴胡道。

"还回去?! 为什么? 借不借钱跟公司上不上市又有什么关系? 都

306

是一家人的钱,拆借拆借很正常。"二公子林文毅十分不解。

柴胡听后内心冷笑一声,林文毅的那辆玛莎拉蒂就是跟公司借款买的,林文毅的名字也出现在公司借款人的名单上,确切说,是财务报表中"其他应收款"明细之中。

公司借出去,需要别人还回来的钱,被称为"应收款"。对风云卫浴而言,凡是与卖卫浴产品无关的应收款,比如借董事长儿子上百万买玛莎拉蒂的钱,就不属于公司正常收支的货款,所以我们将其称为"其他应收款"。

"其他应收款"是投资银行特别关注的一个科目,因为该科目中经常出现各种关联方的名字,有利于投资银行对公司与关联方之间往来的核查;且这个科目的金额可以告诉投资银行,报告期内拟上市公司究竟付出去了多少与生产经营无关的钱款。

虽然柴胡知道林文毅不喜欢听法规,但对于他这个不折不扣的法盲,不普及法规是不行的。

只不过,吸收蒋一帆的成功经验,这回柴胡不打算将法规全文照搬,而是采取说重点的形式。于是他朝林文毅耐心道:"小林总,国家有个法规叫《贷款通则》,其中规定,企业之间,不得违反国家规定办理借贷或者变相借贷融资业务,否则会被人民银行罚款;还有一个法规,叫《中华人民共和国银行管理暂行条例》,其规定禁止非金融机构经营金融业务。借贷属于金融业务,因此非金融机构的企业之间不得相互借贷。"

林文毅听后立刻反驳:"我们如果不收取利息,应该不算借贷业务吧?跟金融机构的那种借贷还是不一样的。"

"即使不收利息,这种情况也肯定属于关联方'占用'公司资金,这其实会损害公司利益的,毕竟如果公司的钱不借给这些人,而是拿去银行理财,几百万的本金每年利息也不少,是吧?"柴胡笑道。

林文毅听后哑了,他从没想过老爸不从公司拿几百万给自己买车,而是去投银行理财……在他的概念中,老爸把公司做大,不就是为了让儿子过好日子么?

蒋一帆解释道:"关于这个,上市之前需要让这些人将占用的资金全部归还,且必须支付利息。如果相关行政主管部门或司法机关对这类情况进行处罚,那么由林总(指林德义)代为承担处罚,只要实际控制人承诺其会承担责任,对公司的生产经营也不会造成影响。"

林文毅只听见"全部归还"四个字就蒙了……刚刚大学毕业,他要去哪里找几百万还公司?难不成真的要把车二手转卖了,再从老妈的个人户上拿一点打给公司?本以为公司上市了,自己可以一夜暴富,没想到投资银行这帮人也就来了一个月,自己的爱车就要蒸发了……

"另外,如果是企业与关联方之间的资金拆借,需要履行付款申请,财务负责人要审核,要有总经理或董事长签字。按你们的公司章程规定,还需要股东会审议通过。"蒋一帆道。

"哦……行。"林德义眼神有些飘忽不定。

大公子林文亮闻言朝蒋一帆两手一摊,暗示其实公司并没有这些审批程序。家族企业自个儿想用什么钱,所有人不就是跟林德义打一声招呼的事情,哪用得着这么繁琐的流程。

曹平生从林氏父子的表情中看出了真相,不耐烦道:"这些流程的都是内部文件,可以补签的,你们爱怎么签怎么签,补齐就行了。以后最好别再借钱,如果真要再借,全部按公司章程的规定来!你们公司章程认真讨论下,别为了省事就套模版,大伙儿坐下来好好修改。事情不大别规定动不动就上股东会,总经理拍板就行了。"

"您是说以前所有的借款审批程序都补签齐备么?"林文亮朝曹平生确认道。

"是。"曹平生简单应着。

"还可以这样啊?!"林文毅惊喜的神色中带着难以置信,"原来还可以补签啊!"

曹平生看着这个涉世未深的小公子哥儿笑道:"不可能说一个定位高端市场,养活近一万员工,利润真实的优质卫浴企业,就被自己的一个内部审批流程卡着上不了市。我还是那句话,抓大放小,以前的既往不咎,以后尽全力规范。我们投资银行做事的前提是合规,但如果每家企业都按照一堆堆死板的规则去做,谁都别上了!"

听到这里的鱼七终于明白,游走在规则的边缘,是现实世界中投资银行的常用方式,也是当下国内资本市场的形势所迫,既是意料之外,又是情理之中。

266 后院着火了

在鱼七看来风云卫浴是一家怎样的公司呢?

首先,经过十几年的发展,风云卫浴已经发展成为产品遍布全球33个国家的高端卫浴生产商,其海外营销网络成熟,拥有完整的订单管理、产品配送以及售后服务支持体系。其次,公司经过多年的研究与积累,其卫浴产品已经实现了个性化定位,满足了不同国家、不同地区客户的特有需求,公司与很多大型地产商、装修公司和连锁超市都形成了长期合作关系。再次,风云卫浴对老客户培养的"客户忠诚度"以及"羊群效应"吸引的新客户都是公司在品牌建设、产品质量、营销服务等方面长期投入和积累的结果,其在行业内已经形成了品牌壁垒。最后,风云卫浴有一支较强的研发团队和先进的研发设备,公司中不少技术骨干拥有丰富的产品设计及研发经验,制造工艺成熟稳定,具备对产品风格及样式变化的应变能力和对卫浴产品未来变化趋势的把握能力。

可以说,风云卫浴所生产的卫浴产品,更能满足客户对于色彩、造型的需求,以及对防臭、抑菌和节水节能的需求。

这样的企业,确实应该上市……

鱼七放在客厅折叠床上的手机振动了起来,只不过,哗哗的水声中他听不见。

"喂?"电话中一个年轻女人的声音传来。

王暮雪下意识拿开手机,以为自己拨错电话了,但屏幕上显示确实是鱼七的电话。

"这是鱼七的手机吧?"王暮雪不敢相信。

"对,他正在洗澡,你有什么事么?"年轻女人道。

王暮雪一时间没反应过来,停顿了片刻道:"请问他是在健身房么?"

"这是我家,你有什么事情让我帮转达么?"年轻女人语气很平静。

王暮雪愣了足足三秒钟,浑身的血液好似凝固了一样。她定了定神,而后道:"他今晚都会在你这里对吧?"

"嗯,一直在,怎么了?"

王暮雪闻言咬了咬牙,道:"我是他的同事,有一份紧急文件需要给他送过来,您看您方便说下地址么?"

对方沉默了片刻,才道:"莲花新源小区4单元2楼1号房。"

王暮雪挂断了电话,立刻在手机里搜索地址。然后,迅速买了从三云回青阳的高铁票。在蒋一帆和柴胡十分不解的眼神下,她直接冲出了办公室,甩下一句:"有点事,明天见。"

放下电话,陈冬妮手都有些抖,今天她出差提前回来是临时性的,鱼七并不知情。她推着行李箱进门时,就听见了卫生间中的水声,同时也听到了折叠床上的电话振动声。

陈冬妮知道这个名叫"小雪"的女人是鱼七的女朋友,但不知为何,她就想接通电话,并告诉自己,只要说出事实就好。只要自己没有骗人就好。沉默了这么多年,自己也应该为心中的念想做些什么⋯⋯

从三云回青阳的高铁是45分钟,不算远,且晚上8点过后道路并不拥堵,王暮雪很顺利地赶上了最近一班。她脑中闪过了无数词汇:劈腿!骗子!分手!负心汉!渣男!一夜情!嫖娼!花心大萝卜!甚至很久之前业内盛传的那个某会计师事务所高级合伙人的PDF文件又浮现在王暮雪眼前,鱼七是不是跟那个男人一样,除了自己,同时还跟其他好几个女人谈恋爱,甚至于谈婚论嫁。

"今年过年你要不要带我回家"这种话,鱼七会不会同时跟很多女人说过? 王暮雪越想越气,她自己那么辛苦地在前线打仗,后院居然起火!

【投行之路课外科普小知识——羊群效应】

"羊群效应"是指经济学上一些经济个体的从众跟风心理。

羊群是一种很散乱的组织,平时在一起也是盲目地左冲右撞。可一旦有一只头羊动起来,其他的羊也会不假思索地一哄而上,全然不顾前面可能有狼或者不远处有更好的草。

羊群效应也会出现在一个竞争非常激烈的行业上,如果这个行业中有一个领先者(领头羊)占据了主要的注意力,那么整个羊群就会不断摹仿这个领头羊的一举一动,领头羊到哪里去吃草,其他的羊也去哪里淘金。

267 极致的喜欢

爱可以成全爱,也可以扼杀爱。

陈冬妮听说鱼七在警校时也有过女朋友,但毕竟那些都是天际般遥远的存在,至少她从未见过。从稚嫩到成熟,从学校到社会,从球场到资本世界,她看着他的整个青春一直在韧劲中燃烧,后来这火焰都来到她身边了,但她还是始终不敢拥抱他,直到从朋友口中听到,他牵起了别人的手。

越是无法拥有的东西,就越是美得极致。藏蓝的夜色下,即便是客厅窗前鱼七穿着白衬衣的背影,都让陈冬妮觉得心神颠倒,就像开学时第一天看到的那个背影一样。

十几年前,鱼七的球衣也是白色的,上面还印着一个黑色的数字:7。陈冬妮原本以为,数字7是"鱼七"的一种体现形式。后来才得知,这是日本动漫《灌篮高手》中一个很厉害的角色"仙道彰"的球衣数字。

仙道彰(简称"仙道")是神奈川县陵南高中篮球队的主力兼王牌球员,小前锋,同时可出任控球后卫。他运动能力优秀,在得分的同时也能够组织并串联全队,是技术全面的特级球员。

陈冬妮因为一个数字,就将《灌篮高手》一集不落地全部看完了。仙道笑起来阳光灿烂,不笑的时候沉着冷静,跟鱼七的性格如出一辙。

极致的喜欢,让鱼七不知不觉活成了仙道的样子。极致的喜欢,让陈冬妮为一个背影毫无保留地投入。

明亮的灯光从二楼的窗户里透下来,王暮雪抬头便看到了坐在窗前的鱼七。他身后果然弯腰站着一个女人。

陈冬妮一手搭在鱼七肩上,这让鱼七有些不太舒服,但哥们儿之间偶尔勾肩搭背也正常,所以鱼七也没动。

"上市公司都有相对完善的《资金管理制度》和《关联交易决策制度》,保证企业与关联方之间不存在相互占用资金的情况。"陈冬妮稍探头就看见楼下长发飘飘的身影了。她从笔筒中抽出一支笔,脸有意识地

更靠近鱼七,在他面前的白纸写上:

1. 企业从关联方借款:归还—承诺—解释未损害公司利益;

2. 企业向关联方提供借款:收回—阐述借款理由—借款时履行内部表决程序—资金占用费—承诺—制定相应制度。

"这个就是上市之前的整改程序对吧?"鱼七侧头朝陈冬妮问道。这个侧头的姿势,从王暮雪的角度仰视过去,是不折不扣转脸亲了脸,是完美借位。

王暮雪心中的怒火被彻底点燃,她立刻冲上楼梯,但才冲一半,便停住了,因为有个老奶奶正一瘸一拐地迎面走下楼梯。楼梯太窄,王暮雪只能靠到一边给老奶奶让道。短短的十几秒,却似一股凛冽的寒流,将王暮雪的不理智暂时冰冻了起来。王暮雪问自己,如果今日就这么捅破了,以后与鱼七再也不见面,自己能接受吗?

鱼七是这样的人,她倒从来没想过,在王暮雪的心里,鱼七虽然有些冷傲,有些霸道,有时候还有些自以为是,但他那身正气是由内而外的,而且从自己认识他到现在,这个男人几乎没有做过一件错事。

王暮雪站在一楼通向二楼的楼梯上,声控灯自动关闭了,笼罩在周围的是伸手不见五指的黑暗。

"对,这就是上市之前的整改程序。公司必须对资金的收支和保管业务建立严格的授权批准程序,办理货币资金业务的不相容岗位也应该分离,且必须确保相关机构和人员是相互制约的关系,这才符合规定。"陈冬妮脸上依然看不出什么波澜,但声音有些微微发颤,路灯下的身影不见了,自家的门铃随时可能会响。

"要求尽量减少这种关联资金往来,也是怕公司有利润操纵的空间对吧? 我之前看书上有案例,比如关联方代替上市公司承担水电费和租金,帮助上市公司虚增利润,从而抬高估值。"见陈冬妮有些发愣,鱼七奇怪道,"冬妮?"

"啊?"陈冬妮这才回过了神,"哦,对,是这样。"

"你知道我在问什么吗?"

见陈冬妮一时有些结巴,鱼七笑了:"冬妮你是不是有什么事要忙?

我可以等你有时间了再讨论。"

"不忙不忙!"陈冬妮连声道,"哦哦对了,我都忘了跟你说,今天有一个同事打电话给你,说要……"

此时,剧烈的敲门声响了起来。

"你那个同事来了,说有急用文件给你! 我接你电话时你在洗澡……"

鱼七一头雾水。咚咚咚! 这回的声音比刚才还大,门外的人像在使出全身力气砸门一样,鱼七赶忙起身去开门,心想自己哪有这么暴躁的同事……才刚握住门把手,门外王暮雪怒意横生的声音就传了来:"再不开门信不信我直接踢开!"

268 故意而为之

老旧的铁门才开一半,王暮雪就推开鱼七,闯进屋内。一个身材偏矮的微胖女人站在桌边,一手还扶着鱼七刚刚坐过的木头椅子。

屋内摆设比较陈旧,墙壁上无任何装饰,客厅里除了一张书桌、椅子和电视机柜,连电视机都没有。

鱼七顺着王暮雪的目光看去,骤然手心一凉,原来放在客厅的折叠床怎么不见了!

王暮雪快步走进屋子环顾,一房一厅,一厕一卫,一男一女,一张床。进门前她还在极力说服自己,可能鱼七是和三四个朋友一起合租。

"小雪……"鱼七拉住王暮雪想解释,可却听见王暮雪冷冰冰的两个字"分手",说完回身就要走,怎料鱼七直接把门口堵成了死路,道,"不是你想的那样小雪! 她是我高中同学,叫陈冬妮。我跟她是室友,我只是暂时住她家!"

"让开。"王暮雪根本不看鱼七。

鱼七双手抓住王暮雪的肩膀:"都说了我跟她不是那种关系!"说着他回身直视着陈冬妮,质问道,"我的折叠床呢?"

"在……在阳台。"陈冬妮指了指卫生间的方向。因为阳台与卫生间是一个隔间,在客厅自然看不到。

"为什么会在阳台?刚才不是还在客厅的么?"鱼七皱眉道。

"你看书的时候我洗了一下……"陈冬妮回答的声音很小,像做错事的小孩。

"好好的折叠床为什么要洗?!"鱼七显然有些生气了。

"那床很久没洗了,而且还有血,你上次回家不是……"

陈冬妮还没说完,王暮雪就冷笑一声开了口:"你从一开始就跟她住一起……"

"对!我是跟她住一起。"鱼七不否认,双手依旧死死抓着王暮雪,"但我都是睡客厅!以前这里还有一个旧沙发,后来有折叠床后我就睡折叠床,沙发几星期前被房东拿走给别的租户了,我一直都睡客厅!不信你问她!你自己问她!"

气氛突然变得很安静,两个女人都不开口。王暮雪转头正眼看向了陈冬妮。

眼前这个女人虽然身穿贴身粉色睡衣,但长相普通,皮肤偏黑,脸上还长着不少雀斑,怎么看都达不到让鱼七劈腿的水平。

"你告诉我,他有没有上过你那张床?"王暮雪指着卧室中的单人床。

"他……"陈冬妮欲言又止。

这个问题,如果正面回答,那肯定是上过。鱼七刚来的时候,陈冬妮长期在外出差,加上当时没有折叠床,只有一个弹簧已经近乎坏掉的旧沙发,所以陈冬妮逼着鱼七一定在她床上睡。后来,她每次回来都是短期居住,很少超过四天,所以鱼七都会自动把床让出来,到沙发上将就几天。有了折叠床之后,鱼七就再也没有进过陈冬妮的房间。

"小雪我跟你说……"

"我不要听你说,我要听她说!"王暮雪指着陈冬妮,瞪着鱼七。

鱼七朝陈冬妮大声道:"冬妮你说啊!实话实说!"

陈冬妮抓紧了睡衣的衣裙,转头看着王暮雪诺诺一句:"他没有上过,他都是睡客厅。"

鱼七见状,明白一切都搞砸了,于是他朝王暮雪承认道:"上过,我睡过她的床,但都是很早之前她出差的时候。"接着,鱼七把这一年多来的实际情况一五一十全掏给了王暮雪。可不管鱼七的陈述多么合情合理，王暮雪从陈冬妮刚才的举止中，读出了一种屈服的隐瞒，再加上楼下看到的那一幕完美借位，她已经不相信这个屋子中任何一句话了。

她用力地想挣脱鱼七，但双手却被鱼七死死抓住了："小雪你干吗?!"

"分手!"王暮雪怒喝一句。

"我都解释了啊!"鱼七放大了音量。

"我说分手! 你放开!"

"不放! 也不分! 我没做错事! 为什么要分!"鱼七厉声道。

王暮雪语气突然变得很平静："我要回去工作了，你放开。"

"回哪里? 三云么?"

"对,明天还有会……"

见鱼七依旧没松手，王暮雪低声平静道："放开……"

鱼七松开了王暮雪："我送你去!"边说边冲到桌子前拿包和钥匙,看也没看陈冬妮。但当他刚追出门口时,望见王暮雪整个身子倒在一楼的水泥地上,蜷缩在一起,双手还护着膝盖。

"小雪!"鱼七惊叫一声冲了下去。

269 所有的狼狈

"我孙子也是这么横冲直撞的，所以我宁愿自己下楼给他买吃的。你们年轻人,不要这么急躁,路要好好看,也要好好走。"老奶奶买东西回来,恰好见到这一幕。

鱼七将王暮雪扶起来,除了膝盖,她两只手的手肘也出了血。

"跟我上去,上面有酒精和纱布。"鱼七说着就想把王暮雪横抱起来,王暮雪奋力将他推开。

"听话小雪! 会感染的!"

"不用你管。"王暮雪边说边试图自己起身,但除了膝盖很痛,左脚脚腕好像扭到了,一碰地就疼得厉害。

鱼七拉住王暮雪命令道:"跟我上去!"

"不上!"王暮雪口气十分坚定。

走了十几步,王暮雪忍着疼低声吼:"不要跟着我。"

"你都这样了我能不跟着你么?"鱼七放声道。

王暮雪此时转过身朝向鱼七,脸色发白,右手不自觉按住了胸口。于是鱼七赶忙扶着她,有些紧张道:"你是不是心脏不舒服? 别闹了,这不是闹着玩的……"

王暮雪不答话,只是感觉视线开始因为泪水的充盈而变得模糊,悲伤虽然来得有些迟,却终究还是来了。

她赶忙低下头,也就在这时,整个身体被鱼七一把搂在了怀里。

"小雪对不起,我应该一开始就告诉你,是我不对,但我绝没做对不起你的事……"

王暮雪的眼泪终于流了下来,她突然很讨厌这样的自己,为何自己所有的坚强在遇到这个男人时,会荡然无存。

为何自己要让窗前那双眼睛,看到所有的狼狈?

"小雪……"鱼七试图在脑海中组织最合适的语言,"我跟她认识十几年了,如果真有那种感情,又怎么会跟你在一起呢?"

"她喜欢你。"王暮雪哽咽道,"她喜欢你,她接我电话,告诉我地址,帮你洗床,帮你隐瞒,她……"王暮雪说到这里忽然停住了,因为她感觉此时自己的心脏很紧,已经紧到有些喘不上气。比起心痛,身体其他部位的疼痛好似都算不上什么。

"那我不跟她住了,小雪,我不跟她住了可以么?"鱼七道。

见王暮雪呼吸有些急促,鱼七立马放开了她,弯下腰观察她的神情:"不舒服对不对? 我们去医院……"

王暮雪挣扎不动了,在车后座上很安静地躺在鱼七的怀里,眼角还是有泪默默渗。鱼七的内心更是五味杂陈,他没有料到王暮雪会有这么大反应。王暮雪对蒋一帆的好他都知道,他甚至认为,王暮雪爱蒋一帆。鱼七并不生气,至少他告诉自己不需要生气,因为王暮雪这样的女孩,注定不会属于自己,而自己当初接近她、追她、做她男朋友,也不是因为爱她。

对的,不是因为爱她。鱼七一边跟自己这样说,一边俯身吻王暮雪的额头。

终于到了医院，伤口全部包扎好后，鱼七问医生她心脏是怎么回事。

"还是窦性心律不齐？"鱼七有些不愿相信医生的话，"她心脏不舒服已经不是第一次了，你们要不要查细一点啊？"

"小伙子，心脏不舒服很正常，全青阳估计一大半人心脏都不舒服，加班加的呗……"

"你怎么知道我加班？"王暮雪很是吃惊，心想难道自己老了？

主治医师一脸从容道："窦性心律不齐都能痛到来医院，不是压力大是什么？别担心，现在很多人都这样，整天说自己心脏紧，要压住。我估计小姑娘你不是写代码的，就是搞金融的。"

王暮雪一脸无语的表情，主治医师也转身忙去了。

"只要确认没事就行了。"鱼七顺势坐下，一手揽着王暮雪。看到她手上膝盖上的绷带，鱼七鼻头涩涩的，"小雪……"

"你为什么要跟她住？"王暮雪打断他。

鱼七沉默了一会儿才道："之前我跟你说过，家里欠的债要还。青阳房租很贵，她又经常出差，房子空着也是浪费，当时刚来的那几个月，我……"

270 没有真穷过

"就是你上次说的父亲欠下的四十万么？"王暮雪原先以为鱼七说欠债是骗她的，没想到这个"谎言"如今越听越真了。

"还了十万了，还剩三十万。"鱼七抬头看向了天花板，"幸亏我来了青阳，如果还干警察，在我们那个地方，一个月工资就四五千，肯定没法一年多就凑出十万。"

见王暮雪没说话，鱼七琢磨着她是不是还在怀疑自己说谎，于是掏出手机递给王暮雪："你可以看我跟陈冬妮的所有聊天记录，也可以同时查我给我妈的转账记录。我没骗你。"

王暮雪毫不客气，她将手机竖起背着鱼七，不让他看自己的操作。不过,她没有打开任何人的对话框,因为既然鱼七主动让她查,就证明那些聊天内容肯定都没问题,并没有复查的价值。王暮雪打开的是鱼七的微信支付记录、支付宝支付记录以及短信收支记录。

核查及分析资金流水,是投行人的强项。王暮雪认认真真分析了一阵子,感觉喉咙好似被什么东西堵住了一样。

鱼七一日三餐居然没有哪顿是超过 6 元的,且从支付记录来看,晚饭他有时候不吃,一个月下来饮食花销居然不到 500 元,这在青阳简直是不可能的事。没出差去外地项目上时,她在青阳一个月光是吃饭就要2000,最低 1500,怎么可能鱼七才用 500……

"你们无忧快印据我所知没有食堂吧?"

鱼七不解:"当然没有……怎么突然问这个?"

王暮雪这时把手机背在身后,质问道:"那你中午晚上都吃什么?"

鱼七闻言愣了一下:"吃饭……"

"骗人!"王暮雪大声一句,"在青阳我还没见过五块六块可以买到盒饭的地方!"

鱼七轻咳一声道:"干吗查我付款记录……"

"都吃什么! 回答我!"王暮雪眼睛眨都不眨地盯着鱼七。

"包子之类的。"鱼七一脸无奈。

王暮雪听后很是吃惊:"你天天吃包子不吃别的么?"

"也吃,比如车仔面,热狗,酸奶……很多……"鱼七边说边想抢回手机,但王暮雪下意识将身子往后挪开。鱼七见她手脚动作有些大,怕包扎好的伤口会裂开,于是赶忙直回身子不动。

"我天天买酸奶,很少看到六块以下的,别当我是傻瓜,我也穷过好么!"王暮雪道。

"周三的时候楼下便利店会有特价活动,五折;还有就是每周清仓的时候,价钱也很便宜。"鱼七回答得很自然。王暮雪从来没有关注过便利店中的这种活动。她对"打折""周年庆""特价""优惠""折上折""买一送一"这类字眼毫无敏感度。

她进商场买衣服从来不看价钱,不管她选中的裙子是 2800 还是6800;她也绝不会因为"双十一"而推迟买衣服的时间。她甚至从没在

318

"双十一"时登录过任何网站,购买过任何东西。

当初 1492 元的月收入让她几乎成了全青阳收入最低的金融搬砖工,但她的信用卡可以随便刷,借记卡中也总有王建国定期给她打的钱。转正后,确实尽量少用了家里的钱,这是因为她原先的衣服就多得穿不完,明和证券也有员工食堂,而且她去外地的项目上吃住企业全包,每周还有蒋一帆这样的热心富二代给大伙儿买水果送零食……

回想过去,她确实从没让自己过得很拮据,在报鱼七私教课的事情上,还不经意暴露了大手笔的消费习惯。

在鱼七背她回家的路上,她沉默了很久才问出一句:"重么?"

"什么?"鱼七扭过头。

"我重么?"王暮雪声音很小。

"不重。"鱼七继续朝前走。

月色下鱼七的影子很长,在王暮雪的眼中显得那么单薄。

这个世界,确实从来都不是公平的。

时间已经接近午夜,鱼七已背着王暮雪走到了小区楼下。王暮雪的手机响了:"帮我看看是谁。"

来电人的名字一点都不让鱼七意外:蒋一帆。

"接么?"鱼七问道。

"先放我下来。"为了不让鱼七怀疑自己跟男同事之间有什么特殊关系,她特意开了免提。怎料电话接通后蒋一帆第一句话就是:"小雪你去哪儿了,怎么没回房间?"

此话让王暮雪心头一阵发凉,心想自己回不回房间一帆哥以前从没问过,怎么今天就问了? 而且这种午夜时分,这不是明摆着告诉鱼七他跟自己住一间么?

王暮雪根本不敢抬头看鱼七的表情,直接大声道:"一帆哥你又没跟我住一起,怎么知道我没回房间?"

蒋一帆顿了一下:"我问前台的,他们说你的房间还没通电,这么晚了我怕你出事……"

王暮雪内心长呼一口气:"今天有事回青阳了,明天一大早我就……"

"她得请假,手脚都受伤了,不能回去。"鱼七突然抢过了王暮雪的手机,"至少请一周,帮个忙吧。"

"为什么会受伤?"蒋一帆的语气明显急切起来。

"这个就不用跟你汇报了。"鱼七说完直接挂断了电话,并顺手按下了关机键。

271 内心的挣扎

"给我!"王暮雪气急败坏。此刻她也不顾及腿伤了,直接就要跳上去抢手机,不料,双唇被鱼七俯身一下堵住了。

鱼七的吻很认真,炙热但温柔的气息让王暮雪的心逐渐沉静下来,她没舍得推开这片柔软。

王暮雪很清楚,自己跟鱼七不是一个世界的人,可她就是会因为跟他在一起而开心,会因为有误会而醋意大发,会因为他目前的境遇而感到沉重和难过。

也不知过了多久,鱼七轻轻把王暮雪放开,在耳边问了她一个问题:"为什么是我?"

"啊?"王暮雪没反应过来。

"你明明有更好的选择,为什么选了我?"

王暮雪没说话,侧脸贴上鱼七的胸膛,认真听着他的心跳声,这样的节奏,一次又一次激起王暮雪内心的水花。这个男人,仿佛是王暮雪生命里必然的黏附和吸引。每当这个时候,王暮雪都能感到自己跳出了原有的世界,进入一个所有人都不认识的天地,清晰地体会着另外一个自己。

鱼七突然苦笑道:"估计全世界除了我,没人同意你跟我在一起。你的同事都不喜欢我,他们一定觉得你很莫名其妙。"

王暮雪抬起头,下巴搁在鱼七胸前,饶有兴趣地看着他:"你不是有很多女人排长队追的么?不是最自信的么?怎么突然这样说了?"

"因为……"鱼七欲言又止。

王暮雪的眼角弯了起来,目光灵动:"因为什么?因为穷么?"

鱼七闻言轻叹:"不仅穷,还一身债。我妈已经一年没敢出支队大院了。她在大院饭堂吃腻了,自己上网买点东西,都不敢亲自拆箱子,怕是恐吓信,或者是炸药……小雪,我想赶紧结束这样的日子,我想让我妈可以……稍微自由一点……"

鱼七的话音很轻,但句句就像千斤锤锤在王暮雪的心口上:"总之小雪,你跟我在一起,说不定要等很久才能……"

"鱼七……"王暮雪突然打断道,"我的生活是我自己给的,我爱的人不管光环多大,我都有足够的信心与之匹配;反过来,就算他如尘埃一样平凡,我也可以挺直腰板告诉他,'钱,我自己赚,你给我爱就好。'"

见鱼七愣着,王暮雪继续道:"那三十万我帮你还。反正一时间我也凑不齐给爷爷买车的钱,晨光科技过不了多久就可以发行上市,我到时的奖金估计能直接全款给爷爷买好车。现在的三十多万闲着也是闲着,你就拿去,吃好点,营养要均衡,包子馒头绝对不可以每顿都吃。你作为健身教练,应该懂得整天吃碳水,对于练肌肉和保持健康没一点儿帮助。"

眼前这个女孩子是如此真诚完整、纯粹坦荡、毫无雕饰,让鱼七突然感到此时这样的自己拥有她,是对真善美的亵渎。

"对了,你刚才说怕我等,你怕我等什么?结婚么?"王暮雪俏皮地问道。

见鱼七低头没接话,也不敢看她,王暮雪笑了:"我不急,你别有压力。我是因为喜欢一个人而恋爱,不是因为急着结婚而恋爱。结婚对我来说是一种生活方式,而不是一种生活保障。要结婚随时都可以,所以我没有在等,你也不用怕我等。"

"可是……"

"可是如果我考虑太多而错过你,我会后悔。"此时王暮雪嘴角的笑意渐渐淡去,"鱼七你知道么,我怕我本可以来青阳闯一番天地,可我没有;我怕我本可以成为如曹总一样优秀的投行人,可我没有;我怕我本可以牵着你的手,可我没有……"王暮雪的目光竟泛起一丝淡淡的忧伤,"我不想很多很多年后,心里不停对自己说,王暮雪,你年轻时本可以和那个你非常喜欢的人在一起,可你没有……"说着她双手拉紧鱼七,认真道,"我别的什么都不怕,就怕一句话,而这句话就是:我本可以,但我没有。"

她一边说，一边透过鱼七的眼睛清清楚楚地看着自己。一个男人说话时或许会骗人，但是他凝视着自己，吻着自己的那种感觉，骗不了人。

鱼七沉默了很久才开口道："你喜欢我，是不是因为我以前是警察……"

王暮雪摇了摇头："其实就算你那天送来的不是承诺书，就算你之前在粉店没有帮我付过钱，就算你不是我的教练，就算你以前不是警察……我可能还是喜欢你。

"我从第一次见到你的那天，就喜欢你。只要你在我面前出现，哪怕只出现了一次……"王暮雪说到这里停住了，取而代之的是闭上眼睛，踮起脚尖，再次给了鱼七一个吻。

王暮雪这份单纯的"喜欢"，对于鱼七来说越来越重。他的内心开始挣扎，因为他之所以抱着这个女孩，并不是要将她抱到幸福的彼岸，而是利用她带自己登上高耸的山崖之上，俯瞰那些深渊中不为人知的真相，最后再漠然地放手，亲眼看着她坠入悬崖。如果王建国倒了，王暮雪也会摔得粉身碎骨。

尽管王暮雪长得漂亮、心也不坏，但跟"杀"父之仇比起来，鱼七还是希望她摔得疼一些，这样自己一家人这些年承受的痛苦才能得到些许平衡。可当这个女孩真的摔伤在自己面前，蜷缩在坚硬的水泥地上，当她忍不住按着胸口，当她今晚第一次跟自己说分手，都让鱼七觉得心像被什么钩子用力钩了一下，那是一种瞬间让人有些窒息的刺痛感。

272 双 SPV 构架

"天啊！一家药企虚构咨询费 1.6 亿！"还在睡梦中的鱼七听见了王暮雪的一声惊叫。他猛地睁开眼睛，随即被窗外射来的阳光刺了一下。

"鱼七你快看，虚构咨询费 1.6 亿，这公司还真敢玩儿！"王暮雪说着将手机屏幕照向鱼七的脸。

鱼七闭上眼将手臂搭在额头上，不以为意道："这不是很正常么……"

王暮雪坐了起来："哪里正常了？！虚增费用属于财务造假，何况又不是虚增几万几十万,而是一个多亿……"说完大致浏览了下新闻全文,了解到这家药企虚增咨询费的目的是为了给药品代理商回扣。

一般而言,代理商帮助药企卖出的药越多,所得的回扣也就越高。由于这种形式的回扣见不得光,属于变相贿赂,所以企业都需要"偷着给",否则会被外界质疑该家药企的销售额都是通过"贿赂下游代理商"实现的,无法体现一家公司产品的真正竞争力。

常识告诉我们,一款真正有竞争力的产品,应该是广受消费者追捧,供不应求的,代理商需要各种"反向贿赂"生产商,才能确保自己拿到足够的货。只要拿到货,就肯定有钱赚,类似 2015 年的 iPhone4。

"你们资本市场不就是这样么?"鱼七声音慵懒,眼睛仍未睁开。

"什么叫'你们资本市场'?"王暮雪说着把鱼七搭在额头上的手臂挪开,"资本市场才不是你想的这样。"

"嗯……"鱼七索性转过身背对着王暮雪。

"都九点了,还睡!你们警察不应该都是六点起床的么?"王暮雪愤愤一句。

"周末都不让睡……"鱼七说着一扯被子蒙住了脸。他确实很困。昨晚将王暮雪送回家后,还不得不依照女友命令,回陈冬妮的住处打包行李,全部收拾彻底搬过来时,已凌晨四点。幸亏今天是周六,否则如果只睡三个多小时就去上班,估计要"站尸"在无忧快印的扫描室。

"天啊!"此时鱼七耳后又是王暮雪的一声惊叫,"资产证券化都已经被国内玩成这样了?连学生的学费、住宿费都可以拿来搞 SPV……"

王暮雪目不转睛地盯着手机屏幕,看到一段又一段出乎她意料的内容。

"以民办高等院校学费、住宿费为底层资产的企业资产证券化产品,将首次登陆青阳交易所。

"该产品发行规模为 6 亿元,募集资金将用于校舍改建、扩建以及补充运营资金。

"目前国内存在大量民办院校,此类产品发行规模未来有望实现突破和较快增长。这种模式同样可以应用在视频、音乐、游戏等互联网公司的未来会员费收入的资产证券化上。"

看到这里,王暮雪已经可以想象,未来腾讯视频、爱奇艺视频、优酷视频、QQ音乐、酷狗音乐等各大会员制App,把未来3—10年的会员收入全部用来运作资产证券化的场景……

再往下看,嘴巴张得更大了,因为这单资产证券化涉及的"资产池"有两个,即双SPV。信托公司先提供给该民办学校一笔贷款,将学生未来5年内的学费、住宿费收费权买了,剥离成一个独立的资金池SPV,这个SPV当然具有稳定现金流,信托公司将其称为"信托受益权"。而后,投资银行将信托公司的这个"信托受益权"作为基础资产,又剥离成一个独立的资金池SPV,故现在在青阳交易所挂牌交易的证券化产品的底层资产,是信托公司的"信托受益权"。

如果我们将这个信托受益权的底层资产再挖一层下去,便是该民办学校的学费和住宿费的收费权。

这种双SPV构架的正流向为:

学费、住宿费的收费权(SPV1)——信托受益权(SPV2)——资产证券化产品

这个例子告诉王暮雪,在资本市场,未来现金流可以层层打包,各种能带来稳定收入的权利也可以层层打包,双SPV结构就是层层打包的最简构架形式。

国内先前并没有教育领域相关的资产证券化产品正式发行。

我国教育行业存在特殊性,融资方式比较单一,一般通过银行贷款进行融资。众所周知,银行贷款需要抵押、担保。

公办学校还能依靠教育部门下属的资产公司进行担保贷款,而民办学校无法依靠教育部门的担保,也无法将教学用的房地产或教育设施进行抵押。资产证券化对于需要融资的民办学校而言是一种创新,避免了贷款融资抵押的问题。

学校通过将未来能够产生现金流的资产出售给受托机构(SPV),SPV利用信用增强,通过证券发行的方式出售给投资人,从资本市场提前募得资金。

没想到才过了短短一年,资产证券化就被国内投资银行玩升级了,这

则新闻既让王暮雪震惊,也带给了她些许焦虑。

当今资本市场变化太快,以至于才工作没多久,依旧满腔热血的她都有些跟不上速度了。这有点类似自己不久前才完成一件引以为傲的作品,很快就有更好更复杂更新颖的作品夺去了众人的眼球。

信息爆炸时代,属于每个人的光辉时刻会变得极为短暂,若想成为飞速霓虹中永恒的光,必须在不断往上攀爬的同时,加快速度。

门铃突然响了。

"鱼七! 快去开门!"

鱼七从回笼觉中惊醒,拖着沉重的身子起了身。本以为是送早餐的外卖小哥,没想到门口站着两个粗壮大汉,肥头胖耳,贼眉鼠眼。

鱼七瞬间清醒,眉毛向上一挑,警惕地问道:"你们找谁?"

"暮小可女士家对不?"其中一名壮汉道,"我们送床的!"

"我买的! 快进来装,装客厅!"没等鱼七反应过来,王暮雪的声音从里屋传来。

273 杆秤的平衡

眼前这张床高雅大气,1.8米宽,2米长,由棕黄色的花梨木制成,床头的雕工缜密有度、精美细腻、不浅显不昭彰。一棱一角,骨骼分明;一刀一刻,尽显工艺师的细心与精准。

纸箱里还有一本硬皮红色小册子,类似古代的奏折,鱼七打开一看,里面写着:"千年灵性红木,雄浑高蹈,历沧桑而隐默,衔天地而浩荡,乃天地精神凝聚而成,顺天机,承地脉。"

王暮雪跟僵尸一样地跳了出来:"你以后就睡这里了。"

"小雪,这张床太夸张了……"鱼七脸上并没有任何喜悦的神色。

此时门铃又响了,同时伴随着一阵吆喝:"床垫! 有人在吗?"

鱼七只好又去开了门。床垫摆好,鱼七用手按压感受了一下。

"天然棕榈的。"王暮雪一把把他往床上一推,露出八颗牙齿,"对腰好。"

鱼七赶忙坐起身,双手撑在床垫上,低着头不说话。

"你眼睛怎么红红的?"王暮雪伸手拉着鱼七。

"困。"鱼七简短一句。

"天啊,只不过一张床,把你都感动哭了!"

"怎么可能……"鱼七说着站起身,背对着王暮雪,"这些多少钱,我攒够了还你。"

王暮雪轻哼一声噘嘴道:"把你妈账号给我就告诉你。"

"说了不用!"鱼七回身大声道。

"那我就去问陈冬妮。她那么喜欢你,肯定很乐意我帮你,她一定……"

"她不知道。"鱼七直接打断了王暮雪,"我师兄也不知道,不用问了。"

王暮雪直视着鱼七,眼神露出一丝狡猾:"那我就让我其他的警察朋友查,我可不只认识你和你师兄两个警察。"

鱼七轻笑一声:"没有立案,他们没有权力替你查个人账号。"

"有没有权力是一回事,帮不帮我又是另一回事。只是查个账号,又不冻结又不查封又不抢钱,我相信我朋友会有办法的。"王暮雪笑得很得意,但她其实不认识其他警察朋友。如果硬要凑数,只能是那个在4S店有过一面之缘的青阳小赵。

"你跟我才认识多久就给我三十万,是有多不会防人。"鱼七阴沉一句。

"自己流血流得都起不来了,还懂得派警察保护我的人,为什么要防?"

鱼七闻言一时语塞,但没多久便犀利质问道:"你不怕我这种穷人接近你是为了你的钱么?"

此话一出,两个人的目光都定格在对方的眼神中,只不过站着的人是凝重,坐着的人是轻松。

"如果你为了我的钱,应该马上把卡号给我,我还用得着费这么大劲儿么?"

门铃又响了,王暮雪装作气鼓鼓地瞪着鱼七:"我的钱来了,快去开门!"

这回是泰国原装蚕丝被,天然橡胶枕,丝绸床单和被套。

喜欢自己的男人,都不喜欢自己替他们出钱,这是王暮雪从前男友和蒋一帆身上学到的经验,而这个经验对于鱼七一样有效。

"这样行么,三十万你写借条,就当是跟我借的,算利息,算高一点?"王暮雪扯了扯鱼七的袖子。

"不要。"鱼七斩钉截铁。

"为什么啊?!"

"没有为什么。"鱼七说着起身就想走,却被王暮雪一把拉住了:"我的钱都是闲钱,不用就浪费了!就算是朋友之间,互相帮助也很正常,何况我还收利息!你不是希望你妈妈可以自由一些么?你自己不想要也要为妈妈……"

"说了不要!"鱼七甩开王暮雪,砰的一声关上了门。

鱼七感到自己脸上很烫,他想要这笔钱么?当然,他想疯了。但是如果接受了,那他心中的那杆秤就再也没法平衡了。

爱情他可以流着泪狠心丢掉,但如果连恩情都丢掉,他做不到。三十万绝不能要,这是鱼七继续行动的底线。更何况,他此时比任何时候都渴望一种对等关系。

以前的他可以很轻松地跟王暮雪开玩笑说:"你包养我啊!"可此时的他,再也说不出这样的话了。

二月将至,但青阳的初春依旧没有到来。凛冽的寒风刮着鱼七的面颊,一道一道这么深刻,好似父亲之前对他说过的话。

父亲说:"儿子,别人朝你扔石头,就不要扔回去了,留着做你建高楼的基石。"

父亲说:"儿子,你如果不想看到黑暗,那么你就面向阳光。"

父亲说:"儿子,你无法判断别人是好人还是坏人,但你自己可以做一个好人。"

父亲说:"儿子,当你意识到自己错了,你还是对的。"

父亲比母亲大9岁,是中文系毕业的大学生,是他们村唯一的大学生,也是初中语文老师。认识母亲后,父亲不久便辞掉了工作,下海经商,从此一切都变了。

鱼七深深地吸了一口冷气,抬头望着青阳独有的蔚蓝天空,心底不禁问了一句:"爸,我只是想知道您是怎么离开我的,我错了么?"

274 别碰我反馈

"小雪,曹总这边我已经帮你请假了,我把事情说得严重了些,说你住院了。你这周末到下周都可以好好休息,风云卫浴有我和柴胡,不用担心。晨光的反馈你把初稿给我,没答完也没关系,我来完善就好。"

看到蒋一帆这条信息,王暮雪只简单回了一句:好的。反馈意见回复她还差两题,尽管鱼七早上突然摔门离开让她心情很差,但她还是拿出电脑,将座椅往后移了些,两手手臂伸得直直的开始打字。

"暮雪,这种节骨眼你怎么不来上班啊?该不会回青阳浪了吧?"电脑屏幕上突然弹出了柴胡的微信。

"今天不是周末么?"王暮雪心想,难道蒋一帆帮自己请假的事情没跟柴胡说?想到这里,她给柴胡发了一个狗狗怒视的表情:"兄弟放心,晨光的反馈我最迟下午三点前给,你们有大把时间好好修改,不会影响你奖金的!"

"不只是晨光啊!风云卫浴又发现了一个致命问题,泥鳅老多了!而且你文景的反馈不是昨天也下来了么?还有心思玩啊?"

看到这句话,王暮雪差点儿没从椅子上滑下来,文景科技下反馈了?!

新三板项目申报后,股转系统审核员的反馈时间平均是二十一天,王暮雪掐指一算,确实已经超过二十一天了!

她定了定气,打开微信聊天记录仔细检查了一遍,确实没找到胡延德和杨秋平的任何未读信息,估计他们都还不知道反馈已经下来了。

股转系统的反馈需要登录系统查询才能看到,所以这个工作目前是由拥有部门中唯一 Ukey 的大内总管吴双负责。

"昨天什么时候下的反馈?"王暮雪揪着柴胡问。

"下午五点左右吧。吴双姐也是昨天加班到很晚,临走前习惯性登录系统才发现的。"

王暮雪凝眉沉思,文景科技这个项目签字人就三个:胡延德、黄景明和自己。如果吴双是第一个知道的,那她应该马上联系自己或是胡保代,因为她不可能让内核委员黄景明亲自答反馈;可王暮雪的手机中,确实没有任何吴双的来电或未读信息。

"蒋一帆没告诉你么?"吴双诧异道,"昨晚我打你电话你关机,所以我打给他了。他不是跟你在一个项目上么?"

"暮雪你先不用管反馈了,我、蒋一帆和杨秋平一起弄就行。"胡延德道。

"姐姐我没收到有反馈的通知,没人告诉我……我们项目下反馈了么?"杨秋平无辜的声音从电话里传来。

王暮雪放下电话,嘴角有些抽动,又是蒋一帆……据胡延德所说,他跟蒋一帆凌晨1点左右把反馈问题的分工分清了。实习生杨秋平完全不知情的话,王暮雪不用想也知道这分工肯定是所有问题蒋一帆全答,胡延德检查。

"小雪你好点了么?"蒋一帆接起电话,声音中带着一丝急切。

"一帆哥你不要碰我文景的反馈!"王暮雪开门见山地命令道,"我自己的反馈我自己答,不用你帮!这次就算你全部答完我也一个字都不会用!看都不会看!我就用我自己这版!晨光科技的反馈我还差一点,下午三点前给你!"王暮雪说到这里停顿了下,而后厉声道,"吴双姐已经把文件发给我了,我再说一次,不许答我的反馈!不然绝交!"说完她直接挂断了电话,将手机扔在桌上。

必须把话说绝,越绝越好!她没有办法再接受蒋一帆对她好,她感觉自己承受不起了;尤其是蒋一帆帮她答反馈,这会让她的大脑再次闪现出SUV后座上那个手机掉落的瞬间。

"吃午饭了。"王暮雪猛然回头,鱼七提着外卖站在门口。

"你还知道回来啊?"在餐桌旁坐好后,王暮雪朝鱼七嘟囔一句。

鱼七没接话,只是将所有外卖盒打开:白粥、馒头、水煮鸡肉、水煮蛋和水煮青菜,她骤然胃口全失:"我要吃辣的!我要酱油!"

"你想让你的伤口全变成黑色的么?"鱼七冷冷道。

王暮雪愣了一下,而后极不情愿地咬了一口鱼七递到她嘴边的白馒头:"这么多东西是你一星期的饭钱了吧?"

　　见鱼七只是低头喝了一小口白粥没有接话,王暮雪放声道:"快把你妈账号给我!"

　　"为什么不让他帮你答反馈?"鱼七反戈一击。

　　王暮雪闻言愣了一下,皱眉道:"不要岔开话题!"

　　"你现在手肘都不能弯,几千字的反馈怎么答?何况还不止一个项目……"鱼七神色从容。

　　"伸直了不就可以打了?大不了把屏幕字放大一点!都是皮外伤而已,我脑子又没坏!"

　　听到王暮雪这话,鱼七浅浅一笑:"火气很大啊……"

　　"你摔我家门,我火气能不大么!"

　　鱼七意味深长地看了王暮雪一眼:"除了这个,还有别的原因么?"

　　"还有就是你不给我账号!"

　　"还有呢?"

　　王暮雪哑了。

　　"彻底拒绝别人,是不是也不太好受?"鱼七认真看着王暮雪的双眸,直言不讳。

275　欠他一条命

　　"我不知道你在说什么。"王暮雪下意识将眼神避开。

　　鱼七索性也不再接着这个话题深聊下去,开始给王暮雪剥鸡蛋。大半年与这个女孩子的"朝夕相处",让他此刻可以大致推理出王暮雪的内心活动。

　　从刚才她朝电话里发号施令的措辞来看,或许她早就想拒绝蒋一帆,可惜蒋一帆太聪明了,从没给她任何拒绝的机会。

　　第一,蒋一帆从没向王暮雪表白;第二,不管是工作上的指导帮助还是生活上的洗衣服买零食,蒋一帆在照顾王暮雪的同时也不忘照顾柴胡,就似一台中央空调,暖一个人的同时也暖所有人;第三,他就算想特别对王暮雪好,也是偷着来,比如上次内核会前深夜帮王暮雪工作就是如此。

王暮雪想要拒绝蒋一帆的所有机会都被蒋一帆想方设法地给堵死了,所以王暮雪只能躲。

吃完饭回到电脑前,王暮雪打开了吴双发给她的反馈意见,但才浏览了第一页她就震惊了。反馈问题密密麻麻,大题一长串,每道大题下面还有好几道小题,问题涉及面非常广,比如前三题是这样的:

一、关于经销

1.请公司披露经销商的合作模式、定价原则、交易结算方式、是否收益分成。

2.请公司披露报告期内经销商家数、地域分布情况、主要经销商名称、各期对其销售内容及金额,请主办券商核查报告期主要经销商与公司是否存在关联关系。

3.请公司披露经销收入确认的具体时点及具体原则。

二、关于股权

公司存在债权转为股权的情形。请主办券商、律师补充核查以下事项并发表明确意见:

1.用于出资的债权的形成过程,债权的真实性。

2.债转股出资的真实性、合法性、有效性,是否存在直接使用公司资金进行出资的虚假出资行为、公司出资是否规范。

三、关于盈利能力

报告期公司毛利率保持稳定但收入及净利润大幅增长。

1.请公司结合行业周期、业务发展情况、销售规模、人员变动情况、期间费用变动情况等分析说明并披露报告期公司业绩大幅增长的原因及合理性。

2.请公司结合业务空间、研发情况、关键资源要素与核心竞争力、期后订单获取情况等就公司的持续经营能力进行自我评估。

3.请主办券商、会计师就公司业绩的真实性与合理性、公司的持续经营能力发表明确意见。

大题 30 道,所有小题加总一共 98 道。王暮雪脑子犹如被雷轰了一样,这还是新三板么?! 与其这样,还不如等几年利润上去,直接做 IPO 算了!

眼下最让她着急的是,这些问题都不好答。好几题王暮雪连起码的答题思路都没有,偏偏处女座的胡延德又是特别吹毛求疵的人,王暮雪知道,就算自己答好了,也要反复改二十遍以上他才能满意。

蒋一帆为她争取的舒舒服服一周假期,活生生变成了必须熬夜的决战长征。王暮雪肠子都悔青了,刚才还在蒋一帆面前逞英雄、放狠话,说什么不准他碰反馈,说什么他答的自己一个字都不会用,现在这工作量直接等于四个晨光科技,咋整?

王暮雪叹了一大口气,脑袋沉沉地垂在胸前,侧面看过去跟昏死了差不多。

叮——微信提示音响了起来,是柴胡。

柴胡:暮雪你跟一帆哥说了什么啊?

王暮雪:没说什么啊……

柴胡:他放下你电话后就怪怪的,中午我叫他去吃饭他也没去,一直站在走廊上看着远处,我都不知道那天灰蒙蒙的有什么好看的。现在我吃饭回来他还站在那里,动都没动。我又不敢去问,究竟出了什么事啊?

王暮雪不知怎么跟柴胡说,只见柴胡又来一句:我看我还是想办法给他弄些吃的吧,不然等下你老公出事了又怪我。

隔了很久,王暮雪才回道:我跟他从来没有在一起过。

谁知这句话刚发过去,柴胡一个电话就打了过来:"暮雪你搞什么啊? 你不要告诉我你又回青阳见那个小白脸了吧?! OK 我承认,上次他救人确实有点智商,但跟一帆哥比还是差远了! 你脑子清醒点好不好!"

"你人在哪里?"王暮雪警惕地问道。

"废话! 当然在楼下,今天周六,全都没人!"

听王暮雪那边沉默了,柴胡面目扭成了一团,恼怒道:"暮雪你不要嫌我多管闲事,我忍你们很久了! 从 2014 年 8 月忍到 2016 年 2 月,我特么忍够了我跟你说! 你不跟一帆哥在一起,你对他好什么好啊? 还好成那样?! 你好成那样你让一帆哥怎么想啊?! 你到底……"

"我欠他一条命!"电话中王暮雪忽然咆哮起来,"柴胡你明不明白!我,王暮雪,欠他蒋一帆一条命!"

276 机遇与危机

三云民信洗脚城二楼的灯光有些昏暗,曹平生一边注意着周围泛黄的墙壁,狭小的房间,一边感受女技师按压得恰到好处的力度。

"林总,品味独特啊……"曹平生一边抽烟一边笑。他以前认为林德义这种等级的老板应当经常光顾高端私人会所,而不是这家装修老旧、档次不高的民间洗脚城。

一旁用热毛巾盖着眼睛,光着上半身的林德义笑了:"委屈平生跟我来这种地方。他们家开了三十年了,还能开在市中心,知道为什么么?"

曹平生呼出一口烟:"为什么?"

"手艺好,嘴巴紧。"

曹平生呵呵一笑,点了点头:"那确实应该来。"

"对了平生,你感觉做投资银行,跟我们干实业,有什么不一样?"林德义道。

曹平生一边把玩着电子烟,一边道:"我就是个打工的,如果我在实业工作几十年,跳槽也就是个副总裁;但如果在投行工作三四年,我已经是高级副总裁。"

林德义听后哈哈一笑,明白曹平生是在嘲讽投资银行的名片等级印刷体制。

凡是应届毕业生,一进投行就是"经理";没两年就换成"高级经理";做了三四年,做得出色的同志随便跳个槽,名片上基本就印着"高级副总裁";工作七至十年后优秀的投行人在中小券商也能混个"董事总经理"。

"你现在应该很清闲吧?"林德义将热毛巾取下,转头看着曹平生,"我接触过一些金融人士,他们工作几年后就感叹失去了人生意义,每天忙忙碌碌,做完一个项目接着一个项目,自己究竟想要什么,想往哪里去,都在这种忙碌中无暇思考。他们跟我说他们也想辞职,想花更多的时间享受生活,但好像这是遥不可及的梦想。直到有一天,他们当上了领导,梦想才实现。"

曹平生哈哈笑了起来,拍了拍满是赘肉的肚皮,直起身子道:"没想到林总比我幽默。"

"那实际上是不是这样?"林德义脸上依旧呈现出有些发紫的"酒后红"。

曹平生摇了摇头:"真那样没人跟着我干。谁都特么的贪婪,优秀的人也一个鸟样。喂饱,就能留人。我们这行最关键的是人,只有最好的人才能做成最好的事。"

林德义起了兴致:"我还以为今晚你会带那个小王过来,她算是最好的人么?"

"小王?谁?王暮雪?"

"对,那个美女。"

曹平生继续转了转手中的电子烟,道:"她不适合这里,她就适合你们会议室。"

林德义将双手交叉垫着脑袋,感叹道:"看来平生你护犊心切啊!不过这几天怎么没见她来了?"

曹平生当然不能跟林德义说王暮雪请了一周的病假,只说:"有个互联网的项目上面下反馈了,以前她一个人负责的,很快,弄完就过来。"

"哦?!一个人负责?看来很能干!"

"沃顿毕业的。"曹平生边说边趄了下来,脑中不禁浮现出王暮雪第一次出现在他办公室中的场景:那是一只热血沸腾的小狼。还没看到肉就想咬的那种很难驯化的野狼。它还没有张嘴,曹平生就已经可以看到它嘴里的利牙了。

投资银行,需要这样的利牙。

"互联网……"林德义自喃道,"哎,互联网……"

"怎么林总,也想搞互联网?"

"能搞肯定搞,可惜搞不来。不仅搞不来,听到这个词我就起鸡皮疙瘩。"林德义自嘲道。

林德义这些年每天睡前也读不少书,一是为了出外应酬,二是为了不被时代淘汰。他清楚,互联网会改变所有行业。

最开始,互联网颠覆的是传统广告业。如今线上广告与线下广告市场份额均分天下,往后线上广告一定会超过线下广告。一款 App 的应用在抖音里打个广告,远比在公交车站贴海报来得效果好。其后,互联网颠覆了传媒行业。电视台、广播站的新闻速度远比不上群众发条微博、朋友圈而形成的自媒体传播速度。再后来,互联网让商场中的所有服装店成了摆设,将传统零售业弄得奄奄一息,抢去了千万经销商的饭碗。

互联网上的游戏、视频也正在颠覆传统娱乐业。林德义听说目前电视剧的拍摄角度都要求演员走位、转头不能超过一定的范围,否则很容易就出了手机框。

医院、教育等行业将来都会逐渐被互联网彻底颠覆。可能不久的将来,整个中国每个专科只需要两三百个权威医生和教师,就可以覆盖全国上亿人的教育和常规医疗咨询。因为卓越教师的教授方法和亲讲课堂可以录制,所有学生不分地域都可以廉价购买。借助数据库和系统自动筛查,医疗诊断可以做到精准断案且对症下药,毕竟任何一个人类医生的知识体系都不可能超过集结全球案例和教科书的互联网大数据库;甚至通过远程机器手,美国知名医生也可以给中国某乡村小镇的病人完成肿瘤切除手术。所以新闻记者、店家、医生、教师这样的职业方向会越来越危险,做不到行业顶尖,或许就会饿死,最后说不定只能改行做码农和修机器。

所以"互联网"这三个字对于实体企业家而言,既是巨大的机遇,又是巨大的威胁。

"林总您怕什么,只要是人,都需要洗澡刷牙上厕所,你们这行跟饮食业一样,互联网颠覆不了。只要不打仗,全球人口只会越来越多。"曹平生道。

林德义呵呵一笑,拍了拍自己的大腿:"平生你早看出来了,才愿意接我们项目的吧?"

曹平生露出了黄牙,嘿嘿道:"可不是,我只打有把握的仗,不过……"

"不过什么?"

"不过我们新发现了一个大问题。"

曹平生所说的大问题,是项目组发现有三家公司与风云卫浴做一样的产品,构成同业竞争。这三家公司都是董事长林德义近亲属的,主营产品和部分供应商与风云卫浴存在重叠情况。

"我近亲属开立的公司,也要对外披露么?"林德义吃惊道。

曹平生点了点头:"如果是做相同或相似业务,就需要写进招股书。"

"写进去了会有什么问题?"

"很可能构成上市障碍。"曹平生悠悠一句。

林德义闻言立刻支开了技师,同时示意她们把门关上。

"是不允许有同业竞争么?"林德义道。

"嗯,如果有关联公司与上市公司从事相同或相似业务,一方面可能造成利益冲突,不利于上市公司独立性;另一方面,竞争方容易出现转移上市公司利益,损害上市公司股东利益的情形。"

说完理由,曹平生告诉林德义三种业内常用解决方案:

方案一:剥离,将近亲属公司的股权全部转移给没有亲属关系的独立第三方。

方案二:并购,将近亲属公司的股权全部买过来,与风云卫浴一起上市。

方案三:停业或注销,让近亲属的公司关停,书面承诺不再经营相同或者相似产品。

不出曹平生意料,林德义听到这三个方案后直摇头:"虽然是我亲戚的公司,但都是独立的。他们有的比我起步还早,十几年来都是各自发展,各管各的,公司之间基本没有往来。那些公司都是他们的毕生心血,如今我要上市,让他们把股权卖给别人,不可能,注销停业就更不可能了……"

曹平生点了点头,不慌不忙道:"如果不关停,只是让他们修改经营范围,不做卫浴产品了,也不可能是吧?"

"当然。"林德义笑得非常无奈,"人家厂子都是卫浴产品的生产设备,做这个几十年了,怎么可能说不做就不做? 换位思考,如果我亲戚公司要上市,我也不可能为之动风云卫浴的一丝一毫。"

"嗯,所以最常用也是最彻底的做法,就是买进来。"曹平生说着又抽起了电子烟,他已经逐渐习惯了这种原本他很鄙视的烟味,天天这么自欺欺人地戒烟,效果也挺好。

林德义摇了摇头:"他们肯定不卖,何况你说的那三家公司,体量虽然比我们小些,但如果一起买,我们也不够钱。"

"不需要全用现金,您用股份置换或者其他非主业资产置换也可以。"

见曹平生还在坚持,林德义索性把最关键的原因说了出来:"平生啊,你要知道,对于你们资本玩家来说,看到的或许只是公司,只是股权,但对于我们企业家来说,这是终身事业,是我们已经奋斗了大半辈子并且还要继续为之奋斗的终身事业。将来还要给儿子,儿子还要给孙子,这是家族续命的东西,不可能卖的。"

"能上市都不卖么?"曹平生挑眉一句。

林德义再次摇了摇头:"我太懂他们了,他们会选择等。等他们公司大了,自己规范自己上。"

曹平生的手指在靠椅上轮流敲动,林德义的理由跟他原先预想的一样,业内规避同业竞争的三条路都走不通。这种情况通常出现在家族企业扎堆的同行业地带,比如风云卫浴所处的卫浴行业,再比如钢铁行业、家居行业、化工行业、电子行业……这些行业往往在一个地方一家人做起来后,亲戚朋友全都跟风在做。你成立一家公司我也成立一家公司,卖的产品都一样,像一张因连带关系而紧密连接的蜘蛛网,带有地域特征的行业偏向性和集中性。

此类现象会使整个地区的大多数公司,若不实施资产剥离或是并购重组,全都无法上市融资。

"林总,您要让他们知道,如果没人做出牺牲,就凭这层永远无法更改的近亲属关系,将来他们的公司也无法上市。"

"呵呵,他们会说等过几年,说不定法规都变了,你们这行的法规我

337

听说每半年就要大换血一次。"

曹平生嗤笑一句："涉及上市公司核心利益的法规,是永远变不了的。"

林德义听后沉默了一会儿,凑近曹平生认真道："平生,你可是金牌保代,你干这行也二十年了,就没别的法子么?"

曹平生缓缓吐出一口烟道："那三家公司的下游市场,与你们重不重合?"

"你说客户?"林德义问。

"对。"

"那肯定不重合,我们都是卖海外,他们都是卖国内。"

关于林德义的说辞,项目组自然要去全方位调查与核实,但如果下游市场不重合,那么同业竞争这个问题,解释起来就还有一丝希望,毕竟大家通常的理解都是:出口海外的生产商与供应国内的生产商,应该不存在什么竞争关系。

"是不是客户不重合就可以不算竞争?"林德义思维还是较为灵敏的。

"之前有一家电子公司,沪明电子,与目前咱们的情况一样,跟它的关联公司同样都做手机板。沪明电子的客户全在国外,关联公司的客户全在国内,双方为此还签订了《市场划分协议》,规定沪明电子具有海外销售的优先权,关联公司除特殊情况外不进行海外销售。"

"结果呢? 上了么?"林德义语气稍带急切。

曹平生笑着摇了摇头："被否了,当时就因为他们各自的销售市场不一样,所以招股书里披露的是该情况不属于'实质性'同业竞争,但资本监管委员会并不认同这个解释。"

见林德义的眼神瞬间暗淡了下去,曹平生赶忙道："当然了,林总,这家公司上市被否,原因是综合性的,不仅仅是同业竞争这一条。不过这个例子至少可以说明,通过市场分割的方式,无法彻底解决同业竞争。毕竟之后沪明电子的老板为了上市,忍痛卖掉了关联公司的全部股权,彻底剥离干净了,同时也解决了当初上市被否的其他问题,所以最后二审通过了。"

"但我们不是卖股权的问题,我个人根本没这三家公司的任何一家的股权,完全独立的。我们是亲属公司,不是通过股权投资而形成的关联公司。我们是血脉啊,血脉怎么卖?怎么剥离?怎么转让?!"

曹平生呵呵一笑,无奈道:"所以林总,我一开始就说了,这是个大问题。"

278 成功被打脸

虽然都是因关联方经营同类业务而导致同业竞争,但风云卫浴的问题明显比当时晨光科技的更为棘手,因为这次的蒋一帆,再也不能从不同公司产品所依赖的不同技术手段的角度,来论证产品不同质了。毕竟风云卫浴与三家亲属公司生产的都是卫浴产品,而制造卫浴产品所依赖的技术其实没多大区别,顶多就是你家的陶瓷高级点,我家的马桶模具实用点罢了。

柴胡用食指在桌上画着一个又一个圈,觉得五脏六腑都要憋坏了,因为他今早得知林德义与那些亲属的数次沟通均告失败。三家关联公司就像三个捆着风云卫浴的黏稠怪兽,甩又甩不开,吃又吃不进,杀又杀不死。虽然都是一家人,但嘴上还好似在不停咆哮:"别特么的自己发财就让我们当炮灰,我们上不了你林德义也别想上!"

曹平生今早甩下一句"赶紧再查查案例!查仔细点儿!"说完便拖着行李匆匆去了机场。而蒋一帆,自从那次跟王暮雪通话后,一直处于时不时掉线的状态,很多次柴胡在会议室里叫他,他都听不到;中午吃饭时,董秘艺超跟大家讲笑话,所有人都笑了,唯独蒋一帆没笑。

虽然王暮雪不在,但饭桌上仍旧摆着风云卫浴的厨师为蒋一帆熬的猪肺汤。每次同桌吃饭,大家都会开蒋一帆玩笑,说他福气好,有人疼,但只有柴胡知道,这种疼真是太"疼"了。

蒋一帆面色憔悴、目光空洞。柴胡又帮蒋一帆转移注意力:"一帆哥,你查到案例了么?"

见蒋一帆又没反应,柴胡索性站起来大声道:"一帆哥!"

"啊?"蒋一帆闻言身子一抖,才晃过神。

"你那边查到案例了么?"柴胡重复道。

"哦,查了几个。"

柴胡大喜,拉开椅子飞速跑到蒋一帆身边连问:"什么案例什么案例?!"

"别看了,都是失败的案例。"蒋一帆说着用手揉了揉布满血丝的眼睛。

柴胡僵住了,那些本要从他口中喷涌而出的称赞蒋一帆的话,又被强行咽了回去。

"一帆哥,把你查到的发给我吧。"

"你确定? 都是失败……好吧,我发你。"

之后,柴胡看到了很多家因同业竞争问题而上市被否的案例。柴胡当然知道这些都不是曹平生想要的,毕竟现在任务是看有没有人成功冲破障碍,而不是看别人如何在障碍前摔跤。昆玉宝利,做化工材料的;沪明电子,做手机板的;新云锐金,做钢铁冶金的……柴胡猛地抓了抓脑袋,一家家的居然全死在同业竞争这个问题上。

柴胡心想,这些公司严格意义上顶多算同业,真算不上竞争,毕竟各自面对的终端市场不一样,客户完全不重合;双方还签了《市场分割协议》,连地盘都划好了,算什么竞争? 你走你的阳关道,我过我的独木桥,这种"井水不犯河水"的事情,资本监管委员会多管什么闲事?!

柴胡心里这么吐槽着,突然眼睛睁大,等一下! 我过我的独木桥?

如果《市场分割协议》签订了,是不是意味着上市公司只能选择走阳关道或是走独木桥了?

人为限定上市公司未来几十年的发展方向,是不是也是损害上市公司利益的一种体现? 比如风云卫浴如果跟其近亲属公司签订了《市场分割协议》,规定风云卫浴只经营海外市场,而近亲属公司只经营国内市场,不就意味着让风云卫浴不管以后发展得多牛,或者高管层有什么新的战略部署,都必须永远放弃中国市场么?!

中国有十四亿人,是世界上最大的十亿级市场,这么多人需要多少个卫生间,多少套卫浴产品……这个市场如果放弃了,不就极大限制了风云卫浴的发展潜力么? 柴胡想到这里猛地拍了一下桌子:"一帆哥! 我知道了!"

蒋一帆被吓了一大跳:"知……知道什么了?"

"我知道……"柴胡说到这里,兴奋忽然被他自己收住了,反问蒋一帆一句,"一帆哥你告诉我,为什么那些公司都过不了审?"

"哦,因为这些公司的市场划分协议安排不彻底、不完整。"蒋一帆回答,"比如沪明电子,它面对的是国外市场,其关联方面对的是国内市场,双方在《市场划分协议》中规定'沪明电子具有海外销售的优先权,关联公司除特殊情况外,不进行海外销售',其实这种'优先权'和'特殊情况'很模糊,如果要钻空子,还是比较容易的,因为不具有'优先权'不代表关联公司以后一律不可以在海外进行销售,只不过让沪明电子优先销售而已;而且协议中也没有说明什么是'特殊情况'……"

柴胡听到这里轻轻竖起食指摇了摇,单手叉起腰道:"NO……这种市场分割协议压根就不应该签。"

而后,柴胡把他先前的想法告诉了蒋一帆,总结一句:"市场分割协议在现实情况中会对上市公司未来市场开拓造成不利影响,投行这种划分市场的整改措施就是反面教材!签一个死一个!"

蒋一帆闻言低眉沉思了片刻,道:"你说的也有道理,那么你觉得应该怎么整改?"

柴胡眨巴了下他的丹凤眼,咧嘴一笑道:"哦呵呵,问得好,我也不知道。"

尴尬地沉默了五分钟后,柴胡收到了蒋一帆的一个 PDF 文件,打开一看,是一个家居企业,在申请上市时也遇到同业竞争的问题,但确实因为签订《市场分割协议》通过了发审会的审核。柴胡此时恨不得直接从窗口跳出去,管它有多高;因为这个成功案例犹如蒋一帆送来的厚实一巴掌,狠狠打了自己骄傲的小脸。

279 市场的分割

柴胡本以为蒋一帆送来这"一巴掌"后,要说一些怼他的话,结果蒋一帆拿着这个案例中的解释跟柴胡长篇大论了一番，大意是说这个案例虽然成功了，但如果风云卫浴想要模仿，还需要进行深度的市场调查。

　　该案例来自一家做螺栓的企业，其实际控制人先后在韩国、马来西亚和中国分别设立了A公司、B公司和C公司三家产品相同的生产企业。A公司的产品销售市场主要以美国、韩国及日本为主。B公司的产品销售市场以马来西亚等东南亚国家、欧洲为主。C公司为上市主体，其产品销售市场以中国、美国、欧洲为主。

　　通过寻找同类项，我们不难发现，上市主体C公司与A公司在美洲市场存在交叉，与B公司在欧洲市场存在交叉，同业竞争显而易见。为避免三家公司的同业竞争，基于各自的实际销售市场，A、B、C三方共同签订了《避免同业竞争市场分割协议》，对三家公司产品的国际销售市场进行了划分。划分后，上市主体C公司独占中国、美国和欧洲市场；其余两家公司若想进入上述市场，均需经过C公司同意。

　　柴胡惊讶道："关联公司要进入上市公司的市场，需要经过上市公司同意，这个规定好强势，但确实划分得很彻底，主动权全在上市公司手上，比那些什么'特殊情况''优先权'的表述彻底多了，怪不得通过了。"

　　"其实也不仅仅是协议表述的问题。"蒋一帆道，"协议签得干净是一方面，另一方面是中国、美国和欧洲市场的需求量远大于上市主体目前的市场占有率。咱们可以看看数据，这三家公司销售收入合计不到4亿美元，尚不足各自市场容量的1%。"

　　"所以监管层觉得，如果只是三个独立的小果园，每个人很可能会因为自己不够吃，跑去抢别人果园中的水果；但如果每个人拥有的是好几座山，甚至好几个城市这么大的果园，估计互相抢食的概率就微乎其微，也就构不成竞争了？"柴胡问道。

　　"嗯，没错，所以我们如果想模仿这样的整改措施，得首先知道风云卫浴的果园够不够，也就是它销售区域的市场容量究竟多大，未来还有多少供它发展的空间。"

　　"但是他们风云产品的销售区域覆盖太多国家了，而且这些国家卫浴行业的市场容量数据，不是那么好找的吧？就算找到了我们也要走访核实，这工作量够呛……"看对面的柴胡边说边摇头，蒋一帆微微一笑：

"你想不想在得到奖金之前,免费周游列国?"

柴胡一听这话,立马精神了:"是哦! 这么多国家! 都要走访的话我要赚翻了! 自费旅游一圈下来估计……"

说着柴胡打开风云卫浴客户所在国列表,数了数,兴奋道:"33 个国家! 上百个城市,大多还都是发达城市,这游一圈下来得上百万! 一帆哥走访你一定要让我去啊! 兄弟我一没女朋友二没房,连租的房都没有,下半年伙食住宿就靠你了啊!"

蒋一帆尴尬一笑:"我们不可能 33 个国家都去的,肯定是选主要销售国中一些集中度高的城市重点核查,估计你也就只能去七八个国家。"

"够了够了! 那也赚了!"柴胡摩拳擦掌。

回到酒店后,蒋一帆将关联方的相关法规在脑海中又提取了一次,根据《上市规则》,关联自然人直接或者间接控制的,除上市公司及其控股子公司以外的法人或者其他组织,为上市公司关联法人。而与风云卫浴实际控制人林德义关系密切的家庭成员,包括配偶、父母及配偶的父母、兄弟姐妹及其配偶、年满十八周岁的子女及其配偶、配偶的兄弟姐妹和子女配偶的父母。

目前这三家风云卫浴的关联公司,一家是林德义妻子的哥哥开的,属于配偶兄弟姐妹的公司;一家是林德义大儿子林文亮的老丈人开的,属于子女配偶父母的公司;还有一家是林德义亲妹妹的丈夫开的,属于兄弟姐妹配偶的公司。

蒋一帆绕法规绕了半天,肯定、确定以及笃定这三家公司是无论如何都绕不出关联方了。

但若依照目前市场上唯一一个近似公司的成功案例,很有可能因为工作量巨大,或者因为最终获取的市场数据监管层不认可等理由而在发审会被否……想到这里蒋一帆轻叹一口气,背包一扔,一屁股坐在地上,身子重重地靠在床边。他觉得很累,工作量并没有增加,项目也并没有进入决战阶段,为何会这么累?

或许真正难过的人,是不会流眼泪的,因为一旦让情绪有了宣泄的出口,一定会声嘶力竭。

"我自己的反馈我自己答,不用你帮! 这次就算你全部答完我也一个字都不会用！看都不会看！”

"我再说一次，不许动我的反馈！不然绝交！"

王暮雪的话又一次回响在蒋一帆的耳边，这些话说明蒋一帆曾经最害怕的事情发生了，这件事情就是：失败。

蒋一帆从小到大，有过明明非常努力，结果却还是失败的经历么？不，他没有，一次都没有。

"如果正面她看不到你，不如尝试转身。"蒋一帆的大学心理选修课老师跟他说道，"转身不代表离开，你没听过那句话么，每一个优雅的转身，往往都在酝酿下一次的闪亮登场。"

280 心理学老师

蒋一帆这位大学心理选修课老师姓李，五十来岁，是身材发福的中年女人，蒋一帆记得她头发上夹杂着不少银丝。除了上课，老师就在课间休息时与蒋一帆简单聊过一次，互加了QQ。从此，这位大学老师成了他精神上最依赖的人。

老师在课上曾说：

"不盲目骄傲，不刻意渺小。"

"做一个简单的人，踏实而务实，不沉溺幻想，不庸人自扰。"

"同学们，你们应该喜欢夜晚。因为没有黑暗，你们就看不到星星。"

"心中装满着自己的看法与想法的人，很难听见别人的心声。"

"你们要时刻记得，果实熟透了才可以采摘，思考沉稳了才能充分表达。"

或许没人知道，蒋一帆踏入工作后待人处事的原则，居然都来自他大学时这门选修课的心理学笔记。虽然笔记本的封面已经脱皮掉色，虽然这位李老师的长相蒋一帆已经十分模糊，但他认为这位老师给予自己的帮助，甚至超过了那些让他获得无数荣誉的竞赛课老师。

十九岁的蒋一帆，曾经青涩地跟老师说："老师，我觉得这个世界上，没有一样东西是属于我的。房子、车子、奖状、成绩……这些都属于我的爸妈和老师,我的身体很多时候也由不得我控制,就连灵魂……有时候还要跟别人假来假去的,好似也不是我的。"

老师听后笑着说:"这个世界本就不尽如人意,你有自己的软肋。其实我们每个人都有,所以我们要练就自身的盔甲。很多时候,我们需要成熟地承认那些我们原本不相信的事情,但老师希望,你今后的所有成熟,都不是被迫。"

这对他来说,太难了,甚至远远难于捧回一座世界数学竞赛的冠军奖杯。

蒋一帆掏出手机,默默打开了日历。很快,他就三十岁了,为何这三十年,明明周围有很多朋友,可他始终觉得只有自己一个人孤独地活着?

自己跟自己相处,原本是件很简单的事情,但随着时光的流逝,似乎变得越来越不易。

老师说:"一帆啊,其实每个人的内心生活都应该是差不多的。你觉得孤独,其实别人也是,因为人本就是孤独的,缓解它带来的痛苦的唯一方式,就是平静地接受它。"

"老师,我失败了。"

"我所认识的蒋一帆,是不会失败的。"

"可是老师,我这次确实失败了。"

老师笑着发来了一个小太阳的表情,道:"那你不妨更改一下成功的定义。"

"更改成功的定义……"手机响了,来电提示:王潮。

戴着若无其事的面具,与师兄王潮寒暄一阵后,只听对方道:"晨光下反馈我看到了,东光高电也快排到了。"

"嗯,出来了我就过去。"蒋一帆道。

"你想纯做投资么?"王潮问。

蒋一帆听后顿了顿,道:"以前没做过,不过可以试试。"

王潮笑了:"可能师弟你还是喜欢做投行,但也想学投资。这样,你过来后,两样都可以做。平常看项目跟着我,但我们金权也有自己经常合作的券商,遇到感兴趣的项目,你可以直接进场尽调,签字。工作职位你挂在那边,薪酬给你两倍,工作性质不变。"

蒋一帆愣了足足五秒钟,他没有想过自己心底的希望被王潮听出来了,薪酬倒是其次的,主要投资银行这份职业,毫无疑问是他热爱的,否则他不可能为此离家五年。

"真的可以么?"蒋一帆再次确认道。

"当然。山恒证券,你应该知道,体量没有明和大,这点要跟你说清楚。"

山恒证券是国内第二梯队的券商,虽比不上明和,但也不是三流券商,业内还是有一定知名度的。

"真是谢谢师兄了!"蒋一帆感激道。

"你放心,虽然牌子没明和大,但平台绝对够。只要有金权在,保证项目做不过来!"

蒋一帆想着王潮也算是很有经验的前辈,在资本市场闯荡多年,可能对于风云卫浴的问题,他会有更好的建议,于是蒋一帆将目前风云卫浴的困境告诉了王潮。

因为企业上市前的整改问题属于投资银行必须保密的内容,所以蒋一帆没有跟王潮明说是哪一家公司,只是大致将问题陈述了一遍。王潮听后认真道:"目前通过市场分割协议过会的,我记得只有一家。"

"对的师兄,现在这个案例是我们唯一的出路。"

王潮听后笑了:"师弟,以后尽量别动不动就把'唯一'这个词挂在嘴边,没有什么事情是唯一的,只要愿意想,方法千万种。"

"哦?师兄有别的建议么?"

王潮清了清嗓子道:"你说的这个案例,后续有很多公司模仿过,也签了《市场分割协议》,但都失败了,知道为什么么?"

"是因为协议条款没有签彻底么?"

"呵呵,其实我认为跟协议本身没关系,这种人为划分市场的协议,本就不适应当代的自由竞争格局,会限制上市公司的发展;而且师弟你看,签约双方都是关联方,本来关系就不一般,私下就算相互违约,只要他们彼此谁都不说,监管层很难查,中小股东更难,不可控。"

"但是之前……"

"之前确实有过会案例。"王潮打断蒋一帆,"但师弟你要明白,监管的力度就跟弹簧一样,看经济下行了,松一点;上行了,紧一点,只要宏观环境不出岔子,此一时,彼一时。"

蒋一帆闻言没说话,试着领悟王潮的意思。

"而且师弟,发审委委员每届人都不一样。思考的角度也不一样。以前树立的标杆,如果错了,立刻就成了危险警示牌。发审委也是摸着石头过河,我们所有人都是摸着石头过河,谁能保证这辈子走路没错过一次?"

"所以师兄,你认为不要参考这个案例是吧?"蒋一帆问道。

"嗯,师弟你应该不希望白折腾一两年,最后结果不好吧?"

蒋一帆思考了一下,道:"可目前除了这个方法……"

"除了这个方法,还有更保险的方法,只怕……你们不敢用。"王潮笑道。

281 为上市离婚

"什么? 离婚?"王暮雪惊愕地看着电脑屏幕上与柴胡的对话框。

柴胡发来了一个狗狗喝闷酒的表情:"估计只能如此。"

"就没有别的办法了么?"王暮雪双手僵直地打着字,保持着类似机器人的坐姿,伤口已经结痂了,所以她并不希望好几天的忍耐功亏一篑。

"一帆哥说离婚是最干净的剥离,原来我还没注意,但仔细一看才发现,有关联的公司全都是通过婚姻关系绑定的。暮雪你看啊,一家是林德义老婆哥哥的,一家是大儿子林文亮的老婆爸爸的,一家是林德义妹妹丈夫的……"

王暮雪看着柴胡发来的这段话,表情都僵住了:"所以为了上市,你们要三家人同时离婚?"

"这有什么大惊小怪的! 为了买房,一个小区的人都可以自发性地全体离婚,何况为了上市? 房子几个钱啊? 上市可是十几亿甚至几十个亿!"

看到这句话,王暮雪内心一阵愤慨,劈里啪啦地敲击着键盘道:"市场上不是有很多解决同业竞争的案例么？为什么非得走这步？"

"那些案例都不适用，通过股权投资而互相成为关联方，清理掉股权就可以，但这次是通过婚姻关系建立起来的，所以……"

"可是我觉得，既然市场都不一样，就是只同业，不竞争啊！谁说存在相同或相似业务的，就一定构成同业竞争？"王暮雪反驳道。

"我原来也是这么认为。"柴胡悻悻一句，"但后来一帆哥告诉我，只同业，不竞争，是一个伪命题。"

"啊？"王暮雪一脸吃惊。

"暮雪你想想，上市公司与相关竞争方只要存在同业关系，供应商、客户就有可能重叠；技术、工艺也可能相关联，更可能存在成本费用的分摊，就算现在你查不到，不代表实际不存在；而且现在不存在，不代表将来不存在，所以没有办法去论证双方没有可能的潜在竞争关系。"

见王暮雪不接话，柴胡继续道："或者可以这么说，同业不竞争只适用于存在相似业务或少量相同业务的情形。如竞争方从事的业务与上市公司完全或大部分相同，必然会构成同业竞争。就比如风云卫浴这样，跟其三家关联公司，生产的产品百分之七八十都是一样的，这种情况你再说没有潜在竞争关系，谁都说服不了。"

"不可以跟晨光科技一样解决么？就是从技术层面出发，或者通过供应商和客户不重合来论证。"王暮雪仍旧不死心。

看到这句话，柴胡只能给她打电话，将这几天大家讨论的结果抛给了她："暮雪你想想，如果可以走相同的路，一帆哥还会提出离婚这个建议么？"

王暮雪一时间没说话，柴胡估计她的反应跟自己一开始一样，不相信这种建议会由蒋一帆提出来，但除了这个方法，似乎确实没有其他更能确保过会万无一失的办法了。

"暮雪，关于这点，其实曹总也各方打听了之前做过发审委委员的人，他们说今时不同往日，目前会里对于通过市场分割协议方式解决同业竞争的审核非常严格，单纯的市场分割方式已经很难获得监管层的认可了。"

王暮雪听后再次沉默了，柴胡无奈继续道："一定要切干净，如果不想我们今后的仗白打,就一定要干净!监管层现在不太相信什么协议,更不相信实际控制人出具的《避免同业竞争的承诺》,因为过去就有好几家明明出了承诺,却直接出尔反尔继续同业竞争,目前这块监管起来很困难。"

所谓实际控制人出具《避免同业竞争的承诺》,是指存在同业竞争的情况下,上市公司实际控制人所做出的,在未来一定期限内解决同业竞争问题的承诺,是其保持上市公司独立性的一种个人承诺,属于过渡性措施。

基于当前IPO审核的严格性与同业竞争监管难的特点,实际控制人出具的此类承诺已经类似一个常规流程,不管他们的公司存不存在与关联公司形成同业竞争的情况,都需要签署这样一份承诺,跟上车就必须买票一样。

我们必须清醒地认识到,这种承诺是单方面的,就跟结婚前很多男士当着众伴郎伴娘的面,写的保证书一样,由于缺乏有效的婚后制约机制,实践中,个人违反承诺的案例屡见不鲜,该类情况对于资本市场也同样适用。

若严格监管,监管成本会非常高。别说风云卫浴这样的私企,甚至在某些国有背景的上市公司都出现难以有效落实监管要求的情况,因为资本监管委员会的人员编制是有限的,不可能所有人其他事情都不干,天天在几千家上市公司销售端蹲着,看看有没有公司出现同业竞争的情况。

如果监管不到位,无疑会有损监管机构的公信力和相关规范的权威性;既然"给你上,难监管",还不如"直接不给你上"。

"如果过往案例跟现在的监管逻辑不符,必然会'区别对待',若继续纵容,会给市场传导错误的示范信号,可能致使类似情况大量出现。"柴胡将蒋一帆之前跟他说的话原封不动地搬给了王暮雪。

"我不知道要说什么……"王暮雪叹了口气,跟柴胡讨论到这里,她才勉强能接受蒋一帆的这个建议,但她的内心深处又对如此解决问题的方式心生抵触。

"暮雪,我觉得一帆哥说的是对的,他可能等东光高电出来就离职了,但是我们两个还得继续做,如果不这么解决,这个项目就黄了,他完全是为了我们。"

"可是……"王暮雪想说什么,但又堵在了喉咙里,这种滋味很复杂。

282 婚姻和金钱

"吃饭了。"鱼七叫她。

"我还没跟同事聊完呢!"王暮雪话音还未落,就已经被鱼七妥妥地抱到了餐厅的椅子上。

"反馈都没答完,聊什么聊。"鱼七边说边端起一碗青菜瘦肉粥,舀了一勺往王暮雪的嘴边送。

王暮雪憋气吃了一口,脑子里想的依然还是不离婚就不能上市的问题,于是朝鱼七问道:"告诉我,你觉得是婚姻重要,还是钱重要?"

鱼七只顾舀粥,不说话。

"先回答我!"王暮雪摆出了一副你不回答我就不吃的架势。

鱼七冷冷一句:"这种坑,我不跳。"

"这不是坑,是正常的探讨!"

鱼七用眼神示意王暮雪少废话,赶紧吃。好不容易吃完后,她终于还是忍不住将柴胡告诉她的事情全部告诉了鱼七。

鱼七不以为意道:"那就离呗。"

"你们男生果真视婚姻如粪土啊! 说离就离?!"

鱼七无奈一笑:"那不是粪土,那是十几个亿。"

"十几个亿就可以让你离婚是吧?"王暮雪眯起了眼睛。

"是啊。"鱼七回答得十分肯定。

听到这个回答,王暮雪吃惊得都快石化了,她吃惊的不是答案,而是对方的毫不掩饰。

鱼七一边将碗里的洗洁精冲干净,一边道:"婚姻我见过,就我爸妈那样;十几个亿我可从来没见过,如果是牛市,说不定还可以变成几十个亿,那可以买多少套房子,多少辆车,有多少女人……"

王暮雪闻言气得咬牙切齿:"你们男人果真没一个好东西!"

"不是男人没一个好东西,只是我不是好东西。"鱼七强调道,"所以小雪,你最好不要太爱我,更不要跟我结婚。"

鱼七不看王暮雪的表情,但他能猜到她一定很失望,于是补了一句:"别见怪,我太穷了,没见过什么钱,自然稀罕。"

"你稀罕钱我给你三十万你不要?"王暮雪反问一句。

鱼七愣了,而后道:"三十万太少了,我要几十个亿。"

"你就瞎扯吧!"

"我实话实说,小雪你可以随便去问大街上的男人,看他们怎么选。当然了,可能只有你那个同事蒋一帆会选婚姻而不选几十个亿,所以你现在后悔还来得及。"

"呵呵,那我告诉你,这个破建议就是他提的!"王暮雪提高了音量。

"是么? 那看来他也很现实啊!"鱼七笑了,回身将王暮雪抱起。

"我告诉你,这个世界上最值钱的东西,都是不要钱的!"王暮雪看着鱼七的侧脸认真道。

"比如什么?"

"比如空气,比如阳光,比如爱……"

鱼七将王暮雪轻放到床上,用薄毛毯给她盖好,嘱咐道:"吃完东西休息一下再去答反馈,整天坐在电脑前对眼睛对腰都不好。"说完就要走,怎料被王暮雪一把扯住:"我跟你说话你听到没有?!"

"听到了啊,你说最值钱的东西都是免费的,但那些我都有了,一醒来就见阳光,就吸空气,而且你现在也挺爱我的,所以请允许我追求那些不那么值钱的,用钱可以买到的。"

"你……"

鱼七双手一把按住她,轻声道:"不想留疤,最好就不要乱动。"

"你……"这回王暮雪的话直接被鱼七的嘴堵住了,然后,她听到鱼七凑近她耳边道:"不用骂了,我是渣男我知道。"说着他直起身,放开王暮雪,严肃一句,"不过渣男提醒你一句,这次你那个同事蒋一帆给的建议,有个漏洞。"

"什么漏洞?"

鱼七双手叉在胸前,认真道:"其他什么妹妹跟她老公,大儿子和他老婆的,离就离吧,但董事长跟他老婆,据我所知,应该是不能离的。"

"为什么?"

"那个董事长应该是你说的这家公司的实际控制人吧?"

"对啊……"王暮雪歪了歪脑袋。

"这个实际控制人的老婆,在公司有股权么?"

"有啊,2.87%……你到底想说什么?"

"既然有,上市前一般夫妻不都是联合被认定为实际控制人的么?股权还要合并计算。"

王暮雪反应过来了,如果夫妻双方被认定为实际控制人,报告期内一旦离婚,视同公司实际控制人发生变更。根据《首次公开发行股票并上市管理办法》,发行人最近三年内主营业务和董事、高级管理人员没有发生重大变化,实际控制人没有发生变更。这意味着,目前以 2014、2015、2016 三年全年为报告期的风云卫浴主板上市之路,一旦董事长林德义在 2016 年离婚,申报期需要往后递延三年至 2019 年,那这个项目可以直接撤场了。

"你可以啊!"王暮雪看着鱼七的眼神都亮了,一个整天从事打印复印工作的人,居然想到了自己都想不到的事情……但她不明白,这么重要的问题,难道蒋一帆也忽略了吗?

报告期往后递延三年,不确定性太大了。三年后风云卫浴还是否能保证利润一直稳步增长,公司经营会不会出现其他需要整改的问题,这个项目会不会中途被别的券商撬掉,都是未知数。曹总难道也愿意这个项目拖三年吗?王暮雪想到这里,立刻重新拨通了柴胡的电话……

283 自以为聪明

其实,蒋一帆接起王潮电话的那晚,两个人就已经探讨这个问题了。

王潮肯定明白,如果报告期内实际控制人发生变更,会直接触犯发行条件,按照明和证券内部管理制度,这种项目别说内核,就是立项都不可能让立。但王潮说:"师弟,IPO 的底稿目录据我所知,应该没有结婚证这一项吧?"

蒋一帆听见这话后吸了一口凉气,他此时完全明白了王潮的意思:如果投资银行收集的IPO底稿目录中没有结婚证这个细分目录,那么实际控制人的婚姻状况,也就不是投资银行的存档文件。不用存档,就不用提交,自然也不怕被资本监管委员会现场检查。

就算各大中介机构一开始进场时,林德义告知大家的是他与妻子在三年前已经离婚,大家一般也不会多问,更不会去民政局调取离婚记录。换而言之,针对实际控制人婚姻关系这一项,各大中介机构通常不会进行直接核查,属于尽职调查的真空地带。王潮正是抓住了这个漏洞,暗示蒋一帆多一事不如少一事,对于林德义的婚姻状况,大家最好装不知道。如此一来,所有人都默认林德义之前已经离婚,风云卫浴的报告期也无需递延,项目也能正常申报,还能顺带绕开同业竞争。

"当然,师弟,婚还是要离的。"王潮补充道,"具体你可以再跟企业探讨一下。"

但蒋一帆也很清楚,如果真的装不知道,该在招股说明书中披露的内容没有披露,尤其还涉及公司实际控制人,属于重大遗漏!如果明和证券递交的与保荐工作相关的文件存在重大遗漏,直接后果就是暂停保荐机构资格3个月;情节严重的,暂停其保荐机构资格6个月。资本监管委员会可以责令保荐机构更换保荐业务负责人、内核负责人;情节特别严重的,撤销其保荐机构资格。

不仅如此,如果保代的尽职调查工作日志隐瞒重要问题,资本监管委员会可根据情节轻重,自确认之日起3个月到12个月内不受理相关保荐代表人具体负责的推荐;情节特别严重的,撤销其保荐代表人资格。

保代被撤销资格也就算了,毕竟是保代个人之事,但若一家券商被暂停申报项目3个月或6个月,在当年对其投资银行的业务伤害是致命的,投行收入会按亿级蒸发;此外,该投行的名声会大受影响,给往后的业务拓展带来艰难的挑战。

蒋一帆当然不敢不汇报给曹平生。

"你认为呢?"曹平生光着膀子趴在床上,蒋一帆正用热毛巾给他搓背。蒋一帆入职这几年,端茶、倒水、搓澡、提包的事情,样样都没少给曹平生干。最开始是曹平生命令他干,之后蒋一帆就开启了全自动贴心保姆服务模式。而将蒋一帆这种生来就在云端之上的人压在自己的地位之下,会让曹平生感到前所未有的满足。

蒋一帆大汗淋漓,一边加大力度:"我认为太冒险了。"

"你冒什么险啊你都要跑了! 到时你甩屁股走人,老子特么还要给你收烂摊子! 老子之前帮你问发审委,还以为你有别的办法,结果操蛋的,居然给出这种鸟建议!"

"曹总我……"

"你什么你啊! 人跑了还踩老子一脚是不是啊? 真够感恩的你!"

蒋一帆身子一抖,有些结巴:"当……当然不是……"

"去换热的!"曹平生抱怨一句。

蒋一帆闻言立刻起身,热毛巾与曹平生的皮肤接触的一刹那,整个房间传来一声杀猪似的嚎叫。

"想烫死老子啊?!"曹平生说着捂着腰怒瞪蒋一帆,"诚心的吧你! 学坏了!"见蒋一帆的脸都红到了脖子,曹平生皱眉叹了口气,"想瞒天过海啊! 你相信谁不好相信女人? 老子告诉你! 他夫妻俩只要是一言不合,那女人能把天都捅破了!"

曹平生说着又趴回了原来的位置,示意蒋一帆继续:"你这么做项目,迟早被那些不靠谱的家庭关系搞死! 别说夫妻了,还有保代跟前同事一言不合就去举报自己签署的项目的,这叫啥? 叫我鱼死也要你网破!"

蒋一帆知道,"曹式说教"模式又开启了。

"思想冗余,蒋一帆你思想冗余知道么? 自以为自己很聪明,其实啥都不懂! 你比那些思想贫瘠的人还可怕!

"老子告诉你,这个世界上就没有真正的爱情,更加没有可靠的婚姻,为什么? 因为时间能冲淡一切。金钱能冲垮一切。唯一的差异就是时间慢,金钱快!

"以前我担心你学不到东西,现在我担心你学到一点东西就沾沾自喜,妄自尊大! 自以为是智力上升,其实就是享受逃避现实的快感! 什么是现实啊? 现实就是这个项目特么的现在做不了!

"你还以为人嘴这种东西能封啊? 老子告诉你,除非死了! 最操蛋最靠不住的就是人心,人心里最操蛋的就是爱情,反复又无常,你连王暮雪都最好别相信!"

284 又是除夕夜

坏消息一旦来临,就会接二连三。要不然也不会有雪上加霜,黄鼠狼专咬病鸭子这种说法了。王暮雪负伤答反馈,终于快答完时,接到了风云卫浴可以撤场的通知,之前一个多月的尽职调查换来的结果是这个项目还要再等三年。于是,风云卫浴成了王暮雪和柴胡职业生涯中第一个进了场,又不得不退出去的项目。

之后,已经决定今年带鱼七回家过年的王暮雪,就在买票的前一刻,又接到了吴双的电话,被告之东光高电的反馈下来了。

"晨光科技、东光高电、文景科技……暮雪你说,这帮预审员是不是都赶着回家过年,全部在节前下反馈啊?那队伍简直飞速在挪!"柴胡笑道。

王暮雪瞥了柴胡一眼,道:"我怎么从你的表情中看不到任何沮丧?"

"我当然不沮丧!我那个家也没什么好回的,反馈来得越猛烈越好!"

王暮雪知道,他满脑子想的是不远处跟他招手的奖金,于是叹了口气:"拿了奖金,你还是找个地方住吧,一直住办公室也不方便。"

柴胡四下看了看,一脸不以为意:"不方便么?我觉得很方便啊!这么大的地儿,不利用资源多浪费!"

杨秋平也满脸笑容:"暮雪姐姐,后天就是除夕了,我也不回去了,跟你们一起加班。大年三十晚上我们可以一起在办公室看春晚,玩游戏!"

没想到先拒绝这个建议的是柴胡,理由是他必须要在答反馈的间隙拯救他的公众号,否则年过完,他就很可能会被扫地出门。

"我看看你现在的粉丝数……"王暮雪说着打开了手机。

"不用看了!"柴胡立刻制止,"1300 都没到,还差 8700 多。"

王暮雪没理他,执意打开微信,亲眼看到 1286 这个数字,才忍俊不禁地关上页面。

"你的初中、高中同学跟我们不是一个世界,所以你让他们转发没用,你要让你大学和研究生的同学转发才行。"王暮雪给他出主意。

柴胡撇嘴道:"早就试过了,效力不够。"

"那不如这样吧,我们的本科、研究生同学都是学金融的,我们帮你转发。你把你认为写得最好的十篇文章发给我们,我们刷屏!"杨秋平说着扯了扯王暮雪的衣服。

王暮雪嘴角都僵住了,心想在朋友圈刷屏是件多招黑的事情呀,刷多了跟微商有什么区别?

柴胡一眼就看出王暮雪的不情愿,轻咳一句:"不帮我转发也可以,要不暮雪你让你爸叫员工全部添加一下关注行吗? 这样效果立竿见影。"

王暮雪干笑一声,心里吐槽:想造假,你做梦!

当然,第二天下午,大家还是转发了柴胡的文章,也都很听话地屏蔽了曹平生。除夕当天,柴胡的公众号粉丝数瞬间变成了3886人,这让他兴奋得在厕所里对着镜子扭了好久,心想自己写的东西,果然还是懂行的人才能明白全是宝藏。

柴胡文章的标题对于投行人士还是足够有吸引力的,比如:《4000字看懂同业竞争是怎么回事》《IPO前财务梳理的基本思路》《你真的懂新三板么》《投行大佬们,其实你们不懂什么是投行》。

为了庆祝粉丝数两天之内翻了一倍,柴胡在除夕之夜主动提出请大家吃麻辣烫,并自告奋勇地去打包了五碗回来,分别对应着五个人:柴胡、王暮雪、杨秋平、蒋一帆和鱼七。

在凤凰传奇和玖月奇迹的歌声中,办公室内全是油果、腐竹、脆皮肠、牛百叶、鹌鹑蛋的香味……

不知为何,当王暮雪与蒋一帆再次见面时,蒋一帆表现得十分自然。他如一般同事一样简单关心了一下她的伤与文景科技的反馈,从头到尾没有任何让王暮雪觉得不舒服的表现。

"大家快吃吧! 这可能是我跟大家过的最后一个除夕了!"柴胡突然朝围坐着的四人来了一句。

蒋一帆笑了："我都没说这话,怎么被你说了?"

"这话就应该我说,来! 各位好汉!"柴胡说着捧起了麻辣烫,"还有七天,还有七天我就要死了,我先干为敬!"说着,他将碗里又红又辣的油灌了一大口进去。

杨秋平忙道："没有没有,曹总绝对不会来真的。"

鱼七脸上没什么特别的表情,淡淡一句："你还有七天才死,很多人,早就死了,只不过看起来像活着而已。"

柴胡觉得鱼七话中有话,正想说什么,不料蒋一帆先开了口："你说得对。"此时众人纷纷看向了蒋一帆,"我 15 岁那年,每当看到班里那些打游戏和染头发的同学,我都不喜欢,但这种不喜欢中,又带着一丝羡慕。那个年代流行染黄色的头发,我看学校里那些很酷很转的男生,都是这个打扮,他们甚至还会故意在牛仔裤上剪一个洞,表示出对于校长和班主任的叛逆。"蒋一帆说到这里看向了柴胡,"其实我也想试试染发,只不过当时的我没敢,现在的我又不适合了。那些忤逆自我的年少轻狂,我都没有经历过。所以,当初那个内心躁动且渴望叛逆的蒋一帆,已经死了。"

285 就我没有死

杨秋平接着蒋一帆的话开口道："你们也知道,我的学校没有很好,其实我也曾想考京都,考华清,我以前总以为自己有多厉害,总以为只要上了重点高中,那两所顶尖的象牙塔就一定可以进去。但最后我还是妥协了,因为我没有办法战胜自己的惰性,也没有研究出适合我的学习方法,所以我只考上了一所普通学校,然后去国外镀金……"此时她的嘴角竟然泛起了一丝笑意,"国外环境好,同学好,老师也好,尤其是住宿条件,特别好,两人间还有客厅、有厨房。我很高兴我有这样的大学生活,真的,但是当初那个做着名校梦的女孩,已经死了。"

"照你这么说,那我 7 岁的时候还想当画家呢!"柴胡放下了麻辣烫的塑料碗,"我的童年总结起来就四个字——物质匮乏,画画还属于比较便宜的爱好,一支铅笔、一个本子就可以画了。我曾经在商店里见到有一本描画的书,里面有很多好看的彩色图画,每一张上面都有一层薄薄的纸,可以透过去看到底下的画,方便初学者用铅笔临摹,但是太贵了,要8块钱一本,我妈没让我买,她说这是家里一笔没有必要的开支,所以二十一世纪伟大的画家柴胡,在1997年时,就已经死了。"

"鱼七哥哥,你呢?"杨秋平水水的眼神让王暮雪瞬间坐直了身子,神态充满了警惕。

"既然你们都说了,我也不怕说出来让你们笑。"鱼七不慌不忙道,"我高中的时候特别喜欢做实验,物理、生物、化学实验都喜欢。可能别人认为实验课没用,因为高考不考实验,但我就是喜欢。我经常偷偷跑去撬实验室的门,然后进去倒腾那些仪器,我还偷过学校不少浓盐酸和浓硝酸。"

"你想混成王水?"蒋一帆立刻道。

王水又称"王酸""硝基盐酸",是一种腐蚀性非常强、冒黄色雾的液体,是浓盐酸(HCl)和浓硝酸(HNO_3)按体积比为$3:1$组成的混合物,它是少数几种能够溶解金物质的液体之一。

"对。"鱼七点头承认,"我喜欢用这东西对付教室里那些蟑螂和虫子。当然,主要是喜欢探寻未知的那种感觉,所以我曾经想过成为一名科学家。"

王暮雪此时已经捂住了嘴巴,尽力不让自己笑出声来。鱼七神色一灰,看着王暮雪认真道:"所以现在你也看到了,我曾经的科研梦,已经死了。"

王暮雪仍旧半捂着嘴,一手指着鱼七道:"你,科学家?"随即指着柴胡,"你,画家?"而后放下手面向蒋一帆,"一帆哥你……染头发……"她无法想象蒋一帆留着一头黄毛,穿着破烂牛仔裤的画风……所以她已经完全说不下去了,她甚至觉得这间办公室里之前死去的人,都确实应该死去。

"那暮雪姐姐,你呢?"杨秋平歪着脑袋问。

"你先让我……平复一下……"王暮雪明显笑得还没缓过气。

"她想当侠客,没当成。"柴胡直接一句,"什么侠之大者,为国为民,可宏伟了!"

王暮雪闻言立刻收住了笑容,用力一拍鱼七大腿,朝柴胡吼道:"怎么了? 干投行就不能是侠客了? 我告诉你,我王暮雪没死! 我一直活着!"

"小雪……"鱼七将王暮雪的手扔回她自己的腿上,道,"下次,拍你自己的。"

虽然今晚的话题未免有些沉重了,但蒋一帆能够洞悉鱼七话里最初的意思。很多人,按时上班、按时下班,做着应该做的事情,说着应该说的话,心里抱怨,但表面平静,那个当初喜欢折腾的他们,已经死了。

"我们每个人都会死,这是一个既定事实。"蒋一帆突然开了口,"但有一句话是假的,就是我们每个人只能活一次。"

话音落下后,众人的目光再次集中在蒋一帆身上,此时电脑中的春晚节目已经变成了TFBOYS的歌曲《幸福成长》。

"我看到过一句话,一个人想在一个领域有所成就,需要7年的时间。假设我们能活到88岁,那么在11岁我们懂事开始,还有11个7年。如果我们愿意,我们可以尝试做11个不同领域的专家。所以柴胡,只要你愿意,你今生还是可以成为画家;秋平,你未来说不定考的不是京都华清,而是哈佛耶鲁;而鱼七,虽然你当科学家的梦想需要更长时间,毕竟这个职业需要……"

鱼七听到这里立刻摆了摆手:"我不当,有些死亡是必要的,我现在有别的目标。"

"什么目标?"王暮雪立刻转头问道。

鱼七意味深长地看了王暮雪一眼,凑近她轻轻一笑:"我以后告诉你。"鱼七的眼神没麻到王暮雪,却麻到了一旁的杨秋平,她鸡皮疙瘩起了一身,于是赶忙转移话题道:"大家都来说说,你们今生做的最大胆的事吧! 我先来,我杨秋平做的最大胆的事就是跳伞,3500米,跳!"说完她看向了王暮雪。

王暮雪对鱼七今晚又是装神秘,又是弄尴尬气氛的行为很是不满,于是正声回应杨秋平道:"我做的最大胆的事,就是拒绝了一个用生命爱了我五年的男人。"

此话一出,鱼七闪烁的目光都好似被冰冻了,只不过这种时间的停滞被柴胡瞬间打断了："这算什么,我这么穷的一个人,连租房都租不起的人,我拒绝了三十万。"柴胡这话无疑吸引了所有人的注意。

"谁给你的三十万?"王暮雪立刻前倾着身子问道。

柴胡居然学起鱼七刚才说话的语气和神态,朝王暮雪一字一句道:"我一辈子都不会告诉你。"

286 最美方程组

"那鱼七哥哥,你呢? 你做过最大胆的事情是什么?"杨秋平完全没兴趣知道柴胡刚才故意卖的关子。

鱼七想了想,淡淡一句:"离开警队。"

柴胡瞪大了眼珠:"你以前还真是警察啊?"

鱼七朝柴胡露出了一个微笑:"所以你千万别被我抓住。"

"说什么呢! 你什么意思?! 我可是良好公民! 我还帮你们警察破过案好吗!"柴胡说着又开始激动,但当众人问他破过什么案时,他就开始挠头搔脑地打哈哈,然后恶狠狠地瞪了鱼七一眼。

杨秋平见状赶忙将同样的问题抛给蒋一帆,并同时用眼神示意柴胡问题还没问完,少安毋躁。

"我没做过什么大胆的事。"蒋一帆道。

"不至于吧! 一定有的! 一帆哥你再仔细想想!"杨秋平满脸不信。

蒋一帆将目光看向了地面,重复道:"真的没有。"

关于这点,蒋一帆没有说谎。从小到大,所有的事情对他来说都是自然而然。学习、考试、竞赛、离家、就职明和证券、成为曹平生的属下,一切虽是压力,虽曾压得他喘不过气,但并不能波及他心中那个储存勇气的罐子。

"啊? 可是你不说些什么,别人会感觉你的人生有点无聊……"杨秋平直言不讳。

蒋一帆笑了:"对,我的人生确实很平淡,所以我不希望时光倒流。现在如果有一台时光机给我,我只想去到未来。"

"那你未来想做些什么大胆的事情么？"

不等蒋一帆回答，鱼七突然一句："想做就去做，现在就可以，不用等未来，也不用有所顾忌。"

蒋一帆闻言眼神与鱼七对上了，他试图读懂鱼七，可却觉得自己反而被对方全部读了去。

跟大多数人一样，蒋一帆也期盼着当他老去时，可以对别人绘声绘色地诉说自己曾经的大胆与痴狂，可以在他人心中烙下只属于他蒋一帆一个人的特有印记，那将弥足珍贵。想到这里，蒋一帆突然站了起来，在众目睽睽之下走到王暮雪面前，弯下腰捧起她的脸，朝王暮雪一字一句地认真说道："小雪，总有一天，我蒋一帆要娶你！你一定会爱上我，而我也一定会让你成为我的妻子。"说完，他直接闭上眼睛，当着众人的面，朝王暮雪的双唇深深地吻了上去。

惊愕之中，王暮雪身子僵在原地，完全来不及反应，她看不清蒋一帆的脸，但这个画面如小树沐浴春雨，化出满地繁花。最后，蒋一帆终于放开了她，用沉稳有力的语气朝众人道："现在你们看到了，这就是我蒋一帆今生做的，最大胆的事。"

如果两人不能在一起，至少也要给他拥吻的权利，铭心的回忆，好让时光刻下那属于他心动的痕迹。

只可惜，以上是台湾偶像剧版本，可以满足一些渴望霸道总裁剧情的吃瓜群众。但在明和证券28层的办公环境下，在王暮雪的男朋友又是警察又是格斗教练的残酷现实里，在蒋一帆吃完麻辣烫的清醒中，他做出上述行为的概率，又是无限趋近于零。

《投行之路》"大胆的事"之读者心中的白月光蒋一帆，正确打开方式是这样的：蒋一帆突然站了起来，在众目睽睽之下走向电梯的方向，给众人留下一句：我去给大家买水果和饮料，你们有特别想喝的微信留言给我。留给众人一个干净却又落寞的背影。

蒋一帆并不惧怕转身，因为他始终记得老师说的："每一个优雅的转身，往往都在酝酿下一次的闪亮登场。"蒋一帆过往的成绩非常亮眼，成绩亮眼的人也都有相似之处，比如努力、比如克制、比如执念。

在遇到王暮雪之后，蒋一帆找到了他情感上需要付出的努力、克制与执念的人。这是一种毫无理由、毫无理智,且经不起任何推理分析的感情。

这个女孩不是十全十美的,她有自己的脾气,有极强的好胜心,还是一个不折不扣的暴力狂和工作狂。这样的女孩如果做女友,随时可能被她打伤;如果做妻子,一辈子别想吃上她做的饭菜。可是蒋一帆自从遇到王暮雪,就再也不想去了解其他女孩,就好似在他今生见过的上千个数学公式中,找到了让他一见倾心、永生难忘的麦克斯韦方程组。

麦克斯韦方程组被誉为数学中最伟大的方程组之一,是英国物理学家詹姆斯·克拉克·麦克斯韦在19世纪建立的一组描述电场、磁场与电荷密度、电流密度之间关系的偏微分方程。

麦克斯韦方程组由四个方程组成:1.描述电荷如何产生电场的高斯定律;2.论述磁单极子不存在的高斯磁定律;3.描述电流和时变电场怎样产生磁场的麦克斯韦—安培定律;4.描述时变磁场如何产生电场的法拉第感应定律。

没有麦克斯韦方程组,就没有经典的电磁学,人类就不会知道真空中电磁波是以光速传播,甚至不会知道光本身就是一种电磁波。可以说,没有麦克斯韦方程组,就没有电力科技与电子科技。所以,在蒋一帆的心中,麦克斯韦方程组就是世间最美的存在。

八个月后,即将离开明和证券的蒋一帆给了王暮雪一个深蓝色的正方形礼盒,并跟她说:

“小雪,这是用我自己这些年赚的钱买的,在我的认知里,爱情只分为两种:一种,是风景;一种,是余生。

“如果你的婚礼上没有我,那么你把盒子扔了就行;如果……你改变了主意,那么带着它来找我。我新的联系方式在你的邮箱里,你随时可以找到我。”

后来,王暮雪打开邮箱,看到了一长串让她哭笑不得的联系方式,其中有蒋一帆自己的手机号、父亲蒋首义的手机号、母亲何苹平的手机号、家庭座机电话、办公室座机电话、私人邮箱、办公邮箱、QQ号、微信号、微博账号、人人网账号、LinkedIn账号、Facebook账号……甚至还提供了十个亲戚朋友的手机号。

那个蓝色礼盒中,是一枚不算太大的钻戒和一张字迹清秀的字条,字条上写着:得此一人,从一而终。

287 电话响不停

大年初六,三个项目的反馈意见回复已经基本成型。因这三个项目都是胡延德负责,所以他们第一时间就将初稿给领导发了过去。没想到,胡延德没过多久就给王暮雪回了电话:"美女,你答题要清晰,要清晰知道么? 东光高电那个注册资本分多少年缴清的,不要一大段一大段地表述,根本看不下去。要列个表,表头是出资额、出资方式与分期时间,一次一次地列清楚,让预审员一目了然。营业收入那题,其实就是要我们把原因再写详细点! 增长率从去年的 55.11% 变成 131.96%,这种爆发式增长肯定会被细问的,细问的问题就得细答!"

"好的好的。"王暮雪满口答应。

胡延德听后不悦地反问一句:"美女! 别总是好的好的,你知道怎么细答么?"

王暮雪愣了一下,而后道:"我们现在写的……"

"你们现在写的是三点。"胡延德打断她,"一是国家政策支持,二是公司自主创新,三是公司生产工艺的优化和产能的扩大。第一点太笼统了,国家政策支持,具体怎么支持啊? 除了国家在特高压输电技术国际会议上提出的智能电网发展规划,对输配电业务还有什么政策?"

王暮雪一时语塞。

"看新闻啊美女! 做投行不能两耳不闻窗外事,一心下乡做项目! 现在各地电网公司正按照能源局的统一部署,编制'十三五农网改造规划',农网改造你知道体量有多大么? 这对于东光高电设备的销售是重大利好。"

"我们马上加进去!"王暮雪同时双手在键盘上迅速打字。

胡延德清了清嗓子:"第二点,自主创新。你们写了研发投入最近一年增长率是 103.34%,高于同行业,但别说到这里就完事,到底高于哪些同行业？要把同行业公司的相关数据列出来！"

"好！"王暮雪被胡延德的大嗓门搞得特别紧张。

"第三点，还是老问题，太笼统了。美女你回答问题不能泛泛而谈，说什么公司不断扩大生产基地和生产线规模，怎么扩大啊？生产线今年几条去年几条啊？生产基地扩大是不是应该列出新增的厂区和面积啊？要细化，要量化，要列表对比！难道你们还想让预审员再下一次反馈么？"

"我们马上加！"王暮雪额头上都冒出了汗珠。

一旁的柴胡和杨秋平面面相觑，内心忐忑，而蒋一帆则恨不得此时被骂的是自己而不是王暮雪，毕竟这些问题是所有人一起答的，工作量太大，大家一时没想这么周全，不是王暮雪一个人的责任。

"美女，营业收入那题再加一点，第四点，写一下公司加强了市场营销力度，你们列出东光高电销售费用的增长，还有他们广告、销售人员人数、工资，总之相关的都提一下，营销力度也是为公司经营业绩提供保障的一个原因。"

王暮雪放下电话后，杨秋平终于忍不住道："姐姐……你要不专门接电话吧，我们来找资料修改就好。"

柴胡闻言也无奈一句："为什么胡保代就不能所有问题一次性提出来，他把建议全部写在文档里统一发给我们不行么？这样想到一个说一个真的很烦……"

王暮雪一边打字一边道："反正他烦也不是一天两天了，习惯就行。"

"这种臭毛病我觉得应该有人跟他当面提出来，这是对他好！"柴胡皱着眉。

听了这话，王暮雪冷笑一声："那你跟他提，你现在就可以打电话，对他好。"

柴胡立刻扭过了头，撇了撇嘴："这么有正义感的事情，还是交给你这种侠客吧！"

"老子还以为你们在加班，没想到全特么在闲聊！"曹平生的一句话将坐着的四个人全都"炸"了起来，杨秋平因为穿着坡跟鞋，还差点摔跤。

没人知道曹平生是什么时候进来的，也没人知道他进来多久了，柴胡只觉得心脏都快跳出来了。认识曹平生这么久,这个男人能给自己带来的恐惧感有增无减。

"反馈答好点!"曹平生双手背在身后,挺着大肚子,阴沉着脸,"把招股说明书好好检查个十几遍,打印出来,一个字一个字地读!每个人都读一遍,别闹笑话!"

"是!"众人齐声一句。

曹平生一屁股坐在柴胡旁边的椅子上,跷起二郎腿,接着道:"之前有的券商把招股书的募资净额 40 亿写成 40 万,有的直接把发行人、法定代表人名字都写错,还有的高管年薪 100 万被错写成 100 亿,这种乌龙事件,简直就是业界耻辱!你们不希望跟那些项目组一样吧?"

柴胡咽了一口唾沫,心想一个小小的单位,可以让拟上市公司的募集资金缩水一千倍,也可以让高管薪酬放大一千倍,纸面上的问题看似很小,但造成的影响极大,而且也未免错得太过低级。

"细节决定成败,知道吧兄弟?"曹平生说着瞄了一眼柴胡,见柴胡根本没看自己,又一拍座椅扶手道,"老子特么跟你说话呢!"

"啊?知道知道!"柴胡此时此刻只求曹平生别提公众号的事,只要不提公众号,怎么骂都可以。春节将尽,柴胡的公众号粉丝也就 4400 多人,离破万的目标还是差了一大截。

288 数字真吉利

"你不要以为错一个单位可以被原谅,之前还有项目为此而被终止审核的,你们要是敢错,奖金全部别拿了!"

柴胡闻言立刻精神一抖,道:"曹总,我们一定会认真、反复、细致地检查的!"他此时的神态就差没给曹平生敬礼了。

"财务数据也要注意,别前后矛盾、上下不一,公司盖的章也要过脑!之前还特么有公司出现一份签字页两个不同公章的情况!"

此时柴胡虽然表面完全臣服,但关于因为这个扣奖金这件事儿,他是有异议的。毕竟一份招股说明书要取得公司盖章,需要经过八级领导审批。如果说文件中出现错漏,不应该仅仅只是保代或者项目组成员的责任,什么内核、风控、合规部全都应该把责任扛起来才对!

一个错漏,奖金全无,凭什么?!

"后天年就过完了,你的公众号怎么样了?"真是怕什么来什么,曹平生果然是索命的阎罗王。

曹平生实际上并没有打算听柴胡回答,而是直接打开了手机,看到了4444这个数字。

"呵呵……"曹平生说着将手机举起,竖在柴胡面前,"故意凑的吧?大过年的,数字真特么的吉利啊!"

柴胡自然不接话,他确实想不出任何借口再为自己辩解了。他努力了、自学了、请教专家了、付诸实践了、坚持不懈了,并且朋友也大力帮助了,但目标依旧在一个遥不可及的位置上望着他。每当他想到这些,就像个泄了气的皮球,因为这个彼岸,并非有船、有力气、有恒心就能到达的。

"你知道这个数字说明什么么?"曹平生歪着脖子质问道。

"说明……说明我不够努力。"柴胡非常官方地回答着。

"说明你不够贪婪!"曹平生怒斥一句,说着他起了身,手插在口袋中来回踱了两步,"不够贪婪,还瞎特么的来干投行! 不够贪婪你特么的做什么事情都不会有出息!"

柴胡深深低着头,觉得曹平生说的仿佛没任何道理,但仿佛又有些道理。

曹平生语气放缓,看着柴胡道:"人如果不贪婪,不! 应该说,人如果不长期贪婪,是很可怕的,明白么兄弟?"

"明白!"柴胡本能地打了个立正。

"明白你个大头虾!"曹平生说着指了指王立松办公室的方向,"别以为老子不知道你住哪里! 保洁的和巡逻的已经跟公司后勤部反映过很多次了,你特么以为你睡这大半年是合规的么? 都是老子帮你压下来的! 逼到绝境了都不贪婪你这辈子还能有什么作为?"

曹平生骂起人来从来不分场合、不分轻重,蒋一帆只能斗胆帮忙解围:"曹总,是我给他安排的任务太多了。他这段时间工作都完成得很好,所以可能没有太多其他时间……"

"别出头！"曹平生一脸厌恶地瞪了蒋一帆一眼，"风云卫浴的事儿老子气还没消呢！一边反思去！"

蒋一帆被喷哑了；杨秋平作为一个小实习生，更是气不敢出；柴胡知道这个时候自己说的任何一句话都是错的，所以他索性也一声不吭，期盼着暴风雨自动过去，怎料他最不愿意听到的事情，还是来了。

曹平生道："之前咱们怎么约定的来着？你不是记忆力特好么？来，你复述一遍。"

见柴胡仍低着脑袋，一言不发，曹平生笑了："呵呵，以为老子跟你开玩笑是吧？"

"曹总……"这时一直沉默的王暮雪突然开了口，"一帆哥说的没有错，柴胡确实平常工作量太大了，所以……"

"他工作量太大还不是因为你天天生病进医院？"曹平生边说边上下打量着王暮雪，一副老子还没找你算账你就多嘴学蒋一帆强出头的模样。

"真是夫唱妇随！我看除了进医院，你王暮雪恋爱也没少谈，架也没少打。这个世上没有不透风的墙，你以为老子真傻？！"

众人本以为王暮雪会语塞，谁知她居然还主动上前了一步，道："对！因为我的原因，所以柴胡在项目组里活儿不轻，耽误了公众号，这事儿我有责任。不信您可以考考他，随便考几个项目上的问题，如果他答不出来，再按约定执行。"

柴胡听后眼珠子都快暴出来了，心想好你个王暮雪，居然把兄弟我往火坑里推啊！这曹阎王想要我答不出来还不是分分钟的事儿？真是自古同事无真情！

"行啊！"曹平生答应得很爽快，嘴角还带着笑意，"他答不出来，你跟他一块'被执行'。"

此话一出，柴胡的心瞬间平衡了，而王暮雪彻底蒙了。什么世道？想拉人一把结果自己都被拖下去……

只见曹平生回身悠然地坐下，向柴胡开口道："你说一下，法氏集团的成本明细，说说同行业财务指标，再对比说说毛利率的合理性。"

听到这个问题，杨秋平都开始掐自己，因为据她了解，柴胡这几个月都在做风云卫浴，顶多就是答晨光科技和东光高电的反馈，哪里还会记得什么法氏集团的成本明细?

但柴胡却是不慌不忙地答道:"法氏集团成本明细中有直接材料、直接人工和制造费用,最近一期占比我记得是直接材料72%,直接人工11%,制造费用17%。因为法氏集团处于医药包装行业,该行业主要的上市公司包括加北科技、天置科技和山晴药机,这三家企业最近一年的毛利率区间在40.38%至55.98%。法氏集团与同行业上市公司相比,毛利率整体高于加北科技,低于山晴药机和天置科技。法氏集团的产品多为定制化生产线,总体来说虽然附加值高,毛利率高,也处在同行业的范围内,但我必须要说明,这些数据不具有任何可比性,毕竟非标产品占比大。"

一个对杨秋平来说难上天的问题,对这时的柴胡而言却是送分题,他的回答让曹平生仿佛看到了以前的蒋一帆。只有曹平生自己明白,他没有完全送分。柴胡的记忆力好他之前就知道,所以他没有去考那些柴胡应该记得的数据。

正是因为法氏集团与其他同行业公司生产的产品不同类,也不同质,大多都是根据客户要求而定制的,单纯对比毛利率没有任何意义,所以也就自然不会被当时的项目组写进招股说明书中。曹平生就是要考一下,那些没在招股说明书里出现的内容,柴胡还记得多少。

"那你继续说说,法氏集团的销售费用和管理费用的明细,同样,结合下同行业公司财务指标,说说费用率的合理性。"

听到这个问题,蒋一帆的眉头都皱了起来,因为费用明细很多很杂,跟毛利率的重要性不在一个层级。如果刚才那道题算是三星难度,这道题直接上到了五星。

"我记得的是……"柴胡说到这里眼睛看向了右手手指,他一边轮流点着手指,一边道,"法氏集团的销售费用包括销售人员职工薪酬、技术服务费、差旅费、展览费、运输费、业务招待费、销售佣金、广告宣传费、办公费、包装材料费和其他费用;管理费用包括管理人员职工薪酬、研究开发费、办公费、修理及折旧费、审计咨询费、差旅费、租金及物业费、业务招待费、税费、车辆使用费和其他。"相应地,柴胡说出了最近三年法氏集团销售费用和管理费用的具体数额,也与同行业公司的数据进行了对比。

最后,他下了一个结论:"法氏集团的销售费用和管理费用相比于同行业,都高一些。因为法氏集团的总裁杨修明本身就是销售出身,之前在香港公司工作过,从小接受的也是西方教育,对于员工福利这块,相较于国内其他传统工业企业家,可能更加注重;而且销售出身的老板,对于公司费用支出普遍抓得不严,如果我记得没错,文景科技董事长路瑶也是销售型老板……"柴胡此时看了一眼王暮雪,继续道,"所以文景科技也有类似的问题。这类老板说得好听是比较大方,说不好听就是容易忽视企业的成本管理。"

"可以啊,真能扯啊!"曹平生双手抱在胸前,似乎兴趣越来越大了,"那你说说,输配电及控制设备制造业有什么危险信号?"

王暮雪心里咯噔一下,怎么突然间问题又变成东光高电了? 莫非曹总认为柴胡对于法氏集团的印象太深,考不倒,所以换了题库?

柴胡皱眉思索了一下,道:"危险信号,其实挺多的。首先是国外的厂商进驻国内,竞争很激烈。比如施耐德、西门子和欧玛嘉宝等,这些企业在国内要不就是设立了合资或者独资公司,要不就是跟国内公司签署战略合作,或者通过并购整合国内市场,可以说,这让国内市场的竞争更加白热化了。"

曹平生不说话,定定地看着柴胡,好似在等他自己接着说下去。

"呃……还有就是输配电这行,受原材料价格的波动影响太大了。"柴胡继续道,"比如铜、钢材、硅钢等基础原材料,它们都占配电设备成本相当一部分比例,现在金价、铜价都不是很稳定,所以其实行业里的公司都挺被动的。"

柴胡说到这里实在忍不住偷瞄了一眼曹平生,见他依旧没有要发表言论的意思,于是赶紧收回目光,绞尽脑汁地想着下一点:"还有……还有就是输配电这行属于技术密集型和资金密集型行业,如果说企业小,融资又困难,很可能生存不下去……嗯……最后……最后就是研发人员也挺缺的,偏偏输配电这行又很需要企业具有自主知识产权的核心技术,不过当然,我觉得最危险的信号还是现金流。"

柴胡虽然嘴上说得还算流畅,但他其实背上已经全湿了,因为曹平生并未对他刚才说的任何一点做出回应。

曹平生自始至终没有笑,也没有不高兴;没有点头,也没有摇头,更没有如往常一样直接打断柴胡的话……曹平生这样的反应让柴胡不知所措，他不知道自己是说对了还是说错了，只知道尽量按着以前的工作经验说，而且要多说，多说总比少说好。

"至于现金流，主要是公司想要做大，就得接大型项目，就得面对国内的大型电网公司、上市公司或者行业里其他知名企业，这些企业往往回款周期长，所以说在输配电这行混饭吃的公司，现金压力普遍都大，稍有不慎，资金流断裂……也是一个危险信号。"柴胡的声音越来越小，因为他感觉自己再也想不出下一点了。

众人看到曹平生此时的动作是四根手指轮流敲着自己的大腿，眼睛斜看向地面，一言不发。不仅柴胡，办公室中其他三人都不轻松。

"所以你认为资金压力大，就是因为客户大，拖着款不回？"曹平生沉默了一会儿突然来了这么一句。

"呃……应该是的。"柴胡声音依旧很小。

"什么叫应该？"曹平生提高了音量，"你特么的干投行干了一年半了，嘴里怎么还会出现'应该'这种词？"

"一定是的！"柴胡放声一句。

怎料话音还没落，曹平生就发了飙："是你妈个蛋！再想想！"

289 跳出了题库

柴胡两手背在身后，紧紧攥在了一起，曹平生给的压迫感太强，尤其是当着众人的面现场问答，让他压力倍增。如果输配电行业企业的资金压力不是来自大客户，还能来自哪里呢？

"怎么？想不出来了？"曹平生此时居然露出了笑容。见柴胡眉心扭成了一团，他很自然地看向蒋一帆道，"你来说说。"

蒋一帆正要开口，不料柴胡立刻朝他做了一个打住的手势："曹总我来说。"柴胡定了定气，而后道，"输配电行业如果要接大单，跟大客户合作，都需要招投标。一般招标企业对于投标商的资金实力和库存都有一定要求，这就使得像东光高电这样的企业，每年仓库里都要囤积一定量的标准化半成品。"

柴胡一边推理，一边振振有词："这些年原材料价格普遍是上涨的，所以如果东光高电需要维持相应数量的存货，留存资金自然也要大，而且输配电行业招标期很长，几个月到大半年都有，就算中标，合同执行期也不短。何况就算成品交付，客户还要验收，整个过程甚至可能超过一年，因为回款周期较长，所以这也是导致行业内企业资金压力普遍偏大的原因。"

虽然柴胡的陈述全是他基于已知信息和专业知识瞎猜的，但从曹平生的表情中他能立刻肯定，自己猜对了！

曹平生轻咳了两声，摸了摸鼻子，道："刚才胡延德说你们什么？两耳不闻窗外事，一心下乡做项目是吧？不是项目上的问题你能答不？"

柴胡满脸惊愕，心想这曹阎王究竟是什么时候潜伏在办公区的，怎么这么早的对话他都能听到……

"老子换别的行业，你能行么?！"

"曹……曹总……"柴胡觉得自己双脚已经开始有些站不稳了，他很想说"绝对不行"！但奈何他是男人，男人说啥都可以，就是不能说自己"不行"！

"算了，也不刁难你小子，就钢铁行业吧。你来给大家说说钢铁行业。"曹平生目光直视着柴胡，他要看看眼前这个穷小子，在埋头苦干的同时，是不是也会关心队友的境遇。

"曹总！"王暮雪还想出头，"刚才我们说好的，只能问项目上的问题！"

"谁特么跟你说好的！"曹平生斜眼向上白了王暮雪一眼。

"就是说好的！您可是全国十大金牌保代，一言既出，一万匹马都难追！"

"暮雪……"柴胡一副领情的口气，"我说。"

王暮雪转头吃惊地望着柴胡，眼神好似在说："兄弟！咱俩现在是一根绳上的蚂蚱，你自己想死别拖我下火海啊！"

会不会死柴胡不知道，但他确实想就钢铁行业这个论题说些什么。因为无论是之前的公众号写作，还是关于蒋一帆家的新城集团，柴胡或多或少都做了些研究,毕竟每天1小时深度思考时间,柴胡就算再忙,也雷打不动地坚持了500多天。

"关于钢铁行业,曹总想让我说些什么?"柴胡此刻已经把情绪由紧张调整为镇定。

曹平生嗤笑一声:"那要看看你能说什么,能说到什么程度。"

一旁的蒋一帆意外地发现,曹平生今日从进入这个办公区到现在,这么长的时间里,居然都没把烟拿出来抽,甚至连尝试掏打火机的动作都没有,真是史无前例!难道曹总真的戒烟了?

而后,办公室中便响起了一位青年对于钢铁行业侃侃而谈的声音:

"我国钢铁行业产能大,但产能利用率并不高。我最记得的是不锈钢,产能利用率不到70%,比整个钢铁行业的平均产能利用率还低。

"根据发达国家和产钢大国的发展规律,人均产钢达到600公斤时便进入峰值平台,5到10年后进入严重过剩阶段。我国其实2013年就达到峰值,所以往后的钢铁业,很长时间内都是寒冬。而且,国内大部分钢企产品同质化严重,自然摆脱不了恶性价格战。

"钢铁行业需要一个'瘦身计划',国家工信部之前也出台了政策,希望3年内再压缩8000万吨钢铁产能。

"'瘦身'过程中其实有个问题,就是之前已经淘汰了大批的落后产能,比如国内400立方米以下高炉的产能比例已经降到4.7%,30吨以下转炉的产能比例仅为0.9%,其实能淘汰的基本都已经淘汰了,剩下的都不好淘汰,尤其牵涉大量职工安置问题,如果强制性淘汰,这么多人要去哪里找饭吃?"说到这里,柴胡面色严肃,"针对这个问题,国家准备将年产100万吨以下的企业全部淘汰,只保留大钢企,这样可以至少再淘汰7500万吨产能。但我觉得,人为设定调控数字的做法有点欠妥,因为其实这十年每年都有大批被淘汰的企业,但其中很多年我国的钢铁产能不降反增,说明这里面的统计数据水分很大。其实要淘汰什么东西,应该是让市场去淘汰,去选择。

"最关键是,现在银行其实并不希望钢企倒闭,因为倒闭了银行之前的贷款也收不回本息,甚至收不回本金。所以,很多银行仍旧睁一只眼闭一只眼,纵容这些濒临死亡的大鱼们相互担保,继续贷款,这种情况下国家想要调控,难度很大。

"我认为这次钢铁过冬不是周期性的,就算咬牙,也很难挺过。想要在恶行竞争中活下来,唯一的出路就是转型。但钢企转型应是从以规模为主,转变为以质量和服务为主,一定要确保质量稳定,且服务个性化。从目前行业整体来看,转型做优特钢,可能只有少数企业能做到,大部分钢企在技术、管理和人才储备等方面根本难以为继。"柴胡说到这里意味深长地看了蒋一帆一眼,继续道,"虽说是转型,但对于大型钢铁集团,目前还不能指望靠少数高端产品来续命。"

蒋一帆早已将头扭过一边去了,他觉得柴胡所说的每一句话都很沉,就好似自己已经卸下的枷锁,又不得不重新扛回肩上。

290 低调的发育

"你看,立松,青阳都暖了。"曹平生望着车窗外的夕阳,突然笑了。

王立松随着曹平生的话看向窗外,不少建筑一改往日的雄壮,被阳光染成了橘红色,好似这座城瞬间有了温情,不再只是一个供人拼杀的战场。

曹平生摸了摸口袋,掏出一支烟,又从包里翻出了打火机。见曹平生拨弄了几次打火机都没点着,王立松赶忙掏出自己的打火机给他点火。怎料曹平生直接挡了他的手,并有些生气地将自己的打火机和烟扔在地上,道:"立松你说,吸老子二手烟会造成肺部感染么?"

王立松愣了一下,道:"您说蒋一帆?"

曹平生没有直接回答,而是心烦气躁地瞟了一眼窗外,用手指背磨了磨嘴唇,而后转头道:"拿过来!"

王立松见曹平生盯着自己手里的打火机,迅速递了过去,谁知曹平生直接扔在地上:"你小子不抽烟带这玩意儿干吗?! 跟了我十年都没有王暮雪那丫头片子对我好!"

王立松听后笑得十分尴尬,眼神里满是无奈,因为他清楚地记得,九年前,曹平生因为点不着一支烟,而朝没有打火机的自己大发雷霆,还扬言说如果身上再没打火机,就把自己扫地出门。

今时不同往日,我们永远无法要求领导在两件事情上比我们好:一是记忆,二是英语。

"特么二手烟跟肺压根儿没关系,你看你小子吸了我十年二手烟,肺有问题么?"

王立松摇了摇头:"从上一次的体检结果来看,没有。"

"特么的我就说!"曹平生一边骂,一边把裤兜里的一盒烟抽了出来,但他并不急于翻开盒盖,而是手有些僵硬地来回转着,好似又在犹豫。蒋一帆之前进医院的事情王立松也有所耳闻。据王立松推测,曹平生的改变应该不是蒋一帆本人的诉求,而是他那个视子如命的母亲何苇平的诉求。

"没事儿曹总,您在他面前不抽就行,我们没事儿!是吧小阳?"王立松说着看了一眼司机。

司机小阳自然通过后视镜给了王立松一个正面的回应,曹平生就算缺点再多,小阳都是尊敬的,跟父亲一样尊敬;因为如果没有曹平生,他这个只有 7 根手指的残疾人,是无论如何没法入职明和证券并拥有一份稳定了十年的工作的。

曹平生将手里的烟盒转了好几圈,终于还是跟打火机一样扔在了地上,很不爽道:"算了,不跟他计较了,反正都要走了。我特么的以前还真是养了一个'好徒弟',翅膀硬了就公然来跟师傅抢人。"

王立松笑了:"不能算抢吧,毕竟人家已经介绍进来五个 IPO,算是买。"

"再特么的帮他说话!"曹平生说着就想去拧王立松的耳朵,但见王立松一如既往地躲都不躲,曹平生瞬间失去了兴趣,收回了手。

"曹总您看要不是他,您今年过年哪有时间陪家人超过五天?"

曹平生斜眼看向王立松:"好像你小子没回家似的……"

"回了回了!"王立松眼角弯了起来,"所以我也要谢谢他。时隔五年,一把年纪,终于有时间相亲了。"

"老子告诉你!以后跟谁都不许提'买'这个字!"曹平生警告道。

"当然当然。"王立松连声道。关于蒋一帆离职这事儿,王立松还是十分感激王潮的。毕竟王潮介绍进来的项目，他大致都跑了一遍之后，确认比较靠谱，这可大大减轻了他王立松作为部门副总的业绩压力。

"立松你说，我就奇了怪了，就算老子这边答应，那也得蒋一帆那小子愿意跟他走才行啊！"曹平生说着眯起了眼睛，"王潮那兔崽子一向鬼灵鬼灵的，而且特别会投其所好，我看他这次给蒋一帆的好处不会少。"

"可是蒋一帆根本不缺钱……"王立松十分疑惑。

"对，这就是我想不明白的地方。"曹平生悠悠一句，"我看，也只能从他家目前的困境下手。"

王立松有些吃惊："您是说新城集团？"

"嗯。"曹平生应了一句，"钢铁行业现在日子不好过，他们新城集团体量上有优势，但是体制上的优势不大，不够灵活。"

"我觉得造成这个局面也不完全是这些钢企的问题，整个国民经济投资都有问题。以前制定的目标不太合理，现在要调整，肯定得阵痛。"

"阵痛？！呵呵，只怕不是阵痛。"曹平生轻哼一句，"对了立松，你记不记得钢企是从哪年开始减产的？"

"是 2008 年，全球金融危机，从那年开始减的，然后国家不是砸了 4 万亿下来么，想大规模刺激经济，市场有了钱，就又掀起了钢铁投资热。我之前还看报道，说 2014 年我国钢铁产量都已经达到全球一半了。"

曹平生点了点头："我之前在网上还看到，很多钢生产出来，是提供给钢企自己新建或者改建钢厂用的，这不就是内循环么？如果说找不到市场的新需求，时间一长，消费量和产能必然不会成正比。"

"在中低端市场竞争其实谁都不好受，但新城集团这么大的盘子，想抽身，基本不可能。"

曹平生闻言没接话，沉默了好一会儿后，愤恨一句："算了不说他了，由他去吧！又特么的不是非他不可！我看那个柴胡就挺有意思！"

王立松一听是柴胡的名字，立刻提起了精神："他最近表现还行么？"

曹平生冷笑一声："糟透了！要他做一件事，大半年都做不出来。"

"您是说公众号？"王立松趁势规劝道，"曹总，那是附加的，不要强求了。咱们干投行的又不是作家！"

曹平生瞪了王立松一眼，而后收回目光道："你玩手游么？"

"什么?"王立松明显没跟上节奏。

"因为我儿子,老子今年过年也开始玩手游,还研究了一番,特么的柴胡特别像那种前弱后强的英雄,别人刚开始都是光芒四射,他却一声不吭地低调发育,最后炸出来时很惊艳!老子发现他做一个项目,就能彻底吃透一个项目,这是很可怕的。"

291 精力管理法

自己是不是低调发育型英雄柴胡不知道,他只知道自曹平生当众提问后,自己虽然保住了工作,却失掉了参与新项目的机会。

"这样吧,公众号的事情……王暮雪,以后由你来弄!"

"曹总!"柴胡没等王暮雪反应就直接阻拦道,"关于新媒体写作,我已经有些感觉了,而且现在这 4000 多读者可能已习惯了我的文风,请再给我一些时间!一定能破万!一定!"柴胡满脸写着担心与焦急,就好像小时候心爱的玩具即将被邻居家的小孩抢走一样。当然,柴胡认为,这不是玩具,而是机会,一个不用依托任何背景后台,唯一只靠一台电脑和自己的双手,就能牢牢抓住的机会。

曹平生似乎已经不再相信柴胡的任何承诺,轻哼一句:"如果破不了呢?"

柴胡闻言,一咬牙道:"破不了,我就不参与新项目了!"

"好!"曹平生声音相当洪亮,"这是你说的,老子可没逼你。"说完,他挺着肚子大步走出了办公室,留给柴胡一个心满意足的背影。

柴胡恨不得直接举椅子朝那个背影狠狠砸去,同时骂道:"操你个蛋的,还说不是你逼的?就特么是你逼的!"

在投资银行,如果不参与项目,等同于自断财路,曹平生和柴胡都明白,这个决定对一个极度缺钱的人来说,代价有多大。

叮咚!此时短信提示音突然响起,柴胡打开手机,而后直接从椅子上弹了起来:这……这是银行出错了么?怎么自己的账户里突然出现了 5万现金!

柴胡再三确认,数字 5 的后面确实是 4 个 0,手机银行界面显示来源:王立松。

柴胡赶忙给王立松打电话:"王总,您怎么又给我转了 5 万?上次的 5 万我还没还您……"

"哦,收到了是吧,还挺快!"王立松笑意满至,"小柴,这钱你拿着,租个房子,公司周边单间公寓大概是 3500 至 4000 元一个月,这 5 万可以给你撑个一年,不用还,一年后你奖金下来了,就都好了。"

柴胡眼眶瞬间红了,哽咽道:"不用还怎么行……王总……"

"千万别谢我。"王立松赶忙制止,"真不用还,这钱是曹总让好几个保代到处找零散的餐票,收集了几个月,从他个人每年的总经理业务专项经费中给你报的,所以你要好好谢谢曹总。他对你严厉你就听着,都是鞭策你,都是对你好。"

听到这里,柴胡嘴角已经微微开始抽动,他万万没想到,居然是曹平生。之前还想将蛮横不讲理的阎王爷碎尸万段的柴胡,此时喉咙像被什么东西堵着一样,完全说不出话。

王立松继续道:"小柴啊,我知道你累,压力很大,因为我也是这么过来的。我还跟曹总说,你跟我很像,都是小地方出来,都希望靠自己的能力,在一个谁也不认识我们的地方,打出一片天。我们没有任何人可以靠,唯一能靠的只有我们自己。你别灰心,因为我发现,只是我们自己也已经足够了。"

柴胡的眼泪流了下来,坚持了这么久,努力了这么久,与周围的所有挑战死磕了这么久,柴胡觉得,只有王立松,仍然只有副总王立松,是唯一一个对自己抱有真切同情和暖心鼓励的人。

"小柴,现阶段反馈还有很多事情需要梳理,跟反馈回复相关的底稿也要收集齐,招股说明书更要好好检查,其实工作量不小,你还要兼顾公众号,所以你要合理安排自己的时间。"

"王总,我一直想知道您是怎么在工作这么忙的情况下,还能读那么多行业书籍的?我看到您办公室的书都是一箱一箱的,其实我偷翻了下,还都有您的笔记,究竟是怎么做到的……我醒着的每一分钟大脑都在工作,我的睡眠时间真心不足,真的不知道还怎么挤时间……"

王立松听后笑了："其实我们投行人都有这个问题。你要认识到，高效工作的秘诀其实不是管理时间，而是管理精力。"

"管理精力？"

"对，我们每个人的精力都是有限的，你需要休息，充分休息，这是为了第二天足够的精力储能。你必须把一天精力最好的时间，用于做深度性和创造性的工作；等精力下降时，就选择做些程序性、重复性和沟通性的工作。"

于是，在王立松的提点下，柴胡获得了记忆方法、无限不循环深度思考法之后的第三个投行之路必备技能——高效精力管理法。核心概要如下：

> 我们不要试图从自己身上"榨取"最大的生产力，每天超负荷工作，将精力用至透支的人，所付出的无形代价就是工作效率的降低。

> 一个人，无论多忙，永远不要为了超额完成工作而选择不休息，将第二天的精力、创造力和长期良好的心态彻底摧毁。

> 每天多睡一点，同时保持有规律的运动，将自身从繁重的工作中定时抽离，十分必要，因为这么做的最大收益者，恰恰是我们的工作本身。

"小柴，从明天开始，你花一周的时间定时睡觉，定时起床，然后根据工作状态记录自己的精力分布，将精力分为强、中、弱三等，强精力时间专心学习，深度思考与尽情创造；中精力时间处理日常个人工作；弱精力时间进行群体沟通工作。干投行，必须懂得科学利用自己的精力分布图，这可以让你事半功倍。"

292 重大的发现

"所以那个横平爆炸案的凶手还没抓住咯？"王暮雪边朝鱼七问道，边用叉子叉起一块切好的牛排放到他的盘子里。

"我自己这块都吃不完……"鱼七看着面前盘中两个巴掌那么大的

黑椒牛排道。

"多吃点儿!"王暮雪嘻嘻一笑。其实她不喜欢吃西餐,从小到大都没真正喜欢过,但奈何只有西餐可以一顿饭让鱼七吃到的肉和蔬菜最多。

鱼七看了一眼王暮雪,叉起她切好的牛排:"我看你挺开心,一定希望我们抓不到对吧?"

"对啊!"王暮雪直言不讳,"没有这个人挺身而出,牵扯如此庞大利益集团的海关税务案怎么可能水落石出?你没看那条新闻么?违规企业都快600家了,480个亿的涉案金额啊!简直触目惊心!"

"可他杀了四个人。"鱼七面色严肃。

王暮雪喝了一口橙汁,平静道:"在我看来,所有的杀人都是犯罪,但不是所有的犯罪,都是错的。"

鱼七不说话,只是自顾自地吃牛排。

王暮雪眯起眼睛道:"你不是神探么?到现在都没探出个所以然,是不是根本就没尽力?你也不想凶手被抓住对不对?"

鱼七云淡风轻道:"你想多了,是对方做得太干净了。"

王暮雪老在想:如果这是一场意外,那么凶手没有必要多此一举在风景区将车身换颜色,毕竟原先登记的福特车,确实是白色的;如果这是一场意外,那么车子在爆炸后,凶手也没必要自曝杀人目的,正是因为电话威胁警方,才让刑警队没办法当作交通事故结案。当然,也不排除就是一场意外,只不过被那些涉税案的受害者利用了。

"嗯,可这案子确实是谋杀,不是意外,你的推理有说不通的地方。"鱼七不想跟她认真讨论。

王暮雪索性不吃了,瞪着鱼七道:"哪里说不通了?"

鱼七放下了刀叉,不紧不慢道:"小雪你想啊,如果不是谋杀,大费周章给车身换颜色躲监控干吗?"

"这个之前咱不是讨论过么!可能对方就是想让警方发现走私车,压根没想过杀人,完全有可能是车子开到村口时出问题了,意外爆炸的。"

鱼七笑了:"但是如果这些人不死,警方根本不可能去查监控,也就很难发现那辆走私车。凶手通过玩这套暴露走私车,未免太费劲了。如果我是他,如果我的目的这么单纯,我还不如直接雇一拖车,将那辆走私车拖到警局正门口来得方便。"

王暮雪尴尬道:"所以其实凶手的第一目的还是杀人,第二目的才是让你们发现走私车。"

"对。"鱼七道。

对面的王暮雪突然神色不对,眼睛直盯着鱼七的斜后方。

鱼七顺着王暮雪的目光回头一看,是一对刚进餐厅的男女。男人穿着灰色西装,长相憨厚,气质中规中矩,有点民国先生的味道;女人瘦如竹竿,颧骨很高,下巴很尖,单眼皮,小眼睛。女人鱼七不认识,但是男人,烧成灰鱼七也认识,他的身份证照片和证券从业资格证照片鱼七看了无数次——王潮。

"怎么? 你认识他们?"鱼七脸上波澜不惊。

王暮雪点了点头:"男的是一帆哥的新东家,叫王潮,金权投资集团的;女的是城德律师事务所的律师,跟我合作了两个项目了,王萌萌。"

"哦,就是你说的那个很难相处的木偶律师啊……"

王暮雪赶忙朝鱼七做了一个"嘘"的手势。

鱼七笑了,低声道:"所以他们是男女朋友咯?"

"不知道呀,我跟他们不是很熟。"王暮雪下意识地埋下点儿头。

"你可以问问啊。"鱼七道。

"我才没那么八卦! 赶紧吃!"王暮雪命令道。

如果这个女律师是王潮的女朋友,那会不会是替他收钱的那个呢?

"小雪,反正今天是周末,你文景科技和晨光科技的反馈也都交上去了,不是很忙,今晚……想不想玩点儿有意思的?"鱼七突然神秘道。

"什么呀?"王暮雪眼神都亮了。

"你不是一直很想知道当警察是什么感觉么? 今晚给你体验下如何?"

于是乎,王暮雪就做起了超级八卦的业余警察,从头到尾观察王潮和王萌萌的互动。王潮全程带笑,但王萌萌还是那副全世界都跟她有仇的神态。王潮说话大多很简短,反倒是王萌萌好像在长篇大论地跟王潮说着什么。从表情看,王潮似乎并没有被她说服,于是她只能继续黑着脸。

他们彼此对视的眼神,好似也看不出任何暧昧。最后,王萌萌一脸怒意地起身走了,而王潮则在原位定定坐了两三分钟,结完账后也起了身。

王暮雪原本认为,鱼七接着要跟自己讨论他们是不是情侣了,但见鱼七示意自己跟出去。结果二人就尾随出了餐厅。

很意外,他并没有进车库,也没有在路边的停车位找车,而是站在路边打了一个电话,然后等了大概十五分钟,一个女人便出现在他身边。王暮雪惊呆了,这女人很眼熟,她确信自己见过……

293 她究竟是谁

女人身材瘦小,全身素色衣裤,戴着眼镜,轮廓柔和,看上去很斯文。只可惜,太远看不太清楚,只看到女人从包里拿出了一样东西递给了王潮。东西很薄,远看似乎是一个白色信封,王潮看也没看就折起放入大衣口袋。随后,他很自然地将女人一把搂入怀里。这个动作,让王暮雪惊得险些发出声音。

"怎么?又是你朋友?"鱼七凑近王暮雪。

王暮雪摇了摇头:"不是,不认识,但我见过她,只是我想不起来在哪里了……"

此时王潮搂着那个女人突然朝着王暮雪和鱼七的方向转过了身,王暮雪大惊,赶忙转身拉着鱼七快步走。

"躲什么躲啊?!"鱼七有些不情愿,但还是跟着王暮雪匆匆离开了"窥视现场"。

"太尴尬了,实在太尴尬了,我突然觉得这样有些猥琐!"王暮雪不知道在说自己还是在说王潮。

"既然你见过,王潮你也认识,就大大方方地过去打招呼不就好了?"

"算了,下次吧。"王暮雪说着脚步变得更快了,但好奇心却难以平复,"我绝对见过她!"

"那你见到她的时候,是今年么?"干警察这些年,鱼七对于帮助人证回忆案发现场有自己的心得。最快的方式就是通过不断提问,让对方逐渐缩小回忆区间,最终正确提取画面。

王暮雪想也没想就摇了摇头:"肯定不是,今年才过没几个月,见过的话我肯定不会忘。"

"是在学校见过,还是工作后才见的?"

"工作之后,学校里绝对没见过这个人。"

鱼七笑了:"那你工作到现在也就一年半,应该不难想。小雪,你可以回忆一下你这一年半的工作内容,回忆一下你的那些项目,你认为自己会在项目现场之外的地方见过她么?"

王暮雪微微摇头道:"应该不会,你也懂,我除了工作,就是跟你在一起。那个女人好似一直就是那种装扮,素色工作服,我没印象她穿过其他类型的衣服,不出意外……"

"不出意外肯定是项目现场了。"鱼七接过话道,"是在桂市么?"

鱼七很自然地从王暮雪入职以来的项目开始,按顺序进行提示。这个女人的身份,对鱼七来说太关键了。能有那样的肢体接触,不是现女友,就是前女友。当然,鱼七希望她就是替王潮每年收阳鼎科技好处的人,身份一旦确认,查银行流水及其收入的合理性,就好办了。

此时只听王暮雪道:"我对于桂市的印象,就是一帆哥、柴胡、他们总经理李云生、华清毕业的技术总监李海鹏,还有董秘马方,都是男的。"王暮雪道。

"再仔细回忆一下,不可能在那儿你一个女的都没见过。"鱼七道。

"真的!"王暮雪拽起了鱼七的手,"晨光是军工企业,上上下下就没几个女人;就算有,也有点年纪了。文景科技也是这样,除了路瑶和几个女高管,其他全是程序员。在桂市我顶多就还记得酒店做早餐的大婶是女的,当然,还有打印室里有一个叫阿洁的小姑娘。"

"会是那个小姑娘么?"鱼七赶忙问道。

"不是。"王暮雪斩钉截铁,"阿洁比刚才那女人胖很多,而且阿洁的五官还是挺好记的,她笑起来像一只招财猫,我现在还记得她的脸,绝对不是刚才那张脸。"

"好吧。"鱼七耸了耸肩,"那我们就先排除晨光科技,你之前不是还回过一次老家么,你说是做一单资产证券化的项目。"

"对,但不是做,而是纯属拉业务。"王暮雪纠正道,"我回老家就没见几个人,大多时间都是在家里抓狂……就算外出,见的都是什么发展公司董事长啊,银行行长啊,我的老班长啊……总之都是男的,唯一一个女的我还有点印象的,就是水电局那个财务总监,叫白雪梅,但她有一定年纪了,反正至少四十岁以上。刚才那个女人看上去跟我差不多大,顶多比我大个几岁,不可能是白雪梅。"

"如果我没记错,你从辽昌回来后,去的应该是魔都的东光高电吧?"

"对,但这个项目我接触的高管也都是男的,饭堂吃饭会遇到一些身穿工厂制服的女工,不过我都不去注意,更不会去记她们的长相。东光高电这个项目其实时间很赶,都是柴胡和一帆哥接触底下人多一些,我是真没印象了,而且中途我还被胡保代叫回青阳做了一单跨国并购的翻译。"

鱼七闻言注意力集中了起来:"哦?什么项目?哪家公司?"

294 速度太慢了

"汇润科技,做 LED 的,就是我们青阳的上市公司,你应该知道。"

"嗯,我知道,毕竟是行业龙头,但之前没听你说起过这个项目。"

王暮雪听后十分无奈:"那对我来说都不算一个项目,我就是去做了一天翻译,吃了一晚上饭,说话说得声音都哑了。那时候我还没入职,不能出国做项目,所以之后国外的尽调都是别的同事完成的,而且……"王暮雪此时很肯定地看向鱼七,"绝对不是那个项目,翻译的那天,会议室就我一个女的,饭桌上也是,所以我记得很清楚。我再想想有没有可能是法氏集团吧……"

不料鱼七突然说:"等下!小雪,我觉得挺有可能是这个项目。你再仔细回忆回忆,当时你在汇润科技,还有没有见过别的女生?"

鱼七之所以不愿轻易放过汇润科技这个项目,是因为他觉得女人在青阳本地工作的概率很大,王潮这么忙,应该没时间发展异地女友。当然,鱼七也明白,地域限制只能是帮助提高准确率。

但王暮雪却是拼命否认:"肯定没有!我刚才都说了整个会议室,

整个……"

"除了会议室和餐厅呢?"鱼七打断道,"小雪你再好好想想,既然只有一天,应该很容易想起。就从你踏进汇润科技大楼的时间开始,把你所见到的画面再重新回放一次,每一个细节都不要放过。"

王暮雪回想自己那天明明就只见了男人啊,保安是男的,一上楼,走廊里也没看到什么人,而后自己就进了总经理王飞的办公室。王暮雪记得那间办公室挺气派,王飞留着板寸头,一看到自己就来了一句:"哎哟!美女啊胡保代!"其后,王暮雪记得王飞与胡延德开始争论保代值不值钱的问题,她脑中很自然地快速回放起当时的对话:

王飞说:"都快搞注册制了,还要保代干吗?!你们的金饭碗看来是不保啊……"

"注册制都喊了多少年了,哪有那么快,而且就算有……保代资格证依然是业内最权威的象征。"

"一个保代而已,通过率搞那么低有意思么……"

等下!王暮雪眼睛瞬间亮了,是的,那天有一个女人曾经推门进来过!她用很斯文的语气说:"王总,德国公司的两个股东都到了。"

如果光是这一次,也不足以让王暮雪对这个女人有特别的印象。但在中德双方的谈判陷入僵局时,她也曾推门进来过,将一张印有表格的A4纸递给了王飞。

"想起来了!王飞的秘书!她是王飞的秘书!"王暮雪朝鱼七兴奋道。

"那她叫什么名字?"鱼七掩饰着内心的狂喜,既然是上市公司汇润科技的总经理秘书,那名字应该不难查。

"我不知道,没问。"王暮雪脸上已经挂着心满意足的神态。她当然不关心对方的名字,她只需要知道王潮的女朋友是王飞的秘书,就足够自己跟别人八卦了。

"小雪啊,今年过年是不是应该给爸妈都买点礼物?"此时他们已经走进了王暮雪的小区。

王暮雪听后脸色一沉:"这个问题我不是都……"

"我知道,我不买,你买。"鱼七单手搂着王暮雪,继续朝前走着,"你工作了,赚钱了,连爷爷的礼物都想好了,还是那么贵那么大的礼物,怎么反而爸妈没有礼物?"

王暮雪闻言轻哼一声:"因为我从小是爷爷带大的啊! 高中以前,每天晚上爸妈影子都不见一个,连家长会都是爷爷去的,所以肯定先给爷爷买!"

"那就说明高中以后你还是能见到爸妈的。"鱼七掐了掐王暮雪的脸,"小雪,我跟你一起挑一个好不好?"

"不好。"王暮雪摆出一副不容商量的神态,怎料鱼七突然凑近她耳边道:"要是不听话,今晚你就别想回房间了。"

王暮雪被鱼七这句话吓住了,这是她最担心的事情,长期共处一室,鱼七什么时候会忍不住,王暮雪不确定。为了不让"定时炸弹"爆炸,王暮雪答应了鱼七的提议。

经过大半年的测验,鱼七认为阿拉斯加小可脖子上的那条项链,获取情报的速度太慢了,所以这一回,他决定让新礼物发挥更大的作用,让目标无处可藏。

295 谁来找真相

最终,两人给王建国和陈海清送的礼物是一对棕红表链的高档情侣表,鱼七让王暮雪填写了收货地址后就付了款,然后趁她去洗澡的时候,修改了收货地址,先拿到自己手里才有机会做手脚。

此刻,他正在面馆等小赵。

小赵一米八五,厚重结实,嘴唇厚,鼻翼旁边还长了一颗黑色的大痣。他是鱼七警校的同班同学,关系很铁,全名赵志勇。

"不好意思啊哥们儿! 大雨,堵车!"小赵一屁股坐下,"点了么?!"

鱼七摇了摇头:"你来,我买单。"

小赵憨憨一笑:"行,反正兄弟我今天也不白吃。"说着他叫来服务员,每翻一页就指一个菜,鱼七没说话,只定定看着他,如今他已经是青阳市公安局经侦支队副支队长。

小赵点完菜,打量桌子的长宽,笑道:"哎哟!菜怕是放不下!"

"没事,可以分批。"鱼七道。

小赵一竖大拇指:"就等兄弟你这话!那我开说?"

"不急,可以边吃边说。"鱼七道。

"别……"小赵摆了摆手,"我还是现在说吧,不然你这双眼睛盯得我难受。"

鱼七闻言,笑着给小赵斟茶。

"首先啊,你女朋友王暮雪,确实来局里问过我你银行卡的事儿,不过我当时外出办案,她短信问我我也没告诉她。"

如他所料,王暮雪还真上心,她连小赵都能找上,说明这丫头也根本没有其他警察朋友。想到这里鱼七松了口气。

"你说她好端端要你银行卡干吗?难道是要……"

"这个你不要问。"

鱼七父亲跳楼自杀、欠债几十万的事情小赵有所耳闻,他不敢断定王暮雪是不是为了帮鱼七还钱,但他很清楚如果自己此时刨根问底也很难办,同学一场应该帮忙,只是自己那点儿工资,实在是心有余力不足。在青阳,钱对他来说,也是一万个不够花的。在房子的首付款还没凑够的时候,接济老同学这种事情还是做不到。

想到这里,小赵把茶杯捧在手心里,转移话题道:"你问的汇润科技总经理王飞的秘书,我查到了,叫蔡欣,青阳本地人。"说着拿出手机,打开一张身份证照片递给鱼七,"你看是她吗?"

鱼七肯定道:"就是她!"

"她家在80年代就落户青阳了。1987年的,本科学历,毕业后一直在汇润工作,没挪过地儿……"

鱼七点点头:"汇润科技上市的时候,主办券商是明和证券,如果我没猜错,当时帮助汇润上市的项目组成员中,有一个人叫王潮,协办人是他签的字,可能他跟蔡欣就是在做汇润IPO的时候认识并在一起的。"

小赵咧嘴一笑:"这我就没查这么细了,感情的事情只有录口供才会知道……不过兄弟,你貌似比我都清楚。"

鱼七抬眼看向小赵:"我也只是猜测,然后我要的那个……"

"那个我没带来。"小赵啜了一口杯中的热茶,神情稍微收拢了些,"不允许的。不过你关注的那个点我看了,这个蔡欣与王暮雪的母亲陈海清之间的银行账户,确实有往来。"

"哦?"鱼七立马来了精神,"多大金额?"

小赵闻言笑着摇头道:"兄弟,不好办啊!虽然每年都有,但每次都是三万。这么点钱,随便找个理由就可以搪塞过去,根本没办法。"

"打了多少年?"鱼七语气急切。

"七年,我数过,一共也就二十一万,连三十万都没到。而且并不是从阳鼎科技上市的那年开始的,而是过了几年。而且你说的那个王潮,我也查了,至今未婚,这个蔡欣即便现在跟他结婚,之前的账也算不到他头上。"见鱼七脸色很沉,他规劝道,"我看兄弟你别查了,赶紧回去。要不你来我这儿,一个人单打独斗,怎么是他们对手?"

"不离开我永远都在帮别人找真相!"鱼七眼神中带着一团火光,好似在同窗好友面前,他才能放下外表伪装的所有成熟,将自己这近两年来的彷徨、愤恨与无助全部发泄出来,"小赵你告诉我,不离开我有时间吗?我自己需要的真相呢? 谁帮我找? 他们做得那么干净谁帮我找!"

296 钓一条大鱼

菜陆续上了桌,但俩人谁都没动筷子。说实话,这是小赵认识鱼七十多年来,第一次见他情绪有些失控。鱼七一向沉稳冷静,在宿舍里是舍长,在班里也是班长。小赵还记得全班同学去郊游,一个女同学被蛇咬了,唯一一个面色从容、上前施救的人就是鱼七。如果鱼七没有离开警队,桂市公安局经侦支队支队长的位置,迟早是他的。

一个警校毕业生,离开公安系统、离开体制,独自外出谋生,是一件多么缺乏安全感的事情! 甚至于比持枪入室逮捕犯人更没安全感。何况,鱼七还背着父亲的仇和一身的债,小赵觉得他能坚持到现在,已经非常不易了。

"我爸不是自杀的。"鱼七终于说出了巨大的心结。

"懂，我懂，你爸是被人推下去的，而且推他的人，还有完美的不在场证明，人证、物证、口供都没有。无证之罪。"

鱼七闻言转过头用手按住了眼睛，一会儿后他回身道："我们吃吧。"说完他自顾自动起了筷子，小赵赶忙劝阻道："吃慢点儿！别等下又胃疼！"

小赵实在不忍心看他这么难受，又转移话题道："你也干过经侦，租购车那个案子我还得好好谢谢你。不过你也应该有预感，那二十一万，就是冰山一角，十年前他王潮就敢这么干，现在指不定已经干成啥样，而且人家京都毕业的，高考分数我网上都能查到，728分，数学、物理还是满分，差一点就是全省状元。这样的人犯罪，怎么会那么轻易让你抓到呢！"

鱼七切齿道："只要他做了，我就要抓他！"

"好！你要抓他！可你拿什么抓？就凭那跟他没任何关系的21万么？就算你有录音，也不能作为直接证据。录音可以伪造，内容可以曲解，还可以剪辑拼接，而且那段录音也没提到打钱是因为哪年哪月哪件事儿，更没提到'阳鼎科技IPO'或者'股价操纵'这种字眼，一切都只是你的推测。"

鱼七辩解道："既然王潮跟蔡欣是男女朋友，那他们的通话记录，短信记录，微信记录肯定都能调取，再加上银行流水和录音，把陈海清和蔡欣全部审问一遍真相就浮出水面了。不管他跟蔡欣有没有结婚，这笔钱就是脏的，实质重于形式！要不然陈海清和蔡欣两个互不相识的人，转钱干吗？"

"你怎么知道人家不相识？"小赵道，"这种串通口供的事情你见得还少么？你也说过，王潮去过阳鼎科技，还是阳鼎科技IPO的主要参与人，在辽昌一住就是几个月，那么在此期间他女朋友去探望男友，然后机缘巧合认识了王建国的夫人，两个女同志一拍即合也不是不可能。"

"好，就算她们认识，就算她们关系好，怎么解释每年定期转三万？"

"很好解释。"小赵边吃边道，"你想啊，辽昌是内陆城市，交通也没青阳方便，陈海清那把年纪的女人也八成不会网购，她完全可以解释说她是找蔡欣做代购，每年给自己买一个包，买几件衣服，然后给她打钱，不是很正常么?"

鱼七闻言嗤笑一句:"怎么总是不多不少,每年都正正好三万? 能有哪些东西的价格每年都是三万?"

"当然不用每年买三万,也可以买两万九,两万八,两万七啊! 辛苦做代购,陈海清就不能给点儿辛苦钱? 而且,凑个整数是中国人的习惯,尤其是有钱人的习惯。人之常情。"

鱼七冷笑一声:"我不是有钱人,我不懂。不过你说的这种可能也存在,只可惜那两个女人估计这辈子都没进过警局审讯室,也没有经过培训,你帮她们想好的这些高端答案,她们在极度紧张的情况下,绝对想不出来。"

"那如果有一个绝顶聪明的人早就帮她们想好了呢?"小赵的目光突然锐利起来,"兄弟啊,你如果在审讯室,能从陈海清嘴里听到我编造的这些谎话,就应该烧高香了。她陈海清是什么人,双博士学位,你以为好对付? 说不定到时编出的借口比我的还高端。而且她是辽昌为数不多的几家上市公司的董事长夫人,之前也做过近十年企业高管,能随便被你弄进警局?"鱼七刚要说话,小赵立马做了一个打住的手势,"我知道你要说什么。你是觉得证据够就行,证据链闭环就行,我告诉你兄弟,那地方是辽昌。我办案这些年,一推到那种城市就推不动;不管怎么死推,就是推不动。裙带关系复杂到你不可想象,何况你这三十万不到的金额,还分七年,兄弟,不是我说你……"

"我知道,立案都懒得立的金额,而且没有实质性证据。"

小赵一拍大腿:"这就是了嘛! 不信你把这些资料全部拿到辽昌经侦队,就算他们卖你面子给你立案,最后你看他们真管不真管?! 我告诉你,最后肯定是……"

"肯定是证据不足,无罪释放。"鱼七苦笑道。

"明白就好。"小赵松了口气。

鱼七将杯中茶灌入腹中,严肃道:"现在王潮进了金权这种大型财团,再想做什么,那很可能就不是一个人,而是一群人。如果我真要扳倒他,得搞条大鱼。"

小赵本以为鱼七要放弃,没想到他居然想玩更大,赶紧阻止道:"别折腾了！你现在不是警务人员,身边没有任何保护,连枪都没有。切记,以后任何案子你都别参与,你看到了最多就是报警！上次你搅和进来差点命都没了!"

鱼七明白小赵说的是他因为参与租购车骗局案,被复仇者砍伤的那件事。

"皮外伤而已。"鱼七道。

小赵眉头拧作了一团:"你怎么脾气就是跟以前一样倔！你用脑子想想,那帮玩金融的想要对付你……"

"我知道,用钱就可以。"鱼七露出了一个淡淡的微笑,平静而坚定道,"你怕你会接到我失踪或者自杀的消息,放心,我不会让这种事情发生的。"

297 终于出爆款

"喂,老爸,礼物收到了么?"十五天后,王暮雪给王建国打电话。

"什么礼物?"王建国十分疑惑。

"我给您和老妈买的手表啊！新年礼物!"

"哦哦……"王建国听后恍然大悟,"好像今天是有个快递来着,还没拆。我让你妈赶紧拆。"

王暮雪心想现在物流速度都这么慢了么?怎么寄个东西需要半个月?

不一会儿,王暮雪看到了王建国的微信:收到了！好漂亮的手表！老爸老妈很喜欢！谢谢小棉袄!

王暮雪微微一笑,一份她原本不情愿买的礼物,既不大,也不贵,送出去后老人家居然这么开心……午休时间,娱乐休闲还是必要的,谁知她刚打开朋友圈,就看到了一个让她必须点进去的文章,文章标题是《神秘投行逆天协议,爆胆架空资本监管委员会!》。

一个标题,居然设置了四层悬念:哪家投行? 什么协议? 怎么逆天? 如何架空?

王暮雪完全按捺不住好奇心,进去一看,居然是柴胡的公众号! 她两眼都瞪直了,柴胡可以啊! 起的标题真是越来越让人管不住手指了!

文章主题是围绕保荐人先行赔付制度的。保荐人先行赔付制度是指如果证券公司帮上市公司造假,给投资者造成损失的,那么证券公司必须先行赔偿投资者损失。

资本监管委员会推行这个制度,目的在于有效落实中介机构责任,遏制欺诈发行行为,强化对投资者的保护;而本质上,这种制度确实也是百分百的良心制度,因为让投资银行先赔钱给股民,然后自己再去跟上市公司慢慢打官司追偿,这无疑让投资者索要赔偿的路径更短、更快、更方便。

曾经有一家公司,三年间虚增收入7.4亿元,虚增营业利润1.8亿元以及虚增净利润1.6亿元。最终,投资银行出资3亿元设立"某某公司虚假陈述事件投资者利益补偿专项基金",用于先行赔偿在该案中受损的投资者。

这个制度出来以后,投资银行叫苦连天,纷纷私下抗议:"我们也是被坑的,也是受害者,凭什么一定让我们先赔钱?"但他们谁都不敢大声把这种抗议说出来,因为按道理,投资银行作为最了解拟上市公司内部信息的"法定、持牌、特许"机构,"保证并推荐"的企业出了事情,就该承担责任。

所以资本监管委员会的态度是:"当初是你们投资银行去尽调的,你们保证的,你们推荐的,你们是'保证主体',也是'推荐主体'。你们被坑了只能说明你们的尽职调查根本没'尽职',所以你们投资银行承担法律责任与资金成本天经地义!"

而投资者看到这条规定后,欢呼雀跃:投资银行跟上市公司是最强势的两方,你们两家机构有时间、有精力也有能力打官司,你们耗得起! 我们这种散户,全国各地互不认识,白天要上班晚上要带孩子,让我们去打官司谈何容易?

所以,制度出台后,大多数投行都是该赔的赔,该打官司的打官司,唯独有一家逆天投行,与拟上市公司签订"不平等条约",公然违抗国家规定。该不平等条约即为柴胡标题里指的"逆天协议",协议内容清晰,目的明确,就是要求拟上市公司、实际控制人、大股东、董监高以及"职工持股计划",都必须向投资银行承诺,如果因欺诈发行等严重违法事项而导致投资银行"被判赔"的,上述五方必须一起承担无限连带赔偿责任。协议同时还要求,作为"一起承担无限连带赔偿责任"的保证措施,拟上市公司股东应将发行后的同比例股票托管至该投资银行名下;更令人瞠目的是,协议中还特意默认投资银行已经履行了尽职调查义务。

上述几条核心条款,预示着该上市公司一旦出现欺诈发行的情况,投资银行没有任何责任,一切都是发行人、实际控制人、大股东、董监高乃至其他如职工持股计划的责任。

这本是一条叙述性的新闻,各大网站也都能搜到,协议内容对于行外人来说也十分枯燥,但柴胡用了十分生动形象的表述方式,让点进来的人无论是否从事投行工作,都能轻松看懂,而且印象深刻。

文章末尾显示,阅读人次将近6万,800多条评论,一拉不见底的评论中有不少网络喷子的博弈和抱怨。

298 必须说真相

"如果只是签个协议就成了免死金牌,那是否可以认为保荐人如果跟发行人合谋造假上市,那保荐人可以逍遥法外了?"

"文章说得好!投资银行就是吃牌照,我们公司要是自己能给自己保荐,绝对不找投资银行!招股书我们员工自己都可以写,就算业务不熟大不了你们写半年我们写一年。自己干最放心!如果造假,大不了我们全体股东承担无限连带责任!"

"呵呵,我都可以想象为啥那笨鸟企业会签这种霸王条款,肯定是投行人说'你们不签我们内核过不了,内核过不了就无法申报,更加无法上发审会,你们也就别想上市了',请问这是要挟呢?还是要挟呢?"

"证监会要求保荐人自发承诺的先行赔付,在这家投行的手里就变成了绑架发行人意志的利器,三叩九拜只欠临门一脚的时候卡住自己客户的脖子,往人嘴里填屎,你们可真是厚道啊!"

"楼上的,这家是特例好吧!说我们投行靠牌照?你自己去跟预审员沟通试试?估计你们连反馈问题都看不懂!"

"资本市场全是造假的,十个上,九个假。"

"兄弟摆数据要负责,十个上九个假这个数据哪里来的?"

"光给我们义务,给过我们权利了么?我们投行能去查发行人客户的流水,客户客户的流水么?我求个董监高的流水都求了8个月!就差点没给企业磕头下跪了!而且实际控制人硬说自己只有一张借记卡,存款八万,你们信么?就算不信,他们不给你其他的卡,特么的你能把枪架在他们脖子上?"

"就是就是,有本事给我们警察叔叔的权限啊!这样不光是银行流水,所有通话记录,网络聊天记录,行踪记录都可以查,还能调用全国监控,还怕经销商囤货?还怕实际控制人搞自循环?还怕尽职调查工作不尽职?"

"各位年轻人,少安毋躁,世界就是这样,权利是有限的,责任是无限的。"

"要我们杀牛,只给个杀鸡刀,还要求我们把牛杀得好看,臣妾做不到,你行你上!"

"各行各业都有自己的苦楚与心酸,如果有来生,我会选择资本监管委员会稽查总队,再见了,投资银行。"

看到这里,王暮雪嘴巴都张大了,因为柴胡已经把一份凌驾于监管层之上的协议触发的矛盾点,瞬间拔高至投资银行的永恒痛点上了:投资银行究竟是靠牌照通道还是靠专业能力?承担的责任与调查的权限是否永不匹配?

这篇文章的发布,让柴胡的公众号粉丝数短短几个小时内,由4485一下子变成了25698,比曹平生给的破万目标还高出了一倍。

不知道为何,柴胡没为这个战绩跳起来尖叫,也没有笑得跟傻子一样,他只惊喜了一下,便迅速攥紧了拳头,心里快速给自己定了下一个目标:坚持下去!下一年,一百万!

其实,如果硬要总结什么写公号的经验,那就是——针对小众行业写作,若想网罗广大读者,不能自吹自擂,必须将姿态放低,低到尘埃里,因为多数外行人往往不希望知道你这行有多光鲜亮丽,他们更渴望知道那些神秘的、潜在的,甚至肮脏的、不如他们的事情,以获得一种平衡感和舒适感。

关注你,是因为你有话题,有争议;关注你,是因为你坦诚,你姿态够低;关注你,是因为今日获得的平衡感和舒适感,以后说不定还可以获得。

这条经验是柴胡从一位投行作家对他说过的话中,自己悟出来的。那个作家写了一本书,名叫《投行之路》。柴胡加了作家微信一百多次终于被通过后,他告诉柴胡:"看人所看,感人所感,你写的应该不只是信息,而应该是人性。"柴胡先前写了一百多篇用以提供信息的科普文,都没火;今儿迎合了人性,火了。

三天后,他又写出了《各大资本中介悄然抬高新三板挂牌门槛,隐藏标准原来是……》。

展望全国,能做 IPO 的企业毕竟是少数,但能挂牌新三板的企业遍地都是,毕竟新三板没有财务指标要求,亏钱的公司都能上;而这些公司的管理层和员工最关心的就是,究竟目前挂牌新三板的真正标准是什么?法规说,是母的,就能挂!但实际操作上,绝大多数女人都挂不上去,那么问题究竟出在哪里?

柴胡的这篇文章,正好解答了国内广大中小企业内心最渴望知道的问题:我的公司没毛病,各项制度也规范,干干净净,为何还是上不了新三板?金字塔顶我上不去,金字塔底还不让我挤挤?

这篇文章一发,柴胡的公众号粉丝数一天之内又涨了好几千,破了3万。

"你可真敢写啊!"王暮雪看到这篇文章后惊讶至极,"不怕被曹总打死?"

"他在出差,打不到!而且这本来就是事实!目前挂牌企业都快6000家了,还有一堆企业在排队,根本做不过来。你看看国内,能做新三板的投行只有80来家,人力严重不足。根据供需定理,标准被人为抬高是必然现象。"

王暮雪点了点头:"确实也是,很多小券商现在只要是个毕业生就能进,也不管有没有经验,完全没有任何筛选,就是为了多做几个新三板。

我看今年是最好进投行的一年。"

"可不！"柴胡得意道，"我写的就是事实，新三板是券商终身追责制，一挂上去，就要负一辈子责任，所以必须好好挑，好好选。我们还算好，你看一些审计机构，还说什么'当年净利润不足500万元的公司，一律不予承接'，那些会计师还看公司有没有审计基础，内控是否薄弱，甚至一看行业不行就直接把企业咔嚓了。这些事情我必须写出来，因为这就是真相。"

王暮雪夸赞他："兄弟好样的！我为你自豪！但是……你这些真相让曹总看到了，他会把你怎么样？"

299 三板挂牌后

"特么的那小子什么都写！"在VIP候机室跷着二郎腿的曹平生果然对着王立松在骂，"狗日的，我们部门的文景科技才顺利挂牌，他就这么搞……"

王立松也浏览了这篇，柴胡吐槽中介机构人为抬高新三板挂牌门槛时说：目前投行更倾向于做新能源汽车、智慧城市以及智能制造等公司的新三板挂牌业务，而对于其他传统行业企业，有的投行甚至要求公司的营业收入不能低于3000万元，净利润不能低于500万元。

王立松替柴胡开脱道："其实柴胡最后也总结了，我们提高门槛也是在帮助新三板公司提升质量，这对市场本身是有益的。虽然我们中介会减少业务量，但可以大大降低自身的执业风险，同时也可以降低新三板市场的整体风险。"

"可有多少人会看到最后？"曹平生回怼一句，"特么的80%的人都是看个标题就开始骂，就开始转发。这样写得罪多少人？"

"但标题如果写成'投资银行对新三板市场风险控制的贡献'，还有人会进来看么？"

听了王立松这句话，曹平生的目光如刀般地割向了他。

王立松皮糙肉厚地轻松一笑："没事儿曹总，柴胡还年轻，不懂分寸。

一篇文章而已,现在关注的人已经破五万了,这些人没特殊原因不会取消关注的。您若觉得不妥,我让他删了。"

曹平生没接话,黑着脸继续往下刷柴胡新写的文章,又一个醒目的标题闪瞎了他的眼。

《超40家新三板主办券商被罚,头部券商中仅有一家仍是优等生》。

"狗日的!"曹平生此时恨不得吃了柴胡,"真特么狗日的!老子迟早有一天要被他写死!"说完他不禁按了按心脏,对面坐着的王立松立刻起身去翻曹平生的黑色皮包,但却被他制止了。

"确定?"王立松有些紧张,忙劝道,"曹总您别看了,回去我教训他!一定好好教训他!"

"特么的……"曹平生定了定气,如执拗的孩子,继续绷着脸细读文章内容:

> 截至目前,新三板挂牌公司已突破7000家,投资银行的推荐挂牌业务做得风生水起,但其中不少投行也存在种种违规行为而遭到股转公司"点名"。目前,全国被"点名"的投资银行超半数,2016年毫无疑问是"最严监管年"!

> 投资银行的违规行为五花八门,由于新三板实行"券商终身督导制度",即"一朝申报,终身负责",很多投行将企业送上去后,往往无暇督导。毕竟一家企业一年的督导费也就10万至20万,不仅收费低,沟通成本大,公告文件检验工作量大,而且"被咨询"的精力耗费更是大,很多投行人根本力不从心。

> 偏偏新三板中野孩子特多,在缺乏投资银行尽职督导的情况下,很多野孩子就开始在这个鱼龙混杂的市场中变成混世魔王:子公司卖了不公告,专利被起诉了不公告。监管层一查就说是自己忘了,连每半年必须发的财务报告也是错漏百出,惨不忍睹。于是监管层怒了,一拍桌子把各大投行拎出来全罚了,有的投行还被连续罚了四次!

> 这些投行被罚的原因主要是:

> (1)未能恪尽职守、履行勤勉义务,未能督导挂牌公司诚实守信、规范履行信息披露义务、完善公司治理;

（2）在事前审查时未能发现挂牌公司年报存在重大遗漏，未能勤勉尽责，未能督导挂牌公司规范履行信息披露义务；

（3）未严格执行全国股转系统投资者适当性管理的各项要求，未正确履行合格投资者报送义务。

这篇文章的评论更是火爆万分：

"傻×投行，垃圾市场！"

"力挺新三板！"

"终身督导？我就笑了，好似新三板公司都生活不能自理一样。每个公告都要我们投行帮上传，有本事人手一个Ukey给我们传公告啊！"

"泪奔，想当年哥我从京城飞回魔都，就为了帮企业传一个公告！"

"罚得好！罚重点！这帮有钱人就应该出点血！"

"2016年，是一个股转系统Ukey紧缺的年代……"

"公告企业自己不会审核，自己不会上传，要董秘干吗？"

"好似做了一个新三板后，每天平均接企业董秘三个咨询电话。"

"老娘我每周都在审核公告，根本没时间做新项目！"

"真应该废除终身督导制，老子结个婚还能离，生个孩子也就只管到22岁，特么的报个项目还终身不能甩手了?!"

"一帮傻×，业务不行还赖东赖西，有本事别赚100万挂牌费！"

这些评论让曹平生火冒三丈，但王暮雪却感动得一塌糊涂。

自从文景科技顺利挂牌，王暮雪本以为身上的包袱会轻一些，没想到压力更大，因为此后文景科技向外发布的每一个公告，都要她亲自审核，亲自上传。公告内容往往涉及法律和财务的专业知识，她只得不断研究法规和会计准则，还要帮企业检查错别字。她活生生变成了一个"24小时专业咨询顾问"与"出版社编辑"。

更气人的是，文景科技新招的董秘，往往都是下班前才把公告发给王暮雪，并要求她当天必须上传至股转系统，她只得变成全天候拿着Ukey，在电脑前待命的"公告上传专员"。

有句话说得好,生了孩子后,就基本别想旅游了;报了新三板后,就基本别想外出做项目了。那些评论骂出了王暮雪的心声,但她明白自己的处境还算好,毕竟只需要督导一家新三板企业。很多小券商没大项目做,疯狂地接新三板;最初挂牌的时候乐开了花,后续督导的时候哭瞎了眼。

300 野蛮的生长

"千家企业,海量公告,人工审核难免会有错漏,何况手头还有新项目要做,尤其是挂上去的企业如果自己偷偷搞小动作,已经不在'现场'的投行人很难第一时间察觉;若未及时公告,履行告之义务,该家投行就又要被股转系统'点名'!"

王立松看到柴胡最后总结的这段文字,又跟曹平生讨好道:"曹总您看,其实我们的不易,他都写进去了……"

"都说了,写在后面有用么?"曹平生驳斥一句,"而且错了就是错了!哪儿来这么多借口?大家如果都审不过来,为什么前十中唯独那一家投行没被罚过?人家三好学生,人家零违规,怎么做到的!"

"因为它做的新三板少……"王立松嘀咕了一句。

"你特么给我闭嘴!"曹平生提声道,"这篇就算了,刚才那篇完全偏离事实。老子之前还看过新闻,是股转系统自己下了一个负面清单。就是因为那个负面清单,新三板的门槛才被人为抬高的!"

所谓负面清单,就好比班主任把所有差生的不良表现罗列成一份清单(比如早恋、殴打同学以及上课吃西瓜等),用以教育学生们:"你们如果有清单里面的任何一种行为,你们就不是好学生了;无论你们的考试分数多高,都无法进重点班,明白么?"负面清单相当于班主任在分数之外变相提高了重点班的准入条件。

王立松道:"但我听说股转系统内部的要求,是企业营业收入超过1000万,净资产超过3000万,报告期内发生融资金额超过3000万,三个条件满足一个就行。其实跟我们中介机构的要求,还是有些区别。"

曹平生闻言瞪大了眼珠子,因为王立松的话中之意,无疑是股转系统的负面清单只是新三板挂牌门槛被抬高的原因之一,但投资银行与其他各中介机构自己内部设定的不成文标准,也难辞其咎。

见曹平生又要发飙,王立松赶忙道:"当然,柴胡那小子没写全,是他不对;作为公众号写手,确实不能为了制造话题而以偏概全,他应该思考周密点,发文前多考虑考虑后果。主要是我之前也没提醒过他,这事我也有责任。"

"你有很大责任!"曹平生怒喝道,"照这样下去,他根本不是什么低调发育,而是野蛮生长! 野蛮生长你懂么?"

王立松立刻赔笑:"曹总,您看您都多久没抽烟了?"

"别特么想岔开话题!"正好此时传来了飞机延误的广播,曹平生的脸色更难看了。

王立松眼角仍然带笑:"烟这么难戒的东西您都差不多戒了,说明您意志力强大,而且也开始关注身体健康了。生气对心脏不好,真的,以后要尽量少生气,养心。"

"狗日的! 你特要是多招几个柴胡这样的进来,老子早心脏衰竭了!"

王立松立刻做了一个深呼吸的动作,示意曹平生要心平气和。但就在曹平生打算养心时,柴胡的公众号文章又来了,标题是:《警钟再起,70%的新三板野孩子被罚,原因是……》。

文章主要内容如下:

新三板企业家数呈爆发式增长,持续督导让各大投行焦头烂额,企业新任董秘对于信息披露环节更是各种蒙圈,故新三板的信息披露变成了小白的"抓虾池"。

从2014年3月至今,监管层累计采取了173次监管措施,其中125次是针对信息披露问题,占比高达72%。监管对象涉及投资银行、律师事务所、会计师事务所、挂牌公司、挂牌公司董监高以及信息披露负责人。采取的监管措施轻则约见谈话、提交书面承诺,重则出具警示函。

那么新三板挂牌企业在信息披露方面最容易出现哪些问题呢?

小编为大家总结了四个要点,即:不及时、不完整、不准确、未披露。

比如一家公司董事长都换了人,而且换了六个月,才想起来要信息披露;比如某公司高管兼职信息披露不完整,关联交易未经内部决策程序而且未披露,关联方资金占用未披露,更有甚者,披露年报的同时,未披露财务报表附注;再比如某公司曾经发生高管被采取强制措施、实际控制人占用资金这样的重大事项,却没有履行信息披露义务。

最后柴胡总结:相对于未及时披露,未披露的性质显然更为恶劣,尤其是当未披露事项对挂牌公司持续经营、股价变动可能产生重大影响。

柴胡没想到,文章推送没多久就收到了王立松电话,他在电话里说:"我们现在正在投标一家安防公司,行业是智慧城市。你收集下相关信息,需要做一个项目推荐的PPT。"

柴胡立刻行动,内心长叹:"哥这回看来玩大了! 如今只能帮着拉项目,不能直接进场做项目了,看来以后真得把冷板凳坐热了……"

"等下! 如果是对我的文章不满意,觉得我玩大了,怎么曹总不让我删文章?"

301 没终点的弧

智慧城市的概念早在十多年前就由某跨国公司提出过,国家如今大力发展科技产业,目的也是全面建设智慧城市。

智慧城市是指利用各种信息技术或创新概念,将城市的系统和服务打通,以提升资源运用效率,优化城市管理和服务以及改善市民生活质量的城市体系。一个发达的智慧城市可以帮市民快速、高效地解决各种问题。

姑且不论一百年后的智慧城市所应有的样子,当下智慧城市的愿景是:国民的衣食住行只需要一部手机。

智慧城市中的公司,业务应当是多种多样的,比如移动支付,大街小巷随处可见的自动贩卖机,各大饭店里的智能点餐器,以及购物中心的楼层商铺提示器等。

在青阳,自动贩卖机不仅卖饮料,还卖鸭脖、生鲜水果、各种零食、现磨咖啡、纪念品,甚至卖你唱歌的时间。柴胡第一次看到街边的迷你KTV包间,也曾好奇地进去过,扫码支付,五块钱一首歌,十五块钱十五分钟任意唱;唱得越久,单价就越便宜,而这种包间最多只能容纳两人。

当时柴胡就在想,大爷我想自己唱首歌还不是仰头朝天一声吼就可以,为啥要把自己塞到一个密闭空间里花冤枉钱?尤其是这价钱比实体店的KTV贵几倍,怎么可能有市场?!但后来,随着大街小巷中这样的迷你KTV包间越来越多,柴胡只能闭嘴。

当时的他不知道,随着城市人口越来越多,人们工作越来越繁忙,价格在某些情况下反映的不只是产品本身或服务的内容本身,还包括便利程度溢价与隐私程度溢价。

蒋一帆说:"现在确实挺便利的,至少进停车库都不需要停下来刷卡或买票,机器自动识别车牌,计算停车时间,计时过程与付款过程都不需要下车,有点儿像人脸识别。"

杨秋平说:"现在连街头乞丐都摆着二维码,我看那竖着的牌子印刷质量还很好……"

王暮雪说:"科技改变生活习惯,自然也会改变营销方式。现在肯德基和麦当劳的自动点餐器已经普及了,乞丐面前立个二维码也不足为怪,毕竟如果他们还像以前一样摆个碗,路过的人想救济一下都没现金。"

人们的生活确实因为"智慧城市"理念发生了巨大变化,但从柴胡这些天的研究成果看,"智慧城市"概念下的各大创新型企业,都还在亏钱;就算赚钱,也未成规模。唯一离"智慧城市"这个概念比较近,还勉强能做成规模的公司,是柴胡不熟悉的安防公司。也就是王立松这次的投标对象。这类公司从事的业务比如:覆盖城市的视频监控、抓拍测速、自动报警、出入口控制管理、楼宇对讲和视频联网等等。

柴胡知道,这又是块硬骨头,时间已晚上十点半,整个28层只剩下他与吴双二人,而他必须立刻开始啃。

在曹平生的接济下,柴胡租了新房子,手头也宽裕了一些,但他忙碌的间隙仍旧觉得孤独,尤其是在这样的情境中。

过年时,柴胡曾给母亲发新年问候,但母亲过了七八天才回,而内容也简短到让人不忍直视,因为只有一个字:好。柴胡不敢问弟弟的事,因为他怕母亲顺势找他要钱。

而柴胡因为生活拮据,住办公室大半年的事情,全部门都知道。同事们虽然平常对柴胡很好很客气,也会经常请柴胡喝饮料吃小吃,但他们私下聚会,永远不会叫他。可以说,柴胡的微信号确实是在所有同事的朋友圈里,但却从未真正进入他们的"朋友圈"。

柴胡的成绩在新进员工中算是特别亮眼的,但他还是觉得自己跟这个群体格格不入。想到这里,柴胡将微信签名改成了一句话:我走在一个圆上,弧线是我的决心,却没有终点。

是的,没有终点,就必须一直痛苦地走下去,或许这才是保持清醒的最好方式。孤独算什么!

柴胡双手捧着热水杯站到吴双身边,不知为何,他感觉吴双也是孤独的人,不只孤独,还要24小时伺候一个比死神还可怕的老板。这么比较起来,柴胡认为自己的境遇还不算太差。

"PPT做完了?"吴双问道。

见柴胡摇了摇头,吴双笑了:"这不太像你的速度。"

柴胡怔了一下,确实,对王立松布置的这项任务,他内心深处是有些抵触的,原因很简单:拉业务,短期内赚到钱的概率太小。柴胡先前直接进场做的那些项目,往往都是大领导进场看过、评估过,甚至整改规范过的公司,比如晨光科技、东光高电和法氏集团……虽说也有部分是无法在当年申报的项目,比如风云卫浴,但撤场的比例总归小于那些连进场评估的机会都没有的公司。

这种自我推销的PPT就算做得再好,就算今年真的拉到了项目,但进场调查后很可能发现企业根本不成熟,两三年内能转换成人民币的可能性也不大,柴胡自然动力不足。

吴双似乎能猜透柴胡的心思,笑道:"你现在做的事情,让我想起我刚来的时候。那时部门才成立不久,曹总手上还没什么项目,所有进来的新同事连续一两年,都在做各种项目建议书,每天吃公司食堂,连企业现场是什么样子都不知道。"

柴胡还从没听吴双聊过这些,一副愿闻其详的好奇神情。

吴双抿了口茶,继续道:"不仅如此,因为要争取的项目太多,各家公司所处的行业又比较杂乱，如果想脱颖而出，我们就必须比其他券商更懂行、更专业、更能与那些公司的CEO有共同话题。于是王总就自掏腰包，买了很多书籍回来，一箱一箱的，大家一起看，一起研究，还相互提问，加深理解。"

"王总从那时就开始看行业书籍了？"

"嗯。"吴双应了一句，"当时跟着王总讨论的那些人，现在不仅是保代，而且还是具有业务承揽能力的保代，个个都可以独打天下的。即便没有曹总，他们也能养活手下的人。"

柴胡闻言，茅塞顿开。他突然觉得自己真是鼠目寸光，原先他还有一种隐约的不平衡感，认为自己已经达到了曹平生的要求，而且还是粉丝数破万这种与投行本职工作不沾边的苛刻要求，但依旧没有获得进入新项目组的机会，这不公平。

现在部门其实根本不缺项目，柴胡听说有5家IPO公司都是曹总新拉的，所以其他同事都已在各个项目现场开展工作了，只有他和王暮雪被留了下来。晨光科技和东光高电的反馈已经全部提交，柴胡有预感，王暮雪马上就会被调走，到那时，自己就彻底变成了让其他同事耻笑的"剩下的孩子"。

而今转念一想，王立松布置的这次任务有利于让自己提高项目承揽能力。

"我明白了吴双姐！我会加快速度的！"柴胡好像瞬间被加满了油的车，马力十足。

根据经验，吴双预感如果没有特殊情况，王暮雪和柴胡在未来几个月内，应该都进不了新的项目组。部门里的项目资源需要平衡，一两年内顺利申报多个项目的同事，自然是会遭人眼红的。

王暮雪和柴胡，其实是吴双十年都没遇到过的幸运儿。在投资银行，很少有人在短时间内连续中彩多个能顺利申报的IPO项目。如果此时不让这两个年轻人停一停，恐怕曹总那边顶不住闲言闲语。

吴双正这么想着，电梯门开了，曹平生提着公文包走了进来，身后跟着四五个和他一起出差的同事。

柴胡万万没想到，曹平生会在这个时候回来。他吓得赶紧缩起了身子,想方设法让电脑屏幕遮着脑袋,哪怕晚一秒让阎王看到,他都值得念佛。

曹平生脸色很难看,径直走到吴双身边,将包往桌子上一扔,黑着脸道:"考勤表呢?"

跟进来的同事都没说话,各自默默地找位置坐下。

见吴双不说话,曹平生提高了音量:"我问你考勤表呢!"

柴胡有点儿摸不着头脑,业务部门哪里用得着考勤呀?!

吴双从抽屉中拿出了一个文件夹,递给曹平生。曹平生用力翻着里面的纸张,朝吴双怒喝道:"这两个星期的呢?"

吴双无话可说,因为她确实没记。考勤本是业务部门后台秘书不需要做的一项内勤工作,因为这些业务人员天南地北地做项目,在办公室统计未出差人员有没有按时上班,其实没有意义。没来上班,不代表此人没加班到深夜;而那些在外地做项目的,也不代表没有在酒店偷偷睡懒觉。

可曹平生对考勤表的态度,跟月亮一样阴晴不定。他只要生气,就会突然想起考勤表的事儿;但只要他开心或者没想起来,也可以半年都不问一句。

"你觉得这项工作很困难吗?"曹平生质问道,"每天八点半来公司,每半个小时,起身看看谁来了谁没来,这项工作很困难吗? 回答我!"

办公室鸦雀无声,柴胡的心咚咚直跳,比他自己被骂还紧张,因为他不知道曹平生在外面又受了客户什么气,回来找吴双发泄……如果今天阎王爷注定要暴怒,那么一旦他发现自己,自己的死期也就不远了。

"你特么的这种事情都做不好,还干什么干,别干了!"曹平生的音量突然史无前例地大,内心的火种仿佛已经被他自己点燃了,"你每天舒舒服服的,都特么是老子养着你! 老子养你十年你一张考勤表都交不上来,你比那些清洁工还不如! 人家清洁工做的工作都比你复杂!"

此话一出,在场人士内心一片哗然,但众人还来不及想曹平生到底是看不起清洁工还是单纯想辱骂吴双,就听到重物摔向地板的声音。

柴胡实在忍不住内心的好奇,站了起来,他看到的画面是吴双低头坐着,曹平生面如黑土地瞪着她,而吴双桌面上的电脑,不见了……

302 吴双的出走

"整天特么的有这么多人出差么？不出差全部躲去哪里了？"曹平生对着吴双吼道，"老子请你来就是要你解决问题。问题你找不出来还不行动，你还有个屁价值！"

吴双知道，如果自己是男的，曹平生已经一个耳光扇过来了，他之所以选择电脑下手，无非就是为了守住他最后的底线：不打女人。

跟曹平生相处十年，没人知道吴双是怎么熬过来的。

《非诚勿扰》的主持人孟非说过一句话："所有的优越感都不是来自容貌、身材、知识、家族、财富、地位、成就和权力，它只来自缺见识和缺悲悯。"吴双一听到就想到了曹平生，也正因为这句话，每次曹平生发完火，她都自我安慰："没关系，他在外受了气，才会回来发泄寻找优越感。他本就是一个缺悲悯的人，如果自己为这样的人痛苦，只能说明修养不够。"

吴双在曹平生的骂声中捡起电脑，开不了机了，她的心凉透了，忙活了一晚上给曹平生写的季度总结报告还没保存，现在估计全报废了。

电脑是吴双自掏腰包买的，公司配的电脑要自己先垫钱，然后分四年返还全部金额，而且集体采购的电脑经常坏，为了不耽误工作，吴双自己买了一台好的。

吴双家境一般，老公家也不宽裕，为了给快上小学的儿子买学区房，一年下来她连新衣服都没舍得给自己买。如果这台电脑修不好，她就彻底没法继续工作了。

"世界上怎么会有你这么笨的人?!你特么有种跟王暮雪一样上前线打仗啊！你打得动么！一年底薪二十万，每个项目回头打分都有你，每年轻轻松松三四十万，你特么连项目都不用报，连夜都不用熬，这种工作就你那样的学校，在青阳你去哪里还能找到？连特么一张考勤表都弄不好你还能干什么！你回老家养猪估计猪都要被你养死！"

曹平生依然如机关枪一样地谩骂着。他每次对下属发火，都不顾场合与尊严,忘记收敛与控制。暴怒模式下的曹平生,字典中更加没有"适可而止"与"合理用词"这八个字。

周围坐着的同事全是男生,包括柴胡,竟没有一个人站出来帮吴双说话。因为大家都明白,此时如果强出头,自投罗网不说,吴双会被骂得更惨。唯一的方法就是等阎王爷的气自己放完,自己消停。

柴胡连气都不敢喘了,但就在这时,他突然听到了一阵脚步声。柴胡心里一跳,完了! 该不会是曹总发现了自己,向自己走过来了吧?!

柴胡冷汗直冒,可那脚步声貌似走到一半便偏离了方向,越来越远了。随后,是电梯到达的提示声。

待电梯门关上后,柴胡才敢抬头,发现座位附近根本没人了,难道曹总骂完就走了? 今天骂得有点短啊……正当他想探出头一看究竟时,就听见了办公区曹平生震耳欲聋的声音:"还不当回事,把老子当空气! 你们都给我听好了,老子要开了她! 明天就让她滚蛋!"

第二天上班,没见吴双的影子,打她电话关机。柴胡确认曹平生的办公室关着门之后,压低声音道:"你说吴双姐不会真的出走了吧?"

"我认为不会,可能去冷静一下吧。"

话音刚落,曹平生办公室的门突然间开了,柴胡的身子条件反射般秒弹回原位。

"王暮雪,你很闲啊……"曹平生不悦道,"反馈都报上去了,文景也挂牌了,你就不会找事做么?"

一听曹平生这句话,王暮雪立刻起身兴奋道:"好的曹总,那我去哪个项目?"

"去什么去! 法氏集团反馈都要下来了,等着! 还有文景科技你不用督导了么?"

王暮雪有点犯愣,曹平生上面两句话明显前后矛盾,一会儿说她没事做,一会儿说其实她还有很多事,所以不能进入新的项目组,阎王爷究竟要自己怎样?

"吴双呢?"曹平生居然像没事人一样。

王暮雪摇了摇头:"没看到。"

"没看到你特么不会打电话么?"从曹平生的语气中,柴胡听到了火山即将再次喷发的迹象。

"我打了曹总,也留言了。柴胡也打了,但吴双姐关机了。"

"关机了你不会再打么?!"曹平生没好气,"继续打!"甩下这句话,曹平生回身进了办公室。

王暮雪直接开始做别的事。

"妹子,你心真大啊,不打么?"

王暮雪瞪了一眼柴胡:"曹总脑抽,我可没有。"

不过,虽然王暮雪没打电话,但她在微信中给吴双发了一个故事,关于梁思成和林徽因的。

303 做人心要大

众所周知,梁思成是梁启超的儿子,建筑历史学家、建筑教育家和建筑师,曾任中央研究院院士。梁思成第一任妻子是林徽因,也是中国近现代杰出的建筑师、诗人和作家。

1938 年,梁思成和林徽因在战争中逃难到西南部的一个城市。当时梁思成被诊断出患有颈椎软骨硬化和颈椎灰质化症,要穿一副金属马甲以支撑上半身,连侧身扭头这样的简单动作做起来也很困难。林徽因的病情更严重,身患肺病,轻微的感冒发烧都有可能让她永远闭上眼睛。

夫妻俩拖着两个孩子和一位老人,发着高烧穿着金属马甲,在恶劣的寒冬中苦苦寻找旅店。最终,他们找到了一家客栈,但里面住的并不是经营客栈的老板,而是八个身穿军装的年轻人。

年轻人听明来意后,热心地给梁思成一家人腾出间房,已经接近昏迷的林徽因一进门就倒在床上。

八个年轻人是中央航校的学员。1937 年之前,中国能走出中央航校的飞行员只有 500 名左右,抗战爆发后,这批新学员接到命令西撤,重建军校。毕业典礼时,这八位未来的飞行员,一致请求林徽因全家前来观礼。因为无法与父母取得联系,梁思成和林徽因担任了他们的"名誉家长"。他们就像真的兄嫂一样发表讲话，然后看着自己的八个兄弟，驾机升空迎敌。

但是，他们一个都没有回来。战后因为无法找到家属，这八个飞行员的包裹全部寄到了梁家。

但后来，美国准备轰炸日本，梁思成和林徽因居然为保护日本京都奈良的古建筑群四处奔走。保护敌人的古城，这在当时，哪怕是现在，都让常人无法理解。

但在梁思成、林徽因眼里，古建筑是全人类的财富，是人类文化遗产，不分国籍。他们能把输赢、生死、国仇、家恨统统抛到一边，这心胸得多宽广？

心大，才能将所有的压抑视作尘埃；才能成就更非凡的自己。

不过，连过两天，吴双都没有回她。

一个仿佛永远会坐在28层总经理办公室门前的人，就这样如人间蒸发了一样，切断了与所有人的联系。

第一天，曹平生三次让王暮雪和柴胡打电话，无数次强调要开除吴双："你们记得，她一开机就告诉她，领了工资就走人，以后不用来了！"

第二天，曹平生让王暮雪和柴胡继续打电话，但炒鱿鱼的事情不再提了，催促的时候声音也小了很多。

第三天，他开始跟王立松抱怨："特么的立松，你看那些拳击选手，在围栏里打个你死我活，出来了照样称兄道弟。都跟了我十年了，怎么她就不明白这点！"

王立松放下电话，吴双一如既往地关机。

"没事，曹总，我看最多明天，明天肯定回来了。"

曹平生一拍桌子："这里不是她想来就来想走就走的！一大堆事儿呢！"

"您现在知道她事情多了？"王立松笑了，"平常我见她也经常加班到很晚。人家儿子还那么小，听说明年才上小学，而且父母身体不好，已经回老家了。现在就她跟她老公带孩子，压力很大的。"

曹平生闻言立马反驳："她压力大还是老子压力大啊？老子特么在上面为她遮风挡雨……"

"当然当然,您压力大!您压力最大!"没等曹平生说完王立松就连连附和,"都是我没用。"

"你还知道你没用啊!"曹平生冷哼道,"你以为老子瞎折腾是吧?这叫未雨绸缪,不能坐吃山空,今年的吃饭问题解决了,那明年的呢?"

"是是!您说得是!"

"是你个蛋!就会瞎点头,想办法啊!"曹平生提声道。

"呃……想办法,是项目还是……"

"是那个女人!"曹平生骂咧道,"女人特么的就是麻烦,心眼儿小得跟针孔一样,怪不得干不了大事!一点全局观都没有!她不回来还怎么转啊!"

王立松听后心里乐了。他知道曹平生离开吴双不行,就算吴双回来他也绝对不会将她开除,只不过之前死不承认,现在终于熬不住说漏了嘴。

"你去人力资源部,查她老公电话、家里电话,总之今天务必让她过来!"曹平生朝王立松命令道。

"好,我现在去问。如果问不到,或者对方不配合,我就亲自去一趟她家。她有儿子在,总会回家。如果今天不行,明天我也一定把她带来。"

曹平生应了一句,黑着脸没多说什么。不料王立松继续开口道:"不过,如果她回来了,希望考勤表的事儿,您别计较了。"

"那不可能!"曹平生直接回绝道,"这是原则问题。"

"哦,那我不去了,您自个儿去请吧。"王立松转身就离开了,脚步飞快。

304 苦寻吴双家

"其实我觉得吴双姐这次做得是对的,就应该有人摆点颜色给曹总看看,不然他还以为全世界都必须围着他转,遭受他的欺凌。"柴胡偷偷打抱不平。

王暮雪转头看了柴胡一眼："'欺凌'这个词有点过了,毕竟曹总要求的工作,吴双姐确实没做好。"

他俩刚出地铁站,正走在去吴双家的路上。

"业务部门本来就无法考勤,这种工作是没有意义的。"

"你这个结论可以引出一个问题,如果领导布置了一项你认为没意义的工作,你做还是不做?"

"我肯定不做。"柴胡想也没想就直接道。

王暮雪反问他:"那你为什么还这么努力地写公众号? 粉丝数有意义么?"

"当然有! 写公众号可以提高我的自我价值和社会认同感! 而且还可以让我归纳总结专业知识,关注圈内动态,加深行业理解,提高工作技能!"柴胡一股脑说出了一大堆冠冕堂皇的理由。其实只有他自己知道,他是为了拥有广大粉丝,这样在文章里随便打几个广告就可以收入颇丰。对柴胡来说,赚钱这件事比任何其他目的都来得实际。生活中的大部分问题,只要有钱都不是问题;何况在赚钱的道路上还能升华自我、启迪他人、警示社会,何乐不为?

王暮雪因为没有特别了解新媒体写作,不知道其中潜在的收入,所以还一根筋地就事论事:"那当时曹总骂吴双姐的时候,你怎么不帮她说话? 你怎么不当场跟曹总挑明,大声告诉他老人家考勤这项工作是没有意义的?"

"怼人也得够格啊!"柴胡提高了音量,"我一个三级菜鸟,去怼人家十级大佬,岂不相当于自杀! 再怎么样也要等我练到十级再说。"

"等你练到十级,大佬都退休了,你哪里还怼得着……"

柴胡本想回嘴,但他灵机一动,突然停住了脚步:"我觉得我们今晚别去了,回去吧。"

"为什么?"王暮雪一脸不解。

"因为我觉得这次吴双姐越晚回去,效果才越好。吴双姐是跟了曹总十年的老员工了,如果连她都这么轻易妥协,冷战时间这么短,那曹总铁定还会跟原来一样,说不定还会变本加厉,以显权威,那我们这些人接下来就更加没好日子过了。"

王暮雪本想直接否决这个提议,毕竟如果不去,是公然违抗"圣旨"。人力资源部的系统记录中没有吴双家人的联系方式,只有家庭住址。而曹平生下午的命令特别清晰:"今天晚上务必找到吴双,明天她必须来上班!"

王暮雪当然也希望曹平生就此有所改变,所以她有些犹豫:"我们如果不去,那明天曹总问起来怎么办?"

"就说去过了,没人在家。"柴胡脸色很平静。

"那万一曹总事后突然问起吴双姐我们有没有去过,不就穿帮了?"

"她又不知道我们什么时候去的,而且现在的防盗门这么厚,一般的敲门声根本听不到。我们完全可以说确实去了,敲了很久的门都没人应答,所以只好走了……"

王暮雪不置可否道:"这有点冒险吧……万一她家有门铃,或者门并不厚呢?"

俩人正犹豫,一个冷冷的声音从他们身后传来:"若想让一个谎言不被戳穿,最好的方式就是别去制造它。"

居然是木偶律师王萌萌!王萌萌穿着黑色职业套装,这套装王暮雪很熟悉,熟悉到只要一看到它,就能断定眼前人是王萌萌。而在柴胡眼里,王萌萌无疑是那种小地方出来的穷女孩,不仅从不打扮,而且连换衣服都很少。合作两个项目,时间跨度将近一年,她90%的时间都穿着这身看起来很廉价的衣服。

柴胡之前看到网上很多律师吐槽:律师,看似律政先锋,实际收入不比农民工。合伙人制度下,律师的奖金全看合伙人脸色。而王萌萌的衣着明明白白地告诉柴胡,她目前跟的老板,肯定不大方。

"怎么在哪儿都能看到你?"柴胡想起差点被曹平生扫地出门的那天,自己在明和大厦旁边的街心公园撞见王萌萌的尴尬场景。

"为什么不能看到我?再走几步就是我家。"王萌萌指了指前方不远的一个小区,"你有进步啊,至少这次没哭。"

柴胡闻言立刻提声道:"谁哭了?你要回家请便!"

王萌萌居然笑了:"人行道就这么点大,你们堵在路中间不走,我怎么回?"

王暮雪一边侧身让位,一边问道:"王律师,你跟吴双姐住一个小区么?"

"她住我对门。你们是来找吴双姐的?"

"对,我们找她有点儿事。"

"那你们不用上去了,她搬家了。"王萌萌说完就要走,王暮雪赶紧拉住她:"她搬家了? 什么时候?"

"昨天吧。我昨晚回来看到房子是空的,房门开着,一目了然。"

"那前天呢?"惊愕中柴胡也顾不上烦她了。

"我怎么知道? 我前天还在出差。"

"吴双姐为什么要搬家?"柴胡锲而不舍。

"这我就更不知道了。平常都忙,没联系这么紧密。"

王暮雪心想吴双姐不至于因为跟曹总吵架,连家都搬了吧……难道她以后真的彻底不来上班了? 但她要离职总得回来办离职手续才行啊……

见眼前二人都沉默了,王萌萌补充道:"可能搬了有几天了吧,也有可能更早,我没太注意。"

"你能不能打下她电话?"柴胡语气有些急。

王萌萌眉头一拧:"你自己不会打么?"

"我……"柴胡不知道要不要把前因后果告诉王萌萌,如果告诉她,牵扯的事情就未免有些多了。

王暮雪倒是反应快:"我们工作上找她有点事,来取一份文件,但一直联系不上。"

律师的敏锐和逻辑推理能力告诉王萌萌,事情没那么简单。眼前的姑娘,虽然跟王潮一样也是做投行的,但她明显不擅长撒谎。想到这里,王萌萌拿出手机打吴双电话,还是关机。

王萌萌表示自己也帮不上忙,要走,怎知王暮雪突然问道:"对了王律师,你认识王潮么? 金权投资集团的,以前也在我们明和证券。"

王萌萌怔了一下,有些奇怪地打量着王暮雪。

王暮雪慌忙解释道:"哦,上次我跟我男朋友吃饭,在一家西餐厅,无意中看到你和一个像他的人坐一起,当时我有点急事,就没过去跟你们打

412

招呼,不确定我看到的是不是他。"

"你看错了。"王萌萌面无表情直接来了这么一句,"我不认识什么王潮。"说完她径直走了,脚步比先前快了许多。

明明就是王潮,为什么王萌萌要否认呢？认识王潮这样的行业精英,投资大佬,不应该是一件丢脸的事情啊……在回家的路上,王暮雪百思不得其解,王萌萌究竟想掩饰什么？而且那天她明显是十分不悦地突然离席的,她究竟跟王潮之间有什么矛盾？

突然间,手机响了,王暮雪掏出一看,来电人正是王萌萌。

"他是我表哥。"王萌萌说完便挂断了电话。

"失踪 24 小时以上,就可以报案了,要不你让小赵帮我找找吴双姐在哪儿？"回到家里,王暮雪向鱼七求助。

鱼七盯着会计专业书籍,应付道:"小赵是干经侦的,这种人口失踪案,是辖区派出所管。"

"那你能不能让辖区派出所找人帮查查吴双姐的地理位置。我知道,就算她关机,只要她手机电池板没有拆下来,你们警方就可以查到她的位置。"

鱼七将书放下,弹了弹王暮雪的额头:"小雪知道的还真多啊！但我告诉你,你报案了他们也不会马上管的,她这种明显是故意让你们联系不到,不属于无故失踪。而且她是一个成年人,有判断能力,也不是亿万富翁,被挟持或者遇害的可能性很小……"

"哎呀我知道！"王暮雪满脸不耐烦,直接坐到了鱼七腿上,"所以我才没去报案,我也不想搞大。你就帮我查查嘛！我想当面劝吴双姐回来！明天如果曹总再见不到她,我就要死了！你看部门里女生就我跟她,如果她真走了,曹总突然让我顶后台的位置,我就得哭死！"

"你不是女生了,你是女人。"鱼七岔开了话题。

"这不是重点！"王暮雪明显没被鱼七扰乱思绪,"我刚才都告诉了你那么重大的新闻,你就不能礼尚往来啊！"

"王萌萌是王潮表妹,对我而言并不是什么重大新闻,我跟他们不熟……"

王暮雪双手直接掐着鱼七的脖子,威胁道:"你帮不帮我查?"

鱼七僵硬地摇了摇头。

"你不查她真跑了,到时候我做后台了全都怪你!"谁知鱼七直接将她的腰紧紧搂了起来,坏坏一笑:"后台好啊,做后台你就不用出差了,每天按时回家,时间还那么早,我们……"

眼看鱼七要搞事,王暮雪直接跳开了身,嚷嚷着让鱼七想都不要想之类的话,小跑回屋砰的一声关上了房门。

鱼七这招对王暮雪百试百灵,他嘴角露出一丝微笑,不过这笑容并不仅仅因为成功摆脱了她的纠缠,更因为他今晚得知的新线索。王潮的表妹究竟是不是王萌萌,很容易查明,但就算是,可能对鱼七的案子也没有直接帮助。不过,整件事情有趣就有趣在,为什么王萌萌一开始要矢口否认? 如果是正常的表兄妹关系,当被问起时,完全可以非常坦然承认呀! 但王萌萌选择否认、逃离、再承认……这样的态度让想不重点查她的鱼七都多了几个心眼。

因为跟陈冬妮是同学,鱼七自然明白资本监管委员会稽查总队的立案逻辑。如果案件来源不是地方证监局现场检查的结果或是新闻媒体报道的文章,电话实名举报需要提供一定的事实性证据。

陈冬妮之前告诉鱼七:"现在实名举报的太多了,报上来的公司是不是真有问题、真的值得查,需要经过我们情报科评判。如果他们分析后认为企业确实有实质性问题,会写一个报告提交他们的复核会,各个领导审批通过了,才会移交到我们稽查总队。"

鱼七转了转手中的黑色水性笔,心想如果王建国和陈海清的对话里没有关键词汇,银行流水不仅时间对不上金额又太小,那么从这个木偶律师下手,会不会有意外的收获呢?

305 太顺没抗体

"生活参差不齐,谁没有点委屈和苦衷? 心眼小,心灵会变硬变脆,时间久了就变成玻璃心,总是疑心自己被世界怠慢。有些伤害,未必是针对。有些怠慢，或许是无心。少想些杂事，多装些正事，心大的女人，才能着眼全局。"

当曹平生在朋友圈看到这几行字的配图分享时，从来不点赞的他，居然忍不住动了手指，给这个分享者点了一颗爱心。

幸亏这个分享者不是明和证券的员工，否则曹平生的这次点赞，极有可能会被分享者截图，再发一次朋友圈。

曹平生绷着脸，烦躁地刷着手机，面对着没人清理水垢的烧水壶，没人倒的烟灰缸，没人写的季度总结报告，没人给自己安排的出差计划，以及没人汇报的各地项目进展，曹平生就恨不得把眼前的桌子一脚踹翻算了。

他刷了两分钟后，直接将手机砸向了旁边的黑沙发，幸亏沙发已旧，弹性不足，不然手机一定惨了。

曹平生不明白，跟了自己十年的黑沙发都有忍耐力，为什么吴双就没有？

曹平生认为这次考勤表的事情，自己对吴双的态度虽然极差，用词也带有诋毁的成分，但这并不是十年来最差的一次；而且跟了自己十年的人，应该完全明白自己只是为了发泄，骂完了一切都会风平浪静。自己是个好人，所有脾气大的人，其实都是好人，都应该被人珍惜，怎么吴双就不明白这点！

曹平生站起身，走向窗台，那盆被他刻意修剪得十分难看的盆栽，在吴双的悉心照顾下，仍然生机勃勃。

曹平生轻轻摸了几下畸形的叶子，心里嗤笑道："连植物都不怪我，为什么你就要怪我？你特么真是连植物都不如！"

曹平生试图将思绪集中在树叶表面的纹路上，逼着自己思考：为何叶子的纹路会长成树状？每一片叶子的纹路，是否跟人的指纹一样，没有一个是重复的？他并不是热爱科学，而是想避开脑海中反复纠缠的那个问题：对吴双，我真的错了么？

除了工作，曹平生不愿总结自己的任何短板，他自认一个卓越的人，只要不断突出自己的绝对优势即可，不需要浪费时间让自己变得完美，因为完美与伟大，本就是冲突的，不能共存。在曹平生眼里，历史上任何一个伟大的人,都不是完美的,甚至是缺点极为明显的。换句话说,如果蒋一帆不是那么完美,他说不定可以成为一位伟人,而非一个优秀的人。

还有一碗毒鸡汤影响了曹平生,那就是:如果一个人每天都坚持总结自己的不足,时间长了,就会变得越来越不自信。

曹平生个子矮,长相中下,出身农村,学历也只是中专,他的所有硬件都在他内心深处埋下了不自信的种子。所以他要掩盖这一切,他要在他统领的世界中树立绝对权威,他要让他的发光点被所有人看到,看得清楚,看得真切,最好那亮度能够刺痛别人的眼睛,然后下意识忽略他所有的缺点。

如果仙人掌贮存着你生命所需的水源,那么你就应该,而且必须容忍它身上带着的根根钢刺。世界应该是这样的,这样才是对的,这是曹式理念。不过,这个理念,似乎在吴双离开的第四天,开始动摇了。

一阵敲门声传来,曹平生心中一喜,能这时候来敲自己门的,极有可能是吴双,于是他故作镇定道:"进来。"

"曹总,我想跟您讨论下智慧城市的项目。"柴胡双手抓着门把手。

"讨论什么讨论? 你自己不会动脑子想么!"曹平生气不打一处来,但他才说完,就立刻转念想到,不行,人家这是努力的表现,对努力的人,自己不能控制不了情绪,不行不行不行! 于是他又赶紧叫住柴胡,"你,把水壶洗干净,烟灰缸倒了,桌子收拾一下,搞完了再讨论。"

柴胡哪里敢怠慢,麻利收拾起来。看着眼前这个小伙子的身形动作,曹平生好似看到了刚刚跟着他打天下的王立松。曹平生记得王立松也是将烟灰缸抖三下,而后再抽出纸巾擦干净。

"你弟弟怎么样了?"曹平生忽然问柴胡。

柴胡愣了一下,他没料到曹平生会突然关心他家里的情况,于是有些结巴地答道:"还……还在医院。"

"还在呼吸机上?"曹平生接着问。

"嗯。"已经有大半年没过问弟弟情况的柴胡,目前只能按他知道的信息答。

曹平生走回位置上坐下,悠悠一句:"你要感谢你弟弟,没有他,你不会是现在的样子。"

柴胡听后没作声,因为他从来没有试过从这个角度思考问题。

"你要感谢你生在农村,生在你现在的家庭。你如果有王暮雪或者蒋一帆那样的父母,不见得是好事。"

柴胡低头自嘲道:"他们很优秀,我觉得都比我优秀。"

"可是他们太顺了。"曹平生目光炯炯有神地看着柴胡,"太顺了,没抗体,明白么?"

柴胡睁大了眼睛,他原本以为曹平生会说"太顺了,人生没有起伏,不会精彩"之类的陈词滥调,"没抗体"是怎么回事?柴胡只听说过穷人没抗体,从未听说有钱人也会没抗体。因为在柴胡看来,金钱本身就是一种抗体,要不怎么解释犯罪率高发地都是贫民窟而不是富人区?

"假如再给你一次高考机会,你告诉我,考得进京都么?"

柴胡本想脱口而出"一定能!"但他克制住了自己:"已经没有机会了。我既然现在已经站在您面前,就已经不需要那次机会了。镀金或许掩盖不了出身,但是努力可以,您给我指方向,我今后一定努力跑。"

此时,就像一道光,吴双出现在门口。

306 一个下马威

吴双上前接过柴胡手中的水壶,自然而然地微笑道:"我来吧。"

柴胡反应过来时,吴双已经拿着水壶走出了办公室。而曹平生,目光不知道往哪放,脸上全是故意绷着的表情,柴胡赶紧知趣地退出来。

一直假装摆弄手机的曹平生用余光看到吴双如往常那样,收拾完桌子擦窗台,水烧好了便开始泡茶,最后她还拿出一瓶曹平生见都没见过的沙发清洁剂,用干布擦起那张很旧的黑皮沙发来。

曹平生内心冷笑一声,这丫头果然不敢真跑,她已经三十四,上有老下有小,还供着学区房房贷,儿子每个月的补课费就要一万多,毕业院校非国内顶尖,又没任何金融证书,这样的背景、年龄和家庭压力,给她一百个胆子她也不敢离职。曹平生琢磨着自己已经进入了"安全区",于是清了清嗓子道:"这几天去哪儿了?"

"修电脑,搬家。"吴双头也不抬。

曹平生靠在椅背上,跷起二郎腿:"你四天没来上班,没一点儿解释么?"

吴双目光直直对上了曹平生,没有丝毫畏惧地重复道:"我说了,修电脑,搬家。"

这要在以前,曹平生绝对要拍桌子骂人,他进明和大厦的十年来,还没谁敢用相同的答案敷衍他两次。但就在爆发的瞬间,他居然硬生生将怒火咽了回去,沉声道:"你觉得这里是你想来就来想走就走的么?"

吴双居然放下干毛巾和清洁剂,回身走出了总经理办公室。

好你个乖乖……曹平生十分蒙圈,心想这算哪一出? 难道是在跟自己叫嚣:对,我就是想来就来,想走就走!

几分钟后,吴双进来,手上拿着一张打印纸,曹平生内心的不祥预感骤升,纸上的内容果然如他所料:离职申请书。

"曹总,这十多年跟您学到了很多。也成长了很多。我确实有很多不足,包括现在也是。我知道自己的能力不足以与目前这个职位匹配,实在抱歉,耽误您了!"吴双说完给曹平生深鞠了一躬,而后直起身子,等待曹平生回答。

曹平生万万没想到吴双要走,难道短短四天时间,她就已经找好了下家? 在曹平生的认知里,世界上没有任何一个人是不可替代的,大到一个国家的领袖,小到给自己生儿育女的妻子。别说在浩瀚的宇宙和时间的长河中,每个人都如一粒尘埃这么微不足道;就是在人际运转的链条上,人人都可以被换掉。所以这十年来,气头上他每次教训吴双时,想的都是真的开除她,招更好的进来。毕竟已经不止一次有人提醒他,投资银行总经理的秘书,应当有身高有姿色,一看上去就温柔似水魅力四射,而吴双,身形不高,不会打扮,穿着简朴,还戴着厚厚的近视眼镜。

"下家是谁?"曹平生问道。

吴双摇了摇头:"没有下家。"

"你是不愿意说还是真没有?"曹平生的语气已经变成了硬生生的质问。

"真没有。"吴双回答。

"没有你特么扯什么扯!"曹平生终于爆发了出来,他用力地将离职申请书撕得粉碎,"你是不想做考勤表,还是受不了老子骂你不如清洁工?"

曹平生的声音很大,办公室门也没关,柴胡可以清晰地听见每一个字,陆续来上班的所有人都能听得到。

见吴双站在原地没有反应,曹平生站了起来,双手撑在桌面上,前倾着身子眯起眼睛道:"你计较那台电脑?"

见吴双依旧低头不语,曹平生怒喝道:"说话啊!"

"我受够了。"吴双突然抬起了头,对曹平生报以淡淡的微笑,"曹总,我受够了! 我也是人,外面的人,也都是人……"

曹平生愣住了,他突然觉得吴双这个微笑,温柔中带着无法阻挡的力量。

"曹总,我其实没有什么坚硬的外壳,可以刀枪不入;我会痛,也会死,其实我觉得我已经死了很多次了。只是以前我老告诉自己、骗自己,没事,不痛。"吴双说到这里咬了咬嘴唇,"曹总,您能明白这种感觉么?"

"不能。"曹平生冷冷一句。

吴双笑了,她上前两步,定了定气,注视着曹平生道:"您如果不知道,那我来告诉您。您一点都不儒雅,尤其是开口说话的时候。您平常的谈吐以及对下属的态度根本是玷污了'投资银行总经理'这七个字!"

307 被逼做后台

"暮雪啊,我的出差报销能帮我催一下么?"

"暮雪,我有个快递在楼下,跪求帮忙取一下。"

"暮雪,×公司的询证函今天应该都会到,一定要帮我保管好,一份都不能丢。"

"暮雪,下下周就是中秋和国庆,我想连着请假,但是……你懂的,能不提交流程不?"

"您好王总,我是周四面试还是周五面试? 我还在学校,能不能申请远程面试?"

"暮雪,我公司打印机连不上了,可以帮我打印一下么?"

"暮雪,我们今年的部门活动方案做好没有,能不能先给我看看,内定一下? 嘿嘿,我想泡温泉……"

"王暮雪! 季度总结报告写好没有! 赶紧拿过来!"

"……"

王暮雪的工作路径,朝着她完全无法控制的轨道上驶去,她从来没有想过,有朝一日真的会从事她最不能接受的后台工作。顶替吴双的这大半年,王暮雪的思考时间就好似一张完整的纸,随时会被各种突如其来的琐事撕上一道口子,最后全是碎纸屑。

半年前,吴双给曹平生放完狠话就走了,没人知道后续曹平生是如何跟她沟通的,也没人知道吴双究竟是用了什么方法,控制了曹平生的暴怒。总之她与曹平生的后续内容,成了部门里永恒的秘密。

过程虽然是秘密,但结局众人皆知。

她既没继续留在总经理秘书的位置上,也没离职,而是被曹平生派到外地做项目了。

"什么? 吴双姐外出做项目? 我没听错吧?!"所有人听到三十四岁的吴双上前线的消息都是这个反应。

如果投资银行是一个战场,曹平生的这个决定无疑是将一个给伤员包扎、从未扛过真枪的护士调到了冲锋队第一排,画风骤变,毫无逻辑。而王暮雪从来没想过自己 2016 年的大部分时间会是在报销发票、项目进度表、曹平生大型会议发言稿与行程记录中度过的。

总经理秘书的工作琐碎而繁杂,枯燥而单调,大到项目人员调度,小到统计公司福利发放记录,无所不包。这个位置若无人接盘,整个部门将无法运转。作为倒霉接盘侠的王暮雪之所以忍耐,是因为她入职以来申报的三个 IPO 项目,陆续都开出了花。

几个月期间,王暮雪、柴胡、蒋一帆、王立松、胡延德以及其他签字保代共去了六次资本监管委员会,主要目的是跟预审员沟通晨光科技、东光高电和法氏集团的项目问题。由于项目质地良好,预审员的反馈问题几乎都是原先内核委员提过的,所以几次下来沟通很顺利,初审会过后没多久,就都上了发审会。可惜,发审会只允许拟上市公司的董事长、财务总监或者董秘(其中一人),以及投资银行的两个签字保代进场。别说王暮雪和柴胡,就连蒋一帆这个项目协办签字人都没资格进去。

柴胡曾担忧地问蒋一帆:"二保进去靠不靠谱啊,都没来几次现场。我觉得我都比二保靠谱,应该让我进去才对。"

蒋一帆只是笑道:"其实发审会跟我们内核会也差不多,都是围绕那些问题,对面坐着的也就是7个人,没有你想的那么高大上。而且一般都是企业董事长和财务总监这些人开口说话,连保代都很少能开口,你进去了,估计也就是听。"

"为什么不让保代说话?"柴胡不解地问道。

蒋一帆闻言只是笑了笑。作为法官,有时更愿意听当事人的说法。这些人没有经过专业训练,往往回答的时候不像律师这么天衣无缝,容易找出破绽。

当发审会通过的消息一个接一个地在部门群里公布,王暮雪和柴胡获得了很多的认可,但其实同事也乐见这两个新进骨干一个做后台,一个写项目建议书和公众号,冷板凳没有名签,新来的幸运儿坐坐也没什么坏处。

收获的喜悦很快就被千头万绪的杂事冲散了,王暮雪认为自己的投行之路已经偏离了正轨。"我觉得我在浪费生命。"王暮雪也只能对鱼七抱怨。

鱼七笑她:"你知不知道每一条路的每一个阶段,都应该有不同的样子。而且每一个人走同一条路,都会呈现不同的样子。"

"可是我就喜欢做项目啊!"王暮雪反驳道,"之前一年半做了这么多,今年觉得全在吃老本,毫无意义。而且你知不知道吴双姐的工作其实很难做,很多人都想直接去旅游然后不请假,让我帮他们兜着;还有就是拿来报销的发票,有些我一看就是假的;还有很多是明明没在那个城市出差,然后骗我……"

"这就是不一样的风景。"鱼七提醒道,"小雪,其实你的生活没有乱,只是所站地方不一样了。同样都是投资银行,你现在可以从另一种视角去看待,不也很新鲜么?"

"你每天去给领导粘贴发票,给同事打印文件看看。看看新鲜不新鲜,估计你做三天就要疯!"

"我做的事情比你更无聊。"鱼七说着掐了掐王暮雪的脸,"我得站一天,对着同一台机器,做同一个动作。两年了我也没疯。"

王暮雪忽然想,也对哦,自己从来没想过鱼七的难处。只听鱼七继续道:"同样在投资银行,你那个同事柴胡看到的风景,与你也不一样。就像高中生活,我们都经历过,但一人一个样。据我所知,能两年内拉一单资产证券化,谈妥跨国并购,做出三个 IPO 以及一个新三板的人,整个青阳就你王暮雪一个,绝对的极少数。"

"我知道,很多人三年都没出一个项目,我是运气好,运气特别好。"

"这就是了!"鱼七笑道,"当然也是因为你拼命,但是你不能说三年都出不来一个项目的人、做后台的人,以及没项目做苦苦求别人赏饭吃的人,走的就不是投行之路,也不能说他们就是浪费时间、没有意义。"

王暮雪闻言突然眼睛一亮:"一帆哥以前就是这样,刚入职那三年没出任何项目,就是因为他做的都是特难的,基本做不出来的! 听说他是跟曹总一起给企业动手术,大型手术,做的都是手术完要等几年才能出来的那种项目。"

"所以他是不是水平很高,甩你几条街?"

王暮雪听后耷拉下脑袋:"不止,几十条街。"

308 行业分享会

"大家知道,智慧城市目前仍然处于初级阶段。2014 年至 2018 年,就是政府计划的实施周期,国家总投资规模预计在 3 万亿元左右。"冷板凳上的柴胡实际被曹平生额外安排了许多任务,不仅是智慧城市行业,之前尽调过的家用卫浴行业都是柴胡的研究对象之一。这次的行业研究分享会对其他人而言或许轻松,但对柴胡而言却如坐针毡。

因为曹平生又想出了一个新的折磨柴胡的方法,就是要求柴胡分享完后,所有同事都可以自由提问。如果柴胡超过两题答不上来,那就由他继续做下一期分享会的主讲人,直到无人能难得住他为止。

柴胡目前的角色,说好听是由一个"项目承做人"转型做"项目承揽人",说不好听就是赤裸裸的研究员,为老板想要开拓的目标企业提供行业研究和数据分析工作。这类工作与券商研究所里的研究员并无差异。他们每天都需要搜索各类行业分析报告,做上市公司案例研究,上班第一件事就是打开电脑刷公告。投资银行无疑需要这类人才,之前曹平生也从研究所挖了一些精英过来。不过,想跳出研究所的人,都是冲着投行项目和奖金来的,哪里能在后台坐得住? 这些专业研究员没干半年就全跑项目上去了,嘴上还说做项目和做研究其实两不误。

社招来的老油条毕竟不像柴胡这种校招坯子这么容易控制,曹平生最开始痛骂他们,人不见了也要通过电话隔空骂;这帮研究员回来报项目的时候,曹平生更是见一次骂一次。但老油条们依旧我行我素,后来随着项目陆续出来,收入几千万几千万地流进口袋,对研究员"出逃"一事,曹平生也就任由其去了。

果然,一位同事开口朝柴胡问道:"现在安防公司上市数量增加,只是因为顺应智慧城市的行业利好吗?"

"不仅是智慧城市。"柴胡回答,"国家也提出了'平安城市'的口号。'十二五'期间,我国平安城市建设总投资规模达 5000 亿元,涵盖所有地级市及 2000 个县市街区。按照建设计划,目前有望加速向三、四线城市渗透,所以安防市场空间巨大。"

曹平生沉声打断道:"巨大? 什么叫巨大? 多大才算巨大? 是一千亿还是一万亿?"

柴胡双唇紧闭,没敢答话。但曹平生居然没有骂"操你大爷的""狗日的""特么的"之类的脏话,而是跟一个正常人一样提醒道:"以后讲话,不要动不动就'巨大''极大''非常',这种极端词汇不应该出现在我们投行人的口中。"

"好的曹总!"柴胡连忙应道。

"继续。"曹平生眼神看回了投影仪里的PPT。

于是柴胡接着道:"目前住建部公布的国家级智慧试点城市有 193

个,但其实除了试点外,许多非试点城市也开始规划建设智慧城市,地级市以上城市中,提出建设智慧城市的已超过60%。"柴胡说到这里,换了一张PPT,"其实智慧城市就是我们未来城市发展的终极目标,包括的领域众多,也不仅只有安防,还包括通信、交通、基建等等。一个成熟的智慧城市,肯定是更便于政府应急指挥、城市执法、市政管理和消防保障的。未来各个执法部门会利用图像、语音、视频等数据信息做统一的调度协调。实际上构建智慧城市的目的只有一个,就是提高城市的管理水平,减少社会矛盾。"

此时一个同事举手道:"目前购买安防系统的,除了平常的居民小区和警察局,还有哪些机构?"

"很多,比如政府、军队、监狱、学校、博物馆等等,这些地方对安全的要求比较高。哦对了,还有医院、酒店、工厂、超市和银行,总之需要安防的地方,要不就是钱多,要不就是人多。"

柴胡说完众人笑了,纷纷表示他提炼得很精准。

"国家最早大力发展安防产品,是不是那个'科技强警'的事情?"一位同事回忆道。

"对!"柴胡点了点头,"政府最早确实有那个项目,大力发展视频监控,目的也是为了提升警察的破案率。只不过当时安防产品应用市场不大,不像后来提出'平安城市'这个理念,使得安防产品需要迅速满足社会治安管理的需求。"

"其实我一直不太有概念,安防系统除了视频监控,还有什么其他产品么?"有同事开口道。

柴胡闻言立刻翻出了后面的一页PPT,上面画着七个圆,围绕着安防产品,里面的字分别是:视频监控、门禁控制、消防系统、楼宇对讲、入侵报警、车辆防盗与电子巡逻。

那位同事继续问道:"其他的都很好理解,电子巡逻是什么意思?"

"哦,就是一种巡逻系统,这个系统可以让管理人知道,那些巡逻队的队员有没有偷懒,有没有该巡逻的地方没巡到,有没有巡逻时间跑去吃麻辣烫,是一种电子监控软件。"

"那安防行业的企业,上市有什么关注事项么?有什么独有的风险点么?"

这个问题对柴胡而言是一个很常规的问题,但他总觉得今天气氛有点儿特别,什么时候这帮平时根本不说话的人突然如此积极地提问了?难道是自己平常人缘太差,他们都想让自己坐一辈子冷板凳?

王暮雪和蒋一帆始终没有开口,作为柴胡的战友,自然不会多嘴。不过他们知道,曹平生之前就跟大家说了,今天谁能问倒主讲人,开完会可以得1000元红包:"老子微信转账,说到做到。"

为了这句话,沉默的羔羊们变成了积极的兔子,学习热情高涨。毕竟这种既能不让竞争对手分走项目蛋糕,又能直接拿现金的事情,谁都愿意干。

309 独有的问题

针对同事关于安防行业公司特殊风险点的提问,柴胡回答道:"依照目前市场上搜寻到的案例来看,国内安防公司的客户主要还是政府部门和公安部门,所以他们每年采购的产品数量、价格、周期对于这些安防公司的影响很大,很可能去年一次性来几笔大单,而今年几乎没单可接。"

"也就是说,收入具有波动性对吧?"同事问道。

柴胡点了点头:"净利润今年一千多万,第二年就变为负数的公司也有。而且围绕智慧城市开展工作的企业,都有比较明显的地域特征,无论是客户还是供应商,集中度都很高,高到几乎出不了一个省,圈子现象严重。换句话说,能在青阳吃得开的公司跑魔都去,估计一单业务都拉不下来。"

"这跟暮雪做的那个文景科技差别还挺大的。"一个同事笑道,"我记得文景是做流量的,人家全国通吃。"

"就是这个道理。"柴胡道,"每个城市几乎注意力都在自家建设,其他省市的公司想吃别人家肥肉,壁垒很高。而且说实话,这行真要做好,做到行业第一,光吃本土饭绝对不够,必须打出去,但打出去就得和其他省市的政府关系也硬。"

原来，这个行业的相关产品就算做得再出色，也逃不开资源导向型的魔咒。

柴胡接着道："因为大多依靠政府采购，所以回款速度比较慢。跟政府做生意，你们懂的，欠钱的事儿虽然很少发生，但审批速度……我不说大家也明白，结算进度延迟，回款滞后，应收账款账龄长都是常有之事。"

"除了安防公司，智慧城市其他类型的公司也是这样么？"

"我看了下，都差不多。"柴胡回答，"这个行业还在发展初期，很多公司都处于 A 轮 B 轮的烧钱阶段，真的做成规模还上市的，大多也是承接大型工程项目。除了安防，也有公司从事比如医疗信息化、城市交通智能设备的业务，我还发现一个有意思的现象……"柴胡说着打开了一张图片，是工人在高速路上安装电子摄像头，"刚才我说了，安防公司项目来源集中度高，业务一下有一下没有也是常态，所以如果突然来了一个大单，比如图片里这样，给城市道路覆盖'天眼'系统，短期内需要大量安装工人，但安防公司平常自然不会长期养这么多的人，他们都是去工厂借临时工，或者委托劳务外包公司拉人。但很多劳务外包公司根本不具备从事安防项目的相关资质。"

这时一位同事突然笑道："你是说这些监控，是让一帮没资质的人装的？"

"不排除这个可能。"柴胡道，"当然了，装这个也不是什么难事，估计拉我们去培训两天，大家也都会装。只不过如果劳务外包不合规，会存在行政处罚和法律纠纷的风险。"

"一下拉这么多人，钱也要短期给吧？这些公司本身如果体量不大的话，估计运营资金可能一下子被抽干。"

"对。"柴胡突然觉得在投行人面前说话太轻松了，因为在座的不仅能听懂，而且还能帮自己补充，刚才那位同事所补充的是智慧城市行业公司普遍遇到的运营资金不足的问题。大中型项目的实施对公司的运营资金有比较高的要求，尤其是公司本身的固定资产投入较少，资产主要体现在现金、应收账款和存货方面，这种资产结构会直接导致通过向银行抵押贷款的方式获得的资金有限，从而导致运营资金短缺的现象。

"如果智慧城市是国家长期战略，而且目前市场才刚刚开始，那国外的野狼不会错过这块蛋糕的。"一位同事又开始帮柴胡补充，"我随便搜了下最近的收购案，看到了国外安防巨头的身影……"才说完，胳膊肘就被旁边的同事推了推，还朝他使眼色，示意他别忘了为难柴胡抢红包的任务，不是真的探讨行业问题。

"多嘴"的同事于是赶紧收起平日的工作习惯，朝柴胡问道："你刚才介绍安防公司的时候，提到一个多功能复合型视频卡口系统。我想问问这个系统主要功能是什么？与一般的电子警察系统有什么不一样？"

柴胡答道："这个系统可以针对人流和车流做数据分析，特别是针对车牌、车型进行信息分析。现在很多小地方的警察还是用肉眼查监控，效率很低，而且还经常出错。现在有了这套系统，不仅可以识别肇事车辆，还能自动进行分析比对。这种比对是每时每刻的，也就是说，如果咱们全国道路都应用了这套系统，警察的黑名单中的所有嫌疑车辆，只要开出去一次，立刻被抓！"

这套多功能复合型视频卡口系统让王暮雪立刻想起了横平爆炸案。横平属于三线城市，警队办案还是老一套，遇到大案子，破案手段就是成立一个几十人的专案组，集体肉眼查监控，效率低下，出错率还高。不过，不清楚这套系统能不能识别出风景区给车身换颜色的案子。如果是高清无码扫描，连车上的特有刮痕、车胎牌子甚至挡风玻璃上的灰尘都能被识别，然后系统自动进行概率比对，那即使换了颜色换了车牌，都能找出最有可能的嫌疑车辆，那这个系统就真无敌了。

刚才提问的同事并不打算放过柴胡，他明白大家都想当难住柴胡的那个人，但毕竟是同事，太不留情面会落下"重财轻友"的口实，所以刚才所有人都在合理范围内提问。而这一次，这位同事小心翼翼引出的问题是："那这个多功能复合型视频卡口系统，用的是什么摄像机？"

"双芯高性能智能摄像机。"柴胡脱口而出，"这种摄像机不仅成像效果好，而且还可以连续抓拍。"

"双芯的稳定性高于单芯的么？这种系统提供软件接口么？支持快速二次开发集成么？"该同事仗着自己曾尽调过芯片公司和电子公司的项目，一口气问出了三个专业问题。

柴胡一听下巴都快掉了,三个问题只要两个答不出,冷板凳就继续坐,这可如何是好! 他赶忙用祈求的眼神看向曹平生:曹总,问题超纲了……

310 第四种能力

2016 年对王暮雪而言乏味而毫无意义,对柴胡而言就是进阶与瓶颈。进阶的事项是他的微信公众号。虽是进阶,但速度缓慢,八九个月的持续输出并未让柴胡成为拥有百万粉丝的大 V。

柴胡纳闷,新媒体写作技巧自己已经全部掌握,但之后居然再也没有文章能够像架空监管层那篇一样火爆。公众号粉丝数每天以平均两百人左右上涨,大半年下来总粉丝数也就刚刚超过十万。庆幸的是,有不少读者给柴胡的文章点赞打赏,所以柴胡每个月还能从中赚到几十块早餐钱。不过,截至目前,仍没有任何一家广告商主动联系他。

而柴胡的瓶颈自然就是他的本职工作:冷板凳行业研究员。智慧城市的行业研究会上,柴胡还是没有回答出同事的三个专业问题,而曹平生更是没有任何给他台阶下的意思。从曹平生眼神中,柴胡可以读出一句话:在投资银行,没有任何一个问题算超纲。

双芯片与单芯片的稳定性差异,安防系统是否提供软件接口,以及什么是快速二次开发集成,这些问题在柴胡看来就算是写 IPO 的招股书都不需要知道,明显属于故意刁难他的牛角尖问题。而当柴胡得知那位同事最后获得了曹平生给的 1000 元时,更是气了很久。

纵观整个部门,柴胡总觉得曹平生特别针对自己,边缘化自己,那些最难、最怪、最不可能的任务,他都能顺理成章地往自己身上砸……如果不是有三个 IPO 项目陆续出来,如若不是曹平生接济的那五万元租房费用,柴胡也不会将这一肚子苦水憋到 2017 年。

2017 年 2 月 16 日,跟蒋一帆在外地做项目的吴双,无意中看到蒋一帆的钱包掉在地上,而钱包中的照片让她难以回避。

不出吴双意料,是王暮雪。她穿着大红外衣,戴着雪白帽子,站在雪地中开心地看着镜头笑。照片还不止一张,其中还有王暮雪在纽约证券交易所前拍的。

吴双叹了口气,看来蒋一帆是真的喜欢王暮雪,而自己是真的不喜欢做底稿。以吴双的非专业水平,进入项目组确实只能收收资料,做做底稿,其他研究工作对于她而言相当吃力。光是查案例就令她头昏眼花、力不从心。

有些梦想,错过了追逐的黄金期,就很难追上;即便追上,梦想的样子也没有想象中那么迷人,于是吴双天天期盼着春节尽快过去。

那次在曹平生办公室,她可真是豁出去了:

"曹总,以前我在这个城市没站稳脚跟,所以我不说假话,但也没说真话,因为我不敢;现在,我同样没有站稳脚跟,但是,我敢了。

"一个伟大的人可以有缺点,但是这个缺点,不应该是让其他人无地自容。

"其实您把所有脏话拿掉,并不影响任何一句话的意思。

"如果没有控制,那么跑得再快的马,都不过是匹野马罢了。

"跟您十年了,可能这次我若不说,以后就再也没人敢跟您这么说了。一个真正厉害的人,不应该只是获得人们外在的掌声,更应该获得人们内心的掌声。您要是认为我说得对,那我留下来;如果您觉得有一个字说错了,我走人。"

吴双本以为曹平生会爆发,但他居然沉默良久,最后开口问了一个问题:"你是不是曾经也想去做项目?"

吴双愣了一下:"对。"

"现在让你去,你还敢么?"

但后来没过多久,曹平生就给吴双加了一个时间限定,规定她最多只能做到 2017 年春节。年一过,吴双必须回归总经理秘书的位置。

吴双不在这段时间,曹平生的变化堪称翻天覆地,就算再生气,嘴里也很少带脏话了,而且教训人时都是叫进办公室,关上门一对一。内容虽然依旧让人难受得只能用"辱骂"来形容,但是所有的同事都觉得这比在公开场合被骂舒服多了。还有好几次曹平生骂着骂着,粗口吐到一半又硬生生收了回去,让被骂的人差点儿笑出声来。

柴胡也放松多了,但年前第二场行业研究分享会还是让他悬着心。

王立松点醒了柴胡:"一家公司的核心技术究竟是什么,这项技术在目前行业中有怎样的地位,优势可以保持多长时间,可以跟竞争对手拉开多大的差距,这都需要我们对技术本身有专业的研究。很多知识与能力,在你做项目的时候根本用不到,但在你拉项目或者初步进场判断项目的时候,至关重要。"

所以,柴胡的投行之路若要走得更宽更广,迫切地要学会除了记忆力、深度思考能力与精力管理能力之外的第四种能力,这种能力蒋一帆在一开始就展现了出来,即:短时间内,翻越一座山的能力。

311 蒋大神授课

隔行如隔山,但翻越一座山其实没有想象中困难,只要我们给予攀山者充足的时间。真正的难度就在时间,翻山的时间必须短。

七年的时间确实可以让我们成为任何领域的专家,只可惜投行人的职业生涯不允许,在这个飞速发展的时代,七年足以让一切覆地翻天,很多行业都不允许。

在曹平生的"折磨"下,柴胡这只青蛙的神经末梢还没有坏死,他在委屈、孤独与不甘心中继续向上跳着。在每一次的奋力跳跃中,柴胡的大腿肌肉都得到了有效的锻炼。他不断总结着让自己能够跳得更高的方法,虽然周遭没有人为他的进步鼓掌,但他仍要为自己心中的舞台而不懈努力。

"我的经验是,尽量在两周之内集中看相关的书籍和文章,相关的视频也要看;书的话大概看三四十本,文章就要看市面上有多少了,有的话最好都看了。"大神蒋一帆给柴胡介绍自己的翻山方法。

"三四十本?"柴胡惊愕道。

"嗯,比如智慧城市,市场上关于智慧城市的书和文章很多,每个字都看的话,你根本读不完。其实你只用读完评分很高的几本,其他的书都大同小异,对于同一概念的解释还经常是互相摘抄。你只需要打开目录,看目录中自己不熟悉的部分即可。"

柴胡十分汗颜:"互相摘抄……一帆哥你表达得真委婉。"

蒋一帆憨憨一笑,接着道:"短时间内逼着自己对大量同质信息进行学习,会让你迅速加深对某一主题的理解,尤其每一本书、每一篇文章以及每一个视频,切入的视角都不太一样,相当于同一段时间内你接受了多维度的信息输入,很立体,你的学习效果会很好。"

"明白了……"柴胡连连点头,"一帆哥你是全网资源都找对么?"

"对,搜索的过程不能快,必须要耐心;如果太过急躁,很多资源会漏查。"

"那你一般用在搜索材料上的时间有多久?"

"很久,至少四五个小时。"看到柴胡露出了难以置信的眼神,他解释道,"可能别人只用半小时,但我会调整各种关键词,在百度、新浪、网易、万得、微博、知乎、公众号、行业协会网站以及各大视频网站中依次搜索,因为只有大量的输入才更有助于优质的输出。我在搜索资源上比别人多花十倍的时间,这让我最后对于同一行业的理解深度,也大概率会超过别人。"

除此之外,蒋一帆还告诉柴胡很多翻山经验。

第一,必要时候直接去听相关行业本科专业的视频课程;

第二,搜索的时候对关键词要多维度设定,对同一行业设定 10 个关键词,外加 10 个搜索渠道,这样一轮下来他就完成了 100 次搜索,全网资源搜漏的概率就不大了;

第三,如果不想关键词被搜索引擎拆分,就给关键词加双引号,比如"文景科技新三板",这样搜索出的结果可以确保以上七个字一定是连续出现在搜索结果的同一句话中的;

第四,在微信体系中其实不只能搜到公众号文章,还可以搜索朋友圈,甚至可以按时间区间搜索某个人的朋友圈,那些曾经在朋友圈中被分享的文章,通通也能搜出来。

"柴胡你记住,搜索是个很枯燥的过程,但我还要再强调一次,你必须拿出十倍的耐心用在搜索上,因为它就像一栋楼的地基一样,只有地基打好了,楼才能建得高。"

听完蒋一帆这番话,柴胡终于心服口服地承认,自己与大神的差距,绝不仅仅是高考那道让很多人的人生一决高下的 20 分的力学物理题。

正当他要夸赞蒋一帆时,蒋一帆却谦虚道:"这些其实我原来也不懂,都是工作当中跟别人讨论,最后大家一起摸索出来的。我比你早入行四年,今年已经是第六年了。你现在才入职两年多,行业研究工作能做成这样,已经很厉害了,反正比当时的我强多了。"

"一帆哥,你说谎的样子一点儿也不帅……"

"其实说真的,我很羡慕你。"蒋一帆说得特别诚恳。

"啊?一帆哥你羡慕我什么?我不仅水平差,只能坐冷板凳,还穷得连你车库里任何一辆车的轮胎都买不起……"

"那些都不是我的钱,而且其实现在我觉得自己已经开始懈怠了,所以我很羡慕你,我羡慕你充满活力的灵魂。"

蒋一帆一如既往地把话说得很好听,但只有柴胡自己知道,他哪里有什么充满活力的灵魂,生活已经如此艰难,他灵魂里的东西对外说叫"坚持",叫"不屈不挠",叫"持之以恒",对内说就是"死磕",跟曹平生"死磕",跟周围那些希望他一直边缘化的同事们"死磕",跟自己的梦想与命运"死磕"。

得到了蒋大神的方法,柴胡剩下的时间就要尽快付诸实践,与第二次行业研究分享会"死磕"了。

在精力分布图的引导下,柴胡早上 6 点半到 9 点半用于深度思考与研究;9 点半至晚上 8 点用于日常工作;健身 50 分钟,洗澡 10 分钟,闭目养神半小时后,晚上 9 点半至 11 点半,柴胡继续进行深度思考与研究,每天 11 点 40 准时睡觉。

正确的方向、正确的方法以及正确的学习、工作态度,让柴胡坚信自己没有任何理由在第二次行业研究分享会上栽跟头。他要从摔倒的地方爬起来,他要一鸣惊人,他要力压群雄,他要给曹平生证明,他柴胡才是名副其实的投行新星,才是领导最应该重用的人!

312 提高竞争力

"针对卫浴产品，我们可以将国内消费者偏好分为高、中、低三个市场。"本期分享会的行业主题是"我国家用卫浴行业发展现状"。

"高端市场受品牌壁垒、技术壁垒以及资金壁垒的影响，竞争对手相对较少，竞争环境也相对宽松些；而在低端市场领域，生产企业众多，大部分属于中小企业，行业集中度不高，产品同质化严重。"

柴胡话音刚落，立刻有同事提问："我想知道高端市场中的企业自己跟自己竞争，主要体现在哪些方面？"

"主要体现在品牌竞争和销售渠道的竞争。"

"那低端市场呢？"

柴胡不紧不慢："低端市场的竞争主要集中在产品价格的竞争和质量的竞争。"柴胡接着道，"其实目前，我国家用卫浴产品高端市场的很大一部分，仍旧掌握在外国人手里。大家熟知的一些世界卫生洁具巨头，如东陶集团、美国科勒、美国美标、西班牙乐家、日本伊奈、杜拉维特等公司，都通过在我国设立工厂和办事处，占据了我们的高端市场，而且他们的产品逐渐向国内企业占领的中端市场延伸。"

见一位同事刚要开口，柴胡提声补充道："高端市场之所以会被外人侵占，主要是因为国际巨头的产品工艺更先进，质量也有比较好的保障，而且不得不说，那些跨国公司的商业模式更成熟，售后服务体系也比较完善，所以消费高端产品的有钱人自然愿意买账。

"但是我们本土企业现在也逐渐赶上来了，箭牌、法恩莎、帝王、惠达、恒洁以及航标等公司，都是全国性的本土洁具品牌。我研究了下这些公司近几年的产品结构变化，它们正从中低端市场逐渐向高端领域扩张，可以说目前这个行业的竞争格局，是相互渗透的。

"未来国内市场竞争会继续加剧，上面的想往下沉，下面的想向上跳，互相吃市场，所以毫无疑问这个行业会进一步洗牌，洗牌的结果就是优势企业越做越大，掌握主流产品的控制权；劣势企业则会被淘汰或者直接收购。换句话说,我们如果不发展,就会被吃掉。"

"我有一个问题。"一位同事开口道,"那些国际大品牌,是通过什么方式打进中端市场的呢?"

柴胡一字一句地说出了四个字:"技术下移。"

技术下移其实是指原来高端产品才有的技术,生产商让中端产品也能拥有,于是中端消费者花同样的钱就能买到更优质的产品,故中端市场自然会很快被这些实行"技术下移"的生产商夺走。

相比国内同行业企业,国外卫浴公司起步早,具有先进的研发、设计、生产技术和管理理念。近二十年来,国际知名企业纷纷在我国投资建厂,生产能力逐渐向发展中国家转移。目前国内市场上,相关外资品牌主要有东陶(TOTO)、科勒(Kohler)、乐家(ROCA)和杜拉维特(Duravit)等。

全球水龙头及其他卫浴五金产品60%以上的市场份额,主要由世界卫浴五金行业排名前十的大品牌商占领;而我国水龙头等卫浴五金高档产品市场也毫无例外地被国际品牌商占领着。

这些年,国际知名卫生洁具品牌积极拓展产品业务线,在给我国消费者带来更多产品选择的同时,也给国内市场带来了新的压力和冲击,最直接的体现就是:国际品牌在占有原高端市场份额的情况下,高端技术不断下移,进一步抢占国内中低端市场。

柴胡继续道:"都说我们是世界工厂,是制造大国,我国的卫浴产品年产量也在世界前列。但到目前为止,我国在国际上有影响力的品牌仍然较少,风云卫浴算一家,但其在'品牌形象'及'创新能力'两项关键指标上,与欧洲、日本和美国的企业差距仍然明显。"

"那未来我们国内公司提高竞争力的关键是什么?"又一位同事开口问道。

柴胡非常自信:"关键就是要提高品牌影响力和产品附加值,要从做产品变成做品牌,依靠技术和工艺提高毛利率!国人有钱了,市场也跟着在变,现在高端酒店、高档办公场所和娱乐场所越来越多,这部分的市场如果不抢下来,对于国内卫浴企业发展很不利。"

家用卫浴行业公司众多,目前集中度不高,面对大型国际公司,国内企业一部分属于不具备核心竞争力的 OEM 和 ODM 厂商;另一部分虽然有自己的销售渠道和独立的品牌,但定位也多是中低端市场。未来激烈的竞争态势会迫使部分企业退出家用卫浴行业,行业内并购重组加剧,市场集中度将进一步提升,"强强联合、强弱整合"将会成为家用卫浴行业重组的必然之路。

【投行之路课外科普小知识——OEM 与 ODM】

OEM(Original Equipment Manufacturer)是原始设备制造商,俗称代工生产商。

这些 OEM 的代工生产商自己没有核心技术,也没有设计和开发能力,更没有自主销售渠道,完全就是硬实力巨头公司生产产品的一个加工厂而已。

而 ODM(Original Dcsign Manufacturer)是原始设计制造商,这种公司比 OEM 稍微好点,具有研发、设计和生产能力,也能给消费者提供售后维护服务,但这类公司没有自己的品牌,也没有自己的销售渠道。

一句话总结:OEM 与 ODM 都得靠大品牌硬实力的公司赏饭吃,基本处于"任人鱼肉"的尴尬处境之中,所以我国企业若真想做强做大,需要在品牌、渠道、制造和研发等方面下大功夫,努力提高行业影响力,争取做广大消费者的长久生意,尽快甩掉"OEM"与"ODM"这六个字母。

313 成熟的标志

"正因家用卫浴行业会通过行业洗牌的方式,进行产业结构的进一步升级和改善,劣质产品、同质化产品以及不符合市场需求的产品将会被逐渐淘汰,行业集中度将因此得以提升。"

马上有同事问道:"针对行业集中度,有没有直观的数据?"

"有,不过因为 2016 年才刚过两个月,全年的数据还没有统计出来。"柴胡翻开电脑中的资料,"我查到的最新数据来自中国建筑材料联合会与中国建筑卫生陶瓷协会联合发布的《建筑卫生陶瓷行业兼并重组的指导意见》,文件中指出,通过兼并重组,2015年建筑卫生陶瓷前10家企业产业集中度为20%;到2020年计划达到40%,形成3至5家产业链完整、具有核心竞争力和国际影响力的建筑卫生陶瓷大企业集团,从而带动全行业转型升级。"

此时另一位同事接话道:"针对你刚才提到的国内厂商技术层面的问题,我有一个疑问。"

"你说……"柴胡极力让自己不紧张,毕竟他最担心的技术层面的问题还是来了。

只听那位同事继续道:"在我看来,卫浴产品的技术要求并不高,技术在公司竞争力上的重要性比不上医疗器械或者电子芯片行业,再加上国内厂商在价格、渠道等方面应该比国外厂商更具有本土优势,连进口税都不用交,那为什么我们在长达二十年的交锋中都仍旧处于劣势地位?"

这位同事的问题并没超纲,但难度又无形中拔高了一个等级,这要求柴胡透过现象看本质,要求他对于今天所罗列的信息有更深层次的加工和思考。同事们其实都清楚,上一次的问题确实有些强人所难。大家都是高学历高素质刁难人的问题也该高级些,更何况,曹平生这次的红包金额是2000元呢。

柴胡心里很有底,如果他对这样的问题都没有进行深度思考,那之前那些必备方法就彻底白学了。

"我不否认,技术、价格和销售渠道如同硬件一样,对一家公司的核心竞争力至关重要。但是,就算我们将硬件差别一步一步地追上,就算目前国外厂商的硬件优势已经不再突出,我们仍旧处于竞争劣势地位,其原因归根结底在于'软件'跟不上。国内厂商的生产工艺、产品的质量控制和管理经验都很欠缺。何况家用卫浴这个市场太看重品牌知名度,一旦消费者对国外某一品牌产生了依赖,别的品牌很难替代。"

"所以我们输就输在产品管理、公司治理和品牌经营上?"那位同事替他概括。

"基于我在全网查到的资料,以及之前对风云卫浴的相关高管和部分代理商的访谈笔录,目前得出的结论确实是这样。"

曹平生一直观察着柴胡,他发现这个小伙子这次下结论时,终于给结论加了限制条件。

限制条件1：目前网上可搜寻的资料；限制条件2：访谈的对象仅限于风云卫浴高管和部分代理商；限制条件3：时间是目前，不是过去也不是未来。

抛开这三个限制条件，国内卫浴厂商竞争的长期劣势是否依然归咎于自身软件跟不上，就要进行更多相关的深入研究了。

曹平生清晰地记得，他以前很多次抽查柴胡，柴胡都用无比肯定的口吻，现在，他已经懂得了下结论时不绝对，这是一个投行人成熟的标志。

柴胡用两年的时间，拿下了这个标志。

柴胡的蜕变蒋一帆也看在眼中，他突然觉得万物运作的规律很奇妙，虽然大部分人的成熟都是因为时间的积累，但也有一部分人的成熟是一瞬间完成的。不知道曹平生是故意为之还是无为而治，柴胡的成长速度并没有因为不得进入项目组而放缓，如今的他更自信、更稳重、工作能力更全面，也好似更能平稳地对待工作中的压力与波澜。

至少这大半年，蒋一帆从未听到柴胡跟自己抱怨冷板凳的事情。

"卫浴行业下游应该是终端消费者吧？"一位同事问道。

"对，也有建筑公司和装修公司。"柴胡说完继续补充，"上游是泥原料、釉原料、聚丙烯、钢材、原纸和木材等行业。目前国内这些原材料的供应都很充足，价格也都是市场化的，所以上游对于卫浴行业影响不大，不过通常这些卫浴公司都会跟供应商签署长期合作协议，保证采购的稳定性。"

王暮雪观赏着柴胡与曹平生那2000元奖金的博弈，为了赢得比赛，柴胡激进了许多，有时候不等别人接着问，他就把能说的都说了。

一直沉默的胡延德这时突然开了口："那你认为什么行业最能影响家用卫浴业？或者说，什么行业跟它的联动性最大？"

胡延德突然发声让在场的年轻人愣住了，因为大家都知道本次行业研究分享会的潜在目的是抢奖金，保代们都很有默契地把赚钱的机会让给了年轻人，可现在，胡延德几个意思？

什么行业与家用卫浴业的联动性最大？柴胡想也没想就笑着答道："房地产。"

的确,卫浴产品生产企业最终所面对的是家庭居民等终端消费者,而拉动消费者家居需求的主要就是房地产。我国房地产市场在过去的十年间发展迅速,各地房价均有较大涨幅。对此,国家也陆续出台了一系列包括土地、信贷、税收等在内的宏观调控政策,持续对房地产市场予以调控,一定程度上抑制了房地产市场的过热增长。

2016 年,随着调控政策逐渐生效,房地产市场供需矛盾得到缓解,行业增速也回归了理性;而与此同时,柴胡研究时也发现,卫浴公司销售额的增速与房地产总成交额的增速有着高度相关性。

其实这个问题刚开始由胡延德提出时,所有人都找不到头绪,但回头一想其实不难回答,毕竟高度相关且联动的行业,一定是同一产业链上的行业。而柴胡只需要判断出产业链上哪一个行业对于卫浴行业的发展影响最大即可。

从供应商端看,卫浴产品所需的原材料较为分散,所处行业也是五花八门,任何一个行业的变动都不足以让家用卫浴业产生高度相关的联动性。但是房地产行业几乎是卫浴产品的最终流向,就如江、河、湖的水最终都要流入大海一样不可逆转。

"因为政府对房地产行业未来调控方向及手段具有较大的不确定性,所以消费者的购房需求一定程度上也不可预测,这无疑会影响卫浴产品的销售。"

"有什么方式可以回避这种影响么?"胡延德顺藤摸瓜。

"规避的话,难。政策性风险,谁都规避不了。唯一的方式就是通过良好的品牌效应,努力健全公司的海外销售渠道,通过避开国内市场而达到分散风险的目的。"

见胡延德没接话,曹平生突然盯着他问道:"怎么样胡保代,这个回答能接受么?"

胡延德想了想,点点头,他的表情明显写着:除了这个答案,他也想不出更好的答案。

王暮雪敏锐地从曹平生的脸上捕捉到了一个异常得意的笑容,好似此时不是他的一个下属正确回答出了一个问题,而是他的儿子成为了全省状元,并顺利考上京都大学。

虽然柴胡目前表现还算亮眼,但2000元的诱惑仍然存在。根据目前红包发放金额的规律推理,如果有人再次问倒柴胡,那下一次的行业研究分享会的悬赏金额岂不是会变成4000元?

蠢蠢欲动良久后,终于还是有同事故作平静地向柴胡提问道:"请问家用卫浴行业的行业周期,遵从什么规律?"

"上半年是淡季,下半年是旺季。"柴胡道,"上半年主要受春节因素影响,施工队很少在春节期间进行装修施工,所以卫浴产品销售相对清淡。当然,这种周期性只是针对国内市场,毕竟国外没有春节。如果把目光拉高,纵观全球市场,其实这个行业没什么特别明显的周期性。"

柴胡说着将PPT调到了一张图上,图中是2008年华尔街金融危机的新闻;而后他又给众人展示了几张政府关于房价调控政策的正文。

"刚才我们探讨了,家用卫浴行业受房地产市场景气程度的影响较大,因为房地产会影响建筑装饰业,进而影响家用卫浴行业,三者是正相关关系。其实我国的经济从2000年开始就一直向好发展,卫浴行业的弧线也是一直向上的,但后来2008年的全球金融危机以及国家出台的一系列调控政策,让卫浴行业受到了一定的影响,不过总体而言,这个行业没有自主周期性。"

王暮雪其实很想为柴胡的解释做一个补充,毕竟风云卫浴的尽调工作,她也全程参与了。她想补充的是,即便卫浴行业受房地产业的影响,即便二者联动效应明显,但是卫浴行业的弧线会比房地产市场更平缓。道理很简单,就算大伙儿不购买新房子或者二手房,自己住的房子也要翻新,存量无成交房源造成二次更新的需求仍然存在,这是冲减关联程度的一个非周期性因素,因为消费者的这个翻新需求从宏观上看比较稳定,所以卫浴行业没有非常规律的季节性。

作为与柴胡共战两年的战友,王暮雪肯定不会拆台,毕竟她通过吴双知道,自己肯定可以在年后进入新的项目组,而柴胡能不能脱离冷板凳,全看他今日的表现。

"微观的已经问够了,谁来问问宏观的?"此时曹平生突然道,"你们在座一堆学经济学的,问出的问题能不能有点高度?"

大家面面相觑,心想刚才讨论的内容其实已经挺宏观的了,包括金融危机、政府政策以及与国民经济命脉紧密相连的房地产,一个家用卫浴的主题讨论还能搞多宏观?

见众人都不开口,曹平生转头看向柴胡道:"你给老子说说,推动家用卫浴行业向前发展的,有什么宏观因素?"

柴胡闻言正要开口,曹平生补充道:"不准说产业政策,也不准说金融危机,更不准说房地产,刚才已经说过的,没有再说一次的必要。你做这个行业研究也这么久了,如果连老子这种问题都答不出来,下一次会议,主讲人还是你。"

315 发散式回答

推动家用卫浴行业向前发展的宏观因素有哪些?曹平生这个问题让柴胡背上冷汗直冒,因为这块内容他先前并未系统性准备过。

宏观因素涵盖的内容很广,柴胡记得大学里宏观经济学涉及课题包括但不限于经济总量、国民收入构成、货币与财政、人口与就业、经济周期与经济增长、经济预期与经济政策、国际贸易与国际经济。

但如果按这些内容依次来说,就太远太宽了,一不小心就会偏离"家用卫浴"这个主题。

柴胡很清楚,但凡有一点没说对,曹平生立刻会兴奋地开启"曹式批斗"。这可是部门大会,到时候颜面何存?

柴胡表面还算冷静,但内心已经翻江倒海,没有准备的仗,应该怎么打?别无选择,柴胡告诉自己必须要打赢,而此时会议室中的五十多人与柴胡的目标达到了空前的一致,他们希望柴胡漂亮地回答出来,如若不然,2000元的奖金就被曹平生自己变相赚走了,众壮士岂能容忍?

他不敢看曹平生,因为曹平生那张脸有一种魔力,可以瞬间将柴胡脑中的思绪掏空。他只能本能地瞟一眼坐在曹平生斜后方的王立松,一下就看懂了王立松的口型:发散。

发散?难道是想到什么就说什么?

"其实影响卫浴行业发展的宏观因素有很多,如果剔除政府政策、国际经济与房地产……"说到这里他顿了顿,绞尽脑汁地想着答案,所有人屏息凝神,等待着一个被曹平生逼到绝境之人的就地反击。"居民人均可支配收入。"柴胡突然灵光一动,提到了这一点,"过去二十年,卫浴行业整体销售规模是不断上涨的,市场需求的增大,自然离不开居民人均可支配收入的提高。"

既然是发散思维的回答方式,那么只要是对的都可以拿来说。柴胡无意间动用了他进入投行以来,将近1000个小时的深度思考与公众号写作换来的知识储备。

每天一小时的无限不循环深度思考已经成了柴胡的习惯,他目前已经具备了就同一主题顺藤摸瓜的探索方式。而且一年几百篇的公众号文章写作,让柴胡不得不为了持续稳定的输出而大量输入,这种输出倒逼输入的"任务模式"写作,逼迫柴胡利用每天吃饭时间、等电梯时间、走路时间戴着耳机听各种业内新闻和各种研究报告。新闻和报告中不仅包含着实时信息,往往还容纳了大量专业知识。如果不是因为公众号写作,很多新闻内容柴胡看完就忘;甚至他会只看一个标题。后来他才发现,当他想把知识组合起来输出给自己的读者时,需要真正理解那些知识。自己搞不清楚的东西,是永远说不清楚的。

"我记得根据我国'十二五'规划,居民人均可支配收入年均增长7%,到'十二五'末,城镇居民人均可支配收入达到2.6万元。"柴胡道,"我先前写文章的时候无意中查过一下2016年的数据,我国2016年城镇居民人均可支配收入是3.36万元,比上年增长7.8%。"

说到这里,柴胡看向了曹平生:"曹总,城镇居民人均可支配收入的持续增加,可以有效提高卫浴产品的消费需求;而且现在人们消费观念也在不断变化,很多人如今更偏爱那些多功能的,偏时尚的,节能环保和智能化的卫浴产品,所以这一部分需求也是在不断加大的。"

"嗯,继续。"曹平生悠悠一句。

一些没亲眼见识过柴胡强大记忆力的同事今天可算开了眼,老保代则仿佛看到了几年前的蒋一帆。原来在投资银行,真如曹平生所说,没有任何一个人是不可替代的。

　　保代原先不熟悉柴胡的,看到他这样的表现,开始暗自决定,回头一定要争取把这个小子挖到自己的项目上,不能让其他项目组抢了先!

　　柴胡顺着人均可支配收入的提示,想起了他写过一篇关于中国城镇化建设对投资银行业务开拓影响的文章,于是直接套用过来。

　　"第二点,我认为城镇化进程加快,对卫浴行业的营收规模也有很强的正相关关系。毕竟以前的农村还都是原始厕所,一个坑,两块木板……我家就是,而且现在还是。"柴胡说到这里,在场的人都笑了起来。

　　"别笑。"柴胡故作严肃道,"真的是,现在大部分农村其实都很现代化了,跟城市的生活设备差距也不大,卫浴产品这部分的市场空间也是顺着城镇化被挖掘了出来。"

　　"那你说说数据。"保代胡延德似乎故意让他再表现,是那种爸爸期盼儿子可以在众亲戚面前表现一番的眼神。

316　胜利的果实

　　柴胡道:"截至 2016 年全年,我国城镇化率约为 57%,这个数据起初我看不错,但后来我又查了发达国家同年的城镇化率,结果发现人家是80%,所以我们得承认,我国跟发达国家还是有一定差距的。我还记得我国 2014 年 3 月发布了一个文件,叫《国家新型城镇化规划》,文件中提及我国未来城镇化建设将全面提速,预计 2020 年我国城镇化率将达到60%,实现 1 亿左右农业转移人口在城镇落户。所以,城镇化进程的加快会产生对卫浴产品的需求,这也算一个宏观因素。"

　　这时胡延德跟旁边的保代低声道:"怎么样?我带出来的兵,不错吧……"

　　柴胡总结的时候眼神都会主动与曹平生对视。他希望从曹平生那里获得一个肯定;更希望曹平生可以喊停,可以放过他。

但曹平生一如既往地让柴胡大失所望，只是淡淡一句："嗯，继续。"

巨大的压力犹如一个压力闸口，让柴胡脑中的神经元不停地朝着四面八方发射求救信号，然后继续"发散"。

"刚才提到了人均可支配收入和城镇化率，除了这两点，我认为消费观念与购买力的变化也是刺激卫浴行业发展的宏观影响因素。"柴胡道。

"说具体点。"曹平生道。

"北美其实是全球最大的卫浴市场，居民生活水平高，消费者将卫浴五金视为代表个人风格和有益健康的产品，所以那边的产品淘汰率高，产品更新年限短，市场商机相对较大；在我国，人们生活水平和购买力也在不断提高，很多人对卫浴产品的需求早已超越了传统的概念，开始追求中高档次的卫浴产品。大家想想，我国庞大的人口基数，未来一定能成为卫浴产品消费的主流市场。"

众人都觉得一个问题说三点是很合理的长度，差不多了。怎料曹平生仍朝着柴胡认真道："这算是一个因素吧，继续。"

这回连坐在门口旁听的杨秋平都开始为柴胡着急了，心想曹总到底要闹哪样？不让柴胡进项目组直接说就是了，何必一直把他架在台上……

但柴胡接下来的表现好似开了挂，开启了高光模式。

"第四点，我认为是制造产业的转移。过去二十年，国际卫浴行业的设计、开发、制造都以一个平稳的速度向我国转移，这其实是因为我国有人力成本优势，原先很多国有工厂根本不懂怎么做出高端卫浴产品，甚至中端产品都做不出来，但在国外大公司的指导下我们一步一步地会做了。这其实也是卫浴行业一种全球化和专业化的分工合作体系，虽然是给别人做代工，也有利于我国卫浴行业在较高层次上参与全球竞争。"

不等曹平生开口，他又开始抛出了下一点："既然是宏观影响因素，有积极的肯定也有消极的，消极的宏观因素我认为是国际贸易壁垒。大家知道我国目前是最大的卫浴产品出口国，因为中国制造产品在相同质量下价格偏低，所以我们对国外卫浴市场造成了一定的冲击。目前韩国、巴基斯坦、印度、巴西和欧盟等国家和地区均对我国瓷砖产品实施了反倾销税率，而未来其他国家很有可能也通过提高关税或进口标准等措施来进一步限制我国商品的出口。"

"而且,最开始大家探讨的行业集中度问题,也算一个宏观因素。我国目前卫浴企业仍然很多,小而分散,除了国际知名品牌在国内设立的企业和少部分本土知名品牌企业外,其他企业普遍资产规模小,而且缺乏自主创新。这些企业主要依靠模仿知名品牌的产品进行生产,产品的设计和功能同质化严重,企业之间主要以价格竞争获取一定的市场份额。如果未来行业集中度提高,肯定会制约目前这种'无序化的竞争'情况。"

听到这里,曹平生终于露出了满意的神情:"大家觉得他说得不错的,够了的,鼓掌!"

掌声响起,持续了好一阵子。

接着,柴胡的微信上突然出现了曹平生转来的 2000 元。跟会议室中的掌声一样,这是他活了二十多年,第一次品尝到的"胜利的果实"。

"镀金或许掩盖不了出身,但是努力可以。"柴胡此时更加坚定地相信这句话。

会后,很多保代都私下邀请柴胡进入自己的项目组,也有年轻同事跟柴胡咨询工作方法,而就在 2017 年春节的前两天,内心爽朗的柴胡差点被一个重磅消息砸到腿发软。他忘记了自己是如何走出明和大厦财务部的,他只记得他听到的奖金数额,没听错,七位数。

317 部门年度会

"兄弟们辛苦了! 哎呀抱歉抱歉,钱太少了!"一个豪华包间内,挂着"明和证券投资银行第 16 部年度大会"的红色横幅,桌上是山珍海味。五十多人排成长队,等着曹平生发利是。吴双手里拿着一沓 1000 元人民币的红包,一个一个地递给曹平生,曹平生分发给排到他面前的同事,画面很像八十年代,工厂厂长给工人发工资的激动时刻。

曹平生今晚一改往日的严肃恐怖风,每发一个红包,他都笑容可掬地跟同事们握手,嘴里不断重复着"兄弟辛苦了""抱歉啊钱太少了"之类的客气话。

所有人脸上都洋溢着喜悦的神色，这两年，十六部的项目总收入每年都破亿，成绩在整个明和证券投行部中十分亮眼的。

曹平生的大方是出了名的，柴胡的七位数奖金发放人是公司，而今晚的红包，发放人是曹平生个人。

柴胡当然不介意红包里装着多少钱，因为他已经"吃饱了"。

有句话说得好：日子总是牺牲一些，得到一些，忍受一些，收获一些。憋屈了两年，忙得连电视剧、电影、综艺、旅游，以及回家过年都沾不上的柴胡，却得到了他一直以来梦寐以求的百万年薪。

当柴胡被自己的奖金数额砸蒙的时候，财务部阿姨跟他说的话他忘了大半，只记得这句："你这笔奖金如果一次性全部发下来，税很重，差不多一半都要上交国家。"

"啊……那怎么办？"柴胡的心像被剜了一下。

阿姨露出了一个安抚的职业性微笑，道："公司可以帮你合理省税，我们会以年终奖的方式给你先发70万，剩下的以每个月2万的速度慢慢发，这样可以让你的总税率控制在35%以内。你愿不愿意接受？"

柴胡立刻点头同意。剩下的奖金就算给得慢，但到手的总量肯定多，于是他也不管公司会不会用这部分钱去做自营业务（即券商的投资理财业务），就直接爽快答应了。

公司拿员工的奖金投资理财的行为，想想挺邪恶的，但大部分金融机构都这么干。明和证券更是不会让账上的任何一分钱闲着，只要进了公司账，立刻就投出去赚钱，隔夜这种事情都基本不存在。

金钱就是劳动力，金钱就是生产力，钱生钱这事儿对于所有金融专业机构来说，一刻也不能耽搁。

拿到奖金的第二天，柴胡就把王立松和蒋一帆欠款全部还完了，还按照银行同期存款利率，大致算了一下利息，凑了个整数。不仅如此，曹平生接济他的五万元，他同样连本带利地还了过去。

当所有操作完成的那一刻，柴胡感觉自己真正自信了起来！原来的那些孤独、边缘化、外来人、不平等的感觉顷刻间烟消云散。此时他站在队伍中间，坚定地认为自己属于这个集体，有能力融入这个集体，成为这个集体的中流砥柱。

如果人的一生被 18 岁那年一道 20 分的物理题卡住,那就太可笑了。

"对了,你也实习一年多了,什么时候入职?"柴胡对杨秋平说话也多了几分底气。

"我虽然回国早,但是我的毕业证其实是两个月前才拿到的。吴双姐说年后可能公司会安排统一面试,还不一定呢……"

见杨秋平的神色有些无奈,柴胡鼓励道:"没问题的,你看暮雪都进来了。"

杨秋平摇了摇头:"人家的学校可是宾夕法尼亚,我的学校在英国连前 7 都没进,曹总又那么看重本科,估计难……"

"你本科再差都没我差,我就是个普通的 211,我也进来了。"

"可你是男生啊!"杨秋平脱口一句。

说着话就已经排到他了,曹平生从吴双手里拿过红包,笑眯眯地递给柴胡:"兄弟辛苦了!"

柴胡刚要跟领导表达感激,谁知曹平生立刻收住了笑容,用不大不小的声音严肃道:"别得意!把尾巴收起来!你现在只是看起来很厉害,跟真正很厉害相比还差了 18000 本书!"

"曹总说得是,我会努力学习的!"

"你小子要记住,别把自己不当人,也别把自己太当人!"曹平生说着揪了揪柴胡的衣领,"以后衬衣买贵点儿,现在这样子走出去,人家还以为我曹平生没本事。"

"好的曹总!"柴胡精神抖擞。

曹平生拍了拍他的肩膀,补了一句:"什么都嫌贵,最后就只有你便宜。"

众人的目光早就锁定了柴胡,心里偷偷记着笔记,因为他们嗅出了领导偏心的味道。但木已成舟,嫉妒的人所能做的除了下定决心暗自努力,别无他法。

很快,大家的注意力就被饭桌上的美味所吸引,而让柴胡、王暮雪和杨秋平大为震惊的是,饭局进行到尾声时,曹平生的司机小阳拿了一个黑色塑料袋推门进来,主桌上的菜立刻被服务员撤走,曹平生起身将塑料袋中的"砖头"倒在饭桌中间。劈里啪啦的声音在所有人的耳中比周董年榜第一的歌还好听,因为这"砖头"是粉红色的,一块一万元。

只听曹平生财大气粗地吆喝一句:"五十万,谁拿多少,各凭本事!"

柴胡刚才还不理解,为何很多老同事疯狂地往嘴里塞肉,现在可算明白了!

318 大家来抢钱

50万现金已经就位,司机小阳本想打开桌底下那箱事先准备好的白酒,谁知被曹平生一个手势制止了。

"今年玩点儿高雅的,别那么俗! 传出去人家以为我们干投行的没文化! 那个……谁能凭以前兴趣班学的才艺来拿奖金?"曹平生朝众人道。

习惯于拼酒赚钱的老同事们面面相觑,本来已按惯例卷好袖子做足了准备,想趁着肚子里的食物还没消化大干一场,怎料曹平生不按常理出牌。一听"才艺"二字居然全场没人敢吱声。大多数人兴趣班学的才艺都被中考和高考抹杀殆尽;即便侥幸逃过了两次大考,也逃不过工作搬砖这把万能宰牛刀。

"曹总,兴趣班才艺这个要求太高了。别说才艺了,我们连兴趣都没了!"胡延德的这句话引得众人哄堂大笑。

"不如曹总您来提问,抢答吧! 我们现在也就剩脑子还能用用。"一位同事建议道。

曹平生被逗笑了,马上朝众人提声问道:"我们明和证券的股票代码是多少?"

此话一出,很多人马上说出来,速度快到柴胡都没来得及反应。

然后,曹平生从一块"砖头"中抽出十张,示意最快的同事过去拿。

柴胡简直不敢相信亲眼所见,这么简单的问题,一千块?! 什么时候知识变得这么值钱了?

柴胡定了定气,摩拳擦掌,告诉自己务必拿下第二题。

曹平生的第二个问题:"马上说出老子的生日!"

"一九六八年九月一日!"胡延德脱口而出。

柴胡傻了,没想到曹平生两道题目差别如此之大。柴胡除了知道曹平生是赫赫有名的处女座,其他一概不知。

曹平生的第三题是:"以前跟大家强调过,什么是团队,谁还记得我原话是怎么说的?"

此时几个同事纷纷开口,场面一团乱麻,柴胡更是一脸蒙圈,他完全不记得曹平生说过团队这事儿。

曹平生表示他都不满意刚才那些人的答案:"原话!老子要原话!不要大概意思!"

有同事将大家的回答迅速组合了起来,重新给了个答案,但曹平生还是摇头,道:"不全,漏了四个字。"说完他看向了不争不抢的蒋一帆,道,"一帆,你还记不记得?"

一提蒋一帆的名字,大家就知道这题奖金没戏了。果不其然,曹平生点名后,蒋一帆只好道:"我记得是曹总您在 2013 年的年会上说的,当时我们也是在这个包间。您说'迎难而上、不畏困境、浴血奋战、荣辱与共,不断被风雨洗礼、不断缔造奇迹的,才叫团队'。"

砰,曹平生一拍桌子,示意蒋一帆过去拿钱。全场鸦雀无声,而后大家就看到曹平生将刚才那块被抽掉 2000 元的"红砖"全部塞到蒋一帆的手里。

柴胡下巴都要掉了,这怎么跟抢红包拼手气的感觉差不多,贫富差距也太大了吧?!

"老子之前开会,说了三个落实法则,谁还记得?"曹平生第四题一出,柴胡自然又石化掉了,因为事情肯定又是发生在他来明和之前。吴双出乎众人意料,突然用极快的语速回答道:"开会+不落实=零;布置工作+不检查=零;抓住不落实的事+追究不落实的人=落实。"

"很好!"曹平生直接从桌上拿起一块"砖",想都没想就整个塞给了吴双。

而后,曹平生又想出了让大家吟诗、朗诵、唱歌等方式拿奖金的歪招。胡延德为了多赚点钱,扭着肥肥的身子连《小苹果》都跳了,边跳还边打开手机跟着唱,整首歌下来没一个音在调上,对听众来说简直是一种折磨。好在只要是才艺展示,曹平生不看质量,只看胆量。

一个小时的时间里,五十万奖金就这么被曹平生一千一千地拆分,拆分到还剩三十万的时候,大家实在黔驴技穷了,目光都不自觉瞟向了那箱白酒,于是曹平生朝司机大手一挥:"开箱!"

话音刚落,众人兴奋异常。按照以往曹平生的开价,三个小钢炮5000块,喝下去钱就到手,比抢答和才艺展示容易多了。柴胡这时本能地跟大家一同抢酒杯,抢酒杯就等于抢钱,如果等服务员拿新的酒杯过来,桌上的三十万说不定已经被分光了。

王暮雪惊见一帮白天还西装革履的金融男士此时全成了"土匪",曹平生信守承诺,只要肯灌,钱自然就给。

当三十万只剩下十万的时候,他突然间叫停了,十分不悦地盯着完全没有参与其中的蒋一帆。

"过来!"曹平生朝蒋一帆命令道。

319 大神被灌酒

蒋一帆只得走到曹平生跟前,曹平生从离他最近的一个老保代手上一把夺过三个小钢炮,递给蒋一帆,示意他自己给自己倒满。

蒋一帆看不懂曹平生的意思,迟疑着没动。如往常一样,蒋一帆不喜欢凑热闹,也不喜欢喝酒,这种涩涩发苦还能夺人意识的发酵饮品,他只要一闻到便敬而远之。

这时全场寂静无声,没人看得清曹平生的意图。难道曹平生希望大家把机会空出来,变相给蒋一帆直接发奖金?

可蒋一帆今年的奖金颇丰,出来了这么多项目,比其他运气不好还在苦熬的同事日子好过多了,而且他家还那么有钱,根本看不上桌上的五十万。

"六年了,这次你必须喝!"曹平生朝蒋一帆命令道。

蒋一帆一听这个时间跨度,只能接过曹平生手里的空酒杯,迟疑着说:"曹总,要不还是给其他同事吧,我真的……"

"谁说老子要给你钱了？我们这里最有钱就是你！今年业绩这么好,今晚无论如何必须喝!"见蒋一帆还愣着,他直接皱起眉头怒喝道,"要走了,面子都不给老子了?"

蒋一帆闻言,哪敢怠慢,马上将三个空酒杯都倒满了,而其他同事一听是无偿灌酒,没影响桌上的"蛋糕",便纷纷放下心看好戏了。

蒋一帆端起了酒杯,刺鼻的气味让他的表情有些难看。这几年他都在客户的办公室专心做项目,就算企业处于初期整改阶段,蒋一帆也很少被客户灌酒。那些要上市的公司高管面对投资银行的人,求爷爷少查点儿还来不及,根本不会强人所难。

"快点! 磨磨唧唧!"曹平生催促道。

蒋一帆眯起眼睛一杯一杯地将酒往肚子里灌。白酒度数超过 62 度,平常不怎么喝酒的蒋一帆在第一杯酒入口时,觉得跟直接喝了辣椒油差不多,喉咙难受之极,他这么给自己灌白酒,还是头一回。

蒋一帆喝完刚放下酒杯,曹平生就直接给蒋一帆面前的空杯子倒满了,道:"继续!"

"继续"这个词让不远处的柴胡全身一颤。他对这两个字已经有了心理影,因为曹平生可以不管他人感受,将"继续"二字说得跟口头禅一样没完没了。

"曹总……"

"别特么的跟老子废话!"曹平生不等蒋一帆继续说就直接怼了回去,老子六年的栽培还抵不过你几杯酒?! 古人都说一日为师,终身为父。"这句话逼得蒋一帆只好硬着头皮又给自己灌下了三个"小钢炮"。

这一次,蒋一帆感觉喉咙和食道像被火烧了一样,这股热辣辣的火焰一直蹿到胃里,痛苦不堪。

怎料曹平生全然没有罢休的意思,又给蒋一帆倒满了三杯。

此时旁边有老保代开始帮蒋一帆说话了:"曹总,一帆刚才没吃多少东西……"

"闭嘴! 这儿有你什么事儿?!"曹平生自己也没少喝,借着酒劲儿直接找回了山寨霸主的气势。

"一帆,这三杯是敬所有带过你的师傅们! 你要好好谢谢他们,没有他们领路,你是个屁!"曹平生说着指了指人群中一群老保代。

蒋一帆被曹平生架得下不来台,只能一杯一杯地往已经"烧坏"的喉咙里灌酒。

好不容易喝完了三杯,曹平生接着命令道:"再喝三杯敬在场所有帮助过你的同事!"

"曹总!"此时,王暮雪挡在了蒋一帆跟前,目光直视着曹平生道,"这么喝会出事的!"

曹平生笑了,一口黄牙很自然地露了出来:"心疼了?!"曹平生道,"心疼你跟他生三个大胖小子,老子就饶过他这三杯酒!"

话音一落,全场开始起哄鼓掌。

攥着拳头挡着嘴咳嗽的蒋一帆此时脸更红了,但王暮雪却是不以为意、挺直了腰板:曹总,我觉得柴胡最近表现很不错,他也应该过来敬敬大家!"说完她转头示意柴胡赶紧过来救场。

对于自残灌酒这件事儿,柴胡没意见,但前提是领导要给钱。

曹平生闻言笑容突然收住了,视线掠过王暮雪直接看着蒋一帆:"你自己说,同事对你这六年的帮助,值不值这三杯酒?"

已经一只手撑在桌台上的蒋一帆,大喊道:"值!"说完他举起酒杯,用有些沙哑的声音朝着众人道,"我蒋一帆敬大家! 谢谢大家这六年对于我工作和生活上的帮助,没有你们,我就没有这么开心而有意义的六年。以后有什么需要我蒋一帆的地方,大家随时联系我!"

而后,在众人惊愕的眼神下,蒋一帆又给自己灌下了三杯酒。

王暮雪气鼓鼓地瞪着曹平生,她决定如果接下去还阻止不了,就直接帮蒋一帆挡酒,大不了去医院打点滴。

320 就任性一次

曹平生上下仔细打量着蒋一帆,淡淡一句:"最后一杯,敬你吴双姐。"

吴双闻言立刻摆手道:"不用不用,我也算他的同事,刚才已经敬过了。"

"这杯要是喝了,就第十三杯了……"柴胡旁边的一个同事推了推胡延德。然后柴胡听到胡延德压低声音说:"懂什么?曹总这是舍不得,他在锻炼蒋一帆。"

蒋一帆更是出乎意料地配合:"吴双姐我敬你!"

他一边说,一边想到自己在外地出差时,帮他拿快递的是吴双,收集客户询证函的是吴双,弄报销的是吴双,申报的时候吴双还帮他们项目组预约会议室,在打印室里备足打印纸……而这些只是吴双为各地项目组成员默默付出的一小部分。

其实,只帮一个人解决琐事不麻烦,麻烦的是五十多个人的琐事都要解决。这些根本不是吴双的分内工作,但她从没计较过,总是牺牲自己的时间帮助大家,所以曹平生非她不可,所以十年来大内总管的位置她坐得牢牢的。而蒋一帆对吴双的感激之情,也直接体现在他对于这第十三杯酒毫不推托的态度上。

王暮雪直接抢过蒋一帆手中的酒杯,大声道:"我替他……"还没说完,酒杯又被蒋一帆抢了回去,而酒也不出意外地洒了一地。

蒋一帆异常严肃,把王暮雪拽到身后,重新倒满酒后朝着吴双一饮而尽。

蒋一帆这次的力道很大,让王暮雪感觉抓着她手腕的不是人手,而是一根很坚硬的粗钢绳,捆得她生疼。

这回酒下肚后,蒋一帆强忍着没有咳,也没有站不稳的样子。他的目光毫不避讳地看着曹平生,好似对于曹平生接下去究竟还要灌他几杯,已然无所畏惧了。

全场鸦雀无声,没人知道曹平生还会想出什么借口继续给蒋一帆灌酒。

"很好,就是这样!我的兵,就要这种气势!看你之前像什么话!"说着他拍了拍蒋一帆的肩膀,"过去了,别丢脸。"

"曹总放心,我会好好表现的。"蒋一帆立刻庄重道。

"去!"曹平生往包间厕所的位置指了指,"趁还没进血液,吐出来。"此话一出,所有人直接蒙了,包括蒋一帆自己。"去啊!"曹平生朝发愣的蒋一帆喊道,"以后的路全特么你自己走了,还要老子提醒你!"

蒋一帆不置可否,毕竟刚才那些都是为了答谢领导同事的酒,才喝下就吐出来,让他怎么好迈开步子。王暮雪及时救场,硬拽着蒋一帆到了卫生间,直接把他推了进去,砰的一声关上了门:"吐干净了才能出来!"

门关上的那一刻,蒋一帆的鼻子竟有些酸,好像他就彻底与外面的这个"家庭"隔绝了。

"以后的路全特么你自己走了,还要老子提醒你?!"

"吐干净了才能出来!"

不管是曹平生还是王暮雪,虽然表面上都在朝蒋一帆吼,但蒋一帆明白,他们关心自己。以后到了新环境,还会有这样的领导同事这样关心自己么?

可能是因为蒋一帆想用这一次灌酒的痛苦,让今晚的记忆深深烙在心里,所以他没有采用任何催吐措施。他只是默默蹲在地上好一会儿,洗了把脸后就出来了。尽管脑子有些昏沉,但他仍然看得清守在门口的人是王暮雪。她手里拿着一个白色小塑料袋,双手捧到蒋一帆面前:"这是曹总给你的,十三杯。原本五千块三杯,但因为你是一次性连着灌,所以曹总给了一个整数,三万。"

蒋一帆看了看远处被众人团团围住的曹平生,又看了看目光灵动的王暮雪:"小雪,我今天没带包,拿一堆现金回家也不方便,楼下有很多珠宝店,我干脆把这钱花掉,买条手链给我堂妹吧。"

"堂妹?"王暮雪一脸不解。

蒋一帆指了指还在"抢钱"的人群朝王暮雪笑道:"你应该也不喜欢那种场合吧?能不能现在跟我下去挑一条?很快的。我堂妹只比你小两岁,你喜欢的她也肯定喜欢。"

于是,王暮雪就跟已经有些醉意的蒋一帆一同悄悄离开了包间。

一路上,蒋一帆跟王暮雪详细说了关于他堂妹的事情。说是堂妹,其实跟蒋一帆没有任何血缘关系,是他妈妈在一次扶贫活动时,在新城集团捐款的孤儿院看上后收养的。

"所以你堂妹现在住在三云了?"

"嗯。"蒋一帆回答。

王暮雪终于问出了一个她一直很想知道的问题："一帆哥,你为什么一定要走?"

蒋一帆闻言笑了:"因为答应了别人的事情,就要做到,丢了什么都不能丢信誉。"说到这里,他想起了没多久之前给王暮雪的那个装有戒指的蓝色盒子,补充道,"我答应你的事情,也会做到。"

王暮雪突然觉得蒋一帆这么说让她十分尴尬,好在这时他们已经走到了一家大牌珠宝店门口,热情的店员打破了这种尴尬。

蒋一帆让店员拿出三万左右价格的手链,让王暮雪挑一条她认为好看的。

王暮雪左右比对了一下,朝蒋一帆问道:"你堂妹的手是粗的还是细的?"

"大概也就跟你差不多吧,我平常也没太注意。"

于是王暮雪很负责地上手试了几条,最后选定了一个非常素雅、镶嵌着菱形和圆钻的细款白金手链。

"那就这条了。"蒋一帆付了钱,接过了店员给的收据。王暮雪刚要把手链脱下来,被蒋一帆制止了,只听他朝店员道:"如果要退货,需要凭这个收据么?"说着晃了晃手中的紫红色收据。

"对的先生。"店员微笑着。

蒋一帆撕掉了手中的收据,揉成一团后丢到了旁边的垃圾桶里。

321 转眼两年间

"一帆哥你这是干什么?"一种不祥的预感涌上了王暮雪的心头。

蒋一帆朝店员笑了笑,拉着王暮雪就往店外走,边走边说:"送你的。"

"我不要!"王暮雪声音不大,但态度很强硬。

蒋一帆仍旧拉着她朝前走,王暮雪甩开了他就想解开手链,但她两只手都被蒋一帆抓住了:"小雪,让我任性一次。就这一次,好不好? 戴着它,你就当是你自己买的,或者说是爸爸送的,戴着它……"蒋一帆说着说着声音变得有些哽咽,眼角也微微发红。

所谓的堂妹其实根本不存在,何苇平也并非母爱泛滥的女人,刚才的说辞全是蒋一帆酒后瞎编的。王暮雪没有想到蒋一帆会骗人,而且还能骗得如此之真,连一个临时性的借口都能编得活灵活现。

不过她早该想到的,因为蒋一帆这么一本正经地骗她,已经不是第一次了。他之前骗王暮雪自己在外地项目上出差,还能非常自然地把什么项目、什么地方以及做什么事全部说出来,连思考的时间都不用。

两年了,她认识这个叫蒋一帆的男人两年了,而她进入投资银行到现在,也已经两年了……

回家路上,她的心情如释重负却又怅然若失。

国防军工、LED、输配电、医药包装、钢铁冶金、移动互联网、家用卫浴和智慧城市……这些名词在王暮雪的脑中快速闪过。王暮雪还记得晨光科技那十只给食物就朝人摇尾巴的“神兽”,记得东光高电绝大多数工人都要把饭倒掉的食堂,记得法氏集团大卫愁眉苦脸爱抱怨的样子,更记得爱国热情爆棚的文景科技董事长路瑶……

IPO、跨国并购、资产证券化、新三板、行业研究分析等等,这些对于王暮雪而言不再是新闻里听到的陌生名词,也不仅仅是投资银行一类又一类的常规业务,更像是一个又一个生动难忘的电影。电影中的每一个角色都藏着各自的秘密。

后来王暮雪才知道,原来晨光科技的总经理李云生,之所以不愿意换掉猪八戒律师,不仅是因为莫丁律师是他的同学,更是因为这家律所私下给了李云生“介绍费”。

那个跟王暮雪聊了一晚上啤酒节的德国人 Derik 半年前发了一条 Facebook,告诉大家他被误诊了,他并没有得癌症。王暮雪淡淡一笑,谈判桌上的真真假假,或许真的不必太过在意。

而风云卫浴高管们得知尽早申报上市的方法,就是实行“婚姻关系不告知”的计划。两个月前,风云卫浴的董事长林德义就打电话跟曹平生道歉,并让小儿子林文毅人肉运送,给了曹平生一笔现金“封口费”。如果不是因为二公子林文毅是一个大嘴巴,王暮雪也不会这么快知道风云卫浴将三方中介机构全换了,与此同时,该离婚的家庭也都离了婚。而那笔"封口费"金额,正好就是年会桌上的50万元。

也是后来,王暮雪才从一个她认识的阳鼎科技老公司员工那里,得知公司基本户换了,换成了高中班长勤仁所在的顺源银行。听说公司基本户里的资金一次性全转了过去,而基本户更换的时间居然就在她成功拉下老家那单资产证券化不久之后。虽然父亲王建国一口否认这次转户是因为王暮雪的原因,班长勤仁也表示那次只是碰巧,而且转过去的金额根本没有几个亿,只有130多万,但王暮雪在承揽项目这项工作上,还是失去了原先的那种自豪和骄傲。

工作中打交道的这些人,王暮雪都好似要更用力地去看,才有可能在将来的某一天,彻底看清楚。

汇润科技的总经理秘书藏着秘密,城德律师王萌萌藏着秘密,金权投资集团的王潮似乎看上去也不简单。鱼七到现在还不能让王暮雪完全看透,就连平常跟她一起奋战的柴胡,都好像有着不愿与他人分享的心事。

王暮雪随意想到的几个人尚且如此,更何况是犹如浩瀚海洋的投资银行?借壳上市、再融资、资产重组、财务核查和新三板做市等经典的投行业务,王暮雪都还没机会尝试。

投资银行这个世界很大,但王暮雪告诉自己必须深入探索下去,努力向上爬的最终目的,就是让自己看见世界。

虽然现在的王暮雪已经逐渐看到了这个世界中一些阳光照不到的角落,但总体而言这些角落的面积不大,并不影响她将投资银行继续视作她梦想的舞台。她决定要不遗余力地继续在这个舞台上表演,不为别人的掌声和欢呼声,而为一颗年轻心灵的广度、宽度以及深度。

那么接下来的第三年,这条投行之路又会给王暮雪展现出怎样的风景呢?